Né en 1947 à Portland (Maine), Stephen King a connu son premier succès en 1974 avec *Carrie*. En trente ans, il a publié plus de cinquante romans, dont certains sous le pseudonyme de Richard Bachman. Son œuvre a été largement adaptée au cinéma.

STEPHEN KING

Le Fléau

1

TRADUIT DE L'ANGLAIS (ÉTATS-UNIS) PAR JEAN-PIERRE QUIJANO

LATTÈS

Titre original :

THE STAND
Publié par Doubleday, New York

Pour Tabby
Ce sombre coffre de prodiges

NOTE DE L'AUTEUR

Bien entendu, *Le Fléau* est une œuvre de fiction. Mais elle se déroule en grande partie dans des lieux réels, Ogunquit, dans le Maine ; Las Vegas, dans le Nevada ; Boulder, au Colorado. J'ai cependant pris quelques libertés avec la réalité. J'espère que les lecteurs qui habitent dans ces localités ne prendront pas ombrage de ma « monstrueuse impertinence », pour reprendre l'expression de Dorothy Sayers qui n'a jamais craint d'user de ces artifices.

D'autres lieux, comme Arnette au Texas et Shoyo dans l'Arkansas, sont des inventions pures et simples.

Je voudrais remercier tout particulièrement Russel Dorr et le Dr Richard Herman du Centre de médecine familiale de Bridgton qui ont répondu aux questions que je leur posais sur la grippe, et en particulier sur ses mutations à intervalles d'environ deux ans. Mes sincères remerciements à Susan Artz Manning, de Castine, qui a relu le manuscrit original.

Je me dois d'ajouter que ce livre n'aurait pas vu le jour sans Bill Thompson et Betty Prashker. Qu'ils soient remerciés.

S. K.

PRÉFACE EN DEUX PARTIES

PREMIÈRE PARTIE : À LIRE AVANT L'ACHAT

Il faut que vous sachiez tout de suite deux ou trois petites choses à propos de cette version du *Fléau,* avant même que vous ne sortiez de chez le libraire. J'espère vous avoir attrapé à temps — par exemple devant la lettre K du rayon des nouveautés, vos livres sous le bras, le mien ouvert sous vos yeux. Pour être plus précis, j'espère vous avoir attrapé pendant que votre portefeuille est encore en sécurité dans votre poche. Prêt ? O.K. Merci. Je vais essayer de ne pas être trop long.

Premièrement, il ne s'agit *pas* d'un roman nouveau, encore moins d'un nouveau roman. Si vous aviez des doutes sur ce point, chassez-les tout de suite de votre esprit pendant que vous êtes encore à bonne distance de la caisse qui prendra votre argent pour le mettre dans ma poche. *Le Fléau* a été publié pour la première fois il y a plus de dix ans.

Deuxièmement, il ne s'agit pas d'une version totalement nouvelle, totalement différente, du *Fléau.* Les personnages continuent à se comporter comme ils le faisaient dans l'ancienne version. Vous ne découvrirez pas, fidèles lecteurs, que le récit part tout à coup dans une direction parfaitement différente.

Cette version du *Fléau* est une version *développée* du roman publié il y a une dizaine d'années. Comme je viens de le dire, les personnages ne se comportent pas de manière radicalement différente. Mais vous découvrirez que presque *tous* faisaient *davantage* dans la version originale du livre, celle que vous avez maintenant sous les yeux. Et si je n'avais pas cru que certaines de ces choses étaient intéressantes — peut-être même instructives — je n'aurais jamais donné mon accord à ce projet.

Si ce n'est pas ce que vous cherchez, n'achetez pas ce livre. Si vous l'avez déjà acheté, j'espère que vous avez conservé le bon de caisse. Le libraire vous le demandera certainement avant de vous rembourser.

Mais si cette version développée *est* ce que vous voulez, je vous invite à faire un petit bout de chemin avec moi. J'ai bien des choses à vous raconter, et je crois que nous serions plus à l'aise au coin de la rue.

Dans le noir.

DEUXIÈME PARTIE : À LIRE APRÈS L'ACHAT

En fait, il ne s'agit pas tant d'une préface que d'une explication de la raison d'être de cette nouvelle version du *Fléau*. Le roman était déjà long tel qu'il avait été publié. Certains — peut-être même beaucoup — estimeront que cette version développée est un acte de pure complaisance de la part d'un auteur dont les œuvres ont été suffisamment bien accueillies pour qu'il puisse se le permettre. J'espère qu'il n'en est pas ainsi, mais il me faudrait être passablement stupide pour ne pas me rendre compte que je m'expose à cette critique. Après tout, lors de la parution du roman, de nombreux critiques l'avaient jugé trop long, pour ne pas dire interminable.

Que ce livre ait été trop long dans sa première version, ou qu'il le soit devenu dans celle-ci, est une question à laquelle chaque lecteur répondra par lui-même. Je voulais simplement préciser dans ces quelques lignes que si je fais republier *Le Fléau* comme il avait été conçu à l'origine, ce n'est pas pour ma satisfaction personnelle ni pour celle d'un lecteur en particulier, mais pour répondre aux vœux exprimés par un groupe non négligeable de lecteurs.

Je ne me serais pas prêté à cette nouvelle publication si je n'avais pas été convaincu que les passages dont le manuscrit original a été amputé enrichissaient mon histoire. Et je serais un menteur si je ne disais point que je suis bien curieux de voir comment la nouvelle version sera accueillie.

Je vais vous épargner le récit de la genèse du *Fléau* — les enchaînements d'idées qui donnent naissance à un roman n'intéressent le plus souvent que les romanciers en herbe. Car ils pensent qu'il existe une « formule magique » pour écrire un roman qui connaîtra le succès commercial. Ce n'est pourtant pas le cas. Une idée vous vient ; plus tard, une autre frappe à la porte ; vous établissez un lien ou une série de liens entre ces deux idées ; quelques personnages (généralement à peine une esquisse au début) se présentent ; une conclusion possible surgit dans l'esprit de l'auteur (mais quand la vraie conclusion arrive, elle ressemble rarement à celle qu'il avait envisagée) ; et finalement, le romancier s'assied devant sa feuille de papier, sa machine à écrire ou son ordinateur. Quand on me demande comment j'écris, je réponds toujours : « Un mot à la fois. » On croit y voir une pirouette. C'est pourtant la vérité. Trop simple pour être vraie, croit-on. Mais pensez un peu à la Grande Muraille de Chine, si vous le voulez bien : une pierre à la fois, n'est-ce pas ? Mais oui. Une pierre à la fois. Et pourtant, j'ai lu quelque part qu'on la voyait du haut des satellites, cette foutue muraille, et à l'œil nu par-dessus le marché.

Pour les lecteurs qui s'intéresseraient à ce genre de choses, je raconte la genèse du roman dans le dernier chapitre de *Danse macabre,* un livre un peu décousu que j'ai publié en 1981 et dans lequel je me fais l'aimable guide du lecteur passionné par la littérature d'horreur. N'allez pas croire que je fais de la publicité pour ce livre, non ; je vous dis simplement que si vous voulez connaître la genèse du *Fléau,* vous la trouverez racontée dans ce bouquin. Je précise cependant que si elle y est racontée, ce n'est pas parce qu'elle présente un intérêt en soi, mais parce qu'elle m'a semblé utile pour illustrer un point totalement différent.

Pour le moment, ce qu'il importe de dire, c'est qu'environ quatre cents pages de manuscrit avaient été amputées du texte final. Cette décision n'avait pas été prise pour des raisons littéraires. S'il en avait été ainsi, j'aurais laissé le livre vivre sa vie et mourir de sa belle mort dans la forme sous laquelle il avait été publié.

Mais les coupures avaient été apportées sur les ordres du service de comptabilité de mon éditeur. Les experts avaient totalisé les coûts de production, puis analysé les ventes de mes quatre livres précédents pour conclure qu'un prix de treize dollars était à peu près tout ce que le marché pouvait tolérer (comparez ce prix à celui que vous venez de payer, chers voisins et amis !). On me demanda si je voulais m'occuper moi-même des coupures, ou si je préférais confier l'opération à un tiers. À regret, j'acceptai d'être le chirurgien. Et je crois que je ne m'en tirai pas trop mal pour un écrivain que l'on avait accusé tant de fois de diarrhée verbale compliquée par l'usage abusif des machines à traitement de texte. Il n'y a qu'un endroit — le voyage qui conduit La Poubelle de l'Indiana à Las Vegas — où les cicatrices sont nettement visibles dans la version originale.

Si toute l'histoire était là, demanderez-vous, à quoi bon la republier maintenant ? N'est-ce pas de la complaisance en fin de compte ? J'espère bien que non. Car sinon, j'aurais passé une bonne partie de ma vie à perdre mon temps. Il se trouve que je suis convaincu que dans toutes les histoires vraiment bien racontées, l'ensemble est toujours supérieur à la somme des parties. S'il n'en était ainsi, ce qui suit serait une version parfaitement acceptable de Hansel et Gretel :

Hansel et Gretel étaient deux enfants qui avaient un gentil papa et une gentille maman. La gentille maman mourut et le père se remaria avec une vraie garce. La

14

garce voulait se débarrasser des marmots afin d'avoir plus d'argent pour elle. Elle bourra le mou de son bonhomme qui accepta finalement d'emmener Hansel et Gretel dans la forêt pour les tuer. Le père des petits hésita au dernier moment et les épargna pour qu'ils puissent mourir de faim dans la forêt au lieu de connaître une mort rapide et clémente sous la lame de son couteau. Alors qu'ils erraient dans les bois, ils trouvèrent une maison de sucre. Elle appartenait à une sorcière qui pratiquait le cannibalisme. Elle les enferma à double tour et leur dit qu'elle les mangerait quand ils seraient gros et gras. Mais les petits furent plus malins qu'elle. Hansel la fourra dans son propre four. Ils trouvèrent le trésor de la sorcière et probablement une carte car ils finirent par retrouver le chemin de la maison familiale. Quand ils y arrivèrent, papa flanqua la garce à la porte. Ils vécurent tous heureux et eurent de nombreux enfants. Fin.

Je ne sais pas ce que vous en pensez, mais il me semble qu'il manque quelque chose à cette version. L'histoire est là, mais elle n'est pas très élégante. Un peu comme une Cadillac dont on enlève les chromes et dont on ponce la peinture jusqu'au métal avec une toile d'émeri. Il y a une histoire, d'accord, mais comme elle est racontée, elle ne vaut pas tripette.

Je n'ai pas rétabli la totalité des quatre cents pages amputées. Il ne faut quand même pas ambitionner. Certains passages qui furent victimes de mes ciseaux dans la version tronquée méritaient de rester dans la corbeille à papier, d'où ils ne sont pas sortis. Mais certaines autres choses, comme la confrontation entre Frannie et sa mère au début du livre, me semblent ajouter cette richesse et cette dimension que j'apprécie tellement comme lecteur. Revenons un instant à Hansel et à Gretel. Vous vous souviendrez peut-être que la méchante marâtre ordonne à son mari de rapporter le cœur des enfants, pour prouver que le malheureux bûcheron a bien exécuté ses ordres. Le bûcheron retrouve une étincelle d'intelligence et lui rapporte le cœur de deux lapins. Pensez à cette piste de miettes de pain que Hansel laisse derrière lui, pour que lui et sa sœur retrouvent leur chemin. Pas bête, le petit ! Hélas, lorsqu'il veut la retrouver, les oiseaux ont mangé toutes les miettes. Ces détails ne sont absolument pas essentiels à l'intrigue, mais d'une certaine manière, ce sont eux qui *font* l'intrigue — ils font partie de l'art magique du conteur. Ils transforment ce qui aurait été une histoire plutôt terne en un conte qui charme et terrifie les lecteurs depuis plus de cent ans.

Je crains fort que rien de ce que j'ai rétabli dans le texte de ce roman ne soit aussi bon que les miettes de pain de Hansel, mais j'ai toujours regretté que personne, sauf moi et quelques lecteurs chez mon éditeur, n'ait pu faire la connaissance du psychopathe que j'appelle Le Kid... ou n'ait été témoin de ce qui lui arrive à l'entrée d'un tunnel qui rappelle un autre tunnel distant d'un demi-continent — le tunnel Lincoln, à New York, où s'enfoncent deux de mes personnages au début du récit.

Voici donc *Le Fléau,* fidèles lecteurs, tel que son auteur voulait le voir sortir dans toute sa splendeur des chaînes de montage. Ses chromes sont tous là maintenant, pour le meilleur et pour le pire. Et la dernière raison pour laquelle je présente cette version est encore la plus simple. Bien que ce roman n'ait jamais été mon favori, c'est celui que les lecteurs qui apprécient mes livres paraissent aimer le plus. Quand je prends la parole en public (c'est-à-dire aussi rarement que possible), on me parle toujours du *Fléau.* Mes interlocuteurs me demandent souvent des nouvelles des personnages comme s'ils étaient vivants : « Que devient X ? »... Comme s'ils m'écrivaient de temps en temps.

Invariablement, on me demande si le roman va être un jour porté à l'écran. La réponse, soit dit entre parenthèses, est probablement affirmative. Le film sera-t-il bon ? Je n'en sais rien. Bons ou mauvais, les films ont presque toujours un étrange effet réducteur sur les œuvres d'imagination. Mes interlocuteurs ne cessent de songer à la distribution. J'ai toujours cru que Robert Duvall ferait un merveilleux Randall Flagg, mais on m'a cité d'autres noms : Clint Eastwood, Bruce Dern, Christopher Walken. Toutes ces idées me *paraissent* excellentes, de même que Bruce Springsteen ferait un intéressant Larry Underwood s'il décidait un jour de se mettre au cinéma (d'après ses clips, je pense qu'il s'en tirerait très bien... même si mon choix personnel serait plutôt Marshall Crenshaw). Mais finalement, je crois qu'il est peut-être préférable pour Stu, Larry, Glen, Frannie, Ralph, Tom Cullen, Lloyd et l'homme noir d'appartenir au lecteur qui les visualisera au travers de la lentille de son imagination, d'une manière vivante et perpétuellement mouvante qu'aucune caméra ne pourra reproduire. Après tout, le cinéma n'est qu'une illusion du mouvement, donnée par des milliers de photos parfaitement immobiles. L'imagination se laisse porter par ses propres marées. Les films, même les meilleurs, *fixent* l'œuvre d'imagination — quiconque voit *Vol au-dessus d'un nid de coucou* et lit ensuite le roman de Ken Kesey aura bien du mal à ne pas mettre le visage de Jack Nicholson sur celui de Randle Patrick McMurphy. Cela n'est pas nécessairement mauvais... mais il est clair qu'il s'agit cependant d'une limite. Le côté merveilleux d'une bonne histoire est qu'elle n'a pas de limite, qu'elle est fluide ; une bonne histoire appartient à chaque lecteur qui se la représente à sa façon à lui.

Finalement, je n'écris que pour deux raisons : pour me faire plaisir et pour faire plaisir aux autres. En revenant à cette longue histoire de ténèbres et de lumière, j'espère avoir accompli les deux.

24 octobre 1989

Et dehors la rue brûle
Valse de mort
Entre chair et fantasme
Et nos poètes
N'écrivent plus
Ils attendent sur la touche les bras croisés
Mais en plein cœur de la nuit
Ils se redressent enfin
Tentent une résistance
Et retombent blessés
Pas même morts
Cette nuit au pays de la Jungle.

– Bruce Springsteen

Non, elle ne pouvait plus continuer !
La porte était ouverte et le vent s'engouffra,
Les bougies vacillèrent et s'éteignirent,
Les rideaux s'envolèrent et c'est alors qu'il apparut,
« N'aie pas peur,
Viens, Mary, »
Et elle n'avait plus peur
Et elle courut vers lui...
Elle avait pris sa main...
« Viens, Mary ;
Ne crains pas l'Étrangleur ! »

– Blue Öyster Cult

QUEL EST CE MALÉFICE ?
QUEL EST CE MALÉFICE ?
QUEL EST CE MALÉFICE ?

– Country Joe and the Fish

LE CERCLE S'OUVRE

Il nous faut de l'aide, décida le Poète.

— *Edward Dorn*

Sally.

Un murmure.

— Réveille-toi, Sally.

Un murmure, plus fort : *Laisse-moi tranquille.*

Il la secoua encore.

— Réveille-toi. Tout de suite !

Charlie.

La voix de Charlie qui l'appelle. Depuis combien de temps ?

Sally remonta des profondeurs de son sommeil.

Elle regarda le réveil sur la table de nuit. Il était deux heures et quart du matin. Charlie aurait dû être à son travail. Elle le vit. Et quelque chose bondit en elle, une intuition de mort.

Son mari était d'une pâleur mortelle. Les yeux lui sortaient de la tête. Il tenait les clés de la voiture dans une main. Et il continuait à la secouer de l'autre, même si elle avait déjà ouvert les yeux. Comme s'il était incapable de comprendre qu'elle était réveillée.

— Qu'est-ce qu'il y a, Charlie ? Qu'est-ce qui se passe ?

On aurait dit qu'il ne savait pas quoi répondre. Sa pomme d'Adam s'agita, mais tout était silencieux dans le petit bungalow, à part le tic-tac du réveil.

— Il y a le feu ? demanda-t-elle stupidement.

Dans son esprit, c'était la seule chose qui aurait pu le

mettre dans cet état. Elle savait que ses parents étaient morts dans l'incendie de leur maison.

— Si on veut, dit-il. Mais c'est pire encore. Habille-toi vite. Prépare la petite. Il faut partir.

— Mais pourquoi ?

La terreur s'était maintenant emparée d'elle. Tout paraissait étrange, comme dans un rêve.

— Où ? reprit-elle. Dans la cour ?

Mais elle savait bien qu'il ne s'agissait pas de cela. Elle n'avait jamais vu Charlie aussi inquiet. Elle prit une profonde respiration, mais ne sentit aucune odeur de fumée.

— Sally, ne pose pas de questions. Il faut partir. Très loin. Réveille la petite et habille-la.

— Mais je dois... est-ce qu'on a le temps de faire des bagages ?

La question parut l'arrêter. Le faire dérailler. Elle pensait avoir très peur, mais apparemment non. Et elle comprit que ce qu'elle avait pris pour de la peur chez son mari était purement et simplement de la panique. Charlie se passa distraitement la main dans les cheveux.

— Je ne sais pas, il faut voir d'où vient le vent.

Et il la laissa sur cette phrase bizarre qui ne signifiait rien pour elle, il la laissa debout dans le froid, craintive et déconcertée, pieds nus, dans sa petite chemise de nuit de poupée. On aurait dit qu'il était devenu fou. Pourquoi aller voir d'où venait le vent quand elle lui demandait s'ils avaient le temps de faire des bagages ? Et très loin, qu'est-ce qu'il voulait dire ? Reno ? Las Vegas ? Salt Lake City ? Et...

Une idée lui traversa la tête et elle se prit la gorge, affolée.

Déserter. S'il fallait partir en pleine nuit, c'est que Charlie voulait déserter.

Elle entra dans la chambre où dormait la petite LaVon et resta un moment à regarder l'enfant qui dormait dans son pyjama rose. Elle espérait encore qu'il ne s'agissait que d'un cauchemar terriblement impressionnant. Elle allait se réveiller à sept heures, comme d'habitude, ferait manger LaVon, prendrait son petit déjeuner en regardant

Today à la télé, et elle serait en train de préparer des œufs sur le plat pour Charlie quand il rentrerait de son travail, à huit heures, après une autre nuit dans la tour nord de la Réserve. Dans deux semaines, il reprendrait le service de jour. Il serait de meilleure humeur, il dormirait la nuit avec elle, et elle ne ferait plus de cauchemars.

— Dépêche-toi ! dit-il d'une voix sifflante, lui ôtant son dernier espoir. Nous avons juste le temps de prendre quelques affaires... mais pour l'amour de Dieu, si tu aimes la petite — il montrait le berceau —, habille-la vite !

Il toussa nerveusement en se couvrant la bouche, sortit quelques vêtements de la commode et les fourra dans deux vieilles valises.

Sally réveilla la petite LaVon, aussi doucement qu'elle le put ; l'enfant de trois ans, réveillée en plein sommeil, commença à pleurer. Sally lui mit une culotte, une chemise et une barboteuse. Les pleurs de l'enfant la rendaient encore plus nerveuse. Elle se souvenait de ces autres fois où LaVon, habituellement tranquille comme un ange, s'était mise à pleurer en pleine nuit : une couche qui lui faisait mal, les dents, le croup, une colique. Et sa peur se transforma lentement en colère lorsqu'elle vit Charlie passer presque en courant devant la porte, les bras pleins de sous-vêtements. Les bretelles des soutiens-gorge traînaient derrière lui comme des serpentins. Il lança les vêtements dans une valise qu'il ferma brutalement. Le bas de sa plus belle robe était coincé. Elle était sûrement déchirée maintenant.

— Qu'est-ce qui se passe ? cria-t-elle, et la petite LaVon qui s'était un peu calmée pleura de nouveau. Tu es fou ? Ils vont envoyer des soldats te chercher, Charlie ! *Des soldats !*

— Non, pas ce soir, répondit-il avec une assurance un peu effrayante. Si nous nous magnons pas le train, nous ne sortirons jamais de la base. Je ne sais même pas comment j'ai pu foutre le camp de la tour. Une défaillance quelque part. Pourquoi pas ? Puisque tout le reste a déconné.

Et le rire hystérique qu'il poussa alors l'effraya encore davantage.

— La petite est habillée ? Parfait. Mets ses habits dans

22

l'autre valise. Prends le sac bleu dans le placard pour le reste. Et puis, on fiche le camp. Je pense qu'on va s'en tirer. Le vent souffle de l'est. Heureusement.

Il toussa encore.

— Papa ! dit la petite LaVon en levant les bras. Je veux mon papa ! Petit cheval, papa ! Petit cheval !

— Pas maintenant, répliqua Charlie en disparaissant dans la cuisine.

Un moment plus tard, Sally entendit un bruit de vaisselle. Charlie était en train de prendre l'argent liquide qu'elle cachait dans la soupière bleue, sur l'étagère du haut. Trente ou quarante dollars qu'elle avait économisés — cinquante cents par-ci, parfois un dollar. Son argent à elle. Alors, c'était vrai. Vraiment vrai.

La petite LaVon, privée de jouer au petit cheval avec son père qui ne lui refusait pratiquement jamais rien, recommença à pleurer. Tant bien que mal, Sally lui mit un chandail, puis jeta pêle-mêle la plupart de ses vêtements dans le berceau. Impossible de rien ajouter dans l'autre valise, déjà pleine à craquer. Elle dut se mettre à genoux dessus pour la fermer. Heureusement que la petite LaVon était propre et qu'elle n'avait plus besoin de couches.

Charlie revint dans la chambre. Cette fois, il courait en fourrant dans les poches de son blouson les billets froissés qu'il avait trouvés dans la soupière. Sally prit la petite. L'enfant était tout à fait réveillée maintenant et aurait parfaitement pu marcher, mais Sally voulait la tenir dans ses bras. Elle se baissa et empoigna le sac bleu.

— Où c'est qu'on va, papa ? demanda la petite fille. Tu sais, moi, je dormais très bien.

— Bébé va bien dormir dans la voiture, répondit Charlie en s'emparant des deux valises.

Le bas de la robe de Sally pendait toujours. Les yeux de son mari avaient l'air vides. Une idée, une certitude commençait à grandir dans la tête de Sally.

— Il y a eu un accident ? Mon Dieu, c'est ça ? Un accident ! *Là-bas*.

— J'étais en train de faire une patience. Quand j'ai levé les yeux, les chiffres de l'horloge étaient passés du vert au rouge. J'ai regardé l'écran de contrôle. Sally, ils sont tous...

Il s'arrêta, regarda les grands yeux de la petite LaVon, encore mouillés de larmes, curieux.

— Ils sont tous morts là-bas. Tous, sauf un ou deux. Et sans doute que ceux-là sont morts aussi maintenant.

— Qu'est-ce que c'est mort, papa ? demanda la petite LaVon.

— Tu es trop petite pour comprendre, ma chérie, dit Sally.

Sa voix lui fit l'effet de sortir d'un ravin.

Charlie avala sa salive. Et quelque chose fit un drôle de bruit dans sa gorge.

— En principe, tout se ferme automatiquement si les chiffres de l'horloge passent au rouge. Un ordinateur Chubb surveille tout en permanence. En théorie, aucune panne n'est possible. Quand j'ai vu l'écran de contrôle, j'ai foncé vers la porte. J'ai cru qu'elle allait me couper en deux. Elle aurait dû se fermer dès que l'horloge est passée au rouge, et je ne sais pas depuis combien de temps elle était sur le rouge quand je m'en suis aperçu. Mais j'étais presque rendu au parking quand j'ai entendu la porte claquer derrière moi. Si j'avais regardé trente secondes plus tard, je serais enfermé maintenant dans la salle de contrôle de la tour, comme une mouche dans une bouteille.

— Qu'est-ce que c'est ? Qu'est-ce que...

— Je ne sais pas. Je ne veux pas savoir. Tout ce que je sais, c'est qu'ils sont morts très vite. S'ils veulent me rattraper, il faudra qu'ils courent vite. On me payait une prime de risque, mais pas assez pour que je reste traîner là-bas. Le vent souffle vers l'ouest. On part à l'est. Allez, viens !

Comme à moitié endormie, en plein milieu d'un horrible cauchemar, elle le suivit jusqu'à la Chevrolet, vieille de quinze ans, qui rouillait tranquillement dans la nuit odorante du désert californien.

Charlie lança les valises dans le coffre et le sac sur la banquette arrière. Sally resta un moment devant la por-

tière de droite, le bébé dans ses bras, regardant le bungalow où ils avaient vécu ces quatre dernières années.
Quand ils s'y étaient installés, pensa-t-elle, la petite
LaVon grandissait encore dans son ventre, attendant le
jour où elle jouerait au petit cheval avec son papa.

— Dépêche-toi ! Allez, viens !

Elle ouvrit la portière et monta dans la voiture. Il
recula. Les phares de la Chevrolet illuminèrent un
moment la maison. Leurs reflets dans les fenêtres ressemblaient aux yeux d'une bête traquée.

Tendu, Charlie était collé sur son volant. La lueur des
instruments du tableau de bord éclairait faiblement son
visage.

— Si les grilles de la base sont fermées, je vais essayer
de les défoncer.

Il était sérieux, elle en était sûre. Elle sentit ses genoux
mollir.

Mais il ne fut pas nécessaire de défoncer les grilles.
Elles étaient grandes ouvertes. Un gardien somnolait
devant un magazine. Elle ne put voir l'autre ; peut-être
était-il aux toilettes. On était ici dans le périmètre extérieur de la base, un simple dépôt de véhicules militaires.
Ce qui se passait au centre de la base n'était pas l'affaire
de ces deux types.

*J'ai levé la tête et j'ai vu que l'horloge était passée au
rouge.*

Elle frissonna et posa la main sur la cuisse de Charlie.
La petite LaVon s'était rendormie. Charlie tapota la main
de Sally.

— Tout ira bien, tu vas voir.

À l'aube, ils traversaient le Nevada à toute allure, en
direction de l'est. Charlie toussait beaucoup.

LE GRAND VOYAGE

16 JUIN-4 JUILLET 1990

J'ai appelé le docteur,
Docteur, s'il vous plaît, docteur
Ça chavire, ça bascule,
Qu'est-ce que c'est, mais qu'est-ce que c'est ?
Dites-moi, docteur, une nouvelle maladie ?

— *The Sylvers*

Baby, tu peux l'aimer ton mec ?
C'est un brave type tu sais,
Baby, tu peux l'aimer ton mec ?

— *Larry Underwood*

LIVRE I

1

La station-service Texaco de Hapscomb sommeillait au bord de la nationale 93, à la sortie nord d'Arnette, un bled paumé de quatre rues, à près de deux cents kilomètres de Houston. Ce soir-là, tous les habitués étaient assis devant la caisse enregistreuse, en train de boire leur bière, de bavarder de tout et de rien, de regarder les moustiques s'écraser sur l'enseigne au néon.

Bill Hapscomb était chez lui dans sa station-service. Alors, il fallait bien le respecter un peu, même si c'était le roi des cons. Les autres en auraient attendu autant des copains s'ils avaient eu eux aussi un commerce, ce qui n'était pas le cas. Les temps étaient durs à Arnette. En 1980, la ville possédait encore deux industries, une cartonnerie qui fabriquait surtout des assiettes et des gobelets de pique-nique, et une usine de calculatrices électroniques. La cartonnerie avait fermé depuis, et l'usine de calculatrices battait de l'aile — on les fabriquait bien meilleur marché à Taiwan, comme les transistors et les télés portatives.

Norman Bruett et Tommy Wannamaker avaient bossé autrefois à la cartonnerie. Comme ils n'avaient plus droit au chômage, ils vivaient maintenant de l'aide sociale. Henry Carmichael et Stu Redman travaillotaient tous les deux à l'usine de calculatrices, rarement plus de trente heures par semaine. Victor Palfrey était à la retraite. Il fumait d'infectes cigarettes qu'il roulait lui-même, faute de pouvoir se payer autre chose.

— Et moi, voilà ce que je vous dis, pérorait Hapscomb, penché en avant, les mains sur les genoux. Ils n'ont qu'à dire merde à l'inflation, merde à la dette nationale. On a les imprimeries, on a le papier. Suffit d'imprimer cinquante millions de billets de mille dollars, et puis on les met en circulation, bordel de merde.

Palfrey, qui avait été mécanicien jusqu'en 1984, était le seul à avoir assez de culot pour relever les plus grosses idioties de Hap. Il se roulait encore une autre de ces cigarettes qui puaient la merde :

— On serait pas plus avancés. S'ils font ça, on se retrouvera comme les Sudistes pendant la guerre de Sécession. Dans ce temps-là, quand tu voulais un bout de pain d'épice, tu donnais un dollar sudiste à l'épicière. Elle posait la pièce sur le pain d'épice et elle t'en coupait un bout pas plus gros. L'argent, c'est rien d'autre que du papier, tu sais.

— Moi, je connais des gens qui sont pas de ton avis, répondit Hap d'un air renfrogné en ramassant sur son bureau un cartable de plastique rouge, maculé de graisse. Je dois du fric à tous ces mecs-là. Et ils commencent à s'énerver.

Stuart Redman, sans doute l'homme le plus tranquille d'Arnette, était assis comme les autres sur une chaise de plastique à moitié défoncée, une boîte de bière Pabst à la main. Il regardait la nationale 93, derrière la baie vitrée de la station-service. La dèche, il connaissait. Il n'avait même jamais connu autre chose depuis l'âge de sept ans, quand son père, un dentiste, avait eu la brillante idée de crever en laissant derrière lui une femme et trois enfants.

Sa mère avait trouvé du travail dans un restaurant de routiers, Redball Truck, juste à la sortie d'Arnette — Stu aurait pu le voir de là où il était assis si le resto n'avait pas brûlé en 1979. Suffisant pour que les quatre ne crèvent pas de faim, mais pas plus. À neuf ans, Stu avait commencé à travailler. D'abord pour Rog Tucker, le propriétaire du Red Ball. Il l'aidait à décharger les camions après l'école, pour trente-cinq cents de l'heure. Ensuite, à l'abattoir de Braintree, la ville voisine. Il avait dû tricher sur son âge pour avoir le droit d'y travailler vingt heures par semaine, un boulot à se casser les reins, salaire minimum.

Et maintenant, tandis qu'il écoutait Hap et Vic Palfrey discuter de l'argent et de la mystérieuse manière qu'il avait de vous filer entre les doigts, il se souvenait que ses mains saignaient au début, à force de tirer tous ces chariots de peaux et de boyaux. Il avait essayé de le cacher à sa mère, mais elle s'en était rendu compte, moins d'une semaine après. Elle avait un peu pleuré. Pourtant, elle n'avait pas la larme facile. Mais elle ne lui avait pas demandé de quitter son emploi. Elle comprenait la situation. Réaliste, la mère.

Si Stuart était un homme silencieux, c'était sans doute qu'il n'avait jamais eu d'amis, ni le temps d'en avoir. L'école, et puis le boulot. Son plus jeune frère, Dev, était mort d'une pneumonie l'année où il avait commencé à travailler à l'abattoir. Et Stu n'avait jamais pu vraiment l'oublier. Peut-être parce qu'il se sentait coupable. Dev était son préféré... mais avec sa disparition, c'était aussi une bouche de moins à nourrir.

Au lycée, il avait découvert le football et sa mère l'avait encouragé à jouer, même s'il allait avoir moins de temps pour gagner des sous. « Tu dois jouer. Si tu as une chance de t'en sortir, c'est avec le football. Tu dois jouer. Pense à Eddie Warfield. » Eddie Warfield, c'était le héros local. D'une famille encore plus pauvre que celle de Stu, il s'était couvert de gloire comme centre arrière dans l'équipe régionale junior, ce qui lui avait valu une bourse à l'université Texas A&M. Puis il avait fait dix ans comme professionnel dans l'équipe des Green Bay Packers, le plus souvent comme remplaçant, ce qui ne l'avait quand même pas empêché de se faire remarquer plusieurs fois. Eddie était maintenant propriétaire d'une chaîne de fast-foods dans l'Ouest et le Sud-Ouest. Pour les gens du coin, il était devenu un personnage de légende. À Arnette, si vous parliez de succès, vous parliez d'Eddie Warfield.

Stu n'était pas une étoile sur le terrain, et il n'était pas Eddie Warfield non plus. Un an avant de terminer le lycée, il avait quand même bien cru pouvoir décrocher une bourse dans une petite université, à cause de ses talents sportifs... Et puis il y avait les programmes de stages pour les étudiants, et le conseiller d'orientation lui avait parlé des prêts-bourses.

Mais sa mère était tombée malade et avait dû arrêter de travailler. Cancer. Deux mois avant qu'il passe son diplôme, elle était morte. Stu avait donc dû abandonner ses études pour s'occuper de son frère Bryce et il était entré à l'usine de calculatrices. En fin de compte, c'était Bryce, trois ans plus jeune que Stu, qui s'en était bien tiré. Il travaillait maintenant dans le Minnesota, chez IBM, comme analyste de systèmes. Il n'écrivait pas souvent. La dernière fois que Stu l'avait vu, c'était à l'enterrement, quand Stu avait perdu sa femme — morte exactement du même cancer que sa mère. Peut-être que Bryce se sentait coupable lui aussi... qu'il avait un peu honte de son frère, ce pauvre type qui traînait ses savates dans une petite ville moribonde du Texas, pointait tous les jours dans une fabrique de calculatrices et allait ensuite tuer le temps chez Hap, ou encore au bar Indian Head, à boire de la Lone Star.

Son mariage avait été le grand moment de sa vie, mais il n'avait duré que dix-huit mois. Un seul enfant était sorti du ventre de sa jeune femme, tout bleu. Il y avait trois ans de cela. Depuis, il avait pensé s'en aller, voir ailleurs si c'était mieux, mais il s'était laissé prendre par la torpeur des petites villes — le chant des sirènes qui l'attachait à ces lieux familiers, à ces mêmes visages de toujours. On l'aimait bien à Arnette. Vic Palfrey lui avait même fait un jour le plus beau des compliments, quand il lui avait dit qu'il faisait partie des *boys*.

Vic et Hap discutaient toujours le coup. Un peu de soleil traînait encore dans le ciel, mais tout le reste était plongé dans l'ombre. Il ne passait plus beaucoup de voitures sur la nationale 93, une des raisons pour lesquelles les factures s'empilaient sur le bureau de Hap. Tiens, justement, en voilà une, se dit Stu.

Elle était encore à cinq cents mètres. Les derniers

rayons du soleil faisaient briller ce qui lui restait de chrome sous la poussière. Stu avait une bonne vue. Une très vieille Chevrolet peut-être une 75. Une Chevy, phares éteints. Elle ne faisait pas plus de vingt-cinq à l'heure, en zigzaguant sur toute la largeur de la route. Personne ne l'avait encore vue, sauf lui.

— Bon, alors supposons que tu as pris un crédit sur ta station-service, disait Vic, et supposons que la mensualité soit de cinquante dollars.

— Tu me fais marrer, c'est bien plus que ça.

— Ça fait rien, c'est juste un exemple. Disons cinquante. Et supposons que le gouvernement fédéral t'imprime un plein camion de fric. Bon. Eh bien les types de la banque vont revenir te voir et ils vont te demander *cent* cinquante. Et tu seras autant dans la merde qu'avant.

— C'est vrai, intervint Henry Carmichael.

Hap lui lança un regard furibond. Il savait que Henry, Hank pour les intimes, venait prendre des Cokes dans la distributrice sans payer la consigne. Mieux que ça, Hank savait que *lui* savait. Alors, s'il voulait prendre parti pour quelqu'un, il avait intérêt à se mettre de son côté.

— Pas nécessairement, dit Hap en mettant en branle les pesants rouages de son cerveau mal dégrossi par neuf années d'école.

Et il se mit à expliquer pourquoi. Mais Stu ne savait qu'une seule chose : ils étaient tous dans un sale merdier. Et il n'écoutait déjà plus la voix de Hap qui ronronnait dans ses oreilles. Il regardait la Chevy tanguer et louvoyer sur la route. Elle ne risquait pas d'aller bien loin comme ça, pensa-t-il. Il la vit traverser la ligne blanche, et les pneus de gauche mordirent sur l'accotement en soulevant un nuage de poussière. Elle revenait sur la droite maintenant, y resta un petit bout de temps, puis manqua de peu le fossé. Ensuite, à croire que le conducteur avait pris la grande enseigne Texaco pour un phare, elle partit droit sur les pompes, comme un projectile en bout de course. Stu pouvait entendre le hoquet fatigué de son moteur, le gargouillis asthmatique d'un carburateur à bout de souffle, le cliquetis d'un train de soupapes complètement déréglé. La voiture rata l'entrée de la piste et heurta la bordure du trottoir. Les panneaux lumineux des pompes faisaient des reflets sur le pare-brise crasseux de la Chevy, si bien qu'on ne voyait pas grand-chose à l'intérieur. Mais Stu vit vaguement la silhouette du conducteur basculer sur le côté, sous le choc. Et la bagnole continuait sur sa lancée, à vingt-cinq à l'heure, sans paraître vouloir ralentir.

— Alors, avec plus d'argent en circulation, tu vois bien que...

— Hap, tu ferais mieux de couper tes pompes, dit tranquillement Stu.

— Les pompes ? Quoi ?

Norm Bruett s'était retourné pour regarder dehors.

— Nom de Dieu !

Stu se leva, se pencha par-dessus Tommy Wannamaker et Hank Carmichael, et ferma les huit interrupteurs d'un seul coup, quatre de chaque main. Il fut donc le seul à ne pas voir la Chevy quand elle défonça les pompes du premier îlot.

Elle rentra dedans avec une lenteur implacable, presque grandiose. La Chevy arriva bien calmement à vingt-cinq à l'heure, comme un corbillard. Le châssis racla l'îlot de béton avec un grand bruit de métal et, quand les roues cognèrent contre le bord, tout le monde, sauf Stu, vit la tête du conducteur basculer mollement en avant et frapper le pare-brise qui s'étoila.

La Chevy sauta en l'air comme un vieux chien à qui on donne un coup de pied. Elle faucha la pompe de super qui roula par terre en crachant un peu d'essence. Le pistolet se décrocha et s'arrêta un peu plus loin. Il brillait à la lumière des tubes fluorescents.

Ils virent tous le pot d'échappement lâcher une gerbe d'étincelles en frottant sur le ciment. Hap, qui avait assisté à l'explosion d'une station-service au Mexique, se protégea instinctivement les yeux en attendant la boule de feu. Mais l'arrière de la Chevy fit un petit écart et retomba sur la piste, du côté de la station-service. Puis l'avant s'écrasa contre la pompe d'essence sans plomb qui bascula avec un *bang* étouffé.

Comme si elle savait parfaitement ce qu'elle faisait, la Chevrolet termina son virage à 360 degrés en frappant de nouveau l'îlot, mais cette fois de côté. L'arrière monta sur le trottoir et renversa la pompe d'essence ordinaire. Et là, la Chevy s'arrêta, traînant derrière elle son pot rouillé. Elle avait détruit les trois pompes du premier îlot, le plus proche de la route. Le moteur continua de hoqueter quelques secondes, puis s'arrêta. Et ce fut ensuite le silence. Total.

— Bordel de bordel, dit Tommy Wannamaker en respirant un grand coup. Est-ce qu'elle va sauter, Hap ?

— Ça serait déjà fait, répondit Hap en se levant.

Dans sa hâte, il donna un coup d'épaule dans le présentoir des cartes routières, envoyant valdinguer le Texas, le Nouveau-Mexique et l'Arizona. Il jubilait, sans trop oser y croire. Les pompes étaient assurées, et l'assurance payée. Mary lui avait toujours dit de payer l'assurance avant tout le reste.

— Eh ben, il devait être plein comme une bourrique, dit Norm.

— J'ai vu ses stops, hurlait Tommy, tout excité. Ils se sont pas allumés une seule fois. Bordel de bordel ! S'il avait fait du cent, on serait tous morts.

Ils se précipitèrent dehors, Hap en tête, Stu le dernier. Hap, Tommy et Norm arrivèrent ensemble devant la voiture. Ils pouvaient sentir l'odeur de l'essence, entendre le lent cliquetis du moteur qui se refroidissait. Hap ouvrit la portière de gauche et l'homme qui se trouvait au volant s'effondra comme un sac de linge sale.

— Nom de Dieu ! cria Norm Bruett.

Il avait presque hurlé. Il se retourna, prit son gros bide à deux mains et vomit. Pas à cause de l'homme qui était tombé par terre (Hap l'avait rattrapé juste à temps, avant qu'il ne s'écrase sur le ciment), mais de l'odeur qui sortait de la voiture, une puanteur de sang, d'excréments, de vomi et de pourriture. Une riche odeur de mort.

Un instant plus tard, Hap prenait le conducteur sous

les bras et le tirait derrière lui. Tommy se précipita pour soulever les pieds qui traînaient par terre. À deux, ils le transportèrent jusqu'au bureau. Dans la lumière crue des tubes au néon qui pendaient du plafond, leurs visages étaient blancs, granuleux comme du fromage blanc. Hap ne pensait plus à l'assurance.

Les autres regardaient encore dans la voiture. Puis Hank se retourna, une main sur la bouche, le petit doigt en l'air comme quelqu'un qui lève son verre pour porter un toast. Il fila au bout de la station-service et rendit tout son dîner.

Vic et Stu avaient encore la tête dans la voiture. Ils se reculèrent, se regardèrent, puis se penchèrent à nouveau. Du côté du passager, il y avait une jeune femme, la robe retroussée jusqu'en haut des cuisses. Appuyé contre elle, un petit garçon ou une petite fille, trois ans peut-être. Tous les deux morts. Le cou gonflé comme une chambre à air, violacé comme un gros bleu. Des poches noires sous les yeux. On aurait dit, expliquera Vic plus tard, on aurait dit des joueurs de base-ball qui se mettent du noir sous les yeux pour ne pas être éblouis par le soleil. Leurs yeux gonflés regardaient dans le vide. La femme tenait la main de l'enfant. Sous leur nez, il y avait une épaisse coulée de morve sèche. Des mouches bourdonnaient autour d'eux, se posaient sur la morve, trottinaient dans leurs bouches béantes. Stu avait fait la guerre, mais il n'avait jamais rien vu d'aussi horrible. Et ses yeux revenaient constamment sur ces deux mains nouées l'une à l'autre.

Stu et Vic reculèrent ensemble, sans oser se regarder. Puis, ils repartirent vers la station-service. Derrière la vitre, Hap beuglait quelque chose au téléphone. Norm les suivait un peu plus loin et regardait de temps en temps par-dessus son épaule. La portière du conducteur était restée ouverte. Pendus au rétroviseur, des chaussons de bébé se balançaient lentement.

Debout à la porte, Hank s'essuyait la bouche avec un mouchoir malpropre.

36

— Seigneur, dit-il d'un air malheureux, et Stu hocha la tête.

Hap raccrochait. Le conducteur de la Chevy était couché par terre.

— L'ambulance sera là dans dix minutes. Vous croyez qu'ils sont... ? fit-il en agitant le pouce dans la direction de la Chevy.

— Morts, ça tu peux être sûr, répondit Vic.

Son visage creusé avait pris une couleur jaunasse. Il essayait de se rouler une de ses infectes cigarettes, mais les brins de tabac tombaient partout.

— Plus morts que ça, j'ai jamais vu, ajouta-t-il.

Il regarda Stu, et Stu hocha la tête en fourrant ses mains dans ses poches. Il avait mal au cœur.

L'homme couché par terre se mit à gémir, une sorte de gargouillis qui lui sortait de la gorge. Ils le regardèrent tous. Au bout d'un moment, ils comprirent qu'il parlait, ou du moins qu'il essayait. Hap s'agenouilla à côté de lui. Après tout, c'était sa station-service.

À vrai dire, il n'était pas tellement en meilleur état que la femme et l'enfant dans la voiture. Son nez coulait comme une passoire et sa respiration faisait un bruit bizarre, un bruit de mer, comme si quelque chose clapotait au fond de sa poitrine. Il avait de grosses poches sous les yeux, pas encore noires, mais violet foncé. Son cou avait l'air trop gros, et la peau plissait en formant un triple menton. Il brûlait d'une terrible fièvre. Près de lui, on aurait cru être accroupi à côté d'un barbecue, quand on vient de mettre des charbons bien rouges.

— Le chien, bredouilla-t-il, vous l'avez sorti ?

— Monsieur, répondit Hap en le secouant doucement, j'ai appelé l'ambulance. On va s'occuper de vous.

— L'horloge était rouge, grogna l'homme par terre.

Puis il se mit à tousser, une série d'explosions qui catapultèrent hors de sa bouche de longs filets glaireux. Hap se recula en grimaçant de dégoût.

— On ferait mieux de le retourner, dit Vic. Il est en train de s'étouffer.

Mais avant qu'ils n'aient eu le temps de le faire, la

toux s'éteignit et l'homme recommença à respirer difficilement, avec un bruit de forge. Il cligna les yeux lentement et regarda autour de lui.

— C'est où... ici ?

— Arnette, répliqua Hap. Station-service de Bill Hapscomb. Vous avez démoli mes pompes. Mais vous en faites pas, s'empressa-t-il d'ajouter, je suis assuré.

L'homme couché par terre essayait de s'asseoir. Finalement, il renonça et posa la main sur le bras de Hap.

— Ma femme... ma petite fille...

— Elles vont bien, répondit Hap en souriant comme un chien idiot.

— Je suis malade... très malade, reprit l'homme. Elles aussi. Depuis deux jours. Salt Lake City...

Sa respiration faisait un bruit bizarre, comme un grondement. Il referma lentement les yeux.

— Malades... On n'est pas parti assez vite...

Ils entendaient hurler la sirène de l'ambulance d'Arnette, encore loin.

— Tu parles, murmurait Tommy Wannamaker, tu parles d'une histoire.

Les paupières du malade battirent encore, et il ouvrit les yeux. Cette fois, ils étaient remplis d'angoisse. Il essayait encore de se redresser. La sueur dégoulinait sur son visage. Il reprit le bras de Hap.

— Sally et la petite vont bien ? demanda-t-il d'une voix anxieuse.

L'homme bavait abondamment et Hap le sentait brûler de fièvre. Ce type était malade, moitié fou, et il puait. Comme une vieille couverture de chien, pensa-t-il.

— Elles vont bien, répondit-il un peu trop vite. Restez tranquille... ne vous faites pas de mouron, d'accord ?

L'homme se laissa retomber. Sa respiration était de plus en plus difficile. Hap et Hank l'aidèrent à se mettre sur le côté. On aurait dit qu'il respirait un peu mieux maintenant.

— Je me sentais assez bien jusqu'à hier soir. Je toussais, mais pas trop. Ça m'a pris dans la nuit. Je suis pas parti assez vite. Est-ce que la petite va bien ?

Le reste se perdit dans un borborygme incompréhensible. La sirène de l'ambulance se rapprochait. Stu s'avança vers la baie vitrée pour la voir arriver. Les autres restèrent en cercle autour de l'homme couché par terre.

— Qu'est-ce qu'il a, Vic, t'as une idée ? demanda Hap.

Vic secoua la tête.

— Noir total.

— Peut-être la bouffe, dit Norm Bruett. La voiture a une plaque de Californie. Sans doute qu'ils ont mangé n'importe quoi sur la route. Peut-être qu'ils se sont empoisonnés avec un hamburger. Ça arrive.

L'ambulance fit le tour de la Chevy pour s'arrêter devant la porte de la station-service. Le gyrophare tournait comme un fou. Il faisait complètement noir maintenant.

— Donne-moi la main, je vais te tirer de là ! cria tout à coup l'homme couché par terre.

Puis ce fut le silence.

— Empoisonnement, dit Vic. Ouais... Possible... J'espère en tout cas, parce que...

— Parce que quoi ? interrogea Hank.

— Ben, autrement c'est peut-être un truc qui s'attrape, répondit Vic en les regardant avec des yeux inquiets. J'ai vu une épidémie de choléra en 1958, du côté de Nogales. Ça ressemblait à ça.

Trois hommes entraient en poussant une civière.

— Eh ben, mon vieux Hap, dit l'un d'eux, tu peux dire que t'as eu de la chance de pas faire sauter ton gros cul. C'est lui, hein ?

Ils s'écartèrent pour les laisser passer, Billy Verecker, Monty Sullivan, Carlos Ortega, des gars qu'ils connaissaient bien.

— Il y en a deux autres dans la voiture, dit Hap en tirant Monty à l'écart. Une femme et une petite fille. Mortes toutes les deux.

— Merde alors ! Tu es sûr ?

— Oui. Le type est pas au courant. Vous l'emmenez à Braintree ?

— Je suppose, répondit Monty en le regardant, les yeux écarquillés. Et qu'est-ce que je vais faire des deux autres dans la voiture ? C'est pas mon boulot !

— Stu peut téléphoner aux flics. Ça te fait rien si je viens avec toi ?

— Ben non, évidemment.

Ils allongèrent l'homme sur la civière. Ils sortaient déjà. Hap s'approcha de Stu :

— Je vais à Braintree avec le type. Tu peux appeler les flics ?

— Naturellement.

— Et Mary aussi. Dis-lui ce qui s'est passé.

— D'accord.

Hap trotta jusqu'à l'ambulance et grimpa à l'arrière. Billy Verecker referma les portières derrière lui, puis appela les deux autres. Ils regardaient à l'intérieur de la Chevy, fascinés.

Quelques instants plus tard, l'ambulance repartait, sirène hurlante, éclats sanglants du gyrophare sur le ciment de la station-service. Stu s'avança vers le téléphone et glissa une pièce dans la fente.

L'homme de la Chevrolet mourut à trente kilomètres de l'hôpital. Il ouvrit la bouche dans un dernier gargouillis, hoqueta, puis ce fut fini.

Hap prit le portefeuille de l'homme dans sa poche revolver et l'ouvrit. Dix-sept dollars. Un permis de conduire de Californie au nom de Charles D. Campion. Une carte de l'armée, des photos de sa femme et de sa fille dans une pochette de plastique. Hap n'eut pas envie de regarder les photos.

Il remit le portefeuille dans la poche du mort et dit à Carlos d'arrêter la sirène. Il était neuf heures dix.

2

La longue jetée d'Ogunquit, dans le Maine, s'avançait dans l'océan Atlantique. Aujourd'hui, elle lui faisait penser à un doigt gris, accusateur, et quand Frannie Goldsmith gara sa voiture dans le parking public, elle aperçut Jess assis au bout de la jetée, à peine une silhouette dans la lumière de l'après-midi. Les mouettes pirouettaient en criaillant au-dessus de lui, carte postale vivante de la Nouvelle-Angleterre, et Frannie se demanda si l'une d'elles oserait gâcher le tableau en lâchant une crotte blanche sur la chemise bleue immaculée de Jess Rider. Après tout, c'était un écrivain, un poète.

Elle savait que c'était Jess, à cause de son vélo dix vitesses cadenassé à une barre de fer derrière la guérite du gardien du parking. Gus, un petit chauve bedonnant, venait déjà à sa rencontre. Le tarif était de un dollar pour les visiteurs, mais Gus n'avait pas besoin de regarder l'autocollant RÉSIDENT, dans l'angle du pare-brise de la Volvo, pour savoir que Fran était du coin. Elle venait souvent ici.

Oui, souvent, pensait Fran. En fait, c'est ici que je me suis fait mettre en cloque, sur la plage, trois mètres au-dessus de la ligne de marée haute. Cher fœtus : tu as été conçu sur la pittoresque côte du Maine, trois mètres au-dessus de la ligne de marée haute et vingt mètres à l'est de la digue. L'endroit est marqué d'une croix.

Gus lui fit bonjour de la main.

— Votre copain est au bout de la jetée, mademoiselle Goldsmith.

— Merci, Gus. Ça va, les affaires ?

L'homme sourit et se tourna vers le terrain de stationnement. Il y avait peut-être deux douzaines de voitures en tout et pour tout, la plupart avec des autocollants bleu et blanc RÉSIDENT.

— Pas beaucoup d'action. On est le 17 juin, c'est encore trop tôt. Mais attendez, dans deux semaines la municipalité va s'en mettre plein les poches.

— Sûrement. Sauf si vous piquez la recette.

Gus éclata de rire et rentra dans sa guérite.

Frannie posa la main sur le métal chaud de sa voiture, retira ses tennis et mit des sandales de caoutchouc. Grande, ses longs cheveux châtains retombaient sur un chemisier chamois. Jolie fille. Longues jambes qui attiraient les regards. *Beau châssis,* comme disaient les étudiants, sauf erreur. Élue plus belle fille de l'Université en 90, s'il vous plaît.

Et elle se mit à rire d'elle-même, d'un rire un peu amer. Tu en fais toute une histoire, se dit-elle, comme si le monde entier attendait cette nouvelle. Chapitre six : Hester Prynne annonce au révérend Dimmesdale l'arrivée imminente de Pearl. Non, ce n'était pas Dimmesdale, mais Jess Rider, vingt ans, un an de moins que Notre Héroïne, la jolie Fran. Étudiant et poète. Suffisait de voir sa chemise bleue immaculée pour le savoir.

Elle s'arrêta au bord du sable, sentit la douce chaleur baigner la plante de ses pieds à travers la semelle de caoutchouc de ses sandales. Au bout de la jetée, la silhouette lançait des galets dans l'eau. Spectacle divertissant, pensa-t-elle, mais surtout déprimant. Il joue les lord Byron, solitaire mais heureux de l'être ; contemplant l'immensité de la mer qui, loin, si loin, mène jusqu'au vieux continent. Mais moi, l'exilé, jamais...

Et puis merde !

Ce n'était pas tellement cette idée qui la dérangeait, mais plutôt ce qu'elle révélait sur son propre état d'esprit.

Le garçon qu'elle croyait aimer était assis là-bas, et elle se moquait de lui dans son dos.

Elle s'avança sur la jetée, sautillant gracieusement d'une pierre à l'autre. C'était une ancienne jetée qui faisait autrefois partie d'une digue. Maintenant, la plupart des bateaux de plaisance préféraient le côté sud de la ville, avec ses trois marinas et ses sept motels où les clients venaient brailler tout l'été.

Elle marchait lentement, essayant de se faire à l'idée qu'elle s'était peut-être fatiguée de lui en l'espace de onze jours, depuis qu'elle avait su qu'elle était « un petit peu en cloque », comme disait joliment Amy Lauder. Après tout, c'était lui qui lui avait flanqué un polichinelle dans le tiroir, non ?

Évidemment, elle l'avait un peu aidé. Et pourtant, elle prenait la pilule. La chose la plus simple du monde : elle était allée à l'infirmerie du campus, avait dit au docteur que ses règles étaient douloureuses et qu'elles lui donnaient plein de petits boutons plutôt moches. Et le médecin lui avait donné une ordonnance. En réalité, une provision de pilules pour un mois.

Elle s'arrêta, au-dessus de l'eau cette fois. Les vagues commençaient à déferler autour d'elle. Et elle se dit que les médecins de l'université devaient entendre parler d'histoires de règles et de boutons à peu près aussi souvent que les pharmaciens voient arriver des types qui prétendent acheter des capotes pour leur frère — et même plus souvent par les temps qui courent. Elle aurait pu tout aussi bien lui dire : « Donnez-moi la pilule. J'ai envie de baiser. » Elle avait l'âge. Alors pourquoi jouer la sainte nitouche ? Elle regarda le dos de Jess et soupira. Parce qu'on prend l'habitude de jouer les saintes nitouches. Et elle reprit sa marche.

De toute façon, la pilule n'avait pas marché. Quelqu'un au contrôle de qualité des bons vieux laboratoires Ovril s'était endormi sur son bouton. Ou bien elle avait oublié d'en prendre une, et avait ensuite oublié qu'elle avait oublié.

Elle s'approcha de lui sans faire de bruit et posa les deux mains sur ses épaules.

Jess, qui tenait ses galets dans la main gauche pour les lancer de la droite, poussa un cri et bondit sur ses pieds. Les galets se répandirent partout et il faillit bien faire tomber Frannie dans l'eau. De justesse, il se rattrapa au moment où il allait faire lui-même un plongeon, tête la première.

Frannie partit d'un rire hystérique, recula un peu, les deux mains collées sur la bouche, tandis que lui se retournait, furieux. Un garçon bien bâti, cheveux noirs, lunettes à monture dorée, des traits réguliers qui, éternel regret de Jess, ne refléteraient jamais tout à fait l'exquise sensibilité qu'il cachait en lui.

— Tu m'as fait une sacrée peur !

— Oh Jess, répondit-elle entre deux éclats de rire, oh Jess, je suis désolée, mais c'était si drôle !

— On a failli tomber dans l'eau, dit-il en s'avançant vers elle, fâché.

Elle fit un pas en arrière pour garder ses distances, trébucha sur une pierre et se retrouva le cul par terre. Ses mâchoires claquèrent un bon coup sur sa langue — exquise douleur ! — et elle cessa net de glousser. Ce silence soudain — éteignez-moi, je suis une radio — lui parut encore plus drôle et elle repartit d'un fou rire hystérique, en dépit de sa langue qui saignait copieusement et des larmes qui coulaient à flots de ses joues.

— Ça va, Frannie ? demanda Jess en s'agenouillant à côté d'elle, inquiet.

Oui, je l'aime, pensa-t-elle, un peu soulagée. Tant mieux.

— Tu t'es fait mal, Fran ?

— Blessure d'amour-propre, rien de grave, expliqua-t-elle en le laissant l'aider à se relever. Et je me suis mordu la langue. Tu vois ?

Elle lui tira la langue, attendant un sourire en récompense. Mais Jess fronça les sourcils.

— Merde, tu saignes vraiment beaucoup.

Il sortit un mouchoir, le regarda d'un air méfiant et préféra le remettre dans sa poche.

Elle s'imagina rentrant au parking avec lui, main dans la main, jeunes amants sous le soleil d'été, son mouchoir fourré dans la bouche. Elle ferait un petit salut de la main au gardien si gentil et lui dirait quelque chose comme : *Fa-louf, gouf.* Et elle repartit à rire, même si sa langue lui faisait mal et que le goût du sang dans sa bouche lui donnât mal au cœur.

— Regarde ailleurs. Je vais faire quelque chose qu'une jeune fille bien élevée ne doit pas faire.

Avec un petit sourire, il se couvrit les yeux d'un geste théâtral. Appuyée sur un bras, elle pencha la tête par-dessus le parapet et cracha — rouge vif. Berk ! Encore. Et encore. Sa bouche parut enfin s'être vidée et elle se retourna. Il la regardait entre ses doigts.

— Je suis désolée. Je ne fais que des conneries.

— Mais non, répondit Jess qui pensait visiblement le contraire.

— On va prendre une glace ? Tu conduis. Je paye.

— Marché conclu.

Il se releva et l'aida à se mettre debout. Elle cracha encore une fois dans l'eau. Rouge vif.

— Je m'en suis pas coupé un morceau, quand même ? demanda Fran, inquiète cette fois.

— Peut-être, plaisanta Jess. Tu as senti que tu en avalais un bout ?

Dégoûtée, elle mit la main devant sa bouche.

— Ce n'est pas drôle.

— Non, je suis désolé. Tu t'es simplement mordue, Frannie.

— Est-ce qu'il y a des artères dans la langue ?

Ils rentraient maintenant, main dans la main. Elle s'arrêtait de temps en temps pour cracher par-dessus le parapet de la jetée. Rouge vif. Non, elle n'allait pas avaler un morceau de ce truc, pas question !

— Non.

— Tant mieux, répondit-elle avec un sourire rassurant. Je suis enceinte.

— Ah bon ? C'est très bien. Tu sais qui j'ai vu à Port...

Il s'arrêta net et se retourna pour la regarder, le visage tout à coup très sérieux et très, très attentif. Elle avait un peu de peine à le voir faire cette tête.

— Qu'est-ce que tu dis ?

— Je suis enceinte.

Elle lui fit un grand sourire et cracha par-dessus le parapet. Rouge vif.

— Tu me fais marcher.

— Pas du tout.

Il la regardait toujours. Puis ils se remirent en route. Quand ils traversèrent le parking, Gus sortit de sa guérite et les salua de la main. Frannie lui répondit. Et Jess aussi.

Ils s'arrêtèrent au bord de la nationale 1. Jess prit un Coca et s'assit derrière le volant de la Volvo, tétant sa bouteille d'un air pensif. Fran l'envoya chercher un super banana split et elle s'adossa contre la portière, pas loin d'un mètre de banquette entre les deux, pour déguster à la petite cuillère les noix, la sauce à l'ananas et ce qui passait pour de la glace dans ce genre d'établissement.

— Tu sais, les glaces, ici, c'est surtout des bulles. Tu savais ça ? La plupart des gens ne le savent pas.

Jess la regarda sans rien dire.

— C'est vrai. Ces machines sont en fait d'énormes machines à bulles. C'est pour ça que leurs glaces sont si bon marché. J'ai lu un article là-dessus pour le cours de marketing. Comme quoi on peut vous faire avaler n'importe quoi.

Jess la regarda sans rien dire.

— Si tu veux une vraie glace, il faut aller chez un Italien. Là...

Elle éclata en sanglots.

Il se laissa glisser sur la banquette et lui passa un bras autour du cou.

— Ne pleure pas, Frannie.

46

— Mon banana split est en train de couler, dit-elle entre deux sanglots.

Il sortit à nouveau son mouchoir d'une propreté douteuse. Frannie ne pleurait plus. Elle reniflait encore un peu.

— Coulis de sang sur banana split suprême, dit-elle en le regardant, les yeux rouges. Je crois que je ne vais pas arriver à le manger. Je suis désolée, Jess. Tu veux bien le jeter ?

— Certainement, répondit-il froidement.

Il descendit de voiture et jeta la glace dans une poubelle. Il marchait d'une drôle de manière, pensa Fran, comme si on lui avait donné un bon coup là où ça fait mal aux garçons. Mais après tout, c'était à peu près là qu'elle venait de lui donner un coup. Et d'autre part, eh bien, c'était à peu près la manière dont elle marchait quand elle avait perdu sa virginité sur la plage. Elle avait eu l'impression d'avoir l'entrecuisse tout irrité, comme un bébé à qui on ne change pas ses couches. À ceci près que les bébés ne se font pas cloquer.

Jess reprit sa place derrière le volant.

— Tu es vraiment enceinte, Fran ? demanda-t-il brusquement.

— Vraiment.

— Comment c'est arrivé ? Je croyais que tu prenais la pilule.

— Trois possibilités. Le type du contrôle de qualité des bons vieux laboratoires Ovril dormait sur son bouton quand mes pilules sont passées sur le tapis roulant. Ou bien on vous donne à bouffer au restaurant universitaire des trucs qui vous fortifient le sperme, ou bien j'ai oublié de prendre une pilule et ensuite j'ai oublié que j'avais oublié.

Elle lui fit un petit sourire qui le glaça.

— Ne te fâche pas, Fran. Je demandais simplement.

— Eh bien, si tu veux tout savoir, une belle nuit d'avril, le douze, le treize ou le quatorze, tu as mis ton pénis dans mon vagin et tu as eu un orgasme, ce qui t'a fait éjaculer des millions de spermatozoïdes...

— Arrête ! Pas besoin de...

— De quoi ?

Apparemment froide comme la pierre, elle se sentait un peu perdue. Elle avait pourtant imaginé cette scène, mais elle ne se déroulait pas tout à fait comme prévu.

— De te mettre dans cet état, dit-il timidement. Je ne vais pas te laisser tomber.

— Non, répondit-elle d'une voix plus douce.

À ce stade, elle aurait pu lui prendre la main, la tenir, cicatriser totalement la blessure. Mais elle ne pouvait s'y résoudre. Il n'avait pas à vouloir qu'elle le réconforte, même s'il ne lui demandait rien, même s'il n'en était pas conscient. Elle comprit tout à coup que, d'une façon ou d'une autre, le temps des rires, le bon temps, était fini. Ce qui lui donna envie de pleurer, mais elle put se retenir. Frannie Goldsmith était la fille de Peter Goldsmith. Elle n'allait pas se mettre à brailler comme un veau dans le parking du Dairy Queen d'Ogunquit.

— Qu'est-ce que tu comptes faire ? demanda Jess en prenant une cigarette.

— Qu'est-ce que tu comptes faire, toi ?

Il frotta une allumette et, un instant, tandis que la fumée de la cigarette commençait à monter, elle vit claire-ment l'homme et l'adolescent sur ce même visage.

— Je n'en sais rien.

— Il y a plusieurs possibilités. Nous nous marions et nous gardons le bébé. Nous nous marions et je ne garde pas le bébé. Nous ne nous marions pas et je garde le bébé. Ou...

— Frannie...

— Ou nous ne nous marions pas et je ne garde pas le bébé. Ou je peux me faire avorter. Est-ce que j'ai bien pensé à tout ? J'ai oublié quelque chose ?

— Frannie, est-ce qu'on ne pourrait pas simplement parler...

— C'est ce qu'on est en train de faire ? Tu as eu ta chance. Mais tu as dit : « Je n'en sais rien. » Tes propres mots. Je viens seulement de décrire les choix possibles.

Naturellement, j'ai eu un peu plus de temps que toi pour faire le point.

— Tu veux une cigarette ?

— Non. C'est mauvais pour l'enfant.

— Frannie, nom de Dieu !

— Pourquoi cries-tu ? demanda-t-elle doucement.

— Parce qu'on dirait que tu cherches à me faire autant de mal que tu peux. Je n'arrive tout simplement pas à croire que c'est ma faute.

— Tu n'y arrives pas ? fit-elle en haussant un sourcil. Miracle des miracles, la vierge enfanta.

— Arrête de jouer à ce petit jeu. Tu m'avais dit que tu prenais la pilule. Je t'ai crue. C'est ma faute ?

— Non. Mais ça ne change rien.

— J'ai l'impression que non, répondit-il tristement en jetant sa cigarette à moitié consumée. Alors, qu'est-ce qu'on fait ?

— Change de disque, Jess. Je viens de te dire quels sont les choix, selon moi. Je pensais que tu aurais peut-être une idée. Il y a bien le suicide, mais je n'y pense pas pour le moment. Alors, si tu vois une autre solution, dis-la-moi et on en parle.

— On se marie, dit-il brusquement.

Il avait l'air d'un homme qui vient de décider que le meilleur moyen de résoudre le problème du nœud gordien est de le trancher d'un bon coup en plein milieu. En avant toutes, et attachez vos ceintures.

— Non. Je ne veux pas me marier avec toi.

On aurait dit que son visage était tenu par des boulons invisibles et que tous venaient tout à coup de se desserrer d'un tour et demi. L'image était si cruellement comique qu'elle dut passer sa langue meurtrie contre son palais rugueux pour ne pas avoir le fou rire. Elle n'avait pas envie de Jess.

— Pourquoi pas ?

— Je dois réfléchir à mes raisons. Je ne veux pas t'en parler pour le moment, tout simplement parce que je ne sais pas pourquoi.

— Tu ne m'aimes pas.

— Dans la plupart des cas, l'amour et le mariage s'excluent mutuellement. Trouve autre chose.

Il resta silencieux un long moment. Il jouait avec une autre cigarette, sans l'allumer.

— Je ne peux pas, Frannie, finit-il par répondre, parce que tu ne veux pas parler avec moi. Tu veux juste marquer des points.

Un peu émue, elle hocha la tête :

— Tu as peut-être raison. Mais j'ai perdu quelques plumes ces dernières semaines. Écoute, Jess, tu es vraiment intello jusqu'au bout des ongles. Si on venait t'attaquer avec un couteau, tu voudrais absolument discuter le coup.

— Tu déconnes complètement.

— Alors, trouve une autre solution.

— Non. Tu as réfléchi à tout. J'ai peut-être besoin de réfléchir un peu moi aussi.

— D'accord. Tu veux nous ramener au parking ? Je vais te laisser pour faire quelques courses.

Il la regarda, stupéfait.

— Frannie, je suis venu de Portland en bécane. Pas la porte à côté. J'ai pris une chambre dans un motel. Je pensais que nous allions passer le week-end ensemble.

— Dans ta chambre de motel ? Non, Jess. La situation a changé. Tu reprends ton dix vitesses et tu pédales jusqu'à Portland. Tu me rappelles quand tu auras réfléchi un peu. Rien ne presse.

— Arrête de me faire marcher.

— Non, Jess, c'est toi qui m'as fait marcher, lança-t-elle, furieuse cette fois.

C'est alors qu'il lui donna une petite gifle sur la joue.

Il la regarda, médusé.

— Je suis désolé, Fran.

— On n'en parle plus, répondit-elle d'une voix blanche. Démarre.

Ils revinrent en silence au parking. Les mains croisées sur le ventre, elle regardait les tranches d'océan que découpaient les villas, juste à l'ouest de la digue. On aurait dit des HLM, pensa-t-elle. À qui appartenaient ces maisons, dont la plupart étaient encore fermées et n'ouvriraient qu'avec le début officiel de l'été, dans moins d'une semaine ? Professeurs du MIT. Médecins de Boston. Avocats de New York. Il y en avait de bien plus belles le long de la côte. Et, quand les familles viendraient s'installer dans quelques jours, le plus bas QI sur Shore Road serait celui de Gus, le gardien du parking. Des enfants en vélos dix vitesses, comme celui de Jess. Des enfants qui ont l'air de s'ennuyer, qui vont avec leurs parents au restaurant pour manger du homard avant de sortir au théâtre d'Ogunquit. Des enfants désœuvrés qui montent et descendent la rue principale, prétendant jouer les voyous dans la douce lumière du crépuscule d'été. Elle regardait les éclairs de cobalt entre les villas tassées les unes contre les autres, les yeux embrumés de nouvelles larmes. Comme un petit nuage blanc qui pleurerait.

Ils arrivèrent au parking. Gus leur fit un signe. Ils lui répondirent.

— Je regrette de t'avoir donné une gifle, Frannie, murmura Jess. Je ne voulais pas.

— Je sais. Tu rentres à Portland ?

— Je reste ici ce soir et je t'appelle demain matin. Mais c'est à toi de décider, Fran. Si tu penses te faire avorter, je vais gratter les fonds de tiroir.

— Gratter ? Pourquoi pas cureter ? Tu fais de l'humour ?

— Non, pas du tout. Je t'aime, Fran.

Il se glissa sur la banquette et lui donna un chaste baiser.

Je ne te crois pas, pensa-t-elle. Je n'en crois pas un mot... mais je vais faire comme si. Je peux bien faire ça.

— Parfait, dit-elle, très calme.

— Je suis au motel Lighthouse. Appelle-moi si tu veux.

— D'accord.

Elle s'installa derrière le volant, tout à coup épuisée. Sa langue lui faisait affreusement mal.

Jess s'avança vers sa bicyclette, défit le cadenas et revint avec elle.

— J'aimerais bien que tu m'appelles, Fran.

— On verra, répondit-elle avec un sourire forcé. Au revoir, Jess.

Elle mit la Volvo en première, fit demi-tour et traversa le parking pour prendre la route du front de mer. Elle voyait Jess, debout à côté de sa bicyclette, l'océan derrière lui, et pour la seconde fois de la journée elle l'accusa mentalement de jouer sciemment un rôle. Cette fois, au lieu d'en être irritée, elle se sentit un peu triste. Verrait-elle encore l'océan comme elle l'avait vu tant de fois avant que tout cela n'arrive ? Sa langue lui faisait terriblement mal. Elle descendit un peu plus la vitre et cracha. Tout blanc cette fois. Elle sentait le goût de sel de l'océan, comme des larmes amères.

3

Norm Bruett ouvrit l'œil à dix heures et quart, réveillé par les enfants qui se chamaillaient devant sa fenêtre et par la radio qui beuglait dans la cuisine.

En caleçon et maillot de corps, il s'avança vers la porte de derrière, l'ouvrit violemment et hurla à ses enfants :

— Vos gueules !

Un instant de silence. Luke et Bobby tournèrent la tête, oubliant l'objet de leur dispute, un vieux camion rouillé. Comme toujours, lorsqu'il voyait ses enfants, Norm se sentait tiraillé. D'un côté, il avait de la peine à les voir si mal habillés avec ces frusques de l'Armée du Salut, comme les petits nègres des quartiers pauvres d'Arnette. Mais en même temps, il sentait en lui une effroyable colère, une terrible envie de leur flanquer une formidable raclée.

— Oui, papa, dit Luke de sa petite voix d'enfant de neuf ans.

— Oui, papa, répéta Bobby qui allait sur ses huit ans.

Norm resta là un moment à les regarder, puis claqua la porte. Indécis, il contemplait le tas de vêtements qu'il avait portés la veille. Au pied du grand lit aux ressorts défoncés, là où il les avait laissés tomber.

Cette salope, songea-t-il, elle peut même pas accrocher mes fringues.

— Lila ! hurla-t-il.

Pas de réponse. Il pensa vaguement rouvrir la porte pour demander à Luke où sa mère était encore partie. Le service social n'allait plus distribuer d'épicerie avant la semaine prochaine et, si elle était encore allée faire un tour au bureau d'embauche de Braintree, alors vraiment, c'est qu'elle était encore plus conne qu'un balai.

Il ne prit donc pas la peine d'interroger les enfants. Il se sentait fatigué. Il avait mal à la tête, comme si on lui cognait sur les tempes. Pourtant, il n'avait pas la gueule de bois. Il n'avait pris que trois bières chez Hap la veille. Quelle histoire, cet accident. La femme et le bébé, morts dans la voiture, l'homme, Campion, qui avait crevé en route pour l'hôpital. Le temps que Hap revienne, la police était déjà venue et repartie, la dépanneuse aussi, et le fourgon du croque-mort de Braintree. Vic Palfrey avait signé une déposition pour tous les cinq. Le croque-mort, qui était aussi le coroner du comté, avait refusé de leur dire ce qui avait pu arriver.

— Mais ce n'est pas le choléra. Et n'allez pas faire peur aux gens en racontant que c'est le choléra. On va faire une autopsie et vous lirez les résultats dans le journal.

Sale petit con, se dit Norm en enfilant lentement ses vêtements de la veille. Son mal de tête commençait à lui faire voir trente-six chandelles. Les mômes allaient la fermer, ou bien ils allaient se retrouver avec les deux bras cassés. Pourquoi est-ce qu'il n'y avait pas d'école toute l'année ?

Il pensa rentrer sa chemise dans son pantalon mais y renonça, se disant que le président ne risquait pas de lui rendre visite ce jour-là. En chaussettes, il se traîna jusqu'à la cuisine. Le soleil qui entrait à flots par les fenêtres du côté est lui fit cligner les yeux.

Au-dessus de la cuisinière, la vieille radio marchait à fond :

Mais baby, toi seule peux me le dire,
Baby, tu peux l'aimer ton mec ?
C'est un brave type tu sais,
Baby, tu peux l'aimer ton mec ?

Il fallait qu'on soit tombé bien bas pour que la radio du coin se mette à jouer du rock de nègres. Le poste lui cassait les oreilles. Norm le ferma. C'est alors qu'il vit un mot. Il le prit et plissa les yeux pour le lire.

Cher Norm,
Sally Hodges a besoin qu'on garde ces enfant se matin. Elle va me donner un dolar. Je rentre pour déjeuné. Y a des sausisse si tu veut. Je t'aime mon amour.

Lila.

Norm reposa le mot et resta là un moment, essayant de comprendre. Difficile, avec ce foutu mal de tête. Garder des enfants... un dollar. Pour la femme de Ralph Hodges.

Les trois choses se clarifiaient lentement dans son esprit. Lila était allée garder les trois enfants de Sally Hodges pour gagner un foutu dollar, et elle lui laissait Luke et Bobby sur les bras. Bon Dieu, quelle merde quand un homme doit rester chez lui et torcher ses mioches pour que sa femme aille se faire un foutu dollar, même pas de quoi acheter trois litres d'essence. Putain de vie.

La colère qui montait lui fit encore plus mal à la tête. En traînant les pieds, il s'approcha du frigidaire, acheté à l'époque où il faisait encore des heures supplémentaires, et l'ouvrit. La plupart des étagères étaient vides, à part quelques restes que Lila avait mis dans des boîtes de plastique. Il détestait ces petites boîtes. De vieux fayots, de vieilles pommes de terre, un reste de hachis... pas de la bouffe pour un homme. Rien là-dedans, à part les petites boîtes de plastique et trois vieilles saucisses ratatinées. Il se pencha pour les regarder et ses tempes se mirent à battre encore plus fort. Ces saucisses, on aurait dit des bittes de pygmées d'Afrique ou d'Amérique du Sud, va donc savoir où qu'ils habitent ces cons-là. De toute façon, il n'avait pas envie de manger. Pour dire la vérité, il se sentait même vachement malade.

Il s'approcha de la cuisinière, frotta une allumette sur le bout de papier de verre cloué au mur, alluma le rond de devant et mit le café à chauffer. Puis il s'assit et attendit, maussade. Juste avant qu'il ne bouille, il dut sortir à toute vitesse son tire-jus pour rattraper au vol un gros éternuement mouillé. Un rhume. Il ne manquait plus que ça. Pas un instant il ne pensa à la morve qui coulait du nez de ce type, Campion, la veille.

Hap installait un nouveau pot d'échappement sur la Scout de Tony Leominster. Assis sur une chaise de camping, Vic Palfrey le regardait faire en buvant une bouteille de Pepsi quand la cloche des pompes se mit à sonner.

Vic cligna les yeux.

— La police, dit-il. On dirait ton cousin. Joe Bob.

— J'arrive.

Hap sortit de sous la Scout, s'essuya les mains avec un vieux chiffon. Dehors, il éternua un bon coup. Il avait horreur de ces rhumes qu'on attrape en été. Les pires.

Joe Bob Brentwood, un énorme gaillard qui mesurait pas loin de deux mètres, faisait le plein de sa charrette. Derrière lui, les trois pompes que Campion avait démolies la veille étaient sagement alignées, comme des cadavres de soldats.

— Salut, Joe Bob !

— Hap, mon beau salaud, répondit Joe Bob en enclenchant la gâchette du pistolet et en coinçant le tuyau sous son pied, t'as de la veine que ta baraque soit encore debout ce matin.

— Merde, ça oui. Stu Redman a vu le type arriver et il a fermé les pompes. Mais il y avait des étincelles partout.

— Une veine de cocu. Écoute, Hap, je suis pas venu simplement pour faire le plein.

— Ah bon ?

Joe Bob tourna les yeux vers Vic qui se tenait debout à la porte de la station-service.

— Ce vieux con était là hier soir ?

— Qui ? Vic ? Oui, il est ici presque tous les soirs.

— Est-ce qu'il peut fermer sa gueule ?

— Oui, je crois. C'est un brave type.

La gâchette du pistolet de la pompe se déclencha. Hap rajouta encore vingt cents d'essence, puis raccrocha le pistolet.

— Alors ? Qu'est-ce qui se passe ?

— Allons à l'intérieur. Le vieux doit entendre ça. Et si tu as un moment, téléphone aux autres, à ceux qui étaient là.

Ils entrèrent dans le bureau.

— Bonjour, monsieur l'officier, dit Vic.

Joe Bob répondit d'un signe de tête.

— Du café, Joe Bob ? demanda Hap.

— Non, pas maintenant. Je sais pas trop si mes supérieurs aimeraient me voir ici. Je crois pas. Alors, quand les autres vont se pointer, vous ne leur dites pas que c'est moi qui vous ai rencardés, d'accord ?

— Quels autres, monsieur l'officier ? demanda Vic.

— Les types du ministère de la Santé, répondit Joe Bob.

— Nom de Dieu, c'était le choléra. Je savais que c'était ça, dit Vic.

Hap regardait les deux hommes.

— Alors, Joe Bob ?

— Je n'en sais rien, dit le policier en s'asseyant sur une chaise de plastique.

Ses genoux osseux lui arrivaient presque au menton. Il sortit un paquet de Chesterfield de son blouson et alluma une cigarette.

— Finnegan, le coroner..., reprit-il.

— Un petit con, l'interrompit Hap. Tu aurais dû le voir faire le dindon, Joe Bob. Comme s'il venait de bander pour la première fois. Taisez-vous tous, c'est moi le boss. Un sale con.

— Je sais, un tas de merde, dit Joe Bob. Bon. Il a demandé au docteur James de jeter un coup d'œil à ce Campion. Ensuite, ils ont appelé un autre médecin que je ne connais pas. Après, ils ont téléphoné à Houston. Et vers trois heures ce matin, ils sont arrivés sur le petit aéroport, à côté de Braintree.

— Qui ça ?

— Les pathologistes. Trois. Ils ont tripatouillé les cadavres jusque vers huit heures. Je suppose qu'ils ont regardé dedans, mais je suis pas certain. Ensuite, ils ont téléphoné au Centre épidémiologique d'Atlanta qui va envoyer des types ici cet après-midi. Ils ont dit aussi que des ronds-de-cuir du ministère de la Santé allaient débarquer pour voir tous les mecs qui se trouvaient ici hier soir, et les types qui ont conduit l'ambulance à Braintree. Je sais pas, mais j'ai bien l'impression qu'ils veulent vous mettre en quarantaine.

— Bordel de merde ! dit Hap.

— Mais le centre d'Atlanta, c'est un truc du gouvernement fédéral. Est-ce qu'ils enverraient tout un avion de fédéraux simplement pour un petit coup de choléra ?

— J'en sais foutrement rien, répondit Joe Bob. J'ai pensé que je devais vous prévenir, à cause de ce que vous avez essayé de faire hier soir.

— Merci quand même, Joe Bob, dit Hap. Et qu'est-ce qu'ils ont dit, James et l'autre toubib ?

— Pas grand-chose. Mais ils avaient l'air d'avoir une sacrée trouille. J'avais jamais vu des docteurs avoir autant la trouille. J'ai pas trop aimé.

Un lourd silence s'installa. Joe Bob se dirigea vers la distributrice et prit une bouteille de Fresca. Un peu de gaz s'échappa en sifflant quand il fit sauter la capsule. Joe Bob se rassit et Hap prit un Kleenex dans une boîte qui traînait à côté de la caisse, s'essuya le nez et fourra le mouchoir dans la poche de sa salopette maculée de cambouis.

— Et qu'est-ce que vous avez trouvé sur ce Campion ? demanda Vic.

— On cherche encore, répondit Joe Bob d'un air important. Sa carte d'identité dit qu'il venait de San Diego, mais les papiers qu'on a trouvés dans son portefeuille étaient périmés depuis deux ou trois ans. Son permis de conduire par exemple. Il avait aussi une carte de crédit BankAmericard de 1986, expirée elle aussi. On a trouvé une carte de l'armée et on cherche de ce côté-là. Le capitaine a l'impression que Campion n'habitait plus à San Diego, peut-être depuis quatre ans.

— Déserteur ? demanda Vic en sortant un énorme mouchoir rouge.

Il se racla la gorge et cracha dedans.

— On sait pas encore. Ses papiers militaires disent qu'il s'était engagé jusqu'en 1997. Maintenant, quand il s'est pointé ici, il était en civil, avec sa petite famille, et à un sacré bout de la Californie. Alors, moi...

— Bon. Je vais prévenir les autres, dit Hap. Et merci.

Joe Bob se leva.

— Pas de quoi. Ne dites pas que c'est moi qui vous ai tuyauté. Pas envie de perdre mon boulot. Vos potes ont pas besoin de savoir qui vous a rencardés, non ?

— Non, dit Hap.

Joe Bob allait sortir quand Hap l'arrêta, un peu gêné :

— C'est cinq dollars tout rond pour l'essence, Joe Bob. J'aimerai bien t'en faire cadeau, mais par les temps qui courent...

— Pas de problème, répondit Joe Bob en lui tendant une carte de crédit. C'est la police qui paye. Et puis, comme ça j'aurai une bonne raison d'être venu ici.

Hap éternua deux fois en remplissant le bordereau.

— Tu devrais prendre quelque chose, dit Joe Bob. Rien de pire qu'un rhume en été.

— Tu peux le dire.

Tout à coup, la voix de Vic s'éleva derrière eux :

— C'est peut-être pas un rhume.

Ils se retournèrent. Vic avait un air bizarre.

— Quand je me suis levé ce matin, j'ai éternué et j'ai toussé au moins soixante fois, reprit Vic. Et avec un mal de tête carabiné. J'ai pris des aspirines. Ça va un peu mieux, mais mon nez continue à couler. Peut-être qu'on l'a attrapé nous aussi, le truc de Campion. Le truc qui l'a fait crever.

Hap le regarda un long moment et, à l'instant où il

allait lui expliquer par le menu que c'était strictement impossible, il éternua de nouveau.

Joe Bob les regarda tous les deux, l'air très sérieux :

— Tu sais, ce serait peut-être pas une mauvaise idée de fermer la station-service, Hap. Juste pour aujourd'hui.

Hap lui lança un regard inquiet et essaya de se souvenir de toutes les raisons qu'il avait voulu donner tout à l'heure à Vic pour lui démontrer que ce qu'il disait était impossible. Mais il n'en trouvait plus aucune. Tout ce dont il se souvenait, c'est que lui aussi s'était réveillé avec un mal de tête, et avec le nez qui coulait. Mais tout le monde attrape un rhume de temps en temps. Pourtant, juste avant que ce Campion arrive dans les parages, il se sentait en pleine forme. En pleine forme.

Les trois enfants Hodges avaient six ans, quatre ans et dix-huit mois. Les deux plus jeunes dormaient ; l'aîné était dans la cour, en train de creuser un trou. Assise dans le living, Lila Bruett regardait la télé. Elle espérait bien que Sally ne rentrerait pas avant la fin de l'émission. Ralph Hodges avait acheté une grosse télé couleurs à l'époque où les affaires ne marchaient pas trop mal à Arnette. Lila adorait regarder la télé l'après-midi, surtout la télé en couleurs. C'était tellement plus joli.

Elle tira une bouffée de sa cigarette, mais renvoya aussitôt la fumée, secouée par une quinte de toux. Elle se rendit dans la cuisine pour cracher dans l'évier toute la cochonnerie qui lui était remontée dans la bouche. Elle s'était réveillée avec un rhume et, toute la journée, elle avait eu l'impression qu'on lui chatouillait le fond de la gorge avec une plume.

Puis elle revint dans le living après avoir jeté un coup d'œil par la fenêtre du couloir pour s'assurer que Bert Hodges ne faisait pas de bêtises. Un message publicitaire maintenant, deux bouteilles de produit désinfectant qui dansaient au-dessus d'une cuvette de w.-c. Lila regarda distraitement autour d'elle. Elle aurait voulu que sa maison soit aussi jolie que celle-ci. Sally avait un hobby : elle coloriait des images du Christ, en petites cases numérotées. Ses peintures, joliment encadrées, tapissaient tout le living. Elle aimait surtout la plus grande, celle de la Dernière Cène, derrière la télé ; soixante couleurs différentes, à l'huile, lui avait dit Sally ; près de trois mois de travail. Une véritable œuvre d'art.

Au moment où l'émission reprenait, Cheryl, le bébé, commença à pleurer, un vilain bruit rauque entrecoupé de quintes de toux. Lila posa sa cigarette et se précipita vers la chambre. Eva, la petite de quatre ans, dormait à poings fermés. Mais Cheryl était couchée sur le dos dans son berceau et son visage était devenu tout violet.

Lila n'avait pas peur du croup. Ses deux enfants l'avaient eu. Elle prit la petite par les pieds et lui donna de bonnes tapes dans le dos, ignorant totalement si le docteur Spock recommandait ou non ce traitement, pour la bonne et simple raison qu'elle ne l'avait jamais lu. Mais il parut donner des résultats. La petite Cheryl poussa un croassement et cracha une quantité étonnante de mucosités jaunâtres qui firent une flaque par terre.

— Ça va mieux ? demanda Lila.

Un chuintement lui répondit et la petite se rendormit presque aussitôt.

Lila essuya la flaque avec un Kleenex. Elle n'avait jamais vu un bébé cracher autant de morve d'un seul coup.

Puis elle se rassit devant la télévision. Elle alluma une autre cigarette, éternua à la première bouffée, puis se mit elle aussi à tousser.

4

Il y avait une heure que la nuit était tombée.

Starkey était seul, assis devant une longue table. Il feuilletait un dossier. Et il n'en croyait pas ses yeux. Il y avait trente-six ans qu'il servait son pays, depuis qu'il était sorti de West Point. Il avait été décoré. Il avait parlé à des présidents, leur avait donné des conseils qui parfois avaient été écoutés. Il avait connu bien des moments difficiles, mais cette fois...

Il avait peur. Si peur qu'il osait à peine l'admettre. Cette sorte de peur qui peut vous rendre fou.

Brusquement, il se leva et se dirigea vers le mur où s'alignaient cinq écrans vides. En se levant, il se cogna le genou contre la table et fit tomber un feuillet de papier pelure jaune. La feuille zigzagua paresseusement dans l'air mécaniquement purifié et atterrit sur le carrelage, à moitié cachée dans l'ombre de la table. Quelqu'un qui se serait trouvé là aurait pu lire ceci :

CONTAMINATION CONFIRMÉE
CODE PROBABLE SOUCHE 848-AB
MUTATION ANTIGÈNE CHEZ CAMPION, (W.) SALLY
RISQUE ÉLEVÉ/MORTALITÉ IMPORTANTE
CONTAGION ESTIMÉE À 99,4 %. CENTRE ÉPIDÉMIOLOGIQUE
D'ATLANTA AU COURANT. TOP SECRET DOSSIER BLEU.
FIN
P-T-222312A

Starkey appuya sur un bouton, sous l'écran du milieu, et l'image apparut avec l'énervante rapidité des circuits électroniques. On y voyait le désert de l'ouest de la Californie, dans la direction de l'est. Un paysage désolé, rendu encore plus fantomatique par la couleur rougeâtre de la photo infrarouge.

Par là, tout droit, pensa Starkey. Le Projet Bleu.

La peur voulut s'emparer encore une fois de lui. Il fouilla dans sa poche et en sortit une capsule bleue. Ce que sa fille appelait un *downer*. Peu importait le nom ; c'était le résultat qui comptait. Il l'avala et une grimace fugitive apparut sur son visage habituellement impassible.

Le Projet Bleu.

Il regarda les écrans vides, puis les alluma tous. Sur le 4 et le 5, on voyait les laboratoires. Physique sur le 4, Biologie virale sur le 5. Le laboratoire de biologie virale était rempli de cages : cobayes, singes rhésus, quelques chiens. Aucun ne paraissait dormir. Dans le laboratoire de physique, une petite centrifugeuse continuait à tourner inlassablement. Starkey s'en était déjà plaint. Et il n'avait pas mâché ses mots. C'était un spectacle à vous donner froid dans le dos que de voir cette centrifugeuse pirouetter allègrement tandis que le docteur Ezwick gisait par terre à côté d'elle, les bras étendus comme un épouvantail renversé par un coup de vent.

On lui avait expliqué que la centrifugeuse était branchée sur le même circuit que l'éclairage et que, si on l'arrêtait, la lumière s'éteindrait elle aussi. Et là-bas, les caméras n'étaient pas équipées pour l'infrarouge. D'autres huiles pouvaient venir de Washington pour regarder le cadavre du Prix Nobel qui gisait à cent vingt mètres sous le désert, à un kilomètre de là. Et si nous arrêtons la centrifugeuse, on ne voit plus le professeur. Élémentaire, n'est-ce pas ?

Il avala un autre *downer* et regarda l'écran de contrôle numéro 2. C'était celui qu'il aimait le moins. Le spectacle de cet homme, la tête dans son bol de soupe, n'était vraiment pas très réjouissant. Supposez qu'on vienne vous dire : *Tu resteras le blair dans ton bol de soupe jusqu'à la fin des temps.* L'éternelle tarte à la crème : pas drôle du tout quand il s'agit de vous.

L'écran de contrôle numéro 2 montrait la cafétéria du Projet Bleu. L'accident s'était produit pratiquement au moment du changement d'équipe et il n'y avait presque personne dans la cafétéria. À vrai dire, la différence n'aurait pas été bien grande, pensa-t-il, qu'ils meurent dans la cafétéria, dans leurs chambres ou dans leurs laboratoires. Pourtant, ce type avec le nez dans sa soupe...

Un homme et une femme en combinaison bleue s'étaient effondrés devant le distributeur de bonbons. Un homme en combinaison blanche était étendu à côté du jukebox Seeburg. Autour des tables, neuf hommes et quatorze femmes, certains affalés à côté de sachets de chips, certains tenant toujours dans leurs mains raides un gobelet renversé de Coke ou de Sprite. À la deuxième table, presque au fond, un homme qui avait été identifié comme étant Frank D. Bruce. Le nez dans un bol de ce qui semblait être de la soupe Campbell, Bœuf et Vermicelles.

Le premier écran de contrôle ne montrait qu'une horloge numérique. Jusqu'au 13 juin, tous les chiffres de l'horloge étaient verts. Ils étaient rouge vif maintenant. Et l'horloge s'était arrêtée : 06:13:90:02:37:16.

13 juin 1990. Deux heures trente-sept du matin. Et seize secondes.

Starkey entendit le bruit d'un moteur électrique derrière lui.

Il éteignit les écrans un par un, puis se retourna. C'est alors qu'il vit le papier tombé à terre. Il le reposa sur la table.

— Entrez.

C'était Creighton. Il avait l'air grave et sa peau était couleur de cendre. Encore des mauvaises nouvelles, pensa Starkey sans s'émouvoir. Encore un autre qui a fait un plongeon dans un bol de soupe, Bœuf et Vermicelles.

— Salut, Len, dit-il tranquillement.

Len Creighton lui répondit d'un signe de tête.

— Billy. C'est... nom de Dieu, je ne sais pas comment te dire.

64

— Un mot à la fois, c'est sans doute la meilleure solution.

— Les types qui se sont occupés du corps de Campion passent leurs premiers examens à Atlanta. Et les nouvelles ne sont pas bonnes.

— Tous ?

— Cinq certainement. Il y en a un — il s'appelle Stuart Redman — qui est négatif jusqu'à présent. Mais apparemment, Campion est resté négatif pendant plus de cinquante heures.

— Si seulement Campion n'avait pas foutu le camp, dit Starkey. Pas terrible comme dispositif de sécurité, Len. Vraiment pas terrible.

Creighton hocha la tête.

— Continue.

— Arnette est en quarantaine. Nous avons isolé au moins seize cas de grippe A en mutation constante jusqu'à présent. Et il ne s'agit que des cas les plus évidents.

— Les journalistes ?

— Pas de problème pour le moment. Ils pensent qu'il s'agit d'une épidémie d'anthrax.

— Autre chose ?

— Un sérieux problème, oui. Un certain Joseph Robert Brentwood, de la police de la route du Texas. Son cousin est propriétaire de la station-service où Campion a atterri. Il est passé hier matin pour dire à Hapscomb que les gens des services de santé allaient débarquer. Nous l'avons ramassé il y a trois heures et il est en route pour Atlanta en ce moment. Mais il a eu le temps de sillonner la moitié de l'est du Texas. Dieu sait avec combien de gens il a pu être en contact.

— Merde ! dit Starkey.

Et il fut épouvanté par le son graillonnant de sa voix, par ce fourmillement qu'il sentait au fond de ses testicules et qui remontait maintenant dans son ventre. Contagion de 99,4 %. Le chiffre dansait dans sa tête. Donc, 99,4 % de mortalité, car l'organisme humain ne pouvait produire les anticorps nécessaires pour arrêter un virus antigène en mutation constante. Chaque fois que l'organisme produisait le bon anticorps, le virus prenait tout simplement une forme légèrement différente. Et pour la même raison, il allait être pratiquement impossible de créer un vaccin.

99,4 %.

— Saloperie. C'est tout ?

— Eh bien...

— Allez, vas-y.

Creighton reprit en baissant la voix :

— Hammer est mort, Billy. Suicide. Il s'est tiré une balle dans l'œil avec son pistolet de service. Le cahier des charges du Projet Bleu était sur son bureau. Je suppose qu'il n'a pas cru utile de donner d'autres explications.

Starkey ferma les yeux. Vic Hammer était... avait été... son gendre. Et comment allait-il annoncer la nouvelle à Cynthia ? Je suis désolé, Cynthia. Vic a fait un plongeon dans un bol de soupe aujourd'hui. Tiens, prends un *downer*. Il y a eu un petit problème. Quelqu'un a fait une connerie avec une petite boîte. Quelqu'un d'autre a oublié de tirer sur la manette qui aurait isolé la base. Un retard d'une quarantaine de secondes seulement, mais ça a suffi. Dans le métier, on appelle cette boîte un « renifleur ». Fabriquée à Portland, Oregon, contrat numéro 164480966 du ministère de la Défense. Les circuits sont assemblés par des techniciennes. Naturellement, on s'arrange pour qu'elles ne sachent pas vraiment ce qu'elles sont en train de fabriquer. L'une d'elles pensait peut-être à ce qu'elle allait préparer pour le dîner et celui qui aurait dû contrôler son travail pensait peut-être à s'acheter une nouvelle voiture. En tout cas, Cynthia, encore une coïncidence, l'homme du poste de sécurité numéro 4, un certain Campion, a vu les chiffres passer au rouge juste à temps pour sortir avant le verrouillage de toutes les portes. Et il a fichu le camp avec sa famille. Il a franchi la grille principale quatre minutes à peine avant que les sirènes ne se déclenchent et que nous n'isolions toute la base. Et il a fallu près d'une heure avant qu'on commence à le chercher, parce qu'il n'y a pas de caméras de contrôle dans les postes de sécurité — il faut bien tirer la ligne quelque part, sinon tout le monde finirait par surveiller tout le monde — et on a cru qu'il était toujours là, en train d'attendre que les renifleurs nous disent quelles étaient les zones contaminées. Il avait pas mal d'avance et il a été assez astucieux pour prendre des chemins de terre. Coup de chance pour lui, il ne s'est pas embourbé. Et puis, quelqu'un a bien dû décider s'il fallait ou non mettre au courant la police de l'État, le FBI, ou même les deux. On s'est renvoyé la balle, comme d'habitude, et quand quelqu'un a finalement décidé que la Maison devait s'occuper de l'affaire, cet enfoiré — ce con d'enfoiré — était déjà rendu au Texas. Quand ils l'ont finalement rattrapé, il ne courait plus. Parce que lui, sa femme et sa petite fille étaient tous bien tranquillement allongés dans la chambre froide de la morgue d'un sale petit bled, Braintree. Braintree, au Texas. Ce que j'essaie de te dire, Cynthia, c'est qu'il n'y avait pas une chance sur un million que cette série de coïncidences se produise. Comme pour le gros lot à la loterie. Avec un peu d'incompétence par-dessus le marché, coup de chance — je veux dire, de malchance, excuse-moi — mais on peut dire que c'est le hasard simplement, le hasard. Pas du tout la faute de ton mari. Mais il était directeur du projet, il a vu que la situation était en train de dégénérer, et alors...

— Merci, Len, dit-il.

— Billy, est-ce que tu voudrais...

— Je vais remonter dans dix minutes. Convoque une réunion générale de l'état-major dans quinze minutes. S'ils roupillent, sors-les du lit à coups de pied au cul.

— Entendu.

— Et Len...

— Oui ?

— Je suis content que ce soit toi qui m'aies apporté la nouvelle.

— Je comprends.

Creighton sortit. Starkey jeta un coup d'œil à sa montre, puis s'approcha des écrans encastrés dans le mur. Il alluma l'écran numéro 2, croisa ses mains derrière son dos et contempla pensivement la cafétéria silencieuse du Projet Bleu.

5

Larry Underwood tourna au coin de la rue et trouva une place juste assez grande pour sa Datsun z, entre une bouche d'incendie et une poubelle renversée dans le caniveau. Il y avait quelque chose d'un peu dégoûtant dans la poubelle et Larry essaya de se dire qu'il n'avait pas vraiment vu le chat crevé, tout raide, ni le rat qui fouillait dans la fourrure blanche de son ventre. Le rat avait détalé si vite dans la lumière de ses phares qu'il n'avait peut-être jamais existé. Mais le chat était bien là, impossible de le nier. Et quand il coupa le contact de la z, Larry se dit que, s'il croyait à l'un, il devait croire à l'autre. Ne disait-on pas que Paris avait la plus grande population de rats du monde ? Tous ces vieux égouts. Mais New York ne s'en tirait pas mal non plus. Et s'il se souvenait bien de sa jeunesse dissolue, tous les rats de New York ne marchaient pas sur quatre pattes. Mais que faisait-il dans sa voiture, devant cet immeuble délabré, en train de penser à des histoires de rats ?

Cinq jours plus tôt, le 14 juin, il se trouvait sous le doux soleil du Sud californien, patrie des cinglés, des religions complètement dingues, des seules boîtes au monde à vous présenter des danseuses nues vingt-quatre heures par jour, patrie de Disneyland. Et ce matin, à quatre heures moins le quart, il était arrivé au bord de l'autre océan, s'était arrêté au péage du pont de Triborough. Il pleuvotait tristement. Il fallait être à New York pour qu'une petite pluie d'été puisse paraître si morose. Larry voyait les gouttes s'agglutiner sur le pare-brise de la z, tandis que l'aube tentait de percer à l'est.

Cher New York, me revoilà.

Et si les Yankees jouaient ce soir ? Un match qui vaudrait peut-être la peine. Prendre le métro jusqu'au stade, avaler une bonne bière, bouffer des hot dogs, et regarder les Yankees flanquer une raclée à ces connards de Cleveland ou de Boston...

Il crut rêvasser quelques minutes, mais il faisait presque jour quand il reprit ses esprits. La montre du tableau de bord marquait six heures cinq. Il s'était assoupi. Le rat n'était pas un rêve. Car il était revenu se creuser un trou douillet dans le ventre du chat crevé. L'estomac vide de Larry amorça une lente remontée. Il pensa klaxonner pour chasser la bestiole, mais les maisons endormies avec leurs poubelles vides qui montaient la garde l'intimidèrent.

Il s'écrasa au fond de son siège baquet pour ne pas avoir à assister au petit déjeuner du rat. Encore une bouchée, mon vieux, et puis je retourne dans le métro. Tu vas voir les Yankees ce soir ? Alors, à tout à l'heure, mon pote. Mais je ne suis pas trop sûr que tu me verras.

La façade de l'immeuble était couverte de graffiti, cryptiques et menaçants : CHICO 116, ZORRO 93, LITTLE ABIE NUMBER ONE ! Quand il était enfant, avant la mort de son père, le quartier était pourtant agréable. Deux chiens de pierre montaient la garde au pied de l'escalier qui menait à la grande porte à double battant. Un an avant son départ pour la côte ouest, des vandales avaient démoli celui de droite. En commençant par les pattes de devant. Maintenant, les deux statues avaient entièrement disparu, à l'exception d'une patte arrière du chien de gauche. Du corps que son créateur lui avait donné pour mission de soutenir, il ne restait absolument plus rien. Peut-être décorait-il la piaule d'un junkie portoricain. Peut-être ZORRO 93 ou LITTLE ABIE NUMBER ONE ! l'avait-il emporté. Peut-être les rats l'avaient-ils traîné dans quelque tunnel de métro désert, par une nuit obscure. Peut-être avaient-ils enlevé sa mère par la même occasion. Il pensa qu'il devrait au moins monter l'escalier et s'assurer que son nom figurait toujours sur la boîte aux lettres de l'appartement numéro 15, mais il était trop fatigué.

Non, il allait rester là et roupiller un peu, en attendant que les derniers globules rouges qu'il lui restait encore dans l'organisme le réveillent vers sept heures. Ensuite, il irait voir si sa mère habitait toujours là. Peut-être souhaitait-il même qu'elle n'habite plus là. Si elle n'était plus là, tant pis. Il n'irait même pas voir les Yankees. Une chambre au Biltmore, trois jours à pioncer, et puis il repartirait vers l'ouest. Dans cette lumière, sous cette bruine, avec ses jambes et sa tête qui lui faisaient encore mal à cause de toute la came qu'il avait avalée là-bas, New York avait à peu près autant de charme qu'une putain morte.

Il se remit à rêver, pensant à ces neuf dernières semaines, essayant de trouver la clé qui lui expliquerait comment vous pouviez tourner en rond pendant six longues années, à jouer dans des boîtes toutes plus minables les unes que les autres, à enregistrer des bouts d'essai, à accompagner des crétins absolument débiles, et puis tout à coup, réussir en neuf semaines. À n'y rien comprendre. Autant essayer d'avaler un parapluie. Il devait pourtant y avoir une réponse, songeait-il, une explication qui lui permettrait d'écarter cette idée désagréable que tout n'avait été qu'un hasard, un simple caprice du destin, *a simple whim of fate,* comme dans la chanson de Dylan.

Les bras croisés, il somnolait, pensant et repensant à ce qui s'était passé, avec en contrepoint une note sourde et sinistre, une note à peine audible jouée au synthétiseur, lancinante, comme une prémonition : le rat qui fouillait dans le cadavre du chat crevé, miam, miam, quelque chose de bon par ici. C'est la loi de la jungle, mon vieux, si tu veux jouer les Tarzans, vaut mieux savoir grimper aux arbres...

Tout avait vraiment commencé dix-huit mois plus tôt. Il jouait avec les Tattered Remnants dans une boîte de Berkeley. Un type de chez Columbia avait téléphoné. Pas un grand nom, un tâcheron du vinyle. Neil Diamond pensait enregistrer une chanson de Larry, *Baby, tu peux l'aimer ton mec ?*

Diamond enregistrait un album. Uniquement des chansons à lui, à part un vieux truc de Buddy Holly, *Peggy Sue Got Married,* et peut-être cette chanson de Larry Underwood. La question était la suivante : Larry accepterait-il d'enregistrer une maquette de sa chanson et de participer à la séance d'enregistrement ? Diamond voulait une deuxième guitare acoustique et il aimait beaucoup la chanson.

Et Larry avait répondu oui.

La séance avait duré trois jours. Très réussie. Larry avait fait la connaissance de Neil Diamond, de Robbie Robertson, de Richard Perry. Son nom figurait sur la pochette intérieure et on l'avait payé au tarif syndical. Mais *Baby, tu peux l'aimer ton mec ?* n'était finalement pas sorti sur le disque. Le deuxième soir, Diamond était arrivé avec une nouvelle chanson à lui, et c'était elle qu'on avait finalement choisie.

Dommage, avait dit le type de la Columbia. Ce sont des choses qui arrivent. Écoutez, pourquoi ne faites-vous pas une maquette quand même. Je vais voir si je peux faire quelque chose. Larry avait donc enregistré la maquette, puis il s'était retrouvé dans la rue. Les temps étaient difficiles à Los Angeles. Quelques séances d'enregistrement, mais pas beaucoup.

Un restaurant l'avait finalement engagé pour chanter en s'accompagnant à la guitare. Et il miaulait des trucs comme *Softly as I Leave You* et *Moon River,* tandis que les vieux cons parlaient business en s'enfilant des spaghettis. Il écrivait les paroles sur des bouts de papier. Autrement, il les mélangeait ou même les oubliait complètement. Et il débitait ses accords *hmmmm-hmmmm, ta-da-hmmmm,* en essayant d'avoir l'air aussi suave que Tony Bennett, improvisant quand il se gourait, l'air d'un con. Et il avait commencé à entendre partout la musique sirupeuse qu'on distille dans les ascenseurs et les supermarchés. Morbide.

Et puis, neuf semaines plus tôt, le type de Columbia avait rappelé. Surprise totale. Il voulait faire un 45 tours avec sa maquette. Pouvait-il revenir pour l'arrangement ? Naturellement qu'il pouvait. Et il s'était pointé aux studios de la Columbia à Los Angeles un dimanche après-midi, avait doublé sa propre voix sur une deuxième piste pour *Baby, tu peux l'aimer ton mec ?* en une heure à peu près, puis avait enregistré *Pocket Savior,* une chanson qu'il avait écrite pour les Tattered Remnants, sur la face B. Le type de la Columbia lui avait remis un chèque de cinq cents dollars et un contrat à la noix de coco. Larry se retrouvait pieds et poings liés, mais la maison de disques ne s'engageait pratiquement à rien. Le bonhomme lui avait serré la main, lui avait dit qu'il était bien content de le voir entrer dans la famille, lui avait répondu avec un petit sourire apitoyé quand Larry lui avait demandé ce qu'on ferait pour la promotion du 45 tours, puis il était parti. Comme il était trop tard pour encaisser le chèque, il l'avait glissé dans sa poche et était parti faire son tour de chant chez Gino, le restaurant. Vers la fin de la première partie, il avait chanté une version édulcorée de *Baby, tu peux l'aimer ton mec ?* Le propriétaire du restaurant avait été le seul à l'entendre, mais il lui avait dit de garder sa musique de nègres pour les femmes de ménage.

Et puis, il y avait de cela sept semaines, le type de Columbia avait encore rappelé pour lui dire d'aller s'acheter un exemplaire de *Billboard.* Larry s'était précipité chez le marchand de journaux. *Baby, tu peux l'aimer ton mec ?* était en troisième position au palmarès des nouveautés de la semaine. Larry avait rappelé le type de Columbia qui lui avait demandé si par hasard il n'aimerait pas déjeuner avec quelques gros pontes de la maison. Pour parler d'un album. Ils étaient tous très contents du 45 tours qui passait déjà à la radio à Detroit, à Philadelphie et à Portland. La chanson semblait partie pour faire un tube. Elle s'était classée en première place pendant quatre nuits consécutives dans une émission de musique soul de Detroit. Personne ne semblait savoir que Larry Underwood était blanc.

Il s'était soûlé au déjeuner et n'avait même pas remarqué qu'il avait bouffé du saumon. Personne n'avait paru s'inquiéter de le voir bourré. Un des grands pontes avait dit qu'il ne serait pas surpris que *Baby, tu peux l'aimer ton mec ?* remporte un Grammy dans un an. Du petit lait. Il croyait rêver et, en rentrant chez lui, il avait eu l'étrange certitude qu'un camion allait le renverser et que tout s'arrêterait là. Les grosses huiles de Columbia lui avaient remis un autre chèque, de 2 500 dollars cette fois. Arrivé chez lui, Larry avait décroché le téléphone. Son premier appel avait été pour Gino. Larry lui avait dit qu'il allait devoir lui trouver un remplaçant pour jouer *Yellow Bird* pendant que ses clients avalaient ses foutues nouilles mal cuites. Puis il avait appelé tous ceux qui lui passaient par la tête, y compris Barry Grieg des Remnants. Et il était ressorti pour prendre une biture de première classe.

Il y avait cinq semaines, le 45 tours s'était classé parmi les cent premiers titres du *Billboard*. Numéro quatre-vingt-neuf. Avec l'astérisque réservé aux titres chauds. C'était la semaine où le printemps avait vraiment commencé à Los Angeles et, un bel après-midi de mai, chaud et ensoleillé, les immeubles si blancs et l'océan si bleu, à vous en faire sauter les yeux des orbites comme des billes, il avait entendu pour la première fois son disque à la radio. Trois ou quatre amis étaient là, y compris sa poule du moment, et ils s'étaient modérément envoyés en l'air à la cocaïne. Larry sortait de la cuisinette avec un sac de biscuits quand il avait entendu le slogan familier de la station KLMT — *Ya ba da ba douououou* — et Larry s'était arrêté, médusé d'entendre sa propre voix sortir des haut-parleurs Technics :

Je sais que j't'avais pas prévenue,
Je sais que tu n'attendais plus,
Mais Baby, toi seule peut me le dire,
Baby, tu peux l'aimer ton mec ?

C'est un brave type tu sais,
Baby, tu peux l'aimer ton mec ?

— Nom de Dieu ! C'est moi ! avait-il dit.

Et il avait laissé tomber son sachet de biscuits par terre, avait ouvert la bouche bien grand, et puis il était resté là, figé comme une pierre. Ses amis avaient applaudi.

Il y avait quatre semaines de cela, sa chanson était passée en soixante-treizième place au palmarès du *Billboard*. Et il avait commencé à avoir l'impression qu'on l'avait brutalement propulsé dans un vieux film muet où tout va trop vite. Le téléphone n'arrêtait plus de sonner. Columbia réclamait son album pour profiter du succès du 45 tours. Un jojo de A&R l'appelait trois fois par jour pour lui dire qu'il devait absolument entrer chez eux, tout de suite, pour enregistrer un remake de *Hang On, Sloopy* des McCoys. Un succès monstre ! hurlait l'andouille. Il faut y aller tout suite, Lar ! (Il n'avait jamais vu ce type, et il ne lui donnait plus que du Lar, même pas Larry.) Un succès monstre ! À s'en faire péter les bretelles !

Larry avait perdu patience et avait dit à cet excité que s'il devait choisir un jour entre enregistrer *Hang On, Sloopy* et se faire donner un lavement au Coca-Cola, attaché sur un lit, il choisirait le lavement. Et il avait raccroché.

Le train avait quand même continué sur sa lancée. Les oreilles lui bourdonnaient d'entendre que son disque pourrait bien être le plus grand succès des cinq dernières années. Les agents l'appelaient par douzaines. Ils avaient tous l'air affamés. Larry avait commencé à prendre des *uppers* et il avait l'impression d'entendre partout sa chanson. Ce qui était le cas.

Julie, la fille qu'il voyait depuis son passage chez Gino, s'était mise à lui coller au train. Elle lui présentait toutes sortes de gens, la plupart inintéressants. Sa voix lui rappelait celle des agents qui le relançaient au téléphone. Après une dispute longue, bruyante et acerbe, il l'avait envoyée promener. Elle lui avait hurlé qu'il aurait bientôt la tête trop grosse pour passer par la porte d'un studio d'enregistrement, qu'il lui devait cinq cents dollars pour sa drogue, qu'elle allait se suicider. Plus tard, Larry avait eu l'impression d'avoir eu une longue bataille d'oreillers avec elle, mais avec des oreillers qui auraient été traités avec un gaz vaguement toxique.

Il y a trois semaines, ils avaient commencé à enregistrer l'album et Larry avait supporté la plupart de leurs suggestions, toujours bien intentionnées, naturellement. Mais il avait utilisé toute la marge de manœuvre que lui laissait son contrat. Il avait fait venir trois musiciens des Tattered Remnants, Barry Grieg, Al Spellman et Johnny McCall — et deux autres musiciens avec qui il avait travaillé autrefois, Neil Goodman et Wayne Stukey. Ils avaient enregistré l'album en neuf jours, tout le temps de studio qu'ils avaient pu obtenir. Columbia semblait vouloir un album qui fasse une carrière de vingt semaines : pour commencer *Baby, tu peux l'aimer ton mec ?,* et pour terminer *Hang On, Sloopy.* Larry voulait autre chose.

Pour la pochette, une photo de Larry dans une baignoire ancien modèle, pleine de mousse. Au-dessus de lui, écrit sur les carreaux avec le rouge à lèvres d'une secrétaire : POCKET SAVIOR et LARRY UNDERWOOD. Columbia voulait intituler l'album *Baby, tu peux l'aimer ton mec ?* mais Larry avait absolument refusé. Ils avaient finalement accepté de coller une étiquette sur l'enveloppe de cellophane : AVEC LE HIT DU 45 TOURS.

Il y a quinze jours, le 45 tours était arrivé en quarante-septième place et la fête avait commencé. Larry avait loué pour un mois une maison sur la plage de Malibu, puis tout était devenu un peu confus. Des gens entraient et sortaient, toujours plus nombreux. Il en connaissait certains, mais la plupart étaient de parfaits inconnus. Il se souvenait d'avoir été harcelé par d'autres agents qui voulaient « pousser sa carrière ». Il se souvenait d'une fille qui avait fait un mauvais trip et qui était partie en hurlant sur le sable blanc de la plage, nue comme un ver. Il se souvenait d'avoir sniffé de la coke, avec un petit coup de tequila pour faire passer. Il se souvenait qu'il s'était réveillé un samedi matin, il y avait sans doute à peu près une semaine, et qu'il avait entendu Kasey Kasem présenter son disque en trente-sixième place au Top 40. Il se souvenait d'avoir pris pas mal de petites pilules et, vaguement, d'avoir acheté la Datsun Z avec un chèque de 4 000 dollars qui était arrivé par la poste.

Et puis, le 13 juin, il y avait six jours, Wayne Stukey lui avait demandé de venir faire un tour sur la plage. Il n'était que neuf heures du matin, mais la chaîne était allumée et les deux télés aussi ; au bruit, c'était l'orgie dans la salle de jeu, au sous-sol. Larry était affalé dans un fauteuil, en caleçon, les yeux comme des soucoupes, essayant vainement de comprendre une bande dessinée, *Superboy*. Il se sentait tout à fait réveillé, mais les mots ne semblaient pas vouloir s'aligner comme il fallait. Les enceintes quadraphoniques tonitruaient du Wagner et Wayne avait dû crier trois ou quatre fois pour se faire comprendre. Larry lui avait fait un signe de la tête. Il se sentait capable de marcher des kilomètres et des kilomètres.

Mais quand le soleil lui avait frappé les yeux comme des aiguilles, il avait tout à coup changé d'avis. Non, pas de promenade. Oh non. Ses yeux étaient devenus comme des loupes et bientôt le soleil allait lui faire griller la cervelle. Ses pauvres méninges étaient sèches comme du bois mort.

Wayne lui prit fermement le bras. Ils descendirent sur la plage, marchèrent sur le sable qui commençait à se réchauffer, s'approchèrent de la mer, et Larry décida que cette promenade était finalement une bonne idée. Le bruit de plus en plus fort des vagues qui déferlaient sur la plage l'apaisait. Une mouette qui prenait peu à peu de l'altitude dessinait dans le ciel bleu un м tout blanc.

Wayne le tenait toujours par le bras.

— Allez, viens.

Larry fit tous les kilomètres qu'il avait cru pouvoir marcher. Si ce n'est qu'il ne se sentait plus du tout le cœur à marcher. Il avait un terrible mal de tête et l'impression que sa colonne vertébrale était devenue du verre. Il avait mal aux yeux, aux reins. Une gueule de bois aux amphètes n'est pas aussi pénible qu'un réveil après une pleine bouteille de bourbon, mais c'est quand même moins agréable, disons, qu'une bonne baise avec Raquel Welch. Deux ou trois amphètes, et il sortirait les doigts dans le nez de cette vase qui menaçait de l'engloutir. Il chercha dans sa poche et, pour la première fois, s'aperçut qu'il était en caleçon, un caleçon qui avait été propre trois jours plus tôt.

— Wayne, je veux rentrer.

— On marche encore un peu.

Il trouva que Wayne le regardait d'un air étrange, avec un mélange d'exaspération et de pitié.

— Non, mon vieux. Je suis moitié à poil. On va m'envoyer au trou pour exhibitionnisme.

— Ici, tu pourrais te mettre un foulard sur la bitte et te balader les couilles à l'air sans qu'on te dise rien du tout. Allez, viens.

— Je suis fatigué.

Ce Wayne commençait à lui casser les pieds. C'était sa manière à lui de se venger, parce que Larry avait un hit, alors que lui, Wayne, n'avait que son nom sur la pochette du disque, au claviers. Pareil que Julie. Tout le monde lui en voulait maintenant. Tout le monde l'attendait au tournant. Et ses yeux se noyèrent de larmes faciles.

— Allez, viens, répéta Wayne.

Et ils s'étaient remis en marche.

Ils avaient peut-être fait encore deux kilomètres quand deux formidables crampes cisaillèrent les muscles des cuisses de Larry. Il poussa un hurlement et s'effondra sur le sable. Comme si on lui avait planté deux poignards dans les cuisses.

— Une crampe ! Nom de Dieu, j'ai une crampe !

Wayne s'accroupit à côté de lui et lui tira les jambes. Nouvelle agonie. Puis Wayne se mit au travail, frappant et pétrissant les muscles noués. Enfin, les tissus assoiffés d'oxygène commencèrent à se dénouer.

Larry, qui retenait sa respiration, avala une bonne bouffée d'air.

— Nom de Dieu ! Merci. Ça faisait... ça faisait drôlement mal.

— Sans doute, répondit Wayne sans grande sympathie. Sans doute, Larry. Ça va maintenant ?

— Oui, ça va. Mais on s'assied un peu, d'accord ? Ensuite on rentre.

— Il faut que je te parle. Si je t'ai fait venir jusqu'ici, c'est que je voulais que tu aies à peu près toute ta tête, pour que tu comprennes ce que j'ai à te dire.

— Qu'est-ce que tu veux me dire ?

Et il pensa : Voilà, on est parti pour les salades. Pourtant, ce que lui dit Wayne ressemblait si peu à une salade qu'il pensa un moment être encore en train de lire sa B.D. de tout à l'heure, d'essayer de comprendre ces phrases de six mots.

— La fête est finie, Larry.

— Quoi ?

— La fête. Quand tu rentreras. Tu boucles tout. Tu rends leurs clés de voiture à tout le monde, tu les remercies bien d'être venus, et tu les reconduis à la porte. Fous-les dehors.

— Mais je ne peux pas !

— Tu ferais mieux.

— Pourquoi ? On commence juste à s'amuser !

— Larry, combien Columbia t'a donné comme avance ?

— Et qu'est-ce que ça peut te foutre ?

— Tu crois que je veux te plumer, Larry ? Réfléchis un peu.

Larry réfléchit et, avec une perplexité grandissante, comprit qu'il n'y avait aucune raison pour que Wayne Stukey veuille lui jouer un tour de cochon. Il n'avait pas encore vraiment réussi, il turbinait comme la plupart de ceux qui avaient aidé Larry à enregistrer son disque, mais à la différence de la plupart d'entre eux Wayne venait d'une famille qui avait de l'argent et il s'entendait bien avec ses parents. Le père de Wayne était propriétaire de la moitié de la plus grosse fabrique de jeux électroniques du pays et les Stukey habitaient un vrai petit palace sur les hauteurs de Bel Air. Pour Wayne, la nouvelle aisance de Larry ne devait pas valoir un pet de lapin.

— Non, pas du tout, répondit finalement Larry. Mais on dirait que toutes les sangsues depuis Las Vegas jusqu'à...

— Alors, combien ?

Larry réfléchit.

— Sept billets. C'est tout.

— Ils te paient tes droits tous les trimestres pour le 45 tours et tous les six mois pour l'album ?

— C'est ça.

— Ils savent presser le citron, les fumiers. Une cigarette ?

Larry en prit une et l'alluma en s'abritant du vent.

— Et tu sais combien elle te coûte, ta petite fête ?

— Évidemment.

— La maison, elle te coûte au moins mille.

— Oui, c'est ça.

En fait, le loyer était de 1 200 dollars, plus une caution de 500 au cas où il ferait des dégâts. Il avait payé la caution et la moitié du loyer, 1 100 au total, et il devait encore 600.

— Combien pour la coke ?

— Écoute, il faut bien s'amuser un peu. C'est pas tous les jours...

— Il y avait de l'herbe et de la coke. Combien, allez ?

— On se croirait à la brigade des stups, dit Larry, grognon. Cinq cents plus cinq cents.

— Et tout est parti en deux jours.

— Évidemment ! J'ai vu deux sacs quand on est sorti ce matin. Presque vides, c'est sûr, mais...

— Est-ce que tu te souviens du dealer ? dit Wayne d'une voix qui tout à coup imitait à la perfection l'accent traînard de Larry. Mets ça sur ma note, Dewey. Pas de problème.

Larry regarda Wayne. L'horreur. Oui, il se souvenait d'un type, un petit sec aux cheveux ébouriffés, comme on faisait il y a dix ou quinze ans, avec T-shirt qui disait JÉSUS ARRIVE ET ON S'EN FOUT. On aurait dit que le type

79

chiait la coke. Il se souvenait même d'avoir dit à ce Dewey qu'il fallait pas laisser tomber ses invités. Qu'il n'avait qu'à tout mettre sur son ardoise. Mais... il y avait des jours de ça.

— Tu sais, il y a longtemps que Dewey n'est pas tombé sur une poire comme toi, dit Wayne.

— Combien je lui dois ?

— Pas tellement pour l'herbe. Ça coûte pas cher. 1 200. Mais pour la coke, c'est huit mille.

Larry crut un instant qu'il allait dégueuler. Muet, il zieutait Wayne. Il essaya de parler, mais sa bouche refusa de dire autre chose que *neuf mille deux cents ?*

— L'inflation. Tu veux savoir le reste ?

Larry ne voulait pas savoir le reste, mais il hocha quand même la tête.

— Il y avait une télé en couleurs en haut. Quelqu'un a flanqué une chaise dedans. À mon avis, trois cents pour la réparer. En bas, les lambris en ont pris un sacré coup. Quatre cents. Avec de la chance. La porte-fenêtre, en face de la plage, on l'a cassée avant-hier. Trois cents. Dans le salon, le tapis est complètement foutu — brûlures de cigarettes, bière, whisky. Quatre cents. J'ai téléphoné au marchand de bibine. Il est aussi content de ton ardoise que ton dealer. Six cents.

— Six cents pour la bibine ?

L'horreur, l'horreur totale.

— Heureusement que la plupart s'en foutaient de la bière et du vin. Tu as aussi une addition de quatre cents dollars pour la bouffe. Pizzas, chips, tacos, toute la merde. Mais le pire, c'est le bruit. La maréchaussée ne va pas tarder à débarquer. Les flics. Tapage. Et tu as quatre ou cinq tarés chez toi qui sont en train de filer à l'héroïne. Ils ont bien trois ou quatre petits sacs de leur cochonnerie.

— Et ça aussi c'est sur mon ardoise ? demanda Larry d'une voix rauque.

— Non. Dewey, ton dealer préféré, ne fait pas dans l'héroïne. Ça, c'est une histoire pour l'Organisation et Dewey n'aime pas l'idée de se faire couler grandeur nature dans le béton. Mais si les flics débarquent, tu peux être sûr que c'est toi qui vas payer l'addition.

— Mais je ne savais pas...

— Le petit chaperon rouge, ben oui.

— Mais...

— Total pour ton petit bazar, plus de douze mille dollars, pour le moment. Et puis tu es allé t'acheter ta Datsun z... combien tu leur as allongé ?

— Deux mille cinq.

Il avait envie de pleurer.

— Alors, il te reste combien jusqu'au prochain chèque ? Quelques billets de mille ?

— C'est à peu près ça, répondit Larry, incapable de lui dire que c'était moins en fait : à peu près huit cents, également divisés entre son portefeuille et son compte-chèques.

— Écoute-moi bien, Larry, parce que je vais pas te le dire deux fois. Il y a toujours une fête quelque part. Ici, il n'y a qu'une seule constante : les trous du cul qui veulent faire la fête pour pas un rond. Tu les vois se précipiter comme la vérole sur le bas clergé. Les morpions sont là. Gratte-toi et fous-les dehors.

Larry pensa à tous ces gens qui traînaient chez lui. Il en connaissait peut-être un sur trois à ce stade. L'idée de dire à tous ces inconnus de foutre le camp lui faisait remonter la glotte. Qu'est-ce qu'ils allaient penser de lui ? Mais par ailleurs, il voyait aussi Dewey en train de refaire les provisions, Dewey qui sortait un carnet de sa poche, qui notait tout, et la liste qui commençait à se faire pas mal longue. Dewey avec ses cheveux ébouriffés et son T-shirt d'enfoiré.

Wayne l'observait calmement, tandis que Larry papillonnait entre ces deux images.

— C'est que je vais vraiment passer pour un trou du cul, dit enfin Larry, consterné de voir sortir des mots à la fois si ternes et si hardis de sa bouche.

— Probable. Ils vont dire que tu pars en mongolfière. Que tu te fais la grosse tête. Que tu oublies tes vieux copains. Sauf que ce sont pas tes copains, Larry. Tes copains, ils ont compris il y a trois jours, et ils se sont barrés. C'est pas drôle de voir un copain pisser dans son froc sans même s'en rendre compte.

— Et pourquoi tu me dis tout ça ? demanda Larry, fâché tout à coup.

Et s'il était fâché, c'est qu'il venait de se rendre compte que tous ses vrais copains étaient partis. À bien y penser, les excuses qu'ils avaient trouvées paraissaient plutôt faiblardes. Barry Grieg l'avait pris à part, avait essayé de lui parler, mais Larry avait vraiment le vent dans les voiles à ce moment-là, et il s'était contenté de secouer la tête en lui souriant avec indulgence. Et maintenant, il se demandait si Barry n'avait pas essayé de lui ouvrir les yeux. Une pensée gênante qui le foutait en rogne.

— Et pourquoi tu me dis tout ça ? répéta-t-il. J'ai pas l'impression que tu m'aimes tant que ça.

— Non... mais je ne te déteste pas vraiment non plus. Je ne sais pas trop. J'aurais pu te laisser te casser la gueule. Une seule fois, et tu étais cuit.

— Qu'est-ce que ça veut dire ?

— À toi de savoir. Parce que ça grince chez toi. Comme quand tu bouffes le papier avec ton chocolat. Tu as ce qu'il faut pour réussir. Tu feras une jolie petite carrière. Du pop sans histoire. Tout le monde aura oublié dans cinq ans. Les petites filles collectionneront tes disques. Tu feras de l'argent.

Larry serra les poings. Il aurait voulu cogner sur cette gueule qui le regardait tranquillement. Wayne disait des choses qui le faisaient se sentir comme une minable crotte de chien sur un trottoir.

— Allez, rentre et débranche, dit Wayne doucement. Ensuite, tu montes dans ta bagnole et tu fous le camp. Tu fous le camp. Et tu attends que ton prochain chèque arrive pour rentrer.

— Mais Dewey...

— Je vais lui faire causer, à ton Dewey. Je peux bien faire ça pour toi. On dira à ton Dewey d'attendre son argent comme un bon petit garçon, et Dewey se fera un plaisir d'attendre.

Il s'arrêta, regarda deux petits enfants courir sur la plage dans leurs maillots de bains aux couleurs criardes. Un chien gambadait derrière eux, aboyant joyeusement au ciel bleu.

Larry se leva et se força à dire merci. Le vent de la mer jouait dans son caleçon défraîchi. Le mot tomba de sa bouche comme une brique.

— Fous le camp, et mets de l'ordre dans ta merde, dit Wayne en se relevant, les yeux toujours fixés sur les enfants. Tu as pas mal de merde à ramasser. Te trouver un manager, penser à ce que tu veux faire comme tournée, aux contrats que tu voudras signer quand *Pocket Savior* aura fait un tube. Parce qu'il va faire un tube ; un joli petit truc que tu as là. Prends un peu d'air, et tu vas t'en tirer. Les types comme toi s'en tirent toujours.

Les types comme toi s'en tirent toujours.

Les types comme toi s'en tirent toujours.

Les types comme toi...

Quelqu'un tapait contre la vitre.

Larry sursauta, puis se redressa sur son siège. Une violente douleur dans le cou le fit grimacer. Comme s'il n'avait plus de vertèbres. Oui, il s'était endormi. La Californie en cinémascope. Mais il se retrouvait maintenant dans la lumière grise de New York, et le doigt cogna encore contre la vitre.

Il tourna la tête avec précaution, eut mal encore et vit sa mère qui le regardait, un filet noir sur les cheveux.

Un moment, ils s'observèrent à travers la vitre et Larry se sentit étrangement nu, comme un animal dans un zoo. Puis sa bouche prit la relève, sourit, et il baissa la vitre.

— Maman !

— Je savais que c'était toi, dit-elle d'une voix bizarrement neutre. Sors de là et montre-moi de quoi tu as l'air debout.

Ses deux jambes étaient engourdies ; des aiguilles lui chatouillèrent les pieds quand il ouvrit la portière et sortit.

Il ne s'attendait pas à la revoir ainsi, au dépourvu. Comme une sentinelle qui s'est endormie à son poste et qui entend tout à coup : Garde à vous ! Curieux, mais il croyait que sa mère était plus petite, moins sûre d'elle-même, caprice des années qui l'avaient mûri, lui, alors qu'elle était restée la même.

Presque inquiétant cette manière qu'elle avait eue de le surprendre. Lorsqu'il avait dix ans, elle le réveillait le samedi matin, quand elle jugeait qu'il avait suffisamment dormi, en frappant à la porte de sa chambre. Et maintenant, quatorze ans plus tard, elle le réveillait de la même manière dans sa voiture toute neuve, comme un enfant fatigué qui aurait voulu rester debout toute la nuit et qui se fait prendre par le marchand de sable dans une position gênante.

Et voilà qu'il était debout devant elle, les cheveux en bataille, un sourire timide et un peu bête sur les lèvres. Les aiguilles lui asticotaient encore les jambes, le faisant danser d'un pied sur l'autre. Il se souvint qu'elle lui demandait toujours s'il avait besoin d'aller au petit coin quand il s'agitait ainsi. Il s'arrêta. Que les aiguilles l'asticotent après tout.

— Bonjour, maman.

Elle le regarda sans rien dire et une sourde terreur s'installa dans le cœur de Larry, comme un oiseau de malheur qui revient au vieux nid. La terreur qu'elle puisse se détourner de lui, le rejeter, lui montrer le dos de son manteau minable, et s'en aller sans un mot vers la station de métro, au coin de la rue, le laissant seul.

Puis elle soupira, comme un homme soupire avant de soulever un lourd fardeau. Et, lorsqu'elle parla, sa voix était si naturelle et si discrètement — à juste titre — heureuse qu'il en oublia sa première impression.

— Bonjour, Larry. Monte là-haut. Je savais que c'était toi quand j'ai regardé par la fenêtre. J'ai déjà téléphoné pour dire que j'étais malade. Je suis en congé de maladie aujourd'hui.

Elle se retourna pour monter l'escalier, entre les chiens de pierre qui jamais plus ne monteraient la garde. Il la

84

suivit, trois marches derrière, en grimaçant. Toujours ces aiguilles dans les jambes.

— Maman ?

Elle se retourna et il la serra dans ses bras. Un instant, une expression de frayeur traversa le visage de sa mère, comme si un voyou allait l'attaquer. Puis elle accepta son étreinte. L'odeur oubliée de l'armoire à linge l'envahit, improbable nostalgie, forte, douce-amère. Un instant, il crut qu'il allait pleurer, persuadé qu'elle allait fondre en larmes ; ce qu'il est convenu d'appeler un moment touchant. Par-dessus l'épaule droite de sa mère, il pouvait voir le chat crevé, à moitié sorti de la poubelle. Quand elle s'écarta, elle avait les yeux secs.

— Allez, je vais te préparer un bon petit déjeuner. Est-ce que tu as conduit toute la nuit ?

— Oui, dit-il d'une voix que l'émotion rendait un peu rauque.

— Alors, viens. L'ascenseur est en panne, mais il n'y a que deux étages à monter. Dommage pour Mme Halsey, avec son arthrite. Elle est au cinquième. N'oublie pas de t'essuyer les pieds. Si tu laisses des marques, M. Freeman va me faire une scène. Il renifle la saleté partout, celui-là. Il peut pas supporter la saleté. Tu manges des œufs ? Je vais te faire des tartines grillées, si tu aimes le pain de seigle. Allez, viens.

Il la suivit, jeta un regard un peu fou à l'endroit où les chiens de pierre avaient autrefois monté la garde, pour bien s'assurer qu'ils n'étaient plus là, que ce n'était pas lui qui avait rétréci de cinquante centimètres, qu'il n'avait pas remonté dix ans dans le temps. Elle ouvrit la porte et ils entrèrent. Les stores marron et les odeurs de cuisine n'avaient pas changé.

Alice Underwood lui prépara trois œufs, du bacon, des tartines, du jus d'orange, du café. Quand il eut tout terminé, sauf le café, il s'alluma une cigarette et s'écarta de la table. Un regard désapprobateur pour la cigarette, mais pas un mot. Ce qui lui redonna un peu confiance — un peu, mais pas beaucoup. Elle avait toujours su attendre le bon moment.

Elle plongea la poêle de fonte dans l'eau de vaisselle grise qui siffla un peu. Non, elle n'avait pas beaucoup changé, pensait Larry. Un peu plus vieille — elle devait avoir cinquante et un ans maintenant —, un peu plus grise, mais toujours beaucoup de noir dans ses cheveux modestement pris dans leur résille. Une robe grise toute simple, probablement celle qu'elle portait au travail. Sa poitrine, corsetée par la robe, était toujours aussi généreuse — peut-être même un peu plus. Maman, dis-moi la vérité, est-ce que tu as de plus gros nichons ? C'est ça, où je me trompe ?

Il fit tomber la cendre de sa cigarette dans sa soucoupe ; elle la retira aussitôt pour la remplacer par le cendrier qu'elle gardait toujours dans le bahut. Pourtant, la soucoupe était tachée de café et il avait cru qu'il n'y avait pas de mal à y faire tomber ses cendres. Le cendrier était impeccablement propre et Larry s'en servit avec un petit pincement de cœur. Elle savait prendre son temps. Elle savait vous tendre ses petits pièges, jusqu'à ce que vous en ayez les chevilles toutes sanglantes, jusqu'à vous faire bégayer.

— Alors, tu es revenu. Qu'est-ce qui te ramène ? dit Alice en prenant un tampon à récurer dans un vieux moule à tarte pour nettoyer la poêle.

Voilà, maman, eut-il envie de répondre. Un pote m'a fait voir plus clair — cette fois, j'avais toute une meute de salopards au cul. En fait, je ne sais pas si c'est vraiment un pote. Musicalement, il me respecte à peu près autant que je respecte The 1910 Fruitgum Company. Mais il m'a fait prendre mon sac à dos et n'est-ce pas Robert Frost, le grand poète, qui disait que chez soi, c'est l'endroit où il faut bien qu'on vous ouvre la porte quand vous vous pointez, ou quelque chose du genre ?

Mais il se contenta de dire :

— Je crois que tu me manquais, maman.

Elle éclata de rire.

— C'est pour ça que tu m'écris si souvent ?

— Je n'aime pas beaucoup le papier à lettres.

Il tirait lentement sur sa cigarette. Des ronds de fumée se formaient au bout, puis s'évanouissaient.

— Ça, tu peux le dire, et même le répéter.

— Je n'aime pas beaucoup le papier à lettres, répéta-t-il en souriant.

— Mais tu es toujours capable de mettre ta mère en boîte. Ça, ça n'a pas changé.

— Je suis désolé. Comment ça va, maman ?

Elle posa la poêle dans l'évier, tira sur le bouchon et essuya la dentelle de mousse qui recouvrait ses mains rougies.

— Pas trop mal, dit-elle en s'asseyant à la table. Mon dos me fait des misères, mais je prends des médicaments. Je m'en tire pas trop mal.

— Il s'est pas dévissé depuis que je suis parti ?

— Si, une fois. Mais le docteur Holmes m'a arrangé tout ça.

— Maman, les chiropraticiens sont tous...

Des escrocs, avait-il failli dire.

— Sont des quoi ?

Il haussa les épaules, mal à l'aise devant son sourire en coin.

— Tu es majeure et tu as toutes tes dents. Si ça t'aide, tant mieux.

Elle soupira et prit un rouleau de pastilles à la menthe Life Savers dans la poche de sa robe.

— Il y a longtemps que je suis majeure. Et je commence à le sentir. Tu en veux une ?

Il secoua la tête pour refuser la pastille qu'elle avait fait sortir de l'emballage avec son pouce. Elle la fit tomber dans sa bouche.

— Tu es encore très bien, tu sais, dit-il en retrouvant le ton flatteur et vaguement moqueur qui avait été le sien autrefois.

Elle avait toujours aimé ces petits exercices, mais cette fois sa médiocre tentative n'amena qu'une ébauche de sourire sur les lèvres de sa mère.

— Des hommes dans ta vie ? reprit-il.

— Plusieurs. Et toi ?

— Non, répondit-il très sérieusement. Pas d'hommes. Quelques filles, mais pas d'hommes.

Il avait espéré la faire rire, mais il ne fut gratifié que d'un fantôme de sourire pour sa peine. Je la rends nerveuse, pensa-t-il. Elle ne sait pas ce que je fabrique ici. Elle ne m'a pas attendu pendant trois ans pour que je me pointe comme ça. Elle aurait sûrement préféré que je me perde dans la nature.

— Tu ne changeras jamais. Toujours en train de faire des blagues. Tu n'es pas fiancé ? Tu sors avec une fille ?

— Je me débrouille, maman.

— Tu t'es toujours débrouillé. Au moins, tu n'es jamais venu me dire que tu avais fait un moutard à une gentille petite fille, je dois le reconnaître. Ou bien tu étais très prudent, ou bien tu as eu beaucoup de chance, ou bien tu étais très bien élevé.

Larry fit de son mieux pour rester impassible. C'était la première fois de sa vie qu'elle lui parlait de sexe, directement ou indirectement.

— Tu finiras par apprendre, comme les autres, dit Alice. Tout le monde croit que les célibataires ont la belle vie. Faux. Ils vieillissent, prennent du ventre, deviennent méchants, comme M. Freeman. Il habite au rez-de-chaussée et il est toujours derrière sa fenêtre, à attendre que le vent tourne.

Larry poussa un grognement.

— J'ai entendu ta chanson à la radio. Quand je dis aux gens que c'est celle de mon fils, celle de Larry, la plupart ne veulent pas me croire.

— Tu l'as entendue ?

Pourquoi ne le lui avait-elle pas dit plus tôt, au lieu de lui débiter toutes ces conneries.

— Évidemment, elle passe tout le temps sur la station rock des jeunes, tu sais, WROK.

— Et tu aimes ça ?

— Autant que le reste de cette musique, répondit-elle

en le regardant droit dans les yeux. Je trouve que c'est un peu... évocateur. Obscène.

Il eut envie de remuer les pieds sous la table, mais se retint.

— On cherche simplement à faire une musique... passionnée, maman. C'est tout.

Il était rouge comme une pivoine. Il n'aurait jamais cru se retrouver dans la cuisine de sa mère en train de parler de passion.

— L'endroit pour la passion, c'est la chambre à coucher, répliqua-t-elle sèchement, mettant un point final à toute analyse esthétique de son hit. Et puis, tu as fait quelque chose avec ta voix. On dirait une voix de nègre.

— Maintenant ? demanda-t-il, amusé.

— Non, à la radio.

— Une voix de nèg' ? fit Larry en imitant la voix cuivrée de Bill Whithers.

— C'est ça. Quand j'étais jeune, on trouvait que Frank Sinatra y allait un peu fort. Et maintenant, ce *rap*. Moi j'appellerais plutôt ça des hurlements, dit-elle en le regardant d'un air désapprobateur. Au moins, on ne hurle pas sur ton disque.

— Je touche des droits. Un pourcentage sur chaque disque vendu. Ça revient à...

— Arrête ça, dit-elle en faisant un geste agacé de la main. Je n'ai jamais rien compris aux maths. Est-ce qu'ils t'ont déjà payé, ou est-ce que tu as acheté ta petite voiture à crédit ?

— Pas beaucoup encore, répondit-il, patinant artistiquement au bord du mensonge. J'ai payé comptant une partie de la voiture. J'ai emprunté pour le reste.

— Crédit facile, dit-elle d'une voix sinistre. C'est comme ça que ton père a fait faillite. Le docteur a dit qu'il était mort d'une crise cardiaque, mais c'est pas vrai. Il avait le cœur *brisé*. C'est le crédit qui a envoyé ton père à la tombe.

Il connaissait la chanson et il la laissa la seriner encore une fois, hochant la tête quand il fallait. Son père était propriétaire d'une mercerie. Et puis une succursale d'une grosse chaîne s'était installée pas très loin. Un an plus tard, il avait fermé boutique. Pour compenser, il s'était mis à manger et il avait pris cinquante kilos en trois ans. Il était tombé raide mort sur la table de la cuisine quand Larry avait neuf ans, un énorme sandwich au pâté à moitié terminé sur son assiette devant lui. À l'enterrement, quand sa sœur avait essayé de consoler une femme qui paraissait n'en avoir aucunement besoin, Alice Underwood avait dit que ça aurait pu être pire. Il aurait pu boire, avait-elle ajouté en regardant son beau-frère, derrière sa sœur.

Ensuite, Alice avait élevé Larry toute seule, l'imprégnant de ses maximes et de ses préjugés. Et quand lui et Rudy Schwartz étaient partis dans la vieille Ford de Rudy, sa dernière remarque avait été qu'ils avaient aussi des asiles de nuit en Californie. Oui monsieur, elle est comme ça ma maman.

— Tu veux t'installer ici, Larry ? demanda-t-elle doucement.

— Tu veux bien ? répondit-il, étonné.

— Il y a de la place. Le lit pliant est toujours dans la petite chambre. Je m'en sers comme débarras, mais tu pourrais faire de la place.

— D'accord. Si tu es sûre que ça ne te dérange pas. Je ne vais rester que quelques semaines. Je pensais retrouver des vieux copains. Mark... Galen... David... Chris... les copains, quoi.

Elle se leva, s'avança vers la fenêtre et l'ouvrit.

— Tu peux rester aussi longtemps que tu veux, Larry. Je ne sais peut-être pas très bien m'exprimer, mais je suis contente de te voir. Nous ne nous sommes pas quittés en très bons termes. Nous nous sommes dit des choses désagréables.

Il voyait son visage, encore dur, mais rempli d'un amour timide, farouche.

— Pour ma part, reprit-elle, je regrette. Si je t'ai dit ça, c'est parce que je t'aime. Je ne savais pas comment te le dire, alors j'ai trouvé les mots que j'ai pu...

— Je comprends, répondit-il en regardant la table.

Il était encore tout rouge. Il le sentait.

— Écoute, je vais payer ma part pour la nourriture.

— Si tu veux. Si tu ne veux pas, ce n'est pas nécessaire. Je travaille. Il y a des milliers de gens au chômage. Tu es toujours mon fils.

Il pensa au chat crevé, à moitié sorti de la poubelle, à Dewey le dealer qui souriait en déballant sa camelote. Et il éclata tout à coup en sanglots. Et, tandis que ses larmes lui faisaient voir ses mains en double, il pensa que c'était elle qui aurait dû faire une scène, pas lui — mais rien ne se déroulait comme il l'avait prévu, rien. Elle avait changé finalement. Et lui aussi, mais pas comme il l'avait cru. Quelque chose de bizarre s'était produit ; elle avait grandi, et lui était plus petit qu'autrefois. Il n'était pas allé chez elle parce qu'il devait bien aller quelque part. Il était allé chez elle parce qu'il avait peur et qu'il avait besoin de sa maman.

Elle le regardait, debout devant la fenêtre ouverte. Les rideaux blancs flottaient, poussés par la brise humide, masquant son visage mais sans le cacher entièrement, comme un fantôme. Le bruit de la rue montait par la fenêtre. Elle prit son mouchoir, s'approcha de la table et le glissa dans la main de son fils. Il y avait quelque chose de dur chez Larry. Elle aurait pu le lui reprocher, mais à quoi bon ? Son père était un mou et, au fond de son cœur, elle savait bien que c'était ça qui l'avait vraiment envoyé dans sa tombe ; Max Underwood s'était fait avoir plus en faisant crédit qu'en empruntant. Alors, ce côté dur chez Larry ? Qui devait-il remercier ? Ou blâmer ?

Ses larmes ne pouvaient pas plus changer les aspérités rocailleuses de son caractère qu'un seul orage d'été peut changer la forme d'un rocher. Et cette dureté pouvait être mise à profit — elle le savait, elle l'avait appris quand elle avait élevé seule un petit garçon dans une ville qui s'inquiétait fort peu des mères de famille et encore moins de leurs enfants —, mais Larry ne l'avait pas encore compris. Il allait continuer à agir sans réfléchir, à mettre lui et les autres dans le pétrin, et quand le pétrin serait vraiment profond, il s'en tirerait parce qu'il était dur. Les autres ? Il les laisserait couler à pic ou remonter tout seuls. La pierre est solide, et il était solide par certains côtés, mais il utilisait encore destructivement cette solidité. Elle le voyait dans ses yeux, dans tous ses gestes... même dans la façon dont il agitait son petit tube à cancer pour faire des ronds de fumée. Il n'avait jamais aiguisé cette lame dure qui était en lui pour dépecer les gens, et tant mieux, mais quand il en avait besoin, il s'en servait encore comme un enfant — comme d'une matraque pour s'extirper des pièges qu'il s'était lui-même tendus. Un jour, elle s'était dit que Larry changerait. Elle avait changé ; lui aussi changerait.

Mais ce n'était plus un enfant qu'elle avait devant elle ; c'était un homme fait. Et elle craignait que le temps du changement — profond, fondamental, celui que le pasteur appelait un changement de l'âme plutôt que du cœur — ne soit déjà derrière lui. Il y avait quelque chose chez Larry qui vous faisait grincer les dents, comme une craie crissant sur un tableau noir. Plus profond, il n'y avait que Larry, seul à connaître son cœur. Mais elle l'aimait.

Il y avait du bon aussi chez Larry, beaucoup de bon. Il était là, mais à ce stade, il faudrait rien moins qu'une catastrophe pour le faire ressortir. Et il n'y avait pas de catastrophe par ici ; simplement son fils qui pleurait.

— Tu es fatigué. Prends donc une douche. Je fais de la place dans la chambre et tu pourras dormir. Finalement, je pense que je vais aller travailler.

Elle prit le petit couloir qui menait à l'ancienne chambre de son fils et Larry l'entendit souffler en déplaçant des boîtes de carton. Il s'essuya les yeux. Le bruit de la rue montait par la fenêtre. Il essaya de se souvenir de la dernière fois qu'il avait pleuré devant sa mère. Il pensa au chat crevé. Elle avait raison. Il était fatigué. Il n'avait jamais été aussi fatigué. Il alla se coucher et dormit près de dix-huit heures.

6

L'après-midi était déjà bien avancé quand Frannie sortit dans le jardin où son père désherbait patiemment les petits pois et les haricots verts. Ses parents n'étaient plus tout jeunes quand elle était née et son père était dans la soixantaine maintenant, les cheveux tout blancs sous la casquette de base-ball qui ne le quittait jamais. Sa mère était à Portland où elle était allée s'acheter des gants blancs. La meilleure amie d'enfance de Frannie, Amy Lauder, se mariait au début du mois prochain.

Elle regarda un moment le dos de son père. Elle l'aimait. À cette heure de la journée, la lumière avait une qualité particulière qu'elle adorait, quelque chose en dehors du temps qui n'appartenait qu'à ce moment si fugace dans le Maine, le début de l'été. S'il lui arrivait de penser à cette lumière en plein mois de janvier, elle en était complètement chavirée. La lumière d'une fin d'après-midi d'été, quand elle commençait à glisser vers la pénombre, lui faisait penser à tant de choses : les parties de base-ball de l'équipe des benjamins, avec Fred ; le melon ; les premiers épis de maïs ; le thé glacé dans les verres givrés ; l'enfance.

Frannie s'éclaircit la voix.

— Tu as besoin d'un coup de main ?

Son père se retourna avec un large sourire.

— Tiens, Frannie ! Tu me surprends en plein travail.

— On dirait que oui.

— Ta mère est rentrée ? demanda-t-il en fronçant

vaguement les sourcils. Non, c'est vrai, elle vient de partir. Naturellement, tu peux m'aider si tu veux. Mais n'oublie pas de te laver après.

— On reconnaît à ses mains une jeune fille bien élevée, dit Fran d'une voix moqueuse.

Peter fit de son mieux pour prendre un air réprobateur.

Elle s'installa dans le rang à côté du sien et commença à désherber. Les moineaux gazouillaient autour d'eux et l'on entendait le bruit constant de la circulation sur la nationale 1, à moins de cent mètres. Le bruit serait plus fort en juillet, quand il y aurait un accident mortel presque chaque jour entre ici et Kittery, mais la circulation était déjà dense.

Peter lui raconta sa journée et elle lui posa les questions qu'il fallait, en hochant périodiquement la tête. Absorbé par son travail, il ne pouvait la voir hocher la tête, mais du coin de l'œil, il voyait parfaitement son ombre. Peter était conducteur de machine chez un gros distributeur de pièces automobiles de Sanford, le plus important au nord de Boston. Il avait soixante-quatre ans et s'apprêtait à commencer sa dernière année de travail avant la retraite. Une année qui serait courte d'ailleurs, car il avait droit à quatre semaines de vacances qu'il comptait prendre en septembre, quand les vacanciers seraient rentrés. Il pensait beaucoup à sa retraite. Il essayait de ne pas l'imaginer comme des vacances éternelles, lui expliquait-il ; il avait suffisamment d'amis à la retraite pour savoir que ce n'était pas du tout comme ça. Il ne croyait pas qu'il s'ennuierait autant que Harlan Enders, ni qu'il vivrait pratiquement dans la misère comme les Caron — ce pauvre Paul n'avait pratiquement jamais manqué une journée de travail, et pourtant sa femme et lui avaient dû vendre leur maison pour s'installer chez leur fille et leur gendre.

Peter Goldsmith n'avait jamais cru pouvoir se contenter de la sécurité sociale ; il n'avait jamais fait confiance au système, avant même qu'il ne commence à s'effondrer sous la pression de la récession, de l'inflation et du nombre toujours grandissant des retraités. Les démocrates n'étaient pas nombreux dans le Maine durant les années trente et quarante, racontait-il à sa fille qui l'écoutait attentivement, mais son grand-père à elle était du nombre, et sûr et certain que son grand-père avait fait de son père un démocrate. À la glorieuse époque d'Ogunquit, les Goldsmith étaient devenus des parias, pour ainsi dire. Mais son père avait une maxime, aussi solide que la philosophie des républicains les plus endurcis du Maine : Ne fais pas confiance aux princes de ce monde, car ils te baiseront jusqu'à la fin des temps.

Frannie éclata de rire. Elle aimait quand son père parlait ainsi. Ce qui n'arrivait pas souvent, car la femme qui était son épouse aurait été prête à lui brûler la langue avec le venin que la sienne sécrétait avec une étonnante abondance.

— Il ne faut compter que sur toi, continua-t-il, et laisser les princes de ce monde s'entendre comme ils peuvent avec ceux qui les ont élus. La plupart du temps, le résultat n'est pas terrible, mais tant pis ; ils ont ce qu'ils méritent, les uns comme les autres. La vraie solution, c'est l'argent, en bons billets de banque. Will Rogers disait que c'était la terre, parce que c'est la seule chose qu'on ne fabrique plus, mais on peut en dire autant de l'or et de l'argent. Celui qui adore l'argent est un salaud, un type méprisable. Mais celui qui ne s'occupe pas de son argent est un imbécile. On ne peut pas le mépriser, il fait pitié.

Frannie se demanda s'il pensait au pauvre Paul Caron, son ami avant même que Frannie ne naisse, mais elle préféra ne pas poser la question.

De toute façon, elle n'avait pas besoin qu'il lui dise qu'il avait mis assez d'argent de côté quand les temps étaient plus faciles pour les mettre à l'abri du besoin. Ce qu'il lui avait dit en revanche, c'est qu'elle n'avait jamais été une charge pour eux, même quand les choses étaient devenues plus difficiles, et il était fier de dire à ses amis qu'il avait pu lui payer ses études. Ce que son argent à lui et sa cervelle à elle n'avaient pas pu faire, leur disait-il, elle l'avait fait à la bonne manière de toujours : en baissant le dos et en montrant son cul. Il fallait travailler, et travailler dur, si vous vouliez vous sortir de la merde.

Sa mère ne le comprenait pas toujours. Les choses avaient changé pour les femmes, qu'elles soient d'accord ou pas, et Carla avait du mal à se mettre dans la tête que Frannie n'était pas à l'université pour se trouver un mari.

— Elle voit qu'Amy Lauder va se marier, dit Peter, et elle pense : « Ça devrait être le tour de ma Frannie. Amy est jolie, d'accord, mais elle ressemble à une vieille soupière à côté de Frannie. » Ta mère pense toujours comme autrefois, et elle ne changera plus maintenant. Alors, pas étonnant si ça frotte parfois entre vous deux, s'il y a des étincelles de temps en temps, acier contre silex, c'est comme ça. La faute de personne. Mais tu ne dois pas oublier, Frannie, elle est trop vieille pour changer, et toi tu es assez grande maintenant pour le comprendre.

Puis il recommença à parler de son travail, de tout et de rien, un de ses collègues avait failli perdre le pouce sous une presse parce que sa tête était là-bas, dans la salle de billard, tandis que son fichu pouce se trouvait sous la matrice. Heureusement que Lester Crowley l'avait vu et qu'il l'avait poussé à temps. Mais Lester Crowley ne serait pas toujours là. Il soupira, comme s'il se souvenait qu'il n'y serait plus lui non plus, puis son visage s'éclaira et il se mit à lui parler de sa dernière idée, une antenne de radio dissimulée dans la calandre du capot.

Sa voix passait d'un sujet à l'autre, douce et rafraîchissante. Leurs ombres s'allongeaient devant eux dans les rangs. Elle se laissait bercer par cette voix, comme elle l'avait toujours fait. Elle était venue ici lui dire quelque chose, mais depuis sa plus petite enfance elle était souvent venue lui parler et n'avait fait que l'écouter. Non pas qu'il l'écrasât. Autant qu'elle sache, il n'en imposait à personne, sauf peut-être à sa mère. Mais il avait un merveilleux talent de conteur.

Elle se rendit compte qu'il avait cessé de parler. Assis sur une pierre au bout de son rang, il bourrait sa pipe.

— Qu'est-ce que tu as derrière la tête, Frannie ?

Elle le regarda sans rien dire, ne sachant trop par où commencer. Elle était venue lui dire quelque chose, mais elle ne savait plus maintenant si elle pouvait le faire. Le silence s'installa entre eux, grandit, finit par devenir un gouffre qu'elle ne put supporter davantage. Elle se jeta à l'eau.

— Je suis enceinte.

Il arrêta de bourrer sa pipe et leva les yeux pour la regarder.

— Enceinte ? dit-il, comme s'il n'avait jamais entendu ce mot. Oh, voyons Frannie... c'est une farce ? Tu veux me faire marcher ?

— Non, papa.

— Tu ferais mieux de venir t'asseoir à côté de moi.

Obéissante, elle alla jusqu'au bout de son rang et s'assit à côté de lui. Un muret séparait leur jardin d'un terrain vague. Derrière le muret se dressait une haie qui sentait bon, depuis longtemps redevenue aimablement sauvage. Frannie sentait le sang battre dans ses tempes. Elle avait un peu mal au cœur.

— Tu es sûre ?

— Sûre.

Puis — sans la moindre trace d'artifice, elle ne put tout simplement s'en empêcher — elle se mit à pleurer, à brailler, à braire comme un âne. Il la prit par le cou pendant ce qui lui parut être un très long moment. Et quand ses sanglots commencèrent à s'éteindre, elle se força à poser la question qui l'inquiétait le plus.

— Papa, tu m'aimes encore ?

— Quoi ? Oui. Je t'aime toujours, Frannie.

Ce qui la fit pleurer à nouveau, mais cette fois il la laissa se débrouiller toute seule pendant qu'il allumait sa pipe. L'odeur du Borkum Riff monta lentement, poussée par un petit vent.

— Tu es déçu ? demanda-t-elle.

— Je ne sais pas. Je n'ai encore jamais eu de fille enceinte et je ne sais pas trop comment je dois le prendre. C'est ce Jess ?

Elle fit signe que oui.

— Tu lui as dit ?

Nouveau signe.

— Qu'est-ce qu'il a dit ?

— Qu'il allait se marier. Ou payer l'avortement.

— Le mariage ou l'avortement, dit Peter Goldsmith en tirant sur sa pipe. Un vrai pistolet à deux coups, ton Jess.

Elle regarda ses mains, posées à plat sur ses jeans. Il y avait de la terre dans les petites crevasses des jointures, de la terre sous les ongles. « On reconnaît à ses mains une jeune fille bien élevée », disait la voix de sa mère. Une jeune fille bien élevée et enceinte. « Il va falloir que je démissionne de l'ouvroir de la paroisse. Une jeune fille bien élevée... »

La voix de son père s'élevait à nouveau :

— Je ne veux pas être trop indiscret, mais... est-ce que... est-ce que tu faisais attention ?

— Je prenais la pilule. Ça n'a pas marché.

— Alors, personne n'est à blâmer, ou vous l'êtes tous les deux, dit-il en la regardant attentivement. Et je ne peux pas faire ça, Frannie. Je ne peux pas. À soixante-quatre ans, on oublie comment on était à vingt et un. Alors, pas de reproches.

Elle sentit une vague de soulagement s'emparer d'elle.

— Ta mère se chargera des reproches, tu peux en être sûre. Et je ne vais pas l'en empêcher, mais je ne serai pas de son côté. Tu me comprends ?

Elle hocha la tête. Son père n'essayait plus de s'opposer à sa mère. Pas à haute voix. C'est qu'elle avait une langue acide. Quand ils se disputaient, les choses s'envenimaient parfois, lui avait-il dit un jour. Et quand elles s'envenimaient, Carla pouvait fort bien dire n'importe quoi et le regretter trop tard pour réparer le mal. Frannie soupçonnait que son père avait dû faire un choix, bien des années plus tôt : continuer à s'opposer à elle, et finir par divorcer, ou renoncer. Il avait choisi de renoncer — mais à ses conditions.

— Tu es sûr que tu pourras rester sur la touche, papa ? demanda-t-elle doucement.

— Tu me demandes de prendre ta défense ?

— Je ne sais pas.

— Qu'est-ce que tu vas faire ?

— Avec maman ?

— Non. Avec toi.

— Je ne sais pas.

— Tu vas te marier avec lui ? Vivre à deux, c'est pas plus cher que vivre tout seul, c'est ce qu'on dit en tout cas.

— Je ne crois pas que je peux. J'ai l'impression de ne plus l'aimer, si je l'ai jamais aimé.

— Le bébé ?

Sa pipe tirait bien maintenant et la fumée embaumait l'air de l'été. L'ombre noyait les creux du jardin et les criquets commençaient à chanter.

— Non, ce n'est pas à cause du bébé. C'était à prévoir de toute façon. Jess est...

Elle s'arrêta, essayant de voir ce qui n'allait pas chez Jess, ce qu'elle oubliait peut-être à cause du bébé, le bébé qui la forçait à prendre une décision, à sortir de l'ombre menaçante de sa mère, sa mère qui était en train d'acheter des gants pour le mariage de l'amie d'enfance de Frannie. Ce qu'elle pouvait enterrer maintenant mais qui continuerait à bouger pendant six mois, seize mois, vingt-six, pour sortir finalement de sa tombe et les attaquer tous les deux. Mariage dans la hâte, repentir à loisir. Un des dictons favoris de sa mère.

— C'est un faible, c'est tout ce que je peux dire.

— Tu ne penses vraiment pas que ça marcherait entre vous ? Tu ne lui fais pas confiance ?

— Non.

Et elle comprit que son père avait vu plus juste qu'elle. Non, elle ne faisait pas confiance à Jess qui venait d'une famille riche et qui portait des chemises bleues d'ouvrier.

— Jess veut bien faire, reprit-elle ; il est plein de bonnes intentions. Mais... nous sommes allés à un récital de poésie au début de l'année. Un type qui s'appelait Ted Enslin. C'était plein. Tout le monde écoutait très sagement... très attentivement... pour ne pas perdre un mot. Et moi... tu me connais...

Il lui passa gentiment le bras autour du cou :

— Frannie a eu le fou rire.

— Exact. Tu me connais vraiment bien.

— Un peu, en tout cas.

— Un fou rire juste comme ça, sans aucune raison. Et je me disais : « Il est cradingue, cradingue, on est tous venus là pour écouter un vieux dingue cradingue. » Il y avait du rythme, comme une chanson à la radio. Et j'ai eu le fou rire. Je ne voulais pas. Rien à voir avec les poèmes de Ted Enslin, ils étaient très bons, rien à voir avec son allure. C'était la manière dont les autres le regardaient.

Elle jeta un coup d'œil à son père pour voir sa réaction. Il lui fit simplement signe de continuer.

— Alors, il a fallu que je sorte. Je ne pouvais vraiment pas faire autrement. Et Jess était furieux. Je suis sûre qu'il avait raison d'être furieux... c'était enfantin de ma part, enfantin d'avoir eu cette impression... mais je suis souvent comme ça. Pas toujours. Je sais travailler...

— Oui, tu sais.

— Mais parfois...

— Parfois Mister Rigolade frappe à la porte et tu es de ces gens qui ne peuvent pas s'empêcher de lui ouvrir.

— C'est sûrement ça. En tout cas, Jess n'est pas comme ça. Et si nous nous marions... il continuera à tomber de temps en temps sur mon Mister Rigolade, comme tu dis. Pas tous les jours, mais assez souvent pour qu'il se fâche. Alors j'essaierai de prendre sur moi... et je suppose que...

— Je suppose que tu seras malheureuse, dit Peter en la serrant contre lui.

— Je crois bien que oui.

— Alors, ne laisse pas ta mère te faire changer d'idée.

Elle ferma les yeux, encore plus soulagée que tout à l'heure. Il avait compris. Un miracle.

— Et que penserais-tu si je me faisais avorter ? demanda-t-elle après un moment de silence.

— J'ai l'impression que c'est de ça que tu voulais parler.

Elle le regarda, étonnée.

Il lui rendit son regard, interrogateur mais souriant, un sourcil broussailleux — le gauche — levé. Mais l'impression qui se dégageait de lui était celle d'une intense gravité.

— C'est peut-être vrai, répondit-elle lentement.

— Écoute...

Et il ne dit plus rien. Mais elle écoutait. Et elle entendit un moineau, les criquets, le bourdonnement d'un avion haut dans le ciel, quelqu'un qui criait à Jackie de rentrer, une tondeuse à gazon, une voiture avec un échappement trafiqué qui accélérait sur la nationale 1.

Elle allait lui demander si c'était la bonne chose à faire quand il lui prit la main et commença à parler.

— Frannie, je regrette vraiment que tu aies un père si vieux, mais je n'y peux rien. Je ne me suis marié qu'en 1956.

Il la regardait pensivement dans la lumière du crépuscule.

— Carla était différente à l'époque. Elle était... comment te dire ? Elle était plus jeune pour commencer. Elle n'a changé qu'à la mort de ton frère Freddy. Elle était restée jeune jusque-là. Elle a cessé de grandir après la mort de Freddy... Ne crois pas que je parle mal de ta mère, Frannie, même si on dirait un peu que c'est ce que je suis en train de faire. Mais j'ai l'impression que Carla a cessé... de grandir... après la mort de Freddy. Elle a flanqué trois couches de peinture sur le monde extérieur et elle a décidé que tout était très bien comme ça. Et maintenant, elle est comme un gardien de musée. Si elle voit quelqu'un toucher aux idées accrochées aux murs de son musée, tu peux être sûre qu'elle va le regarder d'un sale œil. Mais elle n'a pas toujours été comme ça. Il faut me croire, elle n'était pas comme ça.

— Comment était-elle, papa ?

Il regardait dans le vague, au fond du jardin.

— Elle te ressemblait beaucoup, Frannie. Elle avait souvent le fou rire. On allait parfois à Boston voir jouer les Red Sox et, vers le milieu du match, nous allions tous les deux prendre une bière.

— Maman... elle buvait de la bière ?

— Oui. Et elle passait presque toute la fin du match

101

aux toilettes pour venir me dire ensuite que je lui avais fait manquer le meilleur du match, alors que c'était toujours elle qui me demandait d'aller prendre une bière au stand.

Frannie essayait d'imaginer sa mère avec un gobelet de bière Narragansett à la main, regardant son père, éclatant de rire, comme une jeune fille à son premier rendez-vous. Elle n'y arrivait tout simplement pas.

— Elle a toujours été froide comme un glaçon, dit-il, perplexe. Nous sommes allés voir un docteur, elle et moi, pour savoir ce qui n'allait pas. Le docteur a dit qu'il n'y avait rien d'anormal. Puis, en 60, ton frère Freddy est arrivé. Elle adorait le petit, Frannie. Son père s'appelait Fred, tu sais. Elle a fait une fausse couche en 65, et nous avons cru que c'était fini. Et puis tu es arrivée en 69, un mois trop tôt, mais jolie comme un cœur. Et je t'ai adorée moi aussi. Nous avions tous les deux le nôtre. Mais elle a perdu le sien.

Il se tut, songeur. Fred Goldsmith était mort en 1973. Il avait treize ans, Frannie quatre. Le type qui avait renversé Fred était ivre. Il s'était fait condamner plusieurs fois pour excès de vitesse, conduite dangereuse, conduite en état d'ébriété. Fred était mort sept jours plus tard.

— Vois-tu, je pense que l'avortement est un trop joli nom pour ça. Je trouve que c'est de l'infanticide, tout simplement. Désolé d'être si... vieux jeu peut-être... à propos d'une décision que tu dois prendre maintenant, ne serait-ce que parce que la loi dit que tu peux envisager cette solution. Je t'ai dit que j'étais un vieil homme.

— Tu n'es pas vieux, papa, murmura-t-elle.

— Si ! répondit-il brusquement, désemparé tout à coup. Je suis un vieil homme qui essaie de donner un conseil à sa fille, comme un singe qui voudrait apprendre à un ours à se tenir à table. Un ivrogne m'a pris mon fils il y a dix-sept ans et ma femme n'a jamais plus été la même depuis. J'ai toujours vu la question de l'avortement en pensant à Fred. On dirait que je suis incapable de faire autrement, comme toi tu étais incapable d'arrêter ton fou rire à ce récital de poésie, Frannie. Ta mère te donnerait toutes les raisons habituelles. Elle te parlerait de morale. Une morale vieille de 2 000 ans. Le droit à la vie. Toute notre morale occidentale est fondée là-dessus. J'ai lu les philosophes. Je fouille dans leurs livres comme ta mère fouille dans les étagères des supermarchés. Ta mère en est restée au *Reader's Digest,* mais c'est moi finalement qui argumente avec mon cœur, et elle avec les codes de morale. Je vois Fred, c'est tout. Il était complètement démoli. Aucune chance de s'en sortir. Les cocottes provie brandissent leurs photos de bébés nageant dans de l'eau salée, leurs photos de bouts de bras et de jambes sur des tables d'acier inoxydable. Et puis après ? La fin d'une vie n'est jamais jolie. Moi je vois Fred, couché sur ce lit pendant sept jours, enveloppé dans ses bandes, comme une momie. La vie ne vaut pas cher, et l'avortement la rend encore moins chère. Je lis plus qu'elle, mais c'est elle qui a les idées plus claires en fin de compte. Ce qu'il faut faire, ce qu'il faut dire... tout ça dépend si souvent de jugements arbitraires. Je n'arrive pas à l'accepter. C'est comme un blocage dans ma gorge, voir que toute véritable logique semble procéder de l'irrationalité. De la foi. Tu trouves que j'ai les idées passablement embrouillées, non ?

— Je ne veux pas me faire avorter, répliqua-t-elle doucement. Pour mes raisons à moi.

— Lesquelles ?

— Le bébé m'appartient en partie, dit-elle en relevant un peu le menton. Si c'est de l'ego, je m'en fiche.

— Est-ce que tu le feras adopter, Frannie ?

— Je ne sais pas.

— Est-ce que tu as envie de le faire adopter ?

— Non, je veux le garder.

Il resta silencieux et elle crut sentir sa désapprobation.

— Tu penses aux études, c'est ça ? demanda-t-elle.

— Non, répondit-il en se levant.

Il se massa les reins et grimaça de plaisir quand il entendit sa colonne vertébrale craquer.

— Je pensais que nous avions assez parlé pour le

moment. Et que tu n'as pas besoin de prendre cette décision maintenant.

— Maman est rentrée, dit-elle.

Il suivit son regard et vit la voiture devant l'allée, les chromes qui brillaient sous les derniers rayons du soleil. Carla les aperçut, klaxonna et leur fit un petit salut joyeux.

— Il va falloir que je lui dise.

— Oui. Mais attends un jour ou deux, Frannie.

— D'accord.

Elle l'aida à ramasser les outils de jardinage, puis ils s'avancèrent tous les deux vers la voiture.

7

Dans la pénombre qui enveloppe la terre juste après le coucher du soleil mais avant que ne tombe vraiment l'obscurité, durant une de ces rares minutes que les cinéastes appellent « l'heure magique », Vic Palfrey sortit du délire verdâtre où il avait sombré pour un bref instant de lucidité.

Je suis en train de mourir, pensa-t-il, et les mots résonnèrent étrangement dans sa tête, comme s'il les avait prononcés à haute voix.

Il regarda autour de lui et vit un lit d'hôpital dont le haut était relevé pour empêcher ses poumons de se noyer dans leurs mucosités. Il était solidement attaché avec des sangles et les côtés du lit étaient remontés. *J'ai dû prendre une bonne raclée,* pensa-t-il, presque amusé. *J'ai dû me battre avec les flics.* Et puis enfin : *Où est-ce que je suis ?*

Il avait une bavette autour du cou, couverte de mucosités sèches. Il avait mal à la tête. D'étranges idées lui traversaient l'esprit. Il savait qu'il avait déliré... et qu'il allait bientôt recommencer. Il était malade. Non, il ne commençait pas à aller mieux. Ce n'était qu'un instant de répit.

Il posa le poignet contre son front et le retira en faisant une grimace. Comme s'il avait touché un rond de cuisinière électrique. Pour brûler, il brûlait. Et il était plein de tubes. Deux petits tubes transparents lui sortaient du nez. Un autre serpentait sous le drap, jusqu'à une bouteille posée par terre. Pas besoin d'être Einstein pour savoir où était planté l'autre bout. Deux flacons étaient accrochés à côté du lit. Deux tubes en sortaient et faisaient un y qui se terminait dans son bras, juste sous le coude. Goutte-à-goutte.

C'est déjà pas mal comme ça, pensa-t-il. Mais il y avait aussi des fils électriques. Sur son crâne. Sa poitrine. Son bras gauche. Un autre qui semblait collé sur son foutu nombril. Et par-dessus le marché, il avait bien l'impression qu'on lui avait planté quelque chose dans le cul. Qu'est-ce que ça pouvait bien être, bon Dieu ? Un radar à merde ?

— Hé !

Il avait voulu pousser un cri d'indignation. Mais ce qui sortit ne fut que l'humble murmure d'un homme très malade. Un bruit noyé dans ces mucosités qui semblaient vouloir l'étouffer.

Maman, est-ce que George a rentré le cheval ?

Encore le délire. Une idée folle qui filait à travers sa tête comme un météore. Il avait failli s'y laisser prendre. Il n'allait pas longtemps garder sa tête. L'idée le remplit de terreur. Il regarda ses bras squelettiques. Il avait bien perdu quinze kilos. Et il n'était déjà pas bien gros. Ce... ce machin-là... allait le tuer. L'idée qu'il puisse mourir en balbutiant des insanités comme un vieillard sénile le terrifia.

George est allé voir sa fiancée. Tu rentres le cheval, Vic, et tu lui donnes son avoine, comme un bon garçon.

C'est pas mon travail.

Victor, sois gentil avec ta maman.

Je suis gentil. Mais c'est pas...

Il faut être gentil avec ta maman. Maman a la grippe.

Non, maman, c'est pas la grippe. C'est la tuberculose, et elle va te tuer. En 1947. Et George va mourir six jours après son arrivée en Corée, juste le temps d'envoyer une lettre, et puis bang bang bang. George est...

Vic, il faut que tu m'aides, rentre le cheval, et plus de discussion.

106

— C'est moi qui ai la grippe, pas elle, murmura-t-il en refaisant surface. C'est moi.

Il regardait la porte et trouva qu'elle avait l'air bien bizarre, même pour un hôpital. Une porte arrondie aux angles, entourée de rivets. Le bas arrivait bien à quinze centimètres du carrelage. Même un menuisier minable comme Vic Palfrey aurait pu

(Donne-moi l'album, Vic, tu l'as eu assez longtemps)

(Maman, il m'a pris mon album ! Rends-le-moi ! Rends-le !)

faire mieux que ça. C'était

(acier)

Quelque chose alluma une petite lumière dans sa tête et Vic essaya de s'asseoir pour mieux voir la porte. Oui, c'était ça. C'était bien ça. Une porte d'acier. Pourquoi se trouvait-il dans un hôpital, derrière une porte d'acier ? Qu'était-il arrivé ? Est-ce qu'il était vraiment en train de mourir ? Est-ce qu'il ferait mieux de faire ses dernières prières ? Mon Dieu, qu'est-ce qui était arrivé ? Il essayait désespérément de percer l'épais brouillard gris où il se noyait, mais il n'entendait que des voix, lointaines, des voix qu'il ne reconnaissait pas.

Et moi, voilà ce que je vous dis... ils n'ont qu'à dire merde... merde à l'inflation...

Hap ? tu ferais mieux de couper tes pompes.

(Hap ? Bill Hapscomb ? Qui c'est ? Je connais ce nom)

Nom de Dieu...

Plus morts que ça, j'ai jamais vu...

Donne-moi la main, je vais te tirer de là...

Donne-moi l'album, Vic, tu l'as eu...

C'est alors que le soleil s'enfonça suffisamment sous l'horizon pour que se déclenche un circuit photoélectrique. La lumière s'alluma dans la chambre de Vic. Et il vit une rangée de visages sévères qui l'observaient derrière un double vitrage. Il hurla, pensant d'abord que ces gens étaient ceux qui parlaient tout à l'heure dans sa tête. Une des silhouettes, un homme en blouse blanche de médecin, fit un geste à quelqu'un que Vic ne pouvait voir, mais Vic avait déjà surmonté sa frayeur. Il était trop faible pour avoir peur bien longtemps. Mais la terreur soudaine qui s'était emparée de lui avec l'explosion silencieuse de la lumière et ces visages qui l'observaient (comme un jury de fantômes, dans leurs blouses blanches) avait chassé les nuages qui l'empêchaient de penser. Il savait maintenant où il était. Atlanta. Atlanta, en Georgie. Ils étaient venus l'emmener — lui, Hap, Norm, la femme de Norm, les enfants de Norm. Ils avaient pris aussi Hank Carmichael. Stu Redman. Et combien d'autres ? Vic avait eu peur et il s'était mis en colère. Bien sûr qu'il avait un rhume, bien sûr qu'il éternuait. Mais il n'avait certainement pas le choléra, ou ce machin qu'avaient attrapé le pauvre Campion et sa famille. Il faisait un peu de fièvre aussi. Et il se souvenait que Norm Bruett avait trébuché et qu'il avait fallu l'aider à monter dans l'avion. Sa femme avait peur, elle pleurait. Et le petit Bobby Bruett pleurait lui aussi — et il toussait. Une drôle de toux, comme le croup. L'avion s'était posé sur le petit terrain de Braintree, mais pour sortir d'Arnette, ils avaient dû franchir un barrage sur la nationale 93. Des types étaient en train de dérouler des barbelés... des barbelés en plein désert...

Un voyant rouge se mit à clignoter au-dessus de la drôle de porte. Une sorte de sifflement, un ronronnement de pompe, puis la porte s'ouvrit. L'homme qui entra portait une énorme combinaison blanche, comme un astronaute. Derrière la visière de son casque, la tête de l'homme ballottait comme un ballon dans une capsule. Il portait des bouteilles d'air comprimé sur le dos et, lorsqu'il parla, sa voix métallique et hachée n'avait pas grand-chose d'une voix humaine. Elle aurait pu sortir d'un de ces jeux électroniques, comme celui qui disait « Essayez encore, astronaute » quand vous manquiez votre coup.

— Comment vous sentez-vous, monsieur Palfrey ? grésilla la voix.

Mais Vic ne put répondre. Vic était reparti dans les vertes profondeurs. C'était sa maman qu'il voyait derrière la visière de la combinaison blanche. Maman était habillée en blanc quand papa les avait emmenés, lui et George, pour la voir une dernière fois au sanatorium. Elle était partie au sanatorium pour que les autres dans la famille n'attrapent pas ce qu'elle avait. La tuberculose, ça s'attrapait. On en mourait.

Il parlait à sa maman... lui disait qu'il serait gentil et qu'il rentrerait le cheval... lui disait que George avait pris son album... lui demandait si elle allait mieux... si elle allait bientôt rentrer... et l'homme à la combinaison blanche lui fit une piqûre. Il plongea encore plus profond dans son délire et ses paroles devinrent incohérentes. L'homme à la combinaison blanche tourna la tête vers les visages alignés derrière le double vitrage et hocha la tête.

D'un mouvement du menton, il poussa l'interrupteur de l'interphone dans son casque :

— Si ça ne marche pas, il sera parti avant minuit.

Pour Vic Palfrey, l'heure magique était terminée.

— Retroussez votre manche, monsieur Redman, dit la jolie infirmière aux cheveux noirs. J'en ai pour une minute.

Elle tenait le brassard du tensiomètre dans sa main gantée et lui souriait derrière son masque de plastique, comme s'ils partageaient un secret fort amusant.

— Non, répondit Stu.

Le sourire s'estompa un peu.

— Je veux seulement prendre votre tension. J'en ai pour une minute.

— Non.

— Ce sont les ordres du docteur, dit-elle d'une voix nettement plus sèche. S'il vous plaît.

— Si ce sont les ordres du docteur, je veux lui parler.

— Il est occupé en ce moment. S'il vous plaît...

— Je vais l'attendre, répondit Stu calmement, sans faire le geste de déboutonner le poignet de sa chemise.

— Je fais mon travail, vous savez. Vous ne voulez pas

m'attirer des ennuis ? fit-elle, cette fois avec un sourire désarmant. Laissez-moi...

— Non. Allez leur dire. Ils vont bien finir par envoyer quelqu'un.

Contrariée, l'infirmière s'avança vers la porte et glissa une clé carrée dans la serrure. La pompe se mit à ronronner et la porte s'ouvrit en sifflant. L'infirmière sortit. Avant que la porte se referme derrière elle, elle lança un regard réprobateur à Stu qui la dévisagea d'un air parfaitement innocent.

Quand la porte se referma, il se leva et s'approcha de la fenêtre — double vitrage, des barreaux à l'extérieur — mais il faisait complètement noir et on ne voyait rien. Il revint s'asseoir. Il portait des jeans délavés, une chemise à carreaux et des bottes brunes dont les coutures commençaient à fatiguer. Il passa la main sur son visage et fit la grimace. Ils ne l'autorisaient pas à se raser, et sa barbe poussait vite.

Les examens ne le dérangeaient pas. Ce qui le dérangeait, c'était qu'on le laisse dans le noir, avec sa peur. Il n'était pas malade, au moins pas encore, mais il avait affreusement peur. C'était l'écran de fumée par ici, et il n'était plus d'accord pour jouer à ce petit jeu, tant qu'on ne lui dirait pas ce qui s'était passé à Arnette, ce que Campion avait à voir là-dedans. Au moins, il saurait alors pourquoi il avait peur.

Ils s'attendaient à ce qu'il pose la question plus tôt. Stu l'avait vu dans leurs yeux. On vous cachait toujours quelque chose dans ces hôpitaux. Quatre ans plus tôt, sa femme était morte d'un cancer, à vingt-sept ans. L'utérus d'abord, et puis la maladie s'était propagée partout, comme un feu de broussailles. Stu les avait vus éviter ses questions, changer de sujet ou lui répondre avec de longues phrases bourrées de mots techniques. C'est pour cette raison que cette fois-ci il ne leur avait pas posé de questions. Et il voyait bien que son silence les avait dérangés. Maintenant, le moment était venu de les interroger, et ils allaient lui répondre avec des mots tout simples.

Il pouvait remplir tout seul certains blancs dans cette

histoire. Campion, sa femme et la petite avaient attrapé une sale maladie. Comme une grippe ou un rhume des foins, mais une maladie qui ne faisait qu'empirer, sans doute jusqu'à ce que vous creviez dans votre morve, ou que la fièvre vous fasse sauter le caisson. Et c'était très contagieux.

Ils étaient venus le chercher dans l'après-midi du 17, il y avait deux jours. Quatre types de l'armée et un médecin. Polis, mais fermes. Pas question de refuser l'invitation ; les quatre militaires étaient armés. Et c'était alors que Stu Redman avait commencé à avoir vraiment peur.

On les avait emmenés au terrain de Braintree — une vraie caravane. Stu avait fait le trajet avec Vic Palfrey, Hap, les Bruett, Hank Carmichael et sa femme, plus deux sous-officiers. Tous dans une station-wagon de l'armée. Et les militaires n'avaient pas desserré les dents, même pas quand Lila Bruett avait fait sa crise d'hystérie.

Les autres station-wagons étaient pleines à craquer elles aussi. Stu n'avait pas reconnu tout le monde, mais il avait vu les cinq Hodge, et aussi Chris Ortega, frère de Carlos, le chauffeur de l'ambulance. Chris était barman à l'Indian Head. Il avait vu aussi Parker Nason et sa femme, les deux vieux qui vivaient dans une caravane près de chez lui. Stu avait compris qu'ils ramassaient tous ceux qui s'étaient trouvés dans la station-service et tous ceux à qui ils avaient parlé depuis que Campion avait démoli les pompes.

À la sortie de la ville, deux camions kaki bloquaient la route. Stu avait deviné que les autres routes devaient être barrées elles aussi. Des types déroulaient des barbelés et, quand la ville serait bouclée, ils posteraient sans doute des sentinelles.

Alors, c'était grave. Extrêmement grave.

Assis sur sa chaise, à côté du lit qu'il n'avait pas eu à utiliser, il attendait patiemment que l'infirmière revienne avec quelqu'un. Le premier serait probablement un sous-fifre. Et il faudrait peut-être qu'il attende jusqu'au matin pour qu'ils finissent par lui envoyer un responsable, quelqu'un qui puisse lui dire ce qu'il devait savoir. Mais il pouvait attendre. La patience avait toujours été le fort de Stuart Redman.

Pour s'occuper, il se mit à réfléchir à l'état de ceux qui avaient fait le trajet avec lui dans la station-wagon. Norm était le seul visiblement malade. Il toussait, crachait beaucoup, avait de la fièvre. Les autres semblaient avoir un rhume, plus ou moins fort. Luke Bruett éternuait. Lila Bruett et Vic Palfrey toussaient un peu. Hap avait le nez qui coulait et il se mouchait tout le temps. Pas tellement différent du temps où il était à la maternelle, quand au moins les deux tiers des enfants semblaient avoir attrapé quelque chose.

Mais ce qui lui avait fait vraiment peur — peut-être n'était-ce qu'une coïncidence — c'était qu'au moment où ils arrivaient sur le terrain, le chauffeur de l'armée avait lâché trois éternuements retentissants. Une coïncidence, sans doute. Dans cette région du Texas, le mois de juin n'était pas une époque facile pour les gens qui souffraient d'allergies. Ou peut-être le chauffeur venait-il d'attraper tout bêtement un rhume, au lieu de cette merde. Stu voulait le croire. Parce que quelque chose qui pouvait s'attraper si rapidement...

Les militaires étaient montés dans l'avion avec eux. Muets comme des carpes, sauf pour leur dire où ils allaient. À Atlanta. On leur expliquerait tout là-bas (mensonge éhonté). À part ça, pas un mot.

Dans l'avion, Hap était assis à côté de Stu et il était passablement bourré. L'appareil de l'armée était plutôt rudimentaire, mais on n'avait pas lésiné sur la bibine ni sur la bouffe. Service de première classe. Naturellement, au lieu d'une mignonne hôtesse, c'était un sergent aussi aimable qu'une porte de prison qui était venu prendre les commandes. Mais à part ça, tout était allé plutôt bien. Même Lila Bruett s'était calmée, après deux verres bien tassés.

Hap était appuyé contre lui, l'inondant d'un chaud brouillard de vapeurs de scotch.

— Drôle de bande qu'ils nous ont donnée pour nous accompagner. Tous plus de cinquante ans, pas un seul avec une alliance. Militaires de carrière, tous des sous-offs.

À peu près une demi-heure avant l'atterrissage, Norm Bruett était tombé dans les pommes et Lila s'était mise à hurler. Deux stewards, style porte de prison, avaient enveloppé Norm dans une couverture et n'avaient pas traîné à lui faire reprendre ses esprits. Lila continuait à hurler. Au bout d'un moment, elle avait renvoyé les deux cocktails et le sandwich au poulet qu'elle avait avalés. Les deux stewards, toujours impassibles, avaient tout nettoyé.

— Qu'est-ce qui se passe ? hurlait Lila. Qu'est-ce qu'il a mon mari ? Est-ce qu'on va mourir ? Est-ce que mes petiots vont mourir ?

Elle avait un « petiot » sous chaque bras, la tête coincée contre sa généreuse poitrine, Luke et Bobby avaient l'air d'avoir peur et d'être plutôt gênés par le chahut qu'elle faisait.

— Et pourquoi personne ne me répond ? On n'est pas en Amérique ici ?

— Quelqu'un pourrait pas lui fermer la gueule ? avait grommelé Chris Ortega à l'arrière de l'avion. Cette foutue bonne femme est pire qu'un disque rayé dans un juke-box.

Un des militaires l'avait forcée à engloutir un verre de lait et Lila l'avait fermée. Elle avait passé le reste du voyage à regarder le paysage par le hublot en chantonnant. Stu se doutait bien qu'on ne lui avait pas mis que du lait dans son verre.

Quand ils avaient atterri, quatre énormes Cadillac les attendaient. Les gens d'Arnette étaient montés dans les trois premières. Leur escorte dans la quatrième. Et Stu supposait que ces vieux troufions qui ne portaient pas d'alliance — et qui n'avaient sans doute pas de famille proche non plus — se trouvaient quelque part ici, dans cet hôpital.

Le voyant rouge s'alluma au-dessus de sa porte. Lorsque le compresseur, ou la pompe, allez savoir ce que c'était, s'arrêta, un homme habillé d'une de ces combinaisons spatiales blanches entra. Le docteur Denninger. Il était jeune. Il avait les cheveux noirs, le teint mat, les traits fins, la bouche mielleuse.

— Patty Greer me dit que vous lui donnez du fil à retordre, fit le haut-parleur de Denninger qui avançait en clopinant vers Stu. Elle est très fâchée.

— Il n'y a pourtant pas de quoi, répondit Stu, parfaitement décontracté.

Pas facile de paraître décontracté, mais il ne voulait pas montrer à cet homme qu'il avait peur. Ce Denninger avait l'air du genre à bousculer les infirmières, mais à lécher le cul de ses supérieurs. Un type qu'on pouvait mener par le bout du nez s'il avait l'impression que vous étiez le plus fort. Mais s'il flairait la peur chez vous, il vous servirait sa tambouille : une petite sauce à la « Je suis désolé, mais je ne peux rien vous dire », avec un total mépris pour ces stupides civils qui voulaient en savoir plus qu'il n'était bon pour eux.

— Je voudrais savoir quelque chose, dit Stu.

— Je suis désolé, mais...

— Si vous voulez que je ne fasse pas d'histoires, répondez-moi.

— Plus tard...

— Je peux vous faire la vie difficile.

— Nous savons cela, rétorqua Denninger d'un air maussade. Je ne suis tout simplement pas autorisé à vous dire quoi que ce soit, monsieur Redman. Je ne sais pas grand-chose moi-même.

— Je suppose que vous m'avez fait une analyse de sang. Toutes ces aiguilles, ce n'est quand même pas pour faire du tricot.

— C'est exact, répondit à regret Denninger.

— Pourquoi ?

— Encore une fois, monsieur Redman, je ne peux pas vous dire ce que je ne sais pas.

Il avait repris son ton maussade et Stu avait plutôt tendance à le croire. Ce n'était qu'un petit technicien avec un titre ronflant, et le type n'appréciait pas particulièrement.

— On a mis la ville où j'habite en quarantaine.

— Je ne suis pas au courant.

Mais Denninger détourna les yeux et, cette fois, Stu vit qu'il mentait.

— Et pourquoi est-ce que je n'en ai pas entendu parler ? fit-il en montrant la télévision boulonnée au mur.

— Je vous demande pardon ?

— Quand on barre toutes les routes et qu'on met des barbelés autour d'une ville, c'est une nouvelle, je crois.

— Monsieur Redman, si vous laissiez simplement Patty prendre votre tension...

— Non. Si vous voulez me forcer, vous avez intérêt à m'envoyer deux malabars. Et plus encore si vous voulez. Parce que je vais faire des petits trous dans vos jolis petits costumes. Ils n'ont pas l'air si solides, vous savez ?

Il fit mine de tirailler la combinaison de Denninger qui recula aussitôt, manquant de tomber à la renverse. Un croassement terrifié sortit du haut-parleur de son interphone. On s'agitait derrière le double vitrage.

— Je suppose que vous pourriez foutre quelque chose dans ce que je mange pour m'envoyer en l'air, mais vos analyses ne donneraient plus rien, pas vrai ?

— Monsieur Redman, vous n'êtes pas raisonnable ! répondit Denninger qui gardait prudemment ses distances. Votre manque de coopération risque de porter un préjudice considérable à la nation. Vous me comprenez ?

— Pas du tout. Pour le moment, j'ai plutôt l'impression que c'est mon pays qui me porte un préjudice considérable. On m'enferme dans une chambre d'hôpital en Georgie avec un petit con de docteur de merde qui serait même pas capable de voir par où il chie. Foutez le camp d'ici et envoyez-moi quelqu'un pour me parler, ou alors faites venir vos gorilles. Mais je vais me défendre, vous pouvez en être sûr.

Denninger sorti, il resta assis sur sa chaise, parfaitement immobile. L'infirmière ne revint pas. Deux infirmiers ne vinrent pas lui prendre la tension de force. Et maintenant qu'il y pensait, même une petite chose comme prendre la tension n'était peut-être pas possible si le malade se débattait. Pour le moment, ils le laissaient mijoter dans son jus.

Il se leva pour allumer la télévision qu'il regarda sans la voir. La peur tambourinait en lui, comme un éléphant fou. Depuis deux jours, il attendait les éternuements, la toux, les mucosités noires qu'il cracherait dans le tiroir de la table de chevet. Que devenaient les autres, ces gens qu'il avait connus toute sa vie ? Étaient-ils en aussi mauvais état que Campion l'autre jour ? Il pensa à la morte et à sa petite dans la vieille Chevrolet. Mais c'était le visage de Lila Bruett qu'il voyait, et celui de la petite Cheryl Hodges.

La télévision sifflait et craquait. Stu sentait son cœur battre lentement dans sa poitrine. Il entendit le petit bruit d'un purificateur d'air dans la pièce. La peur le rongeait, derrière son apparence impassible. Parfois énorme, terrifiante, écrasante : l'éléphant. Parfois petite, lancinante, mordillant avec ses dents pointues : le rat. Elle ne le lâchait pas.

Il attendit quarante heures avant qu'on envoie quelqu'un lui parler.

8

Le 18 juin, cinq heures après avoir parlé à son cousin Bill Hapscomb, Joe Bob Brentwood arrêta une voiture sur la route 40, à une quarantaine de kilomètres à l'est d'Arnette. Excès de vitesse. Il s'agissait de Harry Trent de Braintree, agent d'assurances. Il roulait à cent cinq dans une zone où la vitesse était limitée à quatre-vingt-dix. Joe Bob lui donna une contravention. Trent l'accepta sans broncher, puis entreprit de vendre à Joe Bob une assurance pour sa maison, plus une assurance-vie. Joe Bob se sentait bien ; il ne pensait pas du tout mourir. Pourtant, il était déjà malade. Car il n'avait pas pris que de l'essence à la station-service de Hapscomb. Et il donna à Harry Trent beaucoup plus qu'une simple contravention.

Harry, un homme sociable qui aimait son travail, transmit la maladie à plus de quarante personnes ce jour-là et le lendemain. Combien de ces quarante la transmirent à leur tour, impossible à dire — autant demander combien d'anges peuvent danser sur une tête d'épingle, comme on dit. En comptant cinq par tête de pipe, au bas mot, on arrive quand même à un total de deux cents. Et selon la même formule, sans doute assez réaliste, ces deux cents en infectèrent mille, ces mille cinq mille, ces cinq mille vingt-cinq mille. Sous le soleil du désert californien et grâce à l'argent des contribuables, quelqu'un venait de réinventer la réaction en chaîne. Une réaction en chaîne mortelle.

Le 19 juin, le jour où Larry Underwood rentrait à New York et où Frannie Goldsmith annonçait à son père qu'elle avait un polichinelle dans le tiroir, Harry Trent s'arrêta pour déjeuner chez Babe's Kwik-Eat, dans l'est du Texas. Il y prit un cheeseburger et, comme dessert, une part de la délicieuse tarte aux fraises de Babe. Il avait un petit rhume, une allergie sans doute, qui le faisait éternuer et cracher. Tandis qu'il prenait son repas, il infecta Babe, le plongeur, deux routiers, le livreur de pain et l'homme qui était venu changer les disques du juke-box. Sur sa table, il avait laissé pour la jolie poupée qui l'avait servi un billet de un dollar, grouillant de mort.

Quand il sortit, une voiture arrivait, remplie à craquer d'enfants et de bagages. Une galerie sur le toit. Plaque de New York. Le conducteur avait baissé sa vitre pour demander à Harry comment rattraper la nationale 21. Harry avait pris tout son temps pour lui indiquer le chemin. Et sans le savoir, il les avait tous condamnés à mort, toute cette petite famille.

Le New-Yorkais était Edward M. Norris, lieutenant de police. Pour la première fois en cinq ans, il prenait de vraies vacances. Lui et sa famille avaient passé des moments merveilleux. Les enfants s'étaient retrouvés au septième ciel quand ils avaient visité Disneyworld, à Orlando. Et, ne sachant pas que toute sa famille serait morte avant le 2 juillet, Norris comptait bien dire à ce pauvre con de Steve Carella qu'il était parfaitement possible de partir en voiture avec sa femme et ses enfants, et de s'amuser. Steve, lui dirait-il, tu es peut-être un flic de première bourre, mais un homme qui n'est pas capable de mettre de l'ordre dans sa famille n'est qu'une grosse nouille.

La famille Norris avait mangé quelque chose chez Babe, puis Edward avait suivi les indications admirablement précises de Harry Trent pour prendre la nationale 21, en direction du nord. Ed et sa femme, Trish, s'émerveillaient de l'amabilité de ces gens du Sud. Les trois petits coloriaient des albums sur la banquette arrière. Va donc savoir, pensait Ed, ce qu'auraient fait les deux petits monstres de Carella.

Ils passèrent la nuit dans un motel d'Eustace, dans l'Oklahoma. Ed et Trish infectèrent la réceptionniste. Les petits, Marsha, Stanley et Hector, infectèrent les enfants qui jouaient sur le terrain de jeu du motel — des enfants qui se rendaient dans l'ouest du Texas, en Alabama, en Arkansas et au Tennessee. Trish infecta les deux femmes qui lavaient du linge à la laverie automatique, deux rues plus loin. Ed, parti chercher un peu de glace à la réception, infecta un type qu'il croisa dans le couloir. Tout le monde se mit de la partie.

Aux petites heures du matin, Trish réveilla Ed pour lui dire que Heck, le bébé, était malade. Il avait une mauvaise toux et il faisait de la fièvre. Elle avait l'impression que c'était le croup. Ed Norris grogna un peu et lui dit de donner de l'aspirine au petit. Si ce foutu croup avait pu attendre encore quatre ou cinq jours, l'enfant l'aurait attrapé à la maison et Ed aurait gardé le souvenir de vacances de rêves (sans parler du plaisir qu'il aurait eu à raconter son voyage aux copains). Il entendait derrière la porte la toux du pauvre petit, comme des aboiements de chien de chasse.

Trish avait cru que Hector serait un peu mieux au matin. Mais à midi, le vingt, elle dut bien admettre que ce n'était pas le cas. L'aspirine ne faisait pas baisser la fièvre. Le pauvre Heck avait les yeux vitreux. La toux faisait un bruit qui ne lui disait rien de bon et la respiration de l'enfant paraissait très laborieuse. Pire, Marsha semblait avoir attrapé la même chose et Trish sentait un vilain petit chatouillis dans le fond de sa gorge qui l'obligeait à tousser, une toux encore si légère qu'elle pouvait l'étouffer dans son mouchoir.

— Il faut emmener Hector chez le docteur, dit-elle finalement.

Ed s'arrêta à une station-service et consulta la carte qu'il avait fixée avec des trombones sur le pare-soleil de la station-wagon. Ils étaient à Hammer Crossing, dans le Kansas.

— Je ne sais pas, dit-il. On va peut-être finir par trouver un docteur qui nous dira où nous adresser. Hammer Crossing, au Kansas ! Et il a fallu que le petit tombe malade dans un trou pareil !

Il soupira et se passa la main dans les cheveux.

Marsha, qui regardait la carte par-dessus l'épaule de son père, dit alors :

— Le guide dit que Jesse James a cambriolé la banque d'ici, papa. Deux fois.

— On s'en fout de Jesse James !

— Ed ! le reprit Trish.

— Désolé, dit-il sans se sentir désolé le moins du monde.

Et il repartit.

Après six coups de téléphone, et chaque fois Ed Norris avait eu bien du mal à ne pas exploser, il avait finalement trouvé un médecin à Polliston qui examinerait Hector s'il pouvait le lui amener avant trois heures. Polliston n'était pas sur leur route, trente kilomètres à l'ouest de Hammer Crossing, mais l'important, c'était Hector. Ed commençait à être très inquiet. Il n'avait jamais vu le petit si abattu.

À deux heures de l'après-midi, ils étaient dans la salle d'attente du docteur Brenden Sweeney. Ed avait commencé à éternuer lui aussi. La salle d'attente était pleine ; quand le médecin les reçut, il était près de quatre heures. Malgré tous les efforts de Trish, Heck paraissait ne pas vouloir se réveiller vraiment ; elle-même se sentait fiévreuse. Stan Norris, neuf ans, était le seul à être encore assez en forme pour donner des signes d'impatience.

Dans la salle d'attente, ils transmirent la maladie que l'on allait bientôt appeler Cinq-Sept d'un bout à l'autre du pays à plus de vingt-cinq personnes, dont une solide matrone qui était simplement venue payer ce qu'elle devait au médecin. Avant de transmettre la maladie à tous les membres de son club de bridge.

Cette solide matrone était Mme Robert Bradford, Sarah Bradford pour ses amis du club, Cookie pour son mari et ses proches amies. Sarah joua très bien ce soir-là, peut-être parce qu'elle avait pour partenaire sa meilleure amie, Angela Dupray. On aurait dit qu'elles s'envoyaient des messages par télépathie. Trois manches époustouflantes, et un grand chelem pour terminer. Une seule ombre au tableau pour Sarah : elle avait l'impression d'avoir attrapé un petit rhume. Quelle déveine, elle venait à peine de sortir du précédent.

Elle et Angela allèrent ensuite prendre un verre dans un bar tranquille, à dix heures. Angela n'était pas pressée de rentrer chez elle. David jouait sa partie hebdomadaire de poker chez eux et elle ne pourrait certainement pas dormir avec tout ce bruit... à moins de prendre un petit somnifère, sous la forme de deux gin-tonic.

Sarah prit un manhattan et les deux femmes se mirent à commenter la partie. Ce faisant, elles réussirent à infecter tous ceux qui se trouvaient dans le bar, dont deux jeunes hommes qui prenaient une bière. Ils allaient faire fortune en Californie — comme Larry Underwood et son ami Rudy Schwartz l'avaient fait autrefois. Un de leurs amis leur avait promis du travail dans une entreprise de déménagement. Le lendemain, ils repartirent en direction de l'ouest, répandant la maladie sur leur passage.

Les réactions en chaîne ne sont pas toujours faciles à amorcer. Celle-ci ne se fit pas prier. Et la pyramide grandissait, non pas de bas en haut, mais de haut en bas — le haut étant un garde d'une base militaire aujourd'hui décédé, un certain Charles Campion. Une mécanique parfaitement huilée. Des chambres à coucher, avec un corps ou deux dans chacune, puis des fosses dans les cimetières, ensuite des fosses communes, et finalement des cadavres qu'on balançait dans le Pacifique, dans l'Atlantique, dans les carrières, dans les fondations des immeubles en construction. Au bout d'un certain temps, naturellement, on allait finir par laisser les cadavres pourrir sur place.

Sarah Bradford et Angela Dupray sortirent ensemble reprendre leurs voitures (infectant quatre ou cinq personnes sur leur passage), puis s'embrassèrent du bout des lèvres avant de se séparer. Sarah rentra chez elle pour infecter son mari, ses cinq amis qui jouaient au poker avec lui, et leur fille, Samantha, qui avait bien peur d'avoir attrapé une belle chaude-pisse avec son petit ami. Et c'était vrai. Mais il était également vrai qu'elle n'avait nul lieu de s'en inquiéter ; à côté de ce que sa mère venait de lui refiler, une bonne chaude-pisse n'était pas plus grave qu'un peu d'eczéma sur les sourcils.

Le lendemain, Samantha allait infecter toute la piscine de Polliston.

Et ainsi de suite.

9

Ils l'attaquèrent un peu avant la tombée de la nuit, alors qu'il marchait sur le bas-côté de la nationale 27 qui, deux kilomètres en arrière, prenait le nom de Main Street en traversant la petite ville qu'il venait de laisser derrière lui. Il avait compté prendre à l'ouest, deux kilomètres plus loin, sur la 63 qui l'aurait conduit à l'autoroute d'où il aurait commencé son long voyage vers le nord. Il était un peu distrait, peut-être à cause des deux bières qu'il venait d'avaler, mais il avait pourtant senti que quelque chose clochait. Au moment où il allait se souvenir des quatre ou cinq armoires à glace qui se tenaient au fond du bar, les types lui étaient tombés dessus, venus de nulle part.

Nick se défendit de son mieux, en allongea un par terre, écrabouilla le nez d'un autre — cassé sans doute, au bruit qu'il avait fait. Pendant quelques secondes, il crut qu'il allait peut-être s'en tirer. Qu'il se batte sans faire le moindre bruit les énervait un peu. C'était des cloches. Ils avaient sans doute joué à ce petit jeu auparavant, sans problèmes, et ils ne s'attendaient certainement pas à tomber sur un os avec ce petit gringalet au sac à dos.

Puis l'un d'eux le toucha juste au-dessus du menton. La bague qu'il portait lui fendit la lèvre inférieure et Nick sentit le goût du sang chaud qui inondait sa bouche. Il tituba en arrière et quelqu'un lui prit les bras. Il se débattit comme un fou et se libéra une main au moment où un poing fonçait vers son visage, comme une lune emballée. Avant que le poing ne lui ferme l'œil droit, il vit encore la bague qui brillait faiblement à la lumière des étoiles. Et il vit des étoiles justement, sentit que sa conscience commençait à se dissoudre, à dériver dans des régions inconnues.

Effrayé, il se débattit encore plus fort. L'homme à la bague était à nouveau devant lui et Nick, craignant un autre boulet en plein visage, lui donna un coup de pied dans le ventre. Le souffle coupé, l'homme à la bague se plia en deux en poussant de petits aboiements, comme un terrier atteint de laryngite.

Les autres se rapprochèrent. Pour Nick, ils n'étaient plus que des silhouettes maintenant, des malabars en chemises grises aux manches retroussées pour montrer leurs biceps constellés de taches de rousseur. Ils portaient d'énormes chaussures de chantier. Des mèches de cheveux graisseux tombaient sur leurs sourcils. Dans les dernières lueurs du jour, il commença à croire à un mauvais rêve. Du sang coulait sur son œil gauche, encore ouvert. On lui avait arraché son sac à dos. Les coups pleuvaient sur lui et il devint une sorte de pantin désarticulé dansant sur une corde effilochée. Mais il refusait de perdre totalement connaissance. Pas un bruit, sauf leur halètement quand ils le matraquaient de leurs poings et le gazouillis liquide d'un engoulevent au milieu des pins qui bordaient la route.

Le type à la bague s'était remis sur ses pieds.

— Tenez-le, dit-il. Tenez-lui les bras.

Des mains lui prirent les bras. Un autre empoigna les cheveux crépus de Nick.

— Pourquoi qu'il gueule pas ? demanda l'un des autres, nerveux. Pourquoi qu'il crie pas, Ray ?

— Je t'ai dit de ne pas nous appeler par nos noms, répondit l'homme à la bague. J'en ai rien à branler pourquoi qu'il gueule pas. Je vais lui faire sa fête. Le fils de pute m'a tapé dans les couilles. Il va voir, le petit salaud.

Le poing fonça vers lui. Nick détourna la tête et la bague creusa un sillon dans sa joue.

— Tenez-le, que je vous dis. Vous êtes des pédés ou quoi ?

124

Le poing fonça à nouveau et le nez de Nick s'écrasa comme une tomate. Nick n'arrivait plus à respirer. Sa conscience l'abandonnait, comme une lampe de poche dont la lumière vacille quand les piles sont presque vides. Il ouvrit la bouche toute grande et avala une goulée d'air frais. L'engoulevent recommença à pousser son chant solitaire et mélodieux. Nick ne l'entendit pas davantage cette fois-ci que la première.

— Tenez-le, dit Ray. Tenez-le, nom de Dieu !

Et le poing fonça encore. Comme un chasse-neige, la bague fit voler en éclats deux de ses dents de devant. Une douleur tellement vive qu'il fut incapable de hurler. Ses jambes le lâchèrent, mais on le retenait toujours par-derrière.

— Ray, ça suffit ! Tu veux le tuer ?

— Tenez-le bien. Cet enfant de putain m'a tapé dans les couilles. Je vais l'écrabouiller.

C'est alors que des phares balayèrent la route, bordée de broussailles et d'énormes pins.

— Nom de Dieu !

— On se barre !

C'était la voix de Ray, mais Ray n'était plus devant lui. Nick lui en fut vaguement reconnaissant, mais le peu de conscience qu'il lui restait s'en allait avec l'effroyable douleur qui lui emportait la bouche. Il sentait des bouts de dents sur sa langue.

Des mains le poussèrent, le catapultèrent en plein milieu de la route. Deux ronds de lumière étaient braqués sur lui, comme des projecteurs sur un acteur. Crissement de freins. Nick fit un moulinet avec ses bras et essaya de faire bouger ses jambes, mais elles refusèrent ; ils l'avaient laissé pour mort. Il s'écrasa sur l'asphalte et le monde ne fut plus qu'un hurlement de freins et de pneus. Paralysé, il attendait que la voiture l'écrase. Au moins, il n'aurait plus mal à la bouche.

Puis une pluie de gravillons lui frappa la joue et il vit un pneu qui s'immobilisait à moins de trente centimètres de son visage. Une petite pierre blanche était prise dans un sillon du pneu.

Du quartz, pensa-t-il machinalement, puis il perdit connaissance.

Quand Nick revint à lui, il était allongé sur un matelas. Dur, mais il en avait connu de plus durs ces trois dernières années. Péniblement, il ouvrit les yeux. On aurait dit que les paupières étaient collées et celle de droite, celle qu'avait frappée la lune emballée, s'obstinait à rester en berne.

Il vit un plafond de ciment gris, constellé de lézardes. Des tuyaux enveloppés de laine de verre zigzaguaient en dessous. Un gros cafard s'affairait pesamment le long d'un de ces tuyaux. À quarante-cinq degrés dans son champ de vision, une chaîne. Il souleva légèrement la tête, une douleur fulgurante lui traversa le cerveau, et il vit une autre chaîne qui allait de l'angle du châlit à un anneau boulonné au mur.

Il tourna la tête à gauche (un autre éclair de douleur, moins fort celui-là) et vit un mur de béton nu, parcouru de lézardes. Il était couvert de graffiti, certains récents, d'autres anciens, la plupart imbéciles. ICI C'EST PLAIN DE MORPIONS. LOUIS DRAGONSKY, 1987. J'AIME SA DANS LE CUL. DELIRIUM TREMENS LE PIED. GEORGE RAMPLING EST UN BRANLEUR. JE T'AIME TOUJOURS SUZANNE. ON SE FAIT CHIER, JERRY. CLYDE D. FRED 1981. Et puis d'énormes pénis, des seins gigantesques, des vagins grossièrement dessinés. Nick commençait à s'y retrouver. Il était dans une cellule.

Tout doucement, il se redressa sur ses coudes, laissa ses pieds (nus dans des pantoufles de papier) pendre par-dessus le bord du matelas, puis bascula en avant pour s'asseoir. La douleur lui traversa la tête comme un bulldozer et il sentit craquer sa colonne vertébrale. Son estomac fut pris de mouvements alarmants et une affreuse nausée s'empara de lui, une nausée vertigineuse, de celles qui vous donnent envie de hurler, d'implorer à genoux le Créateur.

Mais au lieu de hurler — il en aurait été bien incapable

— Nick se pencha en avant, une main sur chaque joue, et attendit que la crise passe. Ce qu'elle fit au bout d'un moment. Il sentait le pansement qu'on avait mis sur sa joue et, après quelques grimaces, conclut qu'un toubib lui avait posé quelques points de suture pour faire bonne mesure.

Il regarda autour de lui. Il se trouvait dans une petite cellule, haute et étroite. Au bout du matelas, une grille. À l'autre bout, un w.-c. sans couvercle, sans lunette. Au-dessus, un peu en arrière — il la vit en tendant le cou très, très prudemment —, une petite fenêtre grillagée.

Après être resté assis sur le bord du matelas suffisamment longtemps pour être sûr de ne pas tourner de l'œil, il descendit jusqu'aux genoux son pantalon de pyjama gris, informe, s'accroupit sur la cuvette et urina pendant ce qui lui parut durer au moins une heure. Puis il se releva en se tenant au matelas, comme un petit vieux. Inquiet, il regarda dans la cuvette pour voir s'il y avait du sang. Non. Son urine était claire. Il tira la chasse.

À petits pas, il s'avança vers la grille et regarda dans le couloir. À sa gauche, la cage des pochards. Un vieil homme était allongé sur l'une des cinq couchettes, un bras ballant, comme du bois mort. Sur la droite, le couloir se terminait par une porte qu'une cale maintenait ouverte. Au centre du couloir pendait une ampoule sous un abat-jour vert, comme ceux qu'on voit dans les salles de billard.

Une ombre se leva, dansa sur la porte, puis un homme de haute taille en uniforme kaki s'avança dans le couloir. Une matraque et un gros pistolet pendaient à sa ceinture. Les pouces dans les poches, il observa Nick pendant près d'une minute sans ouvrir la bouche. Puis il se décida à parler :

— Quand j'étais môme, on a repéré un cougar dans les montagnes. On l'a tué, et puis on l'a traîné sur trente kilomètres de route de terre pour le ramener en ville. Quand on est arrivé, il ne restait plus grand-chose de la bestiole. Jamais vu quelque chose de plus amoché. Eh bien, toi, tu viens tout de suite après, mon gars.

Nick eut l'impression qu'il avait soigneusement préparé, longuement ciselé son petit discours pour le débiter ensuite aux clodos qui devaient atterrir ici de temps en temps.

— Tu dois bien avoir un nom, Bamboula ?

Nick mit un doigt sur ses lèvres tuméfiées. Il secoua la tête et fit le geste de se couper la gorge.

— Quoi ? Tu peux pas parler ? Qu'est-ce que c'est que ces conneries ?

Les mots étaient plutôt aimables, mais Nick ne pouvait en suivre les inflexions. Il saisit dans le vide un crayon invisible et fit mine d'écrire.

— Tu veux un crayon ?

Nick hocha la tête.

— Si t'es muet, comment ça se fait que t'as pas une carte de handicapé ?

Nick haussa les épaules. Il retourna ses poches, serra les poings et se mit à boxer contre son ombre. Un autre éclair de douleur dans sa tête, une autre vague de nausée dans son estomac. Puis il se donna de petits coups sur les tempes, roula des yeux, s'effondra sur les barreaux et montra ses poches vides.

— On t'a volé ?

Nick fit signe que oui.

L'homme en kaki s'en alla chercher quelque chose dans son bureau. Un instant plus tard, il était de retour avec un crayon mal taillé et un bloc-notes qu'il glissa entre les barreaux. En haut de chaque page : MEMO et *Bureau du shérif John Baker.*

Nick retourna le bloc-notes et montra le nom avec la gomme de son crayon, en haussant les sourcils.

— Oui, c'est moi. Et toi ?

— *Nick Andros,* écrivit-il.

Il glissa la main à travers les barreaux. Baker secoua la tête.

— Je vais pas te serrer la main. Tu es sourd aussi ?

Nick fit signe que oui.

— Qu'est-ce qui t'est arrivé hier soir ? Soames, le toubib, et sa femme ont failli t'écraser comme un lapin.

128

— *On m'a cassé la gueule et volé. À deux kilomètres à peu près de chez Zack, sur Main Street.*

— Pas un endroit pour toi, Bamboula. Tu as certainement pas l'âge de boire de l'alcool.

Nick secoua la tête avec indignation.

— *J'ai vingt-deux ans. Je peux boire une ou deux bières sans me faire cogner dessus et voler, non ?*

Baker lut le message avec un petit sourire triste.

— Apparemment, pas à Shoyo. Qu'est-ce que tu faisais dans ce trou ?

Nick déchira la première page du bloc-notes, en fit une boule et la jeta par terre. Avant qu'il n'ait pu commencer à écrire sa réponse, un bras passait derrière les barreaux et une main d'acier lui tenaillait l'épaule. Nick sursauta.

— C'est ma femme qui fait le ménage. Et je ne vois pas pourquoi tu foutrais le bordel dans ta cellule. Va jeter ça dans les chiottes.

Nick se baissa en grimaçant de douleur et ramassa la boule de papier. Il la jeta dans les toilettes, puis regarda Baker en haussant les sourcils. Baker hocha la tête.

Nick revint. Cette fois, il écrivait des phrases plus longues et le crayon volait sur le papier. Baker pensa qu'il ne devait pas être très commode d'apprendre à lire et à écrire à un sourd-muet et que ce Nick Andros devait être plutôt bien équipé côté ciboulot. Il y en avait quelques-uns par ici, à Shoyo, dans ce trou de l'Arkansas, qui n'avaient jamais vraiment compris comment il fallait faire leurs lettres. Et plus d'un de ces pauvres mecs traînait chez Zack. Mais sans doute qu'un petit gars qui venait de débarquer ne pouvait pas le savoir.

Nick lui tendit le bloc-notes à travers les barreaux.

— *Je me balade, mais je suis pas un vagabond. Aujourd'hui, j'ai travaillé pour un type qui s'appelle Rich Ellerton, à une dizaine de kilomètres à l'ouest d'ici. J'ai nettoyé son étable et j'ai déchargé une remorque de foin. La semaine dernière, j'étais à Watts, dans l'Oklahoma. J'installais des clôtures. Les types qui m'ont cassé la figure m'ont pris tout mon argent.*

— Tu es sûr que tu travaillais pour Rich Ellerton ? Je peux vérifier, tu sais.

Baker déchira la page, la plia en quatre, puis la glissa dans la poche de sa chemise.

Nick fit un signe de tête.

— Tu as vu son chien ?

Nouveau signe de tête.

— C'était quoi comme chien ?

Nick lui fit signe de lui rendre le bloc-notes.

— *Un gros doberman. Mais gentil. Pas méchant du tout.*

Baker se tourna et repartit vers son bureau. Derrière les barreaux, Nick attendait anxieusement. Un moment plus tard, Baker était de retour avec un gros trousseau de clés. Il glissa la clé dans la serrure et fit rouler la grille sur ses rails.

— Viens dans mon bureau. Tu veux manger ?

Nick secoua la tête, puis fit le geste de verser et de boire quelque chose.

— Du café ? Pas de problème. Avec du sucre ?

Nick secoua encore la tête.

— Comme un homme, hein ? dit Baker en riant. Allez, viens.

Baker parlait en lui tournant le dos et Nick ne comprit pas ce qu'il disait, puisqu'il ne pouvait voir ses lèvres.

— Content d'avoir de la compagnie. J'arrive pas à dormir. En général, trois ou quatre heures, pas plus. Ma femme veut que j'aille voir un docteur, un vrai, à Pine Bluff. Si ça continue, peut-être que j'irai. Parce que c'est vraiment pas drôle. Cinq heures du matin, le soleil est même pas levé, et je suis là en train de bouffer des œufs et des sales frites.

Il se retourna au moment où il terminait sa phrase et Nick comprit « ... sales frites ». Il haussa les sourcils pour montrer qu'il n'avait pas compris.

— T'occupes pas, ça fait rien.

Dans son bureau, Baker prit un énorme thermos et lui servit une tasse de café noir. L'assiette à moitié terminée du shérif était posée sur un sous-main. Il l'écarta un peu.

130

Nick buvait son café à petites gorgées. Il avait mal à la bouche, mais le jus était bon.

Il donna à Baker une tape sur l'épaule. Le shérif leva les yeux. Nick montra le café, se frotta le ventre et fit un clin d'œil.

— Naturellement qu'il est bon, dit Baker avec un sourire. C'est ma femme qui le prépare.

Il enfourna dans sa bouche la moitié d'un œuf sur le plat, mastiqua, puis pointa sa fourchette vers Nick.

— Tu te débrouilles pas mal. Comme ces types, les mimes. Je parie que c'est pas bien difficile pour toi de te faire comprendre, hein ?

Nick agita la main en l'air, comme ci comme ça.

— Je veux pas te retenir, dit Baker en essuyant son menton graisseux avec un bout de pain grillé. Mais si tu restes dans les parages, peut-être qu'on pourra choper les gars qui t'ont fait ça. Tu marches ?

Nick fit signe que oui et se remit à écrire :

— *Vous pensez que je vais récupérer ma paye ?*

— Sûrement pas. Je suis rien qu'un petit shérif de campagne, mon gars. Pas Scotland Yard.

Nick fit signe qu'il avait compris. Puis avec ses deux mains, il imita un oiseau qui s'envole.

— Oui, envolé ton fric. Ils étaient combien ?

Nick montra quatre doigts, hésita, puis leva aussi le pouce en l'air.

— Tu crois que tu pourrais les reconnaître ?

Nick leva un doigt en l'air et se mit à écrire :

— *Grand et blond. À peu près comme vous, peut-être un peu plus gros. Chemise et pantalon gris. Une grosse bague, troisième doigt de la main droite. Une pierre violette. C'est la bague qui m'a fait mal à la joue.*

À mesure qu'il lisait, l'expression de Baker changea. D'abord l'inquiétude, puis la colère. Nick, pensant qu'il était furieux contre lui, eut peur à nouveau.

— Bordel de merde ! Me voilà dans le pétrin. Ça devait arriver. Tu es sûr ?

Hésitant, Nick fit signe que oui.

— Autre chose ? Tu as vu autre chose ?

Nick réfléchit longtemps, puis reprit son crayon :

— *Petite cicatrice. Sur le front.*

— C'est Ray Booth. Mon beau-frère. Merci, mon gars. Cinq heures du matin, et ma journée est déjà foutue.

Nick ouvrit les yeux un peu plus grand et fit un geste prudent de commisération.

— Tant pis pour lui, dit Baker plus pour lui-même que pour Nick. C'est un salaud. Jane le sait. Il la battait assez souvent quand elle était petite. Mais c'est le frère de ma femme. Autant dire qu'il va y avoir de l'eau dans le gaz cette semaine. Et côté caresses, je vais pouvoir me fouiller.

Nick baissa les yeux, gêné. Au bout d'un moment, Baker le secoua par l'épaule pour que Nick le regarde.

— Probablement qu'on arrivera à rien de toute manière. Ray et ses copains se tiennent entre eux. Ta parole contre la leur. Tu as pu leur en balancer quelques-uns ?

— *Un coup dans le ventre de Ray. Un autre dans son nez. Peut-être cassé.*

— Ray est copain avec Vince Hogan, Billy Warner et Mike Childress. Je pourrais peut-être prendre Vince à part et lui faire cracher le morceau. Il a autant de colonne vertébrale qu'une méduse crevée. Si je peux le coincer, je pourrai ensuite passer à Mike et à Billy. Ray a eu cette bague à l'université de la Louisiane. Il a raté sa seconde année.

Le shérif s'arrêta, tambourina sur le bord de son assiette.

— On peut essayer, si t'en as envie. Mais je te préviens, on n'arrivera sans doute pas à les avoir. Ils sont trouillards et vicieux comme des chiens galeux, mais ce sont des gars d'ici. Et toi, tu es sourd-muet, et un itinérant par-dessus le marché. Et s'ils s'en tirent, ils vont sûrement te faire ta fête.

Nick réfléchissait. Il se revoyait ballotté de l'un à l'autre, comme un épouvantail couvert de sang, et les lèvres de Ray qui articulaient : *Je vais lui faire sa fête. Le fils de pute m'a tapé dans les couilles.* Il sentait encore qu'on lui arrachait son sac à dos, ce vieux copain des deux dernières années.

Il prit le bloc et écrivit deux mots qu'il souligna de deux traits :

— *On essaye.*

Baker soupira.

— O.K. Vince Hogan travaille à la scierie... Façon de parler. Parce qu'il n'en fout pas une ramée à la scierie. On va y aller vers neuf heures, si t'es d'accord. Peut-être qu'il aura suffisamment la trouille pour se mettre à table.

Nick hocha la tête.

— Et ta bouche ? Le docteur Soames a laissé des comprimés. Il a dit que tu allais sans doute pas mal dérouiller.

Mouvements énergiques de tête.

— Je vais leur en faire voir à ces cons-là. Ils...

Le shérif s'interrompit et, dans son monde de cinéma muet, Nick vit le shérif éternuer violemment dans son mouchoir.

— Encore autre chose, reprit le shérif, mais il s'était tourné et Nick ne comprit que le premier mot. Un sacré rhume que je tiens. Putain de vie ! Bienvenue en Arkansas, mon gars.

Il alla chercher les comprimés et les tendit à Nick, avec un verre d'eau. Baker se frottait doucement le cou. Gonflé, douloureux. Ganglions, toux, le nez bouché, un peu de fièvre. Ouais, ouais, la journée commençait bien.

10

Larry se réveilla avec une gueule de bois pas trop méchante, un sale goût dans la bouche — comme si un bébé dragon venait d'y faire ses petits besoins — et l'impression d'être quelque part où il n'aurait pas dû être.

Deux oreillers pour un lit à une seule place. Une odeur de bacon. Il s'assit, regarda par la fenêtre la grisaille d'une autre journée new-yorkaise, et crut d'abord qu'on avait terriblement transformé Berkeley durant la nuit, qu'on l'avait couvert de crasse et de suie, qu'on l'avait vieilli. Puis il commença à se souvenir de la nuit précédente et comprit qu'il était à Fordham, pas à Berkeley. Avenue Tremont, au premier étage, pas loin du Concourse, et sa mère allait se demander où il avait passé la nuit. Lui avait-il au moins téléphoné pour lui donner une mauvaise excuse ?

Il sortit les jambes du lit et trouva un paquet froissé de Winston. Il n'en restait plus qu'une. Il l'alluma avec un briquet Bic de plastique vert. Un sale goût de crottin. Dans la cuisine, le bacon continuait à grésiller, comme des parasites à la radio.

La fille s'appelait Maria et elle avait dit être... quoi au juste ? Hygiéniste dentaire, c'était bien ça ? Larry ne pouvait juger de sa compétence en matière d'hygiène dentaire, mais côté buccal, elle se défendait vraiment bien. Il se souvenait vaguement qu'elle l'avait dévoré comme une cuisse de poulet. Sur la mauvaise petite chaîne du living, Crosby, Stills, and Nash chantaient que l'eau avait coulé sous les ponts, que le temps perdu ne se rattrape jamais. Si ses souvenirs étaient exacts, Maria n'avait certainement pas perdu beaucoup de temps. Elle avait été un peu ébahie de découvrir qu'il était Larry Underwood, le type du disque. Et en plein milieu des festivités de la soirée, n'étaient-ils pas sortis sur leurs guiboles vacillantes, à la recherche d'un disquaire encore ouvert, pour acheter *Baby, tu peux l'aimer ton mec ?*

Il grogna très doucement et tenta de reconstituer la journée de la veille, depuis ses débuts plutôt anodins jusqu'au frénétique engloutissement final.

Les Yankees ne jouaient pas à New York, il s'en souvenait. Sa mère était déjà partie travailler lorsqu'il s'était réveillé, mais elle avait laissé le programme des Yankees sur la table de la cuisine, avec un mot : *Larry. Comme tu peux le voir, les Yankees ne reviendront pas avant le 1er juillet. Ils vont jouer un double match le 4 juillet. Si tu n'as rien à faire ce jour-là, tu pourrais peut-être emmener ta mère au stade. Je paierai la bière et les hot dogs. Il y a des œufs et des saucisses au frigidaire. Tu peux aussi manger des pains au lait si tu préfères. À plus tard.* Et un post-scriptum à la manière d'Alice Underwood : *La plupart des voyous que tu fréquentais ne sont plus là. Bon débarras. Mais je crois que Buddy Marx travaille toujours à l'imprimerie de Stricker Avenue.*

Il grinçait des dents rien qu'à penser à ce mot. Pas de « Cher » avant son nom. Pas de « Je t'embrasse » avant la signature. Elle ne croyait pas à ces balivernes. Elle ne croyait qu'aux choses bien réelles, ce qu'on peut ranger dans un réfrigérateur. Pendant qu'il récupérait de son voyage d'un bout à l'autre du continent, elle était sortie acheter tout ce dont il raffolait. Une mémoire à faire peur. Jambon en boîte. Deux livres de vrai beurre — comment pouvait-elle se le payer avec son salaire ? Douze canettes de Coke. Des saucisses fumées. Un rosbif qui marinait déjà dans la sauce d'Alice, recette secrète qu'elle refusait de révéler même à son fils, une grosse boîte de glace à la pêche dans le congélateur. Et puis un énorme gâteau au fromage blanc. Avec des fraises dessus.

Tout à coup, il était allé dans la salle de bain, pas simplement pour se soulager la vessie, mais pour regarder dans l'armoire à pharmacie. Une brosse à dents Pepsodent toute neuve se trouvait dans le vieux gobelet où s'étaient succédé toutes les brosses à dents de son enfance. Un paquet de rasoirs jetables dans la petite armoire, de la mousse à raser Barbasol, et même un flacon d'Old Spice. Rien de luxueux, aurait-elle dit — Larry entendait sa voix — mais une odeur assez agréable pour le prix.

Puis il avait pris le tube neuf de dentifrice. Pas de « Cher Larry, » pas de « Je t'embrasse, Maman ». Simplement une brosse à dents neuve, un tube de dentifrice neuf, un flacon d'after-shave. Parfois, pensa-t-il, le véritable amour est aussi silencieux qu'aveugle. Il commença à se brosser les dents, en se demandant s'il n'y avait pas là le début d'une chanson.

L'hygiéniste dentaire et buccale entra, vêtue en tout et pour tout d'un jupon de nylon rose.

— Salut, Larry !

Elle était petite, jolie, un peu dans le genre de Sandra Dee. Ses seins pointaient vers lui avec un air fort guilleret, sans le moindre signe d'affaissement. Comment disait-on déjà ? Ah oui — une devanture bien garnie. Du monde au balcon. Très drôle. Il avait donc fait cinq mille kilomètres pour passer la nuit à se faire manger tout cru par Sandra Dee.

— Salut, dit-il en se levant.

Il était nu, mais ses vêtements traînaient au pied du lit. Il commença à les enfiler.

— J'ai une robe de chambre, si tu veux. Il y a des harengs fumés et du bacon. Des harengs fumés et du bacon ? Il sentit son estomac se recroqueviller.

— Non merci, je dois filer. Un rancard.

— Ah non, tu ne vas pas me laisser tomber comme ça...

— Je t'assure. C'est important.

— Moi aussi, je suis importante !

Sa voix était devenue stridente. Larry eut aussitôt mal

à la tête. Sans raison particulière, il pensa à un personnage de dessins animés, cancanant d'une voix nasillarde.

— On sort du Bronx, à ce que je vois, ou plutôt à ce que j'entends, dit-il.

— Et puis après ?

Elle planta ses mains sur ses hanches, spatule graisseuse au poing, comme une fleur d'acier. Ses seins sautillaient de façon fort aguichante, mais Larry ne fut pas aguiché. Il mit son pantalon et se reboutonna.

— Oui, j'suis du Bronx. Ça veut pas dire que j'suis une négresse. Qu'est-ce que t'as contre le Bronx ? Tu serais pas un peu raciste sur les bords ?

— J'ai rien contre le Bronx et je suis pas raciste, dit-il en s'approchant d'elle, pieds nus. Écoute, je dois aller voir ma mère. Je suis arrivé il y a deux jours et je ne lui ai pas téléphoné hier soir... c'est bien ça ?

— Tu n'as téléphoné à personne, mais le coup de ta mère, mon œil.

Il revint au lit pour fourrer ses pieds dans ses mocassins.

— C'est pourtant vrai. Elle travaille à la Chemical Bank. Elle fait des ménages. Peut-être bien qu'elle est devenue chef d'équipe maintenant.

— Je parie que tu n'es pas le Larry Underwood du disque non plus.

— Pense ce que tu veux. Je dois filer.

— Sale petit connard ! Et qu'est-ce que je vais faire de toute la bouffe ?

— Jette-la par la fenêtre.

Elle poussa un couinement de colère et lui lança la spatule. Un autre jour, elle l'aurait manqué. L'une des premières lois de la physique est qu'une spatule lancée par une hygiéniste dentaire et buccale en colère ne vole pas en ligne droite. L'exception confirmant la règle, flip-flop, un petit tour par-ci, un petit tour par-là, et en plein dans le front de Larry. Il n'eut pas trop mal. Mais il vit deux gouttes de sang tomber sur le tapis quand il se pencha pour ramasser la spatule.

Il fit deux pas en avant, la spatule à la main.

— J'ai bien envie de te chatouiller les fesses avec ça !

— Te prive pas, répondit-elle en reculant. Vas-y, superstar ! Tu tires ton coup et tu fous le camp. Je croyais que t'étais un type bien. T'es qu'un petit salaud.

Plusieurs larmes coulèrent sur ses joues, tombèrent de sa mâchoire et rebondirent sur sa poitrine. Fasciné, il en suivit une qui roula sur la pente du sein droit pour s'arrêter au bout du mamelon. On aurait dit une loupe. Il voyait même les pores et un poil noir qui sortait de l'aréole. Nom de Dieu, je deviens fou, pensa-t-il.

— Je dois m'en aller.

Sa veste blanche traînait au pied du lit. Il la ramassa et la jeta par-dessus son épaule.

— T'es qu'un salaud ! lui cria-t-elle quand il sortit dans le living. Si je suis allée avec toi, c'est que je croyais que t'étais un type bien !

La vision du living lui donna envie de pousser un gémissement. Sur le sofa où il se souvenait vaguement de s'être fait gober la chose étaient éparpillées au moins deux douzaines de *Baby, tu peux l'aimer ton mec ?* Trois autres se trouvaient sur la platine du stéréo poussiéreux. Sur le mur du fond, un gigantesque poster de Ryan O'Neal et d'Ali McGraw. Comme dans *Love Story : Love means never having to say you're sorry.* En d'autres termes, quand on se fait bouffer le machin, on n'a pas besoin de s'excuser non plus, ha, ha. Nom de Dieu, je deviens complètement fou.

Elle était debout à la porte de la chambre, toujours en pleurs, pathétique dans son jupon. Elle s'était fait une petite coupure à la jambe en se rasant.

— Écoute, téléphone-moi. Je suis pas folle.

Il aurait pu répondre « bien sûr » pour mettre fin à toutes ses salades. Mais il s'entendit pousser un rire dingue, puis dire :

— Tes harengs sont en train de cramer.

Elle lança un hurlement et se jeta sur lui. Un coussin qui se trouvait fort heureusement par terre l'arrêta dans son élan et l'envoya au tapis. Un de ses bras renversa une bouteille à moitié vide de lait et fit vaciller la bouteille vide de scotch qui se trouvait juste à côté. Pas vrai, pensa Larry, on ne mélangeait quand même pas ça ?

Il sortit sans demander son reste et descendit quatre à quatre l'escalier. Alors qu'il ne lui restait plus que six marches, il l'entendit gueuler d'en haut :

— T'es un sale mec ! Un sale...

Il claqua la porte derrière lui et l'air humide et tiède l'enveloppa aussitôt, imprégné de l'arôme des feuilles printanières et des gaz d'échappement. Un véritable parfum après l'odeur de graisse brûlée et de tabac froid. Il avait toujours cette fichue cigarette, consumée jusqu'au filtre, et il la jeta dans le caniveau. Il prit une bonne goulée d'air frais. Enfin sorti de chez cette dingue. Bienvenue dans le monde merveilleux des gens normaux...

Derrière lui, un grand bruit de fenêtre qu'on ouvre. Il comprit aussitôt.

— Va te faire foutre ! hurlait la voix de poissarde. J'espère que tu vas te faire écraser par le métro ! Chanteur de mes fesses ! Tu vaux rien au lit ! Minable ! Va te faire enculer ! Va baiser ta mère, minable !

La bouteille de lait arrivait en piqué de la fenêtre du premier étage. Larry se baissa. Elle s'écrasa dans le caniveau comme une bombe, couvrant la rue d'éclats de verre. La bouteille de scotch suivit en pirouettant et atterrit presque à ses pieds. Indépendamment de ses autres qualités, elle visait vraiment bien, terriblement bien. Il se mit à courir, un bras sur la tête. Cette folie n'en finirait donc jamais.

Derrière lui monta un dernier long braiment, triomphant, jubilant :

— BAISE-MOI LE CUL, SALE CON !

Puis il tourna au coin de la rue et, sur le pont qui enjambait le boulevard, il se pencha, secoué par un rire proche de l'hystérie, contemplant les voitures qui passaient en dessous.

— Tu n'aurais pas pu mieux te tenir ? dit-il, sans se rendre compte le moins du monde qu'il parlait tout haut. Quand même, tu aurais pu faire mieux que ça. C'était pas joli, joli. Merde...

Il s'aperçut alors qu'il parlait tout haut et ne put retenir un autre éclat de rire. Tout à coup, une nausée vertigineuse lui tordit l'estomac et il ferma les yeux très fort. Au Rayon du Masochisme, un circuit de mémoire s'ouvrit et il entendit la voix de Wayne Stukey : *Ça grince chez toi. Comme quand tu bouffes le papier avec ton chocolat.*

Il avait traité cette fille comme une vieille pute ramassée un jour de biture.

T'es un sale mec.

Non, non. Je suis un type bien.

Mais quand il avait voulu mettre tout le monde dehors, en Californie, et quand les autres avaient fait des histoires, il avait menacé d'appeler la police. Et il était sérieux. Oui ou non ? Oui. Oui, et il était sérieux. La plupart étaient des inconnus, c'est vrai, et ils auraient bien pu sauter sur une mine, mais il y en avait quatre ou cinq qu'il connaissait depuis longtemps. Et Wayne Stukey, cet enfoiré, debout à la porte, les bras croisés comme un juge qui attend l'exécution de son condamné.

Sal Doria sort et il l'entend dire : *Si c'est ce que ça fait à des types comme toi, Larry, j'aurais préféré que tu fasses jamais ce disque.*

Il ouvrit les yeux et chercha un taxi. Mais oui, le coup de l'ami qui fait la leçon. Si Sal était un ami, qu'est-ce qu'il faisait là à le pomper comme les autres ? J'étais con et personne n'aime voir un con ouvrir les yeux. Voilà tout.

T'es un sale mec.

— Je suis pas un sale mec. Et de toute façon, ça ne regarde que moi.

Un taxi arrivait. Larry lui fit signe. Le chauffeur sembla hésiter un moment avant de s'arrêter au bord du trottoir et Larry se souvint du sang sur son front. Il ouvrit la porte arrière et s'installa sur la banquette avant que le type ne change d'idée.

— Manhattan. La Chemical Bank, sur Park Avenue.

— Vous vous êtes amoché le front, dit le chauffeur en démarrant.

140

— Une conne qui m'a balancé une spatule en pleine gueule, répondit Larry d'une voix absente.

Le chauffeur eut un étrange sourire de fausse commisération, laissant Larry méditer sur l'excuse qu'il allait donner à sa mère pour avoir découché.

11

À l'entrée de la tour de la Chemical Bank, Larry tomba sur une Noire à l'air fatigué qui lui dit qu'Alice Underwood était sans doute au vingt-quatrième étage, en train de faire un inventaire. Il prit l'ascenseur, parfaitement conscient que les autres passagers regardaient son front à la dérobée. La coupure ne saignait plus, mais le sang avait séché en faisant une vilaine croûte.

Le vingt-quatrième étage était occupé par les bureaux d'une société japonaise d'appareils photographiques. Larry arpenta les couloirs pendant près de vingt minutes à la recherche de sa mère, avec la désagréable impression d'être un parfait con. Les Occidentaux ne manquaient pas, mais les Japonais étaient suffisamment nombreux pour qu'il se sente, avec son mètre quatre-vingt-sept, un très grand con. Tous ces petits hommes et ces petits femmes aux yeux bridés regardaient la croûte sur son front et la manche de sa veste tachée de sang avec une inquiétante impassibilité orientale.

Derrière une immense fougère, il découvrit finalement une porte avec l'inscription SERVICE D'ENTRETIEN. Il tourna la poignée. La porte n'était pas fermée à clé et il regarda à l'intérieur. Sa mère était là, dans une blouse grise informe, avec ses bas antivarices, ses souliers à semelles de crêpe, ses cheveux pris sous une résille noire. Elle lui tournait le dos, un registre dans une main, et semblait compter des bouteilles de produits ménagers sur une haute étagère.

Larry sentit une envie forte et coupable de tourner les talons et de prendre ses jambes à son cou. Revenir au garage, à deux rues de l'immeuble de sa mère, et partir avec la z. Oublier les deux mois de location qu'il venait de payer pour le box. Foutre le camp. Où ? N'importe où. Bar Harbor, dans le Maine. Tampa, en Floride. Salt Lake City, en Utah. N'importe où, mais loin de Dewey le dealer et de cette espèce de petit placard qui sentait le savon. Était-ce les tubes fluorescents, ou la coupure sur son front, mais il commençait à avoir un fichu mal de tête.

Arrête donc de pleurnicher, espèce de pédé.

— Salut, maman.

Elle sursauta, mais ne se retourna pas.

— Ah bon, te voilà. Tu as trouvé le chemin.

— Naturellement, répondit-il en se dandinant d'un pied sur l'autre. Je voulais m'excuser. J'aurais dû te téléphoner hier soir...

— Oui. Pas trop tôt.

— J'étais avec Buddy. Nous... euh... on s'est baladé. Un petit tour en ville.

— C'est ce que j'ai pensé, ou quelque chose du genre.

Elle poussa un petit tabouret du bout du pied, monta dessus et commença à compter les boîtes d'encaustique sur l'étagère du haut, en les effleurant l'une après l'autre avec le pouce et l'index. Elle devait tendre le bras chaque fois, et sa robe remontait. Au-dessus de la lisière brune de ses bas, Larry voyait ses cuisses toutes blanches, alvéolées comme des gaufres. Il détourna les yeux tout à coup, pensant sans trop savoir pourquoi à ce qui était arrivé au troisième fils de Noé lorsqu'il avait regardé son père, ivre et nu sur sa couche. Le pauvre type avait fini ses jours comme coupeur de bois et porteur d'eau. Lui et toute sa descendance. Et c'est pour ça que nous avons des émeutes raciales aujourd'hui, mon fils. Loué soit le Seigneur.

— Et c'est tout ce que tu avais à me dire ? demanda-t-elle en se retournant pour la première fois.

— Je voulais te dire où j'étais, et puis m'excuser. Ce n'est pas très gentil de ma part d'avoir oublié.

— Non, pas très. Mais tu n'es pas toujours très gentil, Larry. Tu pensais que j'avais pu l'oublier ?

Il rougit.

— Maman, écoute...

— Tu saignes. Une strip-teaseuse t'a donné un coup avec sa culotte ?

Elle retourna à ses étagères et, après avoir compté toute la rangée de boîtes, nota quelque chose sur son registre.

— Quelqu'un est parti avec deux boîtes d'encaustique la semaine dernière. Tant mieux pour lui.

— Je suis venu te dire que j'étais désolé ! dit Larry en haussant le ton.

Elle ne sursauta pas. Mais lui un peu.

— Tu me l'as déjà dit. M. Geoghan va nous passer un savon si l'encaustique continue à disparaître.

— Je ne me suis pas battu, et je n'étais pas dans un bar de strip-teaseuses. C'était simplement...

Sa voix s'éteignit. Elle se retourna, les sourcils levés, avec cette expression sardonique qu'il connaissait si bien.

— C'était quoi ?

Il n'eut pas le temps de trouver un mensonge convaincant.

— C'était... euh... une spatule.

— Quelqu'un t'a pris pour un œuf ? Vous avez dû passer une drôle de nuit, toi et ton Buddy.

Il avait encore oublié qu'elle avait toujours le dernier mot avec lui, qu'elle l'avait toujours eu et qu'elle l'aurait sans doute toujours.

— C'était une fille, maman. Elle m'a lancé la spatule à la figure.

— Sûrement une bonne occase, dit Alice Underwood en se retournant encore. Cette maudite Consuela recommence à cacher les bons de commande. C'est pas qu'ils soient tellement utiles ; on reçoit jamais ce qu'on demande, mais ils nous envoient plein de trucs qui servent à rien.

— Maman, tu es fâchée ?

Elle laissa tout à coup ses mains retomber. Ses épaules s'affaissèrent.

144

— Ne sois pas fâchée, murmura-t-il. S'il te plaît. D'accord ?

Quand elle se retourna vers lui, il vit une étincelle peu naturelle dans ses yeux — d'accord, sans doute parfaitement naturelle, mais elle n'était certainement pas causée par les tubes fluorescents. Et il entendit encore la buccale hygiéniste lui dire, absolument sûre d'elle : *T'es un sale mec.*

Pourquoi était-il revenu lui faire des trucs pareils... sans parler de ce qu'elle lui faisait à lui.

— Larry, dit-elle doucement. Larry, Larry, Larry.

Un instant, il crut qu'elle n'allait pas dire autre chose ; il se permit même d'espérer qu'il en serait ainsi.

— C'est tout ce que tu peux dire ? reprit-elle. Ne sois pas fâchée, s'il te plaît, ne sois pas fâchée, maman. Je t'entends à la radio, et même si je n'aime pas cette chanson que tu chantes, je suis fière de savoir que c'est toi. Les gens me demandent si c'est vraiment mon fils et je leur réponds : oui, c'est Larry. Je leur dis que tu as toujours su chanter. C'est la vérité, non ?

Il hochait la tête, misérable, n'osant plus parler.

— Je leur dis comment un jour, au lycée, tu as pris la guitare de Donny Roberts et qu'en moins d'une demi-heure tu jouais mieux que lui, même s'il prenait des leçons depuis des années. Tu es doué, Larry, personne n'a jamais eu besoin de me le dire, et sûrement pas toi. Et je suppose que tu le savais, toi aussi, parce que c'est bien la seule chose sur laquelle je t'ai jamais entendu pleurnicher. Et puis tu es parti. Est-ce que j'en ai fait une histoire ? Non. Les jeunes doivent partir. C'est la vie. Pas drôle, mais c'est comme ça. Ensuite, tu reviens. Est-ce que je demande des explications ? Non. Tu reviens parce que, avec ton disque ou sans ton disque, tu t'es fichu dans une sale affaire, là-bas, en Californie.

— Pas du tout !

— Si. Je connais la musique. Il y a longtemps que je suis ta mère et tu ne peux pas me la faire, Larry. Tu as toujours cherché les histoires. Tu n'as jamais pu te tenir tranquille. Parfois, j'ai l'impression que tu traverserais la rue pour mettre le pied dans une crotte de chien. Dieu me pardonne, mais c'est vrai. Est-ce que je suis folle ? Non. Est-ce que je suis déçue ? Oui. J'avais espéré que tu changerais, là-bas. Mais tu n'as pas changé. Tu es parti comme un petit garçon dans un corps d'homme, et tu rentres exactement pareil, sauf que tu t'es fait arranger les cheveux. Et tu veux savoir pourquoi je crois que tu es rentré ?

Il la regardait. Il aurait voulu lui parler. Mais il savait qu'il n'aurait pu lui dire qu'une seule chose et qu'elle n'aurait servi à rien : *Ne pleure pas, maman, tu veux bien ?*

— Je crois que tu es rentré parce que tu ne savais pas où aller. Tu n'avais personne pour te ramasser. Je n'ai jamais dit de mal de toi, Larry, même pas à ma propre sœur. Mais puisque tu me pousses, je vais te dire exactement ce que je pense de toi. Je pense que tu es un profiteur. Tu as toujours été un profiteur. Comme si Dieu avait oublié quelque chose quand Il t'a fait dans mon ventre. Tu n'es pas méchant, ce n'est pas ce que je veux dire. Dans les quartiers où on a dû habiter après la mort de ton père, tu aurais mal tourné si tu avais été méchant, c'est sûr. Je crois que la pire chose que je t'aie jamais vu faire, c'est d'écrire un gros mot dans le couloir, quand on habitait Carstairs Avenue. Tu te souviens ?

Il se souvenait. Elle avait écrit ce même mot sur son front avec une craie et l'avait fait tourner trois fois avec elle autour du pâté de maisons. Il n'avait plus jamais écrit ce gros mot nulle part, ni un autre d'ailleurs, plus jamais.

— Le pire, Larry, c'est que tu veux bien faire. Parfois, j'ai l'impression qu'il faudrait que tu prennes un bon coup sur la tête. On dirait que tu sais ce qui ne va pas, mais que tu ne sais pas comment l'arranger. Et moi non plus, d'ailleurs. J'ai fait tout ce que j'ai pu quand tu étais petit. Comme écrire ce mot sur ton front par exemple... et crois-moi, il fallait que je sois à bout, sinon je n'aurais jamais fait une chose pareille. Tu es un profiteur, c'est tout. Tu es revenu, parce que tu savais que je ne pourrais pas te dire non. Pas à toi.

— Je vais m'en aller, dit-il en crachant chaque mot comme des brins de filasse. Cet après-midi.

Puis il se souvint qu'il n'avait probablement pas les moyens de s'en aller, au moins pas avant que Wayne lui envoie son prochain chèque — ou ce qui en resterait quand les chiens affamés de Los Angeles auraient pris leur morceau. Côté passif, il y avait la location du box de la Datsun z, et puis un solide versement qu'il devrait envoyer d'ici vendredi, à moins qu'il n'ait envie de voir se pointer les gentils huissiers, et il n'en avait pas envie. Et après la petite noce de la veille au soir, qui avait commencé si innocemment avec Buddy et sa fiancée, et puis l'hygiéniste dentaire que connaissait la fiancée, une gentille fille du Bronx, Larry, tu vas l'adorer, très rigolote, il ne roulait vraiment pas sur l'or. Non. Pour être exact, il était même complètement fauché. L'idée le fit paniquer. S'il s'en allait de chez sa mère maintenant, où irait-il ? Un hôtel ? À moins de se contenter d'un vrai sac à puces, le portier se foutrait de sa gueule et lui dirait d'aller se faire voir ailleurs. Il n'était pas trop mal fringué, mais ces types-là savaient. Comment ? Ils savaient, c'est tout. Ils *flairaient* les portefeuilles vides.

— Ne t'en va pas, dit-elle doucement. Ne t'en va pas, Larry. J'ai fait des courses pour toi. Peut-être que tu as vu ce qu'il y avait dans le frigo. Et j'espérais qu'on pourrait peut-être jouer au rami ce soir.

— Tu ne sais pas jouer au rami, répondit-il avec un petit sourire.

— Je peux te battre à plate couture quand je veux.

— Si je te donne quatre cents points d'avance, peut-être...

— Qu'est-ce qu'il faut pas entendre ! C'est plutôt moi qui devrais te donner quatre cents points. Allez, reste, Larry. D'accord ?

— D'accord.

Pour la première fois de la journée, il se sentait bien, vraiment bien. Une petite voix lui murmurait qu'il était redevenu Larry le profiteur, mais il refusa de l'écouter. C'était sa mère, après tout, et c'était *elle* qui lui avait demandé de rester. Elle lui avait dit quelques petites choses pas très gentilles avant de lui demander de rester. Mais quand on demande, on demande. Non ?

— Tiens, dit-il, je paye les billets pour le match du 4 juillet. Avec ce que je vais te faucher ce soir, ça ne devrait pas me coûter trop cher.

— Tu ne pourrais pas faucher un champ de pâquerettes, dit-elle en retournant à ses étagères. Il y a des toilettes au bout du couloir. Va donc te laver le front. Et puis prends dix dollars dans mon sac, et va voir un film. Il y a encore quelques cinémas pas trop mal sur la Troisième Avenue. Ne mets pas les pieds dans ces trous de la Quarante-Neuvième et de Broadway.

— Ce sera bientôt mon tour de te donner de l'argent. Le disque est en dix-huitième place sur le *Billboard* de cette semaine. Je l'ai vu chez Sam Goody en venant ici.

— Formidable. Mais dis-moi, si tu sais pas quoi faire de ton argent, pourquoi tu n'as pas acheté la revue, au lieu de la feuilleter chez le marchand ?

Tout à coup, il sentit quelque chose au fond de sa gorge. Il voulut s'éclaircir la voix, mais la chose refusa de s'en aller.

— Oublie ça, dit-elle. J'ai une langue de vipère. Une fois qu'elle commence à frétiller, il faut qu'elle continue jusqu'à ce qu'elle en ait assez. Tu le sais bien. Allez, prends quinze dollars, Larry. Disons que c'est un prêt. Je suppose que je vais les revoir, d'une façon ou d'une autre.

— Sûr et certain, tu peux me croire.

Il s'approcha d'elle et lui prit le bas de sa robe comme un petit garçon. Elle le regarda du haut de son escabeau. Il se mit sur la pointe des pieds et l'embrassa sur la joue.

— Je t'aime, maman.

Elle eut l'air surprise, non pas du baiser, mais soit de ce qu'il venait de dire, soit du ton de sa voix.

— Mais oui, je sais, Larry.

— À propos de ce que tu disais tout à l'heure, que j'avais des problèmes, c'est vrai. Mais rien de grave, simplement...

148

Sa voix redevint aussitôt froide et sévère. Si froide en fait qu'elle lui fit un peu peur.

— Je ne veux rien savoir de tes histoires.

— D'accord. Écoute, maman, quel est le meilleur cinéma par ici ?

— Le Lux Twin, mais je ne sais pas ce qu'on y joue.

— Ça ne fait rien. Tu sais à quoi je pense ? Il y a trois choses qu'on trouve partout en Amérique, mais trois choses qui sont bonnes seulement à New York.

— Ah bon ? Et quoi donc ?

— Les films, le base-ball et les hot dogs de chez Nedick.

— Tu n'es pas bête, Larry, dit-elle en riant. Tu n'as jamais été bête.

Il alla se laver le front aux toilettes. Il revint et embrassa encore sa mère. Et il prit quinze dollars dans son vieux sac noir. Et il alla voir le film qui passait au Lux. Et il vit un atroce revenant nommé Freddy Krueger aspirer une brochette d'adolescentes dans les sables mouvants de leurs propres rêves où toutes — sauf l'héroïne — connaissaient une fin tragique. Il semblait bien que Freddy Krueger mourait lui aussi à la fin, mais c'était difficile à dire. Et comme le titre du film était suivi d'un chiffre romain et que la salle était pleine, Larry pensa que l'homme aux ongles en lames de rasoir ne tarderait pas à revenir sur les écrans, sans savoir que le bruit persistant qu'il entendait dans la rangée derrière lui annonçait la fin de tout : il n'y aurait plus de suite à ce film et, très bientôt, il n'y aurait plus de films du tout.

Dans la rangée derrière Larry, un homme toussait.

12

L'horloge trônait au fond du salon. Toute sa vie, Frannie Goldsmith avait entendu son tic-tac mesuré. Elle résumait toute cette pièce qu'elle n'avait jamais aimée et qu'il lui arrivait même de détester, comme aujourd'hui.

Sa pièce favorite avait toujours été l'atelier de son père, dans l'appentis qui reliait la maison à la grange. On y entrait par une petite porte qui faisait à peine un mètre cinquante de haut, presque cachée derrière le vieux poêle à bois de la cuisine. Un excellent début, cette porte : délicieusement petite et dissimulée, comme les portes des contes de fées ou des rêves. Quand elle avait grandi, il lui avait fallu se pencher pour passer, comme le faisait son père — sa mère ne mettait jamais les pieds dans l'atelier, à moins d'y être absolument obligée. C'était une porte comme celles qui s'ouvrent sur un monde de rêve dans *Alice aux Pays des Merveilles*. Un temps, elle s'était amusée à croire, sans le dire même à son père, qu'un jour en l'ouvrant, ce ne serait pas du tout l'atelier de Peter Goldsmith qu'elle trouverait, mais un passage souterrain qui la conduirait du pays des merveilles à Hobbiton, un tunnel étroit mais presque douillet avec son plafond tapissé de grosses racines qui vous faisaient une bonne bosse si vous vous cogniez le front. Un tunnel qui sentait non pas la terre humide, les vers et les vilaines bestioles, mais la cannelle et les tartes aux pommes, un tunnel qui aboutissait dans l'office où Mr. Bilbo Baggins célébrait son cent onzième anniversaire...

Elle n'avait jamais trouvé ce tunnel douillet mais, pour Frannie Goldsmith qui avait grandi dans cette maison, l'atelier (parfois appelé « la réserve à outils » par son père et « cette saleté d'endroit où ton père va boire sa bière » par sa mère) avait suffi. Étranges outils, bizarres mécaniques. Un énorme coffre avec des milliers de tiroirs, tous remplis à craquer. Clous, vis, mèches, papier de verre (de trois sortes : rugueux, plus rugueux et encore plus rugueux), rabots, niveaux et toutes ces autres choses qui n'avaient alors pas de nom pour elle, et qui n'en avaient d'ailleurs toujours pas. Il faisait noir dans l'atelier, à part l'ampoule de quarante watts qui pendait dans ses toiles d'araignées au bout de son fil et le cercle de lumière vive de la lampe Tensor toujours braquée sur l'endroit où son père travaillait. Il y avait une odeur de poussière, d'huile et de tabac à pipe, et il lui semblait maintenant qu'il devait exister une sorte de règle : tous les pères devaient fumer. La pipe, le cigare, la cigarette, la marijuana, le hasch, les feuilles de laitue, n'importe quoi mais *quelque chose*. Car l'odeur de la fumée lui semblait intimement liée à sa propre enfance.

« *Donne-moi cette clé, Frannie. Non — la petite. Qu'est-ce que tu as fait à l'école aujourd'hui ?... Ah bon ?... Et pourquoi Ruthie Sears voulait-elle te faire tomber ?... Oui, c'est méchant. Un vilain bobo. Mais il va bien avec la couleur de ta robe, tu ne trouves pas ? Tu devrais aller trouver Ruthie Sears pour qu'elle te pousse encore et que tu te fasses mal à l'autre jambe. Comme ça, ça ferait la paire. Donne-moi le gros tournevis, tu veux ?... Non, celui au manche jaune.* »

« *Frannie ! Sors tout de suite de là et change-toi ! TOUT DE SUITE ! Tu vas te salir !* »

Aujourd'hui encore, à vingt et un ans, elle pouvait se faufiler par cette porte et se tenir entre l'établi et le vieux poêle Franklin dont la chaleur faisait un peu tourner la tête en hiver, retrouver une parcelle de l'époque où la petite Frannie Goldsmith grandissait dans cette maison. C'était une sensation illusoire, presque toujours mêlée de tristesse pour son frère Fred dont elle se souvenait à peine, lui dont la croissance avait été si brutalement et définitivement interrompue. Debout, elle sentait une odeur d'huile qui imprégnait toute la pièce, une odeur de moisi et de tabac à pipe. Elle ne se souvenait que rarement du temps où elle était si petite, si étrangement petite, mais dans l'atelier, elle y parvenait parfois, et c'était une sensation merveilleusement réconfortante.

Mais elle était dans le salon maintenant.

Le salon.

Si l'atelier représentait tout ce qu'il y avait d'heureux dans l'enfance, symbolisé par l'odeur de la pipe de son père (il lui soufflait parfois un peu de fumée dans l'oreille quand le froid lui faisait mal aux oreilles, après lui avoir fait promettre qu'elle ne dirait rien à Carla qui aurait fait une crise), le salon représentait tout ce qu'elle voulait oublier de son enfance. Parle quand on t'interroge ! Ne touche à rien, tu vas tout casser ! Monte tout de suite dans ta chambre et change-toi, tu ne sais pas qu'on ne doit pas s'habiller comme ça ? Tu ne penses donc à rien ? Frannie, ne tripote pas tes vêtements, on va croire que tu as des puces. Qu'est-ce que ton oncle Andrew et ta tante Carlene vont penser ? Tu m'as fait mourir de honte ! Le salon était l'endroit où il fallait tenir sa langue, l'endroit où vous aviez envie de vous gratter sans pouvoir le faire, l'endroit des ordres dictatoriaux, des conversations mortelles, des oncles et tantes qui vous pinçaient les joues, des migraines, des éternuements qu'il fallait retenir, des toussotements qu'il fallait étouffer, et surtout, des bâillements qu'il fallait absolument dissimuler.

L'horloge trônait au fond de cette pièce habitée par l'esprit de sa mère. Elle avait été construite en 1889 par le grand-père de Carla, Tobias Downes, et presque aussitôt avait pris le rang de précieux objet de famille, comptant ses années, soigneusement emballée et assurée lorsqu'on déménageait d'un bout à l'autre du pays (elle avait vu le jour à Buffalo, dans l'État de New York, dans l'atelier de Tobias, lieu sans aucun doute aussi enfumé et poussiéreux que l'atelier de Peter, quoique cette idée n'eût jamais pu traverser la tête de Carla), passant parfois d'une branche de la famille à l'autre quand le cancer, la crise cardiaque ou l'accident émondait un rameau de l'arbre généalogique. L'horloge se trouvait dans ce salon depuis que Peter et Carla Goldsmith s'étaient installés dans cette maison, trente-six ans plus tôt. C'est là qu'on l'avait mise et c'est là qu'elle était restée, tic-tac, découpant le temps en petits segments secs. Un jour, l'horloge sera à moi, si je la veux, pensa Frannie en regardant le visage de sa mère, blême. Mais je n'en veux pas ! Je n'en veux pas et elle ne sera jamais à moi !

Il y avait dans cette pièce des bouquets de fleurs séchées sous des globes de verre. Dans cette pièce, il y avait un tapis gris souris dont le poil dessinait des roses ternes. Il y avait une gracieuse fenêtre à l'anglaise qui donnait sur la nationale 1, en bas de la butte, cachée derrière une haute haie de troènes. Carla n'avait cessé d'asticoter son mari jusqu'à ce qu'il se décide à planter cette haie, quand la station-service Exxon s'était installée au coin de la rue. Puis elle l'avait asticoté pour qu'il la fasse pousser plus vite. Elle aurait même accepté d'y mettre des engrais radioactifs pour qu'elle pousse, pensait Frannie. Ses récriminations s'étaient faites de moins en moins acides à mesure que la haie avait pris de la hauteur, et elles allaient sans doute cesser dans deux ou trois ans, quand la haie finirait par cacher complètement l'horrible station-service, quand le salon aurait retrouvé sa virginité d'antan.

Mais alors, elle trouverait certainement autre chose.

Sur les murs, un papier peint à fleurs — de grandes feuilles vertes et des fleurs roses, presque de la même couleur que les roses du tapis. Mobilier de style colonial, une porte à deux battants en acajou. Une cheminée qui ne servait qu'à la décoration. Une bûche de bouleau reposait depuis une éternité dans l'âtre dont les briques rouges impeccablement propres n'avaient jamais connu la suie. Et Frannie se disait que la bûche devait être si sèche qu'elle brûlerait comme du papier journal si on y mettait le feu. Au-dessus de la bûche, une marmite assez grande pour y donner un bain à un petit enfant. Elle venait de l'arrière-grand-mère de Frannie et elle était depuis toujours suspendue au-dessus de l'éternelle bûche. Au-dessus de la cheminée, pour compléter le tableau, l'Éternel Fusil de Chasse.

Petits segments secs de temps.

L'un de ses plus anciens souvenirs était d'avoir fait pipi sur le tapis gris souris aux roses ternes. Elle avait peut-être trois ans, n'avait pas appris depuis très longtemps à rester propre et n'était sans doute admise dans le salon que dans les grandes occasions, de peur d'un accident. Mais elle y était entrée un jour pour une raison ou pour une autre et, à voir sa mère courir, ou plutôt foncer vers elle pour l'arracher à cette pièce avant que l'impensable ne se produise avait justement provoqué l'impensable. Elle n'avait pu se retenir, et la tache qui s'élargissait, tandis que le tapis gris perle prenait une teinte ardoise foncée autour de son derrière, avait littéralement fait hurler sa mère. La tache avait fini par partir, mais après combien de patients nettoyages ? Dieu seul le savait, peut-être ; pas Frannie Goldsmith.

C'était dans le salon que sa mère lui avait parlé, sombrement, explicitement, et longuement, lorsqu'elle avait surpris Frannie et Norman Burstein en train de s'examiner l'un l'autre dans la grange, leurs vêtements empilés en un tas amical sur une balle de foin. Et que penserait-elle, avait demandé Carla tandis que l'horloge égrenait solennellement ses petits segments secs de temps, que penserait-elle si elle l'emmenait se promener toute nue sur la nationale 1 ? Qu'en penserait-elle ? Frannie, alors âgée de six ans, s'était mise à pleurer, mais elle avait cependant réussi à éviter la crise d'hystérie qu'aurait dû provoquer cette image.

À dix ans, elle était entrée dans un lampadaire alors qu'elle regardait derrière elle pour crier quelque chose à Georgette McGuire. Elle s'était fait une coupure à la tête, elle saignait du nez, ses deux genoux étaient éraflés et elle avait même perdu connaissance quelques instants. Quand elle était revenue à elle, elle était rentrée en titubant le long de l'allée, en pleurs, horrifiée par tout ce sang qui coulait. Elle serait allée voir son père, mais comme il était parti travailler, elle était entrée en titubant dans le salon où sa mère servait le thé à Mme Venner et à Mme Prynne. *Sors d'ici !* avait hurlé sa mère, et l'instant suivant elle courait vers elle, la prenait dans ses bras, balbutiait *Oh Frannie, ma petite, qu'est-ce que tu t'es fait, oh ton pauvre nez !* Mais en la consolant, elle conduisait Frannie à la cuisine où le carrelage ne craignait pas le sang et Frannie n'avait jamais oublié que ses deux premiers mots ce jour-là n'avaient pas été *Oh, Frannie !* mais *Sors d'ici !* Sa mère s'était d'abord inquiétée du salon où le temps s'égrenait en petits segments secs, où le sang était interdit. Peut-être Mme Prynne n'avait-elle pas oublié elle non plus car, à travers ses larmes, Frannie avait vu une expression de surprise totale traverser le visage de cette femme, comme si elle avait reçu une gifle. De ce jour, les visites de Mme Prynne s'étaient faites sensiblement plus rares.

En sixième, elle avait eu une mauvaise note de conduite sur son carnet et, naturellement, sa mère l'avait invitée à venir en parler avec elle au salon. En troisième, elle avait été trois fois en retenue à cause de mauvaises notes, et trois fois avait eu droit à un sermon dans le salon. C'est là qu'avec sa mère elle avait parlé de ses ambitions qui finissaient toujours par paraître un peu creuses ; c'est là qu'elle avait parlé de ses espoirs, qui finissaient toujours par paraître un peu vides ; c'est là qu'elle parlait de ses récriminations, qui finissaient toujours par paraître tout à fait injustifiées — pleurnicheries, jérémiades, tu es incapable de voir tout ce qu'on fait pour toi.

C'était dans le salon qu'on avait posé sur des tréteaux le cercueil de son frère, couvert de roses, de chrysanthèmes et de brins de muguet dont le parfum sec remplissait la pièce alors que l'horloge impassible continuait son tic-tac, égrenant ses petits segments secs de temps.

— Tu es enceinte, répéta Carla Goldsmith pour la deuxième fois.

— Oui, maman.

Elle avait les lèvres sèches mais ne voulut pas les humecter. Elle les serra très fort l'une contre l'autre en pensant : *Dans l'atelier de mon père, il y a une petite fille en robe rouge, elle est toujours là, elle rit et se cache sous l'établi avec l'étau, ou elle se recroqueville en serrant ses genoux couverts de croûtes contre sa poitrine derrière le gros coffre à outils aux mille tiroirs. Cette petite fille est très heureuse. Mais dans le salon de ma mère, il y a une petite fille bien plus petite qui ne peut s'empêcher de faire pipi sur le tapis comme un vilain chien. Comme une vilaine petite chienne. Et elle sera toujours là aussi, même si je veux qu'elle s'en aille.*

— Oh, Frannie... comment est-ce arrivé ?

Les mots étaient sortis tout seuls, très vite. Elle posa la main sur sa joue, comme une vieille fille effarouchée.

La même question que Jess. C'était ça qui la dérangeait vraiment ; la même question que lui.

— Comme tu as eu deux enfants, je suppose que tu sais comment c'est arrivé.

— Je t'interdis !

Les yeux de Carla s'arrondirent comme des boules de loto et Frannie vit cet éclair de feu qui la terrorisait toujours lorsqu'elle était petite. Sa mère s'était levée d'un bond (ce qui l'avait aussi terrorisée quand elle était enfant), une femme grande et mince aux cheveux gris impeccablement tirés en arrière, comme si elle sortait toujours de chez le coiffeur, une femme grande et mince dans une élégante robe verte, bas beiges impeccables. Elle s'approcha de la cheminée où elle se réfugiait toujours dans les moments de détresse. Sur la cheminée, au-dessous du vieux fusil de chasse, se trouvait un gros album. Carla était une sorte de généalogiste amateur et toute sa famille se trouvait dans ce livre... au moins jusqu'en 1638, lorsque le premier de ses ancêtres identifiables était sorti suffisamment longtemps de la foule anonyme des Londoniens pour que son nom soit inscrit dans quelque très ancien registre paroissial comme celui de Merton Downs, franc-maçon. *The New England Genealogist* avait publié l'arbre de sa famille quatre ans plus tôt, compilé par Carla Goldsmith, précisait la revue.

Elle feuilletait l'album aux noms minutieusement recueillis, terrain sûr où aucun vagabond ne risquait de s'aventurer. N'y avait-il pas quelques voleurs parmi eux ? se demandait Frannie. Quelques ivrognes ? Quelques filles mères ?

— Comment as-tu pu faire une chose pareille à ton père et à moi ? demanda-t-elle enfin. C'est Jess ?

— Oui, c'est Jess. Jess est le père.

Le mot fit tressaillir Carla.

— Comment as-tu pu faire ça ? Nous avons tout fait pour te donner une bonne éducation. C'est tout simplement... tout simplement...

Elle se cacha le visage dans ses mains et se mit à pleurer.

— Comment as-tu pu faire ça ? Après tout ce que nous avons fait pour toi ! C'est comme ça que tu nous remercies ? Tu... tu... tu vas coucher avec le premier garçon venu, comme une chienne en chaleur ? Vilaine ! Vilaine !

Elle éclata en sanglots, s'appuya contre la cheminée, une main sur les yeux, l'autre caressant le tissu vert de l'album de famille. Et pendant ce temps, l'horloge égrenait son tic-tac.

— Maman...

— Tais-toi ! Tu en as dit assez !

Frannie se leva. Elle avait l'impression d'avoir des jambes de bois, mais ce n'était qu'une impression, car en fait elles tremblaient. Des larmes commençaient à vouloir lui mouiller les yeux, mais non, elle n'allait pas se laisser intimider une fois de plus par cette pièce.

— Je m'en vais.

— Tu as mangé notre pain ! Nous t'avons aimée... nous t'avons tout donné... et voilà comment tu nous remercies ! Vilaine ! Méchante !

Frannie, aveuglée par les larmes, trébucha. Son pied droit heurta sa cheville gauche. Elle perdit l'équilibre et tomba les mains en avant. Elle se cogna la tempe contre la table basse et une de ses mains envoya un vase de fleurs sur le tapis. Il ne se cassa pas, mais l'eau se mit à gargouiller, et le gris perle devint gris ardoise.

— Regarde ! hurla Carla, presque triomphalement.

Les larmes avaient creusé des cernes noirs sous ses yeux et de petits sillons sur son maquillage. Elle avait l'air hagard, à moitié folle.

— Regarde, ce que tu as fait au tapis, le tapis de ta grand-mère...

Assise par terre, encore étourdie, Frannie se frottait la tête en pleurant. Elle aurait voulu dire à sa mère que ce n'était que de l'eau, mais n'était-ce vraiment que de l'eau ? Ou bien du pipi ? Du pipi ?

Avec un geste d'une étonnante rapidité, Carla Goldsmith ramassa le vase et le brandit devant Frannie.

— Et maintenant, mademoiselle ? Tu comptes rester ici ? Tu espères que nous allons te nourrir et te loger pendant que tu batifoles en ville ? C'est bien ça, je suppose. Eh bien non ! Non ! Je ne suis pas d'accord. *Je ne suis plus d'accord !*

— Je ne veux pas rester, murmura Frannie. Qui t'a dit que je voulais rester ici ?

— Et où vas-tu aller ? Avec lui ? J'en doute.

— Non, chez Bobbi Rengarten, à Dorchester, ou chez Debbie Smith, à Somersworth.

Frannie se releva lentement. Elle pleurait encore, mais la moutarde commençait à lui monter au nez.

— De toute façon, ce ne sont pas tes affaires.

— Ce ne sont pas mes affaires ? reprit Carla, le vase toujours à la main, le visage blanc comme un linge. Ce n'est pas mon affaire ? Ce que tu fais quand tu habites chez moi n'est pas mon affaire ? Petite ingrate, petite... *garce !*

Elle gifla Frannie, et fort. La tête de Frannie bascula en arrière. Elle cessa de se frotter la tempe pour se frotter la joue, regardant sa mère avec des yeux incrédules.

— Voilà comment tu nous remercies de t'avoir envoyée dans une bonne école, dit Carla en montrant ses dents dans un sourire impitoyable et terrifiant. Maintenant, tu ne vas *jamais* terminer tes études. Quand tu te seras mariée avec lui...

— Je ne vais pas me marier avec lui. Et je ne vais pas abandonner mes études.

Carla écarquilla les yeux et regarda fixement Frannie, comme si sa fille venait de perdre la tête.

— Qu'est-ce que tu dis ? Un avortement ? Tu veux te faire avorter ? Ça ne te suffit pas d'être une traînée ? Tu veux te rendre coupable d'un assassinat par-dessus le marché !

— Je vais garder l'enfant. Il faudra que je manque le dernier trimestre, mais je pourrai prendre des cours de rattrapage en été.

— Et avec quel argent ? Le mien peut-être ? Si c'est ça ton idée, tu ferais mieux d'y réfléchir à deux fois. Une jeune fille à la page comme toi n'a pas besoin de ses parents, n'est-ce pas ?

— Un peu de compréhension, je ne dirais pas non, répondit doucement Frannie. L'argent... je me débrouillerai.

— Mais tu n'as pas honte ! Tu ne penses qu'à toi ! Mon Dieu, le mal que tu vas nous faire à ton père et à moi ! Mais tu t'en fiches ! Tu vas briser le cœur de ton père, et...

— Mon cœur ne va pas trop mal.

C'était la voix calme de Peter Goldsmith, debout à la porte. Elles se retournèrent toutes les deux. Debout à la porte, mais un peu en retrait ; le bout de ses grosses chaussures de travail s'arrêtait juste à l'endroit où le tapis du salon prenait la relève de la moquette un peu râpée du couloir. Frannie se rendit compte tout à coup qu'elle l'avait vu bien des fois à cet endroit. Quand était-il vraiment entré dans le salon ? Elle n'en avait aucun souvenir.

— Qu'est-ce que tu fais ici ? aboya Carla, tout à coup insensible aux avaries que le cœur de son mari risquait de subir. Je croyais que tu devais travailler tard cet après-midi.

— Harry Masters me remplace. Frannie m'a déjà tout dit, Carla. Nous allons être grands-parents.

— *Grands-parents !* grinça-t-elle avec une sorte de ricanement. Laisse-moi m'occuper de cette affaire. Elle t'en parle en premier et tu ne me dis rien. D'accord. Ça ne me surprend plus tellement de toi. Mais maintenant, je vais fermer cette porte, et nous allons laver notre linge sale entre nous deux.

Elle lança un sourire étincelant d'amertume à Frannie.

— Nous deux, toutes seules.

Elle posa la main sur la poignée et commença à refermer la porte du salon. Frannie la regardait faire, encore étourdie, à peine capable de comprendre ce débordement soudain de furie et de vitriol.

Peter tendit lentement la main, comme à regret, et arrêta la porte.

— Peter, je veux que tu me laisses faire.

— Je sais que tu veux. Et je t'ai souvent laissée faire, mais pas cette fois, Carla.

— Ce ne sont pas tes affaires.

— Si, répondit-il calmement.

— Papa...

Carla se retourna vers elle, son visage parcheminé maintenant tatoué de rouge sur les pommettes.

— Ne lui parle pas ! hurla-t-elle. Ce n'est pas à lui que tu parles ! Je sais bien que tu as toujours su lui faire avaler toutes tes lubies, que tu as toujours su l'embobiner, *mais ce n'est pas à lui que tu parles aujourd'hui !*

— Arrête, Carla.

— *Sors d'ici !*

— Je suis pas encore rentré. Tu vois bien que...

— Ne te moque pas de moi ! *Sors de mon salon !*

Et elle commença à pousser la porte, rentrant la tête entre ses deux épaules, étrange taureau à la fois humain et femelle. Il la retint facilement au début, puis avec de plus en plus de difficulté. Finalement, les tendons saillirent de son cou. Pourtant, il luttait contre une femme qui pesait bien trente kilos de moins que lui.

Frannie voulait leur crier d'arrêter, dire à son père de s'en aller, pour qu'elle et lui n'aient pas à contempler ce spectacle, cette soudaine éruption de violence et d'amer-

160

tume qui avait toujours paru menacer Carla et qui maintenant l'emportait. Mais sa bouche restait figée, comme si
ses articulations étaient rouillées.

— Sors d'ici ! Sors de mon salon ! Dehors ! Dehors !
Dehors ! *Salaud, laisse cette foutue porte et SORS D'ICI !*

C'est alors qu'il la gifla.

Un bruit terne, presque sans importance. L'horloge ne
vola pas en poussière, mais continua à égrener son tic-tac
comme elle l'avait fait depuis qu'on l'avait remontée pour
la première fois. Les meubles ne grognèrent pas. Mais les
mots de Carla s'arrêtèrent net, comme si on les avait
amputés avec un scalpel. Elle tomba sur les genoux et la
porte s'ouvrit toute grande, cognant doucement contre le
haut dossier d'un fauteuil victorien recouvert d'une
housse brodée à la main.

— Non, oh non, dit Frannie avec une petite voix
plaintive.

Carla posa une main sur sa joue et leva les yeux vers
son mari.

— Il y a au moins dix ans que tu le cherches, dit Peter
d'une voix mal assurée. Je me suis toujours dit que je ne
devais pas faire ça, parce qu'on ne doit pas frapper les
femmes. Et je le pense encore. Mais quand une personne
— homme ou femme — devient un chien et se met à
mordre, il faut bien que quelqu'un l'arrête. Mon seul
regret, Carla, c'est de ne pas avoir eu le courage de le
faire plus tôt. Nous aurions eu moins mal.

— Papa...

— Tais-toi, Frannie, dit-il d'un ton absent et sévère.

— Tu dis qu'elle ne pense qu'à elle, continua Peter en
regardant sa femme stupéfaite. Mais c'est toi l'égoïste.
Tu as cessé de t'occuper de Frannie quand Fred est mort.
Tu as décidé que ça faisait trop mal d'aimer quelqu'un,
qu'il était plus sûr de ne vivre que pour toi. Et c'est ce
que tu as fait, toujours, toujours et toujours. Cette pièce.
Tu ne t'es plus intéressée qu'aux morts de ta famille et
tu as oublié ceux qui vivaient encore. Et quand elle est
venue ici te dire qu'elle avait un problème, qu'elle avait
besoin de ton aide, je parie que la première chose qui t'a

161

traversé la tête, c'était de te demander ce que diraient tes amies du club de jardinage, ou bien si tu n'allais pas pouvoir aller au mariage d'Amy Lauder. Le chagrin fait changer, mais tout le chagrin du monde ne peut pas changer les faits. Tu ne penses qu'à toi.

Il se baissa et l'aida à se relever. Elle se remit debout comme un somnambule. Son expression ne changea pas ; ses yeux étaient toujours écarquillés, incrédules. Ils n'avaient pas encore recommencé à vivre, mais Frannie pensa que ce n'était qu'une question de temps.

— J'ai eu le tort de te laisser faire. De ne pas vouloir de scènes. De ne pas vouloir de problèmes. Tu vois, je ne pensais qu'à moi, moi aussi. Et quand Frannie est partie faire ses études, je me suis dit, eh bien, maintenant Carla peut faire ce qu'elle veut sans faire de mal à personne, sauf à elle, et si une personne ne sait pas qu'elle se fait mal, eh bien, peut-être n'a-t-elle pas si mal que ça après tout. J'avais tort. J'ai eu tort déjà, mais jamais autant que cette fois-ci — et il prit les épaules de Carla, doucement, mais très fermement. Maintenant, c'est ton mari qui te parle. Si Frannie a besoin d'un endroit où rester, elle est ici chez elle, comme toujours. Si elle a besoin d'argent, elle peut m'en demander, comme elle a toujours pu le faire. Et si elle décide de garder son bébé, tu prépareras une jolie fête pour son arrivée, et tu crois peut-être que personne ne viendra, mais elle a des amis, de bons amis, et ils viendront. Et je vais te dire encore une chose. Si elle veut le faire baptiser, elle le fera ici. Ici même, dans ce foutu salon.

On aurait dit que la bouche de Carla s'était décrochée. Un son commença à en sortir. Un son qui au début ressemblait étrangement au sifflet d'une bouilloire sur une cuisinière, puis qui se transforma en un gémissement perçant.

— *Peter, ton propre fils était là, dans son cercueil, dans cette pièce !*

— Oui. Et c'est pour cette raison que je ne connais pas de meilleur endroit pour baptiser une vie nouvelle. Le sang de Fred. Du sang *vivant*. Fred, il y a longtemps qu'il est mort, Carla. Il y a longtemps que les vers l'ont mangé.

Elle poussa un hurlement et se colla les deux mains sur les oreilles. Il se pencha pour la forcer à les enlever.

— Mais les vers n'ont pas encore bouffé ta fille et le bébé de ta fille. Peu importe comment il est arrivé ; il est *vivant*. On dirait que tu veux chasser ta fille, Carla. Et qu'est-ce qu'il te restera après ? Rien, sauf ton salon et un mari qui te détestera. Si tu fais ça, on aurait aussi bien pu être allongés ici tous les trois, ce jour-là — moi, Frannie et Fred.

— Je vais me coucher, dit Carla. J'ai mal au cœur.

— Je vais t'aider, maman.

— Ne me touche pas. Reste avec ton père. Vous aviez bien monté votre coup. Et qu'est-ce qu'on va penser de moi dans cette ville ? Pourquoi ne pas t'installer dans mon salon, Frannie ? Salis le tapis avec tes chaussures pleine de boue, prends des cendres dans la cheminée et jette-les dans mon horloge. Pourquoi pas ? Hein, pourquoi pas ?

Elle éclata de rire et sortit en poussant Peter. Elle titubait comme une pocharde. Peter voulut la prendre par les épaules. Elle découvrit les dents et cracha comme un chat.

Son rire se transforma en sanglots tandis qu'elle montait lentement l'escalier, s'appuyant à la rampe d'acajou ; des sanglots déchirants, éperdus, qui donnèrent à Frannie envie de hurler et de vomir tout à la fois. Le visage de son père avait pris une couleur de linge sale. Sur le palier, Carla pivota sur les talons en chancelant si fort que Frannie crut un moment qu'elle allait dévaler toutes les marches. Elle les regarda, parut vouloir ouvrir la bouche, puis leur tourna le dos. Un moment plus tard, le claquement de la porte de sa chambre assourdit la tempête de son chagrin et de sa douleur.

Frannie et Peter se regardaient, épouvantés, tandis que l'horloge égrenait calmement son tic-tac.

— Ça va se tasser, dit Peter d'une voix calme. Elle va s'y faire.

— Tu crois ? dit Frannie en s'avançant lentement vers son père qui la serra contre lui. Pas moi.

— On verra. N'y pensons plus pour le moment.

— Je devrais m'en aller. Elle ne veut pas de moi.

— Tu devrais rester. Tu devrais être là quand... quand elle comprendra, si elle comprend un jour, qu'elle a *besoin* que tu restes. Moi, j'en ai besoin, tu le sais.

— Papa, fit-elle en collant sa tête contre sa poitrine, oh, papa, je regrette, je regrette tellement...

— Chut, dit-il en lui caressant les cheveux.

Par-dessus la tête de sa fille, il voyait le soleil de l'après-midi qui rougissait à travers les grandes fenêtres, comme il l'avait toujours fait, doré et tranquille, le soleil qu'on voit dans les musées, dans la maison des morts.

— Chut, Frannie ; je t'aime. Je t'aime.

Le voyant rouge s'alluma. La pompe ronronna et la porte s'ouvrit en chuintant. L'homme qui entra ne portait pas de combinaison blanche, mais un petit masque nasal qui ressemblait un peu à une fourchette à deux dents, comme celles qu'on place à côté des amuse-gueule pour pêcher les olives dans le ravier.

— Bonjour, monsieur Redman, dit-il en traversant la pièce.

Il tendit la main, prise dans un mince gant de caoutchouc transparent. Surpris, Stu la serra, tout en restant sur la défensive.

— Je m'appelle Dick Deitz. Denninger dit que vous ne voulez plus jouer tant qu'on ne vous aura pas expliqué les règles.

Stu hocha la tête.

— Bien, dit Deitz en s'asseyant au bord du lit.

C'était un petit homme brun. À le voir ainsi, les coudes sur les genoux, il ressemblait à un nain de Walt Disney.

— Que voulez-vous savoir ?

— D'abord, pourquoi est-ce que vous ne portez pas une de ces combinaisons spatiales.

— Parce que Geraldo dit que vous n'avez rien attrapé.

Deitz montrait un cobaye derrière le double vitrage. Le cobaye était dans une cage et, à côté de la cage, Denninger en personne, impassible.

— Alors, Geraldo dit ça ?

— Geraldo respire le même air que vous depuis trois

165

jours. La maladie que vos amis ont attrapée se transmet facilement des humains aux cobayes et inversement. Si vous l'aviez, Geraldo serait mort maintenant.

— Mais vous vous méfiez quand même, dit Stu en montrant le masque de l'autre avec le pouce.

— Je ne suis pas payé pour prendre des risques, répondit Deitz avec un sourire cynique.

— Alors, qu'est-ce que j'ai ?

Comme une leçon bien apprise, Deitz commença :

— Vous avez les cheveux noirs, les yeux bleus, un splendide bronzage... pas très drôle, non ?

Il regardait attentivement Stu qui ne répondit pas.

— Vous voulez me casser la figure ?

— Ça ne servirait pas à grand-chose.

Deitz soupira et se frotta l'arête du nez, comme si les bouchons qui rentraient dans ses narines lui faisaient mal.

— Écoutez, quand ça va mal, je fais des blagues. D'autres préfèrent la cigarette ou le chewing-gum. C'est le moyen que j'ai trouvé pour ne pas perdre les pédales, c'est tout. Il y en a certainement de meilleurs. Quant à votre maladie, eh bien, jusqu'à présent, selon Denninger et ses collègues, vous n'avez rien du tout.

Stu hocha la tête, impassible. Pourtant, il eut l'impression que ce petit nain avait percé sa façade, avait compris qu'il s'était soudain senti soulagé d'un poids énorme.

— Et les autres ?

— Désolé, ultra-secret.

— Et comment Campion l'avait attrapée ?

— Ultra-secret.

— J'ai bien l'impression qu'il était dans l'armée. Et qu'il y a eu un accident quelque part. Comme avec ces moutons dans l'Utah, il y a trente ans, mais bien pire.

— Monsieur Redman, je pourrais aller en prison si je vous disais si vous brûlez ou pas.

Stu passa la main sur sa barbe qui le piquait.

— Vous devriez être content qu'on ne vous en dise pas davantage. Vous vous en doutez, non ?

— Pour que je puisse mieux servir ma patrie ?

— Non, ça ce sont les histoires de Denninger. Il se

166

trouve que Denninger et moi sommes de tout petits bons-hommes, mais lui encore un peu plus petit que moi. C'est un servomoteur, rien de plus. Encore une raison plus pragmatique d'être content. Vous êtes ultra-secret vous aussi. Vous avez disparu de la surface de la terre. Si vous en saviez plus, les patrons pourraient décider qu'il serait plus sûr de vous faire disparaître pour toujours.

Stu ne répondit rien. Il était estomaqué.

— Mais je ne suis pas venu pour vous menacer. Nous avons vraiment besoin de votre coopération, monsieur Redman. Vraiment.

— Où sont les autres, ceux avec qui je suis venu ?

Deitz sortit une liste de sa poche intérieure. Victor Palfrey, décédé. Norman Bruett, Robert Bruett, décédés. Thomas Wannamaker, décédé. Ralph Hodges, Bert Hodges, Cheryl Hodges, décédés. Christian Ortega, décédé. Anthony Leominster, décédé.

Les noms tournaient dans la tête de Stu. Chris, le barman. Il gardait toujours un fusil chargé à la chevrotine sous son bar. Et le routier qui aurait cru que Chris n'oserait pas s'en servir aurait eu une grosse surprise. Tony Leominster, qui conduisait cette énorme semi-remorque avec une radio Cobra sous le tableau de bord. Il traînait parfois du côté de la station-service de Hap, mais il n'était pas là le soir où Campion avait démoli les pompes. Vic Palfrey... nom de Dieu, il connaissait Vic depuis toujours. Et Vic était mort ? Mais le coup le plus dur, c'était la famille Hodges.

— Tous ? Toute la famille de Ralph ?

Deitz retourna sa feuille.

— Non, il reste une petite fille. Eva. Quatre ans. Elle est vivante.

— Et comment va-t-elle ?

— Désolé, ultra-secret.

La colère s'empara de lui sans qu'il la vît venir, comme une bonne surprise. Il était debout, il tenait Deitz par les revers de sa blouse et il le secouait comme un prunier. Du coin de l'œil, il vit une ombre bouger derrière le double vitrage. Et il entendit le son d'une sirène, assourdi par la distance et les murs insonorisés.

— Qu'est-ce que vous avez fait ? Qu'est-ce que vous avez bien pu faire ? Nom de Dieu, qu'est-ce que vous avez fait ?

— Monsieur Redman...

— Hein ? Bordel de merde, qu'est-ce que vous avez fait ?

La porte s'ouvrit en chuintant. Trois costauds en kaki entrèrent. Ils portaient tous des masques sur le nez.

— Foutez-moi le camp ! aboya aussitôt Deitz.

Les trois hommes se regardaient, indécis.

— On nous a donné l'ordre...

— Foutez-moi le camp, et c'est un ordre !

Ils disparurent. Deitz se rassit calmement sur le lit. Les revers de sa blouse étaient froissés. Ses cheveux retombaient sur son front. Mais c'était tout. Il regardait calmement Stu, avec un brin de pitié même. Un instant, Stu songea à lui arracher son masque. Puis il se souvint de Geraldo. Quel nom stupide pour un cobaye. Un désespoir tranquille le fit frissonner, comme une douche froide. Il se rassit.

— Putain de Dieu.

— Écoutez-moi. Ce n'est pas ma faute si vous êtes ici. Pas la faute de Denninger, pas la faute des infirmières qui viennent prendre votre tension. Si c'est la faute de quelqu'un, c'est celle de Campion, mais on ne peut pas trop le blâmer lui non plus. Il a foutu le camp. Dans les circonstances, vous ou moi, nous aurions peut-être foutu le camp nous aussi. Il a pu s'enfuir à cause d'un petit accroc technique. En tout cas, les choses sont ce qu'elles sont. Nous essayons de faire face à la situation. Mais nous ne sommes pas responsables pour autant.

— Alors, qui est responsable ?

— Personne, répondit Deitz avec un sourire. Les responsabilités sont tellement diffuses qu'on ne peut nommer personne. Un accident. Qui aurait pu se produire de mille façons différentes.

— Tu parles d'un accident ! Et les autres : Hap, Hank

Carmichael, Lila Bruett ? Luke, leur petit gars ? Monty Sullivan...

— Ultra-secret. Vous voulez me secouer encore un petit coup ? Si vous croyez vous sentir mieux après, ne vous gênez pas.

Stu ne répondit pas, mais son regard força Deitz à baisser les yeux et l'homme commença à tripoter les plis de son pantalon.

— Ils sont vivants. Vous les verrez peut-être, plus tard.

— Arnette ?

— La ville est en quarantaine.

— Qui est mort là-bas ?

— Personne.

— Vous mentez.

— Dommage que vous pensiez cela.

— Quand est-ce que je vais sortir d'ici ?

— Je ne sais pas.

— Ultra-secret ?

— Non. Nous ne savons pas, c'est tout. Apparemment, vous n'avez pas attrapé cette maladie. Et nous voulons absolument savoir pourquoi. Ensuite, vous pourrez rentrer.

— Est-ce que je peux me raser ? Ça me gratte.

— Si vous laissez Denninger recommencer ses examens, répondit Deitz avec un sourire, je fais venir tout de suite un infirmier pour vous raser.

— Je peux le faire moi-même. Je me rase depuis que j'ai quinze ans.

Deitz secouait la tête.

— C'est malheureusement impossible.

— Vous avez peur que je me coupe la gorge ?

— Disons que...

Stu l'interrompit en toussant violemment, une toux sèche qui le plia en deux.

On aurait cru que Deitz venait de recevoir une décharge électrique. En un éclair, il s'était levé, fonçait vers le sas, si vite que ses pieds ne semblaient pas toucher le sol. Il fouilla fébrilement dans sa poche, en sortit une clé carrée, essaya de la glisser dans la serrure.

— Du calme. Je faisais semblant.

Deitz se retourna lentement. Son visage avait changé. Ses lèvres tremblaient de colère. Ses yeux le regardaient fixement.

— Vous faisiez *quoi* ?

— Je faisais semblant, dit Stu avec un grand sourire.

Deitz fit deux pas hésitants dans sa direction. Ses poings se fermèrent, s'ouvrirent, se fermèrent encore.

— Pourquoi ? Qu'est-ce qui vous passe par la tête ?

— Désolé. Ultra-secret.

— Sale petit con.

La stupeur avait rendu la voix de Deitz presque douce.

— Allez-y, dit Stu. Allez-y. Dites-leur qu'ils peuvent faire leurs examens.

Il dormit mieux cette nuit-là qu'il ne l'avait fait depuis son arrivée. Et il fit un rêve qui lui laissa un souvenir très vif. Il avait toujours beaucoup rêvé — sa femme se plaignait qu'il ne cessait de remuer et de marmonner dans son sommeil — mais il n'avait jamais eu un rêve comme celui-là.

Il se trouvait sur une route de campagne, à l'endroit précis où l'asphalte noir cédait la place à des gravillons blancs. C'était l'été et le soleil l'éblouissait. Des deux côtés de la route s'étendaient des champs de maïs vert, à perte de vue. Il y avait un panneau indicateur, mais il était couvert de poussière et il ne pouvait le lire. On entendait des corbeaux croasser dans le lointain. Plus près, quelqu'un jouait de la guitare. Vic Palfrey jouait lui aussi de la guitare, un bel instrument.

C'est là que je dois aller, pensait Stu dans son rêve. *Oui, c'est vraiment là, c'est bien là.*

Quel était cet air ? *Beautiful Zion* ? *The Fields of My Father's Home* ? *Sweet Bye and Bye* ? Un air qu'il avait entendu du temps de son enfance, un air qu'il associait à un plongeon, à un pique-nique sur l'herbe. Mais il ne se souvenait pas du titre.

Puis la musique s'arrêta. Un nuage masqua le soleil. Et Stu commença à avoir peur. Il sentait quelque chose de terrible, pire que la peste, qu'un incendie, qu'un tremblement de terre. Quelque chose au milieu du maïs observait. Quelque chose de noir se cachait au milieu du maïs.

Il regarda et vit deux yeux rouges étincelants, très loin dans l'ombre. Ces yeux le remplirent de cette peur paralysante et sans espoir que ressent la poule devant la belette. *Lui*, pensa-t-il. L'homme sans visage. *Oh, mon Dieu. Oh, mon Dieu, non.*

Puis le rêve s'évanouit. Il se réveilla inquiet, troublé, mais soulagé. Il alla dans la salle de bain, puis se posta devant sa fenêtre. Il regarda la lune. Il revint se coucher, mais dut attendre une heure avant de se rendormir. Tout ce maïs, songeait-il, à moitié endormi. Sans doute l'Iowa ou le Nebraska, peut-être le nord du Kansas. Mais il n'avait jamais été là-bas de sa vie.

14

Il était minuit moins le quart. Derrière la petite fenêtre du bunker, la nuit collait à la vitre. Deitz était seul, assis dans une pièce minuscule, cravate défaite, col de chemise ouvert. Les pieds sur un bureau de métal anonyme, il tenait un micro. Sur le bureau, les bobines d'un vieux magnétophone Wollensak tournaient inlassablement.

— Ici le colonel Deitz, disait-il. Je parle de l'installation d'Atlanta, code PB-2. Rapport numéro 16, dossier Projet Bleu, sujet Princesse/Prince. Ce rapport et le dossier sont ultra-secrets, cote 2-2-3, pour information seulement. Si vous n'êtes pas autorisé à en prendre connaissance, allez vous faire foutre.

Il s'arrêta et laissa ses yeux se fermer un instant. Les bobines tournaient bien sagement.

— Prince m'a flanqué une sacrée trouille ce soir, reprit-il après un long silence. Je n'en dis pas plus long. Voir le rapport de Denninger. Il se fera un plaisir de tout raconter en détail. Et naturellement, la transcription de ma conversation avec Prince sera sur le disque télécom qui contient également la transcription de cette bande, enregistrée à vingt-trois heures quarante-cinq. J'ai failli lui rentrer dedans, tellement il m'a foutu la trouille. Ça va mieux maintenant. Le type m'a mis dans ses souliers, un instant, et j'ai compris exactement ce que c'était que de trembler dedans. C'est un type assez brillant derrière sa façade de Gary Cooper. Et il a du caractère, le fils de pute. Si ça lui chante, il est parfaitement capable de foutre le bordel quand il veut. Il n'a pas de parents proches à Arnette, ni ailleurs, si bien que nous ne le tenons pas vraiment. Denninger a des volontaires — c'est du moins ce qu'il dit — qui se feront un plaisir de le bousculer un peu pour qu'il se montre plus coopératif, et on en arrivera peut-être là, mais si je peux me permettre une autre observation personnelle, je crois qu'il faudra plus de muscle que ne le pense Denninger. Peut-être beaucoup plus. Pour le dossier, j'ajoute que je suis toujours contre. Ma mère disait qu'on attrape plus de mouches avec du miel qu'avec du vinaigre. J'en suis persuadé. Toujours pour le dossier, ses tests sont encore négatifs. Allez savoir pourquoi.

Il s'arrêta à nouveau. Il avait sommeil. Il n'avait dormi que quatre heures en trois jours.

— Voici la situation à vingt-deux heures zéro minute, reprit-il d'une voix officielle en prenant une pile de papiers sur son bureau. Henry Carmichael est mort pendant que je parlais à Prince. Le policier, Joseph Robert Brentwood, est mort il y a une demi-heure. Cela ne figurera pas dans le rapport de notre bon docteur D., mais il ne se sentait plus pisser avec celui-là. Brentwood avait brutalement réagi positivement au vaccin... euh... — il cherchait dans ses papiers — voilà. 63-A-3. Vous pourrez regarder le dossier, si vous voulez. La fièvre a baissé, l'enflure caractéristique des ganglions du cou a diminué, Brentwood a dit qu'il avait faim, et il a mangé un œuf poché et une tartine de pain sans beurre. Il parlait rationnellement, voulait savoir où il était, et caetera et caetera et patati et patata. Et puis, vers vingt heures, la fièvre est revenue, et *bang* ! Délire. Il a arraché les sangles qui le retenaient sur son lit et il est parti en vadrouille dans sa chambre, hurlements, quintes de toux, morve et tout le reste. Finalement, il est tombé raide mort. *Boum !* De l'avis de l'équipe, le vaccin l'a tué. Il s'est senti mieux quelque temps, mais la maladie avait repris avant que le vaccin ne le tue. Par conséquent, retour à la case de départ.

Une pause.

— J'ai gardé le pire pour la fin. Plus la peine de cacher le nom de Princesse. Eva Hodges, sexe féminin, quatre ans, caucasienne, ça suffira amplement. Son carrosse est redevenu citrouille tard dans l'après-midi. À la voir, on l'aurait crue parfaitement normale. Elle ne reniflait même pas. Naturellement, elle était un peu triste ; sa maman lui manquait. À part ça, elle semblait parfaitement normale. Et pourtant, elle a fini par tomber malade. Sa tension a baissé pour la première fois après le déjeuner, pour remonter ensuite, ce qui est le seul instrument diagnostique à peu près acceptable que Denninger a pu trouver jusqu'à présent. Avant le dîner, Denninger m'a montré ses frottis d'expectorations — pour vous mettre au régime, il n'y a vraiment rien de mieux que les frottis d'expectorations, croyez-moi — et ils sont plutôt moches. Avec ces microbes en roue de charrette qui ne sont pas du tout des microbes, dixit Denninger, mais des incubateurs. Je n'arrive pas à comprendre comment il peut savoir où trouver ce truc, savoir à quoi il ressemble, et ne pas être capable de l'arrêter. Il me bassine les oreilles avec des explications très techniques, mais j'ai bien l'impression qu'il ne comprend rien du tout lui non plus.

Deitz alluma une cigarette.

— Alors, où en sommes-nous ce soir ? Une maladie avec plusieurs étapes bien définies... mais certaines personnes sautent une étape. D'autres peuvent reculer d'une étape. D'autres font les deux. Certaines personnes restent à une étape relativement longtemps et d'autres passent tout droit à travers les quatre, comme si elles faisaient du bobsleigh. Un de nos deux sujets négatifs ne l'est plus. L'autre est un péquenot de trente ans qui semble en aussi bonne santé que moi. Denninger lui a fait passer à peu près trente millions de tests et n'a réussi à isoler que quatre anomalies : Redman semble avoir beaucoup de grains de beauté. Il fait un peu d'hypertension, mais pas assez pour qu'on lui donne tout de suite des hypotenseurs. En situation de stress, il a un léger tic sous l'œil gauche. Et Denninger dit qu'il rêve beaucoup plus que la moyenne — presque toute la nuit, toutes les nuits.

Conclusion tirée des électro-encéphalogrammes normaux, avant que le type se mette en grève. C'est tout. Je n'y comprends rien, pas plus que le docteur Denninger, et pas plus que les gens qui contrôlent le travail du bon docteur D.

— Et j'ai peur, Starkey, reprit-il, j'ai peur, parce que personne, sauf un médecin vraiment très futé, au courant de toute l'affaire, sera capable de diagnostiquer autre chose qu'un rhume banal. Nom de Dieu, plus personne ne va voir le médecin à moins d'avoir une pneumonie, une bosse suspecte sur le téton ou une mauvaise crise d'urticaire. Trop difficile de trouver un médecin qui veuille bien vous examiner. Alors ils vont rester chez eux, boire beaucoup, dormir beaucoup, et puis crever. Mais, avant de crever, ils vont contaminer tous ceux qui entreront dans leur chambre. Nous croyons tous que Prince — je pense que j'ai dit son vrai nom quelque part, mais au point où nous en sommes, je m'en fous comme de l'an quarante — attrapera ce machin ce soir, ou demain, ou après-demain au plus tard. Et jusqu'à présent, ceux qui l'ont attrapé ne s'en sont pas remis. Ces fils de putes de la base californienne ont un peu trop bien fait leur travail cette fois-ci, à mon goût. Ici Deitz, installation d'Atlanta, PB-2, fin du rapport.

Il arrêta le magnétophone et le regarda longuement. Puis il alluma une autre cigarette.

15

Il était minuit moins deux.

Patty Greer, l'infirmière qui avait essayé de prendre la tension de Stu quand il avait décidé de se mettre en grève, feuilletait une revue en attendant l'heure de s'occuper de M. Sullivan et de M. Hapscomb. Hap serait encore éveillé et regarderait Johnny Carson à la télévision. Pas de problèmes avec lui. Il aimait la taquiner et se plaindrait de ne pouvoir lui pincer les fesses à travers sa combinaison blanche. M. Hapscomb avait peur, mais il était plein de bonne volonté, pas comme cet horrible Stuart Redman qui vous regardait droit dans les yeux, sans ouvrir le bec. M. Hapscomb entrait dans la catégorie de ceux que Patty Greer appelait les « sympas ». Pour elle, tous les malades se classaient en deux catégories : les « sympas » et les « vieux cons ». Patty, qui s'était cassé la jambe en faisant du patin à roulettes à l'âge de sept ans et qui n'avait jamais passé depuis une seule journée au lit, n'avait que très peu de patience pour les « vieux cons ». Soit vous étiez vraiment malade et « sympa », soit vous étiez un « vieux con » hypocondriaque qui ne pensait qu'à faire des ennuis à une pauvre fille qui devait bien gagner sa croûte.

M. Sullivan serait endormi et il se réveillerait de mauvaise humeur. Pourtant, ce n'était pas sa faute s'il fallait qu'elle le réveille et M. Sullivan le comprendrait sans doute. Après tout, il pouvait s'estimer heureux que le gouvernement le soigne aux petits oignons, et gratuitement par-dessus le marché. Et elle ne se priverait pas de le lui dire s'il recommençait à jouer les « vieux cons » ce soir.

La pendule marquait minuit ; c'était l'heure.

Patty sortit de la salle des infirmières et prit le couloir jusqu'à la salle blanche où elle passerait à la désinfection avant qu'on l'aide à enfiler sa combinaison. À mi-chemin, son nez commença à la chatouiller. Elle sortit son mouchoir de sa poche et éternua trois fois, pas très fort. Elle rangea son mouchoir.

Préoccupée par ce M. Sullivan qui ne lui faisait pas la vie facile, elle ne prêta pas attention à ses éternuements. Probablement un petit rhume des foins. Pas un instant elle ne pensa à l'affiche qui disait en grosses lettres rouges, dans la salle des infirmières, SIGNALEZ IMMÉDIATEMENT À VOTRE CHEF DE SERVICE TOUT SYMPTÔME DE RHUME, MÊME BÉNIN. Ils craignaient que ces pauvres gens du Texas enfermés dans leurs chambres étanches ne répandent ce qu'ils avaient attrapé, mais elle savait aussi qu'il était impossible qu'un virus, même minuscule, pénètre dans les combinaisons blanches.

Pourtant, elle contamina en chemin un infirmier, un médecin qui s'apprêtait à partir et une autre infirmière qui allait prendre sa garde de nuit.

Une nouvelle journée venait de commencer.

16

Le lendemain, 23 juin, une grosse Continental blanche fonçait sur la nationale 180, dans une autre région du pays. Elle faisait au moins du 150, peut-être du 160. Peinture étincelante, chromes scintillants. La lunette arrière renvoyait comme un miroir le soleil féroce.

L'itinéraire de la Continental avait été passablement sinueux depuis que Poke et Lloyd avaient tué le propriétaire de la voiture et sa petite famille. La 81, puis la 80, l'autoroute, jusqu'à ce que Poke et Lloyd commencent à se sentir nerveux. Ils avaient tué six personnes en six jours, dont le propriétaire de la Continental, sa femme et leur affreuse petite fille. Mais ce n'était pas ces six assassinats qui leur flanquaient la trouille. C'était la drogue et les armes. Cinq grammes de hasch, une petite tabatière remplie de coca, Dieu seul savait combien il y en avait, huit kilos de marijuana. Plus deux 38, trois 45, un Magnum 357 que Poke appelait son « pokériseur », six fusils — deux automatiques à canons sciés —, une mitraillette Schmeisser. L'assassinat dépassait quelque peu leurs compétences intellectuelles, mais tous les deux comprenaient parfaitement qu'ils auraient des ennuis si la police de l'Arizona les trouvait dans une voiture volée, pleine de came et de pétoires. Et par-dessus le marché, ils étaient recherchés d'un bout à l'autre du pays. En fait, depuis qu'ils étaient sortis du Nevada.

Recherchés par le FBI. Lloyd Henreid aimait assez

l'expression. Flicaille d'élite. Prends ça, espèce de rat. Bouffe-toi un sandwich au plomb, poulet minable.

Ils avaient donc tourné au nord à Deming et se trouvaient maintenant sur la 180 ; ils avaient traversé Hurley et Bayard, un autre bled à peine plus grand, Silver City, où Lloyd avait acheté des hamburgers et huit milk-shakes au chocolat (Et merde ! Pourquoi avait-il acheté huit de ces saloperies ? Ils allaient bientôt pisser du chocolat), souriant à la serveuse avec un air si absent qu'elle en avait eu la frousse pendant des heures. *J'ai cru que ce type aurait aussi bien pu me tuer,* avait-elle dit à son patron.

Silver City, Cliff traversé en coup de vent, puis la route obliquait à l'ouest, justement là où ils ne voulaient pas aller. La traversée de Buckhorn, et ils se retrouvèrent en pleine cambrousse, route à deux voies au milieu des broussailles et du sable, décor de western à n'en plus finir, à faire vomir.

— On n'a plus beaucoup d'essence, dit Poke.

— On en aurait encore si tu conduisais pas si vite, répondit Lloyd.

Il prit une gorgée de son troisième milk-shake, s'étouffa, baissa la vitre électrique et jeta tout le stock qui lui restait, y compris les trois milk-shakes que ni l'un ni l'autre n'avait touchés.

— Hue ! Hue ! hurlait Poke en donnant des coups sur l'accélérateur.

La Continental bondissait, ralentissait, repartait à toute allure.

— Vas-y, cow-boy ! criait Lloyd.

— Hue ! Hue !

— Tu veux fumer ?

— On aurait tort de se priver, répondit Poke. Hue ! Hue !

Par terre, devant les pieds de Lloyd, trois gros sacs à ordures de plastique vert, avec les huit kilos de marijuana. Il plongea la main dans un sac, prit une poignée d'herbe et commença à se rouler un bazooka.

— Hue ! Hue !

La Continental zigzaguait sur la ligne blanche.

— Arrête de déconner ! cria Lloyd. J'en renverse partout !

— On peut se permettre d'en gaspiller un peu... Hue !

— Allez, il faut fourguer la camelote. Il faut fourguer la camelote, ou bien on va se faire piquer.

— D'accord, mais c'était ton idée à la con.

Poke se remit à conduire normalement, mais il n'avait pas l'air très content.

— Tu disais pourtant que c'était une bonne idée.

— Ouais, mais je savais pas qu'on allait traverser toute cette merde d'Arizona. On risque pas de se retrouver à New York en passant par là.

— C'est pour semer les poulets, répondit Lloyd.

Dans sa tête, il voyait s'ouvrir des portes de garage qui crachaient dans la nuit des milliers de voitures de police des années quarante. Projecteurs balayant des murs de brique. Allez, sors de là, on sait que tu es là.

— Tu parles d'une merde, dit Poke, toujours maussade. Une vraie merde. Tu sais ce qu'on a, à part la came et les pétoires ? Seize dollars et trois cents foutues cartes de crédit qu'on n'ose pas utiliser. Même pas assez de fric pour remplir le réservoir de cette grosse vache.

— Il faut faire confiance au Seigneur, dit Lloyd en donnant un coup de langue sur le bazooka pour coller le papier.

Puis il prit l'allume-cigare et s'envoya une bonne bouffée :

— Ça fait du bien par où ça passe.

— Et si tu veux la vendre, pourquoi que tu la fumes ? reprit Poke, pas tellement convaincu que le Seigneur allait s'occuper d'eux.

— Suffira de vendre des kilos un peu légers. Allez, Poke. Tire un petit coup.

Cette fine plaisanterie marchait toujours avec Poke. Il poussa une sorte de hennissement qui pouvait passer pour un rire et prit le joint. Entre les deux hommes, la Schmeisser ballottait sur sa provision de suppositoires. La Continental filait à toute allure. D'après la jauge, le réservoir était presque vide.

Poke et Lloyd s'étaient connus un an plus tôt à la ferme-pénitencier de Brownsville, au Nevada. Brownsville se résumait à une trentaine d'hectares de terres irriguées autour des baraques du pénitencier, cent kilomètres au nord de Tonopah, cent trente au nord-est de Gabbs. L'établissement était prévu pour les peines de courte durée. En principe, Brownsville était une ferme, mais il n'y poussait vraiment pas grand-chose. Les carottes et les salades prenaient un coup de soleil, hésitaient quelque temps, puis finissaient par crever. Les fayots et les mauvaises herbes poussaient assez bien et les autorités étaient fermement résolues à y cultiver un jour le soja. En étant très charitable, tout ce qu'on pouvait dire de Brownsville était que le désert y mettait un sacré temps à fleurir. Le directeur (qui préférait qu'on l'appelle « le patron ») se vantait d'être un dur à cuire et ne recrutait que des hommes à son image. Et, comme il aimait l'expliquer aux nouveaux pensionnaires, Brownsville n'avait pas besoin de clôtures électriques : nulle part où vous enfuir, mes enfants, nulle part où vous cacher. Certains tentaient leur chance pourtant, mais la plupart se faisaient prendre au bout de deux ou trois jours et revenaient, brûlés par le soleil, moitié aveugles, trop contents de vendre leurs âmes ratatinées pour un verre d'eau. Certains racontaient de drôles d'histoires, comme ce jeune homme qui était resté trois jours dehors et qui prétendait avoir vu un grand château au sud de Gabbs, un château entouré d'un fossé. Le fossé, disait-il, était gardé par des lutins montés sur de grands chevaux noirs. Quelques mois plus tard, quand un prédicateur du Colorado était venu faire son cirque à Brownsville, ce même jeune homme avait vu Jésus en chair et en os.

Andrew Freeman, dit Poke, arrêté pour voies de fait, avait été libéré en avril 1989. Il avait parlé un jour à son voisin de dortoir, Lloyd Henreid, d'un joli coup qu'il avait en tête à Las Vegas. Lloyd s'était montré intéressé.

Lloyd avait été libéré le 1er juin. Il s'était fait arrêter à Reno pour tentative de viol. La dame, une danseuse, rentrait chez elle. Elle lui avait envoyé une bonne dose de gaz lacrymogène dans les yeux. Lloyd s'était estimé heureux d'écoper quatre ans seulement, moins la détention préventive, moins la réduction de peine pour bonne conduite. À Brownsville, il faisait foutrement trop chaud pour mal se conduire.

Il avait pris le car pour Las Vegas. Poke l'attendait au terminus. Je t'explique le coup, lui avait dit Poke. Il connaissait un type, « une sorte d'associé », connu dans certains milieux sous le nom de George le Magnifique. Il faisait de petits travaux au coup par coup pour des messieurs qui portaient des noms plutôt siciliens. George ne travaillait qu'à temps partiel. Et ce qu'il faisait pour ces aimables Siciliens, c'était de transporter des bricoles. Tantôt de Las Vegas à Los Angeles, tantôt de Los Angeles à Las Vegas. Surtout des petites cargaisons de drogue, cadeaux pour les gros clients. Parfois des armes. Si Poke avait bien compris (et la compréhension de Poke ne dépassait que rarement ce que les cinéastes appellent le « flou artistique »), ces braves Siciliens ou assimilés vendaient parfois des flingues à des truands établis à leur compte. Bon, avait dit Poke, George le Magnifique était prêt à leur dire où et quand trouver une jolie cargaison de ces articles. George demandait vingt-cinq pour cent de la récolte. Poke et Lloyd lui tomberaient dessus, le ligoteraient, le bâillonneraient, prendraient la marchandise et lui donneraient peut-être quelques mornifles pour faire plus réel. Il fallait faire réel, avait bien précisé George, car les Siciliens n'avaient pas très bon caractère.

— Parfait, avait dit Lloyd. Ça colle.

Le lendemain, Poke et Lloyd étaient allés voir George le Magnifique, un mètre quatre-vingt-deux, fort courtois, petite tête bizarrement perchée sur ses épaules d'armoire à glace, faute de cou. Cheveux blonds, longs et frisottés.

Lloyd avait été pris de scrupules, mais Poke l'avait

remis dans le droit chemin. Poke savait remettre les gens dans le droit chemin. George leur dit de venir chez lui le vendredi suivant, vers six heures.

— Mettez-vous des cagoules, nom de Dieu. Défoncez-moi le nez, écrabouillez-moi un œil aussi. Putain, j'aurais jamais dû me fourrer dans ce truc.

Le grand soir arrivé, Poke et Lloyd prirent le bus jusqu'au coin de la rue où habitait George. Devant sa porte, ils enfilèrent des passe-montagnes. La porte était fermée mais, comme George l'avait promis, pas trop bien fermée. En bas, il y avait une salle de jeu, et c'est là que George les attendait, devant un grand sac à ordures rempli de marijuana. La table de ping-pong était couverte de pétoires. George avait peur.

— Bordel, bordel de merde, j'aurais jamais dû me fourrer dans ce truc, répétait-il tandis que Lloyd lui attachait les pieds avec une corde à linge et que Poke lui ligotait les mains avec du ruban adhésif renforcé.

Puis Lloyd écrabouilla son nez qui saigna, et Poke lui flanqua un marron dans l'œil qui vira au beurre noir, conformément aux instructions.

— Merde ! cria George. Vous aviez besoin de taper si fort ?

— C'est toi qui nous as dit de faire réel, lui fit observer Lloyd.

Poke lui colla un bout de ruban adhésif sur la bouche. Puis il commença à ramasser la marchandise avec son acolyte.

— Tu sais quoi ? dit Poke en s'arrêtant.

— Non, répondit Lloyd en poussant un petit gloussement nerveux. Je sais jamais rien.

— Je me demande si ce brave George est bien capable de garder un secret.

Pour Lloyd, l'idée était nouvelle. Pendant une bonne minute, il regarda pensivement George le Magnifique qui lui faisait de gros yeux de crapaud.

— Sûrement. S'il veut pas se faire faire un costard en béton, répondit Lloyd.

Mais sa voix ne semblait pas très convaincue. Une fois plantées, certaines graines germent presque toujours.

Poke sourit.

— Oh, il pourrait simplement dire : « Écoutez, les gars. Je rencontre ce vieux copain avec son pote. On discute le coup, on prend quelques bières, et vous allez pas le croire, les fils de putes viennent chez moi et me cassent la gueule. J'espère que vous allez les coincer. Voilà à quoi ils ressemblent. »

George secouait désespérément la tête. Ses yeux devinrent deux grands *O* majuscules.

Les armes étaient à présent dans un grand sac à linge sale qu'ils avaient trouvé dans la salle de bain. Lloyd souleva le sac, un peu nerveux, et dit :

— Alors, qu'est-ce que tu crois qu'on doit faire ?

— Je crois qu'il va falloir le pokériser, dit Poke à regret. Je vois pas d'autre solution.

— C'est quand même un peu vache, lui qui nous avait mis sur le coup.

— La vie est vache, mon pote.

— Ouais, soupira Lloyd en s'approchant de George.

— *Mmmm,* faisait George en secouant frénétiquement la tête. *Mmmmm ! Mmmmm !*

— Je sais, dit Poke pour le tranquilliser. C'est vache, quand même. Désolé, George, tu peux me croire. C'est pas que je t'en veux. Rappelle-toi bien ça. Attrape-lui la tête, Lloyd.

Plus vite dit que fait. George le Magnifique donnait de furieux coups de tête. Il était assis dans un coin de sa salle de jeu. Les murs étaient en béton. Et pourtant, il n'arrêtait pas de se taper la tête dedans. On aurait dit qu'il ne sentait rien.

— Attrape-le, dit Poke d'une voix sereine en déroulant un autre bout de ruban adhésif.

Lloyd réussit enfin à le prendre par les cheveux et à le faire tenir tranquille suffisamment longtemps pour que Poke lui colle proprement le deuxième bout de ruban adhésif sur le nez, obturant de ce fait les narines. George perdit complètement la tête. Il roula par terre, essaya quelques cabrioles sur le ventre, puis resta là à faire le gros dos par terre, en émettant des bruits étouffés qui, d'après Lloyd, devaient sans doute être des hurlements. Pauvre type. Il fallut près de cinq minutes pour que George finisse par se tranquilliser. Il rua, gigota et s'effondra. Son visage devint aussi rouge que la porte de la vieille grange de papa. La dernière chose qu'il fit fut de lever les deux jambes de quinze ou vingt centimètres et de les laisser retomber par terre. Lloyd pensa à un dessin animé de Bugs Bunny ou quelque chose du genre, poussa un petit gloussement, un peu ragaillardi. Il faut dire que jusqu'à présent le spectacle avait été plutôt pénible à regarder.

Poke s'accroupit à côté de George et lui prit le pouls.

— Alors ? demanda Lloyd.

— Rien ne bat plus, comme on dit à Las Vegas. À part sa montre. Et pendant que j'y pense...

Il souleva le bras de George et regarda son poignet.

— Merde, une saloperie de Timex. Il aurait au moins pu se payer une Casio, ou quelque chose comme ça, et il laissa retomber le bras de George.

Les clés de la voiture de George se trouvaient dans la poche de son pantalon. Et dans une commode, en haut, ils trouvèrent un pot de confiture à moitié rempli de pièces de dix cents. Ils les prirent elles aussi. Vingt dollars et soixante cents en pièces de dix cents.

La voiture de George était une vieille Mustang asthmatique, quatre vitesses au plancher, amortisseurs foutus, pneus aussi lisses que le crâne de Kojak. Ils sortirent de Las Vegas par la nationale 93 puis prirent au sud-est en direction de l'Arizona. À midi le lendemain, il y avait deux jours de cela, ils avaient évité Phoenix en prenant des petites routes. Hier, vers neuf heures, ils s'étaient arrêtés devant une vieille épicerie poussiéreuse à cinq kilomètres de Sheldon, sur la 75. Ils avaient emporté la caisse et pokérisé le propriétaire du magasin, un vieil homme charmant qui avait dû commander son dentier par la poste. Et ils étaient repartis avec soixante-trois dollars et la vieille camionnette de l'épicier.

Deux pneus de la camionnette avaient éclaté ce matin. Deux pneus en même temps, et ils n'avaient pas pu trouver un seul clou sur la route, après avoir cherché pendant près d'une heure, fumant à deux un bazooka pour s'éclaircir la vue. Poke avait finalement conclu que c'était sans doute une coïncidence. Et Lloyd avait répondu qu'il avait entendu parler de choses encore plus étranges. Puis était arrivée la Continental blanche, comme en réponse à leurs prières. Un peu plus tôt, ils étaient sortis de l'Arizona pour entrer au Nouveau-Mexique, sans le savoir, devenant par le fait même du gibier pour le FBI.

Le conducteur de la Continental s'était arrêté et avait baissé sa vitre pour leur demander :

— Besoin d'un coup de main ?

— On demanderait pas mieux, avait répondu Poke en pokérisant le type sans autre forme de procès.

En plein entre les deux yeux avec le Magnum 357. Pauvre con. Sans doute jamais compris ce qui lui était arrivé.

— Pourquoi on tournerait pas ici ? dit Lloyd en montrant un carrefour.

La marijuana semblait l'avoir rendu fort enjoué.

— On y va, répondit Poke, plein d'entrain.

Il laissa la Continental ralentir de 130 à 100, petit coup de volant à gauche qui fit à peine décoller les roues de droite, puis devant eux une nouvelle route, la 78, plein ouest. Et sans savoir qu'ils n'en étaient jamais sortis, ni qu'ils poursuivaient ce que la presse à sensation appelait déjà LA VIRÉE SANGLANTE, ils rentrèrent en Arizona.

Une heure plus tard à peu près, un panneau apparut sur leur droite : BURRACK 6.

— Burlap ? fit Lloyd, passablement embrumé.

— Burrack, dit Poke en donnant des coups de volant qui firent gracieusement danser la Continental d'un côté à l'autre de la route. Hue ! Hue !

— Tu veux t'arrêter, j'ai faim.

— T'as toujours faim.

— Va te faire foutre. L'herbe me donne envie de bouffer.

— Tu peux me bouffer la matraque, si tu veux. Hue ! Hue !

— Je suis sérieux, Poke. On s'arrête.

— D'accord. Il faut aussi qu'on trouve un peu de fric. On a semé les poulets pour le moment. On trouve un peu d'argent et puis on se tire au nord. Moi, cette merde de désert, ça me tape sur le système.

— O.K., dit Lloyd.

Était-ce le joint qui lui faisait de l'effet, mais tout à coup il se sentit paranoïer à fond la caisse, pire que sur l'autoroute. Poke avait raison. S'arrêter à la sortie de Burrack et faire un carton comme à Sheldon. Trouver un peu de fric, des cartes, planquer cette saloperie de Continental et trouver un engin plus discret, puis cap au nord et à l'est, par les petites routes. Et adieu l'Arizona.

— Tu sais, dit Poke, je me sens nerveux comme une chatte en chaleur.

— Je sais ce que tu veux dire, répondit gravement Lloyd.

Ils jugèrent la chose très drôle et éclatèrent de rire.

Burrack n'était qu'un gros pâté de maisons. Ils le traversèrent à toute allure et tombèrent sur une épicerie qui faisait aussi café et station-service. Sur le parking de terre, une vieille camionnette Ford et une Oldsmobile attelée à un van. Le cheval les regarda quand Poke gara la Continental.

— Pas mal comme endroit, dit Lloyd.

Poke fut du même avis. Il prit le Magnum sur la banquette arrière et vérifia le chargeur.

— Tu es prêt ?

— Je crois que oui, répondit Lloyd en prenant la Schmeisser.

Ils traversèrent le parking écrasé de chaleur. La police connaissait leur identité depuis quatre jours maintenant ; ils avaient laissé des empreintes partout chez George le Magnifique et dans l'épicerie où le vieil homme au dentier s'était fait pokériser. La camionnette du vieux avait été retrouvée à moins de quinze mètres des trois cadavres correspondant à la Continental, et il semblait raisonnable de supposer que les hommes qui avaient tué George le Magnifique et l'épicier avaient aussi tué ces trois-là. S'ils avaient écouté la radio de la Continental au lieu de passer une cassette, ils auraient su que la police de l'Arizona et du Nouveau-Mexique avait lancé la plus grande chasse à l'homme des quarante dernières années, et tout cela pour deux minables petits voleurs qui n'auraient jamais pu très bien comprendre ce qu'ils avaient bien pu faire pour déclencher une pareille opération.

Pour l'essence, il fallait se servir soi-même ; mais l'employé devait brancher la pompe de l'intérieur. Ils montèrent donc l'escalier et entrèrent. Trois allées de boîtes de conserve menaient au comptoir. Devant le comptoir, un homme en jeans et bottes de cow-boy payait son paquet de cigarettes et une demi-douzaine de petits cigares. À mi-hauteur dans l'allée du milieu, une femme aux cheveux noirs, les traits tirés, hésitait entre deux marques de sauce tomate. L'épicerie sentait la réglisse, le soleil, le tabac et le vieux. Le propriétaire était un roux. Chemise grise. Sur sa casquette, SHELL en lettres rouges sur fond blanc. Il leva des yeux ronds en entendant la porte claquer.

Lloyd pointa le canon de la Schmeisser vers le haut et tira une rafale au plafond. Deux ampoules explosèrent comme des bombes. L'homme aux bottes de cow-boy commença à se retourner.

— Bougez pas, et y'aura pas de casse ! cria Lloyd.

Mais Poke le fit immédiatement mentir en faisant un trou dans la femme aux boîtes de sauce tomate. Elle en perdit ses chaussures.

— Nom de Dieu ! hurla Lloyd. T'avais pas besoin de...

— Je l'ai pokérisée, la vieille ! gueulait Poke. Fini la télé pour elle ! Youppi ! Youppi !

L'homme aux bottes de cow-boy continuait à se retourner. Il tenait son paquet de cigarettes dans sa main gauche. La lumière crue qui entrait par la vitrine faisait danser des étoiles sur les verres de ses lunettes de soleil. Sans se presser, il sortit le 45 qu'il portait à la ceinture, tandis que Lloyd et Poke regardaient le cadavre de la femme. Il visa, tira, et le côté gauche de la figure de Poke disparut tout à coup dans une pluie de sang, de cartilages et de dents.

— *Il m'a eu !* hurla Poke en lâchant son 357.

Il tituba en agitant les bras, envoyant valser par terre les sacs de chips et les boîtes de macaroni.

— *Il m'a eu, Lloyd ! Fais gaffe ! Il m'a eu ! Il m'a eu !*

Il heurta la porte qui s'ouvrit et Poke tomba le cul par terre en haut de l'escalier, arrachant une des charnières rouillées de la porte.

Lloyd, estomaqué, tira plus par réflexe que pour se défendre. Le crépitement de la Schmeisser remplit le magasin. Les boîtes de conserve volaient dans tous les sens. Les bouteilles et les bocaux éclataient, répandant ketchup, olives et cornichons. La porte vitrée du distributeur de Pepsi vola en mille morceaux. Et les bouteilles de soda explosèrent comme des pigeons d'argile. La mousse coulait partout. Posément, l'homme aux bottes de cowboy tira encore une fois. Lloyd sentit plus qu'il n'entendit la balle qui passa presque assez près pour lui faire une raie dans les cheveux. Il aspergea le magasin avec la Schmeisser, de gauche à droite.

L'homme à la casquette SHELL s'effondra si soudainement derrière le comptoir qu'on aurait pu croire qu'une trappe s'était ouverte sous ses pieds. Un distributeur de chewing-gum se désintégra, lâchant partout ses boules rouges, bleues et vertes. Les bocaux du comptoir explosèrent. L'un contenait des œufs au vinaigre ; l'autre, des pieds de porc marinés. Immédiatement, l'odeur piquante du vinaigre se répandit dans le magasin.

La Schmeisser fit trois trous dans la chemise kaki du cow-boy qui perdit la majeure partie de ses entrailles par le dos, éclaboussant un sac de pommes de terre. Et le cow-boy s'écrasa, son 45 dans une main, son paquet de Lucky Strike dans l'autre.

Lloyd, mort de peur, continuait à tirer. La mitraillette commençait à chauffer. Une caisse pleine de bouteilles consignées tinta, puis se renversa. La pin-up du calendrier, en slip, prit une balle dans sa merveilleuse cuisse couleur de pêche. L'étalage des livres de poche se renversa. Puis la Schmeisser se trouva à court de munitions, et ce fut le silence, assourdissant. L'odeur. Le magasin empestait la poudre.

— Bon Dieu de merde, dit Lloyd en regardant avec méfiance le cow-boy.

Mais le cow-boy ne semblait pas être en mesure de lui causer des ennuis dans le proche ou le lointain avenir.

— *Il m'a eu !* braillait Poke qui rentrait en titubant.

Il bouscula la porte avec une telle force que l'autre charnière sauta. La porte tomba sur l'escalier.

— *Il m'a eu, Lloyd, fais gaffe !*

— Il a son compte, Poke.

Lloyd voulait le tranquilliser, mais Poke ne semblait pas l'entendre. Il était plutôt mal arrangé. Son œil droit étincelait, comme un sinistre saphir. Sa joue gauche s'était vaporisée ; on pouvait voir sa mâchoire bouger de ce côté-là quand il parlait. Presque toutes ses dents avaient fichu le camp. Sa chemise était trempée de sang. À bien y penser, Poke n'était vraiment pas très convenable.

— *Ce sale con m'a eu !* hurla Poke en ramassant son Magnum. *Je vais t'apprendre à me tirer dessus, espèce d'enfoiré !*

Il s'avança vers le cow-boy, posa le pied sur ses fesses comme un chasseur posant pour le photographe avec l'ours qui décorera bientôt le mur de son petit salon, et se prépara à lui vider son Magnum dans la tête. Lloyd le regardait faire, bouche bée, la mitraillette fumante dans une main, essayant encore de comprendre ce qui avait bien pu arriver.

À cet instant précis, l'homme à la casquette SHELL surgit de derrière son comptoir comme un diable de sa boîte, le visage ravagé par une détermination farouche, tenant à deux mains un fusil à deux coups.

— Hein ? fit Poke qui eut juste le temps d'apercevoir les deux canons.

Il s'effondra, le visage encore plus défait que tout à l'heure. Mais il ne s'en souciait plus.

Lloyd décida qu'il était temps de partir. Tant pis pour l'argent. On en trouverait ailleurs. Il était manifestement grand temps de mettre les bouts. Il pivota sur ses talons et sortit du magasin à grandes enjambées félines, touchant à peine le plancher de ses bottes.

Il était presque en bas de l'escalier quand une voiture de patrouille de la police de l'Arizona arriva en trombe sur le terre-plein. Un policier sortit du côté du passager, pistolet au poing.

— Arrêtez ! Qu'est-ce qui se passe ?

— Trois morts ! cria Lloyd. Une vraie boucherie ! Le type est sorti par-derrière ! Moi, je me taille !

Il courut vers la Continental, se glissa derrière le volant et il se souvenait tout juste que les clés étaient restées dans la poche de Poke quand le flic se mit à hurler :

— Halte ! Halte ou je tire !

Lloyd fit comme on lui disait. Après avoir étudié la chirurgie radicale qu'avait subie la figure de Poke, il ne lui fallut pas longtemps pour décider qu'il passerait pour cette fois.

— Bordel de merde, fit-il d'un ton misérable alors que le deuxième policier lui collait un énorme pétard sur le crâne et que l'autre lui passait les menottes.

— Allez, tu t'installes à l'arrière de la voiture.

L'homme à la casquette SHELL sortait, son fusil à la main.

— Il a tué Bill Markson ! hurla-t-il avec une petite voix de tante. L'autre a tué Mme Storm ! Celui-là, je l'ai eu ! Plus mort qu'un tas de merde ! Et j'aimerais bien m'envoyer l'autre, si vous voulez bien vous pousser, les gars !

— Du calme, dit l'un des policiers. Le cirque est terminé.

— Je vais me le faire ! hurlait le petit vieux. Je vais lui trouer la peau !

Puis il se pencha en avant comme un *butler* anglais faisant sa révérence et dégueula sur ses souliers.

— Hé, les gars, ne me laissez pas avec ce type-là ! dit Lloyd. Il est complètement cinglé, ma parole.

— Livraison spéciale, de la part de l'épicier, dit le policier qui l'avait coincé.

La crosse de son pistolet décrivit un arc de cercle, scintilla aux rayons du soleil, puis s'écrasa sur la tête de Lloyd Henreid qui ne se réveilla que beaucoup plus tard ce soir-là, à l'infirmerie de la prison d'Apache County.

17

Starkey était debout devant l'écran de contrôle numéro 2 sur lequel il observait attentivement le technicien de deuxième classe Frank D. Bruce. Lorsque nous l'avons vu pour la dernière fois, Bruce avait le nez dans un bol de soupe Campbell, Bœuf et Vermicelles. Aucun changement depuis, si ce n'est l'identification du sujet. Situation stable, bordel total.

Pensif, les mains derrière le dos comme un général passant ses troupes en revue, comme le général Pershing, l'idole de sa petite enfance, Starkey s'avança vers l'écran de contrôle numéro 4, où cette fois la situation s'était sensiblement améliorée. Le docteur Emmanual Ezwick était toujours mort par terre, mais la centrifugeuse s'était arrêtée. À dix-neuf heures quarante, la veille, elle avait commencé à crachoter un peu de fumée. À dix-neuf heures quarante-cinq, les micros du laboratoire d'Ezwick avaient transmis une sorte de *wounga-wounga-wounga* qui s'était ensuite transformé en un plus rond, plus riche et plus satisfaisant *ronk ! ronk ! ronk !* À vingt et une heures sept, la centrifugeuse avait lâché son dernier *ronk* et s'était lentement arrêtée. Était-ce Newton qui avait dit que quelque part, au-delà de la plus lointaine étoile, se trouvait peut-être un corps parfaitement au repos ? Newton avait parfaitement raison, sauf pour la distance, pensait Starkey. Inutile d'aller bien loin. Le Projet Bleu était parfaitement au repos. Starkey en était extrêmement content. La centrifugeuse avait été la dernière illusion de vie, et le problème qu'il avait demandé à Steffens de faire résoudre par l'ordinateur central (Steffens l'avait regardé d'un drôle d'air, comme s'il était fou, et oui, Starkey pensait qu'il l'était peut-être) était celui-ci : combien de temps cette centrifugeuse continuerait-elle à tourner ? La réponse, qui était arrivée au bout de 6,6 secondes, était la suivante : PLUS OU MOINS 3 ANS PROBABILITÉ DE DÉFAILLANCE DANS LES DEUX PROCHAINES SEMAINES 0,009 % ZONES PROBABLES DE DÉFAILLANCE ROULEMENTS 38 % MOTEUR PRINCIPAL 16 % AUTRES 54 %. Pas bête du tout, cet ordinateur. Starkey avait ensuite demandé à Steffens de lui poser une autre question sur la raison de la panne de la centrifugeuse d'Ezwick. L'ordinateur s'était mis en communication avec la banque de données du centre informatique des Systèmes techniques et avait confirmé que la centrifugeuse avait effectivement grillé ses roulements.

Il faudra t'en souvenir, pensa Starkey quand le bip de l'interphone se fit entendre : Juste avant de casser, un roulement fait *ronk-ronk-ronk*.

Il s'avança vers l'interphone et appuya sur le bouton.

— Oui, Len.

— Billy, j'ai un message urgent d'une équipe qui se trouve à Sipe Springs, Texas. Presque 650 kilomètres d'Arnette. Les gars veulent te parler ; il faut prendre une décision.

— De quoi s'agit-il, Len ? demanda-t-il d'une voix calme.

Il avait pris plus de seize tranquillisants depuis dix heures et se sentait en parfaite forme. Pas le moindre *ronk*.

— La presse.

— Nom de Dieu, dit-il tout doucement. Passe-les-moi.

On entendit une salve de parasites étouffés et une voix qui parlait derrière, inintelligible.

— Attends une minute, dit Len.

Les parasites disparurent lentement.

— Lion, Groupe Lion, vous entendez, Base Bleue ? Vous entendez ? Un... deux... trois... quatre... ici Groupe Lion...

194

— Je vous reçois, Groupe Lion, dit Starkey. Ici Base Bleue.

— Nom de code du problème : Pot de Fleurs dans le Manuel des situations d'urgence, dit la petite voix. Je répète, Pot de Fleurs.

— J'ai compris, je ne suis pas idiot, répondit Starkey. Quelle est la situation ?

La petite voix qui venait de Sipe Springs parla sans s'arrêter pendant près de cinq minutes. La situation en elle-même n'avait pas d'importance, pensa Starkey, car l'ordinateur l'avait informé deux jours plus tôt qu'elle allait se produire avant la fin du mois de juin (sous cette forme ou une autre). Probabilité de 88 %. Les détails n'avaient pas d'importance. Quatre pattes et une trompe, et c'est un éléphant. Pas besoin de regarder la couleur.

Un médecin de Sipe Springs avait fait quelques déductions judicieuses, et deux journalistes d'un quotidien de Houston avaient établi le lien entre ce qui se passait à Sipe Springs et ce qui s'était déjà produit à Arnette, à Verona, à Commerce City, et dans une petite ville appelée Polliston, au Kansas. Des bleds où le problème avait pris si vite une telle ampleur qu'il avait fallu envoyer l'armée pour les mettre en quarantaine. L'ordinateur avait une liste de vingt-cinq autres villes dans dix États où des traces de Bleu commençaient à apparaître.

La situation à Sipe Springs n'avait en soi pas d'importance, car elle n'était pas unique. Arnette aurait pu être unique — peut-être — mais ils avaient réussi à tout faire foirer. Ce qui était important, c'était que la « situation » allait finalement être décrite en caractères d'imprimerie, ailleurs que sur des formulaires jaunes de l'armée ; à moins que Starkey ne prenne des mesures. Il ne savait pas encore ce qu'il allait faire. Mais quand la petite voix cessa de parler, Starkey se rendit compte qu'il avait déjà pris sa décision. Depuis vingt ans déjà, peut-être.

Tout se résumait à savoir ce qui était important. Et ce qui était important n'était pas la maladie ; ce n'était pas que les installations d'Atlanta n'étaient plus parfaitement sûres et qu'il allait falloir transférer toute l'opération de prévention dans les installations beaucoup moins appropriées de Stovington, au Vermont ; ce n'était pas que Bleu se propageait sous les apparences d'un rhume banal.

— Ce qui importe...

— Répétez, Base Bleue, dit la voix. Nous n'avons pas compris.

Ce qui était important, c'était qu'un incident regrettable s'était produit. Starkey remonta vingt-deux ans en arrière, en 1968. Il se trouvait au club des officiers à San Diego lorsqu'on avait appris l'affaire Calley, à Mei Lai Four. Starkey jouait au poker avec quatre camarades, dont deux faisaient maintenant partie de l'état-major inter-armes. Ils avaient complètement oublié leur partie de poker pour se demander quelles allaient être les conséquences de cet incident pour l'armée — pas pour une arme particulière, mais pour l'ensemble des forces armées — dans cette chasse aux sorcières que la presse de Washington allait lancer. Et l'un d'eux, un homme qui pouvait téléphoner à n'importe quelle heure du jour et de la nuit au minable ver de terre qui jouait les présidents depuis le 20 janvier 1989, avait posé calmement ses cartes sur le tapis vert pour dire : *Messieurs, un regrettable incident s'est produit. Et quand un incident regrettable met en cause l'armée des États-Unis, nous ne nous interrogeons pas sur les causes de cet incident, mais sur la manière de limiter les dégâts. L'armée est notre mère et notre père à tous. Et si votre mère se fait violer, ou si votre père se fait casser la figure et voler, avant d'appeler la police ou de faire une enquête, vous couvrez d'abord leur nudité, car vous les aimez.*

Starkey n'avait jamais entendu parler quelqu'un avec autant d'éloquence, ni avant ni depuis.

Il sortit une clé, ouvrit le tiroir du bas de son bureau et sortit un mince dossier bleu fermé par un ruban rouge. Une légende était inscrite sur la couverture : INFORMER IMMÉDIATEMENT LES SERVICES DE SÉCURITÉ SI LE SCEAU EST BRISÉ. Starkey brisa le sceau.

— Vous êtes toujours là, Base Bleue ? demanda la

voix. On ne vous entend pas. Je répète, on ne vous entend pas.

— Je suis là, Lion, répondit Starkey.

Il avait ouvert le manuel à la dernière page et son doigt parcourait une colonne intitulée MESURES À PRENDRE EN DERNIÈRE RESSOURCE.

— Lion, vous m'entendez ?

— Cinq sur cinq, Base Bleue.

— Troie, dit Starkey d'une voix posée. Je répète, Lion : *Troie*. Répétez, s'il vous plaît. À vous.

Silence. Un faible murmure de parasites. Starkey se souvint du temps où il jouait au téléphone avec deux boîtes de conserve et vingt mètres de ficelle.

— Je répète...

— Mon Dieu ! lança une voix très jeune à Sipe Springs.

— Répétez, mon garçon, dit Starkey.

— Troie, dit une voix hésitante. Troie.

— Très bien, répondit calmement Starkey. Que Dieu vous bénisse, mon garçon. À vous, terminé.

— Que Dieu vous bénisse, chef. À vous.

Un déclic, des parasites très forts, un autre déclic, le silence, puis la voix de Len Creighton.

— Billy ?

— Oui.

— J'ai tout entendu.

— Pas de problème, Len, dit Starkey d'une voix fatiguée. Tu feras ton rapport comme tu le jugeras bon. Naturellement.

— Tu ne m'as pas compris, Billy, dit Len. Tu as fait ce qu'il fallait faire.

Starkey laissa ses yeux se refermer. Un instant, l'effet de tous ces merveilleux tranquillisants l'abandonna.

— Dieu te bénisse toi aussi, Len, dit-il.

Et sa voix faillit se casser. Il ferma l'interphone et revint s'installer devant l'écran de contrôle numéro 2. Il mit ses mains derrière son dos comme le général Pershing en train de passer ses troupes en revue. Il regarda Frank

D. Bruce qui dormait de son dernier sommeil. Quelques instants plus tard, il avait retrouvé son calme.

Quand vous sortez de Sipe Springs par la nationale 36 en direction du sud-est, vous prenez à peu près la direction de Houston, un voyage d'une bonne journée. La voiture qui filait sur cette route était une grosse Pontiac Bonneville âgée de trois ans. Elle roulait à cent trente et, derrière le sommet de la côte, quand le conducteur vit la Ford qui bloquait la route, ce fut presque l'accident.

Le conducteur, un pigiste de trente-six ans qui travaillait parfois pour un grand quotidien de Houston, écrasa les freins. L'avant de la Pontiac fit un plongeon, puis commença à dévier sur la gauche.

— Nom de Dieu ! cria le photographe qui était assis à droite.

Il laissa tomber son appareil photo par terre et se cramponna à sa ceinture de sécurité.

Le conducteur relâcha le frein, évita la Ford en montant sur l'accotement, puis sentit que les roues de gauche s'enfonçaient dans la terre molle. Il écrasa l'accélérateur, la Bonneville réagit aussitôt et remonta sur l'asphalte. Les pneus arrière lâchèrent deux panaches de fumée bleue. La radio beuglait :

Baby, tu peux l'aimer ton mec ?
C'est un brave type tu sais,
Baby, tu peux l'aimer ton mec ?

Il écrasa les freins de nouveau et la Bonneville s'arrêta en dérapant sous le soleil torride, en plein milieu de la route déserte. Il prit une profonde respiration, toussa plusieurs fois. Puis la colère s'empara de lui. Une colère froide. Marche arrière, et il recula vers la Ford et les deux jeunes hommes qui se tenaient à côté.

— Écoute... dit le photographe.

Il était gros, et il ne s'était pas battu depuis qu'il avait douze ans.

— Écoute, peut-être qu'on ferait mieux...

Sa ceinture de sécurité l'empêcha d'en dire plus quand le conducteur arrêta brusquement la Pontiac, mit d'un coup sec le levier des vitesses sur la position *Parking* et sortit. Il s'avançait les poings serrés vers les deux hommes debout à côté de la Ford.

— Espèces de cons ! hurla-t-il. Vous avez failli nous tuer et...

Il avait fait quatre ans dans l'armée. Il eut juste le temps de reconnaître les nouveaux M-3A quand ils les sortirent de la Ford. Stupéfait, il était debout sous le soleil du Texas. Il pissa dans son froc.

Il se mit à hurler et crut être reparti en courant vers la Pontiac, mais ses pieds n'eurent jamais le temps de bouger. Ils ouvrirent le feu sur lui et les balles lui défoncèrent la cage thoracique et l'abdomen. Au moment où il tombait à genoux, levant les deux mains en l'air, une autre balle le toucha deux centimètres au-dessus de l'œil gauche et fit voler le sommet de son crâne.

Le photographe s'était retourné, mais il ne comprit vraiment ce qui s'était passé que lorsque les deux jeunes hommes enjambèrent le corps du journaliste et se mirent à marcher vers lui avec leurs armes.

Il se glissa à l'autre bout de la banquette de la Pontiac, des bulles chaudes de salive au coin des lèvres. Les clés de contact étaient toujours là. Il mit le moteur en marche et démarra en trombe au moment où ils commençaient à tirer. Il sentit la voiture faire une embardée sur la droite comme si un géant lui avait donné un énorme coup par derrière et le volant se mit à vibrer très fort. La tête du photographe ballottait dans tous les sens tandis que la Pontiac se dandinait sur son pneu crevé. Une seconde plus tard, le géant donnait un coup de l'autre côté. Les vibrations du volant s'accentuèrent. Des étincelles jaillirent. Le photographe poussa un gémissement. Les pneus arrière de la Pontiac eurent un dernier soubresaut, puis volèrent en éclats. Les deux jeunes hommes coururent vers leur

Ford dont le numéro de série figurait parmi ceux des innombrables véhicules du Pentagone, et l'un d'eux lui fit faire un demi-tour serré. L'avant rebondit quand la voiture sortit de l'accotement et écrasa le corps du journaliste. Le sergent qui était assis à droite aspergea le pare-brise en éternuant.

Devant eux, la Pontiac tanguait sur ses deux pneus crevés. Derrière le volant, le gros photographe s'était mis à pleurer quand il avait vu la Ford noire grandir dans son rétroviseur. L'accélérateur était au plancher, mais la Pontiac refusait de rouler à plus de soixante. À la radio, Madonna avait succédé à Larry Underwood.

La Ford doubla la Pontiac et, le temps d'un éclair, le photographe crut qu'elle allait poursuivre son chemin, disparaître à l'horizon, le laisser tranquille. Mais elle freina et l'avant de la Pontiac accrocha son aile. Hurlements de tôle froissée. La tête du photographe s'écrasa sur le volant et du sang jaillit de son nez.

Lançant des coups d'œil terrifiés par-dessus son épaule, il glissa sur le plastique brûlant de la banquette et sortit du côté du passager. Il courait maintenant. Une clôture de fil de fer barbelés. Il sauta par-dessus, s'envola comme un dirigeable, et pensa : *Je vais y arriver, je vais courir et courir...*

Il tomba de l'autre côté, une jambe prise dans les barbelés. Hurlant au ciel, il essayait encore de dégager son pantalon quand les deux jeunes hommes le rattrapèrent, leurs M-3A à la main.

Pourquoi ? voulut-il leur demander, mais le seul bruit qu'il fit fut un petit *couic* quand son cerveau sortit par l'arrière de sa tête.

Ce jour-là, aucun journal ne parla d'une épidémie à Sipe Springs, Texas.

18

Nick ouvrit la porte qui séparait le bureau du shérif Baker du bloc des cellules. Aussitôt, ils commencèrent à l'injurier. Vincent Hogan et Billy Warner se trouvaient dans les deux cages à poule sur la gauche de Nick. Mike Childress était dans l'une des deux autres, sur la droite. La quatrième était vide. Et si elle l'était, c'était que Ray Booth, le type à la bague rouge, avait pris la poudre d'escampette.

— Hé, p'tit con, lança Childress. Hé, sale petit con ! Tu sais ce qui va t'arriver quand on va sortir d'ici ? Hein ? Tu sais ce qui va t'arriver ?

— Ben moi, je vais t'arracher les couilles et te les faire bouffer, jusqu'à ce que tu t'étrangles, hurla Billy Warner. Tu comprends ?

Vince Hogan ne disait rien. Mike et Billy ne le portaient pas dans leur cœur ce jour-là, 23 juin, jour où l'on allait les transférer à la prison du comté de Calhoun, en attendant leur procès. Le shérif Baker avait un peu tarabusté Vince qui avait finalement craché le morceau. Mais Baker avait expliqué à Nick qu'au moment du procès, devant le jury, ce serait sa parole de Nick contre celle des trois autres — quatre plutôt, s'ils rattrapaient Ray Booth.

Ces derniers jours, Nick avait appris à respecter le shérif John Baker. C'était un ancien fermier dont les cent quinze kilos lui avaient naturellement valu le surnom de Big Bad John. Baker avait confié à Nick le nettoyage des cellules, pour compenser la perte de son salaire d'une semaine, mais ce n'était pas pour cette raison que Nick le respectait. C'était parce qu'il n'avait pas hésité à s'en prendre à ces hommes qui l'avaient battu et volé. Et qu'il l'avait fait comme si Nick eût été le rejeton d'une des meilleures familles de la petite ville, alors qu'il n'était qu'un vagabond sourd-muet. Nick savait parfaitement que, dans cette région proche du Mexique, plus d'un shérif l'aurait plutôt envoyé moisir six mois au trou.

Ils s'étaient d'abord rendus à la scierie où Vince Hogan travaillait, dans la voiture personnelle de Baker, une camionnette Power Wagon, au lieu de la voiture de patrouille du comté. Il y avait un fusil sous le tableau de bord (« Toujours avec le cran de sûreté, et toujours chargé », avait dit Baker) et un gyrophare que le shérif posait sur le tableau de bord quand il se déplaçait pour des raisons de service. Il l'avait mis en marche quand ils étaient arrivés à la scierie, deux jours plus tôt.

Baker s'était raclé la gorge, avait craché par la fenêtre, s'était mouché, puis avait essuyé ses yeux rouges avec un mouchoir. Sa voix faisait un bruit de corne de brume. Nick ne pouvait pas l'entendre, naturellement, mais ce n'était pas nécessaire. Manifestement, le shérif avait attrapé un mauvais rhume.

— Bon, quand on le voit, je l'attrape par le bras, avait dit Baker. Je te demande : « C'est celui-là ? » Tu me fais signe que oui. Je m'en fous si c'est lui ou pas. Tu fais signe que oui. Compris ?

Nick hocha la tête. Il avait compris.

Les pieds dans la sciure jusqu'aux chevilles, Vince rabotait des planches. Il fit un sourire gêné à John Baker et du coin de l'œil il regarda Nick, debout à côté du shérif. Le visage de Nick portait encore de nombreuses traces de coups.

— Salut, Big John, qu'est-ce que tu fais avec ce type ?

Les autres ouvriers suivaient attentivement la scène, les yeux braqués sur Nick, puis sur Vince, puis Baker, puis la même chose en sens contraire, comme s'ils suivaient une sorte de partie de tennis à trois, passablement complexe à en juger par leur expression. L'un d'eux cracha un long filet de tabac à chiquer Honey Cut dans la sciure fraîche et s'essuya le menton du revers de la main.

Baker saisit Vince Hogan par le bras, un bras mou et bronzé, et le tira vers lui.

— Hé ! qu'est-ce qui t'arrive, Big John ?

Baker se tourna vers Nick pour qu'il puisse voir ses lèvres.

— Il était avec les autres ?

Nick hocha la tête sans hésitation et montra Vince du doigt.

— Qu'est-ce qui se passe ? protesta encore Vince. Je ne connais pas ce petit connard, juré craché.

— Alors, comment tu sais que c'est un connard ? Allez, Vince, je t'emmène faire un petit tour à l'ombre. Bien gentiment. Tu peux envoyer un gars chercher ta brosse à dents.

Vince râlait quand le shérif le fit asseoir dans la camionnette. Il râlait encore sur le chemin du retour. Il râlait toujours quand le shérif le boucla derrière les barreaux et le laissa mijoter quelques heures dans son jus. Et Baker n'avait pas pris la peine de lui expliquer que tout ce qu'il dirait pourrait être retenu contre lui.

— Ça l'aurait embrouillé, avait-il dit à Nick.

Quand Baker était revenu, aux alentours de midi, Vince avait trop faim et trop peur pour continuer à râler. Et il avait tout craché.

Mike Childress était au trou sur le coup d'une heure, et Baker avait pincé Billy Warner chez lui au moment où il chargeait le coffre de sa vieille Chrysler pour partir en balade — pour un bon bout de temps, à voir toutes ces valises et ces boîtes de carton remplies de bouteilles. Mais quelqu'un avait prévenu Ray Booth, et Ray avait eu le bon sens de se remuer les pieds un peu plus vite.

Baker emmena Nick chez lui où sa femme l'invita à partager leur dîner. Dans la voiture, Nick avait écrit sur son bloc-notes : « *Je suis sûr que c'est son frère. Je regrette. Comment est-ce qu'elle prend ça ?* »

— Ça se tassera, répondit Baker d'une voix presque officielle, très sérieux derrière son volant. Elle a sans doute un peu pleuré, mais elle connaît son frère. Et elle sait bien qu'on choisit pas sa famille.

Jane Baker était une jolie petite femme. De fait, elle avait pleuré. Nick se sentit mal à l'aise en voyant ses yeux cernés. Mais elle lui serra la main amicalement et lui dit :

— Je suis bien contente de faire votre connaissance, Nick. Et je m'excuse vraiment pour tous vos problèmes. Je me sens responsable, vous savez.

Nick fit signe qu'il avait compris et commença à se dandiner d'une jambe sur l'autre, affreusement gêné.

— Je lui ai donné du boulot, expliqua Baker à sa femme. Le poste est un vrai bordel depuis que Bradley est parti à Little Rock. Il pourra faire de la peinture, mettre un peu d'ordre. De toute façon, il va falloir qu'il reste par ici un petit bout de temps — pour le... tu sais...

— Le procès, oui, répondit-elle.

Un instant, le silence fut si lourd que même Nick en fut mal à l'aise.

— J'espère que vous aimez le jambon, Nick, reprit la jeune femme avec une gaieté un peu forcée. Parce que c'est tout ce qu'il y a, avec un peu de maïs et de la salade de chou. Ma salade de chou ne sera jamais aussi bonne que celle que lui faisait sa mère. C'est ce qu'il dit, en tout cas.

Nick se frotta le ventre et sourit.

Au dessert (tarte aux fraises — Nick, qui n'avait pas tellement mangé ces dernières semaines, en prit deux parts), Jane Baker dit à son mari :

— Ton rhume n'a pas l'air d'aller mieux. Tu travailles trop. Et tu as un appétit d'oiseau.

Baker regarda son assiette d'un air coupable, puis haussa les épaules.

— Je peux bien perdre quelques kilos, dit-il en palpant son double menton.

Nick les regardait et se demandait comment deux personnes de tailles aussi différentes pouvaient s'accommoder au lit. Ils doivent y arriver quand même, pensa-t-il en souriant intérieurement. En tout cas, ils ont l'air de s'entendre. Et de toute façon, ce ne sont pas mes affaires.

— Tu es tout rouge. Tu as de la fièvre ?

— Non... bon, peut-être un peu.

— Alors, tu ne sors pas ce soir. Tu m'entends ?

— Ma chérie, j'ai des pensionnaires. Ils n'ont peut-être pas particulièrement besoin d'être surveillés, mais il faut quand même leur donner à manger et à boire.

— Nick peut s'en charger, dit-elle d'une voix décidée. Va te coucher. Et essaye d'oublier tes insomnies.

— Nick ne peut pas y aller, répondit-il mollement. Il est sourd-muet. Et en plus, il ne travaille pas pour la police.

— Tu n'as qu'à le prendre comme adjoint.

— Mais il n'est pas d'ici !

— Tout le monde s'en fiche, dit Jane Baker d'un ton qui ne souffrait pas de réplique. Allez, John, fais ce que je te dis.

Elle se leva et commença à débarrasser la table.

C'est ainsi que Nick Andros, prisonnier du shérif de Shoyo, devenait son adjoint moins de vingt-quatre heures plus tard. Alors qu'il s'apprêtait à se rendre au bureau du shérif, Baker revint dans le salon, attifé d'une robe de chambre usée jusqu'à la corde qui lui donnait l'air d'un fantôme. Il avait l'air embarrassé d'être vu dans cette tenue.

— J'aurais jamais dû me laisser faire, dit-il. Mais je me sens vraiment mal foutu. J'ai la poitrine complètement prise et j'ai l'impression de brûler comme un fourneau. Sans parler des jambes, en coton.

Nick fit un geste de sympathie.

— Mon adjoint est parti. Bradley Caide et sa femme sont allés s'installer à Little Rock quand leur bébé est mort. Mort dans son berceau. Une histoire horrible. Je les comprends.

Nick pointa le pouce vers sa poitrine.

— T'en fais pas, mon gars, tout ira bien. Mais tu fais attention quand même. Il y a un 45 dans le troisième tiroir de mon bureau. Ne le prends pas avec toi quand tu vas dans le bloc des cellules. Et laisse aussi les clés dans le bureau. Compris ?

Nick fit signe que oui.

— Si tu dois y aller, garde tes distances. S'il y en a un qui joue les malades, ne tombe pas dans le panneau. C'est le plus vieux truc du monde. De toute façon, si un type est vraiment malade, le docteur Soames pourra passer le voir demain matin. Je serai là.

Nick sortit le bloc-notes de sa poche et se mit à écrire :

— *Merci de me faire confiance. Merci de les avoir bouclés.*

Baker lut attentivement le message.

— T'es vraiment un drôle de petit gars. D'où est-ce que tu viens ? Comment ça se fait que tu te balades tout seul comme ça ?

— *Une longue histoire. Je vais écrire tout ça ce soir si vous voulez.*

— D'accord. Tu sais que j'ai transmis ton nom au fichier central ?

Nick s'en doutait. Les formalités habituelles. Mais il n'avait rien à craindre.

— Jane va commander quelque chose pour le dîner de tes pensionnaires. Ils vont dire que la police les a martyrisés si on leur donne pas à manger.

— *Dites-lui de prévenir le livreur d'entrer directement. Je n'entendrai pas s'il frappe à la porte.*

— D'accord. Tu trouveras un lit dans le coin du bureau. Plutôt dur, mais les draps sont propres. Et fais attention à toi, Nick. Tu ne peux pas appeler si tu as des problèmes.

— *Je sais me débrouiller.*

— Ouais, je crois bien. J'aurais quand même préféré prendre un type du coin...

Il s'interrompit lorsque sa femme entra.

— Tu es encore en train d'embêter ce pauvre garçon ? Laisse-le s'en aller maintenant, avant que mon crétin de frère ne vienne les libérer.

Baker eut un petit rire amer.

— Il doit être au Tennessee, à présent, dit-il en poussant un long soupir qui s'éteignit en une quinte de toux sonore et grasse. Je crois que je vais me coucher, Jane.

— Je t'apporte des aspirines pour faire baisser la fièvre.

Alors qu'elle montait l'escalier avec son mari, elle se retourna vers Nick :

— Je suis bien contente d'avoir fait votre connaissance, Nick. Malgré les circonstances. Faites attention à vous, comme il vous a dit.

Nick la salua en s'inclinant. Elle lui répondit par une sorte de petite révérence. Il crut voir des larmes briller dans ses yeux.

Un petit gars boutonneux et curieux, dans une veste blanche constellée de taches de graisse, vint apporter trois plateaux à peu près une demi-heure après que Nick eut regagné la prison. Nick lui fit signe de poser les plateaux sur le lit et commença à griffonner sur son bloc-notes :

— *Tout a été payé ?*

Le livreur lut avec toute la concentration d'un élève studieux qui s'apprête à attaquer *Moby Dick*.

— Oui, répondit-il. Le shérif a une ardoise chez nous. Alors, comme ça tu peux pas parler ?

Nick secoua la tête.

— Saloperie, dit le livreur qui sortit sans demander son reste, comme si c'était contagieux.

Nick prit les plateaux un par un et les poussa sous la grille de chaque cellule avec un manche à balai.

Il leva la tête à temps pour lire sur les lèvres de Mike Childress :

— Trou du cul.

Nick lui montra son index en souriant.

— Tu vas voir où je te mets mon doigt, connard, dit Childress avec un sourire méchant. Quand je sors d'ici, je vais...

Nick se retourna et ne vit pas le reste.

De retour dans le bureau, assis dans le fauteuil de

Baker, il posa son bloc-notes au centre du sous-main, réfléchit un moment, puis se mit à écrire :

Histoire de ma vie
Par Nick Andros

Il s'arrêta, un petit sourire sur les lèvres. Il s'était déjà trouvé dans de drôles d'endroits, mais il n'aurait jamais cru se voir un jour dans le bureau d'un shérif, chargé de surveiller trois hommes qui lui avaient flanqué une raclée, en train d'écrire l'histoire de sa vie. Puis il recommença à écrire :

Je suis né à Caslin, dans le Nebraska, le 14 novembre 1968. Mon père avait une ferme. Il devait de l'argent à trois banques. Ma mère était enceinte de moi depuis six mois et mon père l'emmenait voir le médecin en ville quand la direction de son camion a lâché. Il est allé dans le fossé. Mon père a eu une crise cardiaque et il est mort.
Trois mois plus tard, ma mère a accouché et je suis né comme je suis. Un sale coup pour elle, après la mort de son mari.
Elle a continué à s'occuper de la ferme jusqu'en 1973, puis elle a dû l'abandonner aux « magouilleurs », comme elle les appelait. Elle n'avait pas de famille, mais elle a écrit à des amis de Big Springs, dans l'Iowa. L'un d'eux lui a trouvé du travail dans une boulangerie. Nous avons habité là-bas jusqu'en 1977, quand elle est morte dans un accident. Un type en moto l'a renversée un jour qu'elle rentrait du travail. Ce n'était même pas sa faute. Défaillance des freins. La malchance. Il ne roulait pas tellement vite. Les baptistes ont payé l'enterrement de ma mère. Ensuite, ils m'ont envoyé à l'orphelinat des Enfants de Jésus-Christ, à Des Moines. C'est là que j'ai appris à lire et à écrire...

Il s'arrêta. Il avait mal à la main de tant écrire. Mais il y avait autre chose aussi. Il se sentait mal à l'aise de revivre toute cette histoire. Il se leva pour aller jeter un coup d'œil dans les cellules. Childress et Warner dormaient. Vince Hogan était debout derrière la grille de sa cellule. Il fumait une cigarette et regardait de l'autre côté du couloir la cellule vide où Ray Booth aurait dû se trouver s'il n'avait pas pris la fuite. Hogan avait l'air d'avoir pleuré, comme avait pleuré autrefois ce petit bonhomme abandonné de tous, ce petit sourd-muet, Nick Andros. Il avait appris un mot au cinéma, quand il était encore enfant : INCOMMUNICADO. Un mot qui avait toujours eu une résonance fantastique pour Nick, un mot terrible qui cognait dans sa tête, un mot qui résumait toute la peur de celui qui vit à l'extérieur du monde des gens normaux, qui ne vit que dans son âme. Il avait été INCOMMUNICADO toute sa vie.

Il se rassit et relut la dernière ligne. *C'est là que j'ai appris à lire et à écrire.* Mais ce n'était pas aussi simple. Il vivait dans un monde de silence. L'écriture était un code. Pour parler, il fallait remuer les lèvres, ouvrir et refermer la bouche, faire danser sa langue. Sa mère lui avait appris à lire sur les lèvres. Elle lui avait appris à écrire son nom en grosses lettres maladroites. *C'est ton nom,* avait-elle dit. *C'est toi, Nicky.* Mais naturellement, elle l'avait dit silencieusement pour lui, des mots sans signification. Il avait commencé à comprendre quand elle avait montré la feuille de papier, puis lui avait touché la poitrine. Le pire pour lui n'était pas de vivre dans un monde de cinéma muet ; le pire, c'était d'ignorer le nom des choses. Ce n'est qu'à quatre ans qu'il avait véritablement commencé à comprendre que les choses avaient des noms. Et il n'avait su qu'à l'âge de six ans que ces grandes affaires vertes que l'on voyait dehors s'appelaient des *arbres.* Il aurait voulu le savoir, mais personne n'avait pensé à le lui dire et il n'avait aucun moyen pour le demander : il était INCOMMUNICADO.

Lorsqu'elle était morte, la régression avait été presque totale. L'orphelinat était un lieu de silence angoissant où des petits garçons chétifs aux visages grimaçants se moquaient de son silence ; deux camarades couraient vers lui, l'un les mains collées sur la bouche, l'autre sur les oreilles. Pourquoi ? Sans aucune raison. Si ce n'est peut-être que, dans la vaste classe des victimes, il existait une sous-classe, celle des victimes des victimes.

Il avait cessé de *vouloir* communiquer. Son esprit avait commencé à rouiller, à se désintégrer. Il errait comme un somnambule, regardant ces choses sans nom qui remplissaient le monde. Il voyait les enfants dans la cour remuer les lèvres, ouvrir et refermer la bouche, agiter leurs langues dans la danse rituelle de la parole. Et il lui arrivait de rester à contempler un nuage pendant une bonne heure.

Puis Rudy était arrivé. Un homme fort, chauve, le visage couturé de cicatrices. Un mètre quatre-vingt-quinze, autant dire dix pour ce petit avorton de Nick Andros. Ils s'étaient rencontrés pour la première fois dans une salle de jeu au sous-sol : une table, six ou sept chaises et une télévision qui fonctionnait quand elle voulait bien. Rudy s'était accroupi pour que ses yeux soient à peu près au même niveau que ceux de Nick. Puis il avait posé ses grosses mains calleuses sur sa bouche, ses oreilles.

Je suis sourd-muet.

Nick s'était retourné, maussade : *Qu'est-ce que ça peut me foutre ?*

Rudy lui avait donné une claque.

Nick était tombé. Sa bouche s'était ouverte et des pleurs silencieux avaient commencé à rouler de ses yeux. Il ne voulait pas être là avec ce monstre couvert de cicatrices, cet ogre avec sa vilaine tête chauve. Il n'était pas sourd-muet, il se moquait de lui.

Rudy l'avait doucement remis sur ses pieds pour le conduire vers la table, devant une feuille de papier. Rudy la lui avait montrée du doigt. Nick l'avait regardée d'un air boudeur, puis s'était retourné vers l'homme chauve en secouant la tête. Rudy lui avait montré à nouveau la feuille blanche. Il avait sorti un crayon de sa poche et l'avait tendu à Nick. Nick l'avait laissé tomber sur la table, comme s'il lui avait brûlé les doigts, et il avait encore secoué la tête. Rudy avait montré le crayon, puis

Nick, puis le papier. Nick avait secoué la tête. Et Rudy lui avait donné une claque.

Encore des larmes silencieuses. Le visage balafré le regardait, vide de toute expression, si ce n'est une infinie patience. Rudy montrait le papier. Le crayon.

Et Nick avait fini par prendre le crayon dans son poing. Il avait écrit les quelques mots qu'il savait encore, récupérés quelque part dans le mécanisme rouillé de sa mémoire.

NICK JE T'EMERDE

Puis il avait cassé le crayon en deux et avait regardé Rudy droit dans les yeux, plein d'arrogance. Rudy souriait. Tout à coup, il s'était penché au-dessus de la table pour poser les mains sur la tête de Nick, des mains chaudes et douces. Nick ne se souvenait pas de la dernière fois qu'on l'avait touché avec autant d'amour. Sa mère le touchait ainsi, autrefois.

Rudy avait retiré ses mains, ramassé le bout de crayon, retourné la feuille. Et il lui avait encore montré cette feuille blanche. Encore. Et encore. Finalement, Nick avait compris.

Tu es cette page blanche.

Nick s'était mis à pleurer.

Et Rudy était revenu s'occuper de lui pendant six ans.

... j'ai appris à lire et à écrire. Un homme, Rudy Sparkman, est venu m'aider. J'ai eu beaucoup de chance qu'il soit là. En 1984, l'orphelinat a dû fermer. La plupart des enfants ont trouvé des familles d'accueil, mais pas moi. J'aurais voulu rester avec Rudy, mais il était en Afrique, pour le Peace Corps.

Alors je me suis sauvé. Comme j'avais seize ans, ils ne m'ont sans doute pas tellement cherché. Je pensais que je pourrais m'en tirer si je ne faisais pas de bêtises. Et jusqu'à présent, je m'en suis assez bien tiré.

211

J'ai suivi des cours par correspondance. Rudy m'avait toujours dit que l'instruction était ce qu'il y avait de plus important. Quand j'aurai trouvé un endroit où m'installer, je passerai mes examens. Ça ne devrait pas être trop difficile. J'aime apprendre. J'irai peut-être un jour à l'université. Je sais que ça paraît un peu bizarre qu'un sourd-muet comme moi pense faire des études universitaires, mais je crois que c'est possible. Voilà mon histoire.

Le lendemain, Baker était arrivé vers sept heures trente. Nicky vidait les corbeilles à papier. Le shérif avait l'air d'aller mieux.

— *Comment allez-vous ?* avait écrit Nick.

— Plutôt bien. Grosse fièvre jusqu'à minuit. La pire depuis mon enfance. L'aspirine ne faisait aucun effet. Jane a voulu appeler le médecin, mais la fièvre est tombée vers minuit et demi. Ensuite, j'ai très bien dormi. Et toi ?

Nick lui fit signe que tout s'était bien passé en levant le pouce.

— Les pensionnaires ?

Nick ouvrit et referma sa bouche plusieurs fois comme s'il marmonnait quelque chose. L'air furieux, il cognait contre des barreaux invisibles.

Baker éclata de rire, puis éternua plusieurs fois.

— T'aurais dû regarder la télévision. Et puis, t'as écrit l'histoire de ta vie ?

Nick lui fit signe que oui et lui remit les deux feuillets. Le shérif s'assit et commença à lire avec beaucoup d'attention. Quand il eut terminé, il lui lança un regard si pénétrant que Nick baissa les yeux pour cacher sa gêne.

Quand il les releva, Baker était en train de dire :

— Tu te débrouilles tout seul depuis que tu as seize ans ? Il y a six ans que tu es en vadrouille ?

Nick fit signe que oui.

— Et tu as vraiment pris des cours par correspondance ?

Nick reprit le bloc-notes.

— *J'avais beaucoup de retard. Quand l'orphelinat a*

fermé, je commençais à rattraper le temps perdu. J'ai vu une annonce pour des cours par correspondance sur une boîte d'allumettes. Je me suis inscrit à l'école La Salle de Chicago. Il me reste trois cours à prendre.

— Lesquels ? demanda Baker qui se retourna ensuite vers les cellules. Vos gueules là-dedans ! Vous aurez votre café quand ça me plaira, pas avant !

Nick écrivait :

— *Géométrie. Maths. Une langue étrangère. C'est ce qui me manque pour entrer à l'université.*

— Une langue étrangère. Tu veux dire, comme le français ? L'allemand ? L'espagnol ?

Nick hocha la tête.

— Ben ça alors ! fit Baker en éclatant de rire. Un sourd-muet qui apprend une langue étrangère ! Excuse-moi, mon gars, je voulais pas me moquer de toi. Tu comprends ?

Nick sourit.

— Mais pourquoi que t'es toujours en vadrouille ?

— *Quand j'étais mineur, je n'osais pas rester trop longtemps au même endroit. J'avais peur qu'on me mette dans un autre orphelinat. Quand j'ai été assez grand pour chercher un travail régulier, la situation économique n'était pas très bonne. On disait que la Bourse s'était cassé la gueule, mais comme je suis sourd, je n'ai rien entendu (ha, ha).*

— Sûr que les gens se fichent de tout aujourd'hui. Pour un travail régulier, je vais peut-être pouvoir te trouver quelque chose par ici, à moins que ces connards t'aient vraiment dégoûté de Shoyo et de l'Arkansas. Mais... on n'est pas tous comme ça.

Nick fit signe qu'il avait compris.

— Comment vont tes dents ? T'as pris une sacrée dérouillée.

Nick haussa les épaules.

— Tu as pris les pilules du docteur ?

Nick leva deux doigts.

— Écoute, il faut que je remplisse des papiers maintenant. Tu continues ton travail. On parlera plus tard.

Le docteur Soames, l'homme qui avait failli écraser Nick, arriva vers neuf heures et demie. C'était un homme dans la soixantaine, cheveux blancs hirsutes, cou de poulet, yeux bleus très vifs.

— Big John m'a dit que vous saviez lire sur les lèvres. Il veut aussi vous trouver un emploi. Alors, il vaut mieux que je m'assure que vous n'allez pas lui claquer entre les pattes. Mettez-vous torse nu.

Nick déboutonna sa chemise bleue et l'enleva.

— Nom de Dieu, mais dans quel état ils l'ont mis ! dit Baker.

— Ça, ils n'ont pas perdu leur temps, répondit Soames en examinant Nick. Mon garçon, ils vous ont presque arraché le nichon gauche.

Il montrait une croûte en forme de croissant, juste au-dessus du mamelon. L'abdomen et la cage thoracique de Nick ressemblaient à un lever de soleil dans le Grand Nord canadien. Soames le palpa de part en part, puis examina longuement ses pupilles. Finalement, il regarda ce qui lui restait de ses dents de devant, seul endroit où il avait vraiment mal maintenant, malgré ses bleus spectaculaires.

— Ça doit vous faire un mal de chien, dit-il, et Nick hocha la tête tristement. Elles vont tomber. Vous...

Le médecin éternua trois fois.

— Excusez-moi.

Il remettait déjà ses instruments dans sa sacoche de cuir noir.

— Vous n'avez rien de cassé, mon jeune ami, à part vos dents bien sûr. Tout ira bien, à condition que le tonnerre ne vous tombe pas sur la tête et que vous n'alliez plus jamais prendre un verre chez Zack. Dites-moi, si vous ne pouvez pas parler, c'est à cause d'une malformation congénitale, ou bien de votre surdité ?

— *Malformation congénitale,* écrivit Nick.

— Vraiment pas de veine. Heureusement que le bon Dieu n'a pas décidé de vous frire la cervelle en plus. Vous pouvez remettre votre chemise.

Nick s'exécuta. Il aimait ce médecin. À sa façon, il

ressemblait beaucoup à Rudy Sparkman. Rudy lui avait raconté un jour que Dieu avait donné à tous les sourds-muets cinq centimètres de plus au-dessous de la ceinture pour compenser le petit truc qui leur manquait au-dessus du cou.

— Je vais dire au pharmacien de vous redonner des comprimés. Et ce gros-là paiera la note.

— Eh ! dit John Baker.

— Vous n'allez pas me faire pitié, shérif, je sais que vous êtes plein aux as.

Le médecin éternua de nouveau, s'essuya le nez, fouilla dans sa sacoche et en sortit un stéthoscope.

— Vous feriez mieux de vous tenir tranquille, docteur. Sinon, je vous fais boucler pour ivresse sur la voie publique, dit Baker en souriant.

— J'aimerais voir ça. Un de ces jours, vous ouvrirez trop votre grande gueule et vous finirez par tomber dedans. Enlevez votre chemise, John, on va voir si vos tétines sont aussi grosses qu'avant.

— Enlever ma chemise ? Pourquoi ?

— Parce que votre femme veut que je vous examine, voilà tout. Elle pense que vous êtes malade et elle ne veut pas vous voir crever, je me demande pourquoi d'ailleurs. Je lui ai pourtant souvent dit que nous n'aurions plus besoin de nous cacher pour fricoter ensemble si vous étiez à cinq pieds sous terre. Allez, Johnny. Montrez-nous votre bedaine.

— C'était simplement un rhume, grommela Baker en déboutonnant sa chemise. Je me sens bien ce matin. Et je vous jure, Ambrose, vous avez l'air bien plus malade que moi.

— On se tait, c'est le docteur qui commande, dit Soames en se retournant vers Nick. Un rhume drôlement contagieux. Mme Lathrop est malade, et toute la famille Richie. Même ces minables de Barker Road sont en train de perdre ce qu'il leur restait de cervelle dans leurs mouchoirs. Et notre brave Billy Warner tousse lui aussi dans sa cage.

Baker avait réussi à s'extirper de son maillot de corps.

— Eh bien, qu'est-ce que je vous disais ? Est-ce qu'il n'a pas des nichons fantastiques ? Si j'étais plus jeune, il me donnerait des envies.

Baker eut un sursaut quand le stéthoscope toucha sa poitrine.

— Nom de Dieu, c'est froid ! Qu'est-ce que vous faites avec votre engin, vous le mettez au congélateur ?

— Respirez, dit Soames en fronçant les sourcils. Expirez maintenant.

L'expiration de Baker se transforma en un petit toussotement.

Soames ausculta longuement le shérif. Devant et derrière. Puis il rangea son stéthoscope et prit un abaisse-langue pour lui examiner la gorge. L'examen terminé, il cassa l'abaisse-langue en deux et le jeta dans la corbeille.

— Et alors ? demanda Baker.

Soames enfonça les doigts de sa main droite dans le cou de Baker, sous la mâchoire. Baker recula en grimaçant.

— Pas la peine de demander si ça fait mal, dit Soames. John, rentrez chez vous et couchez-vous. Ce n'est pas un conseil, c'est un ordre.

Le shérif tiquait un peu.

— Ambrose, dit-il tranquillement, vous savez bien que c'est impossible. J'ai trois prisonniers que je dois emmener à Camden cet après-midi. J'ai laissé le petit gars avec eux hier soir, mais ce n'était pas une idée très brillante, et je ne veux pas recommencer. Il est muet. Si j'avais eu toute ma tête, je n'aurais jamais décidé ça hier soir.

— Oubliez ces pauvres types, John, et occupez-vous de vos problèmes. Parce que vous en avez. Une infection des voies respiratoires, et pas piquée des vers si j'en crois mes oreilles, avec de la fièvre en plus. Vos tuyaux sont malades, Johnny, et pour être bien franc, ce n'est pas une plaisanterie avec un homme qui trimbale toute cette viande avec lui. Allez vous coucher. Si vous vous sentez bien demain matin, débarrassez-vous de vos types. Ou mieux, demandez à la police de l'État de venir les chercher.

Baker se tourna vers Nick, comme pour s'excuser :

— Tu sais, je me sens vraiment crevé. Peut-être qu'avec un peu de repos...

— *Rentrez chez vous et restez au lit. Je vais faire attention. Et puis, je dois gagner assez d'argent pour payer les calmants.*

— Rien de tel qu'un drogué en manque pour travailler, dit Soames en ricanant.

Baker prit les deux feuilles de papier où Nick racontait sa vie.

— Je peux les faire lire à Jane ? Elle te trouve très sympathique, Nick.

— *Naturellement, elle est très gentille.*

— Ça, tu peux le dire, dit Baker en reboutonnant sa chemise. Je sens que la fièvre revient, et très fort. Je croyais qu'elle avait foutu le camp.

— Prenez de l'aspirine, dit Soames en bouclant sa sacoche. C'est cette infection des ganglions que je n'aime pas du tout.

— Tu trouveras une boîte de cigares dans le tiroir du bas, dit Baker. La petite caisse. Passe prendre tes médicaments quand tu iras déjeuner. Ces pauvres cons n'ont pas grand-chose dans le pantalon. Ils devraient se tenir à carreau. Laisse un reçu dans la boîte pour l'argent que tu prends. Je vais appeler la police de l'État et tu seras débarrassé de ces types avant ce soir.

Nick leva le pouce en l'air.

— Je te fais drôlement confiance. Pourtant, je te connais pas très bien. Mais Jane dit que ça ira. Tu as la tête sur les épaules.

Nick hocha la tête.

Jane Baker était arrivée vers six heures, hier soir, avec un petit plat qu'elle avait préparé pour lui et un litre de lait.

— *Merci beaucoup. Comment va votre mari ?*

Elle se mit à rire, petite femme aux cheveux châtains, jolie dans sa chemise à carreaux et ses jeans délavés.

— Il voulait venir lui-même, mais je l'en ai empêché. Il avait tellement de fièvre cet après-midi que j'ai eu vraiment peur. Mais il ne fait presque plus de température ce soir. Je pense que c'est la police de l'État qui lui a provoqué une poussée de fièvre. John a l'habitude de piquer une crise chaque fois qu'il a affaire aux types de la police de l'État... Ils lui ont dit qu'ils ne pouvaient envoyer personne chercher ses prisonniers avant neuf heures demain matin. Beaucoup de monde en congé de maladie, au moins vingt. Et ceux qui étaient de service ont passé leur temps à transporter des malades à l'hôpital, à Camden ou même à Pine Bluff. On dirait une épidémie. Et j'ai l'impression que le docteur Ambrose Soames est bien plus inquiet qu'il ne le dit.

Elle avait l'air inquiète elle aussi. Puis elle sortit de sa poche les deux feuillets pliés en deux.

— Quelle histoire, dit-elle d'une voix douce. Vous n'avez vraiment pas eu de chance... Et la manière dont vous avez surmonté vos handicaps, c'est tout simplement extraordinaire. Je voudrais m'excuser encore pour mon frère.

Embarrassé, Nick se contenta de hausser les épaules.

— J'espère que vous allez rester à Shoyo. Mon mari vous aime bien. Et moi aussi. Faites attention à ces types.

— *Je vais faire attention. Dites au shérif que j'espère qu'il va aller mieux.*

— Je vais le lui dire.

Elle sortit. Nick passa une nuit agitée, se levant de temps en temps pour aller jeter un coup d'œil sur ses trois pensionnaires. Non, ils ne roulaient plus des mécaniques maintenant ; à dix heures, ils étaient tous endormis. Deux types vinrent voir si tout allait bien et Nick remarqua que tous les deux paraissaient enrhumés.

Il fit des rêves étranges, et tout ce qu'il put se rappeler lorsqu'il se réveilla fut qu'il marchait dans un immense champ de maïs vert, à la recherche de quelque chose, mais tenaillé par la peur d'une autre chose qui semblait être derrière lui.

Il se réveilla tôt et se mit à balayer méticuleusement le couloir qui séparait les deux rangées de cellules, sans s'occuper de Billy Warner et de Mike Childress. Au moment où il allait sortir, Billy se mit à crier derrière lui :

— Ray va revenir, tu sais. Et quand il va t'attraper, ça te suffira plus d'être sourd-muet, tu voudras sûrement être aveugle en plus !

Nick, le dos tourné, ne comprit pas.

De retour au bureau, il prit un vieux numéro de la revue *Time*. Il pensa un instant poser les pieds sur le bureau, mais y renonça aussitôt, au cas où le shérif viendrait faire un tour.

À huit heures, il se demandait un peu inquiet si le shérif Baker n'avait pas fait une rechute durant la nuit. Il aurait dû être là, prêt à remettre les trois prisonniers à la police de l'État. Et puis, son estomac commençait à faire de drôles de bruits. Le livreur du restaurant n'était pas venu et Nick regarda le téléphone d'un air de dépit. Il aimait beaucoup la science-fiction et s'achetait parfois de vieux livres à moitié déchirés, découverts sur les étagères poussiéreuses des brocanteurs de campagne. Et il se surprit à penser, mais ce n'était pas la première fois, que ce serait vraiment un grand jour pour les sourds-muets du monde quand apparaîtraient ces téléphones à écran dont on parlait un peu partout.

À neuf heures moins le quart, il se sentit vraiment mal à l'aise et s'avança vers la porte pour voir ce qui se passait dans le bloc des cellules.

Billy et Mike étaient tous les deux debout derrière leurs grilles. Ils cognaient depuis un bon bout de temps déjà sur les barreaux avec leurs chaussures... ce qui prouvait simplement que les gens qui ne peuvent pas parler ne constituent qu'un faible pourcentage des connards du monde. Vince Hogan était couché. Il tourna simplement la tête et regarda fixement Nick. Son visage était pâle, à l'exception de ses joues, très rouges, et de deux taches noires sous ses yeux. De la sueur perlait sur son front. À voir son regard fiévreux et apathique, Nick comprit que l'homme était malade. Son inquiétude grandit encore.

— Hé, connard, c'est pour quand le petit déjeuner ? gueula Mike. Et j'ai bien l'impression que Vince aurait besoin de voir le toubib. Ça lui réussit pas de trop parler, pas vrai, Bill ?

Bill n'était pas d'humeur à plaisanter.

— Je regrette ce que je t'ai dit tout à l'heure. Vince est malade, tu peux me croire. Il a besoin de voir un toubib.

Nick fit signe qu'il avait compris et ressortit. Il se rassit derrière le bureau et prit le bloc-notes :

Shérif Baker, ou celui qui lira ce mot : Je suis allé chercher à manger pour les prisonniers et voir si je peux trouver le docteur Soames pour Vincent Hogan. Ce n'est pas de la comédie, il a l'air vraiment malade.

Nick Andros.

Il détacha la feuille et la laissa sur le bureau. Puis il glissa le bloc-notes dans sa poche et sortit dans la rue.

La première chose qui le frappa fut la chaleur tranquille du matin et l'odeur des plantes qui embaumaient la rue. L'après-midi allait être torride. Un de ces jours où les gens préfèrent faire leurs courses très tôt pour rester tranquilles l'après-midi. Mais la grand-rue de Shoyo paraissait étrangement déserte ce matin-là, comme un dimanche.

Devant les magasins, la plupart des places de stationnement étaient vides. Quelques voitures, quelques camions de ferme circulaient dans la rue, mais pas beaucoup. La quincaillerie avait l'air d'être ouverte, mais les stores de la banque étaient encore fermés, alors qu'il était plus de neuf heures.

Nick tourna à droite. Le restaurant se trouvait cinq rues

plus loin. Il allait traverser la troisième quand il vit la voiture du docteur Soames qui remontait lentement la rue dans sa direction en zigzaguant un peu, comme épuisée. Nick fit de grands gestes, crut un moment que Soames n'allait pas s'arrêter, mais le médecin s'approcha finalement du trottoir et se gara en biais, obstruant près de la moitié de la rue. Il ne sortit pas, mais resta assis derrière son volant. Nick eut un coup quand il le vit. Soames avait vieilli de vingt ans depuis qu'il l'avait vu pour la dernière fois en train de bavarder avec le shérif. L'épuisement sans doute, mais l'épuisement ne pouvait quand même pas expliquer une transformation aussi radicale. Le médecin sortit alors un mouchoir froissé de sa poche, comme un vieux prestidigitateur blasé fait un tour qui ne l'intéresse plus guère, et éternua plusieurs fois. Puis il se laissa aller contre l'appui-tête, la bouche entrouverte, pour reprendre son souffle. Sa peau était jaune et cireuse, comme celle d'un mort, pensa Nick. Puis Soames ouvrit les yeux.

— Le shérif Baker est mort. Si c'est pour ça que vous m'avez fait signe, eh bien tout est fini. Il est mort un peu après deux heures ce matin. Jane est malade elle aussi.

Nick écarquillait les yeux. Mort, le shérif Baker ? Mais sa femme était venue hier soir, et il se sentait mieux. Et elle... elle était en pleine forme. Non, ce n'était pas possible.

— Oui, mort, répéta Soames, comme si Nick avait pu dire ce qu'il pensait. Et il n'est pas le seul. J'ai signé douze certificats de décès en douze heures. Et je connais vingt malades qui vont être morts d'ici midi, si Dieu le veut. Mais j'ai bien l'impression que Dieu n'a rien à y voir. Et je le soupçonne fort de ne pas vouloir se mêler de cette affaire.

Nick sortit le bloc-notes de sa poche.

— *Qu'est-ce qu'ils ont tous ?*

— Je ne sais pas, répondit Soames en froissant lentement la feuille pour en faire une boule qu'il jeta dans le caniveau. Mais tout le monde en ville semble avoir attrapé cette cochonnerie. Je n'ai jamais eu aussi peur de ma vie. Et je suis malade moi aussi, même si c'est surtout de la fatigue pour le moment. Je ne suis plus tout jeune. Toutes ces heures debout, il faudra bien que je paye le prix.

Sa voix fatiguée, effrayée, avait monté d'un cran. Heureusement, Nick ne put l'entendre.

— Et ça n'arrangera rien si je me mets à pleurnicher.

Nick, qui n'avait pas du tout compris que Soames avait envie de pleurnicher, le regarda d'un air médusé.

Soames prit une bonne minute pour sortir de sa voiture en s'appuyant sur le bras de Nick. Sa main le serrait comme celle d'un vieillard, une pression faible, mais presque frénétique.

— On va s'asseoir sur ce banc, Nick. C'est agréable de vous parler. On vous l'a sûrement déjà dit.

Nick tendit la main dans la direction de la prison.

— Ils ne vont pas s'envoler et, s'ils ont attrapé cette saloperie, ce sont les derniers sur ma liste pour le moment.

Ils s'assirent sur le banc vert vif. Sur le dossier, une petite pancarte faisait de la réclame pour une compagnie d'assurances locale. Soames leva un peu la tête pour recevoir en plein visage les rayons du soleil.

— Frissons et fièvre. Depuis à peu près dix heures hier soir. Non, les frissons ont commencé un peu plus tard. Heureusement, pas de diarrhée.

— *Vous devriez aller vous coucher.*

— Oui, je devrais, et c'est ce que je vais faire. Mais je veux d'abord me reposer quelques minutes...

Il ferma les yeux et Nick crut qu'il s'était endormi. Il se demandait s'il devait aller au restaurant pour rapporter quelque chose à Billy et à Mike.

Puis le docteur Soames recommença à parler, sans ouvrir les yeux. Nick observait ses lèvres.

— Les symptômes sont tous très communs. Frissons. Fièvre. Maux de tête. Faiblesse générale. Manque d'appétit. Miction douloureuse. Enflure des ganglions des aisselles et de l'aine. Respiration difficile.

Il regardait Nick.

— Ce sont les symptômes du rhume, de la grippe, de

222

la pneumonie. Nous pouvons soigner tout cela, Nick. Sauf quand le malade est très jeune ou très vieux, ou s'il a été affaibli par une autre maladie, les antibiotiques finissent par en venir à bout. Mais pas cette fois-ci. L'évolution est rapide ou lente. Aucune importance. On ne peut rien faire. Cette chose monte, régresse, monte encore ; le malade est de plus en plus faible ; l'enflure empire ; et finalement, c'est la mort. Quelqu'un a fait une erreur quelque part... et ils essaient de le cacher à tout le monde.

Nick le regardait, incrédule. Avait-il bien lu les mots sur les lèvres du médecin ? Soames était-il en plein délire ?

— Un peu paranoïaque, non, vous ne trouvez pas ? demanda le médecin en le regardant avec une lueur d'amusement dans ses yeux fatigués. Vous savez, la paranoïa de la jeune génération m'inquiétait beaucoup. Toujours en train de penser qu'on interceptait leurs conversations au téléphone... qu'on les suivait... qu'on ramassait des tas d'informations sur eux dans des banques de données... et je découvre maintenant qu'ils avaient raison et que j'avais tort. La vie est bien belle, Nick, mais la vieillesse peut vous faire payer très cher vos préjugés.

— *Que voulez-vous dire ?*

— Il n'y a plus un téléphone qui fonctionne à Shoyo.

Nick ignorait s'il s'agissait d'une réponse à sa question (Soames n'avait apparemment jeté qu'un regard distrait sur son dernier message), ou si le docteur était parti sur une nouvelle piste — la fièvre le faisait peut-être divaguer.

Le médecin vit que Nick avait l'air étonné et il parut comprendre que le sourd-muet ne le croyait peut-être pas.

— C'est pourtant vrai. Si vous essayez d'appeler en dehors de la ville, tout ce que vous obtenez, c'est un message enregistré. Les deux entrées et les deux sorties de l'autoroute sont barrées. TRAVAUX disent les pancartes. Mais il n'y a pas de travaux. J'ai été voir. Je suppose qu'on pourrait enlever les barrières, mais il ne paraît pas y avoir beaucoup de circulation sur l'autoroute ce matin.

Et la plupart des véhicules semblent être des camions et des jeeps de l'armée.

— *Et les autres routes ?*

— La route 63 est coupée à la sortie est. Réparation d'un petit pont. À la sortie ouest, on dirait qu'il y a eu un grave accident. Deux voitures en travers de la route. Impossible de passer. Des feux clignotants, mais pas trace de la police, pas trace d'une dépanneuse.

Il s'arrêta, sortit son mouchoir et se moucha.

— Les ouvriers qui réparent le pont travaillent vraiment lentement, selon Joe Rackman qui habite par là. J'étais chez Rackman il y a deux heures à peu près pour m'occuper de son petit garçon qui est vraiment très malade. Joe m'a dit qu'il avait l'impression que les ouvriers étaient en fait des soldats, même s'ils sont habillés comme des types de la voirie et qu'ils aient un camion des travaux publics.

— *Comment le sait-il ?*

— Les ouvriers font rarement le salut militaire.

Soames se leva et Nick fit de même.

— *Les petites routes ?*

— Peut-être. Mais je suis un médecin, pas un héros. Joe dit qu'il a vu des fusils dans la cabine de ce camion. Des fusils de guerre. Si quelqu'un tente de sortir de Shoyo par les petites routes, et s'ils le voient faire, qui sait ? Et puis, une fois sorti de Shoyo, quoi ? Je répète : quelqu'un a fait une erreur. Et maintenant ils s'efforcent de tout cacher. De la folie. De la folie. Naturellement, on va finir par le savoir, et il ne faudra pas longtemps. Mais en attendant, combien de gens vont mourir ?

Terrorisé, Nick regarda le docteur Soames remonter dans sa voiture.

— Et vous, Nick, comment ça va ? Vous éternuez ? Vous toussez ?

À chaque question, Nick fit signe que non.

— Allez-vous essayer de partir d'ici ? Je pense que c'est possible, en passant par les champs.

Nick secoua la tête et se mit à écrire.

— *Ces types sont enfermés. Je ne peux pas les laisser.*

Vincent Hogan est malade, mais les deux autres ont l'air d'aller bien. Je vais leur apporter leur petit déjeuner, et ensuite j'irai voir Mme Baker.

— Vous être un brave type, dit Soames. C'est plutôt rare. Et à notre époque, un jeune homme qui a le sens des responsabilités, c'est encore plus rare. Elle va apprécier, Nick, je sais. M. Braceman, le pasteur, a dit qu'il irait la voir lui aussi. J'ai bien peur que ce ne soit pas sa dernière visite de la journée. Vous allez faire attention à ces trois types, n'est-ce pas ?

Nick fit un petit signe de tête.

— Très bien. Je vais essayer de passer vous voir cet après-midi.

Le médecin démarra, les yeux rouges, l'air hagard, épuisé. Nick le suivit quelque temps du regard, très inquiet, puis continua sa route vers le restaurant. Il était ouvert, mais l'un des deux cuisiniers n'était pas là et trois des quatre serveuses ne s'étaient pas présentées. Nick dut attendre longtemps qu'on le serve. Quand il revint à la prison, Billy et Mike avaient l'air terrorisés. Vince Hogan délirait. À six heures de l'après-midi, il était mort.

19

Il y avait longtemps que Larry n'avait pas mis les pieds à Times Square et il s'attendait à lui trouver une allure différente, magique. Tout allait lui paraître plus petit, plus excitant. Il n'allait plus être intimidé par la vitalité brutale, vaguement fétide et dangereuse de cette place, comme du temps de son enfance, quand lui et Buddy Marx y allaient en cachette voir deux films pour 99 cents ou admirer le clinquant des vitrines, des billards et des jeux électroniques.

Mais rien n'avait changé — ou plutôt, si. En sortant du métro, le kiosque à journaux. Cinquante mètres plus loin, là où s'ouvrait une galerie remplie de machines à sous et de jeunes voyous, cigarette au coin de la bouche, se trouvait maintenant un fast-food. Devant la vitrine, une bande de jeunes Noirs se déhanchaient lentement au son d'une musique qu'ils étaient seuls à entendre. Il y avait davantage de salons de massage, davantage de cinémas porno.

Mais rien n'avait vraiment changé, ce qui l'attrista un peu. En un sens, la seule véritable différence ne faisait qu'empirer les choses : maintenant, il se sentait comme un touriste ici. Mais peut-être les New-Yorkais eux-mêmes se sentaient-ils comme des touristes à Times Square. Il n'en savait rien. Il n'était plus new-yorkais et il n'avait pas particulièrement envie de le redevenir.

Sa mère n'était pas allée travailler. Elle avait un rhume depuis quelques jours et s'était réveillée avec de la fièvre. De son lit étroit, rassurant, dans son ancienne chambre, il l'avait entendue préparer le petit déjeuner, éternuer plusieurs fois et même lâcher plusieurs « merde ! » bien sentis. Puis le son de la télévision, le premier bulletin d'information. Tentative de coup d'État en Inde. Explosion dans une centrale électrique au Wyoming. La Cour suprême allait se prononcer sur les droits des homosexuels.

Quand Larry était entré dans la cuisine en boutonnant sa chemise, le journal était terminé et Gene Shalit était en train d'interviewer un gros homme chauve qui présentait une collection de petits animaux en verre soufflé. Un hobby passionnant, expliquait-il, son passe-temps favori depuis quarante ans. Un grand éditeur allait prochainement publier le récit de cette fascinante aventure. Puis l'homme éternua. « Je vous excuse », dit Gene Shalit en poussant un petit gloussement.

— Tes œufs, brouillés ou sur le plat ? demanda Alice Underwood.

— Brouillés, répondit Larry, sachant qu'il n'aurait servi à rien de protester.

Pour Alice, un petit déjeuner n'était pas concevable sans œufs (qu'elle appelait des « cocos » quand elle était de bonne humeur). Pleins de protéines, et nourrissants. Sa théorie de l'alimentation était assez floue, mais solide comme le roc. Elle avait en tête toute une liste de choses nourrissantes, Larry le savait d'expérience, et une autre de leurs contraires — à savoir les bonbons, les cornichons, les caramels, les chewing-gums roses (photo des grands joueurs de base-ball en prime) et d'autres encore. Il s'assit et la regarda préparer les œufs dans cette même vieille poêle noire, les fouetter avec ce même fouet qu'elle utilisait quand il était en douzième, à l'école publique.

Elle sortit un mouchoir de la poche de sa robe de chambre, toussa, éternua et lança un « merde » discret avant de le remettre dans sa poche.

— Tu as pris la journée, maman ?

— J'ai téléphoné pour prévenir que j'étais malade. Ce rhume ne veut pas me lâcher. Je déteste manquer le vendredi, tout le monde fait ça. Mais il faut que je me repose un peu. J'ai de la fièvre et des ganglions.

— Tu as appelé le médecin ?

— De mon temps, les médecins venaient à domicile. Aujourd'hui, si tu es malade, c'est le service d'urgence à l'hôpital. Ou bien passer la journée à attendre un charlatan qui veut bien te recevoir sans rendez-vous. Mais alors, tu as intérêt à ne pas oublier ton carnet de chèques. Ces endroits-là, c'est pire qu'un grand magasin la veille de Noël. Je vais rester à la maison et prendre de l'aspirine. Demain, ça ira mieux.

Larry consacra une bonne partie de la matinée à essayer de s'occuper d'elle. Il transporta la télévision à côté de son lit (« Tu vas attraper une hernie », avait-elle dit en reniflant), lui avait apporté du jus de fruits et un vieux flacon de gouttes contre le rhume. Puis il avait couru chez le marchand de journaux lui acheter quelques livres de poche.

Après cela, ils n'avaient plus eu grand-chose à faire, si ce n'est se taper réciproquement sur les nerfs. Elle s'était étonnée que la réception soit si mauvaise dans sa chambre et il s'était cru obligé de répondre que mieux valait une mauvaise réception que pas de réception du tout. Finalement, il avait annoncé qu'il allait faire un petit tour.

— Bonne idée, avait-elle dit, manifestement soulagée. Je vais faire un somme. Tu es bien gentil, Larry.

Il avait donc descendu l'escalier étroit (l'ascenseur était toujours en panne). Arrivé sur le trottoir, il s'était senti soulagé lui aussi, et un peu coupable. Il avait toute la journée devant lui et un peu d'argent dans les poches.

Mais maintenant, à Times Square, il sentait sa belle humeur l'abandonner. Il se promenait sans but précis, en faisant attention à son portefeuille depuis longtemps transféré dans la poche intérieure de son blouson. Il s'arrêta devant l'étalage d'un soldeur de disques, étonné d'entendre le son de sa voix qui sortait des deux vieux haut-parleurs.

Je te demande pas de passer la nuit
Je te demande pas où t'étais hier soir

228

Je suis pas venu pour la bagarre
Mais pour qu'tu dises si tu crois pouvoir
Baby, tu peux l'aimer ton mec... ?
Aime-moi, Baby...
Baby, tu peux l'aimer ton mec ?

C'est moi, pensa-t-il, en regardant distraitement les pochettes, mais aujourd'hui cette musique le déprimait. Pire, elle lui donnait envie de rentrer là-bas. Il ne voulait pas être ici sous ce ciel gris comme de l'eau de lessive, dans la puanteur des gaz d'échappement, la main toujours fourrée dans la poche pour s'assurer que son portefeuille était encore là. New York, la paranoïa totale. Tout à coup, il aurait souhaité être là-bas sur la côte ouest, dans un studio, en train d'enregistrer un disque.

Larry pressa le pas et s'engouffra dans une galerie de machines à sous. Sonneries, grognements électroniques, rugissements de bolides, hurlements irréels de piétons écrasés. Bientôt, pensa Larry, ce sera Dachau 2000 sur ces machines. Ils vont adorer ça. Il s'approcha du comptoir et demanda de la monnaie pour dix dollars en pièces de vingt-cinq cents. Il y avait une cabine téléphonique en état de marche sur le trottoir d'en face et il composa de mémoire le numéro de Chez Jane. Chez Jane, c'était un endroit où on jouait au poker, et Wayne Stukey y faisait de temps en temps un petit tour.

Larry glissa des pièces de vingt-cinq cents dans la fente jusqu'à en avoir mal à la main, puis le téléphone sonna, à cinq mille kilomètres de là.

Ce fut une voix de femme qui répondit.

— Ici Chez Jane. Nous sommes ouverts.

— À tout ? demanda-t-il d'une voix basse, très sexy.

— Écoute, tu te trompes de... mais... c'est Larry !

— Ouais, c'est moi. Salut, Arlene.

— Où es-tu ? On te voit plus.

— Sur la côte est, répondit-il prudemment. On m'a dit qu'on me courait après et que j'avais intérêt à changer de crémerie pendant quelque temps.

— Ça serait pas en rapport avec une petite fête ?

— Ouais.

— J'en ai entendu parler. On peut dire que tu as mis le paquet.

— Est-ce que Wayne est dans les parages ?

— Wayne Stukey ?

— Je ne parle pas de John Wayne — il est mort.

— Alors, t'es pas au courant ?

— De quoi ? Je suis à l'autre bout du pays. Il va bien, hein, il va bien ?

— Il est à l'hôpital, avec cette foutue grippe. Le Grand Voyage, c'est comme ça qu'on l'appelle par ici. Mais il y a pas de quoi rigoler. Des tas de gens sont morts, à ce qu'on dit. Et tout le monde a la trouille. On sort plus. Nous avons six tables vides. Tu sais que c'est plutôt rare chez nous.

— Comment va-t-il ?

— Comment veux-tu que je sache ? Les visites sont interdites. C'est plus que bizarre, Larry. Et il y a des tas de soldats dans les parages.

— En permission ?

— Les soldats en permission ne sont pas armés à ce que je sache. Et ils ne circulent pas en convois dans des camions. Les gens ont vraiment très peur. Et tu fais bien d'être là-bas.

— Je n'ai pourtant rien entendu à la télévision.

— Ici, on en parle un peu dans les journaux. On dit de se faire vacciner contre la grippe, c'est tout. Mais certains disent que l'armée a dû faire une connerie avec ces histoires de guerre chimique. Ça fout vraiment la trouille.

— Tu parles.

— Rien de tout ça là-bas ?

— Non.

Puis il pensa au rhume de sa mère. Et puis à tous ces gens qui éternuaient et qui toussaient dans le métro. On se serait cru dans un sana pour les tubards. Mais dans une grande ville, il y a toujours des tas de gens avec la goutte au nez. Le rhume, maladie sociale.

— Janey n'est pas là, continuait Arlene. Elle a la

fièvre, et puis les ganglions. Je croyais pourtant que cette vieille pute était trop coriace pour tomber malade.

— Vos trois minutes sont écoulées, annonça la standardiste.

— Bon, alors je rentre dans une semaine sans doute, dit Larry. On se revoit quand j'arrive.

— D'accord. J'ai toujours voulu sortir avec un type qui faisait des disques.

— Arlene ? Tu connaîtrais pas par hasard un type qu'on appelle Dewey le dealer ?

— Oh ! dit-elle d'une voix catastrophée. Oh ! Larry !

— Quoi !

— Heureusement que tu n'as pas raccroché ! Je viens de me souvenir que j'ai vu Wayne, deux jours avant qu'il entre à l'hôpital. J'avais complètement oublié ! Nom de Dieu !

— Alors ?

— Une enveloppe. Il m'a dit qu'elle était pour toi, mais il m'a demandé de la garder dans mon tiroir-caisse pendant une semaine, ou de te la donner si je te voyais. Il a dit quelque chose dans le genre : « Il a eu drôlement de la chance que Dewey le dealer soit pas passé avant lui pour la prendre. »

— Qu'est-ce qu'il y a dedans ? demanda Larry en prenant le téléphone de l'autre main.

— Une minute, je vais voir.

Un silence, puis un bruit de papier qu'on déchire. Arlene était à nouveau au bout du fil.

— Un livret de compte d'épargne. First Commercial Bank of California. Avec un total de... ouf ! Plus de treize mille dollars. Si tu me demandes de faire part à deux quand on va sortir ensemble, je t'étripe.

— Te fais pas de souci pour ça. Merci, Arlene. Garde ça pour moi, s'il te plaît.

— Ben voyons donc, je vais le jeter à la poubelle peut-être ?

— C'est bon quand même de se savoir aimé.

Elle soupira.

— T'es quand même un drôle de type, Larry. Je mets

tout ça dans une enveloppe avec nos deux noms dessus. Comme ça, tu pourras pas m'éviter quand tu te pointeras.

— C'est pas mon genre, ma cocotte.

Ils raccrochèrent et la standardiste exigea aussitôt trois dollars de plus. Larry souriait toujours bêtement dans le vague. Il ne se fit pas prier et mit les trois dollars dans la fente.

Il lui restait encore pas mal de pièces de vingt-cinq cents. Il en prit une. Un instant plus tard, le téléphone de sa mère sonnait. Quand on apprend une bonne nouvelle, quoi de plus normal que de la partager avec quelqu'un ? Surtout si ce quelqu'un va en crever d'envie. Il pensa — non —, il voulut croire qu'il n'obéissait qu'à un mouvement généreux de son cœur. Il voulait soulager sa mère d'une inquiétude, se soulager lui aussi, lui dire qu'il était à nouveau solvable.

Peu à peu, son sourire s'effaça sur ses lèvres. Le téléphone sonnait dans le vide. Peut-être avait-elle finalement décidé d'aller travailler. Il pensa à son visage tout rouge, fiévreux, à sa toux, à ses éternuements, à ses « Merde ! » qu'elle lançait dans son mouchoir. Non, elle n'était sûrement pas allée travailler. Elle n'en aurait pas eu la force.

Il raccrocha et reprit distraitement sa pièce de vingt-cinq cents quand la machine voulut bien la lui rendre et il sortit de la cabine en faisant danser la pièce dans sa main. Un taxi s'approchait. Il lui fit signe. Et quand le taxi repartit, la pluie commença à tomber.

La porte était fermée à clé. L'appartement était certainement vide, car il avait frappé deux ou trois fois, suffisamment fort pour que le voisin du dessus se mette à cogner lui aussi, comme un fantôme exaspéré. Mais il fallait qu'il entre pour en être sûr, et il n'avait pas de clé. Il allait redescendre pour sonner à l'appartement du concierge, M. Freeman, quand il entendit un faible gémissement derrière la porte.

Il y avait trois verrous sur la porte de l'appartement de

sa mère, mais elle ne les utilisait pas tous, malgré sa terreur des Portoricains. Larry donna un coup d'épaule dans la porte. Un autre coup, et le verrou céda. La porte s'ouvrit violemment et cogna contre le mur.

— Maman ?

Ce gémissement, encore.

On ne voyait rien dans l'appartement. Le ciel s'était obscurci tout à coup. Il pleuvait très fort. Le tonnerre grondait. La fenêtre du salon était entrouverte. Les rideaux blancs volaient au-dessus de la table. La pluie faisait déjà une petite flaque sous la fenêtre.

— Maman, où es-tu ?

Un gémissement, plus fort cette fois. Il se précipita vers la cuisine. Un coup de tonnerre. Il faillit trébucher sur elle. Sa mère était par terre, dans sa chambre, les pieds dans le couloir.

— Maman ! Maman !

Au son de sa voix, elle essaya de se mettre sur le dos, mais seule sa tête voulut bien bouger, pivota sur le menton et bascula sur la joue gauche. Elle respirait en faisant un bruit d'évier bouché. Mais le pire, ce qu'il n'allait jamais oublier, ce fut son œil, le seul visible, qui roulait dans son orbite pour le regarder, l'œil d'un cochon à l'abattoir. Son visage était rouge de fièvre.

— Larry ?

— Je vais te mettre au lit, maman.

Il se pencha, serra les genoux tant qu'il put pour les empêcher de trembler, la prit dans ses bras. La robe de chambre de sa mère s'ouvrit, découvrant une chemise de nuit décolorée par de trop nombreux lavages, des jambes blanches comme le ventre d'un poisson, sillonnées de grosses veines variqueuses. Elle dégageait une chaleur incroyable. Larry était terrifié. Personne ne pouvait vivre avec une température pareille. Sa cervelle devait frire dans sa tête.

Et comme pour le lui prouver, elle lui dit d'une voix plaintive :

— Larry, va chercher ton père. Il est au bar.

— Ne t'agite pas. Reste tranquille, essaye de dormir, maman.

— Il est au bar, avec ce photographe !

Sa voix montait, criarde, dans l'épaisse obscurité de cet étrange après-midi. Et dehors, le tonnerre continuait à gronder. Larry était couvert de sueur. Par la fenêtre entrouverte du salon, une petite brise rafraîchissait l'appartement. Alice frissonna. Elle avait la chair de poule. Elle claquait des dents. Son visage était comme une pleine lune dans la pénombre de la chambre à coucher. Larry arracha les couvertures du lit, emmitoufla ses jambes, tira les couvertures jusqu'à son menton. Et pourtant, elle continuait à grelotter si fort que la couverture du dessus tremblotait. Pas une goutte de sueur sur son visage.

— Va lui dire que je veux qu'il rentre ! cria-t-elle.

Puis ce fut le silence, troublé seulement par le chuintement de ses bronches.

Larry revint au salon, s'approcha du téléphone, puis contourna la petite table où il était posé pour fermer la fenêtre.

L'annuaire était posé sur une étagère, sous la petite table. Il chercha le numéro de l'Hôpital de la Pitié. Puis il le composa, tandis que le tonnerre continuait à gronder. Un éclair transforma un instant la fenêtre qu'il venait de refermer en une sorte de radiographie bleu et blanc. Dans la chambre à coucher, sa mère hurlait, à bout de souffle. Il sentit son sang se glacer.

Le téléphone sonna une fois, puis un bourdonnement, puis un déclic. Une voix mécanique répondait : « Ici l'Hôpital général de la Pitié. Ceci est un message enregistré. Toutes nos lignes sont occupées. Ne quittez pas, nous vous répondrons dès que possible. Merci. Ici l'Hôpital général de la Pitié. Ceci est un message enregistré. Toutes nos lignes...

— On a rangé les serpillières en bas ! criait sa mère, tandis que le tonnerre continuait de gronder. Ces sales Portoricains ne savent rien faire !

— ... vous répondrons dès que...

Larry raccrocha. Il transpirait. Qu'est-ce que c'est que cette merde d'hôpital ! On te répond avec un message enregistré quand ta mère est en train de crever ? Qu'est-ce qu'ils fabriquent, ces cons ?

Larry décida de descendre pour voir si M. Freeman pouvait s'occuper de sa mère, le temps qu'il aille à l'hôpital. Ou devait-il appeler une ambulance ? On ne sait jamais ce qu'il faut faire quand ça va mal... Pourquoi est-ce qu'on ne vous apprend pas ces choses-là à l'école ?

Dans la chambre à coucher, sa mère continuait à respirer laborieusement.

— Je reviens tout de suite, murmura-t-il.

Il s'avança vers la porte. Il avait peur, terriblement peur pour elle. Mais une petite voix lui disait des choses : *Ces histoires-là n'arrivent qu'à moi.* Et encore : *C'est bien le moment, quand je viens de recevoir une bonne nouvelle !* Et pire encore : *Merde alors, et mes projets ? Il faut tout changer maintenant.*

Il détestait cette voix. Il aurait voulu qu'elle s'en aille, qu'elle crève d'un seul coup, mais elle persistait, persistait encore.

Il descendit l'escalier quatre à quatre. Les éclairs se succédaient dans le ciel noir comme de l'encre. Quand il arriva au rez-de-chaussée, la porte s'ouvrit d'un seul coup et la pluie s'engouffra dans le couloir.

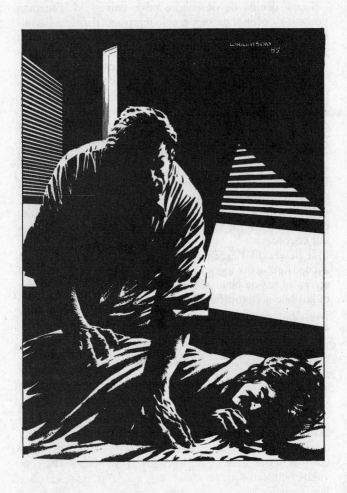

20

Le Harborside était le plus vieil hôtel d'Ogunquit. La vue n'était plus aussi belle depuis qu'ils avaient aménagé la nouvelle marina juste en face, ce qui n'avait guère d'importance un après-midi comme celui-ci, avec ce ciel couvert de lourds nuages d'orage.

Assise devant la fenêtre de sa chambre, Frannie essayait depuis près de trois heures d'écrire une lettre à Grace Duggan, une ancienne camarade de lycée. Il ne s'agissait pas d'une confession où elle aurait parlé de sa grossesse ou de la scène avec sa mère — sujets qui n'auraient pu que la déprimer davantage. De toute façon, Grace saurait bien assez tôt ce qui s'était passé. Non, elle essayait tout simplement de lui écrire une lettre amicale. *Notre balade en vélo à Rangely, Jess et moi, en mai, avec Sam Lothrop et Sally Wenscelas. J'ai fait l'impasse pour mon examen de biologie, et ça a marché. Peggy Tate (une autre ancienne camarade de lycée) vient de trouver du travail au sénat. Amy Lauder se marie bientôt.*

Mais la lettre ne voulait pas se laisser écrire. Il est vrai que les intéressants exercices pyrotechniques de la journée y étaient pour quelque chose — comment écrire avec tous ces orages qui ne cessaient d'aller et de venir au-dessus de la mer ? Et surtout, rien de ce qu'elle disait dans sa lettre ne lui paraissait bien honnête. Tout était vaguement faussé, comme un couteau qui vous coupe au lieu de peler bien sagement la pomme de terre. L'excursion à bicyclette avait été agréable, mais ses relations

avec Jess avaient tourné au vinaigre. Elle avait effectivement eu de la veine à son examen de biologie, mais
complètement raté le dernier, celui qui comptait vraiment.
Ni elle ni Grace ne s'intéressaient beaucoup à Peggy Tate.
Quant au mariage d'Amy, dans l'état où se trouvait Fran,
c'était plutôt une sorte de mauvaise plaisanterie qu'une
occasion de se réjouir. Amy va se marier, et c'est moi qui
vais avoir le bébé, ha-ha-ha.

Elle voulait terminer cette lettre, ne serait-ce qu'afin de
plus avoir à se creuser la tête pour trouver quoi dire. Elle
se remit à écrire :

*J'ai des problèmes à la pelle, tu peux me croire, mais
je n'ai pas le courage de t'en parler. C'est suffisant
d'avoir à y penser ! Mais j'espère bien te voir le
quatre, à moins que tu n'aies changé d'idée depuis ta
dernière lettre. (Une lettre en six semaines ? Je
commençais à croire qu'on t'avait coupé les doigts,
ma vieille !) Je te raconterai tout quand nous nous
verrons et j'espère bien que tu pourras me donner des
conseils.*

Ta copine (pourvu que ça dure !)

Fran

Elle signa de son gribouillis habituel, excentrique et
comique tout à la fois, qui occupait la moitié de ce qui
restait de blanc sur la page. Et ce gribouillis la fit se sentir
encore plus fausse. Elle plia la lettre, la mit dans une
enveloppe, écrivit l'adresse et posa le tout contre le
miroir. Mission accomplie.

Voilà. Et maintenant ?

Le ciel était tout noir. Elle se leva et commença à faire
les cent pas dans sa chambre. Elle devrait sans doute sortir avant qu'il ne recommence à pleuvoir. Mais où aller ?
Au cinéma ? Elle avait vu le seul film qu'on donnait dans
la petite ville. Avec Jess. Faire un tour à Portland, fouiner
dans les boutiques de vêtements ? Pas très amusant. Si
elle voulait être réaliste, les seuls vêtements auxquels elle

pouvait penser ces temps-ci devaient tous avoir des ceintures élastiques. Modèles biplaces.

Elle avait reçu trois coups de téléphone aujourd'hui, le premier pour lui annoncer une bonne nouvelle, le deuxième neutre, le troisième mauvais. Elle aurait souhaité qu'ils arrivent dans l'ordre contraire. Dehors, la pluie avait recommencé à tomber, obscurcissant une fois de plus le quai de la marina. Elle décida d'aller se promener. Tant pis pour la pluie. L'air frais lui ferait peut-être du bien. Pourquoi ne pas s'arrêter quelque part pour prendre une bière ? Le bonheur dans une bouteille. L'équilibre, en tout cas.

Le premier coup de téléphone avait été celui de Debbie Smith qui l'appelait de Somersworth. Fran était la bienvenue, lui avait dit Debbie très gentiment. En fait, on avait besoin d'elle. Une des trois filles qui partageaient l'appartement était partie en mai. Elle s'était trouvé un emploi de secrétaire. Debbie et Rhoda n'allaient plus pouvoir payer longtemps le loyer sans une troisième colocataire. « Et nous venons toutes les deux de familles nombreuses, avait dit Debbie. Les bébés qui pleurent ne nous dérangent pas. »

Fran avait répondu qu'elle pourrait s'installer le 1er juillet. Quand elle avait raccroché, de grosses larmes tièdes coulaient sur ses joues. Des larmes de soulagement. Tout irait mieux si elle pouvait s'en aller de cette ville où elle avait grandi. Loin de sa mère, et même loin de son père. Le fait qu'elle soit mère célibataire reprendrait ainsi une place plus normale dans sa vie. Un facteur important, bien sûr, mais pas le seul. Il existait un animal, un insecte ou une grenouille, elle ne se souvenait plus au juste, qui doublait de volume quand il se sentait menacé. Le prédateur, en théorie du moins, prenait peur et fichait le camp. Elle se sentait un peu comme cette bestiole face à cette ville, à cet environnement (*gestalt* convenait peut-être encore mieux). Bien sûr, que personne n'allait la marquer au fer rouge, mais elle savait aussi que pour que son esprit parvienne à convaincre ses nerfs de ce fait, il lui fallait quitter Ogunquit. Quand elle sortait, elle avait l'impression que les gens ne la regardaient pas encore, mais qu'ils ne tarderaient pas à le faire. Ceux qui habitaient là toute l'année, bien entendu, pas les vacanciers. Il fallait toujours qu'ils regardent quelqu'un — l'ivrogne du coin, le chômeur professionnel, le Jeune Homme de Bonne Famille qui s'était fait prendre en train de voler dans un magasin à Portland ou à Old Orchard Beach... la jeune fille au ventre gonflé comme un ballon.

Le deuxième coup de téléphone, ni bon ni mauvais, avait été celui de Jess Rider. Il l'avait appelée de Portland, d'abord chez elle. Heureusement, il était tombé sur Peter qui lui avait donné le numéro de téléphone de Fran au Harborside, sans autre commentaire.

Et pourtant, la première chose qu'il lui avait dite, ou presque, avait été :

— Il y a de l'orage dans l'air chez toi, non ?

— Oui, un peu, avait-elle répondu prudemment, sans vouloir entrer dans les détails.

— Ta mère ?

— Pourquoi dis-tu ça ?

— Elle a l'air du genre à monter sur ses grands chevaux. Quelque chose dans ses yeux qui dit : si tu tues mes vaches sacrées, je tue les tiennes.

Elle n'avait pas répondu.

— Excuse-moi, je ne voulais pas te blesser.

— Tu ne m'as pas blessée.

Sa description était en réalité tout à fait juste — superficiellement en tout cas — mais elle était encore surprise de ce verbe, *blesser*. Quel mot étrange dans sa bouche. Peut-être y a-t-il un postulat là-dedans, pensa-t-elle. Lorsque votre amant commence à parler de vous « blesser », il n'est plus votre amant.

— Frannie, ma proposition tient toujours. Si tu dis oui, je trouve deux alliances et j'arrive cet après-midi.

Avec ta bicyclette, songea-t-elle, et elle eut presque le fou rire. Non, lui rire au nez n'aurait vraiment pas été gentil, et totalement inutile. Elle avait posé la main sur le téléphone une seconde, au cas où elle n'aurait pas pu s'empêcher. Il faut dire qu'il y avait longtemps qu'elle n'avait pas autant pleuré et ri comme une folle. Depuis l'âge de quinze ans en fait quand elle avait commencé à sortir avec des garçons.

— Non, Jess, avait-elle répondu d'une voix parfaitement calme.

— Je suis sérieux !

Sa voix était devenue très intense, comme s'il l'avait vue tenter de réprimer son fou rire.

— Je sais. Mais je ne suis pas prête à me marier. J'en suis sûre, Jess. Rien à voir avec toi.

— Et le bébé ?

— Je vais l'avoir.

— Pour le faire adopter ?

— Je ne sais pas encore.

Il n'avait pas répondu tout de suite et elle avait alors entendu d'autres voix, dans d'autres chambres. Eux aussi avaient sans doute leurs problèmes. Ma petite, le monde est une vallée de larmes. Quelle lumière saura te guider au milieu des ténèbres ?

— Je me pose des questions à propos de ce bébé, avait finalement dit Jess.

Elle n'en était vraiment pas sûre, mais c'était peut-être la seule chose qu'il pouvait dire pour lui faire mal. Et il lui avait fait mal.

— Jess...

— Alors, qu'est-ce que tu vas faire ? avait-il demandé d'une voix brusque. Tu ne peux pas rester au Harborside tout l'été. Si tu as besoin d'un endroit, je peux chercher quelque chose à Portland.

— J'ai trouvé un endroit.

— Où, si je peux demander ?

— Tu ne peux pas demander.

Elle s'en voulut aussitôt de ne pas avoir trouvé une manière plus diplomatique de le lui dire.

— Ah bon, et sa voix était devenue étrangement neutre. Est-ce que je peux te poser une question quand même ? Parce que je voudrais vraiment savoir. Ce n'est pas une question théorique.

— Vas-y.

Elle se préparait déjà au coup car, lorsque Jess prenait ce genre de précaution, c'était généralement juste avant de sortir une horreur dont il n'avait absolument pas conscience.

— Est-ce que je n'ai pas des droits moi aussi dans toute cette affaire ? avait demandé Jess. Je ne peux pas prendre mes responsabilités, moi aussi ? Je n'ai pas mon mot à dire ?

Un instant, elle avait eu envie de raccrocher. Puis l'envie avait passé. C'était du Jess tout craché, protéger l'image qu'il se faisait de lui-même, ce que tout le monde fait pour arriver à dormir la nuit. Elle l'avait toujours aimé pour son intelligence, mais dans une situation comme celle-ci l'intelligence pouvait être plutôt pénible. Les gens comme Jess — et comme elle aussi — avaient appris toute leur vie qu'il fallait s'engager, être actifs. Parfois, il fallait recevoir un mauvais coup pour découvrir qu'il était peut-être préférable de se coucher dans l'herbe, d'attendre. Il se donnait du mal pour être gentil, mais sa gentillesse était pénible. Il ne voulait pas qu'elle s'en aille.

— Jess, nous ne voulions pas ce bébé. Nous avons décidé que je prendrais la pilule. Tu n'as aucune responsabilité là-dedans.

— Mais...

— Non, Jess.

Un soupir.

— Tu me donneras tes coordonnées quand tu seras installée ?

— Peut-être.

— Tu as toujours l'intention de reprendre tes études ?

— Plus tard. Je vais manquer la session d'automne.

— Si tu as besoin de moi, Frannie, tu sais où me trouver. Je ne vais pas me défiler.

— Je sais, Jess.

— Si tu as besoin de fric...

— D'accord.

— Donne-moi de tes nouvelles. Je ne veux pas t'embêter mais... j'ai envie de te revoir.

— D'accord, Jess.

— Au revoir, Fran.

— Au revoir.

Quand elle avait raccroché, cet au revoir lui avait paru trop définitif et leur conversation comme inachevée. Elle avait compris pourquoi. Ils ne s'étaient pas dit « je t'aime », pour la première fois. Elle se sentait triste, même si elle savait qu'elle ne devait pas l'être.

Le dernier coup de téléphone avait été celui de son père, vers midi. Ils avaient déjeuné ensemble la veille et il lui avait alors dit qu'il s'inquiétait de la réaction de Carla. Elle n'était pas montée se coucher ; elle avait passé toute la nuit dans le salon à fouiller dans ses archives généalogiques. Il était allé la voir vers onze heures et demie pour lui demander quand elle comptait se coucher. Elle avait défait ses cheveux qui tombaient sur ses épaules et sa chemise de nuit. Peter lui avait trouvé un air bizarre, comme si elle n'avait plus tout à fait les deux pieds sur terre. Le gros album était posé sur ses genoux et elle n'avait même pas levé les yeux quand il était entré. En continuant à tourner les pages, elle lui avait répondu qu'elle n'avait pas sommeil et qu'elle monterait un peu plus tard. Devant leurs hamburgers qui refroidissaient dans leurs assiettes, Peter avait expliqué à sa fille que Carla avait un gros rhume, qu'elle éternuait. Quand il lui avait demandé si un verre de lait chaud lui ferait du bien, elle n'avait pas répondu. Au matin, il l'avait découverte endormie dans son fauteuil, l'album posé sur ses genoux.

Lorsqu'elle s'était finalement réveillée, elle avait l'air d'aller un peu mieux, même si son rhume ne s'était pas arrangé du tout. Elle n'avait pas voulu que le docteur Edmonton vienne l'examiner. Un simple rhume de poitrine, disait-elle. Après s'être mis du Vicks sur la poitrine, elle lui avait dit que ses sinus semblaient vouloir se dégager. Mais elle avait bien mauvaise mine. Elle n'avait pas voulu que Peter prenne sa température, mais à son avis, elle faisait un peu de fièvre.

Il avait appelé Fran juste après le début du premier orage. Les nuages, mauves et noirs, s'étaient empilés silencieusement au-dessus du port et la pluie avait commencé à tomber, d'abord une petite pluie fine, puis une averse torrentielle. Tandis qu'ils parlaient, elle voyait par la fenêtre les éclairs zébrer le ciel derrière la digue. Avec chaque éclair, on entendait un petit grésillement sur la ligne, comme une aiguille usée sur un disque.

— Elle est restée au lit aujourd'hui. Elle a finalement accepté que le docteur Edmonton vienne l'examiner.

— Il est déjà passé ?

— Il vient de partir. Il pense qu'elle a la grippe.

— Mon Dieu, avait dit Frannie en fermant les yeux. C'est un peu ennuyeux pour une femme de son âge.

— Oui, tu as raison.

Puis il y avait eu un moment de silence.

— Je lui ai tout raconté, Frannie. Je lui ai parlé du bébé, de ta dispute avec ta mère. Il s'occupe de toi depuis que tu es née, et ce n'est pas le genre à raconter partout ce qu'on lui dit. Je voulais savoir si cette histoire pouvait avoir un rapport avec sa maladie. Il m'a dit que non. Une grippe est une grippe... Voilà, c'est à peu près tout pour le moment. Cette grippe traîne un peu partout à ce qu'on dit. Mais elle est vraiment mauvaise cette fois-ci. On raconte qu'elle vient du sud. À New York, c'est déjà une véritable épidémie.

— Mais dormir toute la nuit dans le salon...

— En fait, le médecin pense que c'était peut-être mieux pour ses poumons et ses bronches qu'elle reste assise. Il n'en a pas dit plus. Mais sa femme connaît très bien Carla. Nous savions parfaitement lui et moi que ta mère a un peu couru après cette grippe. Elle est présidente du Comité historique, elle passe vingt heures par semaine à la bibliothèque, elle est secrétaire du Club des femmes et du Club des amateurs de littérature, elle s'occupe des campagnes de charité depuis que ton frère est mort, ou même avant, et l'hiver dernier, comme si ce n'était pas assez, elle a accepté de s'occuper aussi de la Fondation pour les maladies du cœur. Et ce n'est pas fini. Elle essaye de fonder une Société généalogique du Maine. Elle en fait trop. Elle est à bout. Ce qui explique en partie pourquoi elle a explosé l'autre jour. Le docteur Edmonton pense qu'elle était prête pour le premier microbe qui passerait par là. C'est tout ce qu'il m'a dit. Frannie, elle vieillit et elle l'accepte mal. Elle a certainement travaillé plus dur que moi.

— Elle est vraiment très malade, papa ?

— Elle est au lit, elle boit du jus d'orange et elle prend les médicaments que Tom lui a donnés. J'ai une journée de congé. Mme Halliday va venir demain s'occuper d'elle. Elle a demandé que ce soit Mme Halliday pour qu'elles puissent travailler ensemble à l'ordre du jour de la prochaine réunion de la Société historique, en juillet.

— Parfois, j'ai l'impression qu'elle veut se tuer au travail.

Un long soupir, un éclair, et la ligne avait encore grésillé.

— Tu crois qu'elle accepterait que je...

— Pour le moment, non. Mais laisse-lui le temps de s'y faire.

Et maintenant, quatre heures plus tard, alors qu'elle se mettait un fichu de plastique sur la tête, Frannie se demandait si sa mère finirait par s'y faire. Si elle faisait adopter le bébé, peut-être que personne n'en saurait jamais rien. Mais c'était peu probable. Dans les petites villes, les gens ont un flair particulier. Et naturellement, si elle gardait le bébé... mais elle n'y pensait pas vraiment. Vraiment ?

Elle enfila son imperméable. La culpabilité commençait à faire son petit travail. Oui, sa mère était épuisée, naturellement. Fran l'avait compris quand elle était revenue pour les vacances et qu'elle l'avait embrassée sur la joue. Carla avait des poches sous les yeux, sa peau avait pris une vilaine teinte jaune, et ses cheveux toujours impeccablement coiffés étaient nettement plus gris, malgré les traitements à trente dollars la séance au salon de coiffure. Pourtant...

Elle s'était comportée comme une hystérique ce soir-là. Et Frannie se demandait quelle serait sa part de responsabilité si la grippe de sa mère devait devenir une pneumonie, si elle faisait une dépression... si elle mourait. Mon Dieu, quelle idée horrible. Mais non, ce n'était pas possible. Les médicaments allaient tout arranger. Et lorsque Frannie ne serait plus dans sa ligne de mire, qu'elle serait partie incuber tranquillement son petit étranger à Somersworth, sa mère finirait sans doute par oublier ce mauvais coup. Elle...

Le téléphone se mit à sonner. Elle le regarda un moment d'un air absent. Dehors, un éclair, et toute de suite après un coup de tonnerre si fort et si proche qu'elle sursauta.

Dring, dring, dring.

Elle avait reçu ses trois coups de téléphone. Qui était-ce ? Debbie n'avait aucune raison de la rappeler. Jess, pas davantage. Un sondage d'opinion ? Un vendeur de casseroles ? Peut-être Jess, après tout. Jess qui ne voulait pas lâcher.

Quand elle décrocha, elle eut la certitude que c'était son père et que les nouvelles ne seraient pas bonnes.

— Allô ?

Rien. Le silence. Elle fronça les sourcils, étonnée.

— Allô ?

Puis la voix de son père :

— Fran ? Frannie ?

Un drôle de bruit, comme un hoquet. Ce même bruit encore. Et Fran comprit avec horreur que son père était en train de pleurer. Sa main cherchait sous son menton le nœud du fichu.

— Papa ? Qu'est-ce qu'il y a ? C'est maman ?

— Frannie, je viens te chercher. Je vais... je viens te chercher tout de suite. J'arrive.

— Maman va bien ?

Le tonnerre tomba encore une fois sur le Harborside. Frannie se mit à pleurer.

— Papa, qu'est-ce qui se passe ? Dis-moi !

— Elle n'est pas bien du tout, c'est tout ce que je sais. À peu près une heure après mon coup de téléphone, elle a commencé à aller très mal. Beaucoup de fièvre. Elle délirait. J'ai essayé d'appeler le docteur Edmonton...

Rachel m'a répondu qu'il était sorti, que des tas de gens étaient très malades... alors, j'ai appelé l'hôpital Sanford. Ils m'ont dit que leurs ambulances étaient occupées, les deux, mais qu'ils mettaient Carla sur la liste. La *liste*, Frannie, qu'est-ce que c'est que cette *liste*, maintenant ? Je connais Jim Warrington. Il conduit une des ambulances. Et à moins d'un accident sur la 95, il passe toute la journée à jouer aux cartes. Qu'est-ce que c'est que cette *liste* ?

Il hurlait presque.

— Calme-toi, papa. Calme-toi. Calme-toi.

Elle éclata en sanglots. Sa main qui tenait le nœud de son fichu alla essuyer une larme.

— Si elle est toujours là, tu ferais mieux de l'emmener toi-même.

— Non... non, ils sont venus il y a un quart d'heure à peu près. Mon Dieu, Frannie, il y avait *six* personnes dans l'ambulance. Will Ronson, le pharmacien. Carla... ta mère... a repris connaissance quand ils l'ont emmenée. Elle disait : « Je n'arrive pas à respirer, Peter, je n'arrive pas. Qu'est-ce que c'est ? »

La voix de son père s'était cassée, comme la voix d'un adolescent en train de muer. Frannie était terrorisée.

— Tu peux conduire, papa ? Tu es sûr que tu peux conduire ?

— Oui... Oui, je peux.

Il semblait se ressaisir un peu.

— Je t'attends devant l'entrée.

Elle raccrocha et descendit l'escalier à toute vitesse. Ses genoux tremblaient. Quand elle sortit, il pleuvait encore, mais les nuages du dernier orage se dispersaient déjà, laissant filtrer les rayons du soleil. Instinctivement, elle chercha un arc-en-ciel. Il y en avait un effectivement, très loin au-dessus de la mer. Elle sentait le remords la ronger comme une bête dans son ventre, là où grandissait cette petite chose, son bébé.

21

Stu Redman crevait de peur.

Il regardait derrière les barreaux de la fenêtre de sa nouvelle chambre, dans l'État du Vermont. Une petite ville, très loin en contrebas, l'enseigne minuscule d'une station-service, une usine, une rivière, l'autoroute et, derrière l'autoroute, les croupes de granit de l'extrême ouest de la Nouvelle-Angleterre — les Montagnes vertes.

Il crevait de peur, car cette chambre d'hôpital ressemblait plutôt à une cellule. Il crevait de peur, car Denninger n'était plus là. Il ne l'avait plus revu depuis que le grand cirque avait quitté Atlanta pour s'installer ici. Deitz n'était plus là lui non plus. Denninger et Deitz étaient sans doute malades, peut-être déjà morts.

Quelqu'un avait fait une connerie quelque part. Ou bien la maladie que Charles D. Campion avait apportée à Arnette était beaucoup plus contagieuse qu'on ne l'avait crue. De toute façon, il était clair que le dispositif de sécurité du Centre épidémiologique d'Atlanta avait craqué. Tous ceux qui s'étaient trouvés là-bas étaient sans doute en train d'étudier d'un peu plus près qu'il n'aurait été souhaitable ce virus qu'ils appelaient A-Prime, le virus de la super-grippe.

Ils lui faisaient encore subir des examens, mais apparemment au petit bonheur la chance. Pour les horaires, n'importe quoi. On gribouillait les résultats, mais Stu était presque sûr que celui qui les lisait n'y jetait qu'un coup d'œil, secouait la tête et jetait tout le bazar dans sa corbeille à papier.

Pourtant, ce n'était pas ça le pire. Le pire, c'était les armes. Les infirmières qui venaient lui faire une prise de sang, prendre sa crache ou son urine étaient maintenant toujours accompagnées d'un soldat en combinaison blanche. Et le soldat était armé d'un revolver enveloppé dans un sac de plastique. Un 45 de l'armée. Stu ne doutait pas que s'il avait essayé de jouer au petit malin, comme avec Deitz, le 45 aurait fait voler le sac de plastique en lambeaux. Un peu de fumée, et tout droit pour le pays des ancêtres.

S'ils ne se donnaient plus la peine de sauver les apparences, c'était que sa peau ne valait plus grand-chose. Être derrière des barreaux, ce n'est déjà pas très drôle. Mais derrière des barreaux quand votre peau ne vaut plus rien... ça, c'est vraiment pas rigolo.

Il suivait maintenant avec beaucoup d'attention le journal télévisé de six heures, tous les jours. On avait exécuté les auteurs de la tentative de coup d'État en Inde, des « agitateurs étrangers ». La police recherchait encore la ou les personnes qui avaient fait sauter la centrale de Laramie, dans le Wyoming, la veille. La Cour suprême avait décidé par six voix contre trois que les homosexuels déclarés ne pouvaient être expulsés de la fonction publique. Et, pour la première fois, on commençait à parler de certaines autres choses.

À Miller County, dans l'Arkansas, le porte-parole de la Commission de l'Énergie atomique avait formellement démenti qu'il y ait eu risque de fusion du réacteur de la centrale atomique de Fouke, une petite ville située à une cinquantaine de kilomètres de la frontière du Texas. La centrale avait eu quelques problèmes mineurs avec les circuits de refroidissement du réacteur, mais il n'y avait aucune raison de s'alarmer. Les unités de l'armée qui se trouvaient dans le secteur n'étaient là qu'à titre de précaution. Stu se demandait quelles précautions l'armée pourrait bien prendre si le réacteur de Fouke décidait de fondre pour de bon. Et il pensait que, si l'armée s'était installée dans le sud-ouest de l'Arkansas, c'était peut-être pour une tout autre raison. Fouke n'était pas si loin d'Arnette.

Une autre nouvelle encore. Une épidémie de grippe semblait s'être déclarée sur la côte est — la souche russe, rien de bien inquiétant, sauf pour les très âgés et les très jeunes. Un médecin fatigué était interviewé dans un couloir de l'Hôpital de la Pitié, à Brooklyn. Une grippe exceptionnellement tenace pour la souche Russe-A, expliquait le médecin qui invitait les téléspectateurs à se faire vacciner. Puis il avait commencé à dire autre chose, mais le son avait été coupé et l'on voyait seulement ses lèvres bouger. Retour au studio où le présentateur disait : « Il semblerait que cette épidémie de grippe ait causé plusieurs décès à New York, mais les experts s'interrogent sur le rôle qu'ont pu jouer d'autres facteurs, comme la pollution, et même peut-être le virus du sida. Le ministère de la Santé précise qu'il s'agit de la grippe Russe-A, et non de la grippe porcine, plus dangereuse. Quoi qu'il en soit, les médecins recommandent les mesures habituelles : garder le lit, se reposer, boire beaucoup, prendre de l'aspirine pour faire baisser la fièvre. »

Le présentateur souriait, rassurant... et quelque part, hors du champ de la caméra, quelqu'un éternua.

Le soleil commençait à disparaître. Le ciel flamboyait à l'horizon. Il allait bientôt virer au rouge, puis à l'orange. Les nuits étaient particulièrement difficiles pour Stu. On l'avait emmené en avion dans ce coin de pays qu'il ne connaissait pas du tout, un coin qui lui était encore plus étranger la nuit, allez donc savoir pourquoi. C'était le début de l'été, et tout ce vert qu'il voyait de sa fenêtre lui paraissait un peu anormal, excessif, terrifiant même. Il n'avait pas d'amis ; à sa connaissance, tous ceux qui avaient fait le voyage avec lui en avion, de Braintree à Atlanta, étaient morts aujourd'hui. Il était entouré d'automates qui lui faisaient des prises de sang en braquant sur lui un revolver. Il avait peur de mourir, même s'il se sentait en pleine forme. Et il commençait à croire qu'il n'allait pas attraper cette chose-là.

Stu se demandait s'il n'y aurait pas un moyen de s'échapper de cet endroit.

22

Quand Creighton arriva, le 24 juin, Starkey regardait les écrans de contrôle, les mains derrière le dos. Il vit la bague de West Point à la main droite du vieil homme et se sentit pris de pitié pour lui. Depuis dix jours, Starkey marchait aux amphétamines et il allait sûrement bientôt craquer. En fait, pensait Creighton, il avait déjà commencé à craquer, s'il interprétait bien ce qu'il lui avait dit au téléphone.

— Len ! s'exclama Starkey, comme s'il était surpris de le voir. Merci d'être venu.

— *De nada,* répondit Creighton avec un petit sourire.

— Tu sais qui m'a téléphoné ?

— Alors, c'était vraiment lui ?

— Oui, le président. Je suis en disponibilité. Ce vieux salaud me met en disponibilité. Naturellement, j'avais vu venir le coup. Mais ça fait mal quand même. Drôlement mal. Surtout quand ça vient d'un sale hypocrite, d'un vieux tas de merde comme lui.

Len Creighton approuva d'un signe de tête.

— Bon, reprit Starkey en s'essuyant le front. Ce qui est fait est fait. On n'y peut rien. Tu prends les commandes. Il veut te voir à Washington, le plus tôt possible. Il va te faire mettre à quatre pattes pour te flanquer une trempe de tous les diables. Toi, tu restes tranquille et tu encaisses. On a sauvé ce qu'on pouvait. C'est assez. J'en suis sûr.

— Si c'est le cas, le pays devrait se mettre à genoux pour te remercier.

— J'avais bien envie de... mais... j'ai tenu aussi longtemps que j'ai pu, Len. J'ai tenu.

Il parlait avec une véhémence tranquille, mais ses yeux s'arrêtèrent sur un des écrans et sa bouche fut un instant agitée d'un tremblement sénile.

— Heureusement que tu étais là, reprit-il.

— On a quand même fait un petit bout de route ensemble, Billy, tu ne crois pas ?

— Tu peux le dire. Écoute maintenant. Tu dois absolument voir Jack Cleveland dès que tu pourras. Priorité absolue. Il connaît nos contacts à l'Est et en Asie, rideau de fer et rideau de bambou. Il saura quoi faire. Et qu'il ne faut pas traîner.

— Je ne comprends pas, Billy.

— Il faut se préparer au pire, dit Starkey en faisant une étrange grimace.

Il retroussait la lèvre supérieure, comme un chien de ferme qui voit arriver le facteur. Du doigt, il montrait les feuillets jaunes sur sa table.

— Nous n'avons plus la situation en main. Oregon, Nebraska, Louisiane, Floride. Peut-être aussi le Mexique et le Chili. Quand nous avons perdu Atlanta, nous avons perdu nos trois hommes les plus qualifiés. Et nous n'aboutirons à rien avec ce Stuart Redman. Tu savais qu'ils lui ont injecté le virus Bleu ? Il croyait que c'était un somnifère. Il s'en est tiré. Personne ne sait comment. Si nous avions six semaines devant nous, nous finirions peut-être par comprendre. Mais ce n'est pas le cas. Pour le moment, il faut s'en tenir à cette histoire de grippe, mais il faut absolument — *absolument* — que ceux d'en face ne découvrent pas qu'il s'agit d'autre chose que d'une épidémie naturelle. Cleveland a entre huit et vingt agents en URSS, hommes et femmes, et entre cinq et dix dans les différents pays satellites en Europe. Je ne sais pas du tout combien il en a en Chine communiste.

Les lèvres de Starkey recommençaient à trembler.

— Quand tu vas voir Cleveland cet après-midi, reprit-il, dis-lui seulement *la chute de Rome*. Tu ne vas pas oublier ?

— Non, répondit Len. Mais tu crois vraiment que ses agents vont aller jusqu'au bout ?

Ses lèvres étaient étrangement froides.

— Ils ont reçu les flacons il y a une semaine. Ils pensent qu'ils contiennent des particules radioactives qui serviront de balises à nos satellites espions. Ils n'ont pas besoin d'en savoir plus, n'est-ce pas ?

— Non.

— Et si la situation tourne... à la catastrophe, personne n'en saura jamais rien. Nous sommes sûrs que le Projet Bleu est resté secret jusqu'au bout. Un nouveau virus, une mutation... nos collègues d'en face auront sans doute une petite idée derrière la tête, mais il sera trop tard. Tout le monde aura eu sa dose, Len.

— Oui.

Starkey s'était replongé dans la contemplation des écrans de contrôle.

— Ma fille m'a donné un recueil de poèmes il y a quelques années. Un certain Yeets. Elle prétend que tous les militaires devraient lire Yeets. Une plaisanterie sans doute. Tu as déjà entendu parler de Yeets, Len ?

— Je crois que oui, répondit Creighton qui ne jugea pas utile de préciser que le nom du poète s'écrivait Yeats et se prononçait Yates.

— Je l'ai lu du début jusqu'à la fin, reprit Starkey en contemplant l'écran qui montrait la cafétéria à jamais endormie. Sans doute parce qu'elle s'imaginait que je n'ouvrirais pas son bouquin. Il ne faut jamais être trop prévisible. Je n'ai pas compris grand-chose — ce type était sans doute un fou — mais j'ai lu ses machins. Drôles de poèmes. Pas toujours en vers. Il y en a un qui m'est toujours resté dans la tête. Il y parlait de la vie comme je l'ai toujours vue, sa grandeur, son désespoir. Il disait que tout s'écroule, que le centre ne tient plus. Je crois qu'il voulait dire que le centre se désagrège, Len. Je crois bien que c'est ça. Yeets savait que tôt ou tard les choses se désagrègent complètement. Il avait au moins compris ça.

— Sans doute, répondit doucement Creighton.

— La fin du poème m'a donné la chair de poule la première fois que je l'ai lu, et même encore maintenant quand je le relis. Je sais le passage par cœur. « *Voici la bête cruelle, son heure enfin venue. Vers Bethléem elle se traîne, bientôt elle va y naître.* »

Creighton ne disait rien. Il n'avait rien à dire.

— La bête est en marche, reprit Starkey en se retournant.

Il pleurait, grimaçait un sourire.

— Elle arrive, et elle est bien plus cruelle que ce Yeets ne l'imaginait. Tout fiche le camp. Notre boulot, c'est de tenir aussi longtemps que nous pourrons.

— Oui, dit Creighton, et pour la première fois il sentit les larmes lui piquer les yeux. Oui, Billy.

Starkey tendit la main, Creighton la prit dans les siennes. La main de Starkey était vieille, froide, comme la mue d'un serpent où un petit rongeur serait allé crever, son petit squelette fragile enveloppé dans la peau du reptile. Les larmes commençaient à couler sur les pommettes de Starkey, sur ses joues méticuleusement rasées.

— Je dois y aller, dit Starkey.

— Je comprends.

Starkey retira sa bague de West Point, puis son alliance.

— Pour Cindy. Pour ma fille. Je voudrais qu'elle les garde, Len.

— Tu peux compter sur moi.

Starkey s'avança vers la porte.

— Billy ?

Starkey se retourna.

Creighton était immobile, droit comme un *I*. Les larmes inondaient ses joues. Il salua.

Starkey salua lui aussi, puis sortit.

L'ascenseur ronronnait paisiblement. Une alarme se mit à sonner — lugubre, comme si elle avait su que la cause était déjà perdue — lorsqu'il se servit de sa clé spéciale pour ouvrir la porte du dernier étage, le garage des véhicules de service. Starkey imaginait Len Creighton en train de le regarder sur ses écrans quand il s'installa au volant d'une jeep, sortit sur l'immense plate-forme d'essai, franchit une grille à côté de laquelle se dressait un panneau : ZONE INTERDITE DÉFENSE D'ENTRER SANS AUTORISATION SPÉCIALE. Les postes de contrôle ressemblaient à des postes de péage sur une autoroute. Ils étaient toujours occupés, mais derrière les reflets jaunâtres des vitres les soldats étaient morts et se momifiaient rapidement dans la chaleur sèche du désert. Les postes de contrôle étaient à l'épreuve des balles, mais pas des virus. Les yeux vitreux des soldats, enfoncés dans leurs orbites, regardèrent Starkey passer, seule chose qui bougeait dans ce labyrinthe de hangars et de baraquements. Il s'arrêta devant un blockhaus. Sur la porte, un autre panneau : DÉFENSE D'ENTRER SANS AUTORISATION A-1-A. Il se servit d'une clé pour ouvrir la porte, d'une autre pour appeler l'ascenseur. Un garde, raide comme un piquet, le fixait de sa cabine vitrée, à gauche de l'ascenseur. Starkey se précipita dans l'ascenseur quand les portes s'ouvrirent. Il sentait le regard du mort peser sur lui, le poids de ses deux yeux, comme deux pierres.

L'ascenseur descendit si rapidement qu'il en eut l'estomac retourné. *Ding !* Les portes coulissèrent et une douce odeur de putréfaction le frappa au visage. Pas trop forte cependant, car les purificateurs d'air fonctionnaient encore. Quand quelqu'un meurt, il veut que vous le sachiez, pensa Starkey.

Près d'une douzaine de cadavres gisaient par terre, devant l'ascenseur. Starkey s'avança prudemment. Il n'avait aucune envie de marcher sur une main cireuse ou de trébucher sur une jambe en décomposition. Il aurait sans doute crié, et cela, il ne le voulait à aucun prix. On ne crie pas dans une tombe. Or c'était bien là qu'il se trouvait : dans une tombe. Toutes les apparences d'un centre de recherche, mais en réalité une tombe.

Les portes de l'ascenseur se refermèrent derrière lui ;

un bourdonnement, et la cabine repartit automatiquement. Elle ne redescendrait plus, Starkey le savait. Dès que le dispositif de sécurité de l'installation avait décelé une défaillance, les ordinateurs avaient bloqué tous les ascenseurs. Pour que personne ne puisse sortir. Pourquoi ces pauvres gens étaient-ils là, par terre ? Manifestement, ils espéraient que les ordinateurs n'auraient pas fait leur travail. Et pourquoi pas ? C'était somme toute assez logique. Puisque rien d'autre n'avait marché.

Starkey prit le couloir qui menait à la cafétéria, en faisant sonner ses talons. Au-dessus de lui, les tubes fluorescents, encastrés dans leurs longues boîtes, jetaient une lumière crue, sans ombre. Encore d'autres cadavres. Un homme et une femme déshabillés, des trous dans la tête. Ils ont baisé, pensa Starkey, et puis il l'a descendue avant de se tuer. L'amour au milieu des virus. Le mort tenait encore à la main le pistolet, un 45 de l'armée. Sur le carrelage, des éclaboussures de sang, quelque chose de grisâtre, comme du porridge. Un instant, heureusement très bref, il eut une terrible envie de se pencher pour toucher les seins de la femme, pour voir s'ils étaient durs.

Plus loin, un homme était assis contre une porte, une pancarte attachée autour du cou avec un lacet. Son menton avait basculé en avant, cachant ce qui était écrit. Starkey glissa les doigts sous le menton de l'homme et releva sa tête. Aussitôt, ses globes oculaires tombèrent à l'intérieur de sa tête avec un petit bruit sourd et mouillé. Au feutre rouge, on avait écrit sur la pancarte : MAINTENANT VOUS SAVEZ QUE ÇA MARCHE. DES QUESTIONS ?

Starkey lâcha le menton de l'homme. La tête resta dans la position qu'elle avait prise, menton en l'air, les orbites noires levées au ciel, comme en extase. Starkey recula. Il pleurait à nouveau. Peut-être parce qu'il n'avait plus de questions à poser, pensa-t-il.

Les portes de la cafétéria étaient grandes ouvertes. En face, un tableau d'affichage en liège. Championnat de bowling le 20 juin. Anna Floss cherche une voiture pour aller à Denver ou à Boulder le 9 juillet. Elle est prête à conduire et à partager l'essence. Richard Betts a des chiots à donner, adorables, moitié colleys, moitié saint-bernards. Toutes les semaines, services religieux à la cafétéria.

Starkey lut toutes les annonces du tableau d'affichage, puis entra.

L'odeur était beaucoup plus forte dans la cafétéria — une odeur de ranci et de cadavres. Starkey regarda autour de lui, avec une horreur tranquille.

Certains semblaient le regarder.

— Les hommes...

Starkey ne continua pas sa phrase. Il n'avait plus aucune idée de ce qu'il avait voulu dire.

Il s'avança lentement vers Frank D. Bruce, le nez dans son bol de soupe. Il le regarda un moment. Puis il le prit par les cheveux. Le bol suivit le mouvement, collé par cette soupe depuis longtemps figée. Horrifié, Starkey cogna dessus. Le bol finit par se détacher, tomba par terre, renversé. Comme de la gelée moisie, la soupe collait encore au visage de Frank D. Bruce. Starkey sortit son mouchoir et essuya ce qu'il put. Sauf sur les paupières. Il avait peur que les yeux de Frank D. Bruce ne retombent dans sa boîte crânienne comme ceux de l'homme à la pancarte. Il avait encore plus peur que les paupières, une fois débarrassées de leur colle, ne se lèvent comme des stores. Et surtout, il avait peur de l'expression que pourraient avoir les yeux de Frank D. Bruce.

— Repos, dit doucement Starkey.

Délicatement, il posa son mouchoir sur le visage de Frank D. Bruce. Il y resta collé. Starkey se retourna et sortit de la cafétéria d'un pas raide et mécanique, comme s'il était à l'exercice.

Dans le couloir, il s'assit à côté de l'homme à la pancarte, défit la lanière qui retenait la crosse de son arme, enfonça le canon dans sa bouche.

Le coup partit avec un bruit sourd, terne. Aucun des cadavres ne s'en inquiéta. Les purificateurs d'air évacuè-rent rapidement la petite bouffée de fumée. Et dans les entrailles du Projet Bleu, ce fut le silence. Dans la cafété-ria, le mouchoir de Starkey se détacha du visage du soldat de deuxième classe Frank D. Bruce et tomba par terre. Frank D. Bruce ne parut pas s'en soucier, mais Len Creighton se surprit à contempler de plus en plus souvent l'écran de contrôle où apparaissait l'image de Bruce, à se demander pourquoi diable Billy n'avait pas nettoyé les paupières de cet homme pendant qu'il y était. Bientôt, très bientôt, il allait devoir rendre des comptes au président des États-Unis, mais c'était cette soupe figée sur les paupières de Frank D. Bruce qui le tracassait. Bien plus.

23

Randall Flagg, l'homme noir, marchait le long de la nationale 51, en direction du sud, attentif aux bruits de la nuit qui enveloppait cette route étroite qui tôt ou tard le conduirait de l'Idaho au Nevada. Du Nevada, il irait où il voudrait. De New Orleans à Nogales, de Portland dans l'Oregon à Portland dans le Maine, il était dans son pays qu'il connaissait mieux que personne. Ce pays dont il avait parcouru toutes les routes dans l'obscurité de la nuit, personne ne l'aimait plus que lui. Et maintenant, une heure avant l'aube, il se trouvait quelque part entre Grasmere et Riddle, à l'ouest de Twin Falls, encore au nord de la réserve de Duck Valley, à cheval sur deux États. N'était-ce pas merveilleux ?

Il marchait d'un pas rapide et les talons de ses bottes éculées faisaient sonner l'asphalte. Si des phares apparaissaient à l'horizon, il s'évanouissait aussitôt dans les hautes herbes, parmi les insectes et les papillons de nuit... La voiture passait. Peut-être le conducteur sentait-il un léger frisson, comme s'il avait traversé une poche d'air. Peut-être sa femme et ses enfants endormis esquissaient-ils un geste inquiet, comme s'ils avaient tous été touchés par un même cauchemar au même instant.

C'était un homme de haute taille, sans âge, jeans et blouson délavé, les poches bourrées de cinquante feuillets contradictoires — brochures pour toutes les saisons, déclarations incendiaires pour toutes les occasions. Quand cet homme vous tendait un tract, vous le preniez, quel que soit le sujet : les dangers des centrales atomiques, le rôle joué par l'Internationale juive dans le renversement de gouvernements amis, la filière CIA-Contra-cocaïne, les syndicats des ouvriers agricoles, les Témoins de Jéhovah *(Si tu réponds « oui » à ces dix questions, tu es SAUVÉ !),* les Noirs pour la justice sociale, le credo du Ku Klux Klan. Tout cela, et plus encore. Deux macarons sur son blouson. À droite, une tête jaune, toute ronde, qui souriait. À gauche, un porc coiffé d'une casquette de policier. Dessous, une légende dont les lettres rouges pleuraient des larmes de sang : VOUS AIMEZ LE COCHON ?

Il avançait, sans jamais s'arrêter, sans jamais ralentir, à l'écoute de la nuit. Ses yeux inquiets fouillaient l'obscurité, épiaient dans le noir. Un vieux sac à dos de boy-scout sur le dos. Un sourire cruel sur les lèvres, et peut-être dans le cœur aurait-on dit — avec raison. Le visage d'un homme heureux dans la haine, un visage d'où rayonnait une chaleur horrible et belle, un visage à faire exploser les verres entre les mains des serveuses fatiguées dans les restaurants de routiers, à faire foncer tête baissée les petits enfants en tricycle dans les clôtures, pour ensuite courir en pleurnichant retrouver leurs mamans, les genoux pleins d'échardes. Un visage devant lequel la moindre discussion de bar sur le résultat d'un match se terminait par des coups de poing.

Il se dirigeait vers le sud, quelque part sur la nationale 51, entre Grasmere et Riddle, un peu plus près maintenant du Nevada. Bientôt, il s'arrêterait pour camper, dormir toute la journée et se réveiller à la tombée du jour. Il lirait n'importe quoi en attendant que cuise son repas sur un petit feu de camp dont la fumée resterait invisible : un roman porno aux pages déchirées, sans couverture, *Mein Kampf* peut-être, une bande dessinée, une déclaration incendiaire de quelque mouvement patriotique réactionnaire. En fait d'imprimés, Flagg n'était pas regardant.

Son repas avalé, il reprendrait sa marche, en direction du sud, sur cette excellente route à deux voies qui coupait au travers de ce pays oublié de Dieu et des hommes, observant autour de lui, flairant, écoutant, tandis que le climat se ferait plus aride, étoufferait bientôt jusqu'aux broussailles, observant les montagnes qui commençaient à percer dans le lointain comme l'épine dorsale d'un dinosaure. Demain à l'aube, ou après-demain, il entrerait au Nevada, traverserait d'abord Owyhee, puis arriverait à Mountain City. À Mountain City l'attendait un homme du nom de Christopher Bradenton qui s'occuperait de lui trouver une voiture et des papiers. Et alors le pays tout entier s'animerait de glorieuses possibilités, se mettrait à vivre avec son réseau de routes incrustées dans sa peau comme de merveilleux capillaires, prêtes à l'emporter, sombre corps étranger, partout, n'importe où — au cœur, au foie, au cerveau de cet énorme corps qu'était l'Amérique. Il était un caillot de sang cherchant un endroit où se former, une esquille cherchant quelque viscère à crever, une cellule démente et solitaire cherchant un compagnon pour se mettre en ménage et élever avec lui une gentille petite tumeur maligne.

Il marchait, martelant l'asphalte, balançant les bras. On le connaissait, on le connaissait bien le long des routes secrètes que parcourent les pauvres et les fous, les révolutionnaires professionnels et ceux qui ont si bien appris à haïr que leur haine déforme leur visage comme un bec-de-lièvre, que personne ne veut d'eux si ce n'est leurs semblables qui les accueillent dans des chambres minables décorées de slogans et de posters, dans des sous-sols où l'on serre des bouts de tuyaux dans des étaux aux mors rembourrés pour les remplir d'explosifs, dans les arrière-boutiques où l'on concocte des plans déments : assassiner un ministre, kidnapper le fils d'un dignitaire en visite, faire irruption au beau milieu d'une séance du conseil d'administration de la Standard Oil avec grenades et mitraillettes, assassiner au nom du peuple. Il était connu de ces gens, et même les plus fous d'entre eux ne pouvaient regarder que du coin de l'œil son visage sombre et ricanant. Les femmes qu'il emmenait au lit, même si pour elles le sexe était devenu aussi banal que d'avaler un sandwich, se laissaient pénétrer en détournant la tête, le corps raidi. Elles l'acceptaient comme elles auraient accepté un bélier aux yeux d'or ou encore un chien noir — et, quand c'était fini, elles avaient *froid,* si froid qu'elles croyaient ne jamais plus pouvoir se réchauffer. Quand il arrivait au beau milieu d'une réunion, les bavardages hystériques cessaient d'un seul coup — les commérages, les récriminations, les accusations, la rhétorique idéologique. Un instant, c'était un silence de mort, puis ils le regardaient et détournaient les yeux, comme s'il était venu vers eux en portant dans ses bras quelque terrible et antique machine de destruction, quelque chose mille fois pire que le plastic fabriqué dans les laboratoires clandestins des anciens étudiants de chimie, que les armes soutirées à quelque cupide sergent d'intendance. On aurait cru qu'il venait à eux avec une machine rouillée par le sang, gardée depuis des siècles dans la graisse des hurlements, mais prête à servir à nouveau, apportée à leur réunion comme une offrande infernale, gâteau d'anniversaire aux bougies de nitroglycérine. Et, quand la conversation reprenait, elle était désormais rationnelle et disciplinée — aussi rationnelle et disciplinée que le pouvaient des fous. Et c'est alors qu'on décidait les choses.

Il avançait de sa démarche chaloupée, à l'aise dans ses bottes confortablement rembourrées. Ses pieds et ses bottes étaient de vieux amants. À Mountain City, Christopher Bradenton le connaissait sous le nom de Richard Fry. Bradenton dirigeait un de ces réseaux clandestins qui permettent aux personnes recherchées par la police de se déplacer. Une demi-douzaine de groupuscules, depuis les Weathermen jusqu'à la brigade Che Guevara, veillaient à lui procurer l'argent dont il avait besoin. Ce Bradenton était un poète qui donnait parfois des cours du soir quand il ne sillonnait pas l'Utah, le Nevada et l'Arizona, faisant des conférences dans les universités où il espérait étonner ces bons petits enfants de bourgeois en leur annonçant que la poésie était toujours vivante — soporifique, sans aucun doute, mais toujours investie d'une certaine hideuse vitalité. Il approchait de la soixantaine à présent, mais Bradenton s'était fait congédier d'une université de Californie une vingtaine d'années plus tôt pour avoir traficoté

263

les dossiers d'étudiants qui voulaient échapper au service militaire. Il était à Chicago en 1968, lorsque les porcs s'étaient réunis pour élire leur candidat ; et il s'était fait foutre en tôle. Puis il avait frayé avec tous les groupuscules radicaux, d'abord attiré par leur démence, puis englouti par eux.

L'homme noir marchait en souriant. Bradenton n'était qu'un maillon de la chaîne. Il y en avait des milliers d'autres — des milliers de ces fous qui parcouraient le pays avec leurs livres et leurs bombes. Un réseau balisé par des poteaux indicateurs que seul l'initié pouvait lire. À New York, il prétendait s'appeler Robert Franq et être noir, ce que personne n'avait jamais mis en doute, même si sa peau était vraiment très claire pour un homme de couleur. Lui et un Noir ancien du Viêt-nam — la haine qui l'habitait compensait amplement la perte de sa jambe gauche — avaient descendu six flics à New York. En Géorgie, il s'appelait Ramsey Forrest, lointain descendant du général Nathan Bedford Forrest, grand mage du Ku Klux Klan, et dans sa cagoule blanche il avait participé à deux viols, à une castration et à l'incendie d'un bidonville de nègres. Mais il y avait longtemps de cela, c'était au début des années soixante, du temps du mouvement pour les droits civiques des Noirs. Il pensait parfois être né à cette époque. En tout cas, il n'avait guère de souvenirs de ce qui lui était arrivé auparavant, si ce n'est qu'il était originaire du Nebraska et qu'il avait fréquenté le lycée avec un rouquin aux jambes arquées, Charles Starkweather. Il se souvenait mieux des grandes marches pour les droits civiques de 1960 et de 1961 — les bagarres, les expéditions nocturnes, les églises qui avaient explosé, à croire qu'un miracle trop grand pour qu'elles puissent le contenir s'était produit entre leurs murs. Il se souvenait d'avoir échoué à New Orleans en 1962, d'y avoir rencontré un jeune homme complètement cinglé, Oswald. Le type distribuait des tracts pour que l'Amérique laisse Cuba tranquille. Il avait encore quelques tracts d'Oswald dans une de ses nombreuses poches, vieux, tout froissés. Il avait été membre d'une centaine de comités d'action politique, avait participé dans une centaine d'universités à des démonstrations contre les mêmes douze entreprises. C'est lui qui rédigeait les questions qui mettaient en déroute les conférenciers venus faire leur baratin, mais il ne les posait jamais lui-même ; les politicards n'étaient pas bêtes ; ils auraient pu voir son visage grimaçant, ses yeux brûlants, prendre peur et quitter précipitamment le podium. De même, il ne prenait jamais la parole aux meetings : les micros se mettaient à hurler dans un délire de larsen, les circuits sautaient les uns après les autres. Mais il écrivait des discours pour ceux qui prenaient la parole. Et en plusieurs occasions ses discours s'étaient terminés par des émeutes, voitures renversées, grèves d'étudiants, démonstrations violentes. Pendant quelque temps, au début des années soixante-dix, il avait fréquenté un certain Donald DeFreeze et lui avait conseillé de prendre le nom de Cinque. Il avait participé à la mise au point de l'enlèvement d'une riche héritière, et c'était lui qui avait eu l'idée de la rendre folle, au lieu de se contenter de demander une rançon. Il avait quitté la petite maison de Los Angeles où DeFreeze et les autres avaient grillé vingt minutes à peine avant que la police ne débarque. Il était parti tranquillement, ses grosses bottes poussiéreuses faisant sonner l'asphalte, sur les lèvres un féroce sourire. Et, en le voyant, les mères de famille sortaient à toutes jambes prendre leurs enfants par la main pour les faire rentrer. Et, en le voyant, les femmes enceintes commençaient à sentir les premières douleurs. Plus tard, lorsqu'on avait bouclé les rares paumés qui restaient encore du groupe, ils n'avaient pas pu dire grand-chose, si ce n'est qu'il y en avait un autre, peut-être quelqu'un d'important, peut-être simplement un parasite, un homme sans âge, un homme qu'on appelait le Marcheur, ou parfois le Croque-Mort.

Il avançait toujours, de son pas régulier. Deux jours plus tôt, il était à Laramie, dans le Wyoming, où un groupe d'écolos avaient fait sauter une centrale électrique. Aujourd'hui, il se trouvait sur la nationale 51, entre Grasmere et Riddle, en route pour Mountain City.

Demain, il serait quelque part ailleurs. Et il était plus heureux qu'il ne l'avait jamais été, car...

Il s'arrêta.

Car quelque chose allait se produire. Il pouvait le sentir, presque le goûter dans l'air de la nuit. Oui, un goût de fumée noire qui venait de partout, comme si Dieu préparait un barbecue et que la civilisation tout entière allait être la grillade. Le charbon de bois était chaud, blanc et poussiéreux à l'extérieur, rouge comme les yeux des démons à l'intérieur. Une grande chose, une chose énorme.

L'heure de sa transfiguration était proche. Il allait naître pour la deuxième fois, allait sortir du ventre en travail de quelque grande bête couleur de sable qui déjà connaissait l'agonie des contractions, écartant lentement les cuisses tandis que giclait le sang de l'enfantement, ses yeux brûlés par le soleil perdus dans le vide.

Il était né à une époque où les temps étaient en train de changer. Et les temps allaient encore changer bientôt. Il le sentait dans le vent de cette douce nuit de l'Idaho.

L'heure de sa renaissance était venue. Il le savait. Sinon, comment aurait-il été investi tout à coup de pouvoirs magiques ?

Il ferma les yeux, son visage brûlant légèrement levé vers le ciel noir, prêt à accueillir l'aube. Il se concentrait. Il sourit. Les talons poussiéreux de ses bottes éculées commencèrent à se soulever. Un centimètre. Cinq. Dix. Son sourire lui fendait la bouche jusqu'aux oreilles. Trente centimètres. Et, à soixante centimètres du sol, il s'immobilisa au-dessus de la route. Sous ses pieds, le vent poussa un petit nuage de poussière.

Puis il sentit que les premières lueurs de l'aube tachaient le ciel, et il redescendit. Ce n'était pas encore l'heure.

Mais elle n'allait plus tarder.

Et il reprit sa marche, sourire aux lèvres, cherchant un endroit où s'installer pour la journée. L'heure était proche et, pour le moment, il lui suffisait de le savoir.

24

Lloyd Henreid, que la presse de Phoenix appelait « le tueur au visage d'enfant », avançait dans un couloir du quartier de haute sécurité de la prison municipale de Phoenix, encadré par deux gardiens. L'un avait la goutte au nez, et les deux hommes n'avaient pas l'air particulièrement aimables. Les autres pensionnaires du quartier accueillaient Lloyd comme un héros. Pour eux, il était devenu une célébrité.

— Hé, Henreid !

— Vas-y, mon vieux !

— Dis au juge que, s'il me laisse sortir, je t'empêcherai d'aller le tabasser !

— Lâche pas, Henreid !

— Rentre-leur dans le tas !

— Quels enfoirés, marmonna le gardien qui avait la goutte au nez, puis il éternua.

Lloyd était aux anges, ébloui par sa nouvelle célébrité. Sûr qu'on n'était pas à Brownsville ici. Même la bouffe était meilleure. Quand tu cartonnes, on te respecte, tu deviens une star.

Au bout du couloir, ils franchirent une double grille électrique. On le fouilla de nouveau. Le gardien enrhumé soufflait comme s'il venait de grimper quatre à quatre un escalier. Puis on le fit passer sous le portique d'un détecteur de métal, sans doute pour voir s'il ne s'était pas foutu quelque chose dans le cul, comme ce type, Papillon, dans le film.

— O.K., dit l'enrhumé.

Un autre gardien, derrière une vitre à l'épreuve des balles, leur fit signe de passer. Ils prirent un autre couloir, peint en vert bouteille. C'était très tranquille par ici ; on n'entendait que les pas des gardiens (Lloyd avait dû enfiler des pantoufles de papier) et la respiration asthmatique du maton qui se trouvait à droite de Lloyd. À l'extrémité du couloir, un gardien attendait devant une porte fermée. La porte était percée d'un petit judas grillagé.

— Pourquoi est-ce que ça sent toujours la pisse en tôle ? demanda Lloyd, histoire de faire un brin de conversation. Même là où y'a personne, ça pue la pisse. Ça serait pas vous, des fois ? Vous allez faire pipi dans les coins ?

L'idée lui parut très comique et il poussa un petit gloussement.

— Ta gueule, répondit l'enrhumé.

— T'as pas l'air très en forme, dit Lloyd. Tu devrais rentrer et te pieuter.

— Ferme-la, dit l'autre gardien.

Lloyd la ferma. Voilà ce qui arrive quand on essaye de parler à ces mecs. Décidément, les gardiens de prison n'ont vraiment pas de classe.

— Salut, tas de merde ! dit le gardien qui se trouvait devant la porte.

— Comment ça va, enculé ? fit Lloyd dans la foulée.

Rien de tel qu'un petit échange amical pour se mettre en forme. Deux jours au trou, et il sentait déjà qu'il était en train de replonger dans le brouillard.

— Ça va te coûter une dent, dit le gardien. Exactement une, si tu sais compter, une seule.

— Hé, tu peux pas...

— Si je peux. Il y a des types par ici qui tueraient leur vieille maman pour deux cartouches de Chesterfield, tas de merde. Qu'est-ce que tu dirais de deux dents ?

Lloyd restait silencieux.

— Alors c'est d'accord, reprit le gardien. Une seule dent. Vous pouvez y aller, fit-il en s'adressant à ses deux collègues.

Avec un petit sourire, l'enrhumé ouvrit la porte et l'autre gardien fit entrer Lloyd dans une pièce où son avocat, commis d'office naturellement, était assis derrière une table de métal, plongé dans ses papiers.

— On vous amène votre bonhomme.

L'avocat leva les yeux. Il n'a même pas encore de poil au menton, pensa Lloyd. Et puis après ? Il ne pouvait quand même pas faire le difficile. De toute façon, ils allaient lui coller à peu près vingt ans. Quand tu te fais piquer, tu fermes les yeux, tu serres les dents et tu attends que ça se passe.

— Merci beaucoup...

— Ce type-là, dit Lloyd en montrant le gardien, il m'a dit que j'étais un tas de merde. Et quand je lui ai répondu, il m'a prévenu qu'on allait me casser les dents ! C'est pas de la brutalité policière, ça ?

L'avocat se passa la main sur le visage.

— C'est vrai ? demanda-t-il au gardien.

Le gardien leva les yeux au ciel, l'air de dire : *Quand même, qu'est-ce qu'il faut pas entendre !*

— Ces types-là devraient écrire des scénarios pour la télé, répondit-il. Je lui ai dit bonjour, il m'a dit bonjour, c'est tout.

— Putain de menteur !

— Je garde mes opinions pour moi, reprit le gardien en lançant à Lloyd un regard peu amène.

— Je n'en doute pas, rétorqua l'avocat. Mais à tout hasard, je vais compter les dents de M. Henreid avant de m'en aller.

Un nuage passa sur le visage du gardien qui échangea un regard avec ses deux collègues. Lloyd souriait. Après tout, le petit avocat n'était peut-être pas si mal. Les deux dernières fois, on lui avait donné de vieux cons pour le défendre ; il y en avait même un qui s'était pointé au tribunal avec son petit sac à merde, parce qu'il avait un anus artificiel. Avec son sac à merde, faut le faire ! Les vieux cons se foutent de vous comme de l'an quarante. Un petit coup de baratin, et puis on met les bouts, on se débarrasse du client pour aller se raconter des histoires cochonnes avec le juge. Peut-être que le petit avocat arriverait à lui faire donner dix ans, vol à main armée. Après tout, il n'avait fait qu'un seul carton, sur la femme du type à la Continental blanche. Et avec un peu de chance, il pourrait peut-être coller ça sur le dos du vieux Poke. Poke s'en foutait. Poke bouffait les pissenlits par la racine maintenant. Le sourire de Lloyd s'élargit encore un peu plus. Il faut voir le bon côté des choses. La vie est trop courte pour s'emmerder.

Il se rendit compte que les gardiens étaient sortis et que son avocat — il s'appelait Andy Devins, Lloyd s'en souvenait — le regardait d'une manière bizarre. Comme on regarde un serpent à sonnette aux reins cassés, incapable de bouger, mais parfaitement capable de mordre.

— Vous êtes dans la merde jusqu'au cou, Sylvester ! s'exclama soudain Devins.

Lloyd fit un bond :

— Quoi ? Comment ça que je suis dans la merde ? Pendant que j'y pense, vous avez bien fermé le clapet à ce gros con. Il était vraiment en pétard !

— Écoutez-moi, Sylvester, écoutez-moi bien.

— Je ne m'appelle pas...

— Vous n'avez pas la moindre idée du pétrin où vous vous êtes fourré, Sylvester.

Devins le regardait droit dans les yeux. Sa voix était douce et intense. Ses cheveux blonds, très courts et clairsemés, étaient coupés en brosse. On voyait briller son crâne rose à travers. Il portait une alliance à la main gauche, une bague à la main droite. Il les cogna l'une contre l'autre, *clic !,* un bruit qui mit Lloyd mal à l'aise.

— Votre procès va avoir lieu dans neuf jours, Sylvester, à cause d'une décision prise par la Cour suprême il y a quatre ans.

— Qu'est-ce que c'est que ces embrouilles ?

Lloyd était de plus en plus mal à l'aise.

— L'affaire *Markham contre Caroline du Sud.* Il s'agissait des conditions dans lesquelles les différents États peuvent administrer rapidement la justice quand le prévenu est passible de la peine de mort.

— Peine de mort ! Vous voulez dire la chaise électrique ? Hé, j'ai tué personne ! Je le jure !

— Aux yeux de la loi, ça n'a pas d'importance. Si vous étiez là-bas, vous êtes coupable.

— Qu'est-ce que vous voulez dire, ça n'a pas d'importance ? Ça n'a pas d'importance ! Mon cul ! J'ai pas bousillé ces gens-là. C'est Poke ! Il était fou ! Il était...

— Voulez-vous bien vous taire, Sylvester ?

Lloyd se tut. Dans sa terreur, il avait oublié les acclamations qui l'avaient salué dans le quartier de sécurité maximum et même la possibilité désagréable de perdre une dent tout à l'heure. Soudain, il vit un dessin animé, l'éternelle bagarre entre le petit oiseau espiègle et Sylvester le chat. Si ce n'est que, cette fois, le petit oiseau ne cognait pas sur la tête de ce con de chat à coups de marteau ou ne lui mettait pas une souricière devant la patte ; ce que Lloyd voyait, c'était Sylvester le chat ficelé sur la chaise électrique et l'oiseau perché sur un tabouret, à côté d'un gros interrupteur. Il voyait même une casquette de gardien sur la petite tête jaune de l'oiseau.

Pas très drôle, ce film.

Peut-être Devins vit-il quelque chose sur son visage, car pour la première fois il parut modérément satisfait. Il posa ses mains sur le dossier qu'il avait sorti de sa serviette de cuir.

— Trois témoins vont dire que vous et Andrew Freeman étiez ensemble. C'est plus que suffisant pour qu'on vous fasse frire la cervelle. Vous me comprenez ?

— Je...

— Bien. Maintenant, revenons à l'affaire *Markham contre Caroline du Sud*. Je vais vous expliquer, en mots d'une seule syllabe, comment cette décision intéresse votre cas. Mais d'abord, je dois vous rappeler quelque chose que vous avez certainement appris quand vous traîniez sur les bancs de l'école : la Constitution des États-Unis interdit tout châtiment cruel et inhabituel.

— Comme cette saloperie de chaise électrique ! s'exclama Lloyd, tout à fait convaincu.

— C'est là que la loi n'est pas claire. Jusqu'à il y a

quatre ans, les tribunaux cafouillaient. Est-ce que la chaise électrique et la chambre à gaz sont des châtiments cruels et inhabituels ? L'attente entre la condamnation et l'exécution est-elle un châtiment cruel et inhabituel ? Les pourvois en appel, les retards, les soucis, les mois et les années que certains prisonniers passent dans le quartier des condamnés à mort. Edgar Smith, Caryl Chessman, Ted Bundy, vous vous souvenez ? La Cour suprême a permis que les exécutions reprennent vers la fin des années soixante-dix, mais la question n'était toujours pas réglée. Bon. Dans *Markham contre Caroline du Sud,* le tribunal a condamné un homme à la chaise électrique pour avoir violé et assassiné trois étudiantes. Ce type, Jon Markham, tenait un journal et on a pu prouver la préméditation. Le jury l'a condamné à mort.

— Pas de pot, murmura Lloyd.

Devins n'aimait pas trop qu'on l'interrompe. Il sourit pourtant à Lloyd.

— L'affaire a été portée devant la Cour suprême qui a confirmé que la peine capitale n'était ni cruelle ni inhabituelle dans certaines circonstances. Elle a décidé cependant que moins on traînait, mieux c'était... d'un point de vue juridique. Vous commencez à comprendre, Sylvester ? Vous voyez où je veux en venir ?

Lloyd ne voyait rien du tout.

— Est-ce que vous savez pourquoi vous allez être jugé en Arizona plutôt qu'au Nouveau-Mexique ou au Nevada ?

Lloyd secoua la tête.

— Parce que l'Arizona est un des quatre États qui ont adopté une procédure expéditive quand le prévenu est passible de la peine de mort.

— Je ne comprends rien du tout.

— Le procès commence dans quatre jours, reprit Devins. Le procureur a un dossier tellement solide contre vous qu'il peut se permettre d'accepter les douze premiers jurés qu'on lui présentera. Moi, j'essaierai de traîner aussi longtemps que possible, mais le jury sera constitué dès la première journée. Le procureur plaidera le deuxième jour.

Moi, je vais essayer de faire traîner les choses pendant trois jours, jusqu'à ce que le juge me dise de la boucler. Mais trois jours, c'est un maximum. Nous aurons de la chance si nous y arrivons. Le jury va se retirer pour délibérer et il va revenir trois minutes plus tard pour vous déclarer coupable, à moins d'un miracle. Dans neuf jours, vous serez condamné à mort. Une semaine plus tard, vous ne serez qu'un petit tas de viande. Les gens de l'Arizona seront ravis, et la Cour suprême aussi. Parce que plus ça va vite, plus les gens sont contents. J'arriverai peut-être à faire traîner les choses, mais pas plus de quelques jours.

— Nom de Dieu, mais c'est pas juste !

— La vie est dure, Lloyd. Surtout pour les « chiens enragés », puisque c'est comme ça qu'on vous appelle dans les journaux et à la télévision. On parle de vous, vous savez. Et pas qu'un peu. Vous avez même réussi à faire mettre en deuxième page l'épidémie de grippe sur la côte est.

— Je n'ai jamais pokérisé personne, dit Lloyd d'un air grognon. C'est Poke qui a tout fait. C'est même lui qui avait inventé le mot.

— Ça n'a pas d'importance. C'est ce que j'essaye de faire rentrer dans votre caboche, Sylvester. Le juge laissera au gouverneur la possibilité d'accorder un sursis d'exécution, mais un seul. Je vais faire appel. Avec cette procédure expéditive dont je vous parlais, le tribunal d'appel doit recevoir mon dossier dans les sept jours, sinon vous êtes cuit. Si le tribunal décide de ne pas recevoir l'appel, j'ai encore sept jours pour m'adresser à la Cour suprême. Dans votre cas, je déposerai mon mémoire aussi tard que possible. Le tribunal d'appel acceptera probablement de nous entendre — le système est encore tout nouveau, et ils ne veulent pas attirer trop de critiques. Je suppose que même Jack l'Éventreur pourrait faire appel dans les circonstances.

— Ça prendra combien de temps ?

— Oh, ils ne vont pas traîner, répondit Devins avec un sourire légèrement sardonique. Vous voyez, ce tribunal spécial est composé de cinq juges en retraite. Ils n'ont rien à faire de toute la journée, sauf aller à la pêche, jouer au poker, boire du bourbon et attendre qu'un pauvre type comme vous se présente devant leur tribunal, un tribunal qui est en fait un réseau télématique qui relie l'assemblée législative, le cabinet du gouverneur et les bureaux des différents juges. Ils ont des ordinateurs dans leurs voitures, dans leurs maisons de campagne, dans leurs bateaux, partout. Leur moyenne d'âge est de soixante-douze ans...

Lloyd fit la grimace.

— ... Ce qui veut dire que certains ont gardé la mentalité du Far-West — un procès rapide, un bout de corde, et on n'en parle plus. C'était encore comme ça vers 1950.

— Nom de Dieu, pourquoi est-ce que vous devez me raconter tout ça ?

— Vous devez savoir ce qui vous attend. Ils veulent être bien sûrs que vous ne subirez pas un châtiment cruel et inhabituel, Lloyd. Vous devriez les remercier.

— Les remercier ? Je préférerais les...

— Les pokériser ? demanda Devins d'une voix tranquille.

— Oh non, pas du tout, répondit Lloyd d'un ton fort peu convaincant.

— Notre demande d'un nouveau procès sera rejetée. Si nous avons de la chance, le tribunal m'invitera à présenter des témoins. Si c'est le cas, je rappellerai tous les témoins du premier procès, et puis tous ceux qui pourront bien me passer par la tête. Au besoin, tous vos camarades de lycée, comme témoins de moralité, si j'arrive à les trouver.

— C'est que j'ai pas été plus loin que la septième.

— Étape suivante, la Cour suprême. En principe, ils devraient m'envoyer paître dans la journée.

Devins s'arrêta et s'alluma une cigarette.

— Et ensuite ?

— Ensuite ? fit Devins, légèrement surpris et agacé par la lenteur de la mécanique cérébrale de Lloyd. Eh bien, le quartier des condamnés à mort. Et il ne vous restera plus qu'à profiter de la nourriture en attendant

274

qu'on vous fasse jouer aux électriciens. Ça ne traînera pas.

— Ils vont quand même pas faire ça ! Vous voulez me faire peur, c'est ça ?

— Lloyd, les quatre États dont je vous parlais tout à l'heure ne se gênent pas, croyez-moi. Jusqu'à présent, quarante personnes ont été exécutées avec ce nouveau système. C'est un peu plus cher pour les contribuables, à cause du tribunal supplémentaire, mais pas tellement en fin de compte. Et puis, les contribuables s'en foutent de payer l'addition lorsqu'il s'agit de la peine capitale. Ils aiment ça.

Lloyd semblait sur le point de vomir.

— De toute façon, le procureur utilise ce système uniquement si l'accusé semble totalement coupable. Pas suffisant que le chien ait des plumes de poulet sur le museau ; il faut le prendre dans le poulailler. Et c'est exactement là qu'ils vous ont pris.

Lloyd qui avait tant apprécié les acclamations des bons garçons du quartier de sécurité maximum commençait à comprendre qu'il n'en avait plus que pour deux ou trois semaines, avant le grand trou noir.

— Auriez-vous peur, Sylvester ? demanda Devins d'une voix presque compatissante.

Lloyd dut se passer la langue sur les lèvres pour lui répondre.

— Foutre Jésus, bien sûr que j'ai la trouille. D'après ce que vous dites, je suis cuit.

— Je ne veux pas qu'on vous cuise, je veux simplement vous faire peur. Si vous entrez au tribunal en faisant le mariole, vous irez tout droit sur la petite chaise. Quarante et unième avec le nouveau système. Mais si vous m'écoutez, on pourra peut-être s'en tirer. Je ne dis pas qu'on va s'en tirer ; je dis peut-être.

— Comment ?

— Tout va dépendre du jury. Douze connards. J'aimerais douze braves dames de quarante-deux ans qui connaissent par cœur le Petit Chaperon rouge et qui font des petits enterrements dans leur jardin quand leur perruche crève. Voilà ce que je voudrais. Il faut dire qu'on explique de long en large le nouveau système aux jurés. S'ils condamnent à mort, l'exécution n'aura pas lieu dans six mois ou six ans, quand tout le monde aura oublié ; le type qu'ils condamnent en juin aura avalé son extrait de naissance avant les vacances du mois d'août.

— Je vous trouve pas rigolo.

Devins fit comme s'il n'avait pas entendu.

— Dans certains cas, les jurés qui avaient bien compris la situation ont préféré dire que l'accusé n'était pas coupable. C'est un des problèmes avec le système *Markham.* Et ils ont laissé filer des assassins de première classe, uniquement pour ne pas avoir du sang sur les mains. On a exécuté quarante personnes depuis *Markham,* mais la peine de mort avait été requise dans soixante-dix cas. Sur les trente qui s'en sont tirés, vingt-six ont été déclarés « non coupables » par les jurés. Et, dans quatre cas, le tribunal d'appel a infirmé le jugement de première instance, une fois en Caroline du Sud, deux fois en Floride, une fois en Alabama.

— Jamais en Arizona ?

— Jamais. Je vous l'ai déjà dit. Le Far-West. Ces cinq vieux cons veulent votre peau. Si le jury ne vous acquitte pas, c'est fini. Je suis prêt à parier, quatre-vingt-dix contre un.

— Et en Arizona, combien de fois le jury a trouvé que le type n'était pas coupable ?

— Deux fois sur quatorze.

— Pas terrible.

— J'ajouterai qu'un de ceux-là était défendu par votre serviteur. Plus coupable que lui, pas possible de trouver, Lloyd, exactement comme vous. Le juge Pechert a engueulé les dix bonnes femmes et les deux bonshommes du jury pendant vingt bonnes minutes. J'ai cru qu'il allait faire une attaque d'apoplexie.

— Si on dit que je ne suis pas coupable, on peut plus me faire de procès, c'est ça ?

— C'est tout à fait ça.

— Alors, c'est quitte ou double.

276

— Oui.

— Merde alors, dit Lloyd en se passant la main sur le front.

— Si vous comprenez la situation et ce qu'il faut faire, on peut commencer à discuter sérieusement.

— Je comprends. Mais j'aime pas trop ça.

— Il faudrait vraiment être complètement idiot pour aimer ça, dit Devins en appuyant le menton sur ses deux mains. Vous m'avez dit et vous avez dit à la police que vous... ah, voilà : « Je n'ai jamais tué personne. C'est Poke qui a tué tout le monde. C'est lui qui a eu cette idée-là, pas moi. Poke était complètement dingue. Je suis bien content qu'il soit mort.

— Oui, c'est vrai, et puis ? demanda Lloyd, sur la défensive.

— C'est tout, répondit Devins d'une voix très douce. En d'autres termes, vous aviez peur de Poke Freeman. Aviez-vous peur de lui ?

— Ben, pas vraiment...

— Non, en fait, vous aviez peur qu'il vous fasse la peau.

— Je ne crois pas que...

— Terrorisé, vous étiez terrorisé, Sylvester. Vous étiez en train de chier dans votre froc !

Lloyd haussa les sourcils, comme un bon garçon qui veut comprendre mais qui a vraiment du mal à saisir ce que lui dit le professeur.

— Je ne veux pas vous souffler ce que vous devez dire, Lloyd. Je ne veux pas du tout faire ça. Peut-être pensiez-vous que j'allais dire que Poke était presque tout le temps dans les vapes...

— C'est vrai ! On était tous les deux complètement sonnés !

— Non, pas vous, lui. Et il a perdu la boule quand il s'est envoyé en l'air...

— Putain, c'est pas con votre truc !

Dans les méandres de la mémoire de Lloyd apparut le fantôme de Poke Freeman qui criait *Youppi ! Youppi !* en descendant la bonne femme dans l'épicerie de Burrack.

— Et il a pointé plusieurs fois son arme sur vous...

— Non, jamais...

— Mais si. Vous aviez simplement oublié. En fait, il a menacé de vous tuer si vous refusiez de jouer avec lui.

— C'est que j'avais une arme...

— Je crois bien, dit Devins en le regardant dans les yeux, je crois bien que, si vous cherchez un peu dans votre mémoire, vous vous souviendrez que Poke vous avait dit que l'arme était chargée à blanc. Vous vous en souvenez maintenant ?

— Maintenant que vous le dites...

— Et quelle surprise quand vous avez vu que vous tiriez de vraies balles, n'est-ce pas ?

— Oh oui, dit Lloyd en secouant la tête vigoureusement. J'ai bien failli tomber dans les pommes.

— Et vous alliez tirer sur Poke Freeman quand quelqu'un d'autre l'a fait à votre place.

Lloyd regarda son avocat, une lueur d'espoir dans les yeux.

— Monsieur Devins, dit-il avec une sincérité touchante, c'est exactement comme ça que ça s'est passé.

Il était dans la cour ce matin-là, en train de regarder les détenus jouer au ballon, de ressasser tout ce que Devins lui avait dit, quand un énorme gaillard du nom de Mathers s'approcha de lui et le prit par le cou. Le crâne de Mathers, complètement rasé, brillait paisiblement dans l'air chaud du désert.

— Une minute, dit Lloyd. Mon avocat a compté toutes mes dents. Dix-sept. Si tu...

— Ouais, que Shockley m'a raconté. Alors, il m'a dit de...

Le genou de Mathers fila tout droit vers l'entrejambe de Lloyd et ce fut aussitôt une douleur fulgurante, si atroce qu'il ne put même pas hurler. Il s'effondra en se tordant de douleur, les deux mains sur les testicules. Il avait l'impression qu'ils étaient écrasés. Autour de lui, le monde avait disparu dans un brouillard rougeâtre.

Quelque temps plus tard — combien de temps au juste ? — il parvint à lever les yeux. Mathers le regardait toujours et son crâne chauve brillait encore. Les gardiens prenaient grand soin de regarder ailleurs. Lloyd gémissait, se tordait, des larmes plein les yeux, une boule de plomb en fusion dans le ventre.

— Rien contre toi, dit Mathers qui paraissait sincère. Le boulot, tu comprends. Moi, j'espère bien que tu vas t'en tirer. Le coup de *Markham,* c'est une vraie saloperie.

Il s'éloigna et Lloyd vit un gardien debout sur la plateforme de déchargement des camions, de l'autre côté de la cour. Les pouces glissés sous son ceinturon, il faisait un large sourire à Lloyd. Et, lorsqu'il vit que Lloyd le regardait, le gardien leva ses deux majeurs en l'air dans un geste qui ne pouvait prêter à équivoque. Mathers s'approcha du mur et le gardien lui lança un paquet de cigarettes. Mathers le glissa dans sa poche, esquissa un salut et s'éloigna. Lloyd était toujours par terre, les genoux sous le menton, les mains sur son bas-ventre, et les mots de Devins résonnaient dans sa tête : *La vie est dure, Lloyd, la vie est dure.*

Exact.

25

Nick Andros tira le rideau pour regarder dans la rue. De là où il se trouvait, au premier étage de la maison qui avait été celle de John Baker, il pouvait voir le centre de Shoyo sur sa gauche, et la route 63 sur sa droite. La grand-rue était totalement déserte. Les rideaux de fer des magasins étaient tous fermés. Un chien malade, assis au milieu de la route, tête basse, haletant, bavait une mousse blanche sur l'asphalte brûlant. Cinquante mètres plus loin, un autre chien, mort celui-là, gisait dans le caniveau.

Derrière lui, la femme poussa un petit gémissement guttural, mais Nick ne l'entendit pas. Il referma le rideau, se frotta les yeux, puis s'approcha de la femme qui s'était réveillée. Jane Baker était emmitouflée jusqu'au cou dans ses couvertures, car elle avait eu très froid quelques heures plus tôt. Mais la sueur ruisselait maintenant sur son visage et elle avait rejeté ses couvertures à coups de pied — Nick vit avec embarras que la sueur rendait sa chemise de nuit transparente par endroits. Mais elle ne le voyait pas. Et sa semi-nudité n'avait plus d'importance. Elle était en train de mourir.

— Johnny, apporte la cuvette. Je crois que je vais vomir !

Nick sortit la cuvette de sous le lit et la posa à côté d'elle. La femme fit un geste brusque et la cuvette tomba par terre avec un bruit creux qu'il n'entendit pas non plus. Il la ramassa et la garda dans ses mains, observant la femme.

— Johnny ! hurla-t-elle. Je ne trouve pas ma boîte à couture ! Elle n'est pas dans le placard !

Il prit une carafe sur la table de nuit, remplit un verre et l'approcha de ses lèvres, mais elle fit de nouveau un geste convulsif et le verre faillit lui échapper. Il le reposa sur la table, à portée de sa main.

Il n'avait jamais été aussi amèrement conscient de son handicap que depuis ces deux derniers jours. Le pasteur, Braceman, était avec elle le 23, quand Nick était arrivé. Il lui lisait la Bible dans le salon, mais il avait l'air nerveux et pressé de s'en aller. Nick pouvait comprendre pourquoi. La fièvre lui avait donné un teint rose de petite fille qui n'allait pas du tout avec son deuil récent. Peut-être le pasteur craignait-il qu'elle ne lui fasse des avances. Mais, plus probablement, il avait tout simplement envie de retrouver sa famille pour filer à travers champs. Les nouvelles circulent vite dans une petite ville, et d'autres avaient déjà décidé de s'en aller.

Depuis que Braceman était sorti du salon des Baker, quarante-huit heures plus tôt, tout avait tourné au cauchemar. Mme Baker était beaucoup plus mal, si mal que Nick crut qu'elle mourrait avant le coucher du soleil.

Pire, il ne pouvait rester tout le temps avec elle. Il était allé au restaurant pour chercher le déjeuner de ses trois prisonniers, mais Vince Hogan n'avait rien pu avaler. Il délirait. Mike Childress et Billy Warner voulaient sortir, mais Nick ne pouvait se résoudre à les libérer. Non pas qu'il eût peur ; il ne croyait pas que les deux hommes perdraient leur temps à lui régler son compte ; comme les autres, ils chercheraient le moyen de foutre le camp au plus vite. Mais on lui avait confié des responsabilités. Il avait fait une promesse à un homme qui maintenant était mort. Tôt ou tard, la police de l'État reprendrait les choses en main et viendrait chercher les trois types.

Il avait trouvé un 45 dans un tiroir du bureau de Baker. Après quelques instants d'hésitation, il avait mis l'étui à sa ceinture. Et il s'était senti un peu ridicule quand il avait vu la grosse crosse de bois battre contre sa hanche maigre — mais le poids de l'arme était rassurant.

Il avait ouvert la cellule de Vince dans l'après-midi du 23 pour lui mettre des sacs de glaçons sur le front, la poitrine et le cou. Vince avait ouvert les yeux et avait lancé à Nick un regard rempli d'une telle détresse silencieuse que Nick aurait voulu pouvoir lui dire quelque chose — comme il aurait voulu maintenant pouvoir parler à Mme Baker, deux jours plus tard — n'importe quoi qui puisse réconforter un instant cet homme. *Ça ira* ou *Je crois que la fièvre baisse,* quelques mots auraient suffi.

Pendant qu'il s'occupait de Vince, Billy et Mike n'avaient cessé de hurler. Leurs cris ne le dérangeaient pas lorsqu'il leur tournait le dos pour s'occuper du malade, mais chaque fois qu'il relevait la tête, il voyait leurs visages terrorisés, leurs lèvres qui formaient des mots, toujours les mêmes : *Laisse-nous sortir, s'il te plaît.* Nick faisait bien attention à ne pas s'approcher d'eux. Il était encore jeune, mais il connaissait suffisamment la vie pour savoir que la panique rend les gens dangereux.

L'après-midi du 23, il avait fait la navette entre la prison et la maison de Baker dans les rues pratiquement désertes, s'attendant toujours à trouver mort Vince Hogan à un bout, ou Jane Baker à l'autre. Il avait cherché la voiture du docteur Soames, sans la trouver. Quelques commerces étaient encore ouverts, comme la station-service Texaco, mais il était de plus en plus convaincu que la ville se vidait. Les gens s'enfonçaient dans les bois, prenaient des routes forestières, pataugeaient même dans la rivière qui continuait vers Smackover, puis vers Mount Holly. D'autres allaient partir quand il ferait nuit, pensa Nick.

Le soleil venait de se coucher lorsqu'il était arrivé chez les Baker. Jane était en train de faire du thé dans la cuisine. Elle tenait à peine sur ses jambes. Elle sourit à Nick. Il vit aussitôt qu'elle n'avait plus de fièvre.

— Je veux vous remercier de vous être occupé de moi, dit-elle d'une voix calme. Je me sens beaucoup mieux. Vous prendrez un peu de thé ?

Puis elle avait éclaté en sanglots.

Il s'était approché d'elle, craignant qu'elle ne s'évanouisse et qu'elle ne se brûle en tombant sur la cuisinière.

Elle avait pris son bras pour retrouver son équilibre, avait collé sa tête contre la sienne, ses cheveux noirs en cascade sur sa robe de chambre bleu.

— Johnny, avait-elle dit dans la cuisine où l'obscurité se faisait de plus en plus épaisse. Oh, mon pauvre Johnny.

S'il avait pu parler. Mais il ne pouvait que la tenir, la conduire vers la table, la faire asseoir sur une chaise.

— Le thé...

Il fit signe qu'il allait s'en occuper.

— Je me sens mieux. Beaucoup mieux. C'est seulement... seulement...

Et elle se cacha la figure dans ses mains.

Nick prépara le thé et posa la théière sur la table. Ils burent un moment en silence. La jeune femme tenait sa tasse à deux mains, comme un enfant. Finalement, elle la reposa.

— Il y en a beaucoup qui ont attrapé ça en ville, Nick ?

— *Je ne sais pas,* écrivit Nick. *C'est très grave.*

— Vous avez vu le docteur ?

— Pas depuis ce matin.

— Ambrose va se tuer s'il ne fait pas attention. Vous croyez qu'il va faire attention, Nick ? Qu'il va se ménager ?

Nick essaya de sourire.

— Et les prisonniers de John ? On est venu les chercher ?

— *Non. Hogan est très malade. Je fais ce que je peux. Les autres veulent que je les laisse sortir pour qu'ils n'attrapent pas la maladie de Hogan.*

— Ne les laissez pas sortir ! J'espère que vous n'y pensez pas ?

— *Non. Vous devriez vous recoucher. Vous avez besoin de repos.*

Elle lui sourit. Lorsqu'elle bougea la tête, Nick vit sous son menton des taches noires qui l'inquiétèrent beaucoup.

— Oui. Je vais faire le tour du cadran au lit. Mais j'ai l'impression que ce n'est pas bien de dormir. John vient de mourir... J'ai du mal à le croire. Comme si j'oubliais qu'il était mort.

Il lui serra la main. Elle lui fit un pauvre sourire.

— La vie recommencera peut-être comme avant. Vous avez apporté le dîner aux prisonniers, Nick ?

Nick fit signe que non.

— Vous devriez. Prenez la voiture de John.

— *Je ne sais pas conduire. Merci quand même. Je vais à pied au restaurant. Ce n'est pas loin. Je reviens demain matin, si ça ne vous dérange pas.*

— Pas du tout, à demain.

Il se leva et montra la théière d'un air sévère.

— Jusqu'à la dernière goutte, promit-elle.

Il était presque à la porte lorsqu'il sentit sa main effleurer son bras.

— John... j'espère que... qu'ils l'ont emmené au cimetière. Vous croyez qu'ils l'ont enterré ?

Nick fit signe que oui. Elle se remit à sangloter et deux larmes coulèrent sur ses joues.

Quand il l'avait quittée ce soir-là, il s'était rendu directement au restaurant. Un écriteau FERMÉ était accroché sur la porte. Il avait fait le tour pour entrer par-derrière. La porte de service était fermée à clé. Personne ne répondit quand il frappa. Compte tenu des circonstances, il se crut autorisé à forcer la porte ; il y avait suffisamment d'argent dans la petite caisse du shérif Baker pour payer les dégâts.

Il cassa la vitre, glissa la main à l'intérieur et tourna la poignée. La salle était sinistre, même avec toutes les lumières allumées. Le juke-box était éteint. Personne à la table de billard, personne devant les jeux électroniques. Personne aux tables, personne sur les tabourets.

Nick prépara quelques hamburgers dans la cuisine et les mit dans un sac de papier. Puis il prit une bouteille de lait et la moitié d'une tarte aux pommes qui traînait sous une cloche de plastique, sur le comptoir. Il revint ensuite à la prison, après avoir laissé un billet sur le comptoir pour expliquer ce qui s'était passé.

Vince Hogan était mort. Il était allongé par terre dans sa cellule, au milieu d'une flaque d'eau — les glaçons avaient fini par fondre. Dans son agonie, il s'était griffé le cou, comme s'il avait voulu desserrer l'étreinte d'un étrangleur invisible. Le bout de ses doigts était taché de sang. Des mouches bourdonnaient autour de lui. Son cou était noir et enflé, comme une chambre à air trop gonflée, sur le point d'éclater.

— Tu vas nous laisser sortir maintenant ? hurlait Mike Childress. Il est mort, connard de muet. T'es content ? T'as eu ce que tu voulais ? Et lui aussi, il est malade.

Billy Warner avait l'air terrorisé. Des plaques rouges lui couvraient le cou et les joues ; la manche de sa chemise dont il s'était servi pour s'essuyer le nez était raide de morve sèche.

— Pas vrai ! hurlait-il d'une voix hystérique. Pas vrai, sale menteur ! Non, c'est pas...

Tout à coup, il se cassa en deux, secoué par une terrible quinte de toux qui lui fit projeter autour de lui une véritable pluie de salive et de mucosités.

— Tu vois ? dit Mike. Hein ? T'es content, sale petit con ? Laisse-moi sortir ! Tu peux le garder si tu veux, mais pas moi. Tu veux me faire crever, voilà ce que tu veux ! Tu veux me faire crever !

Quand Nick secoua la tête, Mike piqua une crise. Il se lança tête baissée contre les barreaux de sa cellule et se mit à cogner dessus avec le front en regardant fixement Nick, les yeux hagards. Le sang coulait sur son visage, sur ses mains.

Nick attendit qu'il se fatigue, puis il donna à manger aux deux prisonniers en poussant la nourriture sous les grilles des cellules avec le manche à balai. Billy Warner le regarda d'un air absent pendant quelques instants, puis se mit à manger.

Mike lança son verre de lait contre les barreaux. Le verre explosa, éclaboussant toute la cellule. Puis il flanqua ses deux hamburgers contre les murs couverts de graffiti. L'un d'eux resta collé au milieu d'une tache de moutarde et de ketchup, grotesque nature morte aux couleurs criardes, comme un tableau de Jackson Pollock. Il sauta à pieds joints sur sa tarte et des morceaux de pommes volèrent dans tous les coins. L'assiette blanche de plastique se cassa en deux.

— Je fais la grève de la faim ! Bordel de merde ! Je mange plus rien ! Faudra que tu me bouffes le nœud avant que j'avale quelque chose, espèce de sale connard de muet ! Tu vas...

Nick se retourna, et aussitôt ce fut le silence. Effrayé, ne sachant plus que faire, Nick se réfugia dans le bureau. S'il avait su conduire, il les aurait emmenés lui-même à Camden. Mais il ne savait pas conduire. Et il fallait s'occuper de Vince. Il ne pouvait pas le laisser là, entouré de mouches.

Il y avait deux autres portes dans le bureau. La première s'ouvrait sur une penderie, l'autre sur un escalier. Nick descendit au sous-sol où il trouva une cave qui servait de débarras. Il y faisait frais. Ça devrait suffire, se dit-il, au moins pour quelque temps.

Il remonta. Mike était assis par terre. L'air maussade, il ramassait les morceaux de pomme, les essuyait, puis les mangeait. Il ne daigna pas lever les yeux.

Nick prit le cadavre à bras-le-corps et essaya de le soulever. L'odeur qu'il dégageait lui retourna l'estomac. Vince était trop lourd. Désemparé, Nick contemplait le cadavre quand il sentit que les deux autres le regardaient, fascinés, debout derrière leurs grilles. Nick devina ce qu'ils pensaient. Vince était un copain, un pauvre type peut-être, mais un copain quand même. Il était mort comme un rat pris au piège, mort d'une maladie qu'ils ne comprenaient pas, une maladie qui vous faisait gonfler comme un ballon. Nick se demanda, et ce n'était pas la première fois de la journée, quand viendrait son tour de commencer à éternuer, d'avoir de la fièvre, de sentir son cou enfler.

Il prit les deux bras de Vince Hogan et le tira hors de sa cellule. La tête de Vince bascula sur le côté, comme s'il regardait Nick, comme s'il lui disait silencieusement de faire attention, de ne pas trop le secouer.

Il fallut dix minutes à Nick pour descendre l'escalier raide avec son bonhomme. Hors d'haleine, il le déposa sur le sol de béton, sous les tubes fluorescents, puis le recouvrit avec une vieille couverture qu'il alla chercher dans la cellule de Vince.

Il avait ensuite essayé de dormir, mais il n'avait trouvé le sommeil qu'aux petites heures du 24, hier. Il avait toujours beaucoup rêvé, et parfois ses rêves lui faisaient peur. Rarement des cauchemars. Mais, depuis quelque temps, ses rêves se faisaient de plus en plus menaçants, lui laissaient l'impression qu'ils masquaient quelque chose, comme si le monde normal s'était transformé en un endroit où l'on sacrifiait les bébés derrière des volets clos, où d'extraordinaires machines noires grondaient interminablement dans des caves fermées à double tour.

Et, naturellement, il y avait également cette terreur très personnelle — la terreur de se réveiller lui aussi avec cette chose dans son corps.

Il dormit un peu et refit ce rêve qui le hantait : le champ de maïs, une odeur chaude de choses qui poussent, l'impression de quelque chose — ou de quelqu'un — de très bon et de très sûr, tout près. L'impression d'être *chez lui*. Et puis cette terreur glacée quand il avait senti qu'on l'observait du milieu du champ de maïs. Il avait alors pensé : *Maman, la belette est entrée dans le poulailler !* avant de se réveiller aux premières lueurs de l'aube, trempé de sueur.

Il fit chauffer de l'eau pour le café et alla voir ses deux prisonniers.

Mike Childress pleurait. Derrière lui, le hamburger était toujours collé sur le mur, au milieu de sa flaque sèche de moutarde et de ketchup.

— T'es content ? C'est mon tour maintenant. C'est ça ce que tu voulais ? Tu voulais te venger ? Écoute... Quand je respire, on dirait un train de marchandises !

Mais Nick ne fit pas attention à lui. Comateux, Billy

Warner était couché sur son lit. Son cou était noir et enflé. Sa poitrine se soulevait par à-coups.

Nick se précipita dans le bureau, lança au téléphone un regard rempli de rage impuissante, l'envoya voler par terre où il resta, inutile, au bout de son fil. Il éteignit la cafetière et courut chez les Baker. Il écrasa le bouton de la sonnette pendant ce qui lui parut durer une bonne heure avant que Jane ne lui ouvre, en robe de chambre. À nouveau, son visage était couvert de sueur. Elle ne délirait pas, mais son élocution était lente et pâteuse. Ses lèvres étaient couvertes de cloques.

— C'est vous, Nick ? Entrez donc. Qu'est-ce qui se passe ?

— *Vince Hogan est mort hier soir. Warner est en train de mourir, je crois. Il est très malade. Est-ce que vous avez vu le docteur Soames ?*

Elle secoua la tête, frissonna dans le léger courant d'air, éternua, puis vacilla sur ses jambes. Nick la prit par les épaules et la fit s'asseoir.

— *Est-ce que vous pouvez lui téléphoner pour moi ?*

— Naturellement. Apportez-moi le téléphone, Nick. Je crois... je crois que j'ai fait une rechute cette nuit.

Il apporta le téléphone et elle composa le numéro du cabinet de Soames. Quand elle eut attendu plus d'une demi-minute, il comprit qu'il n'y aurait pas de réponse.

Elle essaya de téléphoner chez lui, puis chez son infirmière. Toujours rien.

— J'essaye la police de l'État, dit-elle, mais elle raccrocha le téléphone dès le premier chiffre. L'interurbain est toujours en dérangement. Dès que je fais le un, j'entends le signal de dérangement.

Elle voulut lui sourire, mais elle éclata en sanglots.

— Pauvre Nick. Pauvre moi. Pauvre tout le monde. Vous voulez bien m'aider à monter dans ma chambre ? Je me sens très faible, j'ai du mal à respirer. Je pense que je vais bientôt retrouver John. Je vais me coucher, si vous voulez bien m'aider.

Il la regarda. Il aurait voulu pouvoir lui parler.

Il l'aida à monter dans sa chambre.

— *Je reviens tout à l'heure.*

— Merci, Nick. Vous êtes gentil...

Elle s'endormait déjà.

Nick sortit et s'arrêta devant la porte. Que faire maintenant ? Si au moins il savait conduire. Mais...

Une bicyclette d'enfant était couchée sur le pelouse de la maison d'en face. Il s'approcha, regarda la maison dont les stores étaient tous fermés (tellement semblable aux maisons de ses rêves confus), frappa à la porte, plusieurs fois. Pas de réponse.

Il revint à la bicyclette. Elle était petite, mais il pouvait quand même pédaler en se cognant les genoux contre le guidon. Il aurait l'air ridicule, bien sûr, mais restait-il quelqu'un à Shoyo pour le voir passer ? Et s'il restait encore quelqu'un, peu de chance qu'il soit d'humeur à rire.

Il enfourcha la bicyclette, pédala en zigzaguant sur la grand-rue, dépassa la prison, prit en direction de l'est sur la route 63, vers l'endroit où Joe Rackman avait vu des soldats déguisés en ouvriers. S'ils étaient encore là, et s'ils étaient vraiment des soldats, Nick leur demanderait de s'occuper de Billy Warner et de Mike Childress. À condition que Billy soit encore vivant, naturellement. Si ces hommes avaient mis Shoyo en quarantaine, ils devaient sûrement s'occuper des malades.

Il lui fallut une heure pour pédaler jusqu'au chantier en zigzaguant en travers de la route. Ses genoux cognaient contre le guidon avec une régularité monotone. Mais quand il arriva, il n'y avait plus de soldats, plus d'ouvriers, personne. Il restait cependant quelques feux clignotants sur le bas-côté. Et deux barrières orange. La route était coupée, mais Nick pensa qu'elle serait encore praticable, à condition de ne pas trop craindre pour les amortisseurs.

Il aperçut du coin de l'œil une ombre noire. Au même instant, le vent se leva un peu, à peine un léger souffle, mais suffisant pour apporter à ses narines une odeur riche et écœurante de décomposition. L'ombre était un nuage de mouches qui se formait et se reformait constamment.

Nick descendit de sa bicyclette et s'avança jusqu'au fossé, de l'autre côté de la route. À côté d'une canalisation en tôle ondulée, toute neuve, gisaient les cadavres de quatre hommes. Leurs cous et leurs visages enflés étaient noirs. Nick ne vit pas s'ils étaient des soldats ou non. Il ne s'approcha pas davantage. Il se dit qu'il allait reprendre la bicyclette, qu'il n'y avait rien à craindre ici, qu'ils étaient morts, que les morts ne font de mal à personne. Pourtant, il n'avait pas fait dix mètres qu'il courait à toutes jambes. Et quand il remonta sur sa bicyclette, c'est dans un état de panique totale qu'il reprit le chemin de Shoyo. À l'entrée de la ville, il heurta une grosse pierre et fit la pirouette par-dessus son guidon, se cogna la tête et s'érafla les mains. Et il resta là, accroupi en plein milieu de la rue, tremblant de la tête aux pieds.

Ce matin-là, hier matin, Nick avait ensuite sonné et frappé aux portes pendant une heure et demie. Lui se sentait parfaitement bien. Il ne pouvait sûrement pas être le seul. Il allait certainement trouver quelqu'un qui lui dirait : *Mais oui, naturellement. On les emmène à Camden. On va prendre la station-wagon.* Ou quelque chose du genre. Mais on ne lui avait pas répondu douze fois en tout et pour tout. Et quand une porte s'entrouvrait, un visage malade mais encore plein d'espoir apparaissait derrière la porte, apercevait Nick, et l'espoir s'en allait. Le visage lui faisait signe que non, et la porte se refermait. Si Nick avait pu parler, il leur aurait dit que, s'ils étaient encore capables de marcher, ils pouvaient conduire. Que, s'ils emmenaient ses prisonniers à Camden, ils y trouveraient un hôpital où se faire soigner. Qu'on s'occuperait d'eux, qu'on les guérirait. Mais il ne pouvait pas parler.

Certains lui demandèrent s'il avait vu le docteur Soames. Un homme, fou furieux, ouvrit d'un seul coup la porte de sa petite maison. En caleçon, il sortit en titubant sur la véranda et voulut empoigner Nick. Il disait qu'il allait lui faire « ce que j'aurais dû te faire à Houston ». Apparemment, il prenait Nick pour un certain Jenner. L'homme avait fait quelques pas en trébuchant, poursuivant Nick comme un zombi dans un mauvais film d'horreur. Son bas-ventre était horriblement gonflé, comme s'il s'était fourré un melon dans son caleçon. Finalement, le cœur battant, Nick le vit s'effondrer par terre. À bout de forces, l'homme brandit encore le poing, puis rentra en rampant, sans même refermer la porte derrière lui.

Mais la plupart des maisons étaient plongées dans le silence et le mystère. Nick dut finalement se rendre à l'évidence. Une évidence qui l'envahissait comme dans un rêve, une idée qui lui disait maintenant qu'il frappait à la porte de tombes, qu'il réveillait les morts, que tôt ou tard les cadavres allaient lui répondre. Même s'il se disait que la plupart des maisons étaient sûrement vides, que leurs occupants s'étaient déjà enfuis à Camden, à Eldorado ou à Texarkana.

Il revint chez les Baker. Jane Baker dormait profondément. Son front était froid. Mais, cette fois, Nick n'avait plus beaucoup d'espoir.

Il était midi. Nick revint au restaurant, sentant maintenant la fatigue de la nuit précédente. Il s'était fait très mal en tombant de sa bicyclette. Le 45 de Baker battait contre sa hanche. Arrivé au restaurant, il fit chauffer de la soupe et remplit des thermos. Le lait avait l'air d'être encore bon. Il en prit une bouteille dans le frigidaire et retourna à la prison.

Billy Warner était mort. Lorsque Mike vit Nick entrer, il partit d'un rire hystérique en le montrant du doigt.

— Jamais deux sans trois ! Jamais deux sans trois ! Tu t'es bien vengé, hein ? Hein ?

Nick poussa un thermos de soupe sous la grille avec le manche à balai, puis un grand verre de lait. Mike se mit à boire sa soupe à même le thermos, à petites gorgées. Nick alla chercher le sien, puis s'assit dans le couloir. Tout à l'heure, il allait descendre Billy à la cave. Mais, pour le moment, il fallait manger. Il avait faim. Et il commença à avaler sa soupe en observant Mike.

— Tu te demandes si je vais bien ? dit Mike.

Nick fit signe que oui.

— Comme ce matin quand t'es parti. J'ai dû cracher un kilo de morve. Ma maman me disait toujours que quand on crache de la morve comme ça, c'est qu'on va mieux. C'est peut-être pas trop grave, hein ? Qu'est-ce que t'en penses ?

Nick haussa les épaules. Tout était possible.

— Je suis costaud, tu sais. Moi, je crois que c'est rien. Je vais m'en tirer. Écoute, mon vieux, laisse-moi sortir. S'il te plaît. Je t'en supplie.

Nick réfléchissait.

— Merde, tu as ton pistolet. Et moi, j'ai envie de rien te faire. Je veux seulement foutre le camp. Je veux d'abord voir ma femme...

Nick montra la main gauche de Mike où il n'y avait aucune alliance.

— Ouais, on est divorcé, mais elle est encore par ici, sur Ridge Road. J'aimerais la voir. Qu'est-ce que t'en dis, mon pote ? Donne-moi une chance. Ne me laisse pas enfermé dans ce trou.

Mike pleurait. Nick se leva lentement, revint au bureau et ouvrit le tiroir. Le type avait raison ; personne n'allait venir les sortir de ce merdier. Il prit le trousseau de clés et revint. Il détacha la clé que John Baker lui avait montrée, celle avec une étiquette blanche, et il la lança à Mike Childress à travers les barreaux.

— Merci, balbutia Mike. Oh, merci. Je regrette bien qu'on t'ait cassé la gueule. Je te jure, c'était l'idée de Ray. Moi et Vince, on a essayé de l'arrêter, mais il perd complètement la boule quand il a un verre dans le nez...

Il tourna la clé dans la serrure. Nick recula, la main sur la crosse du pistolet.

La grille s'ouvrit et Mike sortit.

— Je suis sérieux, tout ce que je veux, c'est foutre le camp d'ici.

Il passa en biais devant Nick, un sourire nerveux sur

292

les lèvres. Puis il fonça vers la porte qui donnait sur le bureau. Nick n'eut que le temps de la voir se refermer derrière lui.

Nick sortit. Mike était debout sur le trottoir, la main sur un parcomètre. La rue était totalement déserte.

— Nom de Dieu, murmura-t-il en se tournant vers Nick. Tous ? Tous ?

Nick fit signe que oui, la main sur la crosse de son pistolet.

Mike allait dire quelque chose quand une quinte de toux l'en empêcha. Il s'essuya les lèvres.

— Moi, je fous le camp. Et toi, comme t'es pas un con, tu vas sûrement faire pareil. C'est la peste ce truc-là.

Nick haussa les épaules et Mike commença à s'éloigner. Il marchait de plus en plus vite, courait presque. Nick le regarda disparaître, puis rentra. Il n'allait plus jamais revoir Mike. Il se sentait le cœur léger, sûr tout à coup qu'il avait fait ce qu'il fallait. Il s'allongea sur son lit et s'endormit presque aussitôt.

Nick dormit tout l'après-midi, puis se réveilla trempé de sueur, mais reposé. Il y avait de l'orage — Nick ne pouvait entendre le tonnerre, mais il voyait des éclairs bleutés dans le lointain.

À la tombée de la nuit, il redescendit la grand-rue et s'arrêta devant un magasin, PAULIE — RADIO-TÉLÉVISION. Comme au restaurant, il força la porte, laissa un mot près de la caisse et revint à la prison avec un petit téléviseur Sony. Il l'alluma et chercha un poste. Sur la station locale de CBS, un message : DIFFICULTÉS TECHNIQUES NOS ÉMISSIONS REPRENDRONT DANS QUELQUES INSTANTS. ABC diffusait une émission de variétés et NBC donnait en reprise un épisode d'une série, une fille un peu bizarre qui essayait de devenir mécanicienne de stock-cars. La station de Texarkana, une station indépendante qui passait surtout de vieux films, des jeux et des émissions religieuses complètement dingues, n'émettait pas. Nick ferma le télé-viseur et repartit au restaurant où il prépara de la soupe et des sandwiches pour deux personnes. Les lampadaires s'allumèrent tout à coup, projetant des deux côtés de la grand-rue leurs taches de lumière blanche. Nick mit les sandwiches et les thermos de soupe dans un grand sac. Alors qu'il approchait de la maison de Jane Baker, trois ou quatre chiens, manifestement affamés, s'avancèrent vers lui, attirés par l'odeur de la nourriture. Nick sortit son 45, mais il fallut qu'un chien se rue sur lui pour qu'il se décide à tirer. Il pressa la détente et la balle ricocha sur le ciment, un mètre devant lui, laissant une trace argentée de plomb. Il n'entendit pas la détonation, mais sentit une vibration assourdie. Les chiens détalèrent.

Jane dormait. Ses joues et son front étaient brûlants. Sa respiration était lente et laborieuse. Elle semblait épuisée. Nick prit une serviette de toilette, l'imbiba d'eau froide et lui essuya le visage. Il laissa de la soupe et des sand-wiches sur la table de nuit, puis descendit dans le salon et ouvrit la télévision des Baker, un énorme mastodonte en faux noyer.

De toute la nuit, rien sur CBS. NBC diffusait sa pro-grammation normale. Sur la chaîne ABC, l'image était constamment brouillée. L'écran se couvrait de points blancs, puis tout d'un coup redevenait normal. Le poste de la chaîne ABC ne diffusait que de vieux programmes, comme s'il ne recevait plus les émissions du réseau. Aucune importance. Nick attendait les informations.

Quand ce fut l'heure, il crut d'abord ne pas bien comprendre. L'épidémie de « super-grippe », comme on l'appelait maintenant, était la nouvelle du jour, mais les journalistes des deux chaînes prétendaient qu'on était sur le point de la maîtriser. Le centre épidémiologique d'At-lanta avait mis au point un vaccin qui serait à la disposi-tion des médecins dans moins d'une semaine. L'épidémie semblait particulièrement virulente à New York, à San Francisco, à Los Angeles et à Londres. Mais la situation n'avait rien d'alarmant. Dans certaines localités, les ras-semblements publics étaient temporairement interdits.

À Shoyo, pensa Nick, c'est toute la ville qui est interdite. De qui se moque-t-on ?

Et, pour conclure, le présentateur précisait que les déplacements à destination de la plupart des grandes villes étaient encore réglementés, mais que ces mesures seraient levées dès que le vaccin aurait été distribué. Puis il enchaîna sur un accident d'avion dans le Michigan et sur les réactions des députés à propos de la récente décision prise par la Cour suprême au sujet des droits des homosexuels.

Nick ferma la télévision et sortit sur la véranda des Baker. Il s'assit sur un fauteuil à bascule. Le balancement l'apaisait et il ne pouvait entendre le fauteuil grincer. Nick regardait les lucioles danser dans le noir. À l'horizon, des éclairs illuminaient les nuages, comme s'ils avaient été remplis de lucioles, de monstrueuses lucioles de la taille d'un dinosaure. La nuit était poisseuse, étouffante.

Comme Nick ne pouvait que regarder l'image à la télévision, il avait remarqué quelque chose dans le journal télévisé que d'autres n'auraient sans doute pas vu. Aucun reportage filmé, pas un seul. Aucun résultat de base-ball, mais peut-être n'y avait-il pas de match ce jour-là. Un vague bulletin météo, mais pas de carte avec les hautes et les basses pressions — comme si la Météorologie nationale avait fermé boutique. Et Nick était persuadé que c'était exactement ce qui s'était passé.

Les deux présentateurs avaient l'air nerveux, mal à l'aise. L'un d'eux était enrhumé ; il avait toussé une fois dans le micro et s'était excusé. Les deux présentateurs n'avaient cessé de regarder à gauche et à droite de la caméra... comme s'il y avait quelqu'un dans le studio avec eux, quelqu'un qui surveillait ce qu'ils étaient en train de dire.

C'était la nuit du 24 juin. Nick dormit mal sur la véranda des Baker et fit des rêves terribles. Et maintenant, le lendemain dans l'après-midi, il assistait à la mort de Jane Baker, cette femme si gentille... *sans pouvoir dire un seul mot pour la réconforter.*

Elle lui tirait la main. Nick tourna les yeux vers son visage hagard. Sa peau était sèche. La sueur s'était évaporée. Mais il savait qu'il n'y avait pas d'espoir. Elle n'en avait plus pour longtemps. Il avait appris à reconnaître les signes.

— Nick, dit-elle en lui serrant la main, je voudrais vous dire encore merci. Personne ne veut mourir tout seul.

Il secoua la tête violemment et elle comprit que c'était pour lui dire qu'elle n'allait pas mourir.

— Si, je suis en train de mourir. Ça n'a plus d'importance. Il y a une robe dans ce placard, Nick. Une robe blanche...

Une quinte de toux l'interrompit.

— ... avec de la dentelle. C'est celle que j'avais dans le train quand on a fait notre voyage de noces. Elle me va encore... je crois. Elle sera peut-être un peu grande maintenant — j'ai maigri — mais ça n'a pas d'importance. J'ai toujours aimé cette robe. Nous étions allés au lac Pontchartain, John et moi. Les deux semaines les plus heureuses de ma vie. J'ai toujours été très heureuse avec John. Vous vous souviendrez de la robe, Nick ? Je veux être enterrée avec elle. Ça ne vous dérangera pas trop de... de m'habiller ?

Nick avala sa salive et secoua la tête, les yeux fixés sur le couvre-lit. Peut-être sentit-elle qu'il était triste et mal à l'aise, car elle ne reparla plus de sa robe. Elle se mit à bavarder de tout et de rien — presque comme si elle faisait la coquette. Ce concours de récitation qu'elle avait gagné au lycée ; et le jour de la finale pour tous les lycées et collèges de l'Arkansas, sa jupe s'était dégrafée et était tombée sur ses souliers au moment crucial du poème qu'elle récitait. Sa sœur, partie au Viêt-nam avec une mission baptiste et qui était revenue avec trois enfants adoptifs. L'excursion qu'elle avait faite avec John, quand ils étaient partis camper, trois ans plus tôt. Un ours très désagréable les avait forcés à rester perchés dans un arbre toute la journée.

— Alors, on s'est assis sur une branche et on s'est

embrassés, disait-elle d'une voix endormie, comme deux amoureux sur un balcon. Mon Dieu, John était tout excité quand nous sommes redescendus. Il était... nous étions... nous étions amoureux... très amoureux... J'ai toujours cru que c'était l'amour qui faisait marcher le monde... la seule chose qui nous permet de rester debout quand tout semble vouloir nous faire tomber... nous mettre par terre... nous faire ramper... nous étions... tellement amoureux...

Elle s'endormit. Il la réveilla en tirant les rideaux ou peut-être simplement en faisant grincer le plancher. Elle délirait.

— *John !* hurlait-elle d'une voix étouffée par les glaires. *Oh, John, je n'arriverai jamais à changer de vitesse ! John, il faut que tu m'aides ! Il faut que tu m'aides...*

Ses mots s'éteignirent en un long souffle hoquetant qu'il ne pouvait entendre mais qu'il sentit quand même. Un mince filet de sang noir sortait de l'une de ses narines. Sa tête retomba sur l'oreiller et bascula d'un côté, puis de l'autre, une fois, deux fois, trois fois, comme si Jane Baker refusait de répondre à une terrible question.

Puis elle cessa de bouger.

Timidement, Nick posa la main sur son cou, sur son poignet, entre ses seins. Il ne sentait plus rien. Elle était morte. Sur la table de chevet, le réveil faisait tic-tac. Ni lui ni elle ne pouvaient l'entendre. La tête sur les genoux, Nick pleura un peu, à sa manière à lui, sans un bruit. *Ça fait du bien de pleurer un petit coup,* lui avait dit Rudy un jour, *ça fait du bien dans ce monde de merde.*

Il savait ce qui allait venir ensuite, mais il ne voulait pas le faire. Ce n'était pas juste, criait une partie de lui-même. Ce n'était pas à lui de le faire. Mais comme il n'y avait personne d'autre — peut-être personne à des kilomètres à la ronde — il fallait bien qu'il s'en charge. Ou bien la laisser pourrir. Et il ne pouvait pas faire ça. Elle avait été gentille avec lui et les gens qui l'avaient aidé dans sa vie n'étaient pas si nombreux. Il fallait s'y mettre. Plus il attendait les bras croisés, plus ce serait difficile. Il savait où se trouvaient les pompes funèbres

— trois rues plus loin, sur la grand-rue. Il devait faire chaud dehors.

Il se leva, s'avança vers la penderie, espérant que la robe blanche, la robe de la lune de miel, n'allait être qu'une invention de son délire. Mais elle était là. Un peu jaunie par les ans, mais c'était celle-là, il le savait. Avec de la dentelle. Il la décrocha et l'étendit au pied du lit. Il regardait la robe, regardait la femme. *Elle est beaucoup trop grande maintenant,* pensa-t-il. *Elle ne se rendait pas compte que cette saloperie l'avait vraiment esquintée... et c'est aussi bien comme ça.*

Après quelques hésitations, il commença à lui ôter sa chemise de nuit. Mais quand il l'eut retirée et qu'il vit ce corps nu devant lui, sa peur l'abandonna et il ne sentit plus que de la pitié — une pitié si profonde qu'elle lui faisait mal. Il pleura encore quand il lava le corps, l'habilla comme elle était habillée lorsqu'elle était partie en voyage de noces. Quand il eut terminé, il la prit dans ses bras et sortit avec elle dans la rue, Jane Baker dans ses dentelles, oh oui, dans ses dentelles : il la porta comme le marié porte sa jeune épouse dans ses bras, franchissant un seuil qui n'en finit pas.

26

Des activistes, sans doute les Étudiants pour une Société démocratique ou les Jeunes Maoïstes, n'avaient pas chômé durant la nuit du 25 au 26 juin. Au matin, les murs de l'université du Kentucky à Louisville étaient couverts d'affiches polycopiées :

ATTENTION ! ATTENTION ! ATTENTION ! ATTENTION !

ON VOUS MENT ! LE GOUVERNEMENT VOUS MENT ! LA PRESSE AUX MAINS DES PARAMILITAIRES VOUS MENT ! L'ADMINISTRA-TION DE L'UNIVERSITÉ VOUS MENT ! LES MÉDECINS DE L'INFIR-MERIE VOUS MENTENT !

1. IL N'EXISTE PAS DE VACCIN CONTRE LA SUPER-GRIPPE.

2. LA SUPER-GRIPPE N'EST PAS UNE MALADIE GRAVE, C'EST UNE MALADIE MORTELLE.

3. LE TAUX DE CONTAGION POURRAIT ATTEINDRE 75 %.

4. LA SUPER-GRIPPE EST UNE INVENTION DES PARAMILITAIRES. ELLE S'EST PROPAGÉE ACCIDENTELLEMENT.

5. LES PARAMILITAIRES ESSAIENT DE MASQUER LEUR ERREUR MEURTRIÈRE, AU RISQUE DE FAIRE MOURIR 75 % DE LA POPULA-TION !

RÉVOLUTIONNAIRES, SALUT ! L'HEURE DU COMBAT EST ARRI-
VÉE ! UNISSONS-NOUS POUR LA VICTOIRE !

RÉUNION AU GYMNASE À 19 HEURES !

GRÈVE ! GRÈVE ! GRÈVE ! GRÈVE ! GRÈVE ! GRÈVE !

Ce qui se produisit à la station de télévision WBZ-TV de
Boston avait été préparé la veille au soir par trois journalistes et six techniciens, tous du studio 6. Cinq de ces
hommes jouaient régulièrement au poker, et six étaient
déjà malades. Convaincus qu'ils n'avaient plus rien à
perdre, ils se procurèrent près d'une douzaine de revol-
vers. Bob Palmer, qui présentait le journal télévisé du
matin, les transporta dans le sac de voyage où il mettait
habituellement ses blocs-notes et ses stylos.

L'immeuble qui abritait les studios était entièrement
bouclé par des volontaires de la Garde nationale, leur
avait-on dit. Mais Palmer avait fait remarquer à George
Dickerson qu'il n'avait encore jamais vu de volontaires
quinquagénaires.

À 9 h 01 du matin, juste après que Palmer eut
commencé à lire le texte lénifiant que lui avait remis dix
minutes plus tôt un sous-officier de l'armée, les neuf
conjurés s'étaient emparés de la station de télévision. Les
soldats, qui ne s'attendaient pas du tout à ce que des civils
plus habitués à observer de loin les catastrophes qu'à se
lancer dans le feu de l'action leur fassent des difficultés,
avaient été totalement pris au dépourvu et s'étaient laissé
désarmer. D'autres employés de la station étaient venus
rejoindre les insurgés. Très vite, ils s'étaient assurés du
sixième étage et avaient verrouillé toutes les portes. Puis
ils avaient appelé tous les ascenseurs au sixième étage
avant que les soldats qui gardaient le hall d'entrée n'aient
eu le temps de comprendre ce qui se passait. Trois soldats
avaient essayé de monter par l'escalier de secours, du côté
est. Un homme du service d'entretien, un certain Charles
Yorkin, avait tiré un coup de fusil au-dessus de leurs
têtes, seul coup de feu de toute l'opération.

Les téléspectateurs de la station WBZ-TV virent alors Bob Palmer s'arrêter en plein milieu d'une phrase, puis l'entendirent dire : « Allez, on y va ! » Il y eut ensuite un bruit de bagarre hors du champ de la caméra. Quand ce fut terminé, des milliers de téléspectateurs médusés virent reparaître Bob Palmer, un pistolet au poing.

Quelque part dans le studio, une voix rauque jubilait :

— On les a eus, Bob ! On a eu les salopards ! Tous !

— Parfait, bon travail, dit Palmer qui se tourna ensuite vers la caméra. Habitants de Boston, Américains qui nous écoutez : quelque chose de grave et de terriblement important vient de se produire dans ce studio. Et je suis heureux que cet événement se soit produit à Boston, berceau de l'indépendance de l'Amérique. Depuis sept jours, nos studios sont sous la surveillance d'hommes qui prétendent faire partie de la Garde nationale. Des hommes en kaki, armés, qui montaient la garde à côté de nos cameramen, à la régie, devant nos téléscripteurs. Avons-nous truqué les informations que nous vous communiquions ? J'ai le regret de vous dire que oui. On m'a forcé à lire des textes préparés à l'avance, pratiquement en me mettant un pistolet sur la tempe. Ces textes portaient sur la prétendue épidémie de super-grippe, et tout ce qu'ils disaient était totalement faux.

Les voyants du standard téléphonique commencèrent à clignoter. Quinze secondes plus tard, ils étaient tous allumés.

— Nos cameramen ont pris des films qui ont été confisqués ou détruits. Les reportages de nos journalistes ont disparu. Mais nous avons un film, mesdames et messieurs, et nous avons des correspondants ici même, dans ce studio — pas des journalistes professionnels, mais des témoins de ce qui est peut-être le plus grand désastre que ce pays ait jamais connu... et je n'utilise pas ces mots à la légère. Nous allons maintenant vous présenter une partie de ce film. Il a été tourné clandestinement et la qualité technique de l'image n'est pas toujours très bonne. Mais nous qui venons de libérer notre station de télévision, nous croyons que ces images vous suffiront, et même qu'elles vous suffiront amplement.

Il leva les yeux, sortit un mouchoir de la poche de son blazer et se moucha. Les téléspectateurs qui avaient une bonne télé couleurs purent voir qu'il était rouge et qu'il avait de la fièvre.

— Si tout est prêt, George, vas-y.

Des images tournées à l'Hôpital général de Boston apparurent alors sur les écrans. Les salles étaient bondées. Des malades étaient couchés par terre, jusque dans les couloirs. Les infirmières, certaines manifestement malades, couraient dans tous les sens. Plusieurs pleuraient. D'autres étaient en état de choc, presque comateuses.

Des images de soldats armés aux coins des rues. Des images de portes défoncées.

Puis le visage de Bob Palmer réapparut sur l'écran.

— Mesdames et messieurs, dit-il d'une voix calme, si vous avez des enfants, je vous conseille de leur dire de ne pas regarder ce qui va suivre.

L'image floue d'un camion qui reculait sur une jetée du port de Boston, un camion kaki de l'armée. Au-dessous, ballottée par les vagues, une barge recouverte de bâches. Deux soldats, le visage caché sous leur masque à gaz, descendaient de la cabine du camion. L'image sauta un peu, puis se stabilisa au moment où les deux hommes écartaient la toile qui fermait l'arrière du camion. Ils grimpèrent à l'intérieur et les cadavres commencèrent à dégringoler dans la barge : femmes, vieillards, enfants, policiers, infirmières ; ils tombaient en pirouettant du haut du quai, avalanche qui semblait ne jamais vouloir finir. À un moment du film, on put voir distinctement que les soldats se servaient de fourches pour sortir les corps.

Palmer garda l'antenne pendant deux heures, lisant d'une voix de plus en plus rauque coupures de presse et bulletins, interviewant les autres membres de l'équipe. Il continua jusqu'à ce que quelqu'un au rez-de-chaussée se rende compte qu'il n'était pas nécessaire de reprendre le sixième étage pour tout arrêter. À 11 h 16, l'émetteur WBZ

303

se tut, définitivement détruit par une charge de dix kilos de plastic.

Palmer et ses complices du sixième étage furent exécutés sommairement, coupables d'avoir trahi le gouvernement des États-Unis d'Amérique.

Le *Call-Clarion* était un petit hebdomadaire qu'un avocat en retraite, James D. Hogliss, publiait à Durbin, en Virginie-Occidentale. Il s'était toujours bien vendu, car Hogliss avait courageusement combattu en faveur des mineurs quand ils avaient voulu fonder un syndicat à la fin des années quarante. Et depuis, l'ancien avocat ne cessait de tirer à boulets rouges dans ses éditoriaux sur les bureaucrates incompétents de la municipalité, de l'État, de Washington.

Hogliss avait normalement des livreurs, mais en cette belle matinée d'été il distribuait lui-même son hebdomadaire dans sa Cadillac 1948 dont les gros pneus à flancs blancs crissaient dans les rues désertes de Durbin. Les journaux s'entassaient sur les banquettes et dans le coffre. Ce n'était pas le jour où sortait normalement le *Call-Clarion,* mais le journal ne comptait cette fois-ci qu'une seule page imprimée en gros caractères et bordée d'un bandeau noir. En haut, ÉDITION SPÉCIALE, la première depuis 1980, lorsqu'un coup de grisou dans la mine de Ladybird avait fait quarante victimes.

Au-dessous, un titre : ÉPIDÉMIE CATASTROPHIQUE — LE GOUVERNEMENT CACHE LA VÉRITÉ !

Puis une légende : *James D. Hogliss, en exclusivité pour le* Call-Clarion.

Et plus bas : *Nous avons appris de sources bien informées que l'épidémie de grippe (communément appelée dans notre région la grippe étrangleuse) est en réalité causée par une mutation mortelle du virus de la grippe ordinaire, créée par notre gouvernement à des fins militaires — en violation flagrante des accords de Genève relatifs à la guerre bactériologique et chimique, accords que les représentants des États-Unis ont signés il y a sept ans. Notre informateur, un officier de l'armée actuellement en poste à Wheeling, précise qu'il est « absolument faux » qu'un vaccin soit bientôt prêt. Aucun vaccin, selon notre informateur, n'a encore été mis au point.*

La situation est si grave qu'on ne peut plus simplement parler d'une catastrophe ou d'une tragédie. C'est la fin de toute la confiance que nous pouvions avoir dans notre gouvernement. S'il a pu commettre pareille infamie, alors...

Hogliss était malade, à bout de forces. Pour rédiger son éditorial, il avait dû rassembler tout ce qu'il lui restait d'énergie. Ses poumons étaient remplis de mucosités. Il haletait, comme s'il venait de monter six étages à pied. Et pourtant, il allait méthodiquement de porte en porte, déposant ses journaux sans même savoir s'il y avait encore quelqu'un à l'intérieur, si ce quelqu'un aurait encore la force de sortir pour ramasser ce qu'il avait laissé devant sa porte. Finalement, il arriva à la sortie ouest de la ville, le quartier des pauvres, avec ses cabanes, ses roulottes, ses odeurs de fosses septiques. Il ne restait plus de journaux que dans le coffre qu'il laissa ouvert. Et le coffre s'ouvrait et se fermait avec les cahots de la route. Un terrible mal de tête aveuglait le vieil homme, lui faisait voir double.

Lorsqu'il eut visité la dernière maison, une cabane en planches près du passage à niveau, il lui restait encore un ballot de vingt-cinq journaux. Il coupa la ficelle avec son vieux canif et laissa le vent les emporter. Il pensait à son informateur, un major aux yeux fous muté à Wheeling trois mois plus tôt. Auparavant, il avait travaillé pour un projet ultra-secret, en Californie, le Projet Bleu. Là-bas, le major était responsable des services de sécurité. Pendant l'interview, il n'avait pas cessé de tripoter son pistolet. Hogliss était convaincu qu'il n'allait pas tarder à utiliser son arme, si ce n'était déjà fait.

Il revint s'asseoir au volant de sa Cadillac, seule voiture qu'il avait jamais eue depuis son vingt-septième anniversaire, et comprit qu'il était trop fatigué pour conduire. Il laissa alors sa tête basculer contre le dossier de la banquette, écouta les sifflements qui sortaient de sa poitrine, regarda le vent emporter paresseusement ses journaux jusqu'au passage à niveau. Certains restaient pris dans des arbres où ils pendaient comme d'étranges fruits. Tout près, il pouvait entendre le gazouillis du ruisseau où il allait pêcher quand il était petit garçon. Il n'y avait plus de poissons, naturellement — les mines de charbon s'étaient chargées de les exterminer. Mais le bruit était toujours le même, apaisant. Le vieil homme ferma les yeux, s'endormit et mourut une heure et demie plus tard.

Le *Los Angeles Times* n'eut le temps d'imprimer que 26 000 exemplaires de son édition spéciale d'une page avant que la censure militaire ne découvre qu'il ne s'agissait pas d'un cahier publicitaire, comme on le lui avait dit. La riposte fut foudroyante. Le communiqué officiel du FBI annonça que des « extrémistes » avaient plastiqué les rotatives du *Los Angeles Times,* causant la mort de vingt-huit employés. Le FBI n'eut pas à expliquer comment l'explosion avait pu faire des trous dans chacune de ces vingt-huit têtes, car les cadavres furent jetés en mer avec ceux de plusieurs milliers de victimes de la super-grippe.

Pourtant, 10 000 exemplaires avaient été distribués, et ce fut suffisant. Un titre en caractères de 36 points :

ÉPIDÉMIE MORTELLE SUR LA CÔTE OUEST
Les habitants fuient par milliers
Le gouvernement cache la vérité

LOS ANGELES — Certains des membres de la Garde nationale dépêchés à Los Angeles pour prêter main-forte à l'occasion de la tragédie actuelle sont en réalité des officiers supérieurs de l'armée. Leur travail consiste notamment à dire à la population terrorisée de

Los Angeles que la super-grippe n'est que « légèrement plus virulente » que les souches de Londres ou
de Hong Kong... Si c'est le cas, on s'explique mal
pourquoi tous portent des respirateurs. Le président
prononcera un discours ce soir à dix-huit heures (heure
de Los Angeles). Selon certaines sources, le président
va prendre la parole dans un décor absolument iden-
tique à son bureau de la Maison-Blanche, mais en réalité installé au fond d'un bunker souterrain. Son attaché
de presse a formellement démenti ces informations
qu'il qualifie d'hystériques et de malintentionnées.
Selon le texte du discours qui a été communiqué à
l'avance à la presse, le président a l'intention de
« gronder » le peuple américain qui, selon lui, manquerait de sang-froid. La panique actuelle serait, toujours
selon lui, semblable à celle qui avait suivi la célèbre
émission d'Orson Welles au début des années trente,
La Guerre des Mondes.

Le *Times* souhaiterait que le président réponde à
cinq questions :

1. Pourquoi des brutes en uniforme nous empêchent-
elles d'informer le public, en violation flagrante de la
Constitution ?

2. Pourquoi les routes 5, 10 et 15 ont-elles été fermées par des blindés et des transports de troupes ?

3. S'il s'agit d'une « épidémie mineure de grippe »,
pourquoi la loi martiale a-t-elle été décrétée à Los
Angeles ?

4. S'il s'agit d'une « épidémie mineure de grippe »,
pourquoi remorque-t-on en mer des trains de barges ?
Ces barges contiennent-elles ce que nous craignons, et
ce que des sources bien informées nous assurent qu'elles
contiennent : les cadavres des victimes de l'épidémie ?

5. Enfin, si un vaccin doit vraiment être distribué
aux médecins et hôpitaux de la région au début de la
semaine prochaine, pourquoi aucun des quarante-six
médecins interrogés par ce journal n'est au courant du
programme de distribution ? Pourquoi aucune clinique

n'a été équipée pour administrer ce vaccin ? Pourquoi pas un seul des dix distributeurs de produits pharmaceutiques que nous avons interrogés n'a entendu parler du vaccin ou reçu des instructions du ministère de la Santé ?

Nous demandons au président de répondre à ces questions dans son discours. Et surtout, nous lui demandons de mettre un terme à ces pratiques totalitaires, de renoncer à cette tentative insensée de cacher la vérité...

À Duluth, un homme sandwich faisait les cent pas sur l'avenue Piedmont, en short kaki et en sandales. Une grosse tache de cendre lui maculait le front et sur ses épaules décharnées pendaient les deux panneaux où un message était gribouillé en lettres maladroites.

Devant on pouvait lire :

L'HEURE DE LA FIN A SONNÉ
LE CHRIST NOTRE SAUVEUR SERA BIENTÔT DE RETOUR
PRÉPARE-TOI À RENCONTRER TON DIEU !

Et derrière :

MALHEUR À CEUX QUI N'ONT PAS LE CŒUR EN PAIX
LES PUISSANTS SERONT TERRASSÉS ET LES FAIBLES GRANDIS
LA GRANDE NOIRCEUR EST PROCHE
MALHEUR À TOI, SION

Quatre jeunes gens en blouson de cuir, tous enrhumés, tous avec une mauvaise toux, foncèrent sur l'homme au short kaki et le frappèrent avec ses panneaux jusqu'à ce qu'il perde connaissance. Puis ils prirent la fuite. L'un d'eux hurla par-dessus son épaule :

— Ça t'apprendra à faire peur aux gens ! Ça t'apprendra à faire peur aux gens, espèce de cinglé !

À Springfield, dans le Missouri, l'émission la plus écoutée le matin était *Vous avez la parole,* sur la station KLFT. Ray Flowers, l'animateur, disposait de six lignes téléphoniques dans la petite cabine où il travaillait. Ce matin-là, 26 juin, il fut le seul employé de KLFT à se présenter au travail. Il savait ce qui se passait dehors. Il avait peur. Depuis une semaine à peu près, tous les gens qu'il connaissait étaient tombés malades. Il n'y avait pas de soldats à Springfield, mais il avait entendu dire qu'on avait appelé la Garde nationale à Kansas City et à Saint Louis pour « tranquilliser la population » et « empêcher le pillage ». Ray Flowers se sentait en pleine forme. Songeur, il regardait son matériel : les téléphones, la boucle de retard qui lui permettait de couper les auditeurs qui de temps en temps décidaient de dire des cochonneries, les cassettes de messages publicitaires (« *Les W.-C. sont en train de déborder... et vous ne savez plus quoi faire... Appelez l'homme au siphon magique... Appelez Jack le Plombier !* »), et naturellement le micro.

Il s'alluma une cigarette et ferma à clé la porte du studio. Puis il entra dans sa petite cabine dont il verrouilla également la porte. Il arrêta la musique enregistrée que débitait un magnétophone, lança son indicatif musical, puis s'installa devant le micro.

— Bonjour tout le monde. Ici Ray Flowers et *Vous avez la parole.* Ce matin, un seul sujet vous intéresse, j'en suis sûr. La super-grippe, l'Étrangleuse ou le Grand Voyage, tout ça c'est du pareil au même. J'ai entendu des histoires horribles. Apparemment, l'armée contrôle tout. Si vous voulez en parler, je suis prêt à vous écouter. Nous vivons encore dans un pays libre, non ? Et comme je suis tout seul ici ce matin, nous allons procéder un peu différemment. J'ai arrêté la machine qui me sert à filtrer les appels et je pense que nous pouvons nous passer de messages publicitaires. Si le Springfield que vous voyez ressemble à celui que je vois du haut des fenêtres de KLFT, je n'ai pas l'impression que vous aurez tellement envie d'aller faire des courses aujourd'hui. Bon — quand faut y aller, faut y aller, comme disait ma mère. Nos numéros de téléphone : 555-8600 et 555-8601. Si les lignes sont occupées, soyez patients. Je suis tout seul aujourd'hui.

Un détachement de l'armée se trouvait à Carthage, à 80 kilomètres de Springfield. Une patrouille partit aussitôt pour s'occuper de Ray Flowers. Deux hommes refusèrent d'exécuter les ordres. Ils furent abattus sur-le-champ.

Dans l'heure qu'il fallut aux soldats pour arriver à Springfield, Ray Flowers reçut plusieurs appels. Un médecin qui disait que les gens crevaient comme des mouches et que le gouvernement mentait comme un arracheur de dents quand il parlait d'un vaccin ; une infirmière qui confirmait qu'on évacuait les cadavres des hôpitaux de Kansas City par pleins camions ; une femme en plein délire qui prétendait voir des soucoupes volantes ; un fermier qui avait vu des militaires creuser un fossé sacrément long avec deux bulldozers dans un champ au bord de la route 71, au sud de Kansas City ; une demi-douzaine d'autres encore.

— Ouvrez ! fit une voix assourdie. Au nom du gouvernement des États-Unis, ouvrez !

Ray regarda sa montre. Midi et quart.

— Eh bien, dit-il, on dirait que les Marines viennent de débarquer. Mais je vais continuer à prendre vos appels. Vous...

Le crachotement d'une arme automatique, et la poignée de la porte du studio tomba sur le tapis. De la fumée bleue sortait du trou. Un coup d'épaule et la porte s'ouvrit. Une demi-douzaine de soldats en tenue de combat se précipitèrent à l'intérieur, masques à gaz sur le visage.

— Des soldats viennent d'entrer dans le studio, reprit Ray. Ils sont armés jusqu'aux dents... on dirait le débarquement de Normandie. À part les masques à gaz...

— Arrêtez ! hurla un sergent bâti comme une armoire à glace.

Il le menaçait avec son fusil, derrière la vitre de la cabine.

— Certainement pas ! répondit Ray.

Il avait très froid et, quand il prit sa cigarette dans le cendrier, il se rendit compte que ses doigts tremblaient.

310

— Cette station a un permis du gouvernement et...

— Je l'annule ton putain de permis ! Arrête tout !

— Certainement pas ! Mesdames et messieurs, continua Ray en s'approchant du micro, on vient de m'ordonner d'arrêter l'émetteur KLFT et j'ai refusé d'obéir. J'ai raison, il me semble. Ces types se comportent comme des nazis, pas comme des soldats américains. Je ne vais pas...

— Dernière chance ! fit le sergent en épaulant son arme.

— Sergent, dit un des soldats qui se tenait à la porte, je ne crois pas que vous pouvez...

— Si ce con ouvre encore la bouche, liquidez-le, ordonna le sergent.

— Je crois qu'ils vont tirer sur moi, dit Ray Flowers.

L'instant d'après, la vitre du studio de régie vola en éclats. Le réalisateur s'effondra sur son pupitre de contrôle. Un terrible sifflement, de plus en plus aigu, sortit d'un haut-parleur. Le sergent vida son chargeur sur le pupitre de contrôle et le sifflement s'arrêta. Les voyants des lignes téléphoniques continuaient à clignoter.

— O.K., dit le sergent en se retournant. Je veux être rentré à Carthage dans moins d'une heure et je ne vais pas...

Trois de ses hommes ouvrirent le feu sur lui en même temps, l'un d'eux avec un fusil automatique sans recul qui pouvait tirer soixante-dix balles à la seconde. Le sergent esquissa une curieuse danse de mort, puis tomba à la renverse à travers ce qui restait de la vitre de la cabine. L'une de ses jambes se contracta et sa botte de combat fit tomber quelques éclats de verre qui tenaient encore au châssis de métal.

Un jeune soldat dont les boutons d'acné ressortaient sur son visage couleur de petit-lait éclata en sanglots. Les autres restèrent figés sur place, incrédules. L'air empestait la poudre.

— On l'a eu ! hurla le soldat boutonneux. Nom de Dieu ! On a eu le sergent Peters !

Personne ne lui répondit. Ils étaient hébétés, incapables de comprendre ce qui était arrivé. C'était un jeu mortel, mais ce n'était pas leur jeu.

Le téléphone que Ray Flowers avait posé juste avant de mourir crachotait encore.

— Ray ? Vous êtes là, Ray ? disait une voix nasillarde, grossie par l'amplificateur. On vous écoute tous les jours, mon mari et moi. On voulait simplement vous dire que vous faites du bon travail. Continuez. Ne vous laissez pas impressionner par ces types. D'accord, Ray ? Ray ?... Ray ?...

COMMUNIQUÉ 234 ZONE 2 ULTRA-SECRET

DE : LANDON ZONE 2 NEW YORK

À : CREIGHTON COMMANDEMENT CENTRAL

OBJET : OPÉRATION CARNAVAL

MESSAGE : CORDON SANITAIRE NEW YORK TOUJOURS OPÉRATIONNEL ÉVACUATION DES CORPS CONTINUE VILLE RELATIVEMENT CALME X POPULATION COMMENCE À COMPRENDRE SITUATION PLUS RAPIDEMENT QUE PRÉVU MAIS AVONS SITUATION EN MAIN CAR MAJORITÉ POPULATION NE SORT PAS À CAUSE SUPER-GRIPPE XX ESTIMONS 50 % DES TROUPES GARDANT LES BARRAGES AUX POINTS D'ENTRÉE/SORTIE [PONT GEORGE WASHINGTON PONT TRIBOROUGH PONT BROOKLYN TUNNELS LINCOLN ET HOLLAND PLUS ACCÈS AUTOROUTES DE BANLIEUE] MAINTENANT ATTEINTS PAR SUPER-GRIPPE PLUPART DES HOMMES ENCORE CAPABLES SERVICE ACTIF XXX TROIS INCENDIES NON MAÎTRISÉS HARLEM 7ᵉ AVENUE SHEA STADIUM XXXX DÉSERTIONS DE PLUS EN PLUS NOMBREUSES EXÉCUTION SOMMAIRE DES DÉSERTEURS XXXXX ÉVALUATION PERSONNELLE SITUATION ENCORE VIABLE MAIS SE DÉTÉRIORE LENTEMENT XXXXXX FIN MESSAGE

LANSON ZONE 2 NEW YORK

À Boulder, dans le Colorado, le bruit commençait à courir que le Centre d'étude de la pollution atmosphérique de la Météorologie nationale était en fait un centre de recherches sur la guerre bactériologique. Un animateur à moitié délirant d'une station FM de Denver avait relancé la rumeur. À onze heures du soir, le 26 juin, les habitants de Boulder avaient commencé à fuir comme des lemmings. On envoya une compagnie de soldats de Denver-Arvada pour les arrêter. Autant essayer de nettoyer les écuries d'Augias à la balayette. Plus de onze mille civils — malades, terrorisés, avec une seule idée en tête : s'éloigner le plus vite et le plus loin possible du centre météorologique — bousculèrent les soldats. Des milliers d'autres s'éparpillèrent aux quatre points cardinaux.

À onze heures et quart, une terrible explosion déchira la nuit. Un jeune gauchiste, Desmond Ramage, venait de faire sauter dans le hall d'entrée du centre météorologique huit kilos de plastic destinés à l'origine à différents tribunaux de la région. L'explosif était de première qualité, le détonateur pas tout à fait au point. Ramage s'envola en fumée avec toute une collection d'appareils météorologiques parfaitement inoffensifs qui servaient en fait à mesurer la pollution.

Pendant ce temps, à Boulder, l'exode continuait.

COMMUNIQUÉ 771 ZONE 6 ULTRA SECRET

DE : GARETH ZONE 6 LITTLE ROCK

À : CREIGHTON COMMANDEMENT CENTRAL

OBJET : OPÉRATION CARNAVAL

MESSAGE : BRODSKY NEUTRALISÉ JE RÉPÈTE BRODSKY NEUTRALISÉ L'AVONS TROUVÉ DANS UNE CLINIQUE À LITTLE ROCK JUGÉ ET EXÉCUTÉ SOMMAIREMENT POUR TRAHISON CONTRE ÉTATS-UNIS D'AMÉRIQUE CERTAINS MALADES ONT VOULU INTERVENIR QUATORZE CIVILS BLESSÉS SIX TUÉS TROIS DE MES HOMMES BLESSÉS AUCUN GRAVEMENT X FORCES ZONE 6 TRAVAILLENT À 40 % CAPACITÉ SEULEMENT ÉVALUE À 25 % LES HOMMES ENCORE EN SERVICE ACTIF MAINTENANT ATTEINTS PAR SUPER-GRIPPE 15 % DÉSERTEURS XX GRAVE INCIDENT DANS APPLICATION PLAN D'URGENCE F COMME FRANK XXX SERGENT T.L. PETERS EN POSTE CARTHAGE MISSOURI DÉTACHÉ POUR MISSION URGENTE À SPRINGFIELD MISSOURI APPAREMMENT ASSASSINÉ PAR SES HOMMES XXXX AUTRES INCIDENTS SEMBLABLES POSSIBLES MAIS NON CONFIRMÉS SITUATION SE DÉTÉRIORE RAPIDEMENT XXXXX FIN MESSAGE

GARFIELD ZONE 6 LITTLE ROCK

Pendant que la nuit s'étendait sur la terre comme un éthéromane sur son divan, deux mille étudiants de la Kent

State University, dans l'Ohio, étaient sur le sentier de la guerre. Deux mille émeutiers au total : les étudiants qui prenaient des cours de rattrapage, les membres d'un colloque sur la future école de journalisme de l'université, cent vingt stagiaires en art dramatique, deux cents membres des Futurs agriculteurs d'Amérique, association régionale de l'Ohio, dont le congrès s'était ouvert au moment où la super-grippe commençait à se propager comme un feu de broussailles. Tous étaient enfermés sur le campus depuis le 22 juin, quatre jours plus tôt.

Voici la transcription des messages captés sur la fréquence de la police entre 19 h 16 et 19 h 22.

— Unité 16, unité 16, vous m'entendez ? À vous.

— Euh... je vous entends, unité 20. À vous.

— Euh... un groupe vient par ici, unité 16. À peu près soixante-dix et... euh... du nouveau, unité 16, un autre groupe arrive de l'autre côté... Nom de Dieu, au moins deux cents on dirait. À vous.

— Unité 20. Ici poste central. Vous m'entendez ? À vous.

— Je vous entends, poste central. À vous.

— Je vous envoie Chumm et Halliday. Bloquez la route avec votre voiture. Aucune autre intervention. S'ils vous passent par-dessus, écartez les cuisses et profitez-en. Pas de résistance, vous m'entendez ? À vous.

— J'ai bien compris, pas de résistance, poste central. Qu'est-ce qu'ils fabriquent ces soldats, du côté est ? À vous.

— Quels soldats ? À vous.

— C'est ce que je demandais, poste central. Ils sont en train...

— Poste central, ici Dudley Chumm. Merde ! Ici unité 12. Je m'excuse, poste central. Un groupe d'étudiants sur Burrows Drive. Environ cent cinquante. Ils vont rejoindre les autres. Ils chantent ou ils crient quelque chose. Chef ! Nom de Dieu ! Il y a des soldats par ici aussi. Ils ont des masques à gaz, je crois. On dirait qu'ils se mettent en tirailleurs. Ça m'en a tout l'air en tout cas. À vous.

— Poste central à unité 12. Rejoignez l'unité 20. Même consigne. Pas de résistance. À vous.

— Bien compris, poste central. J'y vais. À vous.

— Poste central, ici unité 17. C'est Halliday qui parle, poste central. Vous me recevez ? À vous.

— Je vous reçois, 17. À vous.

— Je suis derrière Chumm. Un autre groupe de deux cents étudiants avance en direction de l'est. Ils portent des pancartes. SOLDATS JETEZ VOS ARMES. J'en vois une autre : LA VÉRITÉ TOUTE LA VÉRITÉ RIEN QUE LA VÉRITÉ. Ils...

— Je m'en fous de ce qu'il y a d'écrit sur les pancartes, unité 17. Allez-y avec Chumm et Peters et arrêtez-les. On dirait que ça va péter. À vous.

— Bien compris. Terminé.

— Ici Richard Burleigh, chef du service de sécurité du campus, je parle au chef des forces militaires postées sur le côté sud du campus. Je répète : ici Burleigh, chef des services de sécurité. Je sais que vous nous écoutez. Alors, pas la peine de jouer au plus malin et accusez réception. À vous.

— Ici colonel Albert Philips, armée de terre. Je vous écoute, Burleigh.

— Poste central, unité 16. Les étudiants se rassemblent devant le monument aux morts. On dirait qu'ils avancent vers les soldats. Ça sent mauvais. À vous.

— Ici Burleigh, colonel Philips. Quelles sont vos intentions ? À vous.

— Mes ordres sont de ne laisser personne sortir du campus. J'ai l'intention d'exécuter mes ordres. Si ces étudiants ne font que manifester, pas de problème. S'ils essaient de sortir... À vous.

— Vous ne voulez pas dire...

— J'ai dit ce que j'ai dit, Burleigh. Terminé.

— Philips ! Philips ! répondez-moi, nom de Dieu ! Ce ne sont pas des Viets ! Ce sont des enfants ! Des Américains ! Ils ne sont pas armés ! Ils...

— Unité 13 au poste central. Les étudiants s'avancent vers les soldats, chef. Ils chantent une chanson. La chanson de cette chanteuse, une belle petite poule, quelque chose comme Baez je crois. Oh... Merde ! J'ai l'impression qu'ils lancent des pierres. Ils... Nom de Dieu ! Bordel de merde ! Ils peuvent pas faire ça !

— Poste central à unité 13 ! Qu'est-ce qui se passe ? Répondez !

— Ici Chumm. Je vais te dire ce qui arrive. Un massacre. Je peux pas regarder ça. Les salauds ! Ils... comme au tir au pigeon. Avec des mitrailleuses, on dirait. J'ai pas l'impression qu'ils ont fait les sommations. Ceux qui sont encore debout... euh... ils se dispersent... ils courent dans tous les sens. Nom de Dieu ! Une fille vient de se faire couper en deux ! Du sang... il y en a au moins soixante-dix, quatre-vingts couchés sur l'herbe. Ils...

— Chumm ! Répondez ! Répondez, unité 12 !

— Poste central, ici unité 17. Vous recevez ? À vous.

— Je vous reçois, mais où est ce foutu Chumm ? À vous !

— Chumm et... Halliday, je crois... oui, je crois qu'ils sont sortis de leurs voitures pour voir de plus près. Nous revenons, Dick. On dirait que les soldats se tirent dessus entre eux. Je ne sais pas qui est en train de gagner, et je m'en fous. Ce sera bientôt notre tour, je crois. Si on arrive à sortir de là, je propose qu'on descende tous au sous-sol et qu'on attende qu'ils n'aient plus de munitions. À vous.

— Bordel de Dieu...

— Le tir au pigeon continue, Dick. Je plaisante pas. Terminé.

Dans la majeure partie des échanges dont on vient de lire la transcription, l'auditeur peut entendre de petites détonations dans le lointain, assez semblables à celles que font des marrons jetés dans un feu. On entend aussi de faibles cris... et, durant les dernières quarante secondes à peu près, la toux sourde des mortiers.

Voici la transcription des messages captés sur une fréquence HF spéciale dans le sud de la Californie, entre 19 h 17 et 19 h 20, heure locale.

— Massingill, Zone 10. Vous m'entendez, Base Bleue ? Code Annie Oakley, extrême urgence. Répondez si vous êtes là. À vous.

— Ici Len, David. Pas la peine de s'emmerder avec les codes. Personne n'écoute.

— Nous ne contrôlons plus du tout la situation, Len. Los Angeles est en flammes, toute la ville, partout. Tous nos hommes sont malades. Ceux qui étaient encore valides ont déserté. Ils pillent les magasins avec les civils. Je suis en haut de la tour de la Bank of America. À peu près six cents personnes essayent d'entrer pour me faire la peau. La plupart sont des soldats.

— Tout s'écroule, le centre ne tient plus.

— Répétez. Je n'ai pas compris.

— Ça ne fait rien. Vous pouvez sortir ?

— Sûrement pas. Mais je vais faire danser ces salopards. Les premiers en tout cas. J'ai un fusil automatique avec moi. Salauds ! Bande de salauds !

— Bonne chance, David.

— Vous aussi. Tenez bon.

— Comptez sur moi.

— Je ne sais pas si...

Les communications verbales s'interrompent alors. Un crissement de métal qu'on force, un bruit de vitres cassées. Des cris. Des détonations d'armes légères, et ensuite, tout près de l'émetteur, les explosions sourdes de ce qui pourrait bien être une arme automatique. Les hurlements se rapprochent. Le sifflement d'une balle qui ricoche, un hurlement à côté de l'émetteur, un bruit sourd, le silence.

Voici la transcription des messages captés sur la fréquence normale de l'armée, à San Francisco, entre 19 h 28 et 19 h 30, heure locale.

— Soldats et frères ! Nous avons pris la station de radio et le quartier général ! Vos oppresseurs sont morts ! Moi, frère Zénon, jusqu'à présent caporal chef Roland

Gibbs, je me proclame premier président de la République de Californie du Nord ! Nous avons pris le pouvoir ! Nous avons pris le pouvoir ! Si vos officiers tentent de désobéir à mes ordres, abattez-les ! Abattez-les comme des chiens ! Comme des chiens ! Comme des chiennes pleines de merde ! Notez le nom, le grade et le matricule des déserteurs ! Notez le nom de ceux qui parlent de sédition ou de trahison contre la République de la Californie du Nord ! Une ère nouvelle est arrivée ! Les jours de l'oppression sont terminés ! Nous sommes...

Le crépitement d'une mitraillette, des hurlements. Des bruits sourds. Plusieurs coups de feu, encore des cris, une longue rafale de mitraillette. Un gémissement d'agonie qui s'éternise. Trois secondes de silence total.

— Ici le major Alfred Nunn, armée de terre. Je prends le commandement temporaire de la région de San Francisco. Nous avons liquidé les traîtres qui s'étaient emparés du quartier général. J'ai la situation en main, je répète, j'ai la situation en main. Les déserteurs seront traités comme auparavant : avec la dernière rigueur, je répète, avec la dernière rigueur. Je suis maintenant...

Encore des coups de feu. Un cri.

Une voix lointaine :

— *Tous ! Tuez-les tous ! Mort aux cochons de militaires...*

Une fusillade nourrie. Puis le silence.

À 21 h 16, heure de l'est, ceux qui avaient encore la force de regarder la télévision dans la région de Portland, État du Maine, virent avec une horreur tranquille sur la chaîne WCSH-TV un énorme Noir manifestement dérangé, complètement nu à part un petit pagne de cuir rose et une casquette d'officier de marine, procéder à soixante-deux exécutions publiques.

Ses collègues, noirs eux aussi et à peu près nus, portaient tous des pagnes et un insigne ou quelque chose montrant qu'ils avaient autrefois été militaires. Ils étaient équipés d'armes automatiques et semi-automatiques. Dans un studio où le public avait autrefois assisté à des jeux télévisés ou à des prises de bec entre candidats à la mairie, d'autres membres de cette junte noire armés de fusils et de pistolets tenaient en respect environ deux cents soldats en uniformes kaki.

L'énorme Noir, qui souriait beaucoup en montrant des dents remarquablement blanches et régulières, était debout à côté d'une grosse boule de verre, un 45 automatique au poing. À une époque qui paraissait déjà lointaine, la boule servait à tirer au sort le nom des heureux gagnants des jeux télévisés.

Il fit tourner la boule, y pêcha un permis de conduire, puis dit d'une voix de stentor :

— Soldat de première classe Franklin Stern, venez me rejoindre sur le plateau, s'il vous plaît.

Les types armés qui encadraient le public se mirent à chercher autour d'eux, tandis qu'un cameraman qui manquait certainement d'expérience faisait des panoramiques sautillants sur le public.

Finalement, deux Noirs empoignèrent un jeune homme aux cheveux blonds qui n'avait sans doute pas plus de dix-neuf ans et le firent descendre sur le plateau, en dépit de ses vives protestations. Puis ils le forcèrent à se mettre à genoux. Le grand Noir fit un large sourire, éternua, cracha par terre et colla son 45 automatique sur la tempe du soldat de première classe Stern.

— Non ! hurlait Stern. Je vais faire ce que vous voulez, je vous le promets ! Je vais...

— Au-nom-du-père-et-du-fils-et-du-saint-esprit, entonna le grand Noir en se fendant d'un grand sourire avant d'appuyer sur la détente.

Une grosse flaque de sang et de cervelle se forma un peu derrière l'endroit où le soldat de première classe Stern avait été forcé de se mettre à genoux. Le gros Noir y apporta sa contribution, sous la forme d'un énorme mollard.

Ploc.

Le Noir éternua encore et faillit tomber par terre. Un

319

autre Noir, celui-ci dans la régie (il était habillé d'une casquette de treillis et d'un caleçon d'un blanc immaculé), appuya sur le bouton APPLAUDISSEZ, et le panneau lumineux se mit à clignoter devant le public. Les Noirs qui surveillaient le public levèrent leurs armes d'un air menaçant et leurs prisonniers, des soldats blancs, le visage luisant de sueur, applaudirent frénétiquement.

— Suivant ! annonça le grand Noir, et il plongea la main dans la boule de verre. Caporal chef Roger Petersen, venez me rejoindre sur le plateau, s'il vous plaît !

Dans le public, un homme poussa un hurlement et voulut faire un plongeon en direction des portes. Quelques secondes plus tard, il était sur le plateau. Dans la confusion, un homme assis au troisième rang voulut arracher de sa vareuse la plaquette de plastique où l'on pouvait lire son nom. Un coup de feu partit et on le vit s'affaisser dans son fauteuil, les yeux vitreux, comme si une émission mortellement ennuyeuse l'avait mis dans un état semi-comateux.

Le spectacle dura jusque vers onze heures et quart, lorsqu'une quarantaine d'hommes des troupes régulières, équipés de masques à gaz et de mitraillettes, firent irruption dans le studio. Et ce fut aussitôt la guerre.

Le grand Noir au pagne tomba presque immédiatement. Dégoulinant de sueur, hurlant des jurons, criblé de balles, il tirait encore comme un fou avec son pistolet automatique. L'homme qui s'occupait de la caméra numéro 2 fut touché au ventre et, comme il se baissait pour rattraper ses intestins, sa caméra fit un lent tour d'horizon, offrant aux spectateurs un splendide et paisible panoramique sur le studio. Comme les gardiens à moitié nus ripostaient, les soldats équipés de masques à gaz arrosèrent tout le studio. Si bien que les soldats désarmés qui se trouvaient pris entre deux feux, au lieu d'être sauvés, virent simplement leur dernière heure arriver un peu plus vite.

Un jeune homme aux cheveux carotte, le visage déformé par la panique, commença à gambader sur les dossiers des fauteuils et traversa six rangées comme un acrobate sur des échasses, avant qu'un déluge de balles de calibre 45 ne lui fauche les deux jambes. D'autres rampaient entre les fauteuils, le nez collé sur le tapis, comme on leur avait appris à ramper sous le feu ennemi quand ils faisaient leurs classes. Un sergent aux cheveux gris se leva, étendit les bras comme une vedette de télévision qui fait son entrée sur le plateau et hurla à pleins poumons : *Arrêtez !* Le feu des deux camps se concentra sur lui et il se désintégra en tressautant, comme une marionnette. À la régie, les coups de feu et les hurlements des blessés faisaient sauter les aiguilles à plus de 50 dB.

Le cameraman tomba sur la poignée de sa caméra et les téléspectateurs ne virent plus désormais que le plafond du studio durant le reste du combat. Le feu s'apaisa quelque peu et, cinq minutes plus tard, on n'entendait plus que des détonations isolées. Puis plus rien. À part les cris.

À 11 h 05, le plafond du studio fut remplacé sur les écrans des téléspectateurs par un personnage de bandes dessinées assis devant sa télévision. Sur l'écran, un message : DIFFICULTÉS TEMPORAIRES.

Et tandis que la soirée touchait à sa fin, sans doute pouvait-on en dire autant de presque tout le monde, si ce n'est que ces difficultés n'avaient rien de temporaire.

À Des Moines, à 23 h 30, heure de Chicago, une vieille Buick constellée d'autocollants religieux — SI VOUS AIMEZ JÉSUS, KLAXONNEZ — patrouillait inlassablement les rues désertes du centre de la ville. Un peu plus tôt dans la journée, un incendie avait rasé la majeure partie du quartier de Hull Avenue et le collège ; ensuite, il y avait eu une émeute dans le centre qui ressemblait maintenant à un champ de bataille.

Au coucher du soleil, les rues s'étaient remplies d'une foule nerveuse qui tournait en rond, des jeunes pour la plupart, beaucoup en motos. Ils avaient cassé les vitrines, volé des téléviseurs, fait le plein aux stations-service en regardant autour d'eux, au cas où quelqu'un aurait été armé. Puis les rues s'étaient vidées. Les motards embouteillaient encore l'autoroute 80, mais la plupart s'étaient terrés derrière une porte fermée à double tour, déjà atteints par la super-grippe ou sur le point de l'être, quand la nuit tomba sur le pays des grands espaces. On aurait dit que Des Moines sortait de quelque monstrueux réveillon, lorsque les derniers fêtards vont s'écraser sur leur lit. Les pneus blancs de la Buick écrasèrent du verre brisé, puis la voiture tourna à l'ouest pour prendre Euclid Avenue. Elle dépassa deux autos qui s'étaient heurtées de plein fouet et qui gisaient maintenant sur le côté, leurs pare-chocs étroitement enlacés comme deux amants après un double homicide réussi. Un haut-parleur était installé sur le toit de la Buick. Il se mit à craquer, puis on entendit les crachotements d'une aiguille sur les premiers sillons d'un disque usé, et bientôt, tonitruants dans les rues spectrales et désertes de Des Moines, les roucoulements de Mother Maybelle Carter qui vous recommandait vivement de voir la vie en rose.

Prenez la vie en rose,
Toujours en rose,
Prenez toujours la vie en rose.
Alors tous vos problèmes,
Vous les verrez s'envoler
Si vous prenez la vie en rose...

La vieille Buick continuait à marauder, faisait des huit, tournait en rond, parfois trois ou quatre fois autour du même pâté de maisons. Quand ses roues passaient sur une bosse (ou sur un corps), l'aiguille sautait.

À minuit moins vingt, la Buick se rangea contre le trottoir. Puis elle repartit. Cette fois, c'était Elvis Presley qui chantait *The Old Rugged Cross*. Un petit vent frais murmurait dans les arbres, soulevant encore quelques bouffées de fumée au-dessus des décombres.

Extraits du discours du président, prononcé à vingt et une heures, heure de Washington, qui n'a pu être diffusé dans de nombreuses régions.

« ... une grande nation comme la nôtre doit faire. Nous ne sommes pas des enfants à qui le noir fait peur ; mais nous ne pouvons pas non plus prendre cette grave épidémie de grippe à la légère. Américaines, Américains, je vous invite à rester chez vous. Si vous vous sentez malades, restez au lit, prenez de l'aspirine et buvez beaucoup. Soyez sûrs que vous serez rétablis dans moins d'une semaine. Permettez-moi de répéter ce que je disais au début de cette conversation que j'ai avec vous ce soir : ceux qui disent que cette grippe est mortelle sont des menteurs. Dans la très grande majorité des cas, les malades peuvent s'attendre à guérir en moins d'une semaine. De plus... »

[toux]

« De plus, certains groupes extrémistes ont fait courir le bruit que cette grippe était causée par un virus et que ce virus aurait été mis au point par le gouvernement à des fins militaires. Américaines, Américains, il s'agit d'un mensonge inqualifiable. Notre pays a signé de bonne foi les accords de Genève sur les gaz de combat et sur la guerre bactériologique. Nous n'avons jamais... »

[éternuements]

« ... jamais participé à la fabrication clandestine de substances proscrites par la convention de Genève. Il s'agit d'une épidémie relativement grave de grippe, ni plus ni moins. Nous avons appris ce soir qu'une douzaine d'autres pays sont touchés, dont l'Union soviétique et la Chine communiste. En conséquence... »

[toux et éternuements]

« ... nous vous demandons de garder votre sang-froid, sachant qu'un vaccin sera disponible d'ici à la fin de la semaine ou au début de la semaine prochaine pour ceux qui ne seront pas déjà guéris. La Garde nationale est intervenue dans certaines régions pour protéger la population contre les vandales et les fauteurs de troubles, mais il est absolument faux que des villes soient "occupées" par l'armée régulière. Ces rumeurs sont dénuées de tout fondement, comme celles qui voudraient que l'information soit contrôlée par le gouvernement. Américaines, Américains, le comportement de ceux qui propagent ces rumeurs est... »

Sur la façade d'un temple baptiste d'Atlanta, une inscription à la peinture rouge :

Cher Jésus, je vais bientôt te revoir. Ton amie, l'Amérique. P.S. J'espère que tu auras encore des places pour le week-end.

27

Le matin du 27 juin, Larry Underwood était assis sur un banc de Central Park, devant la ménagerie. Un peu plus loin derrière lui, la Cinquième Avenue était encombrée de voitures immobiles. La plupart des magasins de luxe qui avaient fait la fierté de l'avenue n'étaient plus que des ruines fumantes.

De son banc, Larry pouvait voir un lion, une antilope, un zèbre et une sorte de singe. Tous étaient morts, sauf le singe. Mais ils n'étaient pas morts de la grippe, se dit Larry ; il devait y avoir longtemps qu'on ne leur avait rien donné à boire ou à manger ; c'est de cela qu'ils étaient morts. Il ne restait donc que le singe, mais depuis trois heures que Larry était assis sur son banc, le singe n'avait bougé que quatre ou cinq fois. Assez malin pour ne pas mourir de faim ou de soif — jusqu'à présent en tout cas — mais il avait manifestement chopé une sacrée grippe. Et il avait l'air de souffrir, le pauvre vieux. Ce monde était vraiment cruel.

À sa droite, le bestiaire de l'horloge s'anima sur le coup de onze heures. Les animaux mécaniques qui avaient fait autrefois le bonheur des enfants jouaient maintenant devant une salle vide. L'ours souffla dans sa trompette, un singe qui ne risquait pas de tomber malade (mais qui finirait bien par se casser) agita son tambourin, l'éléphant tapa sur son tambour avec sa trompe. Pas très folichon. *Suite de la Fin du monde pour Mécanisme d'horlogerie.*

Au bout d'un moment, l'horloge redevint silencieuse et Larry entendit à nouveau les cris rauques, heureusement assourdis par la distance. L'homme aux monstres était un peu sur la gauche de Larry en cette belle matinée ensoleillée, peut-être du côté des balançoires. Avec un peu de chance, il tomberait dans le bassin et s'y noierait.

— Les monstres arrivent ! hurlait la voix, très loin.

Le ciel s'était éclairci dans la matinée. La journée était belle et chaude. Une abeille bourdonna sous le nez de Larry, tourna autour d'un parterre de fleurs, puis fit un atterrissage impeccable sur une pivoine. De la ménagerie montait le vrombissement soporifique et apaisant des mouches qui se posaient sur les bêtes crevées.

— Les monstres arrivent !

L'homme aux monstres était très grand. Il devait avoir soixante-cinq ans à peu près. Larry l'avait entendu pour la première fois la nuit précédente, qu'il avait passée à l'hôtel Sherry-Netherland. Alors que l'obscurité enveloppait la ville étrangement calme, son hurlement fragile avait paru grandir dans le noir, la voix d'un Jérémie dément qui flottait dans les rues de Manhattan, résonnait, rebondissait entre les tours de verre et de béton. Incapable de trouver le sommeil dans le lit double de sa suite, toutes lumières allumées, Larry avait fini par se convaincre que l'homme aux monstres en avait après lui, le poursuivait, comme le faisaient les créatures qu'il voyait parfois dans ses cauchemars. Longtemps, il lui avait semblé que la voix se rapprochait — *Les monstres arrivent ! Les monstres sont là ! Ils sont en ville !* — et Larry avait cru que la porte de la suite, fermée à double tour, allait s'ouvrir d'un seul coup devant l'homme aux monstres. Pas un homme en réalité, mais une gigantesque créature à tête de chien, avec d'énormes yeux rusés, grands comme des soucoupes, et des dents qui claquaient comme des castagnettes.

Mais, plus tôt ce matin, Larry l'avait vu dans le parc. Ce n'était qu'un vieil homme en pantalon de velours côtelé ; une branche de ses lunettes à monture d'écaille était rafistolée avec du ruban adhésif. Larry avait voulu lui parler, mais l'homme aux monstres s'était enfui à toutes jambes, criant par-dessus son épaule que les monstres allaient débarquer d'un instant à l'autre. Il avait trébuché sur un fil de fer et s'était étalé sur la piste cyclable avec un énorme *plaf !* plutôt comique. Ses lunettes avaient voltigé en l'air, sans se casser. Larry avait voulu s'approcher, mais l'homme aux monstres avait déjà ramassé ses lunettes et il était reparti, hurlant à tous les vents. Si bien que l'opinion que Larry se faisait de lui était passée en l'espace de douze heures de la plus extrême terreur à l'ennui le plus profond, mêlée même d'une certaine irritation.

Il y avait d'autres gens dans le parc ; Larry avait parlé à certains d'entre eux. Ils étaient tous à peu près semblables, et sans doute Larry leur ressemblait-il aussi. Les yeux hagards, ils disaient des choses sans suite et paraissaient incapables de s'empêcher de vous toucher la manche en parlant. Ils avaient des choses à dire, toujours les mêmes. Leurs amis et leurs parents étaient morts, ou mourants. On avait tiré dans les rues, un terrible incendie sur la Cinquième Avenue ; était-il vrai que Tiffany n'existait plus ? Et qui allait balayer les rues ? Qui allait ramasser les ordures ? Fallait-il quitter New York ? On disait que des soldats gardaient toutes les sorties. Une femme que la terreur avait rendue folle racontait que les rats allaient sortir du métro et prendre possession de la terre. Larry s'était alors souvenu de la scène qu'il avait vue le jour où il était revenu à New York. Un jeune homme qui avalait des chips à pleines poignées avait expliqué à Larry qu'il allait réaliser le rêve de sa vie : faire le tour du Yankee Stadium à poil, puis se masturber en plein milieu du terrain, « une occasion unique », avait-il ajouté en faisant un clin d'œil à Larry. Puis il s'était éloigné, son énorme sac de chips à la main.

Beaucoup de gens qu'il croisait dans le parc étaient malades. Pourtant, les cadavres n'étaient pas tellement nombreux sur les pelouses. Peut-être les gens ne souhaitaient-ils pas servir de dîner aux animaux. Peut-être s'étaient-ils réfugiés quelque part quand ils avaient senti que la fin était proche. Larry n'avait vu la mort de près qu'une seule fois ce matin, mais une fois suffisait. Il avait ouvert la porte des toilettes publiques et il était tombé sur un homme dont le visage grimaçant grouillait d'asticots. L'homme était assis, les mains posées sur ses cuisses nues, ses yeux creux braqués sur Larry. Une odeur douceâtre et écœurante flottait dans les toilettes, comme si le mort avait été un bonbon rance, une sucrerie abandonnée aux mouches dans toute cette confusion. Larry avait claqué la porte, mais trop tard : les Cornflakes qu'il avait pris au petit déjeuner avaient décidé de se faire la malle. Quand ce fut fait, son estomac avait continué à travailler à vide, à pomper sans résultat, au point qu'il avait cru se faire péter la tuyauterie. Dieu, si tu es là, avait-il pensé en revenant à la ménagerie, pas très solide sur ses jambes, si tu prends les commandes aujourd'hui, j'aimerais bien te demander de me dispenser d'un autre spectacle du même genre. Les cinglés, c'est déjà pas triste ; mais les macchabées, très peu pour moi, merci.

Et maintenant, assis sur son banc (l'homme aux monstres avait disparu, du moins temporairement), Larry se mit à penser aux matchs de base-ball qu'il regardait à la télévision, cinq ans plus tôt. Un souvenir qui lui faisait chaud au cœur, car c'était la dernière fois qu'il s'était senti vraiment heureux, en pleine forme, l'esprit en paix.

C'était juste après qu'il se sépare de Rudy. Une séparation plutôt dégueulasse. S'il revoyait un jour Rudy (aucune chance lui disait une petite voix dans sa tête), il faudrait qu'il s'excuse. Il se mettrait à genoux devant Rudy, il irait jusqu'à lui baiser les pieds s'il le fallait.

Rudy et lui étaient partis dans une vieille Mercury 68, pour la côte ouest. À Omaha, la transmission avait lâché. Ils s'étaient mis à chercher des petits boulots, quinze jours par-ci, quinze jours par-là, puis ils repartaient en auto-stop, retrouvaient du travail, repartaient encore. Ils avaient travaillé quelque temps dans une ferme au Nebraska. Un soir, Larry avait perdu soixante dollars au poker. Le lendemain, il avait dû demander à Rudy de lui prêter de l'argent. Puis ils étaient arrivés à Los Angeles, un mois plus tard. Larry avait été le premier à se trouver du boulot — plongeur, au salaire minimum. Un soir, à peu près trois semaines après leur arrivée, Rudy était revenu sur cette histoire de prêt. Il avait rencontré un type qui connaissait une agence de placement du tonnerre, ça marchait à tous les coups, mais il fallait payer vingt-cinq dollars d'entrée. Comme par hasard, c'était la somme qu'il avait prêtée à Larry après la partie de poker. En temps normal, avait dit Rudy, il n'aurait jamais demandé, mais...

Larry avait soutenu mordicus qu'il avait déjà remboursé sa dette et qu'ils étaient quittes. Si Rudy voulait vingt-cinq biffetons, pas de problème, mais il faudrait quand même pas que Rudy essaye de se faire rembourser deux fois.

Rudy avait répondu qu'il ne demandait pas un cadeau, qu'il voulait simplement l'argent qu'on lui devait, et qu'il n'appréciait pas tellement les petites histoires à la Larry Underwood. Merde alors, avait répondu Larry en essayant de prendre la chose à la rigolade, j'aurais jamais cru qu'il fallait te faire signer un reçu, Rudy. On apprend tous les jours.

Ils s'étaient copieusement engueulés. Tout juste s'ils n'avaient pas commencé à se taper sur la gueule. Finalement, Rudy était devenu tout rouge. C'est bien toi, Larry ! C'est toi tout craché. Tu ne changeras jamais. Cette fois, j'ai compris. Va te faire foutre ! Et Rudy était parti. Larry l'avait suivi dans l'escalier de la pension minable où ils étaient logés, cherchant son portefeuille dans sa poche revolver. Trois billets de dix pliés en quatre, bien cachés derrière des photos. Il les avait balancés à Rudy. *Vas-y, sale petit con ! Prends-les ! Prends ton foutu fric !*

Rudy avait claqué la porte et il était parti dans la nuit vivre le destin de merde qui attend tous les Rudy du monde. Il n'avait pas jeté un regard en arrière. Planté en haut de l'escalier, Larry soufflait très fort. Au bout d'une minute à peu près, il était descendu ramasser ses trois billets de dix dollars.

Depuis, il repensait parfois à cet incident, de plus en plus convaincu que Rudy avait raison. En fait, il en était absolument sûr. Et même s'il avait déjà remboursé Rudy, ils étaient amis depuis l'école primaire. D'ailleurs, à bien y penser, il manquait toujours dix cents à Larry quand ils allaient au cinéma tous les deux, parce qu'il s'était acheté un bâton de réglisse ou deux caramels avant d'aller chercher Rudy chez lui. Ensuite, il lui manquait toujours cinq cents pour la cantine, sept cents pour le bus. Tout compte fait, il avait bien dû lui taper cinquante dollars en petites pièces, peut-être cent. Quand Rudy avait réclamé ses vingt-cinq dollars, Larry se souvenait qu'il avait tiqué. Dans sa tête, il avait soustrait les vingt-cinq dollars des trente qu'il avait dans sa poche, et s'était dit : *Il ne reste plus que cinq fafiots. Donc, je l'ai déjà payé. Je ne sais plus quand, mais je l'ai sûrement payé. Alors, on n'en parle plus.* Et on n'en avait plus parlé.

Mais après, il s'était retrouvé tout seul. Il n'avait pas d'amis, n'avait même pas essayé de s'en faire au restaurant où il travaillait. Tous des cons, depuis le cuisinier qui gueulait tout le temps jusqu'aux serveuses qui tortillaient du cul en mâchant du chewing-gum. Oui, tous ceux qui travaillaient chez Tony étaient des cons, sauf lui, le bon Larry Underwood, l'homme qui allait bientôt faire un tabac (et vous aviez intérêt à le croire). Seul dans un monde de cons, il se sentait aussi mal dans sa peau qu'un chien battu, aussi seul qu'un naufragé sur une île déserte. Et, de plus en plus souvent, il avait pensé s'en aller à la gare routière, acheter son billet et rentrer à New York.

Il l'aurait fait un mois plus tard, quinze jours peut-être... s'il n'y avait pas eu Yvonne.

Il avait rencontré Yvonne Wetterlen au cinéma, à deux rues de la boîte où elle dansait en montrant ses nichons pour gagner sa croûte. À la fin de la deuxième séance, elle pleurait et cherchait partout son sac. Son permis de conduire, son chéquier, sa carte syndicale, sa seule et unique carte de crédit, la photocopie de son extrait de naissance, sa carte de sécurité sociale, elle avait tout perdu. Larry était sûr qu'on l'avait volée. Mais il avait fait mine de chercher avec elle. Et... surprise ! il l'avait retrouvé trois rangées plus bas, au moment où il allait abandonner. Sans doute les gens l'avaient-ils poussé avec leurs pieds sans s'en rendre compte en regardant le film, passablement ennuyeux. Elle l'avait remercié, les larmes aux yeux. Et lui, noble chevalier au cœur si généreux, il lui avait dit qu'il l'emmènerait bien prendre un hamburger ou quelque chose pour célébrer l'événement, mais qu'il était vraiment fauché ces temps-ci. Yvonne l'avait donc invité. Larry, grand seigneur, était naturellement sûr qu'on en arriverait là.

Ils avaient commencé à se voir. Deux semaines plus tard, ils étaient ensemble. Larry s'était trouvé un boulot mieux payé, vendeur dans une librairie. Il s'était aussi déniché un engagement comme chanteur dans un groupe, The Hotshot Rhythm Rangers & All-Time Boogie Band. Un nom qui sonnait plutôt bien, beaucoup mieux en fait que le groupe. Mais le guitariste, un certain Johnny McCall, avait ensuite formé The Tattered Remnants, un groupe qui n'était vraiment pas mal celui-là.

Larry et Yvonne avaient pris un appartement et tout avait changé pour Larry. En partie parce qu'il avait maintenant un endroit à lui, bien à lui. Yvonne avait posé des rideaux, ils s'étaient acheté quelques meubles d'occasion qu'ils avaient retapés ensemble, et les musiciens de l'orchestre et les amis d'Yvonne avaient pris l'habitude de venir les voir de temps en temps. L'appartement était très ensoleillé. Le soir, quand le vent se levait, on aurait dit qu'une odeur d'orange entrait par les fenêtres, même si la seule odeur dans cette ville était celle du smog. Parfois, ils restaient seuls à regarder tranquillement la télévision. Elle lui apportait une bière, s'asseyait sur le bras de son fauteuil, lui caressait la nuque. Il était chez lui, chez lui, nom de Dieu ! Parfois, quand il ne dormait pas la nuit, Yvonne couchée à côté de lui, il s'étonnait que la vie soit si belle. Puis il trouvait tout doucement le sommeil, le sommeil du juste, et ne pensait plus à Rudy Marks, plus du tout. Ou plutôt, presque plus.

Ils avaient vécu quatorze mois ensemble, quatorze mois de bonheur, sauf les six dernières semaines, quand Yvonne avait commencé à lui casser les pieds. Comme il avait été heureux tout le temps de la saison de base-ball. Il travaillait toute la journée à la librairie, puis il allait chez Johnny McCall pour répéter avec lui — le groupe ne jouait que les week-ends, car les deux autres types travaillaient de nuit — de nouvelles pièces, ou bien simplement de vieux tubes, *Nobody but Me* ou *Double Shot of My Baby's Love*.

Ensuite, il rentrait, chez lui. Yvonne avait déjà préparé le dîner. Pas des plats tout faits. De la vraie cuisine. Et puis ils allaient s'installer au salon pour regarder les matchs de base-ball à la télé avant de faire l'amour. Tout baignait dans l'huile. Il ne s'était jamais senti aussi bien depuis. Jamais.

Il se rendit compte qu'il pleurait un peu et un instant il eut honte de se trouver là, assis sur un banc de Central Park, en train de pleurnicher comme un petit vieux. Mais après tout, il avait le droit de pleurer ce qu'il avait perdu, il avait le droit de craquer lui aussi.

Sa mère était morte trois jours plus tôt, couchée sur un petit lit dans le couloir de l'Hôpital de la Pitié, entourée de milliers d'autres malades en train de crever eux aussi. Larry était à genoux à côté d'elle lorsqu'elle s'en était allée. Il avait cru devenir fou à regarder sa mère mourir, dans cette puanteur d'urine et d'excréments, entourée de l'infernal babillage des malades qui déliraient, au milieu des râles, des cris furieux, des hurlements de douleur. À la fin, elle ne le reconnaissait plus. Il n'y avait pas eu d'adieu. Sa poitrine s'était simplement arrêtée en pleine respiration, puis elle était retombée très lentement, comme une voiture dont un pneu se dégonfle. Il était resté accroupi à côté d'elle pendant une dizaine de minutes, ne sachant que faire, pensant vaguement qu'il devait attendre que le médecin signe un acte de décès, que quelqu'un lui demande ce qui s'était passé. Mais ce qui s'était passé était parfaitement évident, il suffisait de regarder autour de soi. Et il était tout aussi évident que l'hôpital était devenu pire qu'un asile d'aliénés. Aucun jeune médecin n'allait venir, les yeux un peu tristes, lui dire qu'il comprenait son chagrin, avant de mettre en branle la machine de mort. Tôt ou tard, on allait emporter sa mère comme un sac de pommes de terre, et il ne voulait pas assister à ce spectacle. Le sac à main de sa mère était sous le lit. Il y avait trouvé un stylo-bille, une épingle à cheveux et un petit carnet dont il avait arraché une page pour écrire le nom de sa mère, son adresse et, après un moment d'hésitation, son âge. Puis il avait attaché le papier sur la poche de son corsage avec l'épingle à cheveux. Il s'était mis à pleurer, il l'avait embrassée sur la joue, puis il s'était enfui, des larmes plein les yeux, comme un déserteur. Dehors, il s'était senti un peu mieux, même si les rues étaient pleines de fous, de malades, de soldats qui tournaient en rond. Et maintenant, assis sur ce banc, il pleurait : pour sa mère qui n'aurait jamais profité de sa retraite, pour sa propre carrière à lui, bel et bien terminée, pour le temps qu'il avait passé à Los Angeles avec Yvonne, quand il regardait les matchs de base-ball, sachant que tout à l'heure ils feraient l'amour, pour Rudy. Surtout pour Rudy. Il aurait voulu lui rendre ses vingt-cinq dollars avec un grand sourire, une bonne tape sur l'épaule, oublier ces six années perdues.

Le singe mourut à midi moins le quart.

Il était assis, immobile sur son perchoir, les mains sous le menton. Puis il battit des paupières et tomba tête la première sur le ciment, avec un petit bruit horrible.

Larry ne pouvait plus rester là. Il se leva et commença à errer dans les allées du parc. Un quart d'heure plus tôt, l'homme aux monstres avait encore crié, très loin. Mais le parc était maintenant plongé dans un profond silence que troublaient seulement le claquement de ses talons sur le ciment des allées et le gazouillis des oiseaux. Apparemment, les oiseaux n'attrapaient pas la grippe. Tant mieux pour eux.

Il s'approchait de l'auditorium où l'on donnait encore des concerts en plein air quelques jours plus tôt. Une femme était assise sur un banc. Elle était sans doute dans la cinquantaine, mais se donnait beaucoup de mal pour paraître plus jeune. Elle portait un pantalon vert très bien coupé, une blouse de soie, style paysanne russe... un détail, mais les paysannes russes n'ont pas les moyens de se payer des blouses de soie, se dit Larry. Elle se retourna en l'entendant s'approcher. Elle tenait une pilule dans le creux de la main ; elle la goba distraitement, comme une cacahuète.

— Bonjour, dit Larry.

Son visage était calme, ses yeux bleus. Des yeux pétillants d'intelligence. Elle portait des lunettes à monture dorée et son sac était bordé d'une fourrure qui ressemblait fort à du vison. À ses doigts, quatre bagues : une alliance, deux diamants, une émeraude.

— Je ne suis pas dangereux, continua Larry.

C'était une entrée en matière ridicule, pensa-t-il, mais elle avait bien 20 000 dollars sur les doigts. Naturellement, les pierres étaient peut-être fausses, mais ce n'était pas le genre de femme à s'intéresser au strass et au zircon.

— Non, répondit-elle, vous n'avez pas l'air dangereux. Et vous n'êtes pas malade.

Elle avait haussé légèrement la voix sur le dernier mot, comme pour poser poliment une question. Non, elle n'était pas aussi calme qu'il l'avait cru de prime abord ; un léger tic faisait ressaillir son cou et Larry vit au fond de ses yeux bleus ce même voile terne qu'il avait découvert dans les siens ce matin en se rasant.

— Je ne pense pas. Et vous ?

— Pas du tout. Vous traînez un bâton de sucette sous votre semelle. Vous vous en étiez aperçu ?

Il baissa les yeux et vit que c'était vrai. Il rougit, car elle aurait parfaitement pu lui dire du même ton que sa braguette était ouverte. Perché sur une jambe, il essaya de se débarrasser du bâtonnet.

— Vous avez l'air d'une cigogne. Asseyez-vous, ça ira mieux. Je m'appelle Rita Blakemoor.

— Larry Underwood. Enchanté de faire votre connaissance.

Il s'assit. Elle tendit la main et il la serra doucement.

Larry sentit les bagues sous ses doigts. Puis il détacha délicatement le bâtonnet gluant de sa chaussure et le jeta du bout des doigts dans une poubelle sur laquelle était écrit : NE SALISSEZ PAS *VOTRE* PARC ! Toute cette opération lui parut tout à coup très drôle. Il renversa la tête en arrière et éclata de rire. C'était la première fois qu'il riait de bon cœur depuis qu'il avait trouvé sa mère par terre dans son appartement et il fut immensément soulagé de constater que rire était toujours aussi agréable. Un rire qui montait du ventre, s'échappait entre vos dents, aujourd'hui comme autrefois.

Rita Blakemoor souriait et il fut à nouveau frappé par son élégance nonchalante. On aurait dit un personnage d'un roman d'Irwin Shaw. *Nightwork* peut-être, ou celui qu'on avait adapté pour la télévision quand il était tout petit.

— J'ai failli me cacher quand je vous ai entendu, dit-elle. J'ai pensé que c'était l'homme aux lunettes cassées, le philosophe aux idées bizarres.

— L'homme aux monstres ?

— C'est vous qui l'appelez ainsi, ou est-ce le nom qu'il se donne ?

— C'est moi.

— Très bien trouvé, dit-elle en ouvrant son sac bordé de vison (était-ce du vison ?) pour en sortir un paquet de cigarettes mentholées. Il me fait penser à un Diogène fou.

— Oui, Diogène cherchant un monstre honnête, répondit Larry en riant.

Elle alluma sa cigarette et tira une bouffée.

— Il n'est pas malade lui non plus, reprit Larry. Mais la plupart des autres ont l'air plutôt mal en point.

— Le portier de mon immeuble semble aller très bien. Il continue à travailler. Je lui ai donné un pourboire de cinq dollars quand je suis sortie ce matin. Je ne sais pas si c'était pour le remercier d'aller bien ou de continuer à faire son travail. Qu'en pensez-vous ?

— Je ne vous connais pas assez pour pouvoir vous répondre.

— Non, naturellement.

Elle rouvrit son sac pour ranger ses cigarettes et Larry remarqua un revolver. Elle avait suivi son regard.

— C'était celui de mon mari. Il avait un poste important dans une grande banque de New York. C'était ce qu'il répondait toujours quand on lui demandait comment il faisait pour se faire inviter à tous les cocktails. J'ai-un-poste-important-dans-une-grande-banque-de-New-York. Il est mort il y a deux ans. Il déjeunait avec un de ces Arabes qui donnent toujours l'impression de s'être frotté la peau avec une tonne de brillantine. Il a eu une attaque foudroyante. Il est mort avec sa cravate au cou. Comme on disait autrefois qu'un cow-boy était mort les bottes aux pieds. Harry Blakemoor est mort avec sa cravate au cou. Je trouve l'expression pittoresque.

Un bouvreuil se posa devant eux et commença à picorer par terre.

— Il avait affreusement peur des cambrioleurs. Est-ce que les pistolets font vraiment beaucoup de bruit ? On m'a dit que le recul était terrifiant.

— Je ne crois pas que le recul soit très fort avec une arme de ce calibre. C'est bien un 38 ? demanda Larry qui n'avait jamais tiré un seul coup de feu de sa vie.

— Je pense que c'est un 32.

Elle sortit l'arme de son sac au fond duquel Larry découvrit cette fois toute une collection de flacons de médicaments. Elle ne s'en aperçut pas. Elle regardait un petit cerisier du Japon à une dizaine de mètres devant eux.

— J'ai envie d'essayer. Pensez-vous que je peux toucher cet arbre ?

— Je ne sais pas, répondit-il, pas très rassuré. J'ai l'impression que...

Elle appuya sur la détente et le coup partit avec un bruit assez impressionnant. Un petit trou apparut sur le tronc du cerisier.

— Dans le mille, dit-elle en soufflant sur le canon pour chasser la fumée, comme dans les meilleurs westerns.

— Vous êtes douée, répondit Larry dont le cœur reprit

à peu près son rythme normal lorsqu'elle eut remis le revolver dans son sac.

— Je ne pourrais pas tirer sur quelqu'un. J'en suis tout à fait sûre. De toute manière, il n'y aura bientôt plus personne sur qui tirer, vous ne croyez pas ?

— Oh, je n'en sais rien.

— Vous regardiez mes bagues. Vous en voulez une ?

— Quoi ? Non !

Et il rougit encore.

— Mon mari le banquier croyait aux diamants. Il y croyait comme les baptistes croient à la révélation. J'en ai beaucoup, tous assurés. Mais si quelqu'un les voulait, je n'hésiterais pas à les lui donner. Après tout, ce ne sont que des pierres.

— Sans doute.

Un tic fit tressaillir le côté gauche de son cou.

— Et si un cambrioleur me les demandait en me mettant son revolver sous le nez, non seulement je lui dirais de les prendre, mais je lui donnerais l'adresse de Cartier. Leur collection de pierres est bien plus belle que la mienne.

— Qu'est-ce que vous comptez faire maintenant ?

— Que proposez-vous ?

— Je n'en sais rien, soupira Larry.

— Et moi non plus.

— Tiens, j'ai vu un type ce matin. Il allait au Yankee Stadium pour... pour se masturber en plein milieu du stade.

Et il rougit de nouveau.

— C'est vraiment très loin à pied. Vous ne voyez rien de plus près ?

Elle soupira, puis se mit à frissonner. Elle ouvrit son sac, sortit un flacon et avala une gélule.

— Qu'est-ce que c'est ?

— De la vitamine E, mentit-elle avec un sourire rayonnant.

Le tic reprit, une ou deux fois, puis s'arrêta. Elle avait retrouvé son calme.

— Il n'y a personne dans les bars, dit tout à coup

Larry. Je suis allé chez Pat, sur la Quarante-Troisième Rue, et il n'y avait pas un chat. Ils ont un énorme bar en acajou. J'ai fait le tour, et je me suis versé un grand verre de Johnnie Walker. Mais ça ne me disait vraiment plus rien. J'ai laissé mon verre et je suis parti.

Ils soupirèrent encore.

— Votre compagnie est très agréable, dit-elle. Je vous aime beaucoup. Et puis, vous n'êtes pas fou.

— Merci, madame Blakemoor.

Larry était surpris et content.

— Rita. Appelez-moi Rita.

— Si vous voulez.

— Vous avez faim, Larry ?

— Pour ne rien vous cacher, oui.

— Alors, pourquoi ne pas inviter la dame à déjeuner ?

— Avec plaisir.

Elle se leva et lui offrit son bras avec un sourire un peu narquois. Il respira son parfum, à la fois rassurant et inquiétant, un parfum qu'il associait à des souvenirs anciens, à sa mère quand ils allaient ensemble au cinéma.

Il pensa à autre chose lorsqu'ils sortirent du parc pour remonter la Cinquième Avenue, loin du singe mort, de l'homme aux monstres, de l'odeur douceâtre du cadavre dans les toilettes publiques. Elle parlait sans arrêt, et plus tard il ne se souviendrait pas d'une seule chose de ce qu'elle lui avait dit (si, une seule : qu'elle avait toujours rêvé de se promener sur la Cinquième Avenue au bras d'un beau jeune homme, d'un homme suffisamment jeune pour être son fils), mais il allait se souvenir longtemps de cette promenade, particulièrement lorsqu'elle avait commencé à perdre les pédales, comme un jouet détraqué. Son beau sourire, son bavardage léger, un peu désabusé, le froufrou de son pantalon...

Ils entrèrent dans un grill-room et Larry fit la cuisine, assez maladroitement. Mais elle eut la gentillesse de s'extasier devant le menu qu'il avait composé : steak-frites, tarte aux fraises et à la rhubarbe, café.

Il y avait une tarte aux fraises dans le réfrigérateur, recouverte d'une feuille de plastique. Après l'avoir longtemps contemplée avec des yeux complètement vides, Frannie la sortit, la posa sur la table et s'en coupa une part. Une fraise tomba avec un petit *floc !* sur la table quand elle voulut faire glisser le morceau de tarte dans une assiette à dessert. Elle ramassa la fraise et la mangea. Puis elle essuya la petite tache de jus avec un chiffon. Elle remit la feuille de plastique sur la tarte et la rangea dans le réfrigérateur.

En se retournant, elle aperçut le râtelier à couteaux, à côté des placards. C'était son père qui l'avait fabriqué. Deux barres aimantées retenaient les couteaux. Le soleil jouait sur les lames. Elle resta longtemps à regarder les couteaux avec un regard absent et vaguement surpris en tripotant machinalement le tablier noué à sa taille.

Finalement, au bout d'un bon quart d'heure, elle se souvint qu'elle était en train de faire quelque chose. Mais quoi ? Une citation de l'Évangile, une paraphrase en fait, lui traversa la tête sans aucune raison particulière : *Avant de vouloir enlever la paille dans l'œil de ton voisin, occupe-toi de la poutre dans le tien.* Elle réfléchissait. Paille ? Poutre ? Cette image l'avait toujours dérangée. Une très grosse poutre ? Une poutre de charpente ?

... Avant de vouloir enlever la paille dans l'œil de ton voisin...

Il ne s'agissait pas d'un œil, mais d'une tarte. Une

mouche trottinait sur les fraises. Elle la chassa du revers de la main. Au revoir, madame la mouche, dites adieu à la tarte de Frannie.

Elle resta longtemps à regarder le morceau de tarte. Son père et sa mère étaient tous les deux morts, elle le savait. Sa mère était morte à l'Hôpital de Sanford et son père, lui qui l'avait fait se sentir si heureuse dans son atelier quand elle était petite, son père était mort dans son lit, juste au-dessus de sa tête. Sa tête où trottaient des phrases sans suite, des phrases idiotes, comme quand on a la fièvre. *Madame la mouche, il faut que je me couche...*

Elle revint à elle tout à coup. Il y avait une odeur de fumée dans la cuisine. Quelque chose brûlait.

Frannie retourna la tête et vit la poêle où elle avait mis des pommes de terre à frite. Elle l'avait oubliée. Une épaisse fumée montait de la poêle. L'huile grésillait, éclaboussant le rond, de petites flammèches s'allumaient puis s'éteignaient, comme si une main invisible jouait avec un briquet. La poêle était complètement noire.

Elle toucha le manche et retira aussitôt la main en poussant un petit cri. Il était brûlant. Elle s'empara d'un torchon, l'enroula autour du manche et prit la poêle qui crachait comme un dragon. Elle ouvrit la porte de derrière et posa la poêle sur la première marche de l'escalier qui conduisait au jardin. Des abeilles bourdonnaient dans l'air qui embaumait le chèvrefeuille, mais elle s'en rendit à peine compte. Un instant, le voile épais qui étouffait toutes ses réactions émotives depuis quatre jours se déchira, et elle eut très peur. Peur ? Non — une terreur sourde, à la limite de la panique.

Elle se souvenait d'avoir pelé les pommes de terre, de les avoir mises dans l'huile. Elle s'en souvenait maintenant. Mais elle avait... ouf ! Elle les avait complètement oubliées.

Debout en haut de l'escalier, son torchon à la main, elle essayait de se souvenir exactement de ce à quoi elle pensait lorsqu'elle avait mis les pommes de terre dans l'huile. Quelque chose de très important.

Bon. D'abord elle avait pensé qu'un repas composé

uniquement de pommes de terre frites n'allait pas être très nourrissant. Puis elle avait pensé que si le McDonald avait été ouvert, elle n'aurait pas eu à se faire à manger. Un petit tour en voiture, un énorme hamburger, un grand cornet de frites. Petites taches d'huile à l'intérieur du carton rouge vif. Pas très sain, sans doute, mais tellement rassurant. Et puis... les femmes enceintes ont des envies bizarres.

Ce qui lui fit retrouver le fil de ses pensées. Les envies bizarres des femmes enceintes lui rappelèrent la tarte aux fraises qui attendait dans le réfrigérateur. Tout à coup, elle avait eu une envie folle de tarte aux fraises. Elle s'était servi une part, mais en se retournant elle avait aperçu le râtelier à couteaux que son père avait fait pour sa mère (Mme Edmonton, la femme du médecin, le trouvait tellement pratique que Peter lui en avait fait un, il y avait deux ans, pour Noël), et... tout s'était brouillé dans sa tête. Pailles... poutres... mouches...

— Mon Dieu, dit-elle devant le jardin désert que son père n'allait plus jamais désherber.

Elle s'assit, se cacha le visage dans son tablier et se mit à pleurer.

Quand ses sanglots s'apaisèrent, elle crut se sentir un peu mieux... mais elle avait encore peur. Est-ce que je deviens folle ? Est-ce que je suis en train de faire une dépression nerveuse ?

Depuis que son père était mort, à huit heures et demie la veille au soir, elle avait du mal à rassembler ses idées. Elle oubliait ce qu'elle était en train de faire, elle rêvassait, ou elle restait simplement assise, sans penser à rien du tout, pas plus consciente du monde qui l'entourait qu'un chou-fleur.

Quand son père était mort, elle était restée assise très longtemps à côté de son lit. Ensuite, elle était descendue pour allumer la télévision. Sans raison particulière, comme ça. Une seule station émettait, WCSH, la station de la NBC à Portland. Une espèce de procès, complètement dingue. Un Noir, une sorte de coupeur de tête à faire crever de peur les types du Ku Klux Klan, faisait semblant d'exécuter des Blancs avec un pistolet et le public applaudissait. Il faisait semblant, naturellement — on ne montre pas des choses comme ça à la télévision quand c'est pour de vrai — pourtant, elle n'en était pas si sûre.

Plus tard (elle ne se souvenait plus exactement quand), d'autres types étaient entrés dans le studio et le combat avait paru encore plus réaliste que les exécutions. Des hommes, pratiquement décapités par des balles de gros calibre, tombaient à la renverse. Le sang giclait de leurs cous déchiquetés en horribles geysers. Elle se souvenait d'avoir alors confusément pensé qu'ils auraient dû faire passer un message de temps en temps sur l'écran. Un de ces messages qui disent aux parents d'envoyer les enfants au lit ou de changer de chaîne. Elle se souvenait aussi de s'être dit que WCSH risquait bien de perdre son permis ; l'émission était quand même trop dégoûtante.

Elle avait fermé la télévision lorsque la caméra avait basculé vers le haut et qu'on n'avait plus vu que les projecteurs suspendus au plafond du studio. Elle s'était allongée sur le canapé et était restée là à regarder elle aussi son plafond. Et elle s'était endormie. En se réveillant, ce matin, elle était à peu près sûre qu'elle avait rêvé, qu'elle n'avait jamais vu cette émission. C'était là le problème, en fait. Tout semblait flotter dans un rêve, ou plutôt comme dans un cauchemar. D'abord la mort de sa mère, ensuite celle de son père qui n'avait fait qu'empirer les choses. Comme dans *Alice au pays des merveilles,* tout devenait de plus en plus curieux.

Son père, déjà malade, avait voulu assister à une réunion à la mairie. Frannie flottait déjà, mais physiquement elle se sentait très bien. Elle l'avait accompagné.

La salle était pleine de gens qui éternuaient, toussaient, se mouchaient. La peur leur mettait les nerfs à vif. Ils parlaient très fort, avec des voix rauques. Ils se levaient sans cesse, demandaient la parole, pontifiaient devant leurs voisins. Beaucoup avaient pleuré — et pas seulement les femmes.

En fin de compte, on avait décidé de fermer la ville. Personne ne pourrait plus y entrer. Si certains voulaient partir, pas de problème, mais ils devaient bien comprendre qu'ils ne pourraient plus revenir. Toutes les sorties — et surtout la nationale 1 — seraient barrées avec des voitures (après une discussion orageuse qui dura près d'une demi-heure, on décida finalement d'utiliser les camions de la municipalité). Les barrages seraient gardés par des volontaires armés. Les étrangers qui voudraient prendre la nationale 1 en direction du nord ou du sud seraient détournés vers Wells au nord ou York au sud où ils pourraient prendre l'autoroute 95 et contourner Ogunquit. Tous ceux qui essaieraient de passer quand même seraient abattus. Tués ? avait demandé quelqu'un. Évidemment.

Un petit groupe d'une vingtaine de personnes voulait que les malades soient immédiatement expulsés. La proposition fut rejetée, car dans la soirée du vingt-quatre, quand la réunion avait eu lieu, pratiquement tous ceux qui n'étaient pas malades avaient des parents ou des amis qui l'étaient. Beaucoup croyaient ce qu'on disait à la radio, qu'un vaccin serait bientôt prêt. Comment pourraient-ils ensuite se regarder dans les yeux, disaient-ils, si l'on apprenait plus tard qu'il s'agissait d'une fausse alerte ? On ne met quand même pas les gens dehors comme des chiens galeux.

On proposa alors d'expulser seulement les *vacanciers* malades.

Les vacanciers, très nombreux, firent remarquer qu'ils faisaient amplement leur part depuis des années en payant les taxes municipales de leurs villas, qu'ils payaient eux aussi pour les écoles, les routes, les pauvres, les plages publiques. C'est grâce à eux que les commerces, vides du 15 septembre au 15 juin, pouvaient vivre. Si on les traitait aussi cavalièrement, eh bien les habitants d'Ogunquit pouvaient être sûrs qu'ils ne reviendraient jamais plus. Qu'ils se remettent à pêcher le homard et à chercher des palourdes dans la vase pour gagner leur vie. La proposition fut rejetée par une confortable majorité.

À minuit, les barrages étaient en place. À l'aube, le matin du 25, on avait déjà tiré sur plusieurs étrangers. La plupart n'étaient que blessés, mais il y avait cependant trois ou quatre morts. Presque tous arrivaient du nord, de Boston, complètement paniqués, stupides. Certains avaient bien voulu revenir à York pour prendre l'autoroute, mais d'autres, trop fous pour comprendre, avaient essayé de défoncer les barrages ou de les contourner en passant sur l'accotement. On s'était occupé d'eux.

Le soir venu, la plupart des hommes postés aux barrages étaient malades, rouges de fièvre. Leurs fusils coincés entre leurs pieds, ils ne cessaient pas de se moucher. Certains, comme Freddy Delancey et Curtis Beauchamp, avaient perdu connaissance. On les avait transportés plus tard à l'infirmerie qu'on avait installée à la mairie. Ils y étaient morts.

Hier matin, le père de Frannie qui s'était opposé à toute cette histoire des barrages était resté au lit. Frannie s'était occupée de lui. Il ne voulait pas qu'elle l'emmène à l'infirmerie. S'il devait mourir, avait-il dit à Frannie, au moins qu'il meure chez lui, dans la dignité, en privé.

Dans l'après-midi, la circulation avait pratiquement cessé. Gus Dinsmore, le gardien du stationnement de la plage publique, pensait avoir l'explication : de nombreux conducteurs étaient sans doute morts sur la route et leurs véhicules devaient empêcher de passer ceux qui pouvaient encore conduire. Tant mieux, car dans l'après-midi du 25 on aurait eu du mal à trouver trois douzaines d'hommes capables de monter la garde aux barrages. Gus, qui s'était senti parfaitement bien jusqu'à hier, avait fini par tomber malade. En fait, la seule personne en ville, à part elle, qui semblait aller bien était le frère d'Amy Lauder, Harold, un gros garçon de seize ans. Amy était morte juste avant la première réunion à la mairie. Sa robe de mariée pendait encore dans son placard, toute neuve.

Fran n'était pas sortie aujourd'hui. Elle n'avait vu personne depuis que Gus était venu faire un tour hier après-midi. Ce matin, elle avait entendu quelques bruits de moteur et les deux détonations en succession rapide d'un fusil de chasse, mais rien d'autre. Et ce pesant silence la faisait se sentir encore plus irréelle.

344

Il fallait réfléchir. Les mouches... les yeux... les tartes. Frannie se rendit compte qu'elle écoutait le réfrigérateur. Il était équipé d'une machine à glaçons et, toutes les vingt secondes à peu près, on entendait un petit *cloc !* quand un nouveau glaçon tombait dans le bac.

Elle resta assise pendant près d'une heure, son assiette toujours devant elle, les yeux vides, les sourcils légèrement levés. Peu à peu, une autre idée commença à émerger — en fait, deux idées qui semblaient à la fois liées entre elles et totalement étrangères. Peut-être deux éléments d'un tout plus vaste ? Attentive au bruit que faisaient les glaçons en tombant dans le bac du réfrigérateur, Frannie réfléchissait. La première idée, c'était que son père était mort ; il était mort chez lui, et sans doute préférait-il qu'il en ait été ainsi.

La seconde idée avait quelque chose à voir avec la journée. Une très belle journée d'été, un temps vraiment splendide, le genre de journée qui attire les hordes de touristes sur la côte du Maine. On ne vient pas ici pour se baigner, car l'eau reste toujours plutôt froide ; on vient se faire bronzer.

Le soleil brillait et Frannie pouvait voir le thermomètre derrière la fenêtre de la cuisine. Pas loin de vingt-sept degrés. Une journée magnifique — et son père était mort. Y avait-il un rapport, à part évidemment cette envie de pleurer ?

Elle se concentrait, les yeux toujours dans le vague, faisait le tour du problème, puis pensait à autre chose, recommençait à flotter. Mais l'idée revenait toujours.

C'était une belle journée, il faisait *chaud,* et son père était mort.

Cette fois, elle comprit d'un seul coup et ses yeux se fermèrent, comme si elle avait reçu une gifle.

Au même moment, ses mains tirèrent convulsivement sur la nappe et l'assiette à dessert tomba par terre. Elle explosa comme une bombe. Frannie se mit à hurler en se labourant les joues avec ses ongles. Le vide hagard avait disparu de ses yeux, tout à coup parfaitement éveillés.

Comme si on l'avait frappée, comme si on lui avait mis un flacon d'ammoniaque sous le nez.

On ne peut pas garder un cadavre chez soi. Pas en plein été.

Lentement, elle recommença à s'éteindre, à laisser ses idées s'effilocher. Peu à peu, l'horreur de la situation s'estompa, s'assourdit. Elle écoutait tomber les glaçons dans le bac.

Frannie fit un effort pour se ressaisir. Elle se leva, s'avança vers l'évier, ouvrit à fond le robinet d'eau froide, prit de l'eau dans le creux de sa main et s'aspergea les joues. Elle transpirait un peu et la fraîcheur de l'eau sur sa peau la fit sursauter.

Elle pourrait rêver tant qu'elle voudrait tout à l'heure, mais il fallait d'abord s'occuper de *ça*. Il le fallait. Elle ne pouvait pas le laisser dans son lit en plein mois de juin, bientôt juillet. Elle... elle...

— Non ! cria-t-elle aux murs de la cuisine inondée de soleil.

Et elle se mit à faire les cent pas. Elle pensa d'abord aux pompes funèbres. Mais qui allait...

— Arrête de tourner autour du pot ! hurla-t-elle dans la cuisine déserte. Qui va *l'enterrer* ?

Et la réponse lui vint avec le son de sa voix. Tout était parfaitement clair. Elle, bien sûr. Qui d'autre ? Elle.

Il était deux heures et demie quand elle entendit une voiture s'arrêter devant le garage. Frannie posa sa pelle au bord du trou qu'elle creusait dans le jardin, entre les tomates et les salades, et se retourna, un peu effrayée.

C'était une grosse Cadillac flambant neuve, vert bouteille. Et qui en descendait ? Harold Lauder, le gros Harold. Aussitôt, Frannie eut la nausée. Elle n'aimait pas Harold. Personne ne l'aimait, même pas sa sœur, Amy. Sa mère faisait peut-être exception. Et il fallait que le seul autre survivant à Ogunquit soit l'une des très rares

346

personnes qu'elle n'aimait pas du tout dans cette petite ville...

Harold était rédacteur en chef de la revue littéraire du lycée d'Ogunquit. Il écrivait d'étranges nouvelles, toujours au présent et à la deuxième personne du pluriel. *Vous descendez le délirant corridor et vous poussez d'un coup d'épaule la porte fracturée et vous regardez les athlètes* — c'était son style.

— Il se branle dans son froc, lui avait un jour confié Amy. Tu te rends compte ? Il se branle dans son froc et il attend que son slip tienne debout tout seul avant d'en changer.

Harold avait des cheveux noirs et gras. Il était grand, à peu près un mètre quatre-vingt-cinq, mais il traînait près de cent dix kilos de graisse avec lui. Il aimait les bottes de cow-boy à bouts pointus, les grosses ceintures de cuir qu'il devait constamment remonter car son ventre était infiniment plus volumineux que ses fesses, les chemises à fleurs que sa bedaine faisait gonfler comme un spinnaker. Frannie s'en foutait qu'il se branle, qu'il traîne sa graisse ou qu'il imite cette semaine Wright Morris ou Hubert Selby. Mais quand elle le voyait, elle se sentait toujours mal à l'aise, un peu dégoûtée, comme si elle devinait que Harold pensait presque toujours à des choses sales, gluantes. Elle ne croyait pas qu'il puisse être dangereux, même dans une situation comme celle-ci, mais il allait sans doute être aussi désagréable que d'habitude, peut-être plus.

Il ne l'avait pas vue. Il regardait les fenêtres.

— Il y a quelqu'un ? cria-t-il.

Puis il passa le bras par la fenêtre de la Cadillac et klaxonna. Frannie grinça des dents. Elle aurait voulu ne pas répondre, mais quand Harold ferait demi-tour pour remonter dans sa voiture, il verrait sûrement le trou, et elle assise au bord. Un instant, elle eut envie de ramper au fond du jardin, de se coucher entre les petits pois et les haricots, d'attendre là qu'il se fatigue et qu'il s'en aille.

Arrête, se dit-elle, arrête ça. C'est quand même un être humain. Et il est vivant.

— Je suis là, Harold !

Harold sursauta et ses grosses fesses tremblotèrent dans son pantalon trop serré. De toute évidence, il ne s'attendait pas à trouver quelqu'un. Il se retourna et Fran s'avança vers lui, les jambes couvertes de terre, résignée à ce qu'il la déshabille du regard sous son short blanc et son petit débardeur. Elle sentit les yeux de Harold glisser sur sa peau comme une limace.

— Salut, Fran.

— Salut, Harold.

— J'ai entendu dire que tu résistais plutôt bien à cette terrible maladie. C'est pour cette raison que j'ai décidé de m'arrêter d'abord chez toi. Je fais le tour de la ville.

Il lui fit un sourire, découvrant des dents qui manifestement ne fréquentaient que de loin en loin le dentifrice.

— Je suis désolée pour Amy, Harold. Ta mère et ton père... ?

— Eux aussi.

Harold baissa la tête un moment, puis la releva en faisant voler ses cheveux graisseux.

— Mais la vie continue, n'est-ce pas ? reprit-il.

— Sans doute.

Les yeux de Harry dansaient sur ses seins maintenant. Elle aurait voulu pouvoir enfiler un pull-over.

— Tu aimes ma voiture ?

— C'est celle de Roy Brannigan ?

Roy Brannigan était agent immobilier.

— C'était, répondit nonchalamment Harold. J'ai toujours cru que, si l'essence était un jour rationnée, il faudrait pendre à la première pompe à essence les types qui conduisent ces monstres thyroïdiens. Mais les temps ont changé. Moins de gens, plus de pétrole.

Pétrole, pensa Fran, sidérée. Il pense au *pétrole.*

— Un peu plus de tout, conclut Harold.

Un éclair traversa ses yeux lorsqu'ils tombèrent sur le nombril de Frannie, rebondirent vers son visage, retombèrent vers son short, rebondirent encore vers son visage. Il souriait, d'un air à la fois enjoué et mal à l'aise.

— Harold, tu vas m'excuser, mais je dois...

— Mais qu'es-tu donc en train de faire, mon enfant ?

Elle se sentait repartir tout doucement à la dérive dans l'irréel et elle se demanda combien de temps un cerveau humain peut résister à ce traitement avant de casser comme un élastique que l'on a trop tiré. Mes parents sont morts, mais je peux l'accepter. Une drôle de maladie semble s'être répandue dans le pays tout entier, peut-être dans le monde entier, et elle frappe partout, les justes comme les méchants. Je peux l'accepter. Je creuse un trou dans le jardin que mon père désherbait la semaine dernière et, quand il sera suffisamment profond, je crois bien que je vais le mettre dedans. Je pense que je peux l'accepter. Mais que Harold Lauder dans la Cadillac de Roy Brannigan me fasse des papouilles avec ses yeux et m'appelle « mon enfant »... là, mon Dieu, je ne sais pas. Je ne sais vraiment plus.

— Harold, dit-elle en maîtrisant sa colère, je ne suis pas ton enfant. J'ai cinq ans de plus que toi. Il est matériellement *impossible* que je sois ton enfant.

— Ce n'était qu'une figure de style, répondit-il, un peu surpris de sa réaction. Quoi qu'il en soit, qu'es-tu en train de faire ?

— Une tombe. Pour mon père.

— Oh..., fit Harold Lauder avec une petite voix gênée.

— Je vais aller boire un verre d'eau avant de terminer. Pour être franche, Harold, je préférerais que tu t'en ailles. Je ne me sens pas très bien.

— Je comprends, répondit-il, un peu vexé. Mais Fran... dans le jardin ?

Elle se dirigeait déjà vers la maison, mais quand elle entendit sa voix, elle se retourna, furieuse.

— Et qu'est-ce que tu proposes ? Que je le mette dans un cercueil et que je le traîne jusqu'au cimetière ? Pour quoi faire, tu peux me le dire ? Il adorait son jardin ! Et qu'est-ce que ça peut te faire, de toute façon ? De quoi tu te mêles ?

Elle pleurait. Elle tourna les talons et courut vers la cuisine, manquant de peu le pare-chocs avant de la Cadillac. Elle devina que Harold avait les yeux braqués sur ses fesses et qu'il garderait précieusement ces images pour le film porno qui se déroulait constamment dans sa tête.

La porte claqua derrière elle. Elle se précipita vers l'évier, but trois verres d'eau glacée, trop vite, et eut aussitôt l'impression qu'une aiguille d'argent s'enfonçait dans son front. Surpris, son estomac se noua et elle attendit un instant au-dessus de l'évier de porcelaine, les yeux mi-clos, pour voir si elle allait vomir. Au bout d'un moment, son estomac lui dit qu'il voulait bien accepter l'eau glacée, pour le moment.

— Fran ?

La voix était basse, hésitante. Elle se retourna et vit Harold sur le pas de la porte, les bras ballants. Il avait l'air inquiet et malheureux. Tout à coup, Fran eut pitié de lui. Harold Lauder en train de se promener dans cette ville déserte dans la Cadillac de Roy Brannigan. Harold Lauder qui n'avait probablement jamais eu de petite amie, qui croyait pouvoir mépriser le monde entier, les filles, les copains, tout. Et qui se méprisait lui-même, fort probablement.

— Harold, je suis désolée.

— Non, j'ai parlé trop vite. Écoute, si tu veux, je peux t'aider.

— Merci, mais je préfère être seule. C'est...

— Personnel, naturellement. Je comprends.

Elle aurait pu prendre un pull-over dans le placard de la cuisine, mais il aurait naturellement compris pourquoi et elle ne souhaitait pas l'embarrasser davantage. Harold faisait de son mieux pour jouer les braves types — et il manquait certainement d'entraînement. Elle sortit et ils restèrent un moment tous les deux à regarder le jardin, le trou et le petit tas de terre. L'après-midi somnolait autour d'eux, comme si rien n'avait changé.

— Qu'est-ce que tu vas faire ? demanda-t-elle à Harold.

— Je ne sais pas. Tu sais...

350

— Quoi ?

— Difficile à expliquer. Je ne suis pas très populaire dans ce petit coin de Nouvelle-Angleterre. J'ai bien l'impression qu'on ne m'aurait jamais élevé une statue sur la place du village, même si j'étais devenu un grand écrivain, comme je l'espérais autrefois. Soit dit en passant, j'ai l'impression que j'aurais de la barbe jusqu'à la ceinture avant qu'il n'y ait un autre grand écrivain.

Elle le regardait sans rien dire.

— Voilà ! s'exclama Harold en se redressant brusquement, comme si le mot l'avait surpris. Voilà ! Je m'interroge sur cette injustice. Une injustice si monstrueuse, à mon sens, qu'il m'est plus facile de croire que les butors qui dirigent notre citadelle du savoir ont finalement réussi à me rendre fou.

Il remonta ses lunettes et elle remarqua avec sympathie que son acné était vraiment épouvantable. On ne lui avait donc jamais dit, se demanda-t-elle, qu'un peu de savon et d'eau régleraient partiellement le problème ? Ou étaient-ils tous trop occupés à regarder la jolie petite Amy faire ses brillantes études à l'université du Maine, terminer vingt-troisième dans une promotion de plus de mille étudiants ? La jolie petite Amy, si vive, si brillante, alors que Harold ne savait que mordre.

— Fou, répéta doucement Harold. Je roule dans une Cadillac qui n'est pas à moi, sans permis. Et regarde ces bottes, dit-il en relevant les jambes de ses jeans. Quatre-vingt-six dollars. Je suis simplement entré dans une boutique et j'ai choisi ma pointure. J'ai l'impression d'être un imposteur. Un acteur. Plusieurs fois aujourd'hui, j'ai eu la *certitude* que j'étais fou.

— Mais non...

À l'odeur qu'il dégageait, il ne s'était sans doute pas lavé depuis trois ou quatre jours. Mais cela ne la dégoûtait plus.

— Non, nous ne sommes pas fous, Harold.

— Et c'est peut-être tant pis pour nous.

— Quelqu'un finira bien par venir. Plus tard. Quand cette sale maladie aura fini par s'en aller.

— Qui ?

— Les... les autorités, répondit-elle d'une voix hésitante. Quelqu'un qui... qui remettra de l'ordre.

Harold ricana amèrement.

— Ma chère enfant... excuse-moi. Ce sont les autorités qui ont fait ce joli travail. Elles savent y faire quand il s'agit de mettre de l'ordre. Elles viennent de régler d'un seul coup la récession, la pollution, la crise du pétrole, la guerre froide. Oui, elles savent mettre de l'ordre. Elles ont tout réglé d'un seul coup — comme Alexandre quand il a tranché le nœud gordien.

— Mais il s'agit simplement d'une grippe un peu bizarre, Harold. C'est ce qu'on dit à la radio...

— Non, ce n'est pas ainsi que fonctionne la nature, Fran. Tes autorités, comme tu dis, ont installé un beau laboratoire quelque part, avec des bactériologistes, des virologistes, des épidémiologistes, pour voir ce qu'ils pouvaient concocter comme petite bestiole. Des bactéries. Des virus. Des protoplasmes, ce que tu voudras. Et un jour, un de ces crapauds trop bien payés a dit : « Regardez ce que j'ai trouvé. Un truc qui tue pratiquement tout le monde. Ce n'est pas fantastique ? » On lui a remis une médaille, on lui a accordé une augmentation, on lui a donné une villa au bord de la mer. Et puis, quelqu'un a renversé la bouteille... Qu'est-ce que tu vas faire, Fran ?

— Enterrer mon père, répondit-elle doucement.

— Oh... naturellement.

Il la regarda un instant, puis dit très vite :

— Écoute, je vais m'en aller. Je ne reste pas à Ogunquit. Si je reste plus longtemps, je vais devenir complètement fou. Pourquoi ne pas venir avec moi, Fran ?

— Où ?

— Je ne sais pas... pas encore.

— Alors, reviens m'en parler quand tu sauras.

Le visage de Harold s'épanouit.

— D'accord. Tu vois, c'est... c'est une question de...

Il descendait déjà les marches de l'escalier, comme un somnambule. Ses bottes toutes neuves brillaient au soleil. Fran le regarda avec une tristesse amusée.

Il lui fit un signe de la main avant de s'installer derrière le volant de la Cadillac. Fran lui répondit. La voiture eut un hoquet quand il passa en marche arrière, puis recula en tressautant. Harold sortit un peu de l'allée, sur la gauche, et écrasa les fleurs de Carla. Puis il faillit tomber dans le fossé en tournant pour prendre la rue. Deux coups de klaxon, et il était parti. Fran attendit qu'il disparaisse, puis revint dans le jardin de son père.

Un peu après quatre heures, elle remonta à l'étage en traînant les pieds, se forçant à terminer ce travail qu'elle avait entrepris. Une douleur sourde lui tenaillait les tempes et le front, causée sans doute par la chaleur, la fatigue et la tension. Elle avait pensé attendre encore un jour. Mais à quoi bon ? Sous le bras, elle portait la plus belle nappe damassée de sa mère, celle dont on ne se servait que lorsqu'il y avait des invités.

Ce ne fut pas aussi facile qu'elle l'avait espéré, mais beaucoup moins terrible qu'elle ne l'avait craint. Des mouches se posaient sur le visage de son père, frottaient leurs petites pattes poilues, puis s'envolaient. Sa peau avait pris une couleur sombre et terreuse, mais on le remarquait à peine... à condition de ne pas vouloir le remarquer : il travaillait si souvent dans le jardin que sa peau était toujours bronzée. Et puis, il ne sentait pas. C'était de cela surtout qu'elle avait eu peur.

Il était mort dans le grand lit qu'il avait partagé pendant des années avec Carla. Elle étala la nappe du côté où dormait sa mère. L'ourlet touchait le bras, la hanche et la jambe de son père. Elle avala sa salive (elle avait de plus en plus mal à la tête) et se prépara à rouler son père dans son linceul.

Peter Goldsmith était vêtu de son pyjama à rayures, une tenue qui ne convenait guère à l'occasion, pensa-t-elle, mais il allait falloir s'en contenter. Elle se sentait absolument incapable de le déshabiller, puis de lui mettre d'autres vêtements. Elle se raidit, saisit son bras gauche

— il était aussi dur et rigide qu'un bout de bois — et poussa pour faire rouler le corps. Un affreux rot s'échappa alors du cadavre, un rot qui semblait ne jamais vouloir s'arrêter, qui semblait lui râper la gorge comme si une sauterelle s'y était faufilée et qu'elle se réveillât maintenant au fond du tunnel noir, appelant, appelant encore. Frannie poussa un cri, recula et fit tomber la table de nuit. Les peignes de son père, ses brosses, le réveil, quelques pièces de monnaie et des boutons de manchettes roulèrent par terre. Il dégageait maintenant une odeur de gaz, de putréfaction. C'est alors que les derniers lambeaux du brouillard dont elle s'était entourée se dissipèrent et qu'elle sut la vérité. Elle tomba à genoux, se cacha la tête dans ses bras et se mit à sangloter. Ce n'était pas une gigantesque poupée qu'elle enterrait. C'était son père. Et le dernier vestige de son humanité, le tout dernier, était cette riche odeur de gaz qui maintenant flottait dans l'air. Et qui bientôt allait disparaître.

Tout devint gris et le son de ses sanglots mécaniques parut s'éloigner, comme si quelqu'un d'autre pleurait, une de ces petites femmes au teint basané qu'on voit à la télévision, aux informations. Le temps passa sans qu'elle s'en rende compte, puis elle refit surface peu à peu et se souvint qu'elle n'avait pas encore terminé son travail. Un travail qu'elle n'aurait jamais cru pouvoir faire.

Elle s'approcha de lui et le retourna. Il lâcha un autre rot, à peine audible cette fois. Elle l'embrassa sur le front.

— Je t'aime, papa. Je t'aime.

Ses larmes tombèrent sur le visage de son père. Elle lui enleva son pyjama et lui mit son plus beau costume, à peine consciente de cette douleur qui courait dans son dos, son cou, ses bras chaque fois qu'elle le soulevait, qu'elle enfilait une manche, une jambe de pantalon. Pour nouer sa cravate, elle lui cala la tête avec deux volumes de l'*Encyclopédie universelle.* Dans un tiroir de la commode, sous les chaussettes, elle trouva ses médailles militaires. Elle les épingla sur son costume. Puis elle alla chercher du talc dans la salle de bain et lui poudra le visage, le cou et les mains. L'odeur de la poudre, douce et nostalgique, lui arracha de nouvelles larmes. Frannie était trempée de sueur. L'épuisement lui dessinait deux grosses poches noires sous les yeux.

Elle rabattit sur lui la nappe, alla chercher la trousse de couture de sa mère et cousit le linceul. Puis elle replia l'ourlet et fit une deuxième couture. En poussant un han, elle réussit à déposer le cadavre par terre sans le faire tomber. Puis elle s'arrêta, prise de vertige. Lorsqu'elle crut pouvoir continuer, elle souleva le corps, le traîna en haut de l'escalier, puis, aussi doucement qu'elle pouvait, le descendit au rez-de-chaussée. Elle s'arrêta encore, haletante. Des élancements fulgurants lui traversaient les tempes, comme des milliers d'aiguilles.

Elle tira le corps tout le long du couloir, traversa la cuisine, descendit marche après marche l'escalier du jardin. Elle dut ensuite s'arrêter quelques instants pour reprendre son souffle. Le soleil couchant embrasait le ciel. Elle n'en pouvait plus. Elle s'assit à côté de son père, la tête sur les genoux, et commença à se balancer en pleurant. Les oiseaux gazouillaient. Elle se releva finalement et parvint à le traîner jusqu'au bord de la fosse.

C'était fait, enfin. Quand les dernières mottes de terre furent en place (elle les avait assemblées à genoux, comme les pièces d'un puzzle), il était neuf heures et quart. Elle était couverte de terre. Seul le tour de ses yeux restait blanc, lavé par les larmes. Ses cheveux collaient sur ses joues. Elle n'en pouvait plus.

— Dors en paix, papa, murmura-t-elle. S'il te plaît.

Elle ramassa la pelle et alla la jeter dans l'atelier de son père. Elle dut s'arrêter deux fois en montant les six marches de l'escalier de la cuisine. Puis elle traversa la cuisine dans le noir, entra dans le salon. Elle s'écrasa sur le canapé, fit tomber ses tennis et s'endormit immédiatement.

Dans son rêve, elle montait l'escalier pour aller chercher son père, faire son devoir, lui donner une sépulture décente. Lorsqu'elle entra dans la chambre, la nappe recouvrait déjà le corps et son chagrin se changea en autre chose... quelque chose comme de la peur. Elle traversa la chambre plongée dans le noir, tout à coup décidée à s'enfuir, incapable de s'en empêcher. La nappe luisait dans l'ombre, et elle comprit :

Ce n'était pas son père, et ce qui se cachait sous cette nappe n'était pas mort.

Quelque chose — quelqu'un — une chose hideuse et noire, débordante de vie, se cachait là-dessous, et jamais, au grand jamais, elle n'allait tirer cette nappe pour savoir, mais elle... elle ne pouvait pas... elle ne pouvait s'arrêter.

Sa main s'approcha, flotta au-dessus de la nappe — et elle écarta le tissu.

Il souriait, mais elle ne pouvait voir son visage. Et de cet affreux sourire sortait un vent glacé, non, elle ne pouvait voir son visage, mais elle voyait le cadeau que cette terrible apparition faisait à l'enfant qu'elle portait dans son ventre : un portemanteau tordu.

Elle fuyait, fuyait cette chambre, fuyait ce rêve, remontait, refaisait surface un instant...

Elle refit surface un instant dans l'obscurité du salon. Il était trois heures du matin. Son corps flottait encore sur une écume de terreur, mais le rêve se défaisait déjà, s'effilochait, ne laissant derrière lui qu'une ombre sinistre, un arrière-goût de rance. Et, dans son demi-sommeil, elle pensa : *C'est lui, je l'ai vu, le Promeneur, l'homme sans visage.*

Puis elle se rendormit, mais sans rêver cette fois. Et, lorsqu'elle se réveilla le lendemain matin, elle ne se souvenait plus de rien. Mais quand elle pensa au bébé qui dormait dans son ventre, elle se sentit aussitôt envahie par un sentiment farouche de protection, un sentiment dont la force et la profondeur la surprirent et lui firent un peu peur.

Cette même nuit, tandis que Larry Underwood s'endormait dans les bras de Rita Blakemoore et que Frannie Goldsmith faisait son sinistre cauchemar, Stuart Redman attendait Elder. Il l'attendait depuis trois jours — et cette fois Elder n'allait pas lui faire faux bond.

Un peu après midi, le 24, Elder et deux infirmiers étaient venus chercher la télévision. Les deux infirmiers l'avaient débranchée, tandis que Elder braquait son revolver (proprement emballé dans un sac de plastique) sur Stu. Mais Stu n'avait plus envie de regarder la télé — les programmes étaient devenus complètement merdiques. Sa seule occupation était de se mettre devant sa fenêtre pour regarder la petite ville et la rivière à travers les barreaux.

Les cheminées de la filature ne fumaient plus. Les traînées de teinture qui tourbillonnaient dans la rivière s'étaient dissipées et l'eau était redevenue limpide. La plupart des voitures, pas plus grosses que des jouets à cette distance, avaient quitté le parking de la filature et n'étaient pas revenues. Hier, le 26, quelques autos circulaient encore sur l'autoroute en faisant du slalom entre les véhicules arrêtés en plein milieu de la chaussée. Aucune dépanneuse n'était venue remorquer les véhicules abandonnés.

Le centre de la petite ville, apparemment désert, s'étendait devant lui comme une carte en relief. L'horloge de l'hôtel de ville qui égrenait les heures de son emprisonnement n'avait pas sonné depuis neuf heures ce matin, et le petit carillon qui annonçait l'heure lui avait alors paru bizarre, un peu trop lent, comme une boîte à musique que l'on aurait fait jouer au fond de l'eau. Il y avait eu un incendie dans ce qui semblait être un restaurant, ou peut-être une épicerie, juste à la sortie de la ville. Un feu d'enfer qui avait duré tout l'après-midi. Une énorme colonne de fumée noire montait dans le ciel bleu, et pourtant aucune voiture de pompiers n'était venue éteindre l'incendie. Si le restaurant ne s'était pas trouvé en plein milieu d'un terrain de stationnement, la moitié de la ville aurait sans doute été rasée. Ce soir, les ruines fumaient encore, malgré la pluie qui était tombée dans l'après-midi.

Stu avait l'impression qu'Elder avait reçu l'ordre de le tuer. Pourquoi pas ? Un cadavre de plus ne changerait pas grand-chose et Stu était au courant de leur petit secret. Les médecins ne comprenaient toujours pas pourquoi son organisme résistait à la maladie. L'idée qu'il n'allait plus rester grand monde à qui Stu pourrait révéler leur secret ne leur était sans doute jamais passée par la tête. Il n'était qu'une marionnette, manipulée par une bande de connards.

Un héros de la télé aurait sûrement trouvé le moyen de s'échapper, ou même quelqu'un dans la vie réelle, mais lui n'était pas fait sur ce modèle. Il avait fini par se résigner. La seule chose à faire était d'attendre Elder et d'essayer d'être prêt quand il viendrait.

Elder était un personnage inquiétant et sa présence ici montrait clairement que la maladie que le personnel appelait « la bleue » et parfois « la super-grippe » n'avait pu être enrayée. Les infirmières lui donnaient du « docteur », mais il n'était pas médecin. C'était un homme dans la cinquantaine, le regard dur, sans le moindre humour. Avant lui, aucun médecin n'avait cru nécessaire de braquer un revolver sur lui. Elder lui faisait peur, car il savait qu'il aurait beau le raisonner, le supplier, Elder ne l'écouterait pas. Elder attendait des ordres. Lorsqu'il les recevrait, il les exécuterait. C'était un pion, l'équivalent militaire d'un homme de main de la mafia. Jamais il ne lui viendrait à l'esprit de se poser des questions.

Trois ans plus tôt, Stu avait acheté un livre pour un de ses neveux qui habitait Waco. Il avait trouvé une boîte pour l'envoyer par la poste mais, comme il détestait emballer les cadeaux encore plus qu'il détestait la lecture, il l'avait ouvert à la première page, croyant qu'il n'allait lire que quelques lignes pour voir de quoi il s'agissait. Mais il avait lu la première page, puis la deuxième... et il avait été incapable de refermer le bouquin. Il était donc resté debout toute la nuit, fumant cigarette sur cigarette, buvant une tasse de café après l'autre, absorbé par sa lecture qui n'avançait pourtant pas très vite car il n'était guère habitué à lire pour son plaisir. Une histoire de lapins, un comble. Le plus stupide des animaux, le plus trouillard... sauf que le type qui avait écrit ce livre en parlait autrement. Vous finissiez par vous sentir de leur bord. Une histoire formidable, et Stu qui lisait avec la lenteur d'un escargot l'avait terminée deux jours plus tard.

Il se souvenait tout particulièrement d'un mot qui revenait souvent dans ce livre : « figé ». Il l'avait tout de suite compris, car il avait souvent vu des animaux « figés ». Il en avait même écrasé quelques-uns avec sa voiture. Un animal qui se fige s'arrête en plein milieu de la route, couche les oreilles, regarde la voiture foncer sur lui, incapable de bouger. Pour qu'un cerf se fige, il suffit de l'éblouir avec une lampe électrique. Avec un raton laveur, il faut faire jouer de la musique très fort. Et avec un perroquet, il faut taper régulièrement sur les barreaux de sa cage.

Stu se sentait figé devant Elder. Il regardait dans ses yeux bleu clair et aussitôt il se sentait incapable de faire quoi que ce soit. Elder n'aurait probablement même pas besoin de son pistolet pour le liquider. Il avait sans doute pris des cours de karaté, de savate et autres saloperies du même genre. Qu'est-ce que lui pourrait bien faire contre un type comme ça ? Rien qu'à penser à Elder, il n'avait même plus envie d'avoir envie de quelque chose. Figé. Un joli mot pour une vilaine chose.

Il était dix heures du soir quand le voyant rouge s'alluma au-dessus de la porte. Stu sentit qu'il transpirait un peu sur les bras et le visage. C'était chaque fois la même chose quand le voyant rouge s'allumait, car un jour Elder allait entrer seul. Seul, parce qu'il ne voudrait pas de témoins. Et il devait bien y avoir quelque part un crématoire pour brûler les cadavres des malades. Elder le fourrerait dedans. Fini.

Elder entra. Seul.

Stu était assis sur son lit d'hôpital, une main sur le dossier de sa chaise. Dès qu'il vit Elder, il sentit sa gorge se serrer, comme d'habitude. Comme d'habitude, il eut envie de le supplier, sachant parfaitement que ses supplications ne serviraient à rien. Il n'y avait pas de pitié sur le visage de l'homme en combinaison blanche.

Tout lui paraissait parfaitement clair maintenant, limpide. Et tout devint très lent. Stu pouvait presque entendre ses yeux rouler dans leurs orbites, ses yeux qui regardaient Elder avancer dans la pièce. C'était un homme de forte taille et sa combinaison blanche était trop juste pour lui. Le trou noir du canon de son pistolet semblait aussi gros qu'un tunnel.

— Comment vous sentez-vous ? demanda Elder.

Même déformée par le petit haut-parleur, la voix d'Elder était nasillarde. Elder était malade.

— Toujours pareil, répondit Stu, surpris de son calme. Quand est-ce que je sors d'ici ?

— Très bientôt.

Elder pointait son arme dans la direction générale de Stu, pas précisément sur lui, mais pas précisément ailleurs non plus. Il éternua.

— Vous n'êtes pas très bavard, reprit-il.

Stu se contenta de hausser les épaules.

— Je préfère ça. Les bavards sont aussi des pleurnichards, des geignards, des plaignards. On vient de me parler de vous, il y a vingt minutes, monsieur Redman. J'ai reçu des ordres qui ne vous plairont pas beaucoup sans doute, mais je pense que tout se passera bien.

— Quels ordres ?

— Eh bien, j'ai reçu l'ordre de...

360

Stu regardait par-dessus l'épaule d'Elder, dans la direction du sas.

— Nom de Dieu ! Un rat ! Une saloperie de rat !

Elder se retourna. Un instant, Stu fut presque trop surpris du succès de sa ruse pour continuer. Puis il se laissa glisser du haut de son lit et saisit à deux mains le dossier de sa chaise au moment où Elder se retournait vers lui. Stu leva la chaise au-dessus de sa tête, fit un pas en avant, l'abattit de toutes ses forces.

— Arrêtez ! Non !

La chaise s'écrasa sur le bras droit d'Elder. Le coup partit, déchirant le sac de plastique, et la balle érafla le tapis. Puis le pistolet tomba par terre et un autre coup partit tout seul.

Stu avait bien peur de ne plus avoir qu'une seule chance avant qu'Elder ne se ressaisisse. Autant ne pas la perdre. Il leva la chaise très haut et frappa encore. Elder voulut lever son bras cassé. Les pieds de la chaise s'écrasèrent sur la visière de plastique de son casque qui éclata en mille morceaux, le blessant aux yeux et au nez. Il tomba à la renverse en hurlant.

À quatre pattes il se précipitait vers le pistolet. Stu leva une dernière fois la chaise et l'abattit sur la nuque d'Elder qui s'effondra. Haletant, Stu ramassa le pistolet et recula un peu en pointant son arme vers le corps. Mais Elder ne bougeait plus.

Un instant, une idée cauchemardesque lui traversa l'esprit. Et si Elder était venu le libérer, au lieu de le tuer ? Mais c'était impossible. S'il avait reçu l'ordre de le libérer, pourquoi parler des pleurnichards, des geignards ? Pourquoi dire que ses ordres « ne vous plairont pas beaucoup sans doute » ?

Non, Elder était venu le tuer.

Tremblant comme une feuille, Stu regardait le corps. Si Elder se relevait maintenant, il le manquerait probablement, même en tirant les cinq balles à bout portant. Mais il ne pensait pas qu'Elder puisse se relever. Ni maintenant, ni plus tard.

Tout à coup, le besoin de sortir de cette pièce se fit si

impérieux que Stu faillit foncer tête baissée vers le sas, sortir sans savoir ce qui l'attendait dehors. Il était enfermé depuis plus d'une semaine. Tout ce qu'il voulait, c'était respirer de l'air pur, s'en aller, loin, loin de ce terrible endroit.

Mais il fallait être prudent.

Stu se dirigea vers le sas, entra dedans et appuya sur un bouton. Un compresseur se mit en marche et, quelques instants plus tard, la porte extérieure s'ouvrit. Elle donnait sur une petite pièce où il n'y avait qu'une table pour tout mobilier. Sur la table, une pile de dossiers médicaux et... ses vêtements. Ceux qu'il portait à bord de l'avion qui l'avait emmené de Braintree à Atlanta. Il eut peur à nouveau. Les papiers et les vêtements auraient disparu avec lui dans le crématoire, sans aucun doute. Adieu, Stuart Redman. Stuart Redman n'aurait jamais existé. En fait...

Stu entendit un léger bruit derrière lui et se retourna. C'était Elder qui s'avançait en titubant, courbé en deux, un éclat de plastique fiché dans un œil. Il souriait.

— N'avancez pas, dit Stu.

Il tenait son pistolet à deux mains, mais le canon tremblait quand même.

Elder ne parut pas entendre. Il avançait toujours.

Stu ferma les yeux et appuya sur la détente. Le pistolet fit un bond entre ses mains. Elder s'arrêta. Son sourire était devenu une grimace, comme s'il avait eu des aigreurs d'estomac. Il y avait un petit trou maintenant dans sa combinaison blanche. Elder vacilla sur ses jambes, puis tomba en avant. Un instant, Stu le regarda, incapable de bouger, puis il s'avança dans la pièce où ses affaires étaient posées sur la table.

Il essaya la porte qui se trouvait à l'autre bout. Elle s'ouvrit sur un couloir éclairé par des tubes fluorescents. Un peu plus loin, un chariot traînait devant ce qui était sans doute la salle de garde des infirmières. Il entendit un faible gémissement. Quelqu'un toussait, une toux rauque et sèche qui semblait ne jamais vouloir finir.

Stu revint chercher ses vêtements qu'il mit sous son bras. Puis il sortit, referma la porte derrière lui et commença à descendre le couloir. Sa main transpirait sur la crosse du pistolet d'Elder. Lorsqu'il arriva à la hauteur du chariot, il jeta un coup d'œil derrière lui, angoissé par ce silence et cette solitude. Stu s'attendait à voir Elder surgir d'un moment à l'autre, rampant sur le ventre, décidé à exécuter ses ordres tant qu'il lui resterait des forces. Il regrettait presque les quatre murs de sa chambre.

Le gémissement reprit, plus fort cette fois. Devant les ascenseurs, un autre couloir partait à angle droit. Un homme était adossé au mur. Stu reconnut un de ses infirmiers. Il avait le visage enflé, marqué de taches noires. Sa poitrine se soulevait par petits coups rapides. Quand Stu le regarda, l'infirmier recommença à gémir. Derrière lui, un autre homme était pelotonné en position fœtale, mort. Plus loin, trois autres cadavres, dont une femme. L'infirmier — il s'appelait Vic, Stu s'en souvenait maintenant — se mit à tousser.

— Qu'est-ce que vous faites ici ? dit Vic. Vous ne devez pas sortir.

— Elder est venu s'occuper de moi, et moi je me suis occupé de lui. J'ai eu de la chance qu'il soit malade.

— Ça oui, vous pouvez dire que vous avez eu de la chance, répondit Vic, et une autre quinte de toux lui déchira la poitrine. Ça fait mal, vous pouvez pas savoir comme ça fait mal. Pour foutre la merde, on peut dire qu'on a foutu la merde.

— Écoutez, est-ce que je peux faire quelque chose pour vous ?

— Si vous voulez vraiment m'aider, foutez-moi votre pistolet dans l'oreille et appuyez sur la détente. C'est comme si mes poumons se déchiraient.

Et l'homme se remit à tousser, puis à gémir.

Mais Stu ne pouvait pas faire ce qu'il lui demandait. Et, quand les râles de Vic reprirent, il craqua, se précipita vers les ascenseurs, fuyant ce visage noirci comme la lune en éclipse partielle, s'attendant presque à ce que Vic l'appelle de cette voix stridente et impérieuse qu'ont les malades pour réclamer quelque chose aux bien-portants. Mais Vic continua à gémir, et c'était pire encore.

La porte de l'ascenseur s'était refermée et la cabine descendait déjà quand Stu pensa que l'ascenseur était peut-être piégé. Tout à fait dans le genre de ces gars-là. Un gaz toxique, ou bien un dispositif qui sectionnerait le câble. Il se mit au centre de la cabine et regarda nerveusement autour de lui. La claustrophobie le caressa de sa main froide et tout à coup l'ascenseur lui parut prendre les dimensions d'une cabine téléphonique, puis d'un cercueil. Enterrement prématuré, des volontaires ?

Il tendit la main pour appuyer sur le bouton Stop, puis s'arrêta. Que ferait-il s'il se trouvait bloqué entre deux étages ? Avant d'avoir eu le temps de répondre à cette question, l'ascenseur s'arrêtait en douceur.

Et si je tombe sur des types armés ?

Mais la seule sentinelle lorsque la porte s'ouvrit était une femme, morte, en uniforme d'infirmière. Elle était couchée en chien de fusil devant une porte. DAMES, pouvait-on lire sur la porte.

Stu resta si longtemps à la regarder que la porte de l'ascenseur commença à se refermer. Il tendit le bras et la porte se rouvrit docilement. Il sortit, fit un large détour pour éviter l'infirmière et s'avança dans le couloir.

Il entendit un bruit derrière lui et se retourna, brandissant son arme. Mais c'était la porte de l'ascenseur qui se refermait pour la seconde fois. Il la regarda un instant, avala sa salive, puis reprit sa marche. La main froide qu'il avait sentie tout à l'heure était de retour. Elle lui chatouillait le bas de la colonne vertébrale, lui disait de prendre ses jambes à son cou, de sortir d'ici au plus vite avant que quelqu'un... quelque chose... Il avait l'impression d'être suivi, mais c'était le bruit de ses pas qui lui tenait une compagnie macabre dans ce couloir mal éclairé. Il passait devant des portes vitrées qui racontaient chacune leur histoire : DR SLOANE. ARCHIVES ET TRANSCRIPTIONS. M. BALLINGER. MICROFILMS. PHOTOCOPIE. MME WIGGS.

Il y avait une fontaine au bout du couloir qui se terminait en T. L'eau était tiède et son goût de chlore retourna l'estomac de Stu. Pas de sortie sur la gauche, mais un couloir interminable et une flèche orange indiquant la direction de la bibliothèque. Cinquante mètres plus loin gisait le cadavre d'un homme en combinaison blanche, semblable à une étrange baleine échouée sur une plage stérile.

Stu commençait à avoir du mal à s'orienter. L'immeuble était beaucoup plus grand qu'il ne l'avait cru. En fait, il n'avait presque rien vu quand il était arrivé — deux couloirs, un ascenseur, une chambre. Il comprit qu'il devait se trouver dans une sorte de gigantesque hôpital. Il allait errer pendant des heures, accompagné par le bruit de ses pas, butant sur un cadavre de temps en temps. Il y en avait un peu partout, comme pour une macabre chasse au trésor. Stu se souvenait du jour où il avait accompagné Norma, sa femme, dans ce grand hôpital de Houston où les médecins avaient diagnostiqué un cancer. Il y avait partout des petits plans sur les murs, avec une flèche et un point pour vous montrer où vous étiez. Pour que les gens ne se perdent pas. Comme lui en ce moment. *Perdu.* Merde ! Ça va mal, ça va vraiment mal.

— Pas le moment de jouer les lapins en plein milieu de la route, tu es presque arrivé, dit-il tout haut.

Le son de sa voix lui parut creux, bizarre.

Il prit à droite, tournant le dos à la bibliothèque, passa devant d'autres bureaux, s'engagea dans un autre couloir. Il commençait à regarder souvent derrière lui. Personne — même pas Elder — ne le suivait, mais il n'arrivait pas à le croire. Le couloir aboutissait à une porte fermée. RADIOLOGIE. Un écriteau était accroché sur la porte : FERMÉ JUSQU'À NOUVEL AVIS. RANDALL.

Stu revint sur ses pas. Le cadavre en combinaison blanche paraissait tout petit vu d'ici, à peine plus gros qu'une poussière. Mais à le voir toujours là, éternellement semblable à lui-même, Stu eut envie de courir, de toutes ses forces.

Il tourna à droite. Vingt mètres plus loin, le couloir faisait un autre T. Stu prit à droite. Encore des bureaux. Le couloir aboutissait au laboratoire de microbiologie.

Dans le laboratoire, un jeune homme en slip était affalé sur son bureau. Il était dans le coma. Du sang sortait de son nez et de sa bouche. Il respirait en faisant un bruit de feuilles sèches agitées par le vent.

Finalement, Stu se mit à courir... un couloir... un autre... chaque fois plus convaincu qu'il n'y avait pas de sortie, du moins pas à cet étage. Le bruit de ses pas le poursuivait, comme si Elder ou Vic avaient lancé une escouade de fantômes à ses trousses. Et puis une autre image s'empara de lui, une image qu'il associait sans trop savoir pourquoi aux rêves étranges qu'il faisait depuis quelque temps. Une image si forte qu'il eut peur de se retourner, craignant de voir apparaître derrière lui une silhouette en combinaison blanche, une silhouette au visage invisible derrière la visière de plexiglas du casque. Une apparition mortelle, un tueur venu d'au-delà du temps et de l'espace.

Haletant, Stu prit encore un autre couloir, courut près de trois mètres avant de se rendre compte qu'il arrivait dans un cul-de-sac et s'écrasa contre une porte surmontée d'un panneau lumineux. Sur le panneau, trois mots : SORTIE DE SECOURS.

Il tourna la poignée, convaincu qu'elle ne bougerait pas. Mais elle bougea et la porte s'ouvrit facilement. Il descendit quatre marches et se retrouva sur un palier, devant une autre porte. À gauche du palier, l'escalier continuait à s'enfoncer dans le noir. La moitié supérieure de la porte était vitrée de verre armé. Derrière, il n'y avait plus que la nuit, une merveilleuse nuit d'été, douce et chaude, et toute la liberté dont un homme pouvait rêver.

Stu regardait encore dehors, hypnotisé, quand une main jaillit des ténèbres de la cage d'escalier et lui saisit la cheville. Comme un éclair, un spasme lui déchira la gorge. Stu se retourna, le ventre glacé comme un iceberg, et découvrit un visage sanglant, grimaçant, qui le regardait dans le noir à ses pieds.

— Viens manger du poulet avec moi, beauté, murmura une voix fêlée, moribonde. Il fait trop noir...

Stu hurla et tenta de se dégager. Dans les ténèbres, la

chose grimaçante tenait bon, parlait, riait, gloussait. Du sang ou de la bile coulait en minces filets aux commissures de ses lèvres. Stu donna un coup de pied à la main qui lui tenait la cheville, puis l'écrasa de tout son poids. Le visage qui émergeait de l'obscurité de la cage d'escalier disparut. Un bruit assourdi de culbute... puis des cris. De douleur ou de rage, Stu n'aurait pu le dire. Mais il s'en moquait. Il donna un coup d'épaule sur la porte. Elle s'ouvrit et il sortit en titubant, battant des bras pour reprendre son équilibre. Il le perdit pourtant et tomba sur une allée de ciment.

Lentement, presque précautionneusement, il s'assit. Derrière lui, les cris s'étaient arrêtés. La fraîche brise du soir lui caressait le visage, séchait la sueur qui perlait sur ses sourcils. Avec quelque chose qui ressemblait fort à de l'émerveillement, il vit du gazon, des massifs de fleurs. La nuit n'avait jamais senti aussi bon qu'aujourd'hui. Un croissant de lune brillait dans le ciel. Stu leva les yeux, se laissa baigner par ses rayons, puis traversa la pelouse en direction de la route qui menait à Stovington, un peu plus bas. Le gazon était trempé de rosée. Le vent murmurait dans les pins.

— Je suis vivant, dit Stu Redman à la nuit. Je suis vivant, merci mon Dieu, merci, merci mon Dieu, merci mon Dieu...

Et il se mit en route, d'un pas mal assuré.

Il pleurait.

30

La poussière s'élevait en tourbillons au-dessus des broussailles du Texas, formant dans le crépuscule un halo qui enveloppait la petite ville d'Arnette dans un épais voile sépia, fantomatique. Le vent avait fait tomber en travers de la route l'enseigne Texaco de Bill Hapscomb. Quelqu'un avait laissé le gaz ouvert chez Norm Bruett et, la veille, une étincelle du moteur du climatiseur avait fait sauter toute la maison. La rue Laurel était jonchée de morceaux de bois, de briques et de jouets Fisher-Price. Sur la grand-rue, chiens et soldats s'entassaient pêle-mêle dans le caniveau. Dans le supermarché de Randy, un homme en pyjama était affalé sur le comptoir des viandes, les bras en croix. Un des chiens qui gisaient maintenant dans le caniveau s'en était pris au visage de cet homme avant de perdre l'appétit pour toujours. Les chats n'avaient pas attrapé la grippe et on en voyait des douzaines marauder dans l'immobilité du crépuscule, comme des ombres. Dans plusieurs maisons, les téléviseurs étaient restés allumés et de leurs haut-parleurs sortait un crachotement continu de parasites. Un store claquait quelque part. Un petit chariot d'enfant dont la peinture rouge disparaissait sous la rouille, le mot LIVRAISONS EXPRESS à peine lisible sur les côtés, attendait en plein milieu de la rue Durgin, devant le bar Indian Head Tavern. Il était rempli de bouteilles de bière et de limonade. Rue Logan, dans le meilleur quartier d'Arnette, un carillon éolien égrenait ses notes sous la véranda de Tony

Leominster. Sa jeep était encore dans l'allée, toutes vitres baissées. Une famille d'écureuils avait élu domicile sur la banquette arrière. Le soleil abandonna finalement la petite ville et la nuit étendit bientôt son voile sur Arnette. Tout était silencieux, à part les murmures des petits animaux et les notes cristallines du carillon de Tony Leominster. Le silence. Le silence.

31

Christopher Bradenton sortait à grand-peine de son délire, comme un homme qui se débat dans des sables mouvants. Il avait mal partout. La peau de son visage lui semblait étrangère, comme si on lui avait fait une douzaine de piqûres de silicone et qu'elle eût gonflé comme un dirigeable. Sa gorge était à vif. Pire, elle semblait s'être resserrée au point de n'être pas plus grosse que le canon d'un pistolet à air comprimé. Il respirait en faisant siffler cet horrible petit tunnel qui le maintenait en contact avec le reste du monde. Mais ce n'était pas suffisant et il avait l'impression de se noyer. Surtout, il avait très chaud. Il ne se souvenait pas d'avoir jamais eu aussi chaud, pas même deux ans plus tôt, lorsqu'il avait accompagné à Los Angeles deux types recherchés par la police, des activistes. La vieille Pontiac avait rendu l'âme sur la route 190, en plein milieu de la Vallée de la Mort. Dieu qu'il faisait chaud. Mais cette fois, c'était encore pire. Une chaleur qui venait de l'intérieur, comme s'il avait avalé le soleil.

Il poussa un gémissement, essaya de repousser ses couvertures, mais n'en eut pas la force. S'était-il mis au lit tout seul ? Non, sans doute pas. Quelqu'un ou quelque chose avait été là avec lui, dans la maison. Quelqu'un ou quelque chose... il aurait dû s'en souvenir, mais il ne savait plus. Tout ce dont Bradenton se souvenait, c'est qu'il avait eu peur avant de tomber malade, car il savait que quelqu'un (ou quelque chose) allait venir et qu'il devrait... quoi ?

Il gémit à nouveau et fit rouler sa tête sur l'oreiller. Il ne se souvenait que du délire. Des fantômes brûlants aux yeux gluants. Sa mère était entrée dans cette chambre toute nue aux murs de rondins, sa mère qui était morte en 1969, et elle lui avait parlé : *Chris. Oh Chris, je t'avais bien dit de ne pas fréquenter ces gens-là. Je ne connais rien à la politique, mais ces types que tu fréquentes, ils sont plus fous que des chiens enragés, et ces filles, ce sont de vraies putes. Je te l'avais bien dit, Chris...* Puis son visage s'était fendu en deux, laissant s'échapper au travers des fissures de sa peau jaunie comme un vieux parchemin une horde de ces petites bêtes qui grouillent dans les tombes. Et il avait hurlé jusqu'à ce que le noir retombe, et il avait entendu des cris confus, des claquements de semelles, des gens qui couraient... il avait vu des lumières, des lumières clignotantes, il avait senti l'odeur du gaz lacrymogène, il était à Chicago, en 1968, quelque part des voix hurlaient *Le monde entier nous regarde ! Le monde entier nous regarde ! Le monde entier...* une fille était allongée dans le caniveau à l'entrée du parc, en jeans, pieds nus, ses longs cheveux pleins d'éclats de verre, son visage un masque luisant de sang noirci dans la blancheur crue des lampadaires, le masque d'un insecte écrasé. Il l'avait aidée à se remettre debout, mais elle avait poussé un hurlement et s'était blottie contre lui, car un monstrueux extra-terrestre sortait du nuage de gaz, un monstre en bottes noires, gilet pare-balles, masque à gaz sur les yeux, matraque dans une main, grenade lacrymogène dans l'autre. Et lorsque le monstre avait relevé son masque, révélant son visage flamboyant, grimaçant, ils avaient tous les deux hurlé car c'était ce quelqu'un ou ce quelque chose qu'il attendait tout à l'heure, l'homme dont Chris Bradenton avait toujours eu si peur. Le Marcheur. Le hurlement de Bradenton avait déchiré le tissu de ce rêve comme un *do* fait éclater un verre de cristal, et il s'était retrouvé à Boulder, au Colorado, dans un appartement de Canyon Boulevard ;

c'était l'été, il faisait chaud, si chaud que, même dans son short minuscule, son corps ruisselait de sueur, et devant lui, le plus beau garçon du monde, grand et bronzé, dans un mini-slip jaune citron qui moule amoureusement les creux et les bosses de ses précieuses fesses et, s'il se retourne, tu sais qu'il sera comme un ange de Raphaël, monté comme l'étalon du cow-boy solitaire. Où l'as-tu ramassé ? À l'université, dans une réunion sur le racisme, à la cafétéria ? Il faisait du stop ? Qu'est-ce que ça peut faire ? Oh, il fait si chaud, mais il y a de l'eau, une carafe d'eau, une amphore d'eau où se dessinent en bas-relief d'étranges motifs, à côté la pilule, non... LA PILULE ! celle qui va l'envoyer dans ce monde que cet ange en mini-slip jaune citron appelle le pays de Huxley, le pays où l'index écrit sans bouger, le pays où les fleurs poussent sur les chênes desséchés, et nom de Dieu, quelle érection gonfle ton short ! Chris Bradenton as-tu jamais eu autant envie, as-tu jamais été aussi prêt pour l'amour ? *Viens te coucher,* dis-tu à ce dos brun et lisse, *viens te coucher. Fais-moi l'amour, et je te ferai l'amour ensuite. Comme tu voudras.* Et l'autre répond sans se retourner : *Prends d'abord ta pilule. On verra ensuite.* Tu avales la pilule, l'eau est fraîche dans ta gorge, peu à peu tout devient étrange, tout bascule comme si la pièce n'avait plus aucun angle droit. Toujours un peu plus ou un peu moins de quatre-vingt-dix degrés. Tu regardes le ventilateur posé sur la commode bon marché, puis ton image dans le miroir qui déforme ton reflet. Ton visage a l'air un peu noir et enflé, mais tu ne t'inquiètes pas, c'est seulement la pilule, seulement LA PILULE ! Et tu murmures : *Merdes ! Le Grand Voyage, et j'ai tellement envie.* Il se met à courir et au début tu vois ses hanches lisses où l'élastique du slip fait une petite marque, très bas, puis tes yeux glissent sur son ventre plat et bronzé, sur cette magnifique poitrine sans un poil, sur ce cou où se dessinent de fins tendons, ce visage... et c'est *son* visage que tu découvres, ravagé, férocement joyeux, pas le visage d'un ange de Raphaël, mais celui d'un démon de Goya, et dans chaque orbite vide apparaît la tête triangulaire d'une vipère ; tu hurles et il s'approche de toi, il murmure : *Le Voyage, mon minet, le Grand Voyage...*

Puis c'est le brouillard, des visages et des voix dont il ne se souvient pas, et c'est ici qu'il refait surface, dans la petite maison qu'il a construite de ses propres mains à la sortie de Mountain City. Car les temps ont changé, et la longue vague de révolte qui avait engouffré le pays s'est depuis longtemps retirée, les jeunes Turcs sont maintenant presque tous de vieux canassons aux barbes poivre et sel, la cloison nasale trouée par la coke, joli dégât, petit. Le garçon au slip jaune est depuis longtemps parti, et lui, Chris Bradenton, est encore un enfant ou presque.

Est-ce que je suis en train de crever ?

L'horreur de cette idée, la chaleur qui tourbillonne dans sa tête comme une tempête de sable. Tout à coup, sa respiration courte et saccadée s'arrêta tandis qu'un bruit montait derrière la porte de la chambre.

Au début, Bradenton pensa que c'était une sirène, les pompiers ou la police. Le bruit se rapprochait, de plus en plus fort ; et il pouvait entendre des pas lourds dans le couloir, dans le salon, des pas qui montaient l'escalier en pilonnant les marches.

Il se redressa sur son oreiller, le visage déformé par un rictus de terreur, les yeux écarquillés, dessinant des cercles dans son visage noirci, enflé. Le bruit se rapprochait. Ce n'était plus une sirène, mais un hurlement aigu, un hululement, un cri qui ne pouvait sortir d'aucune gorge humaine, le cri d'un animal fabuleux ou de quelque noir Charon qui venait lui faire traverser la rivière, l'emmener au pays des morts.

Les pas s'approchaient droit vers lui, rapides, les bottes usées faisaient gémir, craquer et protester sous leur poids le plancher du couloir, derrière sa porte, et tout à coup Chris Bradenton sut qui était là, il poussa un cri perçant quand la porte s'ouvrit violemment, quand l'homme au jeans délavés se précipita à l'intérieur, son sourire assassin déchirant son visage comme une gerbe de poignards, son visage enjoué comme celui d'un Père Noël en folie, un seau de tôle galvanisée sur son épaule droite.

— *YAAAAAAOOOOOOUUUUUUUUUU !*

— Non ! hurla Bradenton en se couvrant le visage avec ses bras. *Non ! Non... !*

Le seau bascula et l'eau tomba, un instant suspendue dans la lumière jaune de la lampe, comme le plus gros diamant brut de l'univers, et au travers il vit le visage de l'homme noir, ce visage qui se réfléchissait en mille facettes, diable grimaçant juste sorti des entrailles les plus sombres et puantes de l'enfer pour ravager la terre ; puis l'eau tomba sur lui, si froide que sa gorge enflée s'ouvrit toute grande un instant, faisant perler de grosses gouttes de sang sur ses parois, vidant ses poumons d'un seul coup, secouant son corps d'un énorme spasme qui envoya voler les couvertures au pied du lit, son corps qui se cassa en deux, se tordit, secoué par ces effroyables crampes qui le fouettaient, le mordaient comme des lévriers lancés en pleine course.

Il hurla, hurla encore. Puis il resta là, tremblant, son corps fiévreux trempé de la tête aux pieds, les tempes battantes, les yeux exorbités. Sa gorge à vif se referma et désespérément il essaya de retrouver son souffle. Il frissonnait, tremblait de tous ses membres.

— Je savais que ça te rafraîchirait ! dit joyeusement l'homme qu'il connaissait sous le nom de Richard Fry en posant le seau par terre. Je savais que ça te ferait du bien, grand chef ! Tu peux me remercier, mon bonhomme, tu peux me remercier de m'occuper de toi. Tu me dis merci ? Tu peux pas parler ? Non ? Ça fait rien, je sais que tu me dis merci dans le fond de ton cœur. *Yaaaa-oouuuuuuuuu !*

Il bondit comme Bruce Lee dans un film de kung-fu, genoux écartés, un instant suspendu juste au-dessus de Chris Bradenton, comme l'eau tout à l'heure, son ombre comme une grosse tache sur le pyjama trempé de Bradenton, et Bradenton poussa un hurlement sans force. Puis les deux genoux retombèrent des deux côtés de sa cage thoracique et l'entre-jambe des jeans de Richard Fry s'immobilisa à quelques centimètres de sa poitrine, comme une fourche, ses yeux de braise braqués sur Bradenton comme deux torches perçant l'obscurité d'un donjon dans un roman d'épouvante.

— Fallait que je te réveille, mon vieux. Je voulais pas que tu te fasses la malle sans qu'on ait pu se parler.

— Pousse... toi... pousse... toi...

— Mais je suis pas *sur* toi, qu'est-ce que tu racontes ! Je suis suspendu au-dessus de toi. Comme le grand monde invisible.

Terrorisé, Bradenton haletait, roulait les yeux, essayait de ne plus voir ce visage enjoué, menaçant.

— Faut qu'on se cause, mon vieux. Tu dois me donner des papiers, une voiture et les clés de la voiture. Tout ce que je vois dans ton garage, c'est une camionnette Chevrolet, et je sais qu'elle est à toi, mon minet. Alors, qu'est-ce que t'en dis ?

— ... les... papiers... peux pas... parler...

Il respirait avec un bruit de vieille pompe. Ses dents claquaient comme des castagnettes.

— T'as intérêt à parler, dit Fry en montrant ses deux pouces.

Il les remua en leur faisant prendre des angles qui sem- blaient défier les lois de la biologie et de la physique.

— Parce que si tu peux pas, je vais être obligé de t'ar- racher les mirettes et il faudra que tu apprennes à trottiner en enfer avec un petit chien pour trouver ton chemin.

Il enfonça les pouces dans les yeux de Bradenton qui s'écrasa sur son oreiller, secoué par un spasme de douleur.

— Tu causes, et je te donne des pilules. Même, je vais te tenir la tête pour te les faire avaler. Tu vas te sentir mieux. Des pilules qui vont tout arranger, tu vas voir.

Bradenton, qui maintenant tremblait autant de peur que de froid, essayait de parler entre deux claquements de dents.

— Papiers... au nom... Randall Flagg... commode... en bas.

— La voiture ?

Bradenton essayait désespérément de réfléchir. Avait- il trouvé une voiture pour ce type ? C'était si loin, de l'autre côté de l'enfer du délire, et le délire semblait lui avoir bousillé la cervelle, brûlé des circuits de mémoire. Des pans entiers de son passé n'étaient plus qu'un amas de fils fumants, de relais noircis. Au lieu de la voiture que voulait le monstre, ce fut une image de sa première voiture qui lui vint à l'esprit, une Studebaker 53 qu'il avait peinte en rose, avec un nez de fusée.

Délicatement, Fry posa une main sur la bouche de Bradenton et, de l'autre, lui pinça les narines. Bradenton lança une ruade. La main de Fry laissait passer un curieux gargouillis. Fry retira ses deux mains.

— Tu te souviens mieux, maintenant ?

Étrangement, c'était effectivement le cas.

— La... voiture...

Il s'arrêta, haletant comme un chien. Le monde se mit à chavirer puis se stabilisa, et il put continuer.

— Derrière... la station... service... à la sortie... route 51.

— Au nord ou au sud ?

— Su... su...

— C'est ça, su ! J'ai compris. Continue, mon gars.

— Une... bâche. Bui... Bui... Buick. Papiers sur le volant. Au nom... Randall Flagg.

Il s'arrêta, épuisé, incapable d'en dire plus, regardant Fry avec des yeux remplis d'un pauvre espoir.

— Les clés...

— Sous... le tapis. Sous...

Bradenton ne put en dire plus car Fry pesait de tout son poids sur sa poitrine. Fry s'installa commodément, comme sur sur gros coussin moelleux, et tout à coup Bradenton sentit ses poumons se vider.

Il expulsa ce qu'il lui restait d'air en prononçant un seul mot :

— ... piiiiii-tiééé...

— Merci beaucoup, dit Richard Fry/Randall Flagg avec un sourire très correct. Dis-moi au revoir, Chris.

Incapable de parler, Chris Bradenton ne put que montrer le blanc de ses yeux dans ses orbites gonflées.

— Faut pas m'en vouloir, dit l'homme noir d'une voix

douce. C'est qu'il faut se dépêcher maintenant. Le carnaval commence tôt cette année. Et on ouvre tous les manèges, tous les jeux de massacre, toutes les roues de loterie. C'est mon soir de veine, Chris. Je le sens. Je le sens très bien. Alors, pas de temps à perdre.

La station-service était à trois kilomètres. Il était trois heures et quart du matin lorsqu'il y arriva. Le vent avait un peu monté et hurlait doucement dans la rue. En chemin, il avait vu les cadavres de trois chiens et d'un homme. L'homme portait une sorte d'uniforme. Dans le ciel, les étoiles brillaient, dures et glacées, étincelles arrachées à la carapace de l'univers.

La bâche qui recouvrait la Buick était fixée au sol par des piquets. Le vent faisait battre la toile. Quand Flagg arracha les piquets, la bâche s'envola en cabriolant dans la nuit, comme un gros fantôme brun, en direction de l'est. Et *lui*, où s'en allait-il ?

Il était debout à côté de la Buick, une 75 en très bon état (climat exceptionnel pour les voitures, par ici : pas d'humidité, pas de rouille), flairant la nuit d'été comme un coyote. Une odeur de désert, le genre d'odeur qu'on ne perçoit bien que la nuit. La Buick était seule intacte dans ce cimetière de voitures, île de Pâques dont les monolithes se dressaient dans le silence que seul troublait le vent. Un bloc-moteur. Un essieu, comme les haltères d'un Monsieur Muscle de banlieue. Un tas de pneus où le vent jouait à pousser des cris de chouette. Un pare-brise zébré de fissures. D'autres épaves.

C'est dans ces paysages qu'il réfléchissait le mieux. Dans des paysages comme celui-ci, n'importe qui pouvait devenir Iago.

Il s'éloigna de la Buick et caressa le capot défoncé de ce qui avait peut-être été une Mustang.

— Eh, petite Cobra, sais-tu qu'on va les crever tous ? chanta-t-il tout doucement.

D'un coup de pied, il renversa un radiateur crevé

découvrant un nid de joyaux qui scintillaient faiblement d'un feu tranquille. Rubis, émeraudes, perles grosses comme des œufs d'oie, diamants comme des étoiles. Il fit claquer ses doigts. Ils avaient disparu. Et *lui,* où allait-il ?

Le vent gémit en entrant par la vitre cassée d'une vieille Plymouth et des petites choses vivantes s'agitèrent à l'intérieur.

Quelque chose d'autre s'agita derrière lui. Il se retourna, et c'était Chris Bradenton, dans un absurde slip jaune citron, son ventre de poète débordant par-dessus l'élastique, comme une avalanche figée en plein élan. Bradenton s'avançait vers lui en marchant sur les débris d'une carcasse de voiture. Une lame de ressort lui transperça le pied, comme dans une crucifixion, mais la blessure ne saigna pas. Le nombril de Bradenton était un œil sombre.

L'homme noir fit claquer ses doigts, et Bradenton s'évanouit.

Il revint à la Buick avec un large sourire, posa le front sur la tôle du toit, du côté du passager. Le temps passa. Puis il se redressa, toujours souriant. Il savait.

Il se glissa derrière le volant de la Buick, appuya plusieurs fois sur l'accélérateur, tourna la clé de contact. Le moteur se mit aussitôt à ronronner et l'aiguille de la jauge d'essence bascula à droite. Il recula, puis contourna la station-service, les pinceaux de ses phares accrochant un instant une autre paire d'émeraudes, les yeux inquiets d'un chat au milieu des mauvaises herbes, devant la porte des toilettes des femmes. Dans la gueule du chat, le petit corps inerte d'une souris. Quand il vit ce visage lunaire, grimaçant, qui le regardait par la fenêtre du conducteur, le chat laissa tomber sa proie et s'enfuit. Flagg éclata de rire, un rire joyeux, celui d'un homme qui n'a pas de soucis en tête, mais des projets. Et, lorsque le bitume de la piste de la station-service se confondit avec celui de la route, il tourna à droite et se mit à rouler, en direction du sud.

32

On avait laissé la porte ouverte entre le quartier haute sécurité et le bloc de cellules qui s'étendait derrière. Les murs d'acier du couloir amplifiaient les sons, grossissaient les hurlements réguliers et monotones qui n'avaient pas cessé depuis le début de la matinée. Le cri montait, rebondissait sur les murs, montait encore et Lloyd Henreid, vert de peur, se demandait s'il n'allait pas devenir complètement dingue.

— *Maman,* disait la voix rauque. *Maaaman !*

Lloyd était assis en tailleur sur le sol de sa cellule. Ses deux mains étaient couvertes de sang ; on aurait dit qu'il portait des gants rouges. La chemise de coton bleu clair de son uniforme de détenu était tachée de sang, car il s'était souvent essuyé les mains pour se donner une meilleure prise. Il était dix heures du matin. Le 29 juin. Vers sept heures, Lloyd avait remarqué que le pied avant droit de son lit branlait un peu. Depuis ce moment, il essayait de dévisser les boulons qui le retenaient au sol et au châlit. Il n'avait que ses dix doigts pour tout outil, et pourtant il avait déjà réussi à défaire cinq des six boulons. Ses doigts étaient maintenant en capilotade. Une vraie saloperie, ce dernier boulon. Mais Lloyd commençait à croire qu'il en viendrait peut-être à bout. Il n'avait plus que cette idée en tête. Le seul moyen pour ne pas paniquer, c'est de ne pas penser.

— *Maaamannn...*

Il sauta sur ses pieds, éclaboussant de sang le sol de sa cellule, et se colla contre les barreaux, les yeux exorbités.

— *Ta gueule, enculé ! Ta gueule, tu me rends cinglé !*

Il y eut un long silence que Lloyd savoura comme il savourait autrefois un bon cheeseburger bien chaud chez McDonald's. Le silence est d'or. Il avait toujours cru que c'était un dicton stupide. Mais peut-être pas tant que ça.

— *MAAAMANNN...*

La voix revenait, remontait la gorge d'acier, aussi lugubre qu'une corne de brume.

— Nom de Dieu, murmura Lloyd, putain de Dieu ! *TA GUEULE ! TA GUEULE ! TA GUEULE, ESPÈCE DE FOUTU CON !*

— *MAAAAAAMANNNNNN...*

Lloyd revint à son pied de lit et l'attaqua sauvagement, essayant d'oublier cette douleur dans ses doigts, cette panique dans sa tête. Au moins, s'il avait eu quelque chose pour faire levier. Il essayait de se souvenir du jour où il avait vu son avocat pour la dernière fois. Ces choses-là s'embrouillaient très vite dans la tête de Lloyd qui retenait la chronologie de son passé à peu près aussi bien qu'une passoire retient l'eau. Trois jours. Oui. Le jour après que cet enfoiré de Mathers lui avait écrabouillé les couilles. Le gardien était venu le chercher pour le conduire au parloir et Shockley était encore devant la porte. Shockley avait ouvert sa grande gueule : *Tiens, tiens, voilà le gros connard, le tas de merde, qu'est-ce que tu racontes, tas de merde, quelque chose à dire de rigolo ?* Puis Shockley avait éternué en faisant exprès de lui envoyer sa morve en plein dans la cafetière. *V'là ta ration de microbes, tas de merde, tout le monde a eu sa part, et je suis généreux. En Amérique, même les pourritures comme toi ont le droit d'avoir leur part.* Quand il était entré dans le parloir, Devins avait l'air d'un type qui essaye de cacher une bonne nouvelle, au cas où ça finirait tout de même par tourner mal. Le juge qui devait s'occuper de l'affaire de Lloyd était au pieu, avec la grippe. Deux autres juges étaient malades eux aussi, la grippe ou autre chose. Si bien que les autres gros culs étaient complètement débordés. Peut-être un ajournement. Touchez du bois, lui avait dit l'avocat. Quand est-ce qu'on va savoir ? avait demandé Lloyd. Sans doute pas avant la dernière minute, avait répondu Devins. Je vous préviendrai, ne vous inquiétez pas. Mais Lloyd ne l'avait pas revu depuis. Et maintenant, à bien y penser, il se souvenait que l'avocat avait la goutte au nez...

— *Ouuuuille !*

Lloyd se mit les doigts de la main droite dans la bouche et sentit le goût de son sang. Mais cette saloperie de boulon avait un peu bougé, ce qui voulait dire qu'il allait sûrement finir par l'avoir. Et cet emmerdeur de gueulard au bout du couloir n'allait plus le déranger... au moins pas autant. Il allait l'avoir, ce boulon. Ensuite, il n'aurait plus qu'à attendre. Lloyd s'assit pour se reposer, les doigts dans la bouche. Quand il aurait fini, il déchirerait sa chemise pour se faire un pansement.

— *Maman ?*

— Tu veux que je te dise ce que tu devrais faire avec ta mère ? grommela Lloyd.

Ce soir-là, le soir du jour où il avait parlé à Devins pour la dernière fois, ils avaient commencé à faire sortir les détenus malades, à les porter plutôt, parce qu'ils évacuaient seulement ceux qui étaient déjà plutôt mal foutus. L'homme qui occupait la cellule à droite de celle de Lloyd, Trask, lui avait dit que la plupart des gardiens avaient l'air d'avoir leur compte et qu'on pourrait peut-être en profiter. Comment ? avait demandé Lloyd. Je ne sais pas, avait répondu Trask, un petit maigre avec un visage allongé de lévrier. Il attendait son procès au quartier haute sécurité. Vol à main armée. Un ajournement, quelque chose. Je sais pas trop.

Trask avait planqué six joints sous son mince matelas. Il en avait donné quatre à un maton qui semblait encore assez en forme pour lui dire ce qui se passait dehors. Le gardien lui avait raconté que tout le monde foutait le camp de Phoenix. Beaucoup de malades. Les gens crevaient comme des mouches. Le gouvernement disait qu'un vaccin serait bientôt prêt, mais tout le monde savait que c'était un bobard. En Californie, des tas de radios donnaient des nouvelles qui foutaient plutôt la trouille, loi martiale, barrages, des types avec des armes automatiques qui pillaient partout, des dizaines de milliers de morts. Et le gardien avait ajouté qu'il ne serait pas surpris si c'était encore un coup des communistes, qu'ils avaient sûrement mis quelque chose dans l'eau.

Le gardien avait expliqué qu'il se sentait bien, mais qu'il allait mettre les bouts dès qu'il aurait terminé son service. Il avait entendu dire que l'armée allait fermer la nationale 17, l'autoroute 10 et la nationale 80 avant le matin. Il avait décidé de partir avec sa femme et son mouflet, d'embarquer tout ce qu'il pourrait trouver comme nourriture et de rester dans les montagnes jusqu'à ce que les choses se tassent. Il avait une petite maison là-haut et, si quelqu'un s'avisait de s'approcher à moins de trente mètres, il lui flanquerait une balle dans la tête.

Le lendemain matin, Trask était enrhumé et disait qu'il avait la fièvre. Il avait tellement la trouille qu'il débloquait complètement, se souvint Lloyd en se suçant les doigts. Il hurlait à tous les gardiens qui passaient de le sortir de son trou avant qu'il soit vraiment malade. Pas un gardien ne l'avait regardé. Ni lui ni les autres détenus, maintenant aussi nerveux que des lions affamés dans un zoo. C'est à ce moment-là que Lloyd avait commencé à avoir peur. Normalement, il y avait une vingtaine de matons en permanence. Alors, comment ça se faisait qu'on ne voyait plus que quatre ou cinq gueules différentes de l'autre côté des barreaux ?

Ce jour-là, le 27, Lloyd avait commencé à ne manger que la moitié des rations qu'on lui passait sous sa grille. Il avait gardé le reste — vraiment pas beaucoup — sous son matelas.

Hier, Trask avait eu des convulsions. Sa gueule était devenue noire comme du charbon, et il était mort. Lloyd aurait eu bien envie de prendre ce qui restait de son déjeuner, mais la gamelle était trop loin. Hier après-midi, il y avait encore quelques gardiens, mais ils n'évacuaient plus les malades. Peut-être que tout le monde était en train de crever à l'infirmerie et que le directeur avait décidé que

383

ça ne valait plus la peine. Personne n'était venu chercher le cadavre de Trask.

Lloyd avait fait la sieste jusque tard dans l'après-midi d'hier. Lorsqu'il s'était réveillé, les couloirs étaient complètement vides. On ne leur avait pas donné à manger pour le dîner. Cette fois, on se serait vraiment cru dans la cage au lion du zoo. Lloyd n'avait pas suffisamment d'imagination pour se demander à quel point les choses auraient été pires si toutes les cellules avaient été pleines. Il ne savait pas combien avaient encore la force de gueuler pour qu'on leur donne à bouffer, mais à cause de l'écho, on aurait dit qu'ils étaient nombreux. Tout ce que Lloyd savait, c'est que Trask attirait les mouches dans la cellule de droite, et que celle de gauche était vide. L'ancien locataire, un jeune Noir qui ne disait que des conneries, avait essayé de piquer le sac à main d'une petite vieille. Mais il l'avait tuée. On l'avait emmené à l'infirmerie quelques jours plus tôt. En face, il pouvait voir deux cellules vides et les pieds d'un type qui avait tué sa femme et son beau-frère au cours d'une partie de poker. Les pieds se balançaient en l'air. Apparemment, le type s'était zigouillé avec sa ceinture, ou bien avec son pantalon si on lui avait enlevé sa ceinture.

Tard dans la soirée, quand les lumières s'étaient allumées toutes seules, Lloyd avait mangé une partie des fayots qu'il gardait depuis deux jours. Ils avaient un sale goût, mais tant pis. Il les avait fait descendre avec de l'eau qu'il avait prise dans la cuvette des W.-C., puis il s'était assis sur son lit, le menton sur les genoux, maudissant Poke de l'avoir foutu dans ce merdier. Tout était la faute de Poke. Tout seul, Lloyd n'aurait jamais eu assez d'ambition pour se lancer dans des trucs pareils.

Peu à peu, les rugissements des détenus s'étaient finalement calmés, et Lloyd pensa qu'il n'était sans doute pas le seul à avoir mis un peu de bouffe de côté, au cas où. Mais il ne lui en restait plus beaucoup. S'il avait su, il en aurait gardé davantage. Il sentait qu'il y avait quelque chose au fond de sa tête, quelque chose qu'il ne voulait pas voir. Quelque chose qui se cachait derrière de grands rideaux noirs. On ne voyait que deux pieds. Des pieds de squelette. Mais pas la peine d'en voir plus. Le squelette s'appelait MORT-DE-FAIM.

— Oh, non, dit Lloyd. Quelqu'un va venir. Sûr et certain, aussi sûr que la merde colle au cul.

Mais il se souvenait sans cesse du lapin. Il ne pouvait pas s'en empêcher. Il avait gagné le lapin et sa cage à la tombola de l'école. Son père ne voulait pas qu'il le garde, mais Lloyd l'avait finalement persuadé qu'il s'en occuperait, qu'il le nourrirait avec son argent de poche. Il adorait ce lapin et il s'en était occupé. Au début. Le problème, c'est que Lloyd avait tendance à oublier les choses au bout de quelque temps. Il avait toujours été comme ça. Et un jour, alors qu'il se balançait assis sur le pneu suspendu à une branche de l'érable malade, derrière leur petite maison minable de Marathon, en Pennsylvanie, il s'était réveillé tout d'un coup et s'était souvenu du lapin. Il n'y pensait plus depuis... depuis peut-être plus de deux semaines. Il l'avait complètement oublié.

C'était un jour d'été, comme celui-ci. Aussitôt, il était allé voir dans le petit hangar, derrière la grange. Et, quand il était entré dans le hangar, l'odeur fade du lapin l'avait frappé en plein visage comme une énorme gifle. Sa fourrure qu'il aimait tant caresser était ébouriffée, toute sale. Des asticots blancs grouillaient dans les orbites où brillaient autrefois les jolis petits yeux roses du lapin. Ses pattes étaient complètement déchiquetées, couvertes de sang. Lloyd avait essayé de se dire que si les pattes du lapin étaient couvertes de sang, c'était parce qu'il avait essayé de s'échapper de sa cage en grattant, que c'était sûrement comme ça qu'il s'était fait mal, mais une petite voix grinçait quelque part dans sa tête, dans un coin sombre et malade de son cerveau, une petite voix qui lui disait que le lapin, sur le point de mourir de faim, avait peut-être essayé de se manger.

Lloyd avait ramassé le lapin et l'avait enterré dans un trou profond, toujours dans sa cage. Son père ne lui avait jamais demandé ce qu'était devenue la petite bête, peut-être même avait-il oublié que son fils avait eu un lapin

— Lloyd n'était pas terriblement intelligent, mais c'était un monstre de l'intellect à côté de son père. Lloyd n'avait jamais oublié. Depuis toujours, il faisait des rêves et la mort du lapin lui avait donné de terribles cauchemars. Et maintenant, assis sur son lit, le menton sur les genoux, l'image du lapin lui revenait, une image qui lui disait que quelqu'un allait venir, que quelqu'un allait sûrement venir le libérer. Il n'avait pas attrapé cette grippe, le Grand Voyage comme on l'appelait, il avait seulement faim. Comme son lapin avait eu faim. Exactement comme lui.

Il s'était endormi un peu après minuit et, ce matin, il s'était mis à travailler sur le pied de son lit. Et maintenant, à voir ses doigts sanglants, il pensait avec une horreur toute fraîche aux pattes de ce petit lapin de son enfance, ce lapin à qui il n'avait pas voulu de mal.

À une heure de l'après-midi, le 29 juin, le pied du lit était défait. Le boulon avait finalement cédé avec une facilité étonnante et le pied était tombé par terre. Lloyd l'avait regardé, se demandant pour quelle raison il avait voulu le défaire. Il mesurait près d'un mètre.

Il le prit à deux mains et se mit à cogner furieusement sur les barreaux d'acier.

— Hé ! hurlait-il en faisant sonner les barreaux comme des gongs. Hé ! Je veux sortir ! Je veux sortir d'ici, bon Dieu ! Vous m'entendez ? *Hé !*

Il s'arrêta et écouta l'écho s'éteindre. Un instant, ce fut le silence total, puis monta de l'autre côté de la porte laissée ouverte la réponse rauque, la voix perdue dans son rêve :

— Maman ! Je suis ici, en bas ! Maman ! Je suis en bas !

— Putain de Dieu ! hurla Lloyd, et il jeta le pied de lit dans un coin.

Il s'était battu pendant des heures, ses doigts étaient en

compote, et tout ce qu'il avait réussi à faire, c'était de réveiller ce con.

Il s'assit sur son lit, souleva le matelas et prit un bout de pain rassis. Il pensa un instant y ajouter quelques dattes, se dit qu'il ferait mieux de les garder, puis les prit quand même. Il les mangea une par une en grimaçant, gardant le pain pour la fin, pour enlever ce goût poisseux de sucre.

Quand il eut terminé ce semblant de repas, il s'approcha machinalement de la grille qui formait le côté droit de sa cellule. Il regarda à ses pieds et étouffa un cri de dégoût. Trask était étendu sur son lit, les pieds à terre. Les jambes de son pantalon avaient un peu remonté, découvrant ses chevilles au-dessus des pantoufles de papier qu'on donnait aux détenus. Un gros rat au poil luisant était en train de bouffer la jambe de Trask, sa répugnante queue rose sagement enroulée autour de son corps gris.

Lloyd alla ramasser le pied de lit dans l'autre coin de sa cellule, puis il revint devant les barreaux, attendit un moment, se demandant si le rat allait le voir et décider qu'il vaudrait mieux aller faire un tour ailleurs. Mais le rat lui tournait le dos et, pour autant que Lloyd puisse en juger, ne se doutait pas de sa présence. Lloyd évalua la distance. Le pied de lit était assez long.

— Han ! grogna Lloyd.

Et le coup partit. La barre de fer écrasa le rat contre la jambe de Trask qui tomba de son lit, raide comme un piquet. Le rat gisait sur le côté, complètement sonné. Mais il respirait encore. Il y avait quelques petites perles de sang sur ses moustaches. Ses pattes de derrière bougeaient, comme si sa cervelle de rat lui disait de foutre le camp, mais que les signaux se soient brouillés quelque part le long de sa moelle épinière. Lloyd lui donna un autre coup. Cette fois, le rat ne bougeait plus.

— Ça t'apprendra, saloperie !

Lloyd posa la barre de fer par terre et revint en titubant vers son lit. Il avait chaud, il avait peur, il aurait voulu pleurer. Il regarda encore une fois derrière lui :

— T'as compris maintenant, tu te tiens tranquille, saloperie d'ordure de merde ?

— Maman ! lui répondit joyeusement la voix. *Maaa-mannn !*

— Ta gueule ! J'suis pas ta mère ! Ta mère fait des pipes au bordel de Trou-du-cul, dans l'Indiana si tu veux savoir !

— Maman ? demanda la voix, inquiète cette fois.

Puis ce fut le silence. Et Lloyd se mit à pleurer en se frottant les yeux avec les poings, comme un petit garçon. Il voulait un steak, il voulait parler à son avocat, il voulait sortir d'ici.

Longtemps plus tard, il s'allongea, se mit un bras sur les yeux et se masturba. Un moyen comme un autre de trouver le sommeil.

Quand il se réveilla, il était cinq heures du matin, et le quartier haute sécurité était silencieux comme une tombe.

Lloyd sortit de son lit qui penchait maintenant du côté où le pied manquait. Il prit la barre de fer, se prépara mentalement à entendre hurler « maman ! » et se mit à taper à tour de bras sur les barreaux, comme pour appeler un régiment à la bouffe. *La bouffe.* Parlez-moi d'un mot plus joli que ça. Une grosse tranche de jambon, des pommes de terre, des petits pois, un grand verre de lait pour faire passer tout ça. Et une grosse glace à la fraise pour le dessert. Ouais, *la bouffe,* rien de plus chouette.

— Hé, y'a personne ici ?

Sa voix se brisa. Pas de réponse. Pas même un *maman !* Au point où il en était, il aurait même peut-être préféré que l'autre se remette à gueuler. La compagnie d'un fou était quand même préférable à la compagnie des morts.

Lloyd laissa tomber la barre de fer qui s'écrasa par terre dans un bruit assourdissant. Il tituba vers son lit, retourna le matelas et fit ses comptes. Encore deux bouts de pain, encore deux poignées de dattes, une côte de porc à moitié rongée et une rondelle de mortadelle. Il déchira en deux la rondelle de mortadelle et mangea la plus grosse des deux moitiés, ce qui ne fit que lui aiguiser l'appétit, un appétit qui montait comme du lait sur le feu.

— Pas plus, murmura-t-il.

Et il engloutit aussitôt le reste. Puis il se traita de tous les noms. Quelques larmes encore. Il allait crever dans ce trou, comme son lapin avait crevé dans sa cage, comme Trask avait crevé dans la sienne.

Trask.

Il jeta un long regard pensif dans la cellule de Trask, vit les mouches tourner, atterrir, décoller. La tronche de Trask, on aurait dit une vraie piste d'atterrissage à mouches. Finalement, après bien des hésitations, Lloyd prit son pied de lit, s'approcha des barreaux. En se mettant sur la pointe des pieds, il put tout juste toucher le cadavre du rat, le rapprocher de sa cellule.

Quand il fut assez près, Lloyd se mit à genoux et tira le rat vers lui. Il le prit par la queue, le regarda une bonne minute se balancer devant ses yeux. Puis il le glissa sous son matelas, pour que les mouches n'y touchent pas, un peu à l'écart de ce qui restait de ses provisions de bouffe. Il regarda longtemps le rat avant de laisser le matelas retomber sur lui, heureux de ne plus le voir.

— Au cas où, murmura Lloyd Henreid dans le silence. Au cas où, c'est tout.

Puis il grimpa à l'autre extrémité du lit, ramassa ses genoux sous son menton et attendit.

33

La pendule du bureau du shérif marquait neuf heures moins vingt-deux lorsque les lumières s'éteignirent.

Nick Andros lisait un livre qu'il avait été chercher chez le marchand de journaux — l'histoire d'une gouvernante qui se croyait dans un manoir hanté. Il n'était pas encore arrivé à la moitié du roman, mais il savait déjà que le fantôme était en réalité la femme du châtelain, probablement enfermée dans le grenier et folle à lier.

Quand les lumières s'éteignirent, Nick sentit son cœur bondir dans sa poitrine et une voix lui murmura quelque chose au fond de sa tête, une voix sortie de ce lieu obscur où se tapissaient les cauchemars qui maintenant le hantaient chaque fois qu'il s'endormait : *Il vient te chercher... il est à la porte, il te guette dans la nuit... l'homme qui se cache... l'homme noir...*

Il laissa tomber le livre sur le bureau et sortit dans la rue. Il ne faisait pas encore complètement nuit, mais le soleil avait disparu sous l'horizon. Tous les lampadaires étaient éteints. De même que les tubes au néon de la pharmacie qui étaient restés allumés jour et nuit. Le léger bourdonnement que faisaient les boîtes de distribution perchées au sommet des poteaux électriques s'était arrêté lui aussi ; Nick s'en assura en posant la main sur un poteau. Il ne sentit rien, que le bois. La vibration, qui était sa manière à lui d'entendre un bruit, avait cessé.

Il y avait des bougies dans un placard, au fond d'une boîte. Nick les avait vues. Mais cette idée ne le rassura guère. Tourné vers l'ouest, il se mit à supplier silencieusement le soleil de ne pas l'abandonner, de ne pas le laisser seul dans la noirceur de ce cimetière.

Mais le soleil s'en était allé. À neuf heures dix, les dernières lueurs disparurent dans le ciel. Nick rentra dans le bureau et chercha à tâtons le placard où se trouvaient les bougies. Il cherchait encore la boîte quand la porte s'ouvrit brusquement derrière lui. Ray Booth entra en titubant, le visage noirci et enflé, sa bague rouge scintillant sur son doigt. Il était resté couché dans les bois, à la sortie de la ville, depuis la nuit du 22 juin, une semaine plus tôt. Le matin du 24, il s'était senti malade, et ce soir, la faim et la peur l'avaient poussé à sortir de sa cachette. Il n'y avait plus personne en ville, à part ce sale muet qui l'avait mis dans ce pétrin. Il l'avait vu traverser la place, le pistolet du shérif à la ceinture, fier comme un paon, comme s'il avait été le maître de cette ville où Ray avait vécu presque toute sa vie. Oui, il se prenait vraiment pour un caïd. Ray se doutait bien qu'il allait mourir de cette saloperie qui avait emporté tous les autres. Mais d'abord, il allait régler son compte à ce petit con qui se prenait pour un autre.

Nick lui tournait le dos et il ignorait qu'il n'était plus seul dans le bureau du shérif Baker quand deux mains se refermèrent sur son cou. Il lâcha la boîte qu'il venait de trouver et les bougies roulèrent par terre. Il avait déjà presque perdu connaissance lorsqu'il parvint à surmonter sa panique, convaincu cette fois que la créature noire de ses rêves était sortie de son repaire, se trouvait là derrière lui, lui serrait le cou avec ses griffes couvertes d'écailles.

Instinctivement, il essaya de desserrer cette étreinte qui l'étouffait. Une haleine chaude lui frappait l'oreille droite, un souffle qu'il pouvait sentir mais pas entendre. Un court instant, il put reprendre sa respiration avant que les deux mains ne se referment comme un étau.

Les deux hommes luttaient dans le noir comme deux danseurs invisibles. Ray Booth sentait ses forces l'abandonner. Des coups sourds résonnaient dans sa tête. S'il ne venait pas à bout du muet tout de suite, il n'y arriverait jamais. Il rassembla ce qu'il lui restait d'énergie et serra tant qu'il put le cou osseux de son adversaire.

Nick sentit le monde chavirer. La douleur, aiguë tout à l'heure, était maintenant lointaine, presque agréable. Il écrasa le pied de Booth avec son talon et le poussa en pesant de tout son poids. Booth dut faire un pas en arrière. Il marcha sur une bougie. Elle roula sous lui et il tomba à la renverse, entraînant Nick dans sa chute. Ses mains lâchèrent prise.

Nick roula sur le côté. Tout semblait flotter très loin, sauf cette douleur lancinante dans sa gorge. Il sentait un goût de sang dans le fond de sa bouche.

La silhouette qui l'avait attaqué essayait de se relever. Nick se souvint du revolver. Il était toujours là, mais il était coincé dans son étui. Pris de panique, Nick tira de toutes ses forces. Le coup partit tout seul et la balle traça un sillon le long de sa jambe avant de s'incruster dans le plancher.

La silhouette tomba sur lui, comme une masse.

Nick sentit ses poumons se vider, puis deux énormes mains blanches foncèrent sur son visage, deux pouces s'écrasèrent sur ses yeux. À la lumière de la lune, Nick vit un éclair rouge sur l'une des mains et il cria silencieusement dans le noir : *Booth !* Il essayait toujours de sortir son revolver. À peine s'il avait senti la brûlure de la balle le long de sa cuisse.

L'un des pouces de Ray Booth se planta dans l'œil droit de Nick. Une douleur fulgurante lui traversa la tête. D'un coup, il parvint enfin à sortir le pistolet de son étui. Le pouce de Booth, calleux et dur comme de la pierre, écrasait l'œil de Nick comme une meule.

Nick poussa un cri informe, une sorte de râle rauque, et planta le revolver dans le ventre de Booth. Il appuya sur la détente et le revolver fit un bruit assourdi, que Nick sentit comme un violent recul ; le canon s'était pris dans le chemise de Booth. Nick vit un éclair et, un instant plus tard, sentit une odeur de poudre, de toile roussie. Ray Booth se raidit, puis s'effondra sur lui.

Pleurant de souffrance et de terreur, Nick écarta le

poids qui l'écrasait, rampa sous cette énorme masse pour se dégager, une main sur son œil blessé. Il resta longtemps allongé par terre, la gorge en feu. Une atroce douleur lui taraudait les tempes.

Il finit par trouver une bougie par terre et il l'alluma avec le briquet qui se trouvait sur le bureau. À la lumière tremblotante de la flamme, il vit Ray Booth à plat ventre sur le plancher, comme une baleine échouée sur une plage. Le revolver avait fait un gros cercle noir sur sa chemise. Il y avait du sang partout. L'ombre de Booth s'allongeait jusqu'au mur dans la lumière incertaine de la bougie, une ombre énorme, informe.

Gémissant de douleur, Nick se dirigea en titubant vers la petite salle de bain, la main toujours collée sur l'œil, puis se regarda dans le miroir. Il vit du sang suinter entre ses doigts et retira sa main. Il n'en était pas sûr, mais il croyait bien que le sourd-muet était maintenant borgne. Nick revint dans le bureau et donna un coup de pied au cadavre inerte de Ray Booth.

Tu m'as eu, dit-il au cadavre. D'abord mes dents, maintenant mon œil. Tu es content ? Tu m'aurais crevé les deux yeux si tu avais pu. Pour me laisser comme ça, sourd, muet et aveugle dans le monde des morts. Tu es content ?

Il donna un autre coup de pied à Booth et eut envie de vomir quand il sentit sa chaussure s'enfoncer dans ce tas de viande. Un peu plus tard, il s'assit sur le lit, la tête dans les mains. Dehors, la nuit était noire. Dehors, les lumières du monde avaient toutes disparu.

34

Pendant longtemps, pendant des jours (combien de jours ? qui aurait pu le savoir ? certainement pas La Poubelle en tout cas), Donald Merwin Elbert, connu sous le nom de La Poubelle depuis l'époque confuse et lointaine où il usait ses fonds de culotte sur les bancs de l'école, avait erré dans les rues de Powtanville, Indiana, fuyant ces voix qui résonnaient dans sa tête, esquivant des coups imaginaires, les mains levées pour se protéger des pierres que lui lançaient ses fantômes.

Hé, La Poubelle !

Hé, La Poubelle, tu m'entends ! T'as encore fait du feu cette semaine ?

Qu'est-ce qu'elle a dit, la vieille Semple, quand tu as brûlé son chèque de pension ?

Hé, La Poubelle, tu veux pas acheter un peu d'essence ?

Et des électrochocs, tu crois pas que ça te ferait du bien, La Poubelle ?

La Poubelle...

... Hé, La Poubelle...

Il savait parfois que ces voix n'étaient pas réelles, mais parfois il hurlait pour les faire s'arrêter, comprenait alors que la seule voix était la sienne qui lui revenait, renvoyée par les murs des maisons, le mur du lave-auto où il travaillait autrefois, où il était assis maintenant, ce matin du 30 juin, dévorant un gros sandwich dégoulinant de confiture, de tomate et moutarde. Pas de voix, sauf la sienne qui rebondissait sur les murs des maisons hostiles. Car il n'y avait plus personne à Powtanville. Tout le monde était parti... Tout le monde ? On lui avait toujours dit qu'il était fou, et c'était bien une idée de fou que de penser qu'il n'y avait plus personne dans sa ville, sauf lui. Mais il ne pouvait détourner les yeux des réservoirs d'essence à l'horizon, énormes, blancs, ronds, comme des nuages bas. Ils se dressaient entre Powtanville et la route qui menait à Gary, puis à Chicago. Il savait ce qu'il avait envie de faire, et que ce n'était pas un rêve. Ce n'était pas bien du tout, mais ce n'était pas un rêve, et il n'allait pas pouvoir s'en empêcher.

Tu t'es brûlé les doigts, La Poubelle ?

Hé, La Poubelle, tu sais pas qu'on fait pipi au lit quand on joue avec le feu ?

Il crut que quelque chose arrivait sur lui en sifflant. Il poussa un petit cri et leva les deux mains pour se protéger, le cou rentré dans les épaules, laissant son sandwich rouler dans la poussière. Mais il n'y avait rien, il n'y avait personne. Derrière le mur du lave-auto, il n'y avait que la route 130, celle de Gary, celle qui passait d'abord devant les énormes réservoirs de la Cheery Oil Company. Il ramassa son sandwich en pleurnichant, enleva de son mieux la terre qui couvrait le pain blanc, et se remit à manger.

Était-ce un rêve ? Autrefois, il avait eu un père. Le shérif l'avait abattu en pleine rue devant l'église méthodiste. Depuis, il lui avait fallu vivre avec ce souvenir.

Hé, La Poubelle, le shérif Greeley a flingué ton vieux comme un chien enragé, t'es au courant, enfoiré de mes deux ?

Son père était allé boire au bar O'toole. Une dispute. Wendell Elbert était armé et il avait tué le barman, puis il était rentré chez lui. Il avait tué les deux frères aînés de La Poubelle, sa sœur aussi — oh, Wendell Elbert était un drôle de type, très mauvais caractère, il y avait longtemps que ça ne tournait pas très rond dans sa tête, tout le monde le savait à Powtanville, et tout le monde disait aussi tel père tel fils — il aurait tué la mère de La Poubelle si Sally Elbert ne s'était pas enfuie en hurlant dans la nuit, son petit Donald (plus tard connu sous le nom de La Poubelle) dans les bras. Il avait cinq ans. Debout en haut de l'escalier, Wendell Elbert avait tiré sur eux, les balles sifflaient et ricochaient sur le bitume de la route, et la dernière fois que Wendell avait tiré, le pistolet bon marché qu'il avait acheté à un Nègre, dans un bar de Chicago, avait explosé entre ses mains. Les éclats de métal lui avaient arraché presque toute la figure. Il était descendu dans la rue, du sang plein les yeux, hurlant de douleur, brandissant ce qui restait de son pauvre revolver, le canon bourgeonnant comme un champignon, fendu comme un cigare de farces et attrapes. Au moment où il arrivait devant l'église méthodiste, le shérif Greeley était arrivé à bord de l'unique voiture de patrouille de Powtanville. Il lui avait donné l'ordre de ne plus bouger et de lâcher son arme. Mais Wendell Elbert avait pointé son pistolet sur le shérif, Greeley n'avait pas vu qu'il était hors d'usage, ou n'avait pas voulu le voir. De toute façon, le résultat était bien le même. Il avait descendu Wendell Elbert du premier coup.

Hé, La Poubelle, t'as déjà foutu le feu à ta bite ?

Il se retourna pour voir qui lui parlait — on aurait dit Carley Yates, ou un des gars qui traînaient avec lui du temps qu'il était gosse. Sauf que Carley n'était plus un gosse, pas plus que La Poubelle.

Peut-être qu'on allait finir par l'appeler Don Elbert maintenant, au lieu de La Poubelle, comme Carley Yates s'appelait Carley Yates, le concessionnaire Chrysler-Plymouth. Sauf que Carley Yates était parti, que tout le monde était parti, et qu'il était peut-être trop tard pour qu'on ne l'appelle plus La Poubelle.

Il n'était plus assis contre le mur du lave-auto ; il était à près de deux kilomètres au nord-ouest de la ville, il marchait sur la route 130, et la ville de Powtanville s'étendait en contrebas comme un village miniature. Les réservoirs n'étaient plus qu'à un kilomètre. Il avait une boîte à outils dans une main, un bidon d'essence dans l'autre.

Non, ce n'est pas bien, mais...

Une fois Wendell Elbert enterré, Sally Elbert avait trouvé un boulot au café du coin. Et c'est alors que son dernier petit poussin, Donald Merwin Elbert, avait commencé à mettre le feu dans les poubelles des gens. Il était en douzième ou en onzième.

Attention, les filles ! La Poubelle va venir vous brûler les jupes !

Il est fou !

Ce n'est que l'année suivante que les grands avaient découvert qu'il foutait le feu partout. Le shérif était venu, le bon vieux shérif Greeley, et c'était comme ça que l'homme qui avait abattu père devant l'église méthodiste avait fini par devenir son beau-père.

Hé, Carley, une devinette : Comment est-ce que ton père peut tuer ton père ?

Je sais pas. Dis-moi ?

Je sais pas moi non plus, mais suffit de demander à La Poubelle !

Ouuuhahahahaha !

Il arrivait devant l'allée de gravier. Ses épaules lui faisaient mal à cause du poids de la boîte à outils et du bidon. Sur la grille, une pancarte : CHEERY PETROLEUM COMPANY. TOUS LES VISITEURS DOIVENT SE PRÉSENTER AU BUREAU ! MERCI !

Il y avait quelques voitures dans le parking, pas beaucoup. La plupart avaient leurs pneus à plat. La Poubelle remonta l'allée et se faufila derrière la grille restée entrouverte. Ses yeux, bleus et vides, étaient fixés sur l'escalier de fer qui montait en tournant autour du premier réservoir, jusqu'en haut. Une chaîne à laquelle pendait une autre pancarte barrait l'entrée de cet escalier. ENTRÉE INTERDITE ! STATION DE POMPAGE FERMÉE. Il enjamba la chaîne et commença à monter.

Ce n'était pas juste que sa mère se marie avec le shérif Greeley. En neuvième, il avait commencé à mettre le feu dans les boîtes à lettres, c'était l'année où il avait brûlé le chèque de pension de la vieille Mme Semple, et il s'était encore fait pincer. Sally Elbert Greeley avait piqué une crise le jour où son nouveau mari lui avait parlé d'envoyer le garçon à l'asile de Terre-Haute (*Tu dis qu'il est fou ! Comment tu veux qu'un p'tit gars de dix ans soit fou ? Tu veux seulement te débarrasser de lui ! Tu t'es débarrassé de son père, et maintenant tu veux te débarrasser de lui !*). Greeley n'avait eu d'autre choix que de porter plainte contre le petit. Mais on ne peut pas envoyer un enfant de dix ans en maison de correction, à moins de vouloir le voir sortir de là avec le cul en trompette, à moins de vouloir que votre nouvelle femme divorce aussi sec.

Il montait, montait. Ses semelles faisaient résonner les marches de fer. Les voix étaient restées en bas et personne ne pouvait lui lancer de pierres à cette hauteur. Sur le parking, les voitures ressemblaient à des jouets. Seul le vent lui parlait encore tout bas à l'oreille, gémissant dans une prise d'air ; et puis, très loin, l'appel d'un oiseau. Les arbres et les champs s'étendaient à perte de vue, dans toutes les nuances de vert, légèrement bleutées par la brume du petit matin. Il souriait maintenant, heureux, en montant l'escalier de fer, toujours plus haut.

Lorsqu'il arriva au sommet du réservoir, une plate-forme circulaire, il crut toucher le ciel, comme si en levant le bras il allait gratter avec ses ongles la craie bleue de tout ce ciel. Il posa le bidon et la boîte à outils, puis regarda autour de lui. On pouvait voir Gary, car les cheminées des usines ne fumaient plus, et l'air était aussi clair là-bas qu'ici. Chicago noyée dans un brouillard d'été, comme dans un rêve, et un éclat de lumière très loin au nord, peut-être le lac Michigan, ou rien du tout. L'air avait une odeur douce, dorée, qui lui fit penser à un petit déjeuner paisible dans une cuisine inondée de soleil. Bientôt, tout allait s'embraser.

Avec sa boîte à outils, il se dirigea vers le poste de pompage. Les machines n'avaient pas de secrets pour lui ; il comprenait la mécanique comme certains idiots savants sont capables de multiplier et de diviser mentalement des nombres de sept chiffres. Il ne comprenait pas ce qu'il faisait ; il laissait ses yeux errer ici et là, puis ses mains se mettaient à travailler, sûres de ce qu'elles allaient faire.

Hé, La Poubelle, pourquoi t'as foutu le feu à l'église ? Pourquoi t'as pas foutu le feu à l'école ?

En huitième, il avait mis le feu dans le salon d'une maison abandonnée à Sedley, la petite ville voisine. La maison avait brûlé de fond en comble. Son beau-père, le shérif Greeley, avait dû le mettre au frais, parce qu'une bande de mômes lui avait cassé la gueule et que les grands voulaient s'y mettre eux aussi (*tu parles, s'il avait pas plu, cette espèce de cinglé aurait brûlé la moitié de la ville !*). Greeley avait dit à Sally qu'il fallait envoyer Donald à Terre-Haute, pour qu'on lui fasse passer des tests. Et Sally lui avait répondu qu'elle l'abandonnerait s'il faisait ça à son petit, à son petit poussin, le seul qui lui restait, mais Greeley avait tenu bon. Le juge avait signé les papiers, et La Poubelle n'avait pas revu Powtanville pendant quelque temps, deux ans. Sa mère avait divorcé et, la même année, le shérif n'avait pas été réélu. Greeley s'était retrouvé sur une chaîne de montage, dans une usine de Gary. Sally venait voir La Poubelle toutes les semaines. Elle pleurait chaque fois.

— Tu vas voir, fils de pute ! murmura La Poubelle.

Puis il regarda furtivement autour de lui, au cas où quelqu'un l'aurait entendu dire un gros mot. Mais il n'y avait personne, naturellement, puisqu'il se trouvait au sommet du réservoir numéro 1 de la Cheery Oil et que même s'il avait été sur le plancher des vaches, il ne restait plus personne. Sauf les fantômes. Au-dessus de lui, de gros nuages blancs dérivaient lentement.

Un énorme tuyau de plus de soixante centimètres de diamètre sortait du poste de pompage. Il ne s'agissait que d'un trop-plein, mais le réservoir était rempli d'essence sans plomb dont une petite quantité avait fui, peut-être l'équivalent d'un demi-litre, dessinant des traces brillantes dans la fine couche de poussière qui recouvrait le sommet du réservoir. La Poubelle se releva, les yeux brillants, une grosse clé dans une main, un marteau dans l'autre. Il laissa tomber ses outils qui firent résonner la tôle.

Comme ça, il n'allait pas avoir besoin du bidon d'essence qu'il avait apporté. Il prit le bidon, hurla « Larguez les bombes ! » et le lança dans le vide. Il le regarda pirouetter avec beaucoup d'intérêt. À un tiers de sa course, il heurta l'escalier, rebondit, puis poursuivit sa chute jusqu'au sol en lâchant une gerbe d'essence couleur d'ambre par le côté qui s'était crevé en frappant l'escalier de fer.

Il revint au trop-plein, regarda les petites flaques brillantes d'essence. Il sortit une pochette d'allumettes, la regarda, coupable et fasciné, rempli d'une douce excitation. Sur la pochette, une annonce vantait les mérites des cours par correspondance de l'école La Salle de Chicago. *Je suis debout sur une bombe,* pensa-t-il. Il fermait les yeux, tremblant de peur, en pleine extase, repris par cette ancienne excitation glacée qui lui engourdissait les doigts et les orteils.

Hé, La Poubelle, putain de sinoque !

Il était sorti de l'asile de Terre-Haute à treize ans. Ils avaient dit qu'il était guéri, mais ils n'en savaient foutrement rien. Ils avaient besoin de sa chambre pour y enfermer un autre cinglé pendant quelques années. La Poubelle était rentré chez lui. Il avait pris beaucoup de retard dans ses études et ne semblait vouloir ou pouvoir le rattraper. On lui avait donné des électrochocs à Terre-Haute et, lorsqu'il était revenu à Powtanville, il ne pouvait plus se souvenir de rien. Il apprenait quelque chose, puis oubliait tout quelques minutes plus tard. Naturellement, ses notes étaient épouvantables.

Pendant quelque temps, il n'alluma pas d'incendies ; c'était déjà quelque chose. Tout était rentré dans l'ordre, apparemment. Le shérif qui avait tué son père était parti ; il était là-bas, à Gary, en train de monter des phares sur des Dodge. Sa mère travaillait toujours au café de Powtanville. Tout allait bien. Bien sûr, il y avait la CHEERY OIL, les réservoirs blancs qui se dressaient à l'horizon comme d'énormes boîtes de conserve blanchies à la chaux, et derrière les cheminées des usines de Gary — Gary où travaillait le shérif, l'assassin de son père — comme si Gary était déjà en flammes. Il se demandait souvent quel bruit feraient les réservoirs de la Cheery Oil quand ils sauteraient. Trois explosions, assez fortes pour vous crever les tympans, pour vous frire les yeux dans leurs orbites ? Trois colonnes de feu (père, fils et saint-shérif tueur de père) qui brûleraient jour et nuit pendant des mois ? Ou peut-être refuseraient-ils de brûler ?

Il allait bientôt le savoir. La douce brise d'été éteignit les deux premières allumettes. Il laissa tomber les petites tiges noircies sur la tôle rivetée du réservoir. Sur sa droite, près du garde-fou, il vit un insecte qui se débattait dans une flaque d'essence. Je suis comme cette bestiole, se dit-il, et il se demanda quel était ce monde où Dieu vous laissait tomber dans un sale merdier comme une bestiole dans une flaque d'essence, et vous laissait là vous débattre pendant des heures, peut-être pendant des jours... ou même, dans son cas, pendant des années. Un monde

401

qui méritait bien de brûler, voilà. Il était là, tête basse, une troisième allumette à la main, quand la brise tomba.

Lorsqu'il était rentré, on l'avait d'abord appelé *sinoque, débile* et *La Torche,* mais Carley Yates, qui avait maintenant trois années d'avance sur lui à l'école, s'était souvenu des poubelles, et c'était le surnom de Carley qui lui était resté. À seize ans, il avait quitté l'école avec l'autorisation de sa mère (*Qu'est-ce que vous voulez ? Ils me l'ont bousillé à Terre-Haute. Je leur ferais un procès si j'avais de l'argent. Des électrochocs, c'est comme ça qu'ils appellent ça. Mais moi je dis que c'est une saloperie de chaise électrique, voilà ce que c'est !*) et il était allé travailler au lave-auto : frotte les phares/frotte le bas des portes/soulève les essuie-glaces/astique les rétroviseurs/et vous voulez un lustrage avec ça, monsieur ? Pendant un petit bout de temps, la vie avait continué comme il était écrit qu'elle devait le faire. Les gens lui gueulaient des trucs en passant en voiture, lui demandaient ce que la vieille Semple (depuis quatre ans dans sa tombe) avait dit lorsqu'il avait brûlé son chèque de pension, s'il avait pissé dans son lit le jour où il avait foutu le feu à la maison de Sedley ; ils lui gueulaient des trucs quand il passait devant l'épicerie ou le bar O'Toole ; et ils gueulaient aussi : « V'là La Poubelle ! Planquez vos allumettes ! Écrasez vos mégots ! » Il n'entendait plus que vaguement les voix, mais il ne pouvait ignorer les pierres qui sortaient en sifflant d'une ruelle obscure, de l'autre côté de la rue. Une fois, on lui avait lancé une canette de bière à moitié pleine d'une voiture en marche. La canette s'était écrasée sur son front et il était tombé à genoux.

C'était la vie : les voix, parfois les pierres, le lave-auto. Et, à l'heure du déjeuner, il s'asseyait là où il était assis tout à l'heure, avalait le sandwich aux tomates que sa mère lui avait préparé, regardait les réservoirs de la Cheery Oil, se demandait comment ça se passerait.

C'était la vie, jusqu'à ce qu'il se retrouve un soir dans

le vestibule de l'église méthodiste, un bidon de vingt litres d'essence à la main, en train de tout asperger autour de lui — particulièrement les vieux recueils de cantiques entassés dans un coin — et il s'était arrêté. Et il avait pensé : *C'est pas bien, c'est pas bien du tout, c'est STU-PIDE, ils vont savoir que c'est toi, ils diraient que c'est toi même si c'était quelqu'un d'autre, et ils vont t'enfermer* ; il réfléchissait et l'odeur de l'essence lui remplissait les narines tandis que des voix papillonnaient et tourbillonnaient dans sa tête, comme des chauves-souris dans un beffroi hanté. Puis un sourire lui avait lentement éclairé le visage, et il avait remonté l'allée centrale en courant, aspergeant d'essence toute l'église, depuis le vestibule jusqu'à l'autel, comme un futur marié qui arrive en retard à son mariage, si pressé qu'il commence à lâcher le chaud liquide qu'il aurait dû garder pour la nuit de ses noces.

Puis il était revenu en courant dans le vestibule, avait sorti une seule allumette de bois de sa poche, l'avait frottée sur la fermeture Éclair de ses jeans, l'avait lancée sur les recueils de cantiques imbibés d'essence, en plein dans le mille, *flouf !,* et le lendemain il était en route pour la Maison de redressement de l'Indiana, tandis que fumaient encore les décombres noircis de l'église méthodiste.

Et Carley Yates était là, debout contre le lampadaire, en face du lave-auto, une Lucky Strike au coin de la bouche, et Carley avait hurlé son adieu, son épitaphe : *Hé, La Poubelle, pourquoi t'as foutu le feu à l'église ? Pourquoi t'as pas foutu le feu à l'école ?*

Il avait dix-sept ans quand on l'avait envoyé dans la Maison de redressement. À dix-huit, ce fut la prison pour les adultes. Combien de temps ? Qui aurait pu le savoir ? Certainement pas La Poubelle en tout cas. En prison, tout le monde s'en foutait bien qu'il ait brûlé l'église méthodiste. D'autres types avaient fait bien pire. Assassinats. Viols. Casser en deux la tête de vieilles dames dans des bibliothèques. Certains détenus voulaient lui faire des trucs, d'autres voulaient qu'il leur fasse des trucs. Il s'en foutait. C'était la nuit, quand on éteignait les lumières. Un homme, un chauve, lui avait dit qu'il l'aimait — *Je t'aime, Donald* —, c'était sûrement mieux que de recevoir des pierres. Mais parfois, la nuit, il rêvait à la CHEERY OIL. Et dans ses rêves, il y avait toujours cette explosion suivie de deux autres BANG... BANG ! BANG ! D'énormes explosions creuses qui montaient dans le ciel, modelaient la lumière du jour comme les coups de marteau donnent sa forme à une feuille de cuivre. Et tout le monde en ville s'arrêterait aussitôt, regarderait en direction du nord, vers Gary, vers l'endroit où les trois réservoirs se découpaient sur le ciel comme d'énormes boîtes de conserve blanchies à la chaux. Carley Yates serait en train d'essayer de vendre une Plymouth vieille de deux ans à un jeune couple avec un bébé, il s'arrêterait au beau milieu de sa phrase, regarderait là-bas. Les types qui traînaient devant le bar O'Toole ou devant l'épicerie se précipiteraient dans la rue, laissant derrière eux leurs bières. Au café, sa mère se figerait devant la caisse enregistreuse. Le nouvel employé du lave-auto s'arrêterait de frotter les phares, l'éponge à la main, regarderait en direction du nord tandis que cet énorme bruit martèlerait le cuivre de la routine quotidienne : BAAAANG ! C'était son rêve.

Il avait fini par se gagner la confiance des gardiens et, quand cette drôle de maladie était arrivée, on l'avait envoyé à l'infirmerie. Pour donner un coup de main. Quelques jours plus tôt, il n'y avait plus eu de malades, car tous les malades étaient morts. Tout le monde était mort ou avait foutu le camp, sauf un jeune gardien, Jason Debbins, qui s'était assis au volant d'un camion de livraison et qui s'était tiré une balle dans la tête.

Où aller, si ce n'est chez lui ? Il était donc rentré.

La brise caressa doucement sa joue, puis retomba.

Il frotta une autre allumette et la laissa tomber. Elle atterrit dans une petite flaque d'essence qui s'enflamma aussitôt. Les flammes étaient bleues. Elles se propageaient délicatement, sorte d'auréole dont le centre était l'allumette noircie. La Poubelle regarda un moment, fasciné, puis courut vers l'escalier qui descendait en tournant autour du réservoir. Avant de commencer à descendre, il jeta un coup d'œil derrière lui. Le poste de pompage était entouré d'un halo de chaleur, d'un rideau de tulle qui dansait comme un mirage. Les petites flammes bleues, qui ne faisaient pas plus de cinq centimètres de haut, avançaient vers les machines, vers le trop-plein, décrivant un demi-cercle qui allait s'élargissant. La bestiole ne se débattait plus. Il ne restait plus d'elle qu'une carapace noircie.

Je pourrais rester.

Mais il n'en avait pas vraiment envie. Il lui semblait confusément qu'il avait peut-être un but dans la vie à présent, quelque chose de très grand, de grandiose. Il eut donc un peu peur et commença à descendre l'escalier quatre à quatre. Ses semelles faisaient résonner les marches, sa main courait sur la rampe rouillée.

Plus bas, encore plus bas, toujours en cercle, et dans combien de temps les vapeurs d'essence qui flottaient à l'embouchure du trop-plein prendraient-elles, combien de temps avant que la chaleur n'enflamme l'essence dans la gorge du tuyau, dans le ventre du réservoir.

Les cheveux rabattus par le vent de sa course, une grimace de terreur plaquée sur le visage, il descendait. Il était à mi-hauteur maintenant, passait devant les énormes lettres CH, des lettres de cinq mètres de haut peintes en vert sur le fond blanc du réservoir. Plus bas, encore plus bas, et s'il trébuchait, s'il manquait une marche, il s'écraserait comme le bidon tout à l'heure, se casserait les os comme des branches mortes.

Le sol se rapprochait, le cercle de gravier blanc qui entourait le réservoir, l'herbe verte au-delà du gravier. Dans le parking, les voitures reprenaient leurs dimensions normales. Et pourtant, il avait l'impression de flotter, de flotter dans un rêve, de ne jamais pouvoir arriver jusqu'en bas, de toujours courir et courir, sans aller nulle part. Il était à côté d'une bombe, et la mèche était allumée.

Puis il y eut une explosion, très haut au-dessus de lui, comme un gros pétard. Un choc métallique, assourdi par la distance, puis quelque chose qui passa à côté de lui en vrombissant. C'était un morceau de trop-plein. Il le vit tomber avec une terreur presque délicieuse, complètement noir, tordu par la chaleur en une nouvelle forme excitante et bizarre.

Il posa la main sur la rampe et sauta par-dessus. Un claquement sec dans le poignet, une douleur fulgurante dans le bras, jusqu'au coude. Sept mètres plus bas, il atterrit sur le gravier. À peine s'il sentit la brûlure de ses avant-bras écorchés. Il gémissait, grimaçait de terreur, et la journée était belle.

La Poubelle se releva, regarda, derrière lui, au-dessus de lui, et repartit à toute vitesse. Le réservoir était couronné d'une chevelure blonde qui grandissait à une vitesse étonnante. Tout allait sauter d'un instant à l'autre.

Il courait, sa main droite inerte au bout de son poignet fracturé. Il sauta par-dessus le talus du parking et ses pieds firent claquer l'asphalte. Il courait maintenant, traversait le parking, traînant son ombre derrière lui, il courait tout droit sur la large allée de gravier, franchissait comme une flèche la grille entrouverte, arrivait sur la route 130. Il la traversa et se jeta dans le fossé. Il atterrit sur un lit de feuilles mortes et de mousse humide, les bras autour de la tête, les poumons déchirés par des coups de poignard.

Le réservoir sauta. Sans faire BAAAANG ! mais KA-BOUM ! un bruit énorme, bref et guttural, si fort qu'il sentit ses tympans se comprimer, ses yeux sortir de leurs orbites. Puis une deuxième explosion, puis une troisième. Et La Poubelle se tordait sur les feuilles mortes, hurlait silencieusement, le visage déformé par une affreuse grimace. Il s'assit, les mains plaquées sur les oreilles, et tout à coup le vent le frappa avec une telle force qu'il le renversa, comme s'il n'avait pas pesé plus lourd qu'un bout de papier.

Derrière lui, les jeunes arbres se couchèrent et leurs feuilles s'agitèrent frénétiquement, comme des banderoles un jour de grand vent. Un ou deux cassèrent avec un petit bruit sec, comme si quelqu'un tirait des pigeons d'argile. Des débris incandescents commencèrent à tomber de l'autre côté de la route, certains sur la chaussée. Ils frappaient l'asphalte avec un bruit sonore, tordus, noircis, comme le trop-plein. Des rivets à moitié arrachés tenaient encore aux bouts de tôle.

KA-BOUUUUM !

La Poubelle se rassit et vit un gigantesque arbre de feu derrière le parking. Une énorme colonne de fumée noire montait tout droit à une hauteur étonnante avant que le vent ne la fasse chavirer. La lumière était si vive qu'il lui fallut presque fermer les yeux et maintenant une haleine de four traversait la route, et il sentit sa peau se contracter comme si elle devenait une enveloppe de métal. Ses yeux pleuraient des torrents de larmes. Un autre morceau de métal incandescent, celui-ci de plus de deux mètres, en forme de diamant, tomba du ciel, se planta dans le fossé, à six mètres sur sa gauche, et les feuilles mortes s'embrasèrent aussitôt sur leur lit de mousse humide.

KA-BOUUUUM-KA-BOUUUUM !

S'il restait là, il allait se transformer en torche vivante. Il bondit sur ses pieds et se mit à courir le long de la route dans la direction de Gary. Dans ses poumons brûlants, l'air avait pris un goût de métal. Il se toucha les cheveux, croyant qu'ils s'étaient enflammés. L'odeur douceâtre de l'essence flottait autour de lui, semblait l'envelopper. Le vent chaud déchirait ses vêtements. Ses yeux noyés de larmes virent deux routes devant lui, puis trois.

Un autre craquement déchira l'air quand l'onde de choc fit imploser les bâtiments de la Cheery Oil Company. Des poignards de verre sifflèrent dans l'espace. Une pluie de béton s'abattit sur la route. Un morceau d'acier, à peine plus gros qu'une pièce de monnaie, entailla la manche de sa chemise et lui érafla la peau. Un autre morceau, assez gros pour lui transformer la tête en gelée de groseilles, tomba juste à ses pieds, puis rebondit, laissant un joli cratère derrière lui. Puis il sortit du déluge, les tempes battantes, comme si son cerveau brûlait dans le grondement d'une chaudière à mazout.

KA-BOUUUUM !

Un autre réservoir venait de sauter. Devant lui, l'air sembla ne plus opposer de résistance et une grande main chaude lui donna une violente poussée dans le dos, une main qui épousait tous les contours de son corps, des pieds jusqu'à la tête ; elle le poussait en avant, ses pieds touchaient à peine le sol, et maintenant son visage grimaçait de terreur, comme si on l'avait attaché au plus grand cerf-volant du monde, poussé dans le grand vent, et qu'il volait, volait, montait dans le ciel jusqu'à ce que le vent tombe, le laisse tomber comme une pierre jusqu'en bas.

Derrière lui, une parfaite fusillade d'explosions, l'arsenal de Dieu emporté par les flammes purificatrices, Satan à la conquête du ciel, son capitaine d'artillerie un sourire dément sur les lèvres, les joues en sang, La Poubelle de son vrai nom, La Poubelle qui jamais plus ne serait Donald Merwin Elbert.

Des visions fugitives autour de lui : des voitures sorties de la route, la boîte à lettres bleue de M. Strang, un chat mort, les pattes en l'air, un fil électrique tombé dans un champ de maïs.

La main le poussait moins fort maintenant. À nouveau, il sentait devant lui une résistance. La Poubelle se risqua à jeter un coup d'œil en arrière et vit que la butte où se dressaient les réservoirs d'essence n'était plus qu'une boule de feu. Tout brûlait. Même la route semblait brûler derrière lui et les arbres s'embrasaient comme des torches.

Il courut encore cinq cents mètres, puis ralentit, hors d'haleine, titubant. Un kilomètre plus loin, il s'arrêta, regarda derrière lui, sentit la bonne odeur du feu. Aucun pompier pour l'éteindre. L'incendie allait continuer là où le vent le porterait. Il brûlerait des mois peut-être. Powtanville serait rayée de la carte et les flammes marcheraient vers le sud, détruisant maisons, villages, fermes, champs, prés et forêts. Peut-être iraient-elles jusqu'à Terre-Haute, peut-être brûleraient-elles cet endroit où on l'avait enfermé. Peut-être plus loin encore ! Et si...

Ses yeux se tournèrent à nouveau vers le nord, vers Gary. Il voyait la ville, ses grandes cheminées qui ne crachaient plus de fumée, comme des morceaux de craie sur un tableau bleu ciel. Et plus loin, Chicago. Combien de réservoirs d'essence ? Combien de stations-service ?

Combien de trains silencieux sur leur voies de garage, remplis de gaz, de liquides et d'engrais inflammables ? Combien de bidonvilles aussi secs que du petit bois ? Combien de villes au-delà de Gary, au-delà de Chicago ?

Le pays attendait l'incendie sous le soleil d'été.

Radieux, La Poubelle reprit sa marche. Sa peau était déjà aussi rouge que la carapace d'un homard. Il ne sentait rien cependant, mais ses brûlures allaient l'empêcher de dormir cette nuit-là, emporté dans une exaltation féroce. Il y aurait des incendies, encore plus grands, encore plus beaux. Ses yeux étincelaient d'une joie démente, les yeux d'un homme qui vient de découvrir le grand axe de sa destinée et l'empoigne à deux mains.

35

Je ne veux plus rester à New York, dit Rita sans se retourner.

Elle était debout sur le petit balcon de son appartement. Le vent frais du matin faisait voler sa robe de nuit transparente.

— D'accord, on s'en va si tu veux, répondit Larry.

Assis à table, il terminait son œuf sur le plat.

Elle se retourna vers lui, le visage hagard. Elle semblait porter allègrement la quarantaine le jour où il l'avait rencontrée dans le parc. Mais maintenant, on aurait dit qu'elle frisait presque les soixante-dix ans. Elle tenait une cigarette entre ses doigts et le bout se mit à trembler, envoyant de petits nuages de fumée, quand elle la porta à ses lèvres pour prendre une bouffée.

— Je suis sérieuse.

— Je sais, répondit-il en s'essuyant les lèvres. Je comprends. Il faut partir.

Les muscles du visage de la femme s'affaissèrent, dans une expression qui ressemblait à une sorte de soulagement. Avec un dégoût presque (mais pas tout à fait) inconscient, Larry se dit qu'elle avait l'air encore plus vieille ainsi.

— Quand ?

— Pourquoi pas aujourd'hui ?

— Tu es gentil. Encore un peu de café ?

— Je vais me servir.

— Pas du tout. Tu restes assis. Je servais toujours une

deuxième tasse à mon mari. Il y tenait. Même si je ne voyais rien d'autre que son crâne au petit déjeuner. Il était toujours caché derrière son *Wall Street Journal* ou un énorme bouquin très ennuyeux, dans le genre Böll, Camus. Il lisait même *Milton* ! Avec toi, c'est différent. Ce serait dommage de cacher ta jolie gueule derrière un journal.

Elle lui jeta un regard coquin avant d'entrer dans la cuisine.

Il lui sourit vaguement. Son esprit lui paraissait un peu forcé ce matin, comme du reste l'après-midi d'hier. Il se souvenait de leur rencontre dans le parc, de sa conversation qui lui avait fait l'effet d'une insouciante pluie de diamants sur le feutre vert d'un billard. Mais depuis hier après-midi, elle lui avait davantage fait penser au brillant du zirconium, un faux presque parfait, mais un faux quand même.

— Et voilà !

Elle posa la tasse. Sa main tremblait toujours. Un peu de café chaud se répandit sur le bras de Larry. Il sursauta, sifflant intérieurement comme un chat en colère.

— Oh, je suis désolée...

Ce n'était pas seulement de la consternation que Larry lisait sur son visage, mais plutôt quelque chose qui ressemblait très fort à de la terreur.

— Ça ne fait rien...

— Non, je suis... une vieille peau... incapable... de rester tranquille... maladroite... stupide...

Elle éclata en sanglots, poussant des croassements rauques, comme si elle venait d'assister à la mort atroce de sa meilleure amie.

Il se leva et la prit dans bras, sans trop apprécier l'étreinte convulsive dont elle le gratifia en retour. *Étreinte cosmique,* le nouveau disque de Larry Underwood, pensa-t-il. Oh merde ! Te revoilà encore, salopard. Tu ne changeras jamais.

— Je suis désolée, je ne sais pas ce qui m'arrive, je ne suis jamais comme ça, je suis désolée...

— Ce n'est rien, je t'assure.

Il la consolait, caressant distraitement ses cheveux poivre et sel qui auraient sûrement meilleure apparence (comme le reste d'ailleurs) lorsqu'elle aurait passé un bon bout de temps dans la salle de bain.

Il savait d'où venait en partie le problème, naturellement. À la fois personnel et impersonnel. Il l'avait senti lui aussi, mais pas si soudainement ni si profondément. Avec elle, c'était comme si un cristal intérieur s'était brisé au cours des vingt dernières heures.

Au niveau impersonnel, c'était probablement l'odeur. Elle entrait par la porte-fenêtre du balcon, flottait dans la brise du matin qui tout à l'heure céderait la place à une chaleur humide et lourde, si cette journée devait ressembler aux trois ou quatre qui l'avaient précédée. Une odeur difficile à définir d'une façon à la fois exacte et pourtant moins pénible que la réalité crue. Une odeur d'oranges moisies ou de poisson pourri, l'odeur qu'on sent parfois dans le métro quand les fenêtres sont ouvertes ; mais ce n'était pas tout à fait cela. C'était une odeur de cadavres en décomposition, de milliers de cadavres qui pourrissaient dans la chaleur, derrière des portes closes, voilà ce qu'il aurait fallu dire, mais il n'y tenait pas tellement.

Il y avait encore de l'électricité à Manhattan, mais sans doute pas pour bien longtemps. Presque tout le reste de New York en était déjà privé. La nuit dernière, il était resté sur le balcon tandis que Rita dormait, et il avait pu voir qu'il n'y avait pratiquement plus de lumières dans le Queens ni dans une partie de Brooklyn. Une vaste poche de noir s'étendait de la Cent Dixième Rue jusqu'à la pointe de l'île de Manhattan. En regardant de l'autre côté, on voyait encore des lumières à Union City et — peut-être — à Bayonne. Mais le reste du New Jersey était plongé dans le noir.

Et ce noir ne voulait pas dire simplement qu'il n'y avait plus de lumière. Il signifiait aussi que les climatiseurs ne fonctionnaient plus, les climatiseurs qui devenaient absolument indispensables dans cette jungle de béton dès le 15 juin. Il voulait dire que tous ceux qui étaient morts tranquillement dans leurs appartements étaient maintenant en train de pourrir dans de véritables fournaises et, chaque fois que cette idée lui traversait l'esprit, il revoyait cette chose qu'il avait vue dans les toilettes de Central Park. Il en avait rêvé. Et dans son rêve, cette chose noire à l'odeur douceâtre revenait à la vie, l'invitait à s'approcher.

À un niveau plus personnel, Larry supposait qu'elle était troublée par ce qu'ils avaient trouvé quand ils étaient revenus au parc, hier. En s'en allant, elle était pleine d'entrain, elle riait, bavardait de tout et de rien. C'est sur le chemin du retour qu'il avait commencé à voir qu'elle était vieille.

L'homme aux monstres était couché au milieu d'une allée dans une énorme flaque de sang. Ses lunettes étaient tombées à côté de lui, les deux verres cassés. Il tendait une main en avant, la gauche. Les monstres étaient finalement venus. Car on l'avait poignardé plusieurs fois. Horrifié, Larry avait pensé à une pelote d'épingles humaine.

Elle avait hurlé, hurlé et, quand elle s'était finalement apaisée, elle avait absolument voulu l'enterrer. Et c'est ce qu'ils avaient fait. Sur le chemin du retour, elle était devenue cette femme qu'il avait découverte ce matin.

— Ce n'est rien, dit-il. Une petite brûlure de rien du tout.

— Je vais te chercher de la pommade dans la salle de bain.

Elle voulut s'éloigner, mais il la prit par les épaules et la força à se rasseoir. Elle leva ses yeux cernés vers lui.

— Tu vas d'abord manger quelque chose, dit Larry. Œufs brouillés, pain grillé, café. Ensuite, on va aller chercher des cartes afin de voir quel est le meilleur chemin pour sortir de Manhattan. Il va falloir marcher, tu sais.

— Oui... il va falloir marcher.

Il se dirigea vers la cuisine, incapable de voir plus longtemps l'interrogation muette de ses yeux, et sortit les deux derniers œufs du réfrigérateur. Il les cassa dans un bol, jeta les coquilles dans la poubelle, prit le fouet.

— Et où veux-tu aller ? demanda-t-il.

— Quoi ? Comment ? Je n'ai pas...

— Dans quelle direction ? reprit-il avec un brin d'impatience tandis qu'il versait un peu de lait dans les œufs. Au nord ? Du côté de la Nouvelle-Angleterre ? Au sud ? Je ne vois vraiment pas où ça nous mènerait, par là. Nous pourrions aller...

Un sanglot étouffé. Il se retourna. Elle le regardait, les mains nouées sur les genoux, les yeux brillants. Elle essayait de se maîtriser.

— Qu'est-ce qui se passe ? Qu'est-ce qui ne va pas ?

— Je crois que je ne vais pas pouvoir manger, répondit-elle entre deux sanglots. Je sais que tu veux que... Je vais essayer... mais l'odeur...

Il traversa le salon et fit glisser la porte-fenêtre dans ses rails d'acier inoxydable.

— Voilà, dit-il en cherchant à dissimuler sa contrariété. Ça va mieux ?

— Oh oui, beaucoup mieux. Je vais pouvoir manger maintenant.

Il retourna dans la cuisine et remua les œufs qui avaient commencé à prendre dans la poêle. Puis il sortit une râpe à fromage d'un tiroir, un morceau de gruyère, et fit un petit tas de fromage râpé dont il saupoudra les œufs. Il l'entendit bouger derrière lui. Un moment plus tard, la musique de Debussy remplissait l'appartement, trop aérienne, trop délicate au goût de Larry. Il n'aimait pas beaucoup la musique classique. Tant qu'à jouer du classique, autant donner toute la sauce : Beethoven ou Wagner. Mais pas cette guimauve.

Elle lui avait demandé ce qu'il faisait pour gagner sa vie, d'un ton détaché... du ton détaché, pensa-t-il avec une certaine hargne, de quelqu'un qui n'a jamais eu à gagner sa croûte. J'étais chanteur de rock, avait-il répondu, un peu étonné de ne pas avoir eu plus de mal à utiliser l'imparfait. J'ai chanté avec plusieurs groupes. J'ai fait un peu de studio. Elle avait hoché la tête et la conversation s'était arrêtée là. Il n'avait pas envie de lui parler de *Baby, tu peux l'aimer ton mec ?* — c'était du passé. Le fossé entre sa vie d'autrefois et celle qu'il vivait maintenant était si large qu'il avait encore du mal à bien comprendre. Dans cette vie d'autrefois, il avait pris la fuite, à cause d'un dealer de coke ; dans celle-ci, il pouvait enterrer un homme à Central Park et l'accepter (plus ou moins) comme une chose relativement naturelle.

Il fit glisser les œufs dans une assiette, prépara une tasse de café avec beaucoup de lait et de sucre, comme elle l'aimait, puis posa le tout sur la table. Elle était assise sur un coussin, devant la chaîne stéréo. Elle se tenait les coudes. Les effluves de Debussy dégoulinaient des deux enceintes comme du beurre fondu.

— À table !

Elle s'approcha de la table avec un pauvre sourire, regarda les œufs comme un coureur de haies regarde les obstacles qui l'attendent et se mit à manger.

— C'est bon, dit-elle. Tu avais raison. Merci.

— Mais de rien du tout. Écoute, voilà ce que je propose. Nous descendons la Cinquième Avenue jusqu'à la Trente-Neuvième Rue et nous prenons à l'ouest. Nous traversons le tunnel Lincoln et nous arrivons au New Jersey. Nous pouvons prendre la 495 en direction du nord-ouest, vers Passaic et... les œufs sont bien ? Ils étaient encore à peu près frais ?

— Très bons, répondit-elle en souriant. Exactement ce qu'il me fallait. Continue, je t'écoute.

— De Passaic, nous partons en direction de l'ouest, toujours à pinces, jusqu'à ce que les routes soient suffisamment dégagées pour qu'on puisse prendre une voiture. Ensuite, je crois qu'on pourrait filer au nord-est et remonter jusqu'en Nouvelle-Angleterre. Ça fait un détour, mais j'ai l'impression qu'on évitera beaucoup de problèmes. Et puis, on s'installe au bord de la mer, dans le Maine. Kittery, York, Wells, Ogunquit, peut-être Scarborough ou Boothbay Harbor. Qu'est-ce que tu en penses ?

Il regardait par la fenêtre, imaginait l'itinéraire dans sa tête. Puis il se retourna et ce qu'il vit lui fit terriblement peur — comme si elle était devenue folle. Elle riait, mais son rire était un rictus de douleur et d'horreur. De la sueur perlait sur son visage en grosses gouttes rondes.

— Rita ? Mon Dieu ! Rita, qu'est-ce que...

Elle se leva brusquement, renversa sa chaise, traversa le salon. Son pied se prit dans le coussin qu'elle avait laissé par terre. Elle faillit tomber.

— *Rita ?*

Elle était dans la salle de bain et il pouvait entendre son petit déjeuner remonter dans sa tuyauterie intérieure. Exaspéré, il donna un coup sur la table, puis se leva pour aller l'aider. Putain de Dieu, il détestait les gens qui dégueulent. Ça lui donnait envie de vomir lui aussi. Et quand il perçut cette odeur de gruyère plus tout à fait frais dans la salle de bain, il sentit son estomac chavirer. Rita était assise en tailleur sur le carrelage bleu pervenche, la tête au-dessus de la cuvette des w.-c.

Elle s'essuya la bouche avec du papier hygiénique, puis le regarda d'un air suppliant, blanche comme un linge.

— Je suis désolée, je n'aurais pas dû manger, Larry. Je suis vraiment désolée.

— Mais pourquoi manger, quand tu sais que tu vas vomir ?

— Parce que tu voulais que je mange et je ne voulais pas te fâcher. Mais maintenant, tu es fâché. Tu es fâché contre moi.

Il repensa à la nuit dernière. Elle s'était précipitée sur lui avec une telle frénésie que, pour la première fois, il avait pensé à son âge, avec un peu de dégoût. Ensuite, il avait eu l'impression de se trouver pris dans une machine de musculation. Il avait éjaculé très vite, presque pour se protéger. Longtemps plus tard, elle était retombée sur l'oreiller, pantelante, inassouvie. Plus tard, alors qu'il dormait presque, elle s'était approchée tout près de lui. Il avait senti à nouveau l'odeur de son parfum, un parfum certainement plus coûteux que celui que mettait sa mère lorsqu'ils allaient au cinéma. Et elle avait murmuré quelque chose qui l'avait fait se réveiller en sursaut, qui l'avait empêché de dormir pendant deux bonnes heures : *Tu ne vas pas me laisser ? Tu ne vas pas me laisser toute seule ?*

Jusque-là, elle avait été formidable au lit, du tonnerre même. Elle l'avait ramené chez elle après le déjeuner qu'ils avaient pris ensemble, le jour de leur rencontre, et ce qui devait arriver était arrivé tout naturellement. Il se souvenait d'avoir eu un instant de dégoût lorsqu'il avait vu ses seins flétris, sillonnés de veines bleues (elles lui avaient fait penser aux varices de sa mère) mais il avait tout oublié quand elle avait levé les jambes et que ses cuisses s'étaient collées contre ses hanches avec une force étonnante.

Doucement, avait-elle dit en riant. *Les premiers seront les derniers.*

Il était sur le point d'en venir à ses fins lorsqu'elle l'avait écarté pour prendre une cigarette.

Mais qu'est-ce que tu fabriques ? avait-il demandé, sidéré, tandis que ce bon vieux Popol, indigné, battait la mesure, manifestement sur le point de s'étrangler.

Elle avait souri.

Tu n'es pas manchot, non ? Moi non plus.

Et c'est ce qu'ils avaient fait en fumant une cigarette. Elle avait parlé de tout et de rien — puis le rouge était monté à ses joues et, au bout d'un moment, sa respiration s'était faite plus courte, ce qu'elle était en train de dire s'était envolé, oublié.

Maintenant, avait-elle dit alors en écrasant sa cigarette et la sienne dans le cendrier. *On va voir si tu sais terminer ton travail. Si tu ne sais pas, tu auras de mes nouvelles.*

Il avait terminé son travail, à leur satisfaction mutuelle, et ils s'étaient endormis. Quand il s'était réveillé, vers quatre heures, il l'avait regardée, endormie à côté de lui, et s'était dit que l'expérience n'était finalement pas du tout désagréable. Il baisait à couilles rabattues depuis une dizaines d'années, mais ça, c'était autre chose. Autre chose de bien mieux, un peu décadent sur les bords.

Elle a dû se taper des tas de mecs.

L'idée l'avait excité et il l'avait réveillée.

Ils avaient continué ainsi jusqu'à ce qu'ils tombent sur l'homme aux monstres, hier. Il y avait bien eu d'autres petites choses auparavant, des choses qui l'avaient dérangé, mais il n'avait pas trop voulu y penser. Quand on se défonce comme ça, si ça ne vous rend qu'un peu cinglé, ce n'est pas vraiment un problème.

Deux jours plus tôt, en pleine nuit, il s'était réveillé vers deux heures et l'avait entendue remplir un verre d'eau dans la salle de bain. Sans doute un somnifère. Elle avait de ces grosses gélules rouge et jaune qu'on appelait des « frelons » sur la côte ouest. De vrais bazookas, ces machins-là. Il s'était dit qu'elle en prenait sans doute depuis longtemps, bien avant la super-grippe.

Et puis, il y avait cette manière qu'elle avait de le suivre partout dans l'appartement, de rester plantée à la porte de la salle de bain, de lui parler quand il prenait sa douche, quand il faisait ses besoins. Il n'aimait pas trop qu'on l'observe dans cette position, mais il s'était dit que ce n'était peut-être pas le cas de tout le monde. Question d'éducation sans doute. Il faudrait qu'il lui en dise deux mots... un jour.

Mais maintenant...

Il n'allait quand même pas devoir la porter sur son dos ? Putain de Dieu, non, pas ça. Elle semblait plus forte que ça, au moins au début. Une des raisons pour lesquelles elle l'avait attiré si fortement ce jour-là, dans le parc... la principale raison en fait. *On ne se méfie jamais assez des apparences,* pensa-t-il. Et merde ! Comment allait-il s'occuper d'elle, s'il n'arrivait même pas à s'occuper de lui ? On l'avait bien vu quand il avait sorti son disque. Wayne Stukey ne le lui avait pas envoyé dire.

— Non, lui dit-il, je ne suis pas fâché. C'est simplement... tu sais, j'ai pas d'ordre à te donner. Si tu veux pas manger, tu le dis.

— Je te l'ai dit... je t'ai dit que j'avais l'impression...

— Putain de bordel ! Tu vas la... aboya-t-il, furieux tout à coup.

Elle pencha la tête, regarda ses mains, et il comprit qu'elle essayait de ne pas pleurer pour ne pas le fâcher. Sa colère monta d'un cran et il faillit lui crier : *Je ne suis pas ton père, ni ton gros con de mari ! Je ne vais pas m'occuper de toi ! Tu as trente ans de plus que moi, nom de Dieu !* Puis il sentit grandir ce mépris si familier qu'il ressentait pour lui-même, se demanda ce qui pouvait bien ne pas tourner rond dans sa tête.

— Je regrette. Je suis un salaud.

— Non, tu n'es pas un salaud, Larry, dit-elle en ravalant ses larmes. C'est seulement que... j'ai l'impression que je commence à craquer... Hier, ce pauvre homme dans le parc... je me suis dit : personne ne va jamais attraper ceux qui lui ont fait ça, ils n'iront jamais en prison. Ils continueront, encore, et encore, et encore. Comme des animaux dans la jungle. J'ai compris que tout était bien réel. Tu comprends, Larry ? Tu vois ce que je veux dire ?

Elle leva vers lui des yeux remplis de larmes.

— Oui.

Mais elle l'agaçait quand même, et pas qu'un peu. Peut-être commençait-il même à la mépriser. Évidemment que la situation était bien réelle. Et ils étaient en plein dedans, ils l'avaient vu grandir, dégénérer partout autour d'eux. Sa mère était morte ; il l'avait vue mourir, et cette vieille peau était en train de lui dire que ça lui faisait mal, plus qu'à lui ? Lui avait perdu sa mère ; elle, le type qui la baladait en Mercedes. Et elle prétendait avoir plus de chagrin que lui ? Du vent tout ça, rien que du vent.

— Essaye de ne pas te fâcher, dit-elle. Je vais faire de mon mieux.

J'espère. J'espère bien.

— Ça ira, dit-il en l'aidant à se relever. Allez, viens. On a du pain sur la planche. Tu crois que ça ira ?

— Oui, répondit-elle avec la même expression que tout à l'heure devant les œufs brouillés.

— Tu te sentiras mieux quand on ne sera plus à New York.

— Tu crois ?

— Oui, j'en suis sûr.

Manhattan Sporting Goods, le meilleur magasin d'articles de sport de New York, était fermé. Mais Larry fit un trou dans la vitrine avec un grand tuyau de fer qu'il trouva par terre. L'alarme se mit à beugler bêtement dans la rue déserte. Il prit un grand sac à dos pour lui, un plus petit pour Rita qui avait fourré quelques vêtements de rechange — pas beaucoup — et des brosses à dents dans un sac de voyage Pan-Am découvert au fond d'un placard. Larry avait trouvé légèrement absurde l'idée des brosses à dents. Rita s'était habillée pour la marche, très élégante comme toujours dans son pantalon de soie blanche. Larry portait des jeans et une chemise blanche dont il avait retroussé les manches.

Ils remplirent les sacs de produits déshydratés, rien d'autre. Inutile de trop se charger, avait dit Larry, on trouvera tout ce qu'il faut en route. Elle acquiesça distraitement et son manque d'intérêt l'agaça une fois de plus.

Après un moment de réflexion, il prit encore un fusil 30-30 et deux cents cartouches. C'était un magnifique fusil. Le prix était indiqué sur l'étiquette qu'il laissa tomber négligemment par terre : quatre cent cinquante dollars.

— Tu crois vraiment qu'on a besoin de ça ? demanda-t-elle inquiète.

Elle avait toujours son 32 dans son sac.

— Je crois que oui.

Il n'avait pas oublié la triste fin de l'homme aux monstres.

— Oh..., fit-elle avec une toute petite voix.

Et il devina à ses yeux qu'elle pensait à la même chose que lui.

— Ton sac n'est pas trop lourd ?

— Oh non. Pas du tout.

— Tu vas voir qu'il pèsera plus lourd tout à l'heure. Si tu te sens fatiguée, je le prendrai un peu.

— Ça ira, répondit-elle avec un sourire.

Ils sortirent sur le trottoir et elle regarda des deux côtés de la rue.

— On s'en va.

— Oui.

— Je suis contente. J'ai l'impression... comme quand

j'étais une petite fille et que mon père disait : « On va aller se promener aujourd'hui. » Tu te souviens ?

Larry lui rendit son sourire. Lui aussi se souvenait de ces soirs quand sa mère lui disait : « Le western que tu voulais voir passe au coin de la rue. Avec Clint Eastwood. Qu'est-ce que t'en dis, Larry ? »

— Oui, je me souviens.

Son sac à dos la gênait un peu. Elle le redressa d'un petit coup d'épaule.

— On part en voyage. Le début d'une aventure...

Elle avait parlé si bas que Larry crut ne pas avoir entendu.

— Le début d'une aventure...

— Moins nous aurons d'aventures, mieux ça vaudra, répondit Larry, mais il avait compris ce qu'elle voulait dire.

Elle regardait toujours autour d'elle. Un étroit canyon s'ouvrait devant eux, entre le béton des gratte-ciel, les grandes baies vitrées éblouissantes de soleil, un canyon où les voitures s'alignaient les unes derrière les autres sur des kilomètres et des kilomètres. Comme si tous les New-Yorkais avaient décidé de se garer en même temps en pleine rue.

— J'ai été aux Bermudes, en Angleterre, en Jamaïque, à Montréal, à Saigon et à Moscou. Mais je n'ai jamais fait un vrai voyage depuis le temps que j'étais une petite fille, quand mon père nous emmenait au zoo, ma sœur et moi. On y va, Larry.

Ce fut une marche que Larry Underwood n'allait jamais plus oublier. Elle n'avait pas eu tort de parler tout à l'heure d'une aventure. Car New York avait tellement changé, New York était à tel point disloqué qu'il était impossible de ne pas se croire dans un monde imaginaire, dans un monde halluciné. Un homme était pendu à un lampadaire, au coin de la Cinquième Avenue et de la Quarante-Quatrième Rue, dans un quartier autrefois très animé. Une pancarte était suspendue à son cou, avec ce seul mot : VOLEUR. Une chatte était couchée sur le couvercle d'une boîte à ordures (sur les côtés de la boîte, des affiches annonçaient une comédie musicale sur Broadway) ; elle allaitait ses chatons et se prélassait tranquillement au soleil. Un jeune homme, large sourire aux lèvres, une valise à la main, les rattrapa et dit à Larry qu'il était prêt à lui donner un million de dollars s'il lui laissait la femme un quart d'heure pour s'amuser un peu. Le million était sans doute dans la valise. Larry portait son fusil en bandoulière. Il l'empoigna et répondit au type d'aller se faire voir ailleurs avec son million.

— Mais oui, mon vieux, mais oui. Te fâche pas, surtout pas. Y'a pas de mal à essayer, non ? Bonne journée quand même.

Peu de temps après, ils arrivaient à l'angle de la Cinquième Avenue et de la Trente-Neuvième Rue. Il était près de midi et Larry proposa à Rita de manger quelque chose. Il y avait une charcuterie au coin de la rue, mais lorsqu'il ouvrit la porte, l'odeur de la viande pourrie fit reculer Rita.

— Je ferais mieux de ne pas entrer si je veux garder un peu d'appétit, dit-elle pour s'excuser.

Larry pensait bien pouvoir trouver quelque chose de mangeable à l'intérieur — un saucisson sec par exemple mais après cette rencontre de tout à l'heure, à quelques pas seulement, il ne tenait pas du tout à la laisser seule un instant. Ils décidèrent donc d'aller s'asseoir un peu plus loin pour manger des fruits secs et du bacon déshydraté. Ils terminèrent avec des crackers et de la crème de gruyère.

— Cette fois, j'avais vraiment faim, dit-elle fièrement en lui tendant le thermos de café glacé.

Il sourit. Il se sentait mieux. Le simple fait de bouger lui avait fait du bien. Il lui avait affirmé qu'elle se sentirait mieux dès qu'ils auraient quitté New York, histoire de dire quelque chose. Mais il commençait à croire qu'il ne s'était pas trompé. Rester à New York, c'était comme rester dans une tombe où les morts ne seraient pas encore tout à fait tranquilles. Plus vite ils sortiraient d'ici, mieux ça vaudrait. Et peut-être redeviendrait-elle cette femme qu'il avait connue le premier jour, dans le parc. Ils prendraient des routes secondaires, arriveraient sur une plage du Maine, s'installeraient dans la villa d'un de ces gros cochons. Au nord pendant quelque temps, et puis direction le sud en septembre ou en octobre. Le Maine en été, la Floride en hiver. Pas trop mal comme idée. Perdu dans ses réflexions, il ne la vit pas grimacer de douleur quand il se releva en calant sur son épaule le fusil qu'il avait tant voulu emporter.

Ils avançaient maintenant en direction de l'ouest, leurs ombres derrière eux — d'abord ramassées comme des crapauds, puis de plus en plus longues à mesure que l'après-midi avançait. Les rues étaient silencieuses, fleuves gelés d'autos de toutes les couleurs où dominait cependant le jaune citron des taxis. Un grand nombre de ces voitures étaient devenues des corbillards, le conducteur en putréfaction toujours derrière son volant, les passagers affalés sur les banquettes comme si, épuisés d'attendre dans cet embouteillage, ils s'étaient endormis. Larry se dit que ce serait peut-être une bonne idée de prendre deux motos lorsqu'ils sortiraient de la ville. Elles leur donneraient plus de mobilité et leur permettraient d'éviter les véhicules immobilisés qui devaient encombrer toutes les routes.

Mais savait-elle faire de la moto ? À voir comment les choses tournaient, sans doute pas. La vie avec Rita était parfois une vraie corvée. Enfin, s'il le fallait, elle pourrait toujours s'asseoir derrière lui.

Au coin de la Trente-Neuvième Rue et de la Septième Avenue, ils aperçurent un jeune homme torse nu dans un short qui avait été autrefois un jeans, couché sur le toit d'un taxi.

— Il est mort ? demanda Rita.

Au son de sa voix, le jeune homme s'assit, regarda autour de lui, les vit et leur fit bonjour. Ils lui rendirent son salut. Puis le jeune homme se recoucha tout tranquillement sur le toit du taxi.

Il était un peu plus de deux heures lorsqu'ils traversèrent la Onzième Avenue. Larry entendit derrière lui un cri de douleur étouffé et c'est alors qu'il se rendit compte que Rita n'était plus à côté de lui.

Elle s'était agenouillée et se tenait le pied. Avec quelque chose qui ressemblait à de l'horreur, Larry remarqua pour la première fois qu'elle portait des sandales très chic, elles avaient sans doute coûté dans les quatre-vingts dollars, parfaites pour faire du lèche-vitrine sur la Cinquième Avenue, mais pas pour une longue marche comme celle qu'ils avaient entreprise...

La lanière lui avait entaillé la peau ; du sang perlait sur ses chevilles.

— Larry, je suis d...

Brutalement, il la remit debout.

— Tu peux me dire où tu as la tête ? lui cria-t-il en plein visage.

Aussitôt, il eut honte de la voir se recroqueviller devant lui, mais il en éprouva aussi une sorte de plaisir malsain.

— Tu pensais prendre un taxi pour rentrer chez toi si tu avais mal aux pieds ?

— Je n'ai pas pensé...

— C'est pas vrai ! dit-il en se passant la main dans les cheveux. Non, tu n'y as pas pensé. Tu saignes, Rita. Il y longtemps que ça te fait mal ?

Elle lui répondit d'une voix si basse et si rauque qu'il eut du mal à la comprendre, même dans ce silence surnaturel.

— Depuis... depuis la Quarante-Neuvième Rue, à peu près.

Tu as mal aux pieds depuis plus de deux kilomètres, et tu ne disais rien ?

— Je pensais... Je croyais... Je pensais que ça s'en irait... Je ne voulais pas... Nous avancions bien... J'ai cru...

— Tu n'as rien cru du tout. Et maintenant, qu'est-ce qu'on va faire avec toi ? Avec tes putains de pieds, on dirait que tu t'es fait crucifier.

— Ne me gronde pas, Larry, dit-elle en se mettant à

sangloter. S'il te plaît... Ne dis pas de gros mots... Ça me fait mal... Ne me gronde pas !

Une rage démente s'était emparée de lui et, plus tard, il allait être incapable de comprendre pourquoi la vue de ces pieds ensanglantés avait pu faire sauter tous les plombs dans sa tête. Pour le moment, il s'en foutait. Il la regarda bien en face et se mit à hurler :

— *Connasse ! Connasse ! Connasse !*

Les mots résonnaient dans la rue déserte, indistincts, inutiles.

Elle se cacha le visage dans ses mains, se pencha en avant et commença à pleurer à chaudes larmes. Ce qui le mit encore plus en colère. Sans doute à cause de ce qu'elle refusait de voir : qu'elle n'était bonne qu'à se cacher la figure dans les mains, à le laisser tout faire pour elle, pourquoi pas, il y avait toujours eu quelqu'un pour s'occuper de notre chère héroïne, la petite Rita. Quelqu'un pour conduire la voiture, pour faire les courses, pour laver la cuvette des chiottes, pour remplir les déclarations d'impôt. Alors, on met un peu de cette guimauve de Debussy, on se colle les mains aux ongles bien vernis sur les yeux, et on laisse Larry s'occuper de tout. Occupe-toi de moi, Larry. Quand j'ai vu ce qui était arrivé à l'homme aux monstres, j'ai décidé que je ne voulais plus rien voir autour de moi. C'est quand même trop sordide pour quelqu'un de mon milieu, de mon éducation.

Il lui écarta les mains. Elle se recula, essaya de les remettre sur ses yeux.

— Regarde-moi.

Elle secouait la tête.

— Bordel de merde, regarde-moi, Rita.

Elle finit par le regarder avec des yeux étranges, inquiets, comme si elle s'attendait à ce qu'il lui donne des coups de poing. À vrai dire, elle n'était pas si loin de la vérité.

— Je vais t'expliquer, maintenant, parce que apparemment tu ne comprends rien à rien. Il va encore falloir faire quarante ou cinquante kilomètres à pied. Si tes blessures s'infectent, tu risques d'attraper une sacrée cochonnerie, tu risques de crever. Alors, magne-toi le cul et essaye de m'aider un peu.

Il la tenait par les bras et il vit que ses pouces s'étaient enfoncés dans la chair. Sa colère disparut tout à coup lorsqu'il vit les marques rouges. Il fit un pas en arrière, hésitant, sûr maintenant qu'il y avait été trop fort. Encore du Larry Underwood tout craché. S'il était si malin, pourquoi n'avait-il pas vu ce qu'elle prenait comme chaussures avant de partir ?

Parce que c'est son problème, lui répondit une petite voix, pas trop sûre d'elle.

Non, ce n'était pas vrai. C'était son problème à *lui.* Parce qu'elle ne savait pas. S'il l'emmenait (et il avait compris aujourd'hui seulement que la vie aurait été plus facile autrement), il fallait bien qu'il s'occupe d'elle.

Mon cul, pas question, dit la petite voix désagréable.

Et sa mère : *Tu es un profiteur, Larry.*

Et l'hygiéniste buccale de Fordham qui gueulait du haut de sa fenêtre : *Je croyais que t'étais un type bien ! Mais t'es rien qu'un salaud !*

Il y a quelque chose qui ne tourne pas rond avec toi, Larry. Tu es un profiteur.

C'est pas vrai ! C'est complètement faux !

— Rita, je regrette.

Elle s'assit sur le trottoir, dans son corsage échancré et son pantalon de soie, les cheveux gris, des cheveux de vieille femme. Elle penchait la tête, tenait son pied blessé. Elle ne le regardait plus.

— Je regrette, reprit-il. Je... Écoute, j'ai eu tort de te dire ça.

Il n'en croyait pas un mot, mais tant pis. Quand on s'excuse, les choses s'arrangent. C'est comme ça.

— Continue tout seul, Larry. Je vais te retarder.

— J'ai dit que j'étais désolé, répondit-il d'un ton irrité. On va te trouver des chaussures et des chaussettes blanches. On va...

— Non, continue tout seul.

— Rita, je suis désolé...

— Si tu le répètes encore une fois, je me mets à hurler.

Tu es un salaud, et je n'accepte pas tes excuses. Va-t'en maintenant.

— J'ai dit que j'étais...

Elle renversa la tête en arrière et poussa un long hurlement. Il recula, regarda autour de lui, au cas où quelqu'un l'aurait entendu, au cas où un policier arriverait au pas de course pour voir quelle horreur ce jeune type était en train de faire à cette vieille dame assise sur le trottoir, ses sandales à la main. Le habitudes ont la vie dure, pensa-t-il distraitement, c'est quand même rigolo.

Elle cessa de hurler et le regarda. Puis elle fit un geste de la main, comme pour chasser une mouche.

— Tu ferais mieux de t'arrêter, dit-il, ou je vais vraiment te laisser tomber.

Elle le regardait toujours. Il ne put supporter son regard, la détesta de le contraindre à détourner les yeux.

— D'accord, amuse-toi bien. Fais-toi violer, fais-toi assassiner, je m'en tamponne.

Il reprit son fusil et repartit, vers la rampe encombrée de voitures qui descendait dans la gueule du tunnel. En bas de la rampe, il vit qu'il y avait eu un formidable accident ; le chauffeur d'un gros camion de déménagement avait voulu foncer dans le tas pour s'ouvrir un passage. Tout autour du camion, des voitures s'étaient renversées, comme des quilles. Une Pinto complètement calcinée était coincée sous le camion. Le chauffeur du poids lourd était à moitié sorti par la fenêtre de la portière, tête en bas, les bras dans le vide. Une gerbe de sang coagulé et de vomi s'étalait au-dessous de lui, sur la portière. Larry se retourna, sûr qu'il la verrait s'approcher, ou debout là-bas, le regard lourd de reproches. Mais Rita n'était plus là.

— Va te faire foutre ! Je me suis pourtant excusé.

Un instant, il ne put continuer ; il se sentait transpercé par des centaines d'yeux en colère, les yeux de tous ces morts qui le regardaient. Une chanson de Dylan lui passa par la tête : *I waited for you inside the frozen traffic... When you knew I had some other place to be... but where are you tonight, sweet Marie ?*

Devant lui, les quatre voies de circulation s'enfonçaient dans le gouffre noir du tunnel et il vit avec horreur que l'éclairage ne fonctionnait plus. Il allait devoir s'enfoncer seul dans ce cimetière de voitures : *Ils allaient le laisser avancer jusqu'au milieu du tunnel, puis ils se mettraient tous à bouger... à revivre... il allait entendre les portières s'ouvrir, se refermer en claquant sourdement... il allait entendre des pas traînants dans le noir...*

Sa peau était moite. Au-dessus de lui, un oiseau lança un cri déchirant. Il sursauta. Ne sois pas idiot. Tu n'as qu'à rester sur la passerelle des piétons, et dans quelques minutes tu seras...

... *Étranglé par les morts vivants.*

Il se passa la langue sur les lèvres et essaya de rire. Mais il ne parvint qu'à pousser un petit ricanement. Il fit cinq pas et s'arrêta encore. Sur sa gauche se trouvait une Cadillac Eldorado. Une femme le regardait avec un visage de sorcière noirci par la fumée. Son nez s'écrasait contre la vitre, maculée de sang et de morve. L'homme qui conduisait la Cadillac s'était effondré sur le volant, comme s'il cherchait quelque chose par terre. Toutes les vitres de la Cadillac étaient remontées ; il devait faire chaud comme dans une serre là-dedans. S'il ouvrait la portière, la femme s'écraserait par terre et s'éventrerait sur la chaussée comme un sac de melons pourris. Une odeur chaude et humide de putréfaction.

L'odeur qui l'attendait dans le tunnel.

Tout à coup, Larry fit demi-tour et repartit au petit trot. Une légère brise glaçait la sueur qui perlait sur son front.

— Rita ! Rita, écoute ! Je veux...

Les mots s'éteignirent quand il arriva en haut de la rampe. Rita n'était toujours pas là. La Trente-Neuvième Rue se perdait dans le lointain. Il traversa, se faufilant entre pare-chocs et capots presque assez chauds pour lui brûler la peau. Mais l'autre trottoir était vide lui aussi.

Il mit ses mains en porte-voix :

— Rita ! *Rita !*

Mais seul l'écho lui répondit :

— *Rita... ita... ita... ita...*

428

À quatre heures, de gros nuages noirs avaient commencé à s'entasser au-dessus de Manhattan et le tonnerre grondait entre les gratte-ciel. Des éclairs zébraient le ciel, comme si Dieu avait voulu faire sortir de leur cachette les derniers survivants. La ville était plongée dans une étrange lumière jaunâtre. Larry se sentait mal à l'aise. Il sentait quelque chose se nouer dans son ventre et, quand il alluma une cigarette, elle trembla dans sa main comme la tasse de café tremblait ce matin dans celle de Rita.

Il était assis au sommet de la rampe d'accès, adossé au garde-fou. Il avait posé son sac à dos sur ses genoux et le 30-30 était appuyé contre la rambarde à côté de lui. Il avait cru qu'elle aurait peur et qu'elle ne tarderait pas à revenir. Mais non. Un quart d'heure plus tôt, il avait cessé de l'appeler. L'écho lui faisait trop peur.

Le tonnerre gronda encore, plus près cette fois. Un vent glacé glissa sur le dos de sa chemise que la sueur faisait coller à sa peau. Il allait devoir se mettre à l'abri quelque part, ou bien alors se décider une bonne fois à prendre le tunnel. S'il n'avait pas le courage de le faire, il lui faudrait passer encore une autre nuit dans la ville, puis traverser au matin le pont George-Washington, une bonne quinzaine de kilomètres plus au nord.

Il essaya de penser rationnellement au tunnel. Il n'y avait rien là-dedans qui puisse le mordre. Il avait oublié d'emporter une lampe électrique — bordel, tu oublies toujours tout — mais il avait son briquet Bic, et il y avait un garde-fou entre la passerelle et la chaussée. Le reste... tous ces cadavres dans leurs voitures par exemple... pas de quoi s'affoler, des trucs de films d'horreur, il n'allait quand même pas se mettre à croire aux loups-garous. Si tu te fais trop d'idées dans la cervelle, mon vieux Larry, tu risques pas d'aller bien loin. Mais pas du tout. Tu...

Un éclair déchira le ciel presque au-dessus de lui, suivi d'un terrible coup de tonnerre qui le fit grimacer. Une étrange idée lui vint à l'esprit : 1er juillet, le jour où on est censé se balader avec une pépé à Coney Island pour bouffer des hot dogs, renverser les trois quilles avec une boule et gagner l'ours en peluche. Et le soir, le feu d'artifice...

Une grosse goutte de pluie s'écrasa sur sa joue. Une autre tomba sur sa nuque, puis coula dans son dos. D'énormes gouttes, grosses comme des pièces de monnaie, qui claquaient partout autour de lui. Il se releva, prit son sac à dos, empoigna son fusil. Il ne savait toujours pas où aller — revenir jusqu'à la Trente-Neuvième, ou descendre dans le tunnel Lincoln. Mais il fallait qu'il se mette à l'abri, car il pleuvait vraiment très fort.

Un éclair au-dessus de lui, un effroyable craquement qui le fit hurler de terreur — le son que poussaient les hommes de Cro-Magnon il y a deux millions d'années.

— Espèce de trouillard.

Et il partit en courant vers la gueule du tunnel, la tête penchée en avant, tandis que la pluie tombait de plus en plus fort. L'eau dégoulinait de ses cheveux. Il passa à côté de la femme dont le nez s'écrasait contre la vitre de la Cadillac. Malgré lui, il l'aperçut du coin de l'œil. La pluie tambourinait sur le toit des voitures, comme une batterie de jazz. Les gouttes tombaient si fort qu'elles rebondissaient, formant une sorte de brouillard.

Larry s'arrêta un moment juste à l'entrée du tunnel. Il n'était pas sûr. Il avait peur. Puis la grêle commença à tomber, ce qui le fit se décider. Des grêlons énormes qui faisaient mal. Et le tonnerre gronda encore.

D'accord, pensa-t-il. *D'accord, d'accord, d'accord, j'ai compris.* Et il entra dans le tunnel Lincoln.

Il faisait beaucoup plus noir dans le tunnel qu'il ne l'avait imaginé. Au début, une faible lumière venait encore de l'entrée et il avait pu voir des voitures, pare-chocs contre pare-chocs (ça a dû être terrible de mourir ici, pensa-t-il, tandis que la claustrophobie enveloppait amoureusement sa tête de ses gros doigts visqueux, caressant d'abord, puis écrasant ses tempes, ça a dû être vraiment terrible, *horrible*), et les carreaux verdâtres qui tapissaient la voûte. Sur sa droite, un peu plus loin, il voyait disparaître dans le noir le garde-fou de la passerelle des piétons. Sur sa gauche, tous les dix mètres environ, d'énormes colonnes. Un panneau de signalisation : NE CHANGEZ PAS DE VOIE. Au sommet de la voûte s'alignaient les tubes fluorescents éteints et les gros yeux vides des caméras de surveillance. Quand il arriva au premier virage, une large courbe sur la droite, la lumière se fit plus faible et bientôt il ne vit plus qu'une occasionnelle étincelle jouant sur les chromes. Puis la lumière cessa purement et simplement d'exister.

Il fouilla dans sa poche, sortit son briquet Bic et fit tourner la molette. Une flamme s'éleva, fragile, plus inquiétante que l'obscurité. Même en réglant la flamme au maximum, il ne voyait pas à deux mètres devant lui.

Il remit le briquet dans sa poche et continua à avancer, sa main frôlant le garde-fou. Il y avait de l'écho ici aussi, encore plus désagréable que tout à l'heure, comme si quelqu'un marchait derrière lui... le suivait à la trace. Il s'arrêta plusieurs fois, tendit l'oreille, écarquilla les yeux sans rien voir, écouta jusqu'à ce que l'écho s'éteigne. Puis il se mit à marcher en traînant ses talons sur le béton, pour ne plus entendre l'écho.

Un peu plus loin, il s'arrêta, alluma son briquet tout près de sa montre. Il était quatre heures vingt, ce qui ne voulait pas dire grand-chose dans cette obscurité. L'heure ne voulait plus rien dire. Pas plus que la distance d'ailleurs. Combien faisait-il, ce tunnel Lincoln ? Deux kilomètres ? Trois ? Certainement pas trois kilomètres sous l'Hudson. Disons deux. Mais alors, il devrait déjà être sorti. Si on fait six kilomètres à l'heure en marchant, en moyenne, il faut vingt minutes pour faire deux kilomètres. Or il y avait déjà plus d'une demi-heure qu'il était dans ce trou.

— C'est que je marche plus lentement.

Le son de sa voix le fit sursauter. Il lâcha le briquet qui tomba sur la passerelle. L'écho revint, une voix malicieusement ironique, celle d'un dément :

— ... *Plus lentement... lentement... lentement...*

— Nom de Dieu, murmura Larry.

Et l'écho murmura à son tour :

— *Dieu... Dieu... Dieu...*

Il s'essuya le front pour chasser cette peur, cette envie panique de ne plus penser, de se mettre à courir comme un fou. Il s'agenouilla (ses genoux craquèrent comme deux coups de pistolet) et effleura de ses doigts le relief miniature de la passerelle des piétons — vallées creusées dans le ciment, cordillère d'un vieux mégot, colline d'une minuscule boulette de papier d'argent — jusqu'à ce qu'il trouve son Bic. Avec un soupir muet de soulagement, il le serra très fort dans le creux de sa main, se releva et se remit à marcher.

Larry commençait à reprendre son sang-froid quand son pied heurta quelque chose, quelque chose de dur. Il eut comme une sorte de hoquet et recula de deux pas, les jambes en coton. Il attendit un peu, sortit le briquet de sa poche, l'alluma. La flamme vacillait follement dans sa main tremblante.

Il venait de marcher sur la main d'un soldat. L'homme était assis, le dos contre la paroi du tunnel, les jambes écartées en travers de la passerelle, horrible sentinelle restée là pour barrer le passage. Ses yeux vitreux fixaient Larry. Ses lèvres retroussées semblaient grimacer un sourire. Un couteau à cran d'arrêt était planté dans sa gorge.

Le briquet devenait très chaud. Larry l'éteignit. Il se passa la langue sur les lèvres, se cramponna au garde-fou, se força à avancer jusqu'à toucher la main du soldat avec le bout de son soulier. Puis il enjamba le corps en levant comiquement la jambe et une certitude cauchemardesque l'envahit aussitôt. Il allait entendre un raclement de brodequin, puis le soldat allait tendre la main, saisir sa jambe dans sa main froide.

Larry s'élança, fit une dizaine de pas hésitants, puis s'arrêta, sachant que, s'il ne s'arrêtait pas, la panique s'emparerait de lui et le ferait se ruer en avant, poursuivi par un terrible régiment d'échos.

Quand il eut l'impression de s'être un peu calmé, il reprit sa marche. Mais c'était pire maintenant ; ses orteils se recroquevillaient dans ses chaussures, craignant de toucher à tout moment un autre cadavre étalé sur la passerelle... Ce qui arriva, très vite.

Il poussa un gémissement, ralluma son briquet. Cette fois, c'était bien pire. Le corps que son pied avait touché était celui d'un vieillard en costume bleu marine. Une calotte de soie noire était tombée de son crâne chauve sur ses genoux. Une étoile d'argent à six branches agrafée sur le revers de son veston. Derrière lui, une demi-douzaine de cadavres : deux femmes, un homme dans la cinquantaine, une femme qui devait avoir pas loin de quatre-vingts ans, deux adolescents.

Le briquet était brûlant. Il l'éteignit et le glissa dans la poche de son pantalon, tout chaud contre sa cuisse, comme une braise. Ces gens-là n'étaient pas morts de la super-grippe, pas plus que le soldat là-bas. Il avait vu le sang, les vêtements déchiquetés, les carreaux écaillés, les trous laissés par les balles. Ils avaient été abattus. Larry se souvint d'avoir entendu dire que les soldats bloquaient toutes les sorties de Manhattan. Il n'avait pas su s'il fallait y croire à l'époque. Il avait entendu tant de rumeurs depuis une semaine, quand les choses avaient commencé à tourner vraiment mal.

Mais la scène était facile à reconstituer. Ils s'étaient trouvés pris dans le tunnel, mais ils étaient parfaitement capables de marcher. Ils étaient donc descendus de leur voiture et ils avaient continué à pied en direction du New Jersey, sur la passerelle, exactement comme lui. Un barrage devant eux, un nid de mitrailleuses, quelque chose. Et maintenant ? Qu'y avait-il devant ?

Trempé de sueur, Larry essayait de réfléchir. L'obscurité totale était un écran parfait pour projeter les images qu'il voyait en imagination : des soldats aux yeux cruels dans leurs combinaisons à l'épreuve des virus, accroupis derrière une mitrailleuse équipée d'une lunette infrarouge ; mission : abattre tous ceux qui tentent de sortir du tunnel ; un seul soldat laissé derrière, un volontaire, lunettes infrarouges sur les yeux, un soldat qui rampe vers lui, un couteau entre les dents ; et derrière, deux soldats en train de glisser tranquillement dans leur mortier une seule charge de gaz asphyxiant.

Et pourtant il ne pouvait se résoudre à rebrousser chemin. Il était sûr que ces images n'étaient que des illusions, et l'idée de revenir sur ses pas lui était insupportable. Les soldats étaient sûrement partis. Le cadavre qu'il avait enjambé semblait le prouver. Mais...

Mais ce qui le troublait vraiment, pensa-t-il, c'était ces cadavres, juste devant lui. Ils étaient entassés les uns sur les autres sur une distance de deux ou trois mètres. Il ne pouvait les enjamber, comme il avait enjambé le soldat. Et s'il décidait de descendre de la passerelle pour les contourner, il risquait de se casser la jambe ou la cheville. S'il voulait continuer, il allait devoir... Eh bien... Il allait devoir marcher dessus.

Derrière lui, dans l'obscurité, quelque chose avait bougé.

Larry pivota sur ses talons, aussitôt terrifié par ce léger crissement... un bruit de pas.

— Qui est là ? cria-t-il en prenant son fusil à deux mains.

Aucune réponse, sauf l'écho. Quand il s'évanouit, il entendit — ou crut entendre — le bruit paisible d'une respiration. Il était là, les yeux exorbités, les poils de sa nuque hérissés comme des plumes. Il retenait sa respiration. Pas un bruit. Il commençait à croire qu'il avait rêvé lorsque le bruit reprit... Des pas feutrés, tranquilles.

Pris de terreur, il chercha son briquet dans sa poche. L'idée qu'il allait faire une belle cible ne lui traversa pas l'esprit. Il allait sortir son briquet quand la molette accrocha la doublure. Le Bic tomba par terre. Il l'entendit cogner contre le garde-fou, puis rebondir sur une tôle, sans doute un capot.

Les pas feutrés se rapprochaient, plus près, de plus en plus près, impossible de dire à quelle distance. Quelqu'un venait le tuer et son imagination paralysée par la terreur lui fit voir le soldat au couteau planté dans le cou, le soldat qui s'avançait lentement vers lui dans le noir...

Encore ces crissements, plus près.

Larry se souvint du fusil. Il épaula son arme et se mit à tirer. Les explosions résonnèrent avec une force terrifiante dans le tunnel ; il hurla, mais son hurlement se perdit dans le fracas. Comme des flashs dans le noir, le 30-30 crachait ses balles — images fugitives en noir et blanc du tunnel, des files de voitures immobilisées. Les balles sifflaient comme des sirènes en ricochant. La crosse du fusil cognait et recognait contre son épaule, son épaule où il ne sentait plus rien, jusqu'à ce qu'il comprenne que la force du recul l'avait fait pivoter sur ses pieds et qu'il tirait sur la chaussée au lieu de viser la passerelle. Mais il ne pouvait plus s'arrêter. Son doigt n'obéissait plus à son cerveau et continuait à se contracter inutilement comme dans un spasme, jusqu'à ce que le percuteur retombe avec un claquement sec.

Les échos revenaient en rafales. Larry voyait encore devant ses yeux des éclairs de lumière, des images en triple exposition. Il avait vaguement conscience de l'odeur de la poudre, du sifflement qui sortait du fond de ses poumons.

Fusil au poing, il se retourna, et cette fois ce ne furent pas les soldats en combinaisons antivirus qu'il vit sur l'écran de son cinéma intérieur, mais les immondes créatures de *La Machine à mesurer le temps* de H. G. Wells, bossus aveugles qui sortaient des entrailles de la terre où des machines faisaient inlassablement tourner leurs engrenages.

Il se fraya un chemin à travers cette molle barricade de cadavres, trébuchant, tombant presque, se retenant au garde-fou, poursuivant sa route. Son pied s'enfonça dans une horrible chose gluante. Il remarqua à peine l'odeur putride. Il continuait, haletant.

Puis, derrière lui, un cri s'éleva dans le noir et Larry s'arrêta, pétrifié. Un cri misérable, désespéré, presque fou.

— *Larry ! Oh, Larry, je t'en supplie...*

C'était Rita Blakemoore.

Il se retourna. Il entendait des sanglots maintenant, des sanglots qui remplissaient le tunnel de leurs échos. Un moment, il voulut continuer, la laisser derrière. Elle trouverait bien la sortie toute seule. Pourquoi s'encombrer d'elle ? Mais il se reprit.

— Rita ! Ne bouge pas ! Tu m'entends ?

Les sanglots continuaient.

Il rebroussa chemin en piétinant à nouveau les cadavres, essayant de ne pas respirer, le visage déformé par une grimace de dégoût. Puis il courut vers elle, ne sachant trop si elle était tout près, ou très loin, à cause de l'écho. Finalement, il faillit la faire tomber.

— Larry...

Elle lui serra le cou avec la force d'un étrangleur. Il sentait son cœur battre à un rythme effréné sous son corsage.

— Larry, Larry, ne me laisse pas toute seule, ne me laisse pas dans le noir...

— Non, répondit-il en la serrant très fort. Je t'ai fait mal ? Tu es... Tu es blessée ?

— Non... J'ai senti le vent... Une balle est passée si près que j'ai senti le vent... des éclats sur mon visage... Je saigne...

— Mon Dieu ! Rita, je ne savais pas. Je crevais de peur. Le noir. J'ai perdu mon briquet... Tu aurais dû appeler. J'aurais pu te tuer. *J'aurais pu te tuer,* répéta-t-il, comprenant tout à coup ce qui s'était passé.

— Je ne savais pas si c'était toi. Quand tu es descendu dans le tunnel, je suis entrée dans un immeuble. Et quand tu es revenu et que tu m'as appelée, j'ai presque... mais je n'ai pas pu... Et puis deux hommes sont arrivés quand la pluie a commencé à tomber... Je pense qu'ils nous cherchaient... Ou qu'ils me cherchaient, moi. Alors je suis restée dans ma cachette. Quand ils sont partis, je me suis dit qu'ils se cachaient peut-être pour m'attendre. Je n'ai pas osé sortir. Ensuite j'ai compris que tu serais de l'autre côté, que je ne te reverrais jamais plus... Alors je... je... Larry, tu ne vas pas me quitter ? Tu ne vas pas t'en aller ?

— Non.

— J'ai eu tort, ce que j'ai dit, j'ai eu tort, tu avais raison, j'aurais dû te parler des sandales, je veux dire des

chaussures, je vais manger quand tu me diras... je... je...
Oh... Ooooooooooh...

— Chut, fit-il en la tenant dans ses bras. C'est fini.
Tout va bien.

Mais il se vit en train de tirer sur elle, fou de peur,
pensa qu'une de ses balles aurait pu lui écraser un bras,
défoncer son ventre. Tout à coup, il eut très envie d'aller
aux toilettes et ses dents se mirent à claquer.

— On repartira quand tu te sentiras mieux, Rita. Nous
ne sommes pas pressés.

— Il y avait un homme... Je crois que c'était un
homme... J'ai marché dessus, Larry.

Elle avala sa salive et sa gorge fit comme un déclic.

— J'ai failli hurler, mais je me disais que c'était peut-
être un de ces deux hommes devant moi, je ne savais pas
que c'était toi. Et quand tu m'as appelée... l'écho... je ne
savais pas si c'était toi... ou... ou...

— Il y a encore des cadavres devant. Tu crois que ça
ira ?

— Si tu es avec moi. S'il te plaît... si tu es avec moi.

— Je vais rester avec toi.

— Alors, on y va. Je veux sortir d'ici, répondit-elle en
tremblant comme une feuille. Je veux sortir d'ici, de
toutes mes forces.

Il chercha son visage et l'embrassa, d'abord le nez,
puis un œil, l'autre, la bouche enfin.

— Merci, dit-il humblement, sans savoir le moins du
monde ce qu'il voulait dire. Merci. Merci.

— Merci, répéta-t-elle. Larry, mon chéri... Tu ne vas
pas me quitter ?

— Non, Je ne vais pas te quitter. Dis-moi quand tu
crois être prête, Rita, et on partira ensemble.

Quand elle se sentit prête, ils repartirent.

Cramponnés l'un à l'autre, comme deux ivrognes sortant d'un bar, ils franchirent le tas de cadavres. Plus loin,
ils tombèrent sur un autre obstacle. Impossible de voir ce

que c'était. Ils tâtonnèrent devant eux et Rita dit que c'était sans doute un lit qu'on avait mis debout. À deux, ils réussirent à le faire basculer par-dessus le garde-fou. Il s'écrasa sur le toit d'une voiture avec un grand bruit de tôle qui résonna dans le tunnel. Ils sursautèrent tous les deux et se serrèrent l'un contre l'autre. Derrière, d'autres cadavres encore, trois, et Larry pensa que c'étaient ceux des soldats qui avaient abattu la famille juive. Ils les enjambèrent et poursuivirent leur route, main dans la main.

Peu après, Rita s'arrêta brutalement.

— Qu'est-ce qui se passe ? Il y a quelque chose ?

— Non. Je vois, Larry ! C'est la fin du tunnel !

Il cligna les yeux. Oui, une faible lueur qui avait grandi si graduellement qu'il ne s'en était pas rendu compte. Mais maintenant, il pouvait distinguer des reflets sur les carreaux, une silhouette pâle plus près de lui, le visage de Rita. Et sur sa gauche, le fleuve gelé des voitures.

— Allez, viens, dit-il, fou de joie.

Quelques dizaines de mètres plus loin, d'autres cadavres jonchaient la passerelle, tous des soldats. Ils les enjambèrent.

— Pourquoi bloquer les sorties de New York ? À moins que... Larry, peut-être que la maladie n'a touché que New York !

— Je ne crois pas, répondit-il, mais un espoir fou l'effleura cependant.

Ils marchaient plus vite. La sortie du tunnel était droit devant eux. Elle était obstruée par deux énormes camions militaires, nez à nez, qui empêchaient le jour d'entrer. S'ils n'avaient pas été là, Larry et Rita auraient vu de la lumière bien plus tôt. Il y avait encore des cadavres à l'endroit où la passerelle rejoignait la sortie du tunnel. Ils se faufilèrent entre les camions en montant sur les pare-chocs. Rita ne regarda pas à l'intérieur. Mais Larry vit une mitrailleuse sur son trépied, des caisses de munitions, des boîtes rondes qui ressemblaient à des grenades lacrymogènes et trois cadavres.

Quand ils sortirent, un vent frais et humide leur fouetta

le visage et son odeur d'herbe mouillée fit dire à Larry qu'ils avaient eu raison d'entreprendre cette horrible marche. Elle se colla contre lui, appuya sa tête contre son épaule.

— Mais je ne recommencerais pas pour un million de dollars, dit-elle.

— Ne dis pas ça. Tu auras besoin de ce fric quand tu reviendras, dans quelques années.

— Tu es sûr que...

— Que l'épidémie n'a touché que New York ? Regarde.

Les postes de péage étaient déserts. Celui du milieu était entouré d'éclats de verre. Derrière, les quatre voies qui s'éloignaient en direction de l'ouest étaient vides à perte de vue, mais celles qui venaient de l'ouest, celles qui conduisaient au tunnel, à la ville qu'ils venaient de quitter, étaient complètement embouteillées. Et sur l'accotement s'empilaient en désordre des cadavres, veillées par une bande de mouettes.

— Mon Dieu, dit-elle tout bas.

Autant de gens cherchaient à sortir de New York qu'à y entrer. Je ne comprends pas pourquoi ils ont pris la peine de fermer le tunnel du côté du New Jersey. Sans doute qu'ils n'en savaient rien eux non plus. Quelqu'un qui voulait faire du zèle...

Mais Rita était assise sur la route. Elle pleurait.

— Ne pleure pas, dit-il en s'agenouillant à côté d'elle.

Le souvenir du tunnel était encore trop frais dans sa mémoire pour qu'il puisse se fâcher.

— Tout va bien, Rita.

— Qu'est-ce qui va bien ? sanglota-t-elle. Quoi ? Tu peux me le dire ?

— Nous sommes sortis. C'est déjà quelque chose. Et l'air sent bon. L'air du New Jersey n'a jamais senti aussi bon.

Elle lui fit un petit sourire. Larry examina son visage, écorché par les éclats des carreaux.

— Il faudrait trouver une pharmacie pour mettre de

l'eau oxygénée sur tes coupures. Tu te sens capable de marcher ?

— Oui, répondit-elle en le regardant avec des yeux éperdus de reconnaissance qui le firent se sentir mal à l'aise. Et je vais me trouver des chaussures. Des tennis. Je ferai tout ce que tu me diras, Larry.

— J'ai perdu les pédales quand je t'ai engueulée. Tu sais, je ne suis pas un mauvais type, dit-il d'une voix douce.

Il écarta les cheveux qui tombaient sur son front et l'embrassa au-dessus du sourcil droit où une petite coupure saignait un peu.

— Ne me laisse pas toute seule.

Il l'aida à se remettre debout et la prit par la taille. Puis ils s'avancèrent lentement vers les postes de péage, les dépassèrent. New York était derrière eux, de l'autre côté du fleuve.

36

Il y avait un petit square au centre d'Ogunquit — vieux canon datant de la guerre de Sécession, monument aux morts, le décor habituel. Quand Gus Dinsmore mourut, Frannie Goldsmith s'y rendit, s'assit au bord de la mare aux canards, jetant distraitement des pierres dans l'eau. Les vaguelettes couraient sur l'eau paisible, puis se brisaient en atteignant les nappes de nénuphars qui bordaient le bassin. C'était avant-hier qu'elle avait emmené Gus chez les Hanson, au bord de la plage, craignant que si elle attendait davantage Gus ne puisse marcher et qu'il lui faille se contenter pour « dernière demeure », comme auraient dit ses ancêtres, de sa petite guérite torride, près du parking de la plage.

Elle avait cru que Gus allait mourir dans la nuit. Il avait beaucoup de fièvre et il délirait. Il était tombé deux fois du lit et s'était mis à errer dans la chambre de M. Hanson, renversant meubles et bibelots, tombant à genoux, se relevant encore. Il appelait des gens qui n'étaient pas là, leur répondait, les regardait avec une expression qui allait de l'hilarité au désespoir, tant et si bien que Frannie avait commencé à croire que les compagnons invisibles de Gus existaient en chair et en os, que c'était elle le fantôme. Elle avait supplié Gus de se remettre au lit, mais elle n'existait pas pour lui. Et, si elle ne s'était pas écartée de son chemin, il l'aurait certainement renversée et piétinée sans s'en rendre compte.

Finalement, il était tombé sur le lit, inconscient, hors

d'haleine. Et Fran avait cru que la fin était proche. Mais le lendemain matin, quand elle était allée le voir, Gus était assis dans le lit et lisait un roman de cow-boys qu'il avait trouvé sur une étagère. Il l'avait remerciée de s'être occupée de lui et, très gêné, avait ajouté qu'il espérait bien ne pas avoir dit de grossièretés ni fait de bêtises la nuit précédente.

Elle l'avait rassuré. Gus avait alors regardé d'un air sceptique la chambre où régnait un désordre indescriptible et lui avait dit qu'elle était bien gentille de le prendre comme ça. Elle avait préparé une soupe qu'il avait mangée de bon appétit et, quand il s'était plaint d'avoir du mal à lire sans ses lunettes qu'il avait cassées lorsqu'il avait pris son tour de garde à la barricade de la sortie sud de la ville, la semaine précédente, elle avait pris le livre (malgré ses protestations) et lui avait lu quatre chapitres du roman. L'auteur était une femme qui habitait un peu plus au nord, à Haven. *Noël sanglant,* c'était le titre du livre. Le shérif John Stoner semblait avoir bien des difficultés avec les voyous de Roaring Rock — pire, il ne trouvait pas de cadeau de Noël pour sa jolie et charmante jeune femme.

Fran était repartie le cœur un peu plus léger, croyant que Gus allait peut-être guérir. Mais, la veille au soir, son état avait empiré. Il était mort à huit heures moins le quart ce matin, il y avait de cela une heure et demie seulement. Il avait gardé toute sa tête jusqu'au bout, mais sans comprendre la gravité de son état. Il lui avait dit qu'il aurait bien aimé prendre un ice-cream soda le jour de la fête nationale, le 4 juillet, avec son père et ses frères, à la fête foraine à Bangor. Il n'y avait plus d'électricité à Ogunquit — les pendules électriques montraient que le courant avait été coupé à vingt et une heures et dix-sept minutes le 28 juin — et il n'y avait plus de glace en ville. Elle s'était demandé si quelqu'un n'avait pas branché une génératrice de secours sur un congélateur. Elle avait même pensé aller poser la question à Harold Lauder. Mais, juste à ce moment, les râles de l'agonie avaient commencé. Ils avaient duré près de cinq minutes, cinq minutes durant lesquelles Fran avait tenu la tête de Gus en essuyant avec une serviette les épaisses mucosités qui coulaient de sa bouche.

Quand tout avait été fini, Frannie l'avait recouvert d'un drap propre et l'avait laissé sur le lit du vieux Jack Hanson d'où l'on voyait la mer. Puis elle était allée rêvasser au petit square en faisant ricocher des pierres sur l'eau de la mare. Inconsciemment, elle comprenait qu'il valait mieux ne pas trop penser. Ce n'était plus cette étrange apathie qui s'était emparée d'elle le jour de la mort de son père. Lentement, elle avait refait surface. Elle était allée chercher un rosier chez Nathan, le fleuriste, et l'avait planté soigneusement au pied de la tombe de Peter. Il allait sûrement prendre très bien, comme aurait dit son père. Et maintenant, ne plus penser à rien la reposait un peu, après avoir assisté aux derniers moments de Gus. Non, ce n'était pas le prélude à la folie qu'elle avait connu plus tôt, comme si elle avait traversé une sorte de tunnel gris, fétide, fourmillant de formes invisibles mais bien présentes, un tunnel qu'elle ne voulait jamais plus traverser.

Mais elle allait bientôt devoir penser à ce qu'elle allait faire plus tard, et donc à Harold Lauder. Pas seulement parce que elle et Harold étaient maintenant les deux seuls survivants, mais parce qu'elle ne voyait absolument pas ce que Harold pourrait devenir si quelqu'un ne s'occupait pas de lui. Elle n'avait peut-être pas l'esprit particulièrement pratique, mais à côté de Harold... Elle ne l'aimait toujours pas beaucoup, mais il avait au moins essayé de faire preuve de tact et il ne s'était pas trop mal tenu tout compte fait. Plutôt bien même, à sa manière un peu bizarre.

Harold l'avait laissée seule depuis qu'ils s'étaient vus quatre jours plus tôt, sans doute pour la laisser pleurer la mort de ses parents. Mais elle l'avait vu errer de temps en temps dans les rues, au volant de la Cadillac de Roy Brannigan. Et deux fois, quand le vent était favorable, elle avait entendu de la fenêtre de sa chambre le crépitement de sa machine à écrire — et le fait que le silence soit assez profond pour qu'elle puisse entendre ce bruit, alors que la maison des Lauder se trouvait à plus de deux kilomètres, lui avait fait comprendre que tout ce qui était arrivé n'était pas un rêve. Elle avait été un peu étonnée que Harold ait mis la main sur la Cadillac, mais qu'il n'ait pas pensé à remplacer sa vieille machine par un modèle électrique, plus rapide et silencieux.

Il est vrai qu'une machine électrique ne lui aurait pas été très utile, pensa-t-elle en levant les yeux. Les glaces et les machines à écrire électriques étaient des choses du passé. Elle sentit son cœur se serrer. Comment une telle catastrophe avait-elle pu se produire en deux semaines à peine...

Il y avait certainement d'autres survivants, quoi qu'en dise Harold. Le système avait craqué, mais temporairement. Il suffisait de regrouper les autres et de recommencer. Elle ne pensa pas à se demander pourquoi un « système » lui paraissait si nécessaire, pas plus qu'elle ne s'était demandé pourquoi elle devait se sentir responsable de Harold. C'était ainsi. Le système était dans l'ordre des choses.

Elle sortit du square et descendit lentement la grand-rue en direction de la maison des Lauder. Il faisait déjà chaud, mais un vent frais soufflait de la mer. Tout à coup, elle eut envie de marcher sur la plage, de ramasser un joli morceau de varech et de le grignoter.

— Tu es dégoûtante, dit-elle à haute voix.

Non, elle n'était pas dégoûtante, naturellement ; elle était tout simplement enceinte. C'était comme ça. La semaine prochaine, elle aurait furieusement envie d'un sandwich aux oignons. Avec du raifort par-dessus.

Elle s'arrêta, étonnée de n'avoir pas pensé depuis si longtemps à son « état ». Jusque-là, l'idée lui trottait constamment dans la tête, *je suis enceinte,* n'importe quand, n'importe où, comme une saleté qu'elle aurait constamment oubliée de nettoyer : il faut absolument que je porte cette robe bleue au teinturier avant vendredi (encore quelques mois, et je peux oublier pour de bon, parce que *je suis enceinte*). Je crois que je vais prendre une douche (dans quelques mois, ce sera une baleine qui prendra sa douche, parce que *je suis enceinte*). Je devrais faire la vidange d'huile, avant que les pistons fondent comme du beurre (et je me demande ce que penserait Johnny, le garagiste, s'il savait que *je suis enceinte*). Peut-être commençait-elle à se faire à cette idée. Après tout, elle était déjà enceinte de près de trois mois. Presque un tiers du chemin.

Pour la première fois, elle se demanda avec une certaine inquiétude qui allait l'aider à accoucher.

De derrière la maison des Lauder s'élevait le cliquetis régulier d'une tondeuse à main. Et lorsque Fran arriva au coin de la rue, le spectacle qu'elle découvrit était si étrange qu'elle aurait éclaté de rire si sa surprise n'avait pas été totale.

Harold, dans un minuscule bikini bleu, tondait la pelouse. Sa peau blafarde était luisante de sueur ; ses longs cheveux retombaient en mèches grasses sur son cou (encore que l'honnêteté oblige à dire qu'ils avaient été lavés dans un passé pas trop lointain). Des bourrelets de graisse ballottaient furieusement au-dessus de l'élastique du slip. Ses pieds étaient verts jusqu'aux chevilles. Son dos avait pris une teinte rougeâtre — fatigue ou début de coup de soleil, elle n'aurait su le dire.

Mais Harold ne se contentait pas de tondre le gazon ; il *courait*. La pelouse des Lauder descendait en pente douce jusqu'à un petit mur de pierres sèches. Au milieu du jardin s'élevait la pergola octogonale où Amy et elle jouaient à la dînette quand elles étaient petites. Frannie s'en souvint tout à coup et cette image lui fit mal. L'époque où elles pleuraient toutes les deux en lisant des romans d'amour, où elles gloussaient en parlant du beau Chuckie Mayo, le plus beau garçon du lycée. Verte et sereine, la pelouse des Lauder avait quelque chose de très britannique. Mais un derviche en bikini bleu avait envahi cette scène pastorale. Harold haletait de façon inquiétante quand il prit l'angle nord-est, là où la pelouse des Lauder était séparée de celle des Wilson par une haie de mûriers. Il dévalait la pelouse, couché sur le guidon de la tondeuse. Les lames ronflaient, projetant un gros jet vert sur les tibias de Harold. Il avait peut-être tondu la moitié du gazon ; il ne restait plus qu'un carré de plus en plus petit, avec la pergola en plein milieu. Il arriva en bas de la pente, puis remonta à toute allure, un instant caché par la pergola, reparut ensuite couché sur sa machine, comme un pilote de formule 1. À peu près à mi-pente, il l'aperçut. Au même instant, Frannie l'appelait timidement. Elle vit qu'il pleurait.

Harold poussa un cri. Elle l'avait surpris en plein rêve et elle crut que le choc allait terrasser le gros garçon, victime d'une crise cardiaque.

Mais il se mit à courir vers la maison en faisant voler les débris de gazon sous ses pieds. Et elle eut vaguement conscience de la douce odeur de l'herbe fraîchement coupée dans la chaleur de ce bel après-midi d'été.

Elle fit un pas.

— Harold, qu'est-ce qui ne va pas ?

Il montait quatre à quatre les marches du perron, se précipitait à l'intérieur, claquait la porte derrière lui. Dans le silence qui suivit, un geai poussa un cri strident et un petit animal se mit à trottiner dans les buissons, derrière le mur de pierres sèches. La tondeuse abandonnée était là, en plein milieu de la pelouse, pas très loin de la pergola où elle et Amy sirotaient élégamment leur limonade dans de minuscules tasses à thé, le petit doigt levé en l'air, comme des dames.

Indécise, Frannie attendit un peu, puis alla frapper à la porte. Pas de réponse. Mais elle entendait Harold pleurer.

— Harold ?

Toujours pas de réponse. Et les sanglots continuaient.

Elle entra, s'avança dans le vestibule des Lauder qui était sombre, frais, plein de bonnes odeurs — Mme Lauder rangeait ses provisions dans une petite pièce qui s'ouvrait sur la gauche du corridor. Aussi loin que Frannie pouvait se souvenir, il y avait toujours eu ici cette bonne odeur de pomme et de cannelle, comme une odeur de tarte sortant du four.

— Harold ?

Elle alla dans la cuisine. Harold était là, assis derrière la table, la tête entre les mains, ses pieds tout verts sur le linoléum usé que Mme Lauder lavait tous les jours à grande eau.

— Harold, qu'est-ce qui ne va pas ?

— Va-t'en ! hurla-t-il entre deux sanglots. Va-t'en, tu ne m'aimes pas !

— Mais si, Harold. Tu es un brave type. Peut-être pas Superman, mais tu n'es pas mal quand même. En fait, reprit-elle après un instant d'hésitation, compte tenu des circonstances, je dois dire qu'en ce moment tu es certainement l'une des personnes que j'aime le plus au monde.

Cette réflexion parut faire redoubler les sanglots de Harold.

— Tu n'aurais pas quelque chose à boire ?

— Du jus d'orange, répondit-il en reniflant et en s'essuyant le nez. Mais il est tiède. Et puis c'est pas du vrai. Un de ces trucs en poudre.

— Ça ne fait rien. Tu as pris l'eau à la pompe municipale ?

Comme beaucoup de petites villes, Ogunquit avait encore sa pompe municipale, derrière l'hôtel de ville. Depuis quarante ans, elle était là plus pour le décor qu'autre chose. Les touristes la photographiaient souvent. Et voilà la pompe du village où nous avons passé nos vacances. Oh, comme c'est charmant !

— Oui...

Elle servit deux verres et s'assit. *Nous aurions dû nous installer sous la pergola,* pensa-t-elle. *On aurait pu boire en levant le petit doigt, comme des dames.*

— Qu'est-ce qui ne va pas, Harold ?

Harold poussa un étrange rire hystérique, chercha son verre à tâtons, le vida d'un seul coup.

— Ce qui ne va pas ? Mais tout va très bien, madame la marquise.

— Je veux dire, quelque chose en particulier ?

Elle goûta le jus d'orange et réprima une grimace. Ce n'était pas qu'il était tiède. Harold avait sans doute oublié de faire couler l'eau. Et il n'avait pas mis de sucre.

Finalement, il leva les yeux, le visage ruisselant de larmes.

— Ma mère me manque, dit-il d'une voix étranglée.

— Oh, mon pauvre Harold...

— Quand c'est arrivé, quand elle est morte, je me suis dit que ce n'était pas si terrible.

Il tenait son verre à deux mains, la fixait avec un regard intense, hagard, un peu terrifiant.

— Tu dois me trouver monstrueux. Mais je n'avais jamais imaginé ma réaction. Je suis très sensible, tu sais. C'est pour cette raison que j'ai toujours été persécuté par ces crétins du musée des horreurs que nos édiles ont l'audace d'appeler un lycée. Je croyais que la disparition de mes parents me rendrait fou de chagrin, ou du moins que je serais incapable de rien faire pendant une bonne année... Que mon soleil intérieur, pour ainsi dire... s'éteindrait. Et quand c'est arrivé, ma mère... Amy... mon père... je me suis dit que finalement ce n'était pas si terrible... je... ils...

Il donna un coup de poing sur la table. Elle sursauta.

— Pourquoi suis-je incapable de dire ce que j'ai sur le cœur ? hurlait-il. J'ai toujours su exprimer ma pensée. Un écrivain possède l'art de sculpter les mots, de ciseler la langue, *alors, pourquoi suis-je incapable de dire ce que je ressens ?*

— Ne t'en fais pas, Harold. Je sais ce que tu sens.

Il la regarda, médusé.

— Tu sais... ? Non, c'est impossible.

— Tu te souviens quand tu es venu me voir ? Je creusais la tombe. J'avais pratiquement perdu la tête. La moitié du temps, je ne savais même pas ce que je faisais. J'ai essayé de faire des frites et j'ai failli mettre le feu à la maison. Alors, si ça te fait du bien de tondre la pelouse, vas-y. Mais tu vas attraper un coup de soleil si tu restes en slip de bain. D'ailleurs, tu en as déjà un, ajouta-t-elle en jetant un coup d'œil critique sur ses épaules.

Pour être polie, elle prit une petite gorgée de cet horrible jus d'orange.

— Je ne les ai jamais vraiment aimés, reprit Harold en s'essuyant la bouche. Mais j'ai cru que le chagrin était une chose inévitable. Comme quand ta vessie est pleine, il faut bien uriner. Si tes parents meurent, il faut bien avoir du chagrin.

Elle hocha la tête, pensant que l'idée était étrange, mais pas tout à fait fausse.

— Ma mère ne s'occupait que d'Amy. Elle s'entendait bien avec elle. Moi, je faisais horreur à mon père.

Fran comprenait facilement pourquoi. Brad Lauder était un énorme gaillard, tout en muscles, contremaître à la filature de Kennebunk. Et il s'était sûrement demandé ce qu'on pourrait bien faire de ce gros garçon bizarre qu'il avait engendré.

— Un jour, il m'a pris à part pour me demander si je n'étais pas pédé. C'est exactement le mot qu'il a employé. J'ai eu si peur que je me suis mis à pleurer. Il m'a donné une gifle en me disant que, si je devais rester un bébé toute ma vie, je ferais mieux de prendre mes cliques et mes claques. Et Amy... je crois qu'elle s'en foutait comme de l'an quarante. Je lui faisais honte quand elle amenait ses amies à la maison. Elle me traitait comme une vieille savate.

Fran fit un effort pour terminer son jus d'orange.

— Alors, quand ils sont morts et que je n'ai senti ni chaud ni froid, je me suis dit que je m'étais trompé. Non, le chagrin n'est pas un réflexe automatique, me suis-je dit. Mais je me suis encore trompé. Ils me manquent de plus en plus, tous les jours un peu plus. Surtout ma mère. Si je pouvais simplement la voir... Souvent, elle n'était pas là quand j'avais besoin d'elle... Elle était trop occupée avec Amy. Mais elle n'a jamais été méchante avec moi. Alors, ce matin, quand j'y ai repensé, je me suis dit : « Je vais tondre la pelouse. Ça m'empêchera de trop réfléchir. » Ça n'a pas marché. Et je me suis mis à tondre de plus en plus vite... comme pour laisser tout ça derrière

449

moi... et c'est à ce moment-là que tu es arrivée. Tu as cru que j'étais fou, Fran ?

— Mais non, c'est normal, Harold, dit-elle en lui prenant la main.

— Tu es sûre ?

Il la regardait à nouveau avec ses yeux enfantins.

— Tu veux bien être mon amie ?

— Oui.

— Merci, mon Dieu. Merci.

La main de Harold était moite. À l'instant où elle le remarquait, il la retira à regret, comme s'il avait lu dans ses pensées.

— Veux-tu encore un peu de jus d'orange ? demanda-t-il timidement.

C'était le moment de se montrer diplomate.

— Peut-être un peu plus tard, répondit-elle avec un beau sourire.

Ils pique-niquèrent dans le square : sandwichs au beurre d'arachides et à la confiture, deux grandes bouteilles de Coca-Cola mises à rafraîchir dans la mare aux canards.

— J'ai pensé à ce que j'allais faire, dit Harold. Tu ne veux plus de ton sandwich ?

— Non, j'en ai assez.

Harold n'en fit qu'une bouchée. Son chagrin tardif ne lui avait pas coupé l'appétit, se dit Frannie, mais elle s'en voulut aussitôt d'avoir eu cette idée.

— Qu'est-ce que tu comptes faire ?

— Je pensais m'en aller dans le Vermont. Tu voudrais venir avec moi ? demanda-t-il, un peu gêné.

— Pourquoi le Vermont ?

— Eh bien, parce qu'il existe un centre de recherches sur les maladies contagieuses, dans une petite ville qui s'appelle Stovington. Moins important que celui d'Atlanta, mais beaucoup plus près. S'il y a encore des survivants et si on fait toujours des recherches sur cette grippe, il devrait y avoir pas mal de monde là-bas.

— Mais ils sont sans doute morts.

— Peut-être, répondit Harold, d'un ton un peu pincé. Mais dans un centre comme celui de Stovington, ils sont habitués à travailler sur les maladies contagieuses, ils sont habitués à prendre des précautions. Si le centre fonctionne toujours, je suppose qu'on a besoin de gens comme nous. Des gens immunisés.

— Et comment sais-tu tout ça, Harold ? lui demanda-t-elle sans cacher son admiration.

Harold rougit de plaisir.

— Je lis beaucoup. On parle de ces centres un peu partout, ce n'est pas un secret. Alors, qu'est-ce que tu en penses ?

Elle trouva que c'était une excellente idée, une idée qui satisfaisait son désir inconscient d'une structure, d'une autorité. Elle voulut ignorer ce que lui avait dit Harold, que les chercheurs risquaient d'être tous morts. Ils allaient partir pour Stovington, on leur ferait passer des tests, on finirait par découvrir pourquoi ils n'avaient pas attrapé cette maladie, pourquoi ils n'étaient pas morts. Elle ne pensa pas à se demander à quoi pourrait bien servir un vaccin à ce stade.

— Il faudrait trouver des cartes et voir quel est l'itinéraire le plus court.

Le visage de Harold s'illumina. Elle crut qu'il allait l'embrasser et, en cet instant précis, elle l'aurait sans doute laissé faire. Mais le moment passa et, rétrospectivement, elle n'en fut pas fâchée.

Sur la carte, tout paraissait très simple. Nationale 1 jusqu'à l'autoroute 95, autoroute 95 jusqu'à la nationale 302, ensuite au nord-ouest sur la 302, les lacs de l'ouest du Maine, le New Hampshire toujours sur la même route, et puis le Vermont. Stovington n'était qu'à cinquante kilomètres à l'ouest de Barre, soit par la nationale 61, soit par l'autoroute 89.

— Combien de kilomètres en tout ? demanda Fran.

Harold prit une règle, mesura, puis consulta l'échelle.

— Tu ne vas pas me croire.

— Combien ? Cent cinquante kilomètres ?

— Plus de cinq cents.

— Zut, tu viens de m'enlever une illusion. J'avais lu quelque part qu'on pouvait traverser la Nouvelle-Angleterre à pied en un seul jour.

— C'est exact, mais il y a un truc, répondit Harold en reprenant sa voix professorale. Il est effectivement possible de faire quatre États — Connecticut, Rhode Island, Massachusetts et l'extrême sud du Vermont — en vingt-quatre heures, à condition de choisir très bien son itinéraire, mais c'est un peu comme ces devinettes avec des bouts d'allumettes — facile si tu connais la solution, impossible autrement.

— Mais où as-tu trouvé ça ?

— Dans le Guiness, le Grand Livre des records, l'inévitable bible du lycée d'Ogunquit. En fait, je pensais partir en bicyclette. Ou... Je ne sais pas... Peut-être en scooter.

— Harold, tu es un génie !

Harold toussa modestement, rougit un peu.

— Nous pourrions aller en bicyclette jusqu'à Wells, demain matin. Il y a un concessionnaire Honda là-bas... Tu saurais conduire une Honda, Fran ?

— Je vais apprendre, si on ne roule pas trop vite au début.

— Je ne crois pas qu'il serait très prudent de faire de la vitesse, répondit Harold tout à fait sérieusement. Un virage sans visibilité, et on risque de tomber sur trois voitures accidentées en travers de la route.

— Tu as raison. Mais pourquoi attendre demain ? Pourquoi ne pas partir aujourd'hui ?

— Il est plus de deux heures. Nous ne pourrions pas aller beaucoup plus loin que Wells, et nous devons nous équiper. Ce sera plus facile ici, à Ogunquit, parce que nous connaissons tous les magasins. Et nous aurons naturellement besoin d'armes, naturellement.

Bizarre. Dès qu'il avait prononcé ce mot, elle avait pensé au bébé.

— Pourquoi des armes ?

Il la regarda un moment, puis baissa les yeux. Une plaque rouge grandissait sur son cou.

— Parce qu'il n'y a plus de police, plus de tribunaux. Tu es une femme, tu es jolie, et certaines personnes... certains hommes... pourraient bien ne pas... ne pas se tenir très bien. Voilà la raison.

La plaque rouge était presque violette maintenant.

Il parle de viol, pensa-t-elle. *De viol.* Mais comment quelqu'un pourrait vouloir me violer ? *Je suis enceinte.* Il est vrai que personne ne le savait, même pas Harold. Et si elle annonçait la nouvelle au violeur potentiel : *Voudriez-vous ne pas me violer s'il vous plaît, je suis enceinte,* pouvait-elle raisonnablement espérer que l'autre lui réponde : *Oh, excusez-moi madame, je vais aller violer quelqu'un d'autre ?*

— D'accord. Il nous faut des armes. Mais on pourrait quand même aller jusqu'à Wells aujourd'hui.

— J'ai encore quelque chose à faire ici.

Le toit de tôle de la grange de Moses Richardson était brûlant. Elle était déjà en sueur quand ils étaient arrivés au grenier à foin, mais lorsqu'ils atteignirent la dernière marche de l'escalier branlant qui menait au toit, des rigoles de sueur inondaient son chemisier, soulignant le relief de ses seins.

Harold était armé d'un pot de peinture et d'un gros pinceau, encore enveloppé dans son emballage de plastique.

— Tu crois vraiment que c'est nécessaire, Harold ?

— Je n'en sais rien. Mais la grange donne sur la route 1. À mon avis, c'est par là que les gens viendront, s'ils viennent. De toute façon, ça ne peut pas faire de mal.

— Sauf si tu te casses la figure. À moins que tu ne sois plus capable de rien sentir du tout.

Elle avait mal à la tête à cause de la chaleur et le Coca qu'elle avait englouti au déjeuner remuait dans son estomac d'une façon extrêmement désagréable.

— Je n'ai pas l'intention de tomber, dit Harold en lui jetant un coup d'œil, Fran, tu as l'air malade.

— C'est la chaleur.

— Alors descends. Allonge-toi sous un arbre. Et regarde bien la mouche humaine exécuter son numéro de trompe-la-mort sur la terrible pente à dix degrés du toit de la grange de Moses Richardson.

— Ne te moque pas de moi. Je trouve que c'est une idée idiote. Et dangeureuse.

— Oui, mais je me sentirai quand même mieux quand je l'aurai fait. Allez, descends, Fran.

Et elle pensa : *Mon Dieu, il fait tout ça pour moi.*

Il était debout, ruisselant de sueur, terrorisé, de vieilles toiles d'araignée collées sur ses épaules grasses et nues, son ventre retombant comme une outre sur la ceinture de ses jeans trop serrés, résolu à ne pas manquer une seule chance, à faire tout ce qu'il fallait faire.

Elle se dressa sur la pointe des pieds et l'embrassa sur la bouche, du bout des lèvres.

— Fais attention.

Puis elle redescendit l'escalier à toute vitesse, le Coca ballottant dans son ventre, jouant les montagnes russes, beeeerk. Elle était descendue très vite, mais pas assez pour ne pas voir ses yeux s'éclairer de bonheur. Elle descendit encore plus vite l'échelle qui menait du grenier au sol couvert de paille de la grange, plus vite parce qu'elle savait qu'elle allait bientôt vomir, et même si *elle* savait que c'était à cause de la chaleur, du Coca et du bébé, qu'allait penser Harold s'il l'entendait ? Il fallait qu'elle sorte, qu'elle s'éloigne le plus possible, assez loin pour qu'il ne puisse pas l'entendre. Ce qu'elle fit. Mais il était grand temps.

Harold redescendit à quatre heures moins le quart. Son dos était maintenant écarlate, ses bras mouchetés de peinture blanche. Fran avait fait la sieste sous un orme, dans la cour des Richardson, sans jamais tout à fait s'endormir, attendant d'un instant à l'autre le craquement des chevrons et le cri d'horreur de ce pauvre gros Harold quand il tomberait du haut des trente mètres qui séparaient le toit de la grange du plancher des vaches. Mais il n'y eut pas de craquement — grâce à Dieu — et il s'avançait fièrement vers elle, les pieds verdis, les bras blancs, les épaules rouges comme des tomates bien mûres.

— Dis, pourquoi as-tu redescendu le pot de peinture ? lui demanda-t-elle, curieuse.

— Je ne voulais pas le laisser là haut. La combustion spontanée, ça arrive.

À nouveau, elle pensa qu'il ne voulait vraiment rien laisser au hasard. Son perfectionnisme avait quelque chose d'un peu effrayant.

Ils regardèrent tous les deux le toit de la grange. La peinture fraîche scintillait sur le vert terni de la tôle. Fran se souvint de ces messages qu'on voit parfois dans le sud, peints sur le toit des granges — JÉSUS MON SAUVEUR ou TABAC À CHIQUER RED INDIAN.

PARTIS À STOVINGTON, VERMONT
CENTRE MALADIES INFECTIEUSES
NATIONALE 1 JUSQU'À WELLS
AUTOROUTE 95 JUSQU'À PORTLAND
NATIONALE 302 JUSQU'À BARRE
AUTOROUTE 89 JUSQU'À STOVINGTON
DÉPART D'OGUNQUIT 2 JUILLET 1990
HAROLD EMERY LAUDER
FRANCES GOLDSMITH

— Je ne savais pas ton deuxième prénom, dit Harold, comme pour s'excuser.

— Ça ne fait rien, répondit Frannie qui regardait toujours le message.

La première ligne était écrite tout en haut du toit ; la dernière, son nom à elle, juste au-dessus de la goutière.

— Et comment tu as fait pour la dernière ligne ?

— Très facile, suffisait de laisser pendre un peu les pieds dans le vide, c'est tout.

— Oh, Harold ! Il suffisait d'écrire ton nom.

— Mais on fait équipe, non ? dit-il en regardant Frannie avec un peu d'appréhension.

— Oui, bien sûr... Tant que tu ne te casses pas le cou. Tu as faim ?

— Une faim de loup, répondit-il, rayonnant.

— Allons manger quelque chose. Et je vais te mettre de la crème sur ton coup de soleil. Il faut que tu te mettes une chemise, Harold. Tu ne vas pas pouvoir dormir ce soir.

— Je vais dormir comme un bébé, répondit-il en souriant.

Frannie lui rendit son sourire.

Ils ouvrirent une boîte de conserve pour leur dîner, et Frannie prépara du faux jus d'orange, sans oublier le sucre. Plus tard, la nuit déjà tombée, Harold revint chez Fran en portant quelque chose sous le bras.

— C'était celui d'Amy. Je l'ai trouvé dans le grenier. Je pense que c'était un cadeau de maman et de papa, quand elle a terminé sa troisième. Je ne sais pas s'il marche encore, mais j'ai trouvé des piles à la quincaillerie.

C'était un tourne-disques portatif en plastique, le genre de machine que les adolescents de treize ou quatorze ans emportaient sur la plage pour faire jouer leurs 45 tours — Osmonds, Leif Garrett, John Travolta, Shaun Cassidy, Fran le regarda attentivement, et ses yeux se remplirent de larmes.

— On va voir s'il fonctionne.

Il fonctionnait. Pendant près de quatre heures, sagement assis sur le canapé, le tourne-disques posé sur la table basse devant eux, leurs visages éclairés par une fascination silencieuse et douloureuse, ils écoutèrent la musique d'un monde mort remplir le vide de cette nuit d'été.

37

Au début, Stu ne fit pas attention au bruit qui n'avait rien de surprenant en cette belle matinée d'été. Il venait de traverser South Ryegate, dans le New Hampshire, et la route serpentait maintenant sous une voûte d'ormes qui semaient sur l'asphalte une poussière de taches de soleil, comme des pièces d'or. Des deux côtés de la route, le sous-bois était très touffu — vinaigriers aux grappes de fruits rouges, genévriers aux baies bleu-gris, innombrables arbustes dont il ignorait le nom. La luxuriance de la nature l'étonnait encore, habitué qu'il était à l'est du Texas où le bord des routes était loin d'offrir une telle variété. Sur sa gauche, un vieux mur de pierre se perdait dans les taillis. Sur sa droite, un petit ruisseau gazouillait joyeusement. De temps en temps, il entendait des animaux bouger dans le sous-bois (hier, il avait eu la surprise de voir une grande biche, en plein milieu de la 302, humant l'air du matin), et les oiseaux chantaient à tue-tête. Au milieu de tous ces bruits, les aboiements d'un chien paraissaient la chose la plus naturelle du monde.

Il marcha encore près de deux kilomètres avant de se rendre compte que la présence de ce chien — plus près maintenant, à en juger par la force de ses aboiements — sortait peut-être de l'ordinaire, après tout. Depuis qu'il était parti de Stovington, il avait vu de nombreux chiens crevés, mais aucun vivant. La grippe avait tué presque tous les humains, mais pas tous. Apparemment, elle avait également tué presque tous les chiens, mais pas tous.

L'animal devait avoir très peur des gens maintenant. Quand il flairerait son odeur, il s'enfoncerait probablement dans les fourrés et pousserait des aboiements hystériques jusqu'à ce que Stu quitte son territoire.

Stu remit en place les mouchoirs qu'il avait glissés sous les courroies de son sac à dos, resserra les sangles. Après trois jours de marche, ses chaussures de montagne étaient déjà passablement usées. Coiffé d'un grand feutre rouge, il portait une carabine de l'armée en bandoulière. Les mauvaises rencontres étaient peu probables, mais il avait cru bon d'emporter une arme. Au cas où il trouverait du gibier, peut-être. En fait de gibier, il avait vu cette grande biche hier. Elle était si jolie qu'il n'avait même pas eu l'idée de tirer.

Le sac lui paraissait plus léger maintenant, et il marchait bon train. Les aboiements semblaient tout proches, comme s'ils venaient de derrière le prochain tournant. Peut-être allait-il finir par voir ce chien.

S'il avait pris la 302 en direction de l'est, c'est qu'il pensait qu'elle l'amènerait tôt ou tard à la côte. Il avait conclu une sorte de pacte avec lui-même : quand j'arrive sur la côte, je décide ce que je vais faire. D'ici là, je n'y pense pas du tout. Et cette longue marche — il en était à sa quatrième journée — lui avait fait du bien. Il avait pensé emprunter une bicyclette ou une moto pour se faufiler entre les épaves qui obstruaient la route, mais il avait finalement préféré partir à pied. Il avait toujours aimé se promener en rase campagne et son corps avait terriblement besoin d'exercice. Jusqu'à ce qu'il s'évade de Stovington, il était resté enfermé pendant près de quinze jours. Il fallait qu'il se remette en forme. Tôt ou tard, il s'impatienterait de la lenteur de sa progression et il prendrait alors un vélo ou une moto. Mais, pour le moment, il était heureux d'avancer ainsi sur cette route, de regarder ce qu'il avait envie de regarder, de s'arrêter cinq minutes quand l'envie l'en prenait ou, dans l'après-midi, de faire une petite sieste en attendant que la chaleur baisse un peu. Il se sentait beaucoup mieux. Peu à peu, le souvenir de sa fuite dans ce labyrinthe s'effaçait. Au début, le seul fait d'y penser lui donnait des sueurs froides. Plus maintenant. Le plus difficile à oublier avait été cette impression d'être suivi. Les deux premières nuits sur la route, il n'avait cessé de rêver à cette dernière rencontre avec Elder, quand il était venu exécuter ses ordres. Dans ses rêves, Stu était toujours trop lent avec sa chaise. Elder reculait, évitait la chaise, appuyait sur la détente, et Stu sentait un gros gant de boxe lesté de grenaille de plomb lui défoncer la poitrine. Aucune douleur pourtant. Et le rêve reprenait sans cesse, jusqu'au matin. Il se réveillait fatigué, mais content d'être vivant, sans bien le comprendre. La nuit dernière, il n'avait pas rêvé. Ce n'était sans doute pas fini, mais peut-être son organisme évacuait-il peu à peu le poison. Peut-être ne s'en débarrasserait-il jamais totalement, mais avec le temps, il était sûr qu'il serait capable de réfléchir à ce qu'il allait faire, qu'il ait atteint la côte ou pas.

Quand il arriva au virage, le chien était là, un setter irlandais au poil acajou. Dès qu'il vit Stu, il se mit à aboyer joyeusement et courut à sa rencontre en agitant frénétiquement la queue. Ses griffes claquaient sur le bitume. L'animal fit un bond, posa les pattes de devant sur le ventre de Stu, manquant de le renverser.

— Eh là, beau chien !

En attendant sa voix, le chien se remit à aboyer de plus belle et fit un autre bond.

— Kojak ! lança une voix sévère qui fit sursauter Stu. Couché ! Laisse-le tranquille... Tu vas salir sa chemise ! Mauvais chien !

Kojak se laissa retomber et commença à tourner autour de Stu, la queue entre les jambes. Mais la queue continuait à tressaillir de joie et Stu se dit que ce chien devait être bien mauvais au poker, si les chiens jouaient au poker.

Stu vit alors le propriétaire de la voix — et sans doute de Kojak. Un homme dans la soixantaine, vêtu d'un pull-over qui avait connu des jours meilleurs, d'un vieux pantalon gris... et d'un béret. Stu n'avait encore jamais vu de béret. L'homme était assis sur un tabouret de piano et tenait à la main une palette. Devant lui, une toile sur un chevalet.

Il se leva, posa la palette sur le tabouret (Stu l'entendit marmonner dans sa barbe : « Ne va pas te rasseoir dessus ») et s'avança vers Stu en lui tendant la main. Sous son béret, ses cheveux frisés et grisonnants faisaient comme un petit coussin moelleux.

— J'espère que vous n'avez pas l'intention de jouer avec votre fusil, monsieur. Glen Bateman, à votre service.

Stu fit un pas en avant et prit la main que l'autre lui tendait (Kojak recommençait à faire des siennes, bondissait autour de Stu, mais sans oser sauter sur lui comme tout à l'heure — du moins pas encore).

— Stuart Redman. Ne vous inquiétez pas pour le fusil. J'ai pas encore vu assez de monde pour avoir envie de leur tirer dessus. En fait, j'en ai pas vu un seul, sauf vous.

— Vous aimez le caviar ?

— Jamais goûté.

— Alors, c'est le moment. Et si vous n'aimez pas, il y a autre chose. Kojak, ne recommence pas à sauter. Je sais que tu en as envie — je lis en toi comme dans un livre — mais maîtrise-toi. N'oublie jamais, Kojak, n'oublie jamais que la maîtrise de soi est la marque distinctive des classes supérieures. La maîtrise de soi !

Convaincu par cet appel à ses bons sentiments, Kojak s'assit sur son derrière, langue pendante. Un grand sourire de chien lui fendait les babines et Stu savait par expérience qu'un chien qui montre les babines est soit un chien méchant, soit un sacré bon chien. Celui-ci n'avait pas l'air d'un chien méchant.

— Je vous invite à déjeuner. Vous êtes le premier être humain que je vois, je veux dire depuis une semaine. Vous acceptez ?

— Pour sûr.

— Vous êtes du Sud, n'est-ce pas ?

— De l'est du Texas.

Bateman poussa un petit gloussement et revint à son chevalet où il était en train de peindre une médiocre aquarelle du sous-bois.

— Si j'étais vous, j'éviterais de m'asseoir sur ce tabouret, dit Stu.

— Merde, j'oubliais ! Ça ferait du joli, vous ne croyez pas ?

L'homme changea de cap et se dirigea vers une petite clairière. Stu remarqua une glacière de camping de couleur orange, à l'ombre des arbres, recouverte de ce qui semblait être une nappe blanche soigneusement pliée. Quand Bateman la déplia, Stu comprit ce que c'était.

— La nappe de la table de communion du temple baptiste de Woodsville, expliqua Bateman. J'ai décidé de lui faire prendre l'air. Et je ne pense pas qu'elle manquera beaucoup aux baptistes. Ils sont tous allés retrouver leur Jésus. Du moins, tous les baptistes de Woodsville. Ils peuvent célébrer leur communion en personne maintenant. Mais je crains fort que les baptistes ne se plaisent pas trop au ciel, à moins que la direction ne leur permette de regarder la télévision — la ciel-vision devrais-je dire — et leurs émissions débiles. Moi, je suis plutôt un vieux païen en communion avec la nature. Kojak, ne piétine pas la nappe. La maîtrise de soi, n'oublie jamais, Kojak. La maîtrise de soi, en toute chose. Passerons-nous de l'autre côté de la route pour faire un brin de toilette, monsieur Redman ?

— Appelez-moi Stu.

— C'est entendu.

Ils traversèrent la route et se lavèrent les mains dans l'eau fraîche et limpide du ruisseau. Stu se sentait heureux. La rencontre de cet homme particulier en cet instant particulier lui semblait être exactement ce qu'il lui fallait. En aval, Kojak lapait bruyamment. Puis il s'enfuit dans les bois en bondissant, jappant comme un jeune chiot. Il leva un faisan et Stu vit le plumage bariolé exploser au-dessus des broussailles. Un peu surpris, il se dit que tout irait bien en fin de compte. Tout irait bien.

Il n'apprécia pas beaucoup le caviar qui lui fit penser à de la gelée de poisson, mais Bateman avait aussi du saucisson, du salami, deux boîtes de sardines, quelques pommes un peu blettes et une grosse boîte de biscuits aux figues. Excellent pour le transit intestinal, ces biscuits aux figues, expliqua Bateman. Stu n'avait eu aucun problème de transit intestinal depuis qu'il était parti de Stovington, mais il apprécia les biscuits et en prit une bonne demi-douzaine. En fait, il s'empiffrait.

Durant le repas, servi pour l'essentiel sur des crackers, Bateman raconta à Stu qu'il avait été professeur de sociologie au collège de Woodsville. Woodsville, avait-il expliqué, était une petite ville (« célèbre pour son collège et ses quatre stations-service » avait-il précisé), à une dizaine de kilomètres. Sa femme était morte dix ans plus tôt. Ils n'avaient pas eu d'enfant. La plupart de ses collègues ne faisaient pas grand cas de lui, pas plus que lui ne faisait grand cas d'eux. « Ils pensaient que j'étais un peu cinglé. Le fait qu'ils n'aient pas eu tout à fait tort, j'en conviens, ne fit rien pour améliorer nos relations. » Il avait accueilli avec sérénité l'épidémie de super-grippe car, grâce à elle, il pouvait enfin prendre sa retraite et se consacrer totalement à la peinture, ce qu'il avait toujours voulu faire.

Avant de poursuivre son récit, il partagea en deux un quatre-quarts et tendit sa part à Stu sur une assiette de carton.

— Je suis un peintre exécrable, je l'avoue. Mais je ne peux m'empêcher de me dire qu'en ce mois de juillet personne sur terre ne peint de meilleurs paysages que Glendon Bateman, docteur ès lettres. Satisfaction facile, je l'admets, mais satisfaction quand même.

— Ce chien vous appartient depuis longtemps ?

— Non, la coïncidence aurait quand même été étonnante, ne trouvez-vous pas ? Je pense que Kojak vivait à l'autre bout de la ville. Je le voyais à l'occasion, mais j'ignorais son nom. J'ai pris la liberté de le rebaptiser. Il ne semble pas m'en vouloir. Excusez-moi un instant, je vous prie.

Il traversa la route en trottinant et Stu l'entendit patauger dans l'eau. Il revenait déjà, jambes de pantalon retroussées jusqu'aux genoux, un pack de six canettes de bière ruisselantes dans chaque main.

— Nous étions censés arroser notre déjeuner avec ce breuvage. Je suis stupide.

— Jamais trop tard, dit Stu en prenant une canette. Merci.

Ils décapsulèrent leurs canettes et Bateman leva la sienne.

— À la nôtre, Stu. Puissions-nous couler des jours heureux, le cœur en paix, sans trop souffrir du lumbago.

— Amen !

Ils trinquèrent et se mirent à boire. Stu pensa que la bière n'avait jamais eu si bon goût, et qu'elle ne l'aurait probablement jamais plus.

— Vous n'êtes pas très bavard, dit Bateman. J'espère que vous n'avez pas l'impression que je danse sur la tombe de mes semblables, pour ainsi dire.

— Non.

— En réalité, je n'aimais pas tellement mes semblables, je le reconnais volontiers. Le dernier quart du vingtième siècle avait à peu près tout le charme, pour moi du moins, d'un vieillard de quatre-vingts ans qui se meurt d'un cancer du côlon. On dit que c'est un mal qui frappe tous les peuples occidentaux quand le siècle — n'importe quel siècle — tire à sa fin. Nous n'avons cessé de nous draper dans nos voiles de deuil et de crier partout : Malheur à toi, Jérusalem... ou Cleveland, selon le cas. À la fin du quinzième siècle, nous avons eu la danse de Saint-Guy. À la fin du quatorzième, la peste bubonique — la peste noire — a décimé l'Europe. À la fin du dix-septième, ce fut le tour de la coqueluche, et à la fin du dix-neuvième, les premières épidémies connues d'influenza. Nous nous sommes tellement habitués à l'idée de la grippe — elle ne nous paraît guère plus méchante qu'un mauvais rhume, n'est-ce pas ? — que personne, sauf les historiens, ne semble savoir qu'elle n'existait pas il y a cent ans.

Stu écoutait, silencieux.

— C'est durant les trente dernières années d'un siècle que les fanatiques religieux sortent leurs faits et chiffres qui prouvent que la fin du monde est enfin arrivée. Il y a toujours de ces gens, naturellement, mais lorsque la fin d'un siècle approche, ils semblent se multiplier... Et beaucoup les prennent au sérieux. Les monstres apparaissent. Attila le Hun, Genghis Khan, Jack l'Éventreur, Lizzic Borden. À notre époque, Charles Manson et les autres. Certains collègues encore plus excentriques que moi prétendent que l'homme occidental a besoin d'une bonne purge de temps en temps, d'un formidable lavement, ce qui se produit à la fin d'un siècle pour qu'il puisse entrer dans le nouveau parfaitement propre et rempli d'optimisme. Dans le cas particulier, nous avons eu droit à un super-lavement et, quand on y pense, tout cela est parfaitement logique. Après tout, nous n'approchons pas simplement de la fin d'un siècle. Nous approchons d'un nouveau millénaire.

Bateman s'arrêta, songeur.

— Maintenant que j'y pense, je suis effectivement en train de danser sur la tombe de mes semblables. Une autre bière ?

Stu en prit une, réfléchissant à ce que Bateman venait de dire.

— Ce n'est pas vraiment la fin, dit-il au bout d'un moment. En tout cas, je ne crois pas. Juste un... entracte.

— Jolie trouvaille, en vérité. Et, maintenant, je retourne à ma peinture, si vous permettez.

— Naturellement.

— Dites-moi, avez-vous vu d'autres chiens ? demanda Bateman au moment où Kojak traversait la route en bondissant allègrement.

— Non.

— Moi non plus. Vous êtes la seule personne que j'ai vue jusqu'à présent, mais Kojak semble bien être seul de son espèce.

— S'il est vivant, il doit y en avoir d'autres.

— Pas très scientifique. Mais quelle sorte d'Américain

êtes-vous donc ? Montrez-moi un deuxième chien — de préférence une chienne — et j'accepterai votre hypothèse qu'il en existe quelque part un troisième. Mais vous ne m'en montrez qu'un et vous postulez l'existence d'un second. Ça ne colle pas, mon cher.

— J'ai vu des vaches.

— Des vaches, oui, et des cerfs. Mais les chevaux sont tous morts.

— C'est vrai, vous avez raison.

Stu avait vu plusieurs chevaux morts en cours de route. Et parfois des vaches broutaient à côté de leurs cadavres gonflés comme des ballons.

— Pourquoi ? demanda-t-il.

— Aucune idée. Nous respirons tous à peu près de la même manière. Or, il semble qu'il s'agisse essentiellement d'une maladie des voies respiratoires. Mais je me demande s'il n'y a pas un autre facteur. Les hommes, les chiens et les chevaux l'attrapent. Les vaches et les cerfs ne l'attrapent pas. Les rats ont été mal en point pendant quelque temps, mais ils semblent aller mieux à présent, continuait Bateman en mélangeant avec le plus grand sérieux des couleurs sur sa palette. On voit des chats partout, une infestation de chats, et d'après ce que j'ai pu observer, les insectes continuent à vivre comme si de rien n'était. Bien sûr, les petits faux pas que l'humanité commet ne semblent que rarement les déranger — et l'idée d'un moustique qui attraperait la grippe est tout simplement trop ridicule pour qu'on puisse la retenir. À première vue, tout cela n'a aucun sens. C'est complètement fou.

— Sûr et certain, dit Stu en ouvrant une autre canette.

Sa tête bourdonnait fort agréablement.

— Nous pouvons nous attendre à observer d'intéressantes variations dans les systèmes écologiques, reprit Bateman qui commettait l'effroyable erreur de vouloir représenter Kojak sur son aquarelle. Reste à savoir si l'*homo sapiens* sera capable de se reproduire après tout cela — c'est loin d'être sûr mais du moins nous pouvons tous essayer ensemble. En revanche, Kojak trouvera-t-il

465

jamais une compagne ? Connaîtra-t-il jamais la fierté d'être papa ?

— Mon Dieu, peut être pas.

Bateman se leva, posa sa palette sur son tabouret de piano et prit une autre bière.

— Je crois bien que vous avez raison. Sans doute y a-t-il d'autres êtres humains, d'autres chiens, d'autres chevaux. Mais beaucoup d'animaux risquent de mourir sans se reproduire. Naturellement, certains animaux appartenant à des espèces sensibles à la maladie portaient peut-être des petits quand la grippe a frappé. Peut-être existe-t-il en ce moment au États-Unis des dizaines de femmes en bonne santé — pardonnez-moi la crudité de l'expression — qui ont un polichinelle dans le tiroir. Mais certains animaux risquent tout simplement de tomber au-dessous de la masse critique. Si vous retirez les chiens de l'équation, le cerf — qui paraît immunisé — va se multiplier sans rien pour l'arrêter. Et il ne reste certainement pas suffisamment d'êtres humains pour limiter la population des cerfs. Je crois bien que la chasse va être ouverte toute l'année pendant longtemps.

— Mais les cerfs en trop, ils vont crever de faim.

— Non, pas tous, pas même la majorité. Pas ici en tout cas. Je ne saurais dire ce qui va arriver dans l'est du Texas, mais ici, en Nouvelle-Angleterre, tous les jardins poussaient parfaitement bien quand cette grippe est arrivée. Les cerfs auront beaucoup à manger cette année, et l'année suivante. Même après, nos cultures se reproduiront à l'état sauvage. Aucun cerf ne va mourir de faim avant sept ans peut-être. Si vous revenez par ici dans quelques années, mon cher Stu, les cerfs seront si nombreux que vous devrez les bousculer pour passer sur cette route.

Stu réfléchissait.

— Vous n'exagérez pas ?

— Pas que je sache. Il peut y avoir un ou plusieurs facteurs dont je ne tiens pas compte, mais bien franchement, j'en doute. Et nous pourrions prendre mon hypothèse sur l'effet d'une disparition complète ou presque complète de la population des chiens sur la population des cerfs et l'appliquer aux rapports entre d'autres espèces. Les chats se reproduisent, sans rien pour les éliminer. Que peut-on en déduire ? Eh bien, je disais que les rats avaient baissé à la bourse écologique, mais qu'ils faisaient une remontée. Si les chats sont assez nombreux, la tendance pourrait être inversée. Un monde sans rats paraît une bonne chose à première vue, mais je me pose des questions.

— Qu'est-ce que vous vouliez dire tout à l'heure, quand vous vous demandiez si les humains seraient capables de se reproduire ?

— Nous sommes en présence de deux possibilités. Au moins deux, selon moi. La première, c'est que les bébés pourraient ne pas être immunisés.

— C'est-à-dire qu'ils mourraient dès qu'ils viendraient au monde ?

— Oui, ou même *in utero*. Moins vraisemblable peut-être, mais toujours possible, la super-grippe pourrait avoir rendu stériles ceux d'entre nous qui sont encore vivants.

— C'est complètement fou.

— Alors, les oreillons aussi sont une histoire complètement folle, répliqua sèchement Glen Bateman.

— Mais si les mères des bébés qui sont... *in utero*... si les mères sont immunisées...

— Oui, dans certains cas une immunité peut se transmettre de la mère à l'enfant, exactement comme la prédisposition à la maladie d'ailleurs. Mais ce n'est pas toujours le cas. On ne peut pas en être sûr. Je pense que l'avenir des bébés actuellement *in utero* est tout à fait incertain. Leurs mères sont immunisées, c'est clair, mais les probabilités statistiques nous disent que la plupart de leurs pères ne l'étaient pas et qu'ils sont morts aujourd'hui.

— Quelle est l'autre possibilité ?

— Que nous réussirons finalement à détruire notre propre espèce, répondit calmement Bateman. Et je pense que c'est tout à fait possible. Pas tout de suite, parce que nous sommes trop dispersés. Mais l'homme est un animal social et nous allons finir par nous retrouver, ne serait-ce que pour nous raconter comment nous avons survécu à la grande peste de 1990. La plupart des sociétés qui se formeront seront vraisemblement des dictatures primitives, dirigées par des petits Césars, à moins que nous n'ayons beaucoup de chance. Quelques-unes pourront être des communautés éclairées, démocratiques, et je vais vous dire exactement de quoi auront besoin ces sociétés d'ici la fin du siècle et au début du siècle suivant : elles devront disposer d'un nombre suffisant de techniciens pour rallumer la lumière. C'est possible, c'est même tout à fait possible. Nous ne sortons pas d'une guerre nucléaire qui aurait tout détruit. Toutes les machines sont là, elles attendent que quelqu'un vienne les remettre en route — quelqu'un qui saura nettoyer les bougies, remplacer quelques roulements à billes grillés — et tout recommencera. La question se résume à savoir combien de ceux qui sont encore vivants comprennent cette technique que nous tenions tous pour acquise.

Stu sirotait sa bière.

— Vous croyez ?

— J'en suis sûr.

Bateman prit une grande lampée, se pencha en avant et fit un large sourire à Stu.

— Permettez-moi je vous prie de vous exposer une situation hypothétique, cher monsieur Stuart Redman, natif de l'est du Texas. Supposons que nous ayons une communauté A à Boston et une communauté B à Utica. Elles savent toutes les deux qu'elles existent et elles ont toutes les deux connaissance de l'état dans lequel se trouve l'autre camp. La société A s'en tire très bien. Ses membres habitent dans le quartier chic de Boston où ils vivent dans le luxe et la mollesse. Tout simplement parce qu'un de leurs membres se trouvait être réparateur pour la compagnie d'électricité. Le type en sait juste assez pour remettre en marche la centrale qui alimente le beau quartier dont je vous parlais. Il s'agit essentiellement de savoir quel disjoncteur actionner. Une fois la centrale repartie, presque tout est automatisé. Le réparateur peut apprendre aux autres membres de la société A quel levier tirer, quels cadrans surveiller. Les turbines fonctionnent au mazout, et nous en avons en abondance, pour la bonne et simple raison que tous ceux qui en consommaient autrefois sont aussi morts que ce bon Mathusalem. Ainsi donc, à Boston, du jus, il y en a. On se chauffe quand il fait froid, on s'éclaire pour lire la nuit, le réfrigérateur fonctionne et vous pouvez prendre votre scotch sur glace comme un homme civilisé. En fait, la vie n'est vraiment pas loin d'être idyllique. Pas de pollution. Pas de problèmes de drogue. Pas de problèmes raciaux. Pas de pénuries. Pas d'argent, parce que toutes les marchandises sont étalées devant vos yeux et qu'il y en a suffisamment pour qu'une société radicalement réduite dans ses effectifs ne les épuise pas avant trois siècles. Du point de vue sociologique, un tel groupe optera probablement pour une forme d'association communautaire. Pas de dictature ici. Les conditions nécessaires à l'éclosion de la dictature, la pénurie, le besoin, l'incertitude, la privation... ces conditions ne sont tout simplement pas réunies. Boston finira probablement pas être administré par une sorte de conseil municipal, comme autrefois.

Bateman fit une pause.

— La situation est totalement différente dans la communauté B, à Utica. Personne ne sait faire fonctionner la centrale. Les techniciens sont tous morts. Il faudra un bon bout de temps à ces gens pour comprendre comment faire fonctionner les choses. En attendant, ils ont froid la nuit (et l'hiver approche), ils ne mangent que des conserves, leur vie est pitoyable. Un homme fort prend la barre. Ils sont très contents de l'avoir, parce qu'ils ne savent pas quoi faire, parce qu'ils ont froid, parce qu'ils sont malades. Que *lui* prenne les décisions. Et c'est ce qu'il fait, naturellement. Il envoie quelqu'un à Boston, avec une lettre. Voudraient-ils envoyer leur gentil technicien à Utica pour les aider à remettre en marche la centrale électrique ? L'autre solution : un long et dangereux voyage vers le sud pour passer l'hiver. Alors, que fait la communauté A lorsqu'elle reçoit ce message ?

— Ils envoient le type ?

— Foutre Jésus, *non* ! Ils risqueraient de le retenir contre son gré, en fait c'est très probablement ce qui se passerait. Dans le monde post-grippal, la connaissance technologique va remplacer l'or comme le meilleur moyen d'échange. Dans ces termes, la société A est riche et la société B est pauvre. Alors, que fait la société B ?

— Ils émigrent au sud, répondit Stu en souriant. Peut-être même qu'ils vont s'installer dans l'est du Texas.

— Peut-être. On peut-être vont-ils menacer les gens de Boston de leur envoyer une ogive nucléaire sur la tête.

— Une minute. Ils ne peuvent pas mettre en route leur centrale, mais ils pourraient envoyer un missile nucléaire sur Boston ?

— Si j'étais à leur place, je n'essaierais pas de lancer un missile. J'essaierais simplement de voir comment je peux détacher l'ogive nucléaire, puis je la transporterais à Boston dans ma camionnette. Vous pensez que ça marcherait ?

— Comment voulez-vous que je sache ?

— Même si ça ne marchait pas, ce ne sont pas les armes classiques qui manquent. Et c'est le principal. Toutes ces jolies petites machines sont là par terre. Il suffit de les ramasser. Et si les communautés A et B ont toutes les deux de gentils techniciens, elles pourraient concocter un échange nucléaire à propos de vieilles histoires de religion, de territoire, de différences idéologiques. Pensez-y. Au lieu de six ou sept puissances nucléaires dans le monde, nous pouvons nous retrouver avec soixante ou soixante-dix puissances nucléaires, ici même, aux États-Unis. Si la situation était différente, je suis sûr qu'on se battrait avec des pierres et des massues. Mais le fait est que tous ces bons vieux soldats se sont évanouis et qu'ils ont laissé leurs jouets derrière eux. Ce n'est pas très drôle quand on y pense, particulièrement quand nous avons vu déjà des choses pas très drôles... Mais j'ai bien peur que ce ne soit parfaitement dans l'ordre du possible.

Le silence tomba. Au loin, Kojak aboyait dans les bois. Bientôt, le soleil allait marquer l'heure de midi.

— Vous savez, dit finalement Bateman, je suis fondamentalement enjoué. Peut-être du fait que mon seuil de satisfaction n'est pas très élevé. Ce qui m'a fait proprement détester dans ma spécialité. J'ai mes défauts : je parle trop, comme vous vous en êtes rendu compte, je suis un très mauvais peintre, comme vous l'avez vu, et j'avais coutume autrefois de jeter l'argent par les fenêtres. Les trois derniers jours du mois, il m'arrivait de ne plus pouvoir me payer autre chose que des sandwichs au beurre d'arachides. Et je m'étais fait la réputation à Woodsville d'ouvrir un compte d'épargne pour le fermer une semaine plus tard. Mais tout cela n'a jamais pu m'abattre, Stu. Excentrique mais enjoué, c'est ainsi. La seule chose qui m'a empoisonné la vie, ce sont mes rêves. Depuis que je suis enfant, je fais des rêves étonnamment réalistes. Souvent très désagréables. Quand j'étais jeune, c'était des fantômes cachés sous des ponts qui me prenaient par le pied, ou une sorcière qui me transformait en oiseau... J'ouvrais la bouche pour crier, et je me mettais à croasser comme un corbeau. Avez-vous déjà fait de mauvais rêves, Stu ?

— Parfois.

Stu pensait à Elder qui le pourchassait dans ses cauchemars, à ces corridors interminables qui revenaient toujours au même endroit, éclairés par la lumière froide des tubes fluorescents, remplis d'échos.

— Alors, vous savez ce que je veux dire. Quand j'étais adolescent, j'ai eu droit à la dose usuelle de rêves cochons, mouillés et secs, mais parfois entrecoupés de rêves dans lesquels la fille avec qui j'étais se transformait en crapaud, en serpent, ou même en cadavre putréfié. Quand je suis devenu plus vieux, j'ai rêvé d'échecs, de dégradation, de suicide, de morts accidentelles épouvantables. Dans le rêve que je faisais le plus souvent, je me voyais lentement écrasé sous le pont de graissage d'une station-service. Simple transposition du rêve du fantôme, je suppose. Je crois vraiment que ces rêves sont un simple émétique psychologique et que ceux qui les font ont finalement bien de la chance.

— Quand on peut se débarrasser de ce qui nous dérange, on risque moins de craquer.

— Précisément. Il existe toutes sortes d'interprétations des rêves, celle de Freud étant la plus connue, mais j'ai toujours cru que les rêves n'avaient qu'une simple fonction éliminatrice, et pas grand-chose d'autre — que les rêves sont le moyen qu'utilise la psyché pour se vider une bonne fois de temps en temps. Et que les gens qui ne rêvent pas — ou qui ne font pas de rêves dont ils se souviennent au réveil — sont mentalement constipés, pour ainsi dire. Après tout, la seule compensation pratique que l'on peut trouver à un cauchemar, c'est de se réveiller et de se rendre compte que ce n'était qu'un rêve.

Stu souriait.

— Mais, ces derniers temps, je fais un rêve extrêmement désagréable. Il revient souvent, comme celui où je suis écrasé sous un pont de graissage, mais celui-là n'est que de la gnognote en comparaison. Je n'ai jamais fait de rêves semblables, mais en même temps, il ressemble à tous les autres. Comme si... comme si c'était la *somme* de tous mes cauchemars. Et je me réveille avec une curieuse sensation, comme si ce n'était pas du tout un rêve, mais une vision. Je sais que ça doit vous paraître un peu dingue.

— Et qu'est-ce que vous voyez ?

— Un homme, répondit Bateman d'une voix étouffée. Du moins, je crois que c'est un homme. Il est debout sur la terrasse d'un gratte-ciel, ou peut-être au sommet d'une falaise. En tout cas, c'est si haut que tout disparaît dans la brume quand on regarde en bas. Le soleil va bientôt se coucher, mais l'homme regarde de l'autre côté, vers l'est. Parfois, on dirait qu'il porte un jeans et un blouson, mais le plus souvent, c'est une longue robe avec une capuche. Je ne peux jamais voir son visage, mais je vois bien ses yeux. Il a des yeux rouges, et j'ai l'impression qu'il me cherche, que tôt ou tard il va me trouver, ou qu'il va me forcer à venir le rejoindre... et que ce sera la mort pour moi. J'essaye de hurler, et...

Sa voix s'éteignit et, embarrassé, il haussa légèrement les épaules.

— Vous vous réveillez à ce moment-là ?

— Oui.

Kojak revenait au petit trot. Bateman se mit à le caresser tandis que Kojak engloutissait ce qui restait du quatre-quarts.

— Enfin, ce n'est qu'un rêve, je suppose, dit Bateman en se relevant.

Ses genoux craquèrent et il fit une grimace.

— Si je me faisais psychanalyser, je suppose que le psy me dirait que ce rêve exprime ma peur inconsciente qu'un chef ou plusieurs chefs recommencent tout à nouveau. Peut-être une peur de la technique en général. Car je crois que toutes les nouvelles sociétés qui naîtront, au moins dans le monde occidental, reposeront sur la technique. C'est dommage, et ce n'est pas nécessaire, mais il en sera ainsi, parce qu'elles en ont pris l'habitude. Elles ne se souviendront pas — ou décideront de ne pas se souvenir — que nous nous étions engagés dans un cul-de-sac. Les rivières polluées, le trou dans la couche d'ozone, la bombe atomique, la pollution atmosphérique. Elles se souviendront seulement qu'à une époque nous avions bien chaud la nuit, sans nous donner trop de mal. Comme vous voyez, en plus de mes autres défauts, je suis aussi un lucide. Mais ce rêve... il me ronge, Stu.

Stu ne répondit pas.

— Eh bien, je vais rentrer, dit brusquement Bateman. Je suis déjà à moitié saoul et je crois qu'il va y avoir de l'orage cet après-midi.

Il se dirigea vers la clairière et revint quelques instants plus tard avec une brouette. Il fit tourner le siège du tabouret de piano pour l'abaisser complètement, le mit dans la brouette avec sa palette, la glacière et, en équilibre précaire, sa mauvaise aquarelle.

— Vous avez fait tout ce chemin à pied avec votre matériel ?

— Je me suis arrêté quand j'ai vu quelque chose que j'avais envie de peindre. Je change d'itinéraire tous les jours. C'est un bon exercice. Si vous allez vers l'est, pourquoi ne pas passer la nuit chez moi, à Woodsville ? Vous m'aideriez à pousser la brouette et j'ai encore six canettes de bière qui prennent le frais dans le ruisseau. Nous devrions arriver chez moi en pleine forme.

— D'accord.

— Parfait. Je vais probablement parler pendant tout le chemin. Si je vous embête, dites-moi simplement de me taire. Je ne me vexerai pas.

— J'aime écouter.

— Alors, vous êtes un des élus du Seigneur. Allons-y.

Ils repartirent sur la 302, poussant la brouette à tour de rôle, tandis que l'autre se rafraîchissait le gosier. De fait, Bateman ne cessa de parler, monologue interminable qui passait d'un sujet à l'autre, pratiquement sans un instant de silence. Kojak trottait à côté de lui. Stu écoutait quelque temps, puis son esprit se mettait à battre la campagne, revenait ensuite à ce que disait le professeur. Le discours du professeur Bateman l'avait troublé, ces centaines de petites enclaves, certaines militaristes, dans un pays où des milliers d'armes d'apocalypse traînaient partout, comme des cubes abandonnés par un enfant. Mais curieusement, il revenait sans cesse au rêve de Glen Bateman, à cet homme sans visage perché au sommet du gratte-ciel — ou de la falaise —, l'homme aux yeux rouges, tournant le dos au soleil couchant, le regard braqué vers l'est.

Il se réveilla un peu avant minuit, trempé de sueur, craignant d'avoir hurlé. Mais, dans la chambre voisine, Glen Bateman respirait paisiblement. Et, dans le couloir, il pouvait voir Kojak qui dormait, la tête blottie entre ses pattes. Dans la clarté de la lune, tout paraissait irréel.

Quand il s'était réveillé, Stu était dressé sur ses coudes. Il se laissa retomber sur le drap moite et se mit un bras sur les yeux, essayant d'oublier son rêve. Mais le rêve s'obstinait à revenir.

474

Il était de retour à Stovington. Elder était mort. Tout le monde était mort. Le centre n'était plus qu'une immense tombe, remplie d'échos. Il était seul vivant, et il ne trouvait pas la sortie. Au début, il avait essayé de se maîtriser. *Marche, ne cours pas,* se disait-il sans cesse. Mais bientôt il ne pourrait plus résister à cette folle envie de regarder derrière lui pour s'assurer que seuls les échos le suivaient.

Il passait devant des portes fermées, des portes aux vitres dépolies sur lesquelles des noms étaient écrits en noir. Un chariot renversé. Le cadavre d'une infirmière, blouse blanche retroussée jusqu'aux cuisses, visage noir grimaçant qui regardait les tubes fluorescents au plafond.

Finalement, il se mettait à courir.

Plus vite, de plus en plus vite, et les portes défilaient sur les côtés, ses pieds martelaient le linoléum. Flèches orange aperçues dans un brouillard sur le blanc des murs. Pancartes. Au début, elles paraissaient normales : RADIO-LOGIE, LABORATOIRES, DÉFENSE D'ENTRER SANS LAISSER-PASSER. Puis il se trouvait dans une autre partie du centre, un endroit où il n'avait jamais été, qu'il n'avait jamais voulu voir. La peinture s'écaillait sur les murs. Certains tubes fluorescents ne fonctionnaient plus ; d'autres bourdonnaient comme des mouches prises dans une toile d'araignée. Certaines des vitres dépolies des bureaux étaient cassées et, par les trous en étoile, il voyait des corps dans des positions qui révélaient une horrible souffrance. Du sang. Ces gens n'étaient pas morts de la grippe. Ils avaient été assassinés, abattus à bout portant, lacérés à coups de couteau, assommés à coups de matraque. Et ils regardaient dans le vide avec des gros yeux de crapauds.

Il se précipitait dans un ascenseur, descendait plus bas, sortait dans un long tunnel sombre revêtu de carreaux de faïence. Au bout du tunnel, encore des bureaux, mais cette fois les portes étaient peintes en noir, le noir de la mort. Flèches rouge vif. Les tubes fluorescents clignotaient, bourdonnaient. Des pancartes : RÉSERVES DE COBALT, ARMES LASER, MISSILES, GUERRE BACTÉRIOLOGIQUE. Et puis enfin, une flèche à un endroit où le couloir faisait un coude, et un seul mot : SORTIE.

Il suivait la flèche. La porte était grande ouverte. Derrière, la nuit, son silence et ses odeurs. Il se ruait vers la porte et un homme se mettait en travers, obstruait le passage, un homme vêtu d'un jeans et d'un blouson. Stu s'arrête pétrifié. Un hurlement s'étrangle dans sa gorge avec un bruit de fer rouillé. L'homme s'avance dans la lumière clignotante des tubes fluorescents. Et là où devrait se trouver son visage, Stu ne voit qu'une ombre noire et froide, l'éclat de deux yeux rouges, deux yeux sans âme. Sans âme, mais moqueurs. C'est bien ça. Une sorte d'allégresse, de jubilation démoniaque.

L'homme noir tend les mains, et Stu voit qu'elles sont trempées de sang.

— Ciel et terre, murmure l'homme noir, et les morts sortent de ce trou vide où devrait être son visage. Tout le ciel, toute la terre.

Et Stu s'était réveillé.

Kojak poussa un gémissement et gronda doucement dans le couloir. Ses pattes tressaillirent et Stu pensa que même les chiens rêvaient. C'est une chose naturelle que de rêver, et même d'avoir parfois un cauchemar.

Mais il lui fallut longtemps pour retrouver le sommeil.

38

Au moment où l'épidémie de super-grippe touchait à sa fin, une deuxième épidémie se déclara qui dura environ quinze jours. Elle fut particulièrement virulente dans les sociétés technologiquement développées, comme les États-Unis, moins dans les pays sous-développés comme le Pérou ou le Sénégal. Aux États-Unis, la seconde épidémie emporta environ seize pour cent de ceux qui avaient survécu à la super-grippe. Au Pérou et au Sénégal, pas plus de trois pour cent. On ne crut pas utile de lui donner un nom, car les symptômes étaient extrêmement variables d'une personne à l'autre. Un sociologue comme Glen Bateman aurait pu la baptiser « mort naturelle ». Dans un sens strictement darwinien, ce fut le coup de grâce — le plus féroce de tous, auraient pu dire certains.

Sam Tauber avait cinq ans et demi. Sa mère était morte le 24 juin à l'Hôpital général de Murfreesboro, en Géorgie. Le 25, son père et sa petite sœur de deux ans, April, étaient morts eux aussi. Le 27 juin, son frère aîné, Mike, était mort à son tour, si bien que Sam était resté tout seul.

Sam était en état de choc depuis la mort de sa mère. Il errait dans les rues de Murfreesboro, mangeait quand il avait faim, pleurait parfois. Au bout d'un moment, il avait cessé de pleurer, puisque pleurer ne servait à rien. Sa maman, son papa, sa petite sœur, son grand frère ne revenaient toujours pas quand il pleurait. La nuit, il faisait d'horribles cauchemars. Papa, April et Mike mouraient, mouraient encore, le visage enflé, noir, un terrible bruit de crécelle dans leur poitrine, étouffés dans leur morve.

À dix heures moins le quart, le matin du 2 juillet, Sam s'enfonça dans un fourré de mûriers sauvages, derrière la maison de Hattie Reynolds. Hagard, les yeux vides, il zigzaguait entre les buissons presque deux fois plus grands que lui, cueillant des mûres, se barbouillant les lèvres et le menton du jus noir des petits fruits. Les épines déchiraient ses vêtements et parfois lui égratignaient la peau, mais il s'en rendait à peine compte. Des abeilles bourdonnaient paresseusement autour de lui. Il ne vit pas les vieilles planches pourries qui recouvraient le puits, à moitié enfouies au milieu des hautes herbes et des buissons. Elles cédèrent sous son poids et Sam fit une chute de plus de six mètres, jusqu'au fond tapissé de pierres où il n'y avait pas d'eau. Il se cassa les deux jambes. Il mourut vingt heures plus tard, de peur, de douleur, de faim, de déshydratation.

Irma Fayette vivait à Lodi, en Californie. C'était une demoiselle très convenable de vingt-six ans, parfaitement vierge, hantée par la peur de se faire violer. Sa vie n'avait été qu'un long cauchemar depuis le 23 juin, quand les pillards s'étaient emparés de la ville et qu'il n'y avait plus un seul policier pour les arrêter. Irma habitait une petite maison dans une rue tranquille ; sa mère y avait vécu avec elle jusqu'à ce qu'une attaque l'emporte en 1985. Quand le pillage avait commencé, avec les coups de feu, le bruit terrifiant de ces ivrognes qui fonçaient à toute vitesse sur leurs motos, Irma avait fermé à clé toutes les portes et s'était réfugiée dans la petite chambre aménagée au sous-sol. Depuis, elle remontait de temps en temps au rez-de-chaussée, furtive comme une souris, pour manger quelque chose ou faire ses besoins.

Irma n'aimait pas les gens. Si tous les habitants de la terre étaient morts, sauf elle, elle aurait été parfaitement heureuse. Mais ce n'était pas le cas. Hier encore, alors qu'elle commençait à espérer qu'il ne restait plus personne à Lodi, sauf elle, elle avait vu un sale ivrogne, un hippie en T-shirt. Et sur son T-shirt, on pouvait lire : J'AI RENONCÉ CINQ MINUTES AU SEXE ET À L'ALCOOL. J'AI BIEN FAILLI EN CREVER. L'homme se promenait dans la rue avec une bouteille de whisky à la main. Une casquette crasseuse, de longs cheveux blonds qui lui tombaient jusqu'aux épaules. Passé sous la ceinture de ses jeans très serrés, un pistolet. Bien cachée derrière un rideau, Irma l'avait suivi des yeux jusqu'à ce qu'il disparaisse. Puis elle avait filé au sous-sol où elle s'était barricadée dans la petite chambre, comme si elle venait d'échapper à quelque maléfice.

Ils n'étaient pas tous morts. S'il restait un hippie, il y en avait d'autres. Et tous étaient des violeurs. Ils allaient la violer, *elle*. Tôt ou tard, ils allaient la trouver et la violer.

Ce matin, avant que le jour se lève, elle était montée sur la pointe des pieds au grenier où les maigres possessions de son père étaient rangées dans des boîtes de carton. Son père était dans la marine marchande. Il avait abandonné la mère d'Irma à la fin des années soixante. Sa mère lui avait tout raconté, sans rien lui cacher. Son père était une brute. Il se saoulait, et quand il était saoul, il voulait la violer. Tous les hommes étaient pareils. Quand vous vous mariez, l'homme a le droit de vous violer quand il veut. Même pendant la journée. La mère d'Irma résumait toujours en quatre mots l'abandon de son mari, ces mêmes quatre mots que sa fille aurait volontiers utilisés à propos de la mort de pratiquement tous les hommes, femmes et enfants de la terre : « Pas une grande perte. »

La plupart des boîtes ne contenaient que des babioles rapportées de ports étrangers — souvenirs de Hong Kong, souvenirs de Saigon, souvenirs de Copenhague. Il y avait aussi un album de photos. La plupart montraient son père sur son bateau, parfois souriant devant l'objectif, tenant par les épaules ses camarades, des brutes épaisses eux aussi. Et là où il se terrait maintenant, il avait sans doute attrapé cette maladie qu'on appelait par ici le Grand Voyage. Pas une grande perte.

Mais il y avait aussi un coffret de bois aux charnières dorées, et dans ce coffret, un pistolet. Un 45. Il était couché sur un petit coussin de velours rouge et, dans un compartiment secret, sous le velours rouge, il y avait quelques balles. Elles étaient couvertes de vert-de-gris, mais Irma pensa qu'elles fonctionneraient quand même. Après tout, les balles sont en métal. Elles ne moisissent pas, comme le fromage.

Elle chargea le pistolet à la lumière de l'unique ampoule du grenier, enveloppée de toiles d'araignée, puis descendit prendre son petit déjeuner à la cuisine. Non, elle n'allait plus se cacher comme une souris dans son trou. Elle était armée. Les violeurs n'avaient plus qu'à bien se tenir.

L'après-midi, elle sortit une chaise et s'installa devant la porte d'entrée pour lire son livre. Un livre qui s'intitulait *Satan, maître de la planète Terre.* Une histoire macabre, mais plutôt amusante. Les pécheurs et les ingrats avaient reçu leur juste punition, comme l'annonçait le livre. Ils étaient tous morts. Sauf quelques hippies qui cherchaient des femmes pour les violer, mais elle saurait quoi faire s'ils venaient par ici. Le pistolet était à côté d'elle.

À deux heures, l'homme aux cheveux blonds revint. Il était tellement saoul qu'il tenait à peine debout. Il vit Irma et son visage s'illumina. Sans doute se félicitait-il de la chance qu'il avait de découvrir enfin une « souris ».

— Salut ! On est plus que tous les deux ! Depuis...

La terreur assombrit son visage quand il vit Irma poser son livre et braquer sur lui le 45.

— Hé, écoute, pose ce truc... il est chargé ? *Hé !*...

Irma appuya sur la détente. Le pistolet explosa, la tuant sur le coup. Pas une grande perte.

George McDougall vivait à Nyack, dans l'État de New-York. Il enseignait les mathématiques au lycée et s'était fait une spécialité des cas difficiles. Lui et sa femme étaient des catholiques pratiquants. Harriett McDougall lui avait donné onze enfants, neuf garçons et deux filles. Entre le 22 juin, quand son fils de neuf ans, Jeff, avait succombé à ce qu'on avait alors diagnostiqué comme une « grippe compliquée de pneumonie », et le 29 juin, quand sa fille Patricia, âgée de seize ans (mon Dieu ! elle était si jeune et si jolie) avait succombé à ce que tout le monde — ceux qui restaient — appelait maintenant l'Étrangleuse, il avait vu s'en aller les douze personnes qu'il aimait le plus au monde, alors que lui était en parfaite santé et se sentait en pleine forme. Au lycée, il avait souvent dit pour plaisanter qu'il était incapable de se souvenir du nom de tous ses enfants, mais l'ordre de leur disparition était maintenant gravé dans sa mémoire : Jeff, le 22, Marty et Helen, le 23, sa femme Harriett, Bill, George, Robert et Stan, le 24, Richard, le 25, Danny, le 27, Frank, le petit de trois ans, le 28 et finalement Pat — Pat qui semblait pourtant aller de mieux en mieux, jusqu'à la fin.

George avait cru qu'il allait devenir fou.

Il s'était mis à faire du jogging dix ans plus tôt, sur les conseils de son médecin. Il ne jouait pas au tennis, pas davantage au handball, payait un enfant, l'un des siens naturellement, pour tondre la pelouse et généralement se rendait en voiture au supermarché du coin quand Harriett avait besoin d'un pain. Vous prenez du poids, lui avait dit le docteur Warner. Vous commencez à avoir une vraie bouée de sauvetage. Ce n'est pas bon pour le cœur. Vous devriez faire du jogging.

Il s'était donc acheté un survêtement et s'était mis à faire du jogging tous les soirs, pas beaucoup au début, puis de plus en plus longtemps. Les premiers temps, il se sentait mal à l'aise, sûr que les voisins se tapaient le front, roulaient des yeux en le voyant. Et puis deux ou trois types qui l'avaient vu courir en arrosant leur pelouse étaient venus lui demander s'ils pouvaient se joindre à lui

— à plusieurs, on avait sans doute l'air moins ridicule. Ensuite, les deux aînés de George étaient venus grossir le groupe. Et cette équipe de joggers était devenue familière dans le quartier.

Maintenant qu'il ne restait plus personne, il continuait à faire son jogging. Tous les jours. Pendant des heures. Ce n'était qu'en courant, en se concentrant uniquement sur le bruit de ses tennis sur le trottoir, sur le balancement de ses bras, sur sa respiration sifflante mais régulière, qu'il oubliait cette impression d'être au bord de la folie. Il ne se suiciderait pas, car un catholique pratiquant sait que le suicide est un péché mortel et que Dieu avait dû l'épargner pour une raison particulière. Il courait donc. Hier, il avait couru près de six heures, jusqu'à manquer de souffle, jusqu'à l'épuisement. Il n'était plus tout jeune à cinquante et un ans et il se rendait bien compte que courir autant n'était peut-être pas très bon pour lui. Mais c'était aussi la seule chose qui puisse encore lui faire du bien.

Il s'était donc levé ce matin au petit jour, après une nuit pratiquement blanche (l'idée qui dansait perpétuellement dans sa tête était celle-ci : Jeff-Marty-Helen-Harriett-Bill-George-Robert-Stanley-Richard-Danny-Frank-Patty-et-je-croyais-qu'elle-allait-mieux), avait enfilé son survêtement. Il était sorti et s'était mis à courir dans les rues désertes de Nyack. Parfois ses pieds écrasaient des débris de verre. Une fois, il sauta par-dessus un téléviseur jeté sur le trottoir. L'écran avait explosé. Il était sorti du quartier résidentiel où tous les rideaux étaient tirés, avait vu les épaves de ces trois voitures qui s'étaient rentrées dedans au coin de la grand-rue.

Au début, il avait pris sa foulée de jogging. Mais, bientôt, il avait dû courir de plus en plus vite pour s'empêcher de penser. Plus vite, de plus en plus vite, finalement un vrai sprint, un homme de cinquante et un ans aux cheveux gris, survêtement gris, tennis blancs, fuyant dans les rues vides comme si tous les démons de l'enfer l'avaient pourchassé. À onze heures et quart, ce fut l'infarctus du myocarde, massif. Il tomba raide mort à l'angle des rues Oak et Pine, près d'une bouche d'incendie. L'expression de son visage ressemblait fort à de la gratitude.

Mme Eileen Drummond, de Clewiston, en Floride, se saoula un bon coup au peppermint DeKuyper dans l'après-midi du 2 juillet. Elle voulait se saouler, parce que ainsi elle ne penserait plus à sa famille, et le peppermint était le seul alcool qu'elle puisse avaler. La veille, elle avait trouvé un petit sachet de plastique plein de marihuana dans la chambre de sa fille de seize ans, et elle avait réussi à s'envoyer en l'air, ce qui apparemment n'avait fait qu'empirer les choses. Elle était restée assise dans son salon tout l'après-midi, complètement dans les vapes, en train de pleurer sur son album de photos.

Cet après-midi, elle but donc toute une bouteille de peppermint, eut très mal au cœur, vomit dans la salle de bain, puis alla se coucher, alluma une cigarette, s'endormit, fit brûler sa maison de fond en comble et n'eut ainsi plus jamais à penser, jamais. Le vent s'était levé et elle mit donc aussi le feu au reste de Clewiston. Pas une grande perte.

Arthur Stimson vivait à Reno, dans le Nevada. Dans l'après-midi du 29, après s'être baigné dans le lac Tahoe, il marcha sur un clou rouillé. Le pied se gangrena. Arthur comprit ce qui se passait à l'odeur et décida de s'amputer. Au beau milieu de l'opération, il perdit connaissance et mourut au bout de son sang à l'entrée du casino de Toby Harrah où il avait tenté de pratiquer l'opération.

À Swanville, dans le Maine, une fillette de dix ans, Candice Moran, tomba de sa bicyclette et mourut d'une fracture du crâne.

Milton Craslow, éleveur de Harding County, Nouveau-Mexique, se fit mordre par un serpent à sonnette et mourut une demi-heure plus tard.

À Milltown, au Kentucky, Judy Horton était très contente de la tournure que prenaient les événements. Judy, dix-sept ans, était bien faite de sa personne. Deux ans plus tôt, elle avait commis deux graves erreurs : elle s'était laissé engrosser, et elle avait laissé ses parents la convaincre de se marier avec le responsable, un bigleux qui faisait ses études d'ingénieur. À quinze ans, elle avait été flattée qu'un étudiant l'invite à sortir (même s'il n'était qu'en première année), mais jamais, au grand jamais, elle n'arriverait à se souvenir pourquoi elle avait laissé ce Waldo — Waldo Horton, quel nom dégueulasse — « en arriver à ses fins » avec elle. Et s'il fallait qu'elle se fasse engrosser, pourquoi diable par celui-là ? Judy avait également laissé Steve Phillips et Mark Collins « en arriver à leur fins » avec elle ; tous les deux faisaient partie de l'équipe de football du collège de Milltown (les Milltown Cougars, pour être exact, ran-plan-plan-pour-les-chers-bleus-et-blancs) et elle était une des majorettes de l'équipe. Il faut dire que si ce pauvre vieux Waldo Horton, quel nom dégueulasse, n'avait pas été là, elle aurait défilé en tête des majorettes dès sa première année, les doigts dans le nez. Pour en revenir au sujet, Steve ou Mark auraient fait des maris plus acceptables. Tous les deux étaient plutôt bien foutus, et Mark avait des cheveux blonds, très longs, longs comme ça, à tomber par terre. Mais c'était Waldo, ce ne pouvait être que Waldo. Elle n'avait eu qu'à consulter son agenda et faire ses petits calculs. Et si le bébé était né tout de suite, elle n'aurait même pas eu à compter. Car le bébé lui ressemblait comme deux gouttes d'eau. Dégueulasse.

Pendant deux longues années, elle avait donc dû turbiner, sales petits boulots dans les fast-foods et les motels, pendant que Waldo terminait ses études. Au point qu'elle avait fini par détester les études de Waldo, encore plus que le bébé, encore plus que Waldo. S'il voulait tellement une famille, pourquoi ne se trouvait-il pas du travail ? Elle l'avait bien fait, *elle*. Mais ses parents à elle, et les siens à lui, ne voulaient rien savoir. Sans eux, Judy aurait certainement pu le baratiner (elle lui aurait fait donner sa parole avant de lui permettre de la toucher au lit), mais les quatre vieux n'arrêtaient pas de fourrer leur nez partout. Oh, Judy, tout ira tellement mieux quand Waldo se trouvera un bon poste. Oh, Judy, tout irait tellement mieux si on te voyait plus souvent à l'église. Oh, Judy, bouffe de la merde et continue à sourire tant que tu l'auras pas avalée. Tant que tu auras pas *tout* avalé.

Et puis, la super-grippe était arrivée, la solution de tous ses problèmes. Ses parents étaient morts, son petit garçon, Petie, était mort (c'était un peu triste, mais elle s'était consolée au bout de deux jours), puis les parents de Waldo étaient morts, et finalement Waldo lui-même était mort. Enfin libre. L'idée qu'elle puisse elle aussi mourir ne lui avait jamais traversé l'esprit et de fait, elle n'était pas morte.

Ils habitaient un immense appartement un peu délabré au centre de Milltown. Ce qui avait convaincu Waldo de louer ce logement (Judy n'avait pas eu son mot à dire, bien entendu), c'était la grande chambre froide du sous-sol. Ils s'étaient installés en septembre 1988. L'appartement était au troisième étage. Et qui devait toujours aller chercher les rôtis et les steaks dans la chambre froide ? Bravo, vous avez gagné. Waldo et Petie étaient morts dans l'appartement. Les hôpitaux refusaient tout le monde, sauf les gros bonnets, et les pompes funèbres n'avaient plus de place (sales endroits de toute façon, Judy n'y aurait jamais mis les pieds), mais l'électricité fonctionnait toujours. Elle les avait donc installés dans la chambre froide, au sous-sol.

Il n'y avait plus d'électricité à Milltown depuis trois jours, mais il faisait encore relativement frais dans la chambre froide. Judy le savait, parce qu'elle allait jeter un coup d'œil sur les deux cadavres trois ou quatre fois par jour. Simplement pour voir. Quoi d'autre ? Sûrement pas pour se frotter les mains en les regardant, quand même.

Elle descendit dans l'après-midi du 2 juillet et oublia de mettre la cale de caoutchouc pour coincer la porte de la chambre froide. La porte se referma derrière elle. C'est alors qu'elle remarqua, après deux années de constantes allées et venues qu'il n'y avait pas de poignée intérieure sur la porte de la chambre froide. Il y faisait peut-être trop chaud pour geler, mais pas trop froid pour crever de faim. Si bien que Judy Horton mourut finalement en compagnie de son fils et de son mari.

Jim Lee, de Hattiesburg, dans le Mississippi, brancha toutes les prises électriques de sa maison sur une génératrice à essence, puis s'électrocuta en essayant de la mettre en marche.

Richard Hoggins, un jeune Noir, avait vécu toute sa vie à Detroit, dans le Michigan. Depuis cinq ans, il avait pris goût à une fine poudre blanche qu'il appelait « héro ». Pendant l'épidémie de super-grippe, il avait souffert de symptômes aigus de sevrage, tous les pushers et consommateurs qu'il connaissait étant morts ou partis.

En ce bel après-midi d'été, il était assis en haut d'un escalier jonché d'ordures, une bouteille tiède de 7-Up à la main, pensant qu'une piquouse, une seule petite piquouse, ne lui ferait pas de mal.

Il pensait aussi à Allie McFarlane, à ce qu'on disait sur lui dans la rue, juste avant le grand merdier. Les gens disaient que le brave Allie, le troisième dealer de Detroit, venait de recevoir de la bonne camelote. Tout allait baigner dans l'huile maintenant. Plus de cette merde brune. China White, tout le bazar.

Richie ne savait pas exactement où McFarlane avait pu stocker une aussi grosse commande — il valait mieux ne pas savoir ces choses-là — mais il avait entendu dire plusieurs fois que, si les flics arrivaient à se faire donner un mandat de perquisition pour la maison de Grosse-Pointe qu'Allie avait achetée pour son grand-oncle, Allie resterait en cabane jusqu'à ce que les poules aient des dents.

Richie décida donc d'aller se promener du côté de Grosse-Pointe. Après tout, il n'avait rien d'autre à faire.

Il trouva l'adresse d'un certain Erin D. McFarlane dans l'annuaire et se mit en route. Il faisait presque nuit lorsqu'il arriva là-bas. Il avait mal aux pieds. Il n'essaya plus de se dire qu'il s'agissait d'une simple promenade de santé ; non, il voulait se piquer, et vite.

La propriété était entourée d'un grand mur de pierre. Richie l'escalada comme une ombre, ce qui ne lui était pas très difficile dans le noir, s'entaillant les mains sur les tessons de bouteilles qui garnissaient le sommet. Lorsqu'il cassa une vitre, une alarme se mit à hurler. Il était déjà rendu au milieu de la pelouse lorsqu'il se souvint que les flics ne risquaient pas de se pointer. Il rebroussa donc chemin, fort nerveux, trempé de sueur.

L'électricité était coupée et il y avait facilement vingt pièces dans cette foutue maison. Il allait devoir attendre jusqu'au lendemain pour regarder partout. Et il lui faudrait encore trois bonnes semaines pour tout mettre à l'envers et trouver ce qu'il cherchait. À supposer que la camelote soit là. Nom de Dieu. Quelle merde. C'est foutu. Mais au moins il allait jeter un coup d'œil dans les cachettes classiques.

Dans la salle de bain du premier, il découvrit douze gros sacs de plastique remplis à craquer de poudre blanche. Ils étaient cachés dans le réservoir des w.-c., un truc vieux comme le monde. Richie les regarda, malade d'envie, pensant vaguement qu'Allie avait dû graisser pas mal de pattes s'il pouvait se permettre de laisser tout son stock dans un réservoir de chiottes. Il y avait assez de camelote là-dedans pour qu'un homme fasse cui-cui jusqu'au trente-sixième siècle, au moins.

Il emporta un sac dans la chambre principale et l'ouvrit

sur le couvre-lit. Ses mains tremblaient quand il sortit ses ustensiles et se mit au travail. Il n'eut jamais l'idée de se demander si la farine était coupée. Dans la rue, Richie n'avait jamais trouvé plus costaud que du douze pour cent. Et cette fois-là, il s'était endormi d'un sommeil si profond qu'il aurait plutôt fallu parler de coma. Ni une ni deux. Bang, et il était parti, trou noir.

Il se piqua au-dessus du coude et poussa le piston de sa burette. C'était du quatre-vingt-seize pour cent, ou presque. Une locomotive lancée à toute vitesse. Rush presque instantané. Richie tomba sur le sac d'héroïne, enfarinant le devant de sa chemise. Six minutes plus tard, il était mort.

Pas une grande perte.

39

Lloyd Henreid était à genoux. Il chantonnait en souriant. De temps en temps, il oubliait ce qu'il chantonnait, le sourire s'effaçait, il sanglotait un peu, puis il oubliait qu'il pleurait et se remettait à chantonner sa berceuse, *Dodo, dodo.* Le bloc des cellules était totalement silencieux, à part les sanglots et les dodos de Lloyd, et parfois le bruit du pied de lit raclant le sol de ciment. Lloyd essayait de retourner le corps de Trask, pour attraper la jambe. Garçon, encore un peu de salade, et un autre jarret, s'il vous plaît.

Lloyd avait l'air d'un homme qui vient de suivre un régime super-amaigrissant. Son uniforme de détenu flottait sur lui comme une voile un jour de calme plat. Son dernier repas remontait à huit jours maintenant. La peau de son visage collait sur les os, révélant tous les creux et les bosses de sa boîte crânienne. Ses yeux brillaient. Ses lèvres s'étaient retroussées, découvrant ses dents. Ses cheveux avaient commencé à tomber en grosses touffes. Il avait l'air d'un fou.

— *Dodo, dodo,* murmurait Lloyd en farfouillant avec son pied de lit.

Un jour, il s'était demandé pour quelle raison il s'était fait si mal aux doigts en voulant dévisser ce sale truc. Un autre jour, il avait cru savoir ce qu'était vraiment la faim. Mais cette faim-là n'était qu'une petite mise en appétit, comparée à ce qu'il ressentait maintenant.

— *L'enfant do... dormira... peut-être...*

Le pied de lit accrocha la jambe du pantalon de Trask, puis lâcha prise. Lloyd baissa la tête et se mit à sangloter comme un enfant. Derrière lui, jeté dans un coin, le squelette du rat qu'il avait tué dans la cellule de Trask, le 29 juin, cinq jours plus tôt. La longue queue rose du rat tenait toujours au squelette. Lloyd avait plusieurs fois essayé de la manger, mais elle était trop coriace. Il n'y avait presque plus d'eau dans la cuvette des w.-c., malgré ses efforts pour l'économiser. La cellule empestait l'urine, car il pissait dans le couloir pour ne pas polluer l'eau de la cuvette. Il n'avait pas eu besoin — ce qui était parfaitement compréhensible, compte tenu de l'extrême pauvreté de son régime alimentaire — d'aller à la selle.

Il avait mangé trop vite sa petite provision de nourriture. Il le savait maintenant. Il pensait que quelqu'un allait venir. Il n'aurait jamais cru...

Il ne voulait pas manger Trask. L'idée de manger Trask était tout simplement horrible. Hier soir encore, il avait réussi à étourdir un cafard d'un coup de savate, et il l'avait mangé vivant ; il l'avait senti courir comme un fou dans sa bouche juste avant que ses dents ne le coupent en deux. En fait, ce n'était pas si mauvais, bien meilleur que le rat en tout cas. Non, il ne voulait pas manger Trask. Il ne voulait pas devenir cannibale. Il allait simplement rapprocher Trask, le mettre à portée de sa main... au cas où. Simplement au cas où. Il avait entendu dire qu'un homme pouvait vivre très longtemps sans manger, à condition d'avoir de l'eau.

(plus beaucoup d'eau mais faut pas y penser pour le moment pas y penser pour le moment pour le moment)

Il ne voulait pas mourir. Il ne voulait pas mourir de faim. Il avait trop de haine.

Une haine qui avait grandi tranquillement au cours des trois derniers jours, en même temps que sa faim. Si son petit lapin mort depuis si longtemps avait pu penser, peut-être l'avait-il haï lui aussi (il dormait beaucoup maintenant, et son sommeil était toujours troublé par le même rêve : son lapin, le ventre gonflé, les poils collés de sa fourrure, les asticots qui grouillaient dans ses yeux et, pire que tout, ses pattes couvertes de sang ; quand il se réveillait, il regardait ses propres doigts, fasciné). La haine de Lloyd s'était concentrée sur une seule image, et cette image était LA CLÉ.

Il était enfermé. Un jour, il avait cru que c'était plutôt normal. Normal qu'on enferme un sale type. Mais non, pas *vraiment* ; c'était Poke le sale type. Sans lui, il aurait sûrement fait des conneries, mais quand même pas *ça*. Il n'était pas totalement innocent cependant. Il y avait eu George le Magnifique à Las Vegas, et puis la petite famille dans la Continental blanche — il était dans le coup, et il méritait bien qu'on l'asticote un peu. Peut-être quelques années à l'ombre. Naturellement, personne n'aime ça, mais quand on se fait prendre, faut bien payer. Comme il avait dit à l'avocat, vingt ans, ça lui paraissait juste. Mais pas la chaise électrique, ça non. L'idée de Lloyd Henreid avec de la fumée sortant de ses oreilles, c'était... c'était complètement dingue.

Mais LA CLÉ, c'était eux qui l'avaient. Voilà le problème. Ils peuvent t'enfermer et faire ce qu'ils veulent de toi.

Depuis trois jours, Lloyd commençait à percevoir confusément le pouvoir symbolique, talismanique de LA CLÉ. LA CLÉ, c'est la récompense quand tu joues le jeu. Quand tu ne joues pas le jeu, ils peuvent te foutre au trou. Comme au Monopoly, *en prison !* Passe un tour, oublie tes deux cents dollars. Et LA CLÉ donne certaines prérogatives. Ils peuvent te piquer dix années de ta vie, vingt, quarante. Ils peuvent acheter des types comme Mathers pour te casser la gueule ou les couilles. Ils peuvent même te faire sauter le caisson sur la chaise électrique.

Mais le fait d'avoir LA CLÉ ne donne quand même pas le droit de foutre le camp, de te laisser crever de faim en tôle. Pas le droit de te forcer à bouffer un rat crevé et la toile de ton matelas. Pas le droit de te laisser dans un coin où tu risques d'être obligé de bouffer le type de la cellule d'à côté (si t'arrives à l'attraper — *dodo, dodo*).

Il y a des choses qu'on peut pas faire aux gens. Quand t'as LA CLÉ, tu peux aller jusque-là, mais pas plus loin. Ils l'avaient laissé ici pour qu'il crève comme un chien, au lieu de le laisser sortir. Il n'était quand même pas un chien enragé qui allait zigouiller la première personne qu'il trouverait dans la rue, malgré tout ce que les journaux pouvaient raconter. Quelques petites conneries, c'est tout ce qu'il avait fait avant de rencontrer Poke.

Il haïssait donc, et la haine lui commandait de vivre... ou du moins d'essayer. Un moment, il avait cru que la haine et la volonté de survivre ne serviraient à rien, puisque tous ceux qui avaient LA CLÉ étaient morts de la grippe, avaient échappé à sa vengeance. Et puis, peu à peu, avec la faim, il avait compris que la grippe ne les tuerait pas, *eux*. Elle allait tuer les minables comme lui ; elle allait tuer Mathers, mais pas le salopard de maton qui avait payé Mathers, parce que le maton avait LA CLÉ. Elle n'allait pas tuer le directeur de la prison — le gardien qui lui avait dit que le directeur était malade n'était qu'un foutu menteur. Elle n'allait pas tuer les juges, les shérifs, les agents du FBI. La grippe ne touchait pas ceux qui avaient LA CLÉ. Elle n'osait pas. Mais lui, Lloyd, il allait oser. Et s'il vivait assez longtemps pour sortir de ce trou, il allait oser beaucoup.

Le pied de lit accrocha une fois de plus le pantalon de Trask.

— Viens donc, murmura Lloyd. Allez, viens. Viens par ici... *dormira peut-être... l'enfant do, dodo.*

Lentement, le cadavre de Trask glissa sur le sol de la cellule. Aucun pêcheur n'amena un thon avec plus de finesse, avec plus d'astuce que Lloyd amenant Trask. À un moment, le pantalon de Trask se déchira et Lloyd dut ferrer ailleurs. Mais finalement, son pied fut assez proche pour que Lloyd puisse l'atteindre à travers les barreaux, le prendre... s'il le voulait.

— Faut pas m'en vouloir, murmura-t-il à Trask en touchant la jambe du cadavre, en la caressant. J'ai rien contre toi. Je vais pas te bouffer, mon pote. Sauf si je suis forcé.

Il ne se rendit même pas compte qu'il avait l'eau à la bouche.

Lloyd entendit quelqu'un dans la lumière cendrée du crépuscule. Au début, le bruit était si lointain et si étrange — choc de métal contre métal — qu'il crut avoir rêvé. Depuis quelque temps, le rêve et la réalité se confondaient dans sa tête ; il passait de l'un à l'autre sans s'en rendre compte.

Mais ensuite il entendit la voix, et il se redressa d'un coup sur son lit, les yeux écarquillés, fou. La voix flottait dans les couloirs, venue de quelque part dans le bloc de l'administration, descendait par la cage d'escalier jusqu'au couloir menant au parloir, puis résonnait jusque dans le bloc central où se trouvait Lloyd. Sereine, elle poursuivait son petit bonhomme de chemin à travers les grilles doubles, arrivait finalement aux oreilles de Lloyd :

— *Oooohé ! Il y a quelqu'un ?*

Curieusement, la première idée de Lloyd fut celle-ci : *Ne réponds pas. Il va peut-être s'en aller.*

— Il y a quelqu'un ? Une fois, deux fois ?... D'accord, je m'en vais. Je vais faire un petit tour en ville.

C'est alors que Lloyd se réveilla. Il se leva d'un bond, prit le pied de lit, commença à taper frénétiquement sur les barreaux. Les vibrations remontaient le long de la barre de fer, faisaient trembler les os de sa main.

— *Non !* hurla-t-il. *Non ! Ne partez pas ! S'il vous plaît, ne partez pas !*

La voix, plus proche maintenant, descendait l'escalier.

— L'ogre vient te manger... oh, oh, quelqu'un qui a l'air d'avoir... *faim... très faim.*

Puis un petit gloussement.

Lloyd laissa tomber son pied de lit, s'agrippa des deux mains aux barreaux de sa cellule. Il entendait des pas maintenant, quelque part dans l'ombre, des pas qui avançaient tranquillement vers le bloc des cellules. Lloyd crut qu'il allait pleurer... il était sauvé... enfin... pourtant, ce n'était plus de la joie qu'il sentait dans son cœur, mais de la peur, une peur qui grandissait, qui lui disait qu'il aurait dû fermer sa gueule. Fermer ma gueule ? Mon Dieu ! Est-ce qu'il y a quelque chose de pire que de crever de faim ?

Cette idée lui fit penser à Trask qui était allongé sur le dos dans la lumière cendrée du crépuscule, une jambe passée à travers les barreaux de la cellule de Lloyd. Et il manquait un bon morceau à cette jambe. Dans la partie *charnue* de cette jambe, dans le jarret. Et il y avait aussi des marques de dents. Lloyd savait fort bien à qui appartenaient les dents qui avaient fait ces marques, mais il n'avait qu'un très vague souvenir d'avoir mangé du filet de Trask. Pourtant, un puissant sentiment d'horreur, de dégoût et de culpabilité s'empara de lui. Il se baissa et repoussa la jambe de Trask dans l'autre cellule. Puis, après avoir jeté un coup d'œil par-dessus son épaule pour s'assurer que le propriétaire de la voix n'était pas encore en vue, il tendit la main et, le visage collé contre les barreaux, tira sur la jambe du pantalon de Trask pour cacher cette vilaine chose qu'il avait faite.

Naturellement, rien ne pressait vraiment, car les grilles à l'entrée du bloc des cellules étaient fermées et le bouton n'allait sûrement pas fonctionner sans électricité. Son sauveteur allait devoir faire demi-tour pour chercher LA CLÉ. Il allait devoir...

Lloyd poussa un grognement sourd quand le moteur électrique des grilles se mit à bourdonner. Le silence du bloc des cellules amplifiait le son qui prit fin avec le familier *clic-bang !* des grilles quand elles touchaient la butée.

Puis les pas s'avancèrent tranquillement dans le couloir.

Lloyd était revenu se poster derrière sa grille après avoir rectifié la tenue de Trask. Pourtant, il recula de deux pas, sans savoir pourquoi. Il baissa les yeux et vit d'abord deux bottes poussiéreuses, deux bottes de cow-boy aux bouts pointus, aux talons usés, et il se souvint que Poke en avait de semblables.

Les bottes s'arrêtèrent devant sa cellule.

Il leva lentement les yeux, vit le jeans délavé enfoncé dans les bottes, la ceinture de cuir et la boucle de laiton (les signes du zodiaque entre deux cercles concentriques), le blouson, les badges épinglés sur les deux poches de devant du blouson — un petit bonhomme jaune tout souriant sur l'un, un cochon mort sur l'autre, un cochon avec une casquette de policier, et cette légende : VOUS AIMEZ LE COCHON ?

Au moment où les yeux de Lloyd allaient découvrir le visage de Randall Flagg, Flagg poussa un énorme *Bou !* Le bruit monta dans le silence du bloc des cellules, puis revint, fracassant. Lloyd hurla, trébucha, tomba par terre et se mit à pleurer.

— Mais non, faut pas avoir peur. Hé, mon vieux, tout va bien. Tout va plus que bien.

Lloyd sanglotait.

— Vous pouvez me faire sortir ? S'il vous plaît, faites-moi sortir. Je ne veux pas crever comme mon lapin, je ne veux pas crever comme ça, c'est pas juste, c'est à cause de Poke, moi j'aurais fait rien que des petites conneries, laissez-moi sortir, monsieur, je ferai ce que vous voulez.

— Mon pauvre vieux. À voir ta dégaine, on dirait une pub pour une semaine de vacances à Dachau.

Malgré le ton chaleureux de la voix de Flagg, Lloyd n'osait pas lever les yeux plus haut que les genoux de ce type. S'il regardait encore une fois ce visage, il allait mourir. C'était le visage d'un diable.

— S'il vous plaît, laissez-moi sortir d'ici. Je crève de faim.

— Ça fait combien de temps que tu es dans ce trou ?

— Je ne sais pas, répondit Lloyd en s'essuyant les yeux. Longtemps.

— Et pourquoi t'es pas mort ?

— J'avais quand même prévu le coup, dit Lloyd au blue jeans en rassemblant les derniers vestiges de son ancienne roublardise. J'avais gardé de la bouffe. Pas fou.

— T'aurais pas pris une bouchée de ce brave type dans la cellule d'à côté, par hasard ?

— Quoi ! croassa Lloyd. *Quoi !* Non ! Nom de Dieu, non ! Pour qui vous me prenez ? Monsieur, monsieur, s'il vous plaît...

— Sa jambe gauche a l'air pas mal plus maigre que la droite. C'est pour ça que je te demandais, mon vieux.

— Je sais vraiment rien de tout ça, murmura Lloyd en tremblant de la tête aux pieds.

— Et ce joli rat ? C'était bon ?

Lloyd se cacha la figure dans les mains et ne répondit pas.

— Comment tu t'appelles ?

Lloyd essaya de répondre, mais ne put que pousser un gémissement.

— Votre nom, soldat ?

— Lloyd Henreid.

Il essaya de penser à ce qu'il allait dire ensuite, mais tout tournait dans sa tête. Il avait eu peur quand son avocat lui avait dit qu'il risquait de monter sur la chaise électrique, mais pas aussi peur que maintenant. Il n'avait jamais eu aussi peur de sa vie.

— C'était l'idée de Poke ! hurla-t-il. C'est lui qui devrait être ici, pas moi !

— Regarde-moi bien, Lloyd.

— Non, murmura Lloyd en roulant des yeux.

— Pourquoi pas ?

— Parce que...

— Allez, vas-y !

— Parce que je crois que vous n'êtes pas réel, murmura Lloyd. Et si vous êtes réel... monsieur, si vous êtes réel, vous êtes le diable.

— Regarde-moi, Lloyd.

Épouvanté, Lloyd leva les yeux vers ce visage sombre qui grimaçait un sourire derrière les barreaux. De sa main droite, l'homme tenait quelque chose à côté de son œil droit. Quand il regarda cette chose, Lloyd eut tout à coup très chaud et très froid. On aurait dit une pierre noire, noire comme du goudron. Au centre, un éclat rouge comme un œil terrible, sanglant, mi-clos, qui regardait Lloyd. Puis Flagg fit lentement tourner la pierre entre ses doigts et l'éclat rouge prit la forme d'une... d'une clé. Flagg faisait tourner la pierre entre ses doigts. L'œil, la clé.

L'œil, la clé.

Et l'homme se mit à chanter :

— *Elle m'a donné du café... elle m'a donné du bon thé... elle m'a tout mais tout donné... mais pas la clé des champs !* Pas vrai, Lloyd ?

— Si, si, dit Lloyd d'une voix rauque.

Ses yeux étaient fixés sur la petite pierre noire. Flagg la faisait courir entre ses doigts, comme un prestidigitateur.

— Je suis sûr que tu apprécies la valeur d'une bonne clé, dit l'homme en faisant disparaître la pierre noire dans son poing, la pierre qui reparut tout à coup dans l'autre main, puis recommença à courir d'un doigt à l'autre. Je suis sûr que tu comprends. Parce que les clés sont faites pour ouvrir les portes. Et y a-t-il quelque chose de plus important dans la vie que d'ouvrir les portes, Lloyd ?

— Monsieur, je crève de faim...

— Je n'en doute pas, fit l'homme en prenant une expression de sollicitude tellement forcée qu'elle en était grotesque. Mon Dieu, un rat, il faut quand même le faire ! Tu sais ce que j'ai mangé au déjeuner ? Un formidable sandwich au rosbif bien saignant sur petit pain viennois, avec une excellente moutarde à l'estragon. Appétissant, non ?

Lloyd hocha la tête. Des larmes coulaient de ses yeux trop brillants.

— Avec en plus des frites, un grand verre de lait, et puis comme dessert... mais mon Dieu, je suis en train de te *torturer,* n'est-ce pas ? C'est très méchant. Je mérite une bonne fessée, oui, une bonne fessée. Je suis désolé. Je vais te faire sortir tout de suite, et puis on va manger quelque chose, d'accord ?

Médusé, Lloyd ne sut que répondre. Oui, l'homme à la clé était un démon, ou plus probablement encore un mirage. Et le mirage allait rester là devant sa cellule jusqu'à ce qu'il tombe raide mort, il allait lui parler tranquillement de Dieu et de Jésus, de sa moutarde à l'estragon en faisant apparaître et disparaître l'étrange pierre noire. Pourtant, l'expression de compassion qu'il lisait sur ce visage semblait bien réelle, et l'homme paraissait vraiment s'en vouloir de ce qu'il avait dit. La pierre noire disparut à nouveau dans son poing. Et quand le poing s'ouvrit, les yeux sidérés de Lloyd découvrirent une clé plate en argent dans le creux de la paume de l'étranger.

— Mon Dieu ! croassa Lloyd.

— Tu apprécies ? demanda l'homme noir, satisfait. C'est une masseuse qui m'a appris ce petit truc, une masseuse de Secaucus, dans le New Jersey. Secaucus, patrie des plus gros éleveurs de cochons du monde.

L'homme se baissa et glissa la clé dans la serrure de la cellule de Lloyd. Ce qui était étrange, car si sa mémoire fonctionnait encore (ce qui n'était à vrai dire pas tout à fait le cas), ces cellules n'avaient pas de serrures. Elles s'ouvraient et se fermaient électroniquement. Mais il ne douta pas un instant que la clé d'argent fonctionnerait.

Au moment où la clé s'enfonçait dans la serrure, Flagg s'arrêta et fit un sourire espiègle à Lloyd. Et Lloyd sentit le désespoir s'emparer de lui à nouveau. Ce n'était qu'un truc.

— Je me suis présenté ? Je m'appelle Flagg, avec deux *g*. Content de faire ta connaissance.

— Moi aussi, croassa Lloyd.

— Je pense qu'avant de t'ouvrir pour que tu ailles manger un morceau, nous devrions conclure un petit marché, Lloyd.

— Bien sûr, croassa Lloyd, et il se remit à pleurer.

— Je vais faire de toi mon bras droit, Lloyd. Tu vas devenir pareil que saint Pierre. Quand j'ouvrirai cette porte, je vais glisser les clés du royaume dans ta main. Bonne affaire, non ?

— Oui, murmura Lloyd, terrorisé.

Il faisait presque complètement noir maintenant. Flagg était à peine plus qu'une silhouette dans l'obscurité, mais ses yeux étaient encore parfaitement visibles. Ils semblaient briller dans le noir comme les yeux d'un lynx, un œil à gauche du barreau qui aboutissait à la serrure, l'autre à droite, Lloyd était terrorisé, mais il sentait autre chose aussi : une sorte d'extase religieuse. Un immense plaisir. Le plaisir d'avoir été *choisi,* d'être l'*élu.* Le sentiment d'être arrivé à... quelque chose d'autre.

— Tu voudrais te venger des types qui t'ont laissé moisir ici, pas vrai ?

— Oh, oui ! dit Lloyd en oubliant un instant sa terreur. Et il sentit la colère monter en lui, féroce.

— Pas seulement ceux-là d'ailleurs, mais tous ceux qui pourraient être capables de faire une chose pareille. C'est bien ça ? Un certain type de gens, pas vrai ? Pour ces gens-là, un homme comme toi n'est qu'une ordure. Parce qu'ils ont le pouvoir. Pour eux, un type comme toi n'a pas le droit de vivre.

— C'est exactement ça, répondit Lloyd.

La faim qui le tenaillait venait tout à coup de se transformer en autre chose. Aussi clairement que la pierre noire s'était transformée en une clé d'argent. En quelques phrases, cet homme venait d'exprimer ce qu'il sentait confusément. Non, il ne voulait pas simplement se venger du gardien — *Tiens, tiens, voilà le gros connard, le tas de merde, qu'est-ce que tu racontes, tas de merde, quelque chose à dire de rigolo ?* — car il ne s'agissait pas de lui. Le gardien avait LA CLÉ, d'accord, mais le gardien n'avait pas *fabriqué* LA CLÉ. Quelqu'un la lui avait donnée. Le directeur de la prison, pensa Lloyd, mais le directeur n'avait pas fabriqué LA CLÉ lui non plus. Lloyd voulait trouver les serruriers. Ils avaient certainement survécu à la grippe, et il allait s'occuper d'eux. Oh oui ! Comme il allait s'occuper d'eux !

— Tu sais ce que la Bible dit de ces gens-là ? demanda Flagg d'une voix douce. Elle dit que les grands seront abaissés, que les puissants seront abattus, que les orgueilleux seront brisés. Et tu sais ce qu'elle dit des gens comme toi, Lloyd ? Elle dit : Bénis soient les humbles de cœur, car ils hériteront de la terre. Et elle dit encore : Bénis soient les pauvres d'esprit, car ils verront Dieu.

Lloyd approuvait. Il approuvait et pleurait. Un instant, on aurait dit qu'une couronne de feu s'était formée autour de la tête de Flagg, jetant une lumière si vive que si Lloyd l'avait regardée trop longtemps, elle lui aurait consumé les yeux. Puis elle disparut... comme si elle n'avait jamais existé. Et sans doute n'avait-elle jamais existé, car les yeux de Lloyd n'étaient même pas éblouis.

— Évidemment, tu n'es pas très malin, dit Flagg, mais tu es le premier. Et j'ai l'impression que tu pourrais être très loyal. Toi et moi, Lloyd, nous allons faire du chemin. Le moment est venu pour les gens comme nous. Le monde s'ouvre à nous. Je n'ai besoin que d'une seule chose, ta parole.

— Ma p-parole ?

— Que nous allons marcher la main dans la main, toi et moi. Que tu ne me renieras pas, que la sentinelle ne s'endormira pas à son poste. D'autres viendront bientôt — ils font déjà route vers l'ouest — mais, pour l'instant, nous sommes seuls toi et moi. Je te donne la clé si tu me donnes ta parole.

— Je... je promets, dit Lloyd.

Et les mots parurent flotter en l'air, vibrer étrangement. Lloyd écouta cette vibration, la tête penchée sur le côté, et il put presque voir ces deux mots briller d'un éclat aussi sombre qu'une aurore boréale dans la pupille d'un mort.

Puis il les oublia quand il entendit la clé tourner dans la serrure. L'instant d'après, la serrure tombait aux pieds de Flagg dans un tourbillon de fumée.

— Tu es libre, Lloyd. Sors.

Incrédule, Lloyd toucha les barreaux avec méfiance, comme s'ils allaient le brûler ; et de fait, ils paraissaient chauds. Mais lorsqu'il poussa, la grille coulissa sans offrir de résistance, sans bruit. Lloyd regardait son sauveur, ces yeux brûlants.

Quelque chose glissait dans sa main. La clé.

— Elle est à toi maintenant, Lloyd.

— À moi ?

Flagg prit les doigts de Lloyd, les referma sur la clé... et Lloyd la sentit bouger dans sa main, la sentit *changer*. Il poussa un cri rauque et ses doigts s'ouvrirent tout seuls. La clé n'était plus là, remplacée par la pierre noire où brillait l'éclat rouge. Il la leva en l'air, la tourna dans un sens, dans l'autre. Et l'éclat rouge prenait l'apparence

d'une clé, et maintenant d'un crâne, et maintenant d'un
œil mi-clos, sanglant.

— À moi, répéta Lloyd.

Cette fois, il referma la main tout seul, serrant la pierre
de toutes ses forces.

— Allons manger quelque chose, dit Flagg. Nous
avons une longue route à faire ce soir.

— Manger... oui.

— Tant de choses nous attendent, reprit Flagg d'une
voix joyeuse. Et il faut faire très vite.

Ensemble, ils se dirigèrent vers l'escalier, laissant derrière eux les morts dans leur cellules. Quand Lloyd chan-
cela sur ses jambes, à bout de forces, Flagg le prit par le
bras pour l'aider à marcher. Lloyd se retourna et regarda
ce visage grimaçant avec une expression qui n'était plus
seulement de la gratitude. Dans ses yeux, il y avait de
l'amour.

40

Nick Andros dormait d'un sommeil agité dans le bureau du shérif Baker. Il n'avait gardé que son slip, mais il était pourtant en sueur. Avant de s'endormir la veille au soir, sa dernière pensée avait été qu'il serait mort au matin ; l'homme noir qui hantait ses rêves fiévreux allait fracasser cette fragile barrière du sommeil et l'emporter au loin.

Étrange. L'œil que Ray Booth avait écrasé dans son orbite lui avait fait mal pendant deux jours. Et puis le troisième, cette impression qu'on lui taraudait les tempes s'était évanouie, se transformant en un sourd mal de tête. Quand il regardait avec cet œil, il ne voyait rien d'autre qu'un voile noir dans lequel des ombres bougeaient parfois, ou semblaient bouger. Mais ce n'était pas son œil qui le torturait ; c'était l'éraflure que la balle avait faite le long de sa jambe.

Il n'avait pas désinfecté la plaie. Son œil lui faisait si mal qu'il n'y avait pas pensé. L'éraflure, pas très profonde, courait tout le long de sa cuisse droite, jusqu'au genou ; en se réveillant le lendemain, il avait examiné avec étonnement le trou que la balle avait fait dans son pantalon. Et le jour suivant, 30 juin, il s'était rendu compte que les bords de la plaie étaient tout rouges et que les muscles de sa jambe commençaient à lui faire mal.

En boitillant, il était allé chercher une bouteille d'eau oxygénée au cabinet de consultation du docteur Soames.

Il avait vidé tout le flacon sur la blessure, longue de plus de vingt-cinq centimètres. Autant mettre un cataplasme sur une jambe de bois. Le soir même, toute sa jambe droite lui élançait, comme une dent cariée. La plaie qui avait à peine commencé à se cicatriser était entourée d'un réseau de sillons rouges, sous la peau, les sillons rouges de la septicémie.

Le 1er juillet, il était revenu chercher de la pénicilline dans la pharmacie du docteur Soames. Il en avait trouvé un peu et, après un moment d'hésitation, avait avalé les deux comprimés d'une boîte échantillon. Il savait qu'il risquait de mourir s'il était allergique à l'antibiotique, mais la perspective de mourir de septicémie lui avait paru encore plus déplaisante. L'infection progressait très rapidement. La pénicilline ne l'avait pas tué, mais elle ne semblait pas non plus avoir apporté d'amélioration significative.

Hier à midi, il avait eu beaucoup de fièvre et il pensait avoir déliré pas mal de temps. Il avait de quoi manger, mais n'avait pas faim ; il n'avait qu'une féroce envie de boire. Et il s'était servi un verre après l'autre au distributeur d'eau distillée qui se trouvait dans le bureau de Baker. La bonbonne était presque vide lorsqu'il s'était endormi (ou évanoui) hier au soir, et Nick ne savait où s'en procurer une autre. Mais sa fièvre était si forte qu'il ne s'en préoccupait guère. Il allait bientôt mourir. Bientôt, il ne se ferait plus de soucis. L'idée de mourir ne l'enchantait pas, mais il se sentait soulagé de ne plus avoir à souffrir. Sa jambe lui faisait affreusement mal.

Il avait l'impression de ne pas avoir vraiment dormi depuis la mort de Ray Booth. Il rêvait sans cesse. On aurait dit que tous ceux qu'il avait connus durant sa vie revenaient sur scène pour un dernier rappel. Rudy Sparkman et la page blanche : *Tu es cette page blanche.* Sa mère, qui montrait les bâtons et les ronds qu'elle l'avait aidé à tracer sur une autre page blanche : *Ça veut dire Nick Andros, mon chéri. C'est toi.* Jane Baker, la tête tournée sur son oreiller, qui disait : *Johnny, mon pauvre Johnny.* Dans son rêve, le docteur Soames demandait à

John Baker d'enlever sa chemise, et Ray Booth ne cessait de crier : *Tenez-le bien... Le fils de pute m'a tapé dans les couilles... Je vais l'écrabouiller...* À la différence des autres rêves qu'il avait faits dans sa vie, cette fois Nick n'avait pas besoin de lire sur les lèvres. Il entendait ce que les gens disaient. Et ces rêves étaient incroyablement précis. Ils s'évanouissaient quand la douleur devenait si violente qu'il se réveillait presque. Puis une nouvelle scène apparaissait, et il replongeait dans le sommeil. Des personnages qu'il n'avait jamais vus figuraient dans deux de ces rêves, et ce fut de ceux-là qu'il se souvint le plus clairement à son réveil.

Il était quelque part, très haut. Un paysage s'étendait devant lui, comme une carte en relief. C'était un désert. Et dans le ciel, les étoiles avaient cet éclat brutal qu'on leur voit en altitude. Un homme était debout à côté de lui... Non, pas un homme, mais la *forme* d'un homme. Comme si l'on avait découpé sa silhouette dans le tissu de la réalité et que ce qui se trouvait à côté de Nick fût en fait le négatif d'un homme, un trou noir avec la forme d'un homme. Et la voix de cette forme murmurait : *Tout ce que tu vois sera à toi si tu tombes à genoux pour m'adorer.* Nick secouait la tête, voulait s'éloigner de cet horrible précipice. La forme allait étendre ses bras noirs pour le précipiter dans le vide.

Pourquoi ne parles-tu pas ? Pourquoi secoues-tu toujours la tête ?

Dans son rêve, Nick avait esquissé le geste qu'il avait fait tant de fois dans sa vie : un doigt sur les lèvres, puis en travers de sa gorge... et il s'était entendu dire d'une voix parfaitement claire, agréable même : « Je ne peux pas parler. Je suis muet. »

Tu peux. Si tu veux, tu peux.

Alors Nick tendait la main pour toucher la forme, sa peur momentanément balayée par une joie délirante. Mais comme sa main approchait de l'épaule de la silhouette, elle devenait glacée, si froide qu'il croyait s'être brûlé. Il la retirait d'un coup et voyait des cristaux de glace se former sur les jointures. Et il s'apercevait alors qu'il entendait. La voix de la forme noire ; le cri lointain d'un oiseau de nuit ; le hululement du vent. La surprise le rendait muet à nouveau. Le monde prenait une nouvelle dimension qui ne lui avait jamais manqué jusque-là car il ne l'avait jamais connue. À présent, tout trouvait sa place. Il entendait des *sons*. Il savait ce qu'était chacun de ces sons, sans qu'on le lui ait jamais dit. De jolis *sons*. Il passait ses doigts sur sa chemise et s'étonnait du crissement de ses ongles sur la toile de coton.

Puis l'homme noir se tournait vers lui, et Nick avait terriblement peur. Cette créature, cette chose, ne faisait pas gratuitement ces miracles.

... si tu tombes à genoux pour m'adorer.

Nick se couvrait le visage de ses mains, car il désirait toutes ces choses que la forme noire lui avait montrées du haut de ce lieu désertique : les villes, les femmes, les trésors, le pouvoir. Mais surtout, il voulait entendre le son fascinant de ses ongles sur sa chemise, le tic-tac d'une pendule dans une maison déserte après minuit, le bruit secret de la pluie.

Mais il disait *non* et ce froid glacé s'emparait alors à nouveau de lui, et on le poussait, il tombait et tombait encore, hurlait sans un bruit en culbutant dans cet abîme ténébreux, en culbutant dans l'odeur du...

... maïs ?

Oui, du maïs. C'était l'autre rêve qui s'imbriquait avec le premier, différent et pourtant indissociable. Nick se trouvait au milieu d'un champ de maïs, de maïs vert, et l'odeur était celle de la terre en été, du fumier, des choses qui poussent. Il se levait et remontait le rang. Puis il s'arrêtait un instant quand il comprenait que ce qu'il entendait était le doux hennissement du vent dans le maïs vert de juillet, dans les feuilles coupantes comme des glaives... et autre chose aussi.

De la musique ?

Oui — une sorte de musique. Et, dans son rêve, il pensait : « C'était *ça* ce qu'ils voulaient dire. » Le son montait juste en face de lui et il s'avançait pour voir si cette succession de jolis sons provenait de ce qu'ils appelaient un « piano », une « flûte », un « violoncelle » ou autre chose encore.

La chaude odeur de l'été dans ses narines, le bleu aveuglant du ciel dans ses yeux, et ces sons, si beaux. Dans son rêve, Nick n'avait jamais été aussi heureux. Et comme il s'approchait de la source de cette musique, une voix s'élevait, une vieille voix éraillée comme une courroie de cuir qui a beaucoup servi.

Je suis seule dans le jardin
Quand la rosée perle encore sur les roses
Et j'entends une voix qui doucement murmure
Le fils... de Dieu... te livre sa parole
Et il marche avec moi, il me parle à l'oreille
Me dit que je suis sienne
Et nous vient à tous deux une joie indicible
Une joie que nul... nul autre... nul n'a jamais connue.

À la fin du couplet, Nick arrivait en haut du rang et découvrait dans une clairière une petite maison, une cabane plutôt. À gauche, un fût de métal rouillé pour les ordures ; à droite, une balançoire faite avec un vieux pneu suspendu par une corde à une branche d'arbre. Une petite galerie de bois s'avançait devant la maison, une galerie branlante que soutenaient des vérins tachés de graisse. Les fenêtres étaient ouvertes et des rideaux blancs en lambeaux flottaient, agités par le doux vent d'été. Sur le toit se dressait, toute penchée, une cheminée de tôle galvanisée, cabossée, noire de suie. La maison était tapie dans sa clairière et le maïs s'étendait à perte de vue dans toutes les directions, sauf au nord où le champ de maïs était coupé par une route de terre qui s'évanouissait très loin à l'horizon. C'était toujours alors que Nick savait où il était : comté de Polk, dans le Nebraska, à l'ouest d'Omaha, un peu au nord d'Osceola. Au bout de la route de terre, c'était la nationale 30 qui conduisait à Columbus, sur la rive nord de la Platte.

La plus vieille femme de l'Amérique est assise sur la galerie, une Noire aux cheveux blancs cotonneux — toute menue dans sa robe-tablier, elle porte des lunettes. Si menue que le grand vent de l'après-midi pourrait l'emporter comme un fétu de paille dans l'immense ciel bleu, l'emporter peut-être jusqu'à Julesburg, au Colorado. Et l'instrument dont elle joue (peut-être est-ce lui qui la retient sur terre) est une « guitare », et Nick pense dans son rêve : *C'est donc ça le bruit d'une « guitare ». Joli.* Il sent qu'il pourrait rester là toute la journée à regarder la vieille dame assise sur sa galerie que soutiennent des vérins tachés de graisse au milieu de tout ce maïs, rester ici à l'ouest d'Omaha, un peu au nord d'Osceola, dans le comté de Polk, à l'écouter. Le visage de la femme est sillonné d'un million de rides, comme une carte de géographie — rivières et canyons sur le cuir brun de ses joues, cordillères sous la bosse de son menton, moraine sinueuse à la base de son front, grottes de ses yeux.

Elle a recommencé à chanter en s'accompagnant sur sa vieille guitare.

Oh, Jésus, pourquoi ne viens-tu pas,
Jésus, Jésus, pourquoi ne viens-tu pas ?
Car maintenant... le temps des grands malheurs
Maintenant... maintenant le temps presse
Maintenant... le temps des grandes douleurs...

Hé, petit, pourquoi tu restes planté comme un piquet ?
Elle couche la guitare sur ses genoux comme un bébé et lui fait signe d'avancer. Nick s'avance. Il dit qu'il voulait simplement l'écouter chanter, que sa chanson était très belle.

Eh bien, petit, c'est la folie de Dieu, je chante presque toute la journée à présent... et comment t'entends-tu avec cet homme noir ?

Il me fait peur. J'ai peur...

Pour sûr, petit, pour sûr que tu peux avoir peur. Même un arbre peut faire peur quand la nuit tombe, si tu sais regarder. Nous sommes tous mortels, loué soit Dieu.

Mais comment lui dire maintenant ? Comment...

Comment respires-tu ? Comment rêves-tu ? Personne

ne sait. Mais viens me voir quand tu veux. On m'appelle
mère Abigaël. Je suis sans doute la plus vieille femme de
ce coin du monde, mais je fais encore mes crêpes moi-
même. Viens me voir quand tu veux, petit, et amène tes
amis.

Comment m'en sortir ?

Dieu te protège, petit, personne ne s'en sort jamais.
Fais de ton mieux et viens voir mère Abigaël chaque fois
que le cœur t'en dit. Je serai ici, sans doute ; je ne bouge
plus beaucoup. Viens me voir. Je serai...

— *ici, serai ici...*

Il se réveillait peu à peu, jusqu'à ce que disparaissent
le Nebraska, l'odeur du maïs, le visage ridé de mère Abigaël, et que se dessine en filigrane, de plus en plus net,
le monde réel qui finissait par recouvrir de sa trame le
monde du rêve.

Il était à Shoyo, dans l'Arkansas, il s'appelait Nick
Andros, il n'avait jamais parlé ni entendu le son d'une
« guitare »..: mais il était toujours vivant.

Il s'assit sur le lit, regarda sa blessure. Elle était moins
enflée. Elle lui faisait moins mal. Je suis en train de guérir. Je crois que tout va s'arranger.

Il se leva et s'approcha en boitant de la fenêtre. Sa
jambe était encore raide, mais il savait que cette raideur
disparaîtrait avec un peu d'exercice. Il regarda la ville
silencieuse qui n'était plus Shoyo mais le cadavre de
Shoyo, et il sut qu'il devait partir le jour même. Il ne
pourrait aller bien loin, mais au moins il partirait.

Où aller ? Il croyait le savoir. Les rêves ne sont que
des rêves, mais rien ne l'empêchait de prendre la direction
du nord-ouest, vers le Nebraska.

Nick sortit de la ville à bicyclette, vers une heure et
quart de l'après-midi, le 3 juillet. Le matin, il avait fait

son sac : quelques comprimés de pénicilline, au cas où il en aurait besoin, des conserves — surtout des boîtes de velouté de tomates Campbell et de raviolis Boyardee, ses marques favorites. Une gourde et plusieurs boîtes de balles pour son pistolet.

Il était allé fouiller dans les garages des maisons désertes jusqu'à ce qu'il trouve une bicyclette dix vitesses à peu près à sa taille. Prudemment, il descendit la grand-rue sur son vélo, pas trop vite, et petit à petit sa jambe blessée prit la cadence. Il se dirigeait vers l'ouest, suivi de son ombre. À la sortie de la petite ville, il passa devant de jolies maisons qui gardaient leur fraîcheur à l'ombre de leurs rideaux tirés jusqu'à la fin des temps.

Cette nuit-là, il campa dans une ferme à quinze kilomètres à l'ouest de Shoyo. Le lendemain, le 4 juillet, il était presque arrivé à Oklahoma quand la nuit tomba. Avant de se coucher dans une autre ferme, debout dans la cour, les yeux levés au ciel, il vit une pluie d'étoiles filantes qui égratignaient la nuit de leurs feux glacés. Et il pensa qu'il n'avait jamais rien vu de plus beau. Qu'importe ce qui l'attendait, il était heureux de vivre.

41

La lumière du jour et le chant des oiseaux réveillèrent Larry à huit heures et demie. Il n'en revenait pas. Chaque matin depuis que lui et Rita avaient quitté New York, c'était la même chose : la lumière du soleil et le chant des oiseaux. Et comme attraction supplémentaire, en prime si vous voulez, l'air sentait bon, sentait frais. Même Rita s'en était aperçue. Et ils se disaient : on ne peut pas rêver mieux. Et pourtant, tout allait de mieux en mieux. Au point de se demander ce qu'on avait bien pu foutre avec la planète avant l'épidémie. De se demander si c'était ainsi que l'air avait *toujours* senti dans le Minnesota, l'Oregon, ou sur le versant ouest des Rocheuses.

Allongé dans sa moitié du double sac de couchage, sous la petite tente qu'ils avaient trouvée à Passaie dans la matinée du 2 juillet, Larry se souvenait du jour où Al Spellman, un des musiciens des Tattered Remnants, avait essayé de le persuader de partir en camping avec lui et deux ou trois autres types. Ils passeraient la première nuit à Las Vegas, puis continueraient jusqu'à Loveland, au Colorado, où ils resteraient cinq ou six jours en pleine nature.

— Tu me fais chier avec ton ivresse des montagnes, avait répondu Larry, ton truc, c'est pas pour moi. Vous allez rentrer bouffés par les moustiques, et à force de chier dans le bois, les orties vont vous foutre le cul en flammes. Maintenant, si vous changez d'avis et si vous décidez de camper cinq ou six jours dans un casino de Las Vegas, donne-moi un coup de fil.

Peut-être avaient-ils connu ce qu'il connaissait maintenant. Tout seul, personne pour vous emmerder (sauf Rita, qui ne l'emmerdait pas tant que ça, tout compte fait), l'air frais, le sommeil du juste, sans se retourner cent sept fois dans son lit. Bang, à poings fermés, comme si quelqu'un te donnait un coup de massue sur la tête. Pas de problèmes, pas de questions, sauf savoir où aller le lendemain. Plutôt sympa.

Ce matin, à Bennington dans le Vermont, en bordure de la nationale 9 qui les conduisait plein est vers la mer, ce n'était pas un matin comme les autres. C'était le 4 juillet, fête nationale des États-Unis d'Amérique, fichtre.

Il s'assit sans sortir du sac de couchage et regarda Rita. Mais elle était encore hors d'usage. On ne voyait que le contour de son corps sous le sac, plus une touffe de cheveux. Bon. Il allait lui préparer un petit réveil en fanfare ce matin.

Larry fit glisser la fermeture de son côté du sac et sortit, nu comme un ver. Il eut d'abord la chair de poule, mais il faisait déjà assez chaud, à peu près vingt degrés, pensa-t-il. Encore un autre jour du tonnerre. Il rampa hors de la tente et se releva.

La Harley-Davidson 1200 cc attendait tout près, une belle machine noire, vraiment splendide avec tous ses chromes. Comme le sac de couchage et la tente, c'est à Passaic qu'ils l'avaient trouvée. Ils avaient déjà consommé trois voitures, deux abandonnées dans d'invraisemblables embouteillages, la troisième embourbée à la sortie de Nutley, quand Larry avait essayé de contourner deux camions qui s'étaient heurtés de plein fouet. Solution : la moto qui pouvait se faufiler entre les obstacles. Et si la route était complètement bouchée, on pouvait toujours rouler sur la voie d'urgence ou sur le trottoir. Rita n'aimait pas trop — elle était nerveuse sur le siège arrière et s'accrochait désespérément à Larry — mais elle avait bien dû admettre que c'était la seule solution pratique. Le dernier embouteillage de l'humanité souffrante avait été une réussite totale. Depuis qu'ils avaient quitté Passaic, ils roulaient en rase campagne. Dans la soirée du 2 juillet, ils avaient retraversé la frontière de l'État de New York et monté leur tente à la sortie de Quarryville, dans le décor mystérieux et paisible des monts Catskills. Ils avaient pris à l'est dans l'après-midi du 3, pour entrer dans le Vermont à la tombée de la nuit. Et c'est là qu'ils étaient maintenant, à Bennington.

Ils avaient campé sur une petite colline, à la sortie de la ville, et maintenant Larry pissait à côté de la moto, tout nu. Il regardait autour de lui, s'émerveillait de ce paysage de carte postale. Au fond de la vallée, une petite ville de Nouvelle-Angleterre. Deux jolies églises blanches dont les clochers semblaient vouloir piquer le ciel bleu du matin ; un collège, vieille bâtisse de pierre grise tapissée de lierre ; une filature ; deux petites écoles en brique rouge ; des arbres partout, dans leur robe d'été. Seule chose qui ne collait pas tout à fait dans le tableau : les cheminées de la filature ne fumaient plus et l'on voyait un grand nombre de minuscules voitures garées dans tous les sens sur la rue principale. Mais dans le soleil et le silence (troublé, il est vrai, par un occasionnel gazouillement d'oiseau), Larry aurait pu partager les sentiments de feu Irma Fayette, s'il avait connu la charmante dame : pas une grande perte.

Sauf que c'était le 4 juillet, et qu'il se sentait toujours américain dans l'âme.

Il se racla la gorge, cracha, fredonna quelques notes pour trouver le ton. Il prit une profonde respiration, sentit la petite brise du matin caresser sa poitrine et ses fesses nues, puis il entonna l'hymne national :

Oh ! Say, can you see,
by the dawn's early light,
What so proudly we hailed,
at the twilight's last gleaming ?...

Il le chanta du début jusqu'à la fin, debout face à la ville de Bennington, agrémentant le dernier couplet d'un petit trémoussement du bassin à l'intention de Rita qui avait sûrement sorti la tête de la tente pour le regarder.

Puis il salua ce qu'il croyait être le palais de justice de Bennington et se retourna, pensant que le meilleur moyen de célébrer le début d'une nouvelle année d'indépendance dans ces bons vieux États-Unis d'Amérique serait sans doute une bonne partie de baise à l'américaine.

— Larry Underwood, enfant de la patrie, vous souhaite le b...

Mais la tente était toujours fermée. Bon Dieu, qu'elle est agaçante, pensa-t-il. Mais il chassa aussitôt cette idée. Elle n'était pas toujours sur la même longueur d'onde que lui, voilà tout. Il n'avait qu'à l'accepter et mettre son mouchoir par-dessus. C'est comme ça, les relations entre adultes. À vrai dire, il faisait de son mieux avec Rita depuis l'horrible histoire du tunnel, et il avait l'impression de s'en sortir plutôt bien.

Il fallait qu'il se mette à sa place, c'était ça le secret. Il fallait admettre qu'elle était beaucoup plus vieille que lui, qu'elle avait pris l'habitude d'une vie facile. Bien naturel qu'elle ait du mal à s'adapter à un monde complètement chamboulé. Les pilules, par exemple. Il n'avait pas été trop content de découvrir qu'elle avait apporté toute sa foutue pharmacie, plus un pot de vaseline. Des pilules jaunes, des noires, des bleues, et puis un truc qu'elle appelait « mes petits pétards ». Les petits pétards étaient rouges. Trois avec un bon coup de tequila, et vous aviez la tremblote pour le restant de la journée. Il n'aimait pas trop, parce qu'à jouer comme ça aux montagnes russes avec sa cervelle, elle allait finir par se faire sauter les plombs. Il n'aimait pas trop non plus parce que, si on regardait bien au fond de la casserole, c'était en fait une gifle qu'elle lui donnait en pleine gueule, non ? Pourquoi était-elle si nerveuse ? Pourquoi avait-elle du mal à s'endormir ? Ça, il n'en savait rien, fichtrement rien. Est-ce qu'il ne s'occupait pas d'elle ? Pour s'en occuper, il s'en occupait.

Il s'avança vers la tente, hésita un instant. Peut-être

fallait-il la laisser dormir. Peut-être était-elle complètement crevée. Mais...

Il jeta un coup d'œil à ce bon vieux Popaul qui battait furieusement la mesure. Non, Popaul n'était pas d'humeur à la laisser dormir. L'hymne national l'avait mis dans une forme superbe. Larry ouvrit donc la tente et se glissa à l'intérieur.

— Rita ?

Il s'en rendit compte aussitôt, après l'air vif et pur du petit matin ; il devait être encore à moitié endormi tout à l'heure pour ne pas l'avoir remarqué. L'odeur n'était pas très forte, car la tente était assez bien aérée. Mais on ne pouvait pas s'y tromper : c'était l'odeur aigre-douce du vomi, de la maladie.

— Rita ?

Il eut peur tout à coup de la voir couchée dans cette position. Une touffe de cheveux qui sortait du sac de couchage, rien d'autre. Il s'approcha d'elle à quatre pattes. L'odeur de vomi était plus forte. Il avait mal au cœur.

— Rita, ça va ? Réveille-toi, Rita !

Aucun mouvement.

Il la fit rouler sur le côté. Le sac de couchage était à moitié ouvert, comme si elle avait essayé d'en sortir en pleine nuit, comprenant peut-être ce qui lui arrivait. Et lui, il dormait paisiblement à côté d'elle, perdu dans ses rêves champêtres. Un flacon de comprimés s'échappa de la main de Rita. Derrière ses paupières mi-closes, ses yeux ressemblaient à deux billes vitreuses. Sa bouche était pleine du vomi vert qui l'avait étouffée.

Longtemps il regarda ce visage de morte, longtemps. Ils étaient presque nez à nez et il faisait de plus en plus chaud sous la tente, comme dans un grenier en plein mois d'août, avant que l'orage n'éclate. Il avait l'impression que sa tête gonflait comme un ballon. La bouche de Rita était pleine de cette saloperie. Il n'arrivait pas à détourner les yeux. Et une question trottait dans sa tête, comme un petit lapin mécanique : *Combien de temps j'ai dormi comme ça à côté d'elle ?* Dégoûtant. Absolument dégoûtant.

Et tout à coup il se rua hors de la tente, à quatre pattes sur le tapis de sol, s'éraflant les deux genoux sur les pierres quand il sortit. Il crut qu'il allait vomir. Il avait horreur de vomir. *Et j'allais la BAISER !* Tout remonta finalement, sans hâte, une petite flaque fumante qui ne sentait pas très bon. Un sale goût dans la bouche et dans le nez.

Il pensa à elle presque toute la matinée. Dans une certaine mesure, il se sentait soulagé, dans une grande mesure pour être bien franc. Mais jamais il n'oserait l'avouer. Car c'était la confirmation de tout ce que sa mère disait de lui, sa mère et aussi Wayne Stukey, et même cette espèce de folle d'hygiéniste dentaire.

— Je suis un sale type, dit-il à haute voix, et il se sentit mieux.

Car ainsi il était plus facile de voir la vérité en face. Il avait conclu un pacte avec lui-même, dans un obscur recoin de son subconscient. Il avait décidé qu'il s'occuperait d'elle. Peut-être était-il un sale type, mais il n'était certainement pas un assassin. Dans le tunnel, il avait failli l'assassiner. Il avait donc bien fallu qu'il s'occupe d'elle. Plus question de l'engueuler quand elle lui cassait les pieds — comme cette manière qu'elle avait de s'accrocher à lui sur la Harley, on aurait cru King Kong — non, il ne devait plus l'engueuler, même si elle l'emmerdait, même si elle était parfois complètement conne. Comme hier soir. Elle avait mis des petits pois à chauffer dans la braise sans percer la boîte de conserve. Il l'avait repêchée, déjà toute noircie, le couvercle bombé, à peu près trois secondes avant qu'elle n'explose comme une bombe. Un peu de malchance, et ils auraient eu tous les deux les yeux crevés. Est-ce qu'il l'avait engueulée ? Non. Pas un mot. Il avait pris ça à la rigolade. Même chose avec les pilules. Après tout, les pilules, c'était ses oignons.

Tu aurais peut-être dû lui en parler. Elle attendait peut-être que tu lui en parles.

— On n'était pas là pour faire de la thérapie de groupe, dit-il tout haut.

Il fallait survivre. Et elle n'avait pas pu s'en tirer. Peut-être le savait-elle dès ce jour, à Central Park, quand elle avait tiré sur ce cerisier du Japon avec un minable 32 qui aurait parfaitement pu lui sauter dans la main. Peut-être...

— Peut-être, *et merde !*

Larry eut envie de boire un peu d'eau, mais la gourde était vide. Et il avait toujours ce goût dégueulasse dans la bouche. Peut-être que le pays était rempli de gens comme elle. La grippe n'avait sûrement pas épargné que les plus solides ; sûrement pas. Il y avait certainement quelque part un jeune type, bien costaud, immunisé contre la grippe, mais en train de crever d'une petite amygdalite.

Larry était assis au bord de la route. Devant lui, les collines du Vermont se réveillaient dans la brume dorée du matin. Par beau temps, on devait voir vachement loin. Un petit muret bordait la route. Devant, quelques bouteilles de bière cassées. Une vieille capote anglaise. Sûrement des jeunes qui venaient ici regarder le coucher du soleil, quand les lumières de la ville commençaient à s'allumer tout en bas. D'abord un peu de romantisme comtemplatif, et puis ensuite une bonne partie de cul. Une BPC, comme on disait dans le temps.

Alors, pourquoi se cherchait-il des poux dans la tête ? Il voyait la vérité en face, non ? Oui. Et le pire de cette vérité, c'est qu'il se sentait soulagé. Il s'était débarrassé d'un boulet.

Non, le pire, c'est d'être seul. Le pire, c'est la solitude.

Pas très original, mais vrai. Il aurait voulu partager cette pensée avec quelqu'un, quelqu'un à qui il aurait pu dire : *Par beau temps, on doit voir vachement loin.* Mais la seule compagnie qu'il avait était un cadavre allongé dans une tente, un ou deux kilomètres plus loin, la bouche plein de dégueulis vert. Raide. Couvert de mouches.

Le front sur les genoux, Larry ferma les yeux. Non, il n'allait pas pleurer. Il avait horreur de pleurer, presque autant qu'il avait horreur de vomir.

Finalement, il se dégonfla. Il n'était pas capable de l'enterrer. Pour se donner du courage, il avait bien essayé de penser à des choses plutôt dégueulasses — les asticots, les scarabées, les marmottes qui allaient venir la flairer, la grignoter, l'horreur de penser qu'un être humain en laissait un autre derrière lui, comme un papier de bonbon, comme une vieille bouteille de Pepsi. Mais était-ce bien légal de vouloir l'enterrer ? À vrai dire (et il disait la vérité maintenant, non ?), il savait parfaitement que ce n'était qu'une excuse pour se défiler. Il se voyait descendre à Bennington, entrer dans la quincaillerie du coin, prendre une pelle et une pioche ; il pouvait même se voir revenir ici où tout était si beau et si calme, creuser une tombe quelque part. Mais rentrer dans cette tente (qui devait maintenant sentir comme les toilettes de Central Park où le bonhomme allait rester assis sur son siège jusqu'à la fin des temps), ouvrir la fermeture du sac de couchage, la sortir de là, toute raide, ou peut-être flasque, la traîner jusqu'au trou en la prenant sous les bras, la faire tomber dedans, reboucher le trou, voir la terre s'écraser sur ses jambes blanches aux veines variqueuses, recouvrir ses cheveux...

Beurk... J'ai bien l'impression que je vais passer pour cette fois. Je suis trouillard, d'accord. Et après ?

Il revint à la tente avec un long bâton, prit une profonde respiration, ouvrit la tente et pêcha ses vêtements à l'intérieur. Puis il recula et s'habilla. Une autre grande respiration, et cette fois ce fut le tour de ses bottes. Il s'assit sur un tronc d'arbre et les enfila.

Ses vêtements étaient imprégnés de l'odeur de vomi.

— Merde, murmura-t-il.

Il la voyait, à moitié sortie du sac de couchage, la main tendue, presque refermée, comme si elle tenait encore le flacon de pilules. Ses yeux mi-clos fixés sur lui semblaient lui lancer des reproches. Il repensa au tunnel, au mort vivant qu'il avait cru voir marcher. Et il se dépêcha de refermer le rabat de la tente avec son bâton.

Mais il sentait encore son odeur sur lui.

Si bien qu'il s'arrêta quand même à Bennington, en fin

de compte. Une escale dans un magasin de vêtements pour hommes où il choisit une nouvelle tenue, plus quatre paires de chaussettes et des slips. Il trouva même une paire de bottes neuves. Dans le miroir où il se regardait, il voyait derrière lui le magasin vide et la Harley appuyée sur sa béquille, à côté du trottoir.

— Pas mal du tout, murmura-t-il. Plutôt chouette.

Mais personne n'était là pour admirer son bon goût.

Il sortit du magasin et fit démarrer la Harley. Il aurait sans doute pu s'arrêter à la quincaillerie. Le type vendait sûrement du matériel de camping pour les touristes. Il aurait pu y trouver une tente et un autre sac de couchage. Mais, pour le moment, il n'avait qu'une envie, s'en aller. Il s'arrêterait un peu plus loin.

Au moment de sortir de la petite ville, il leva la tête et vit l'endroit où il était assis tout à l'heure. Mais la tente était invisible. Et c'était aussi bien comme ça, c'était...

Larry regarda devant lui et tout à coup sentit sa gorge se serrer. Une camionnette qui remorquait un van avait fait une embardée pour éviter une voiture. Le van s'était renversé. Larry serait entré dedans s'il n'avait pas tourné la tête à temps.

Un coup de guidon sur la droite, et sa botte toute neuve frotta sur l'asphalte. Il faillit passer, mais le repose-pied gauche accrocha le pare-chocs arrière de la camionnette. Larry alla atterrir quelques mètres plus loin. La Harley se coucha, hoqueta quelques instants derrière lui, puis cala.

— Ça va ? se demanda-t-il à haute voix.

Il faisait du trente à l'heure à peu près. Heureusement que Rita n'était pas avec lui. Elle aurait piqué sa crise. Naturellement, si Rita avait été avec lui, il n'aurait pas tourné la tête. Il aurait regardé devant lui.

— Ça va, se répondit-il.

Mais il n'en était pas trop sûr. Il s'assit par terre. Le silence le surprit, une curieuse sensation qui le prenait de temps en temps — un silence si profond qu'on avait l'impression de devenir fou quand on y pensait trop. En ce moment, il aurait préféré entendre les braillements de Rita. Brusquement, une pluie de points lumineux apparut devant ses yeux, et Larry crut qu'il allait s'évanouir. *Je me suis fait vraiment mal, dans une minute je vais sentir la douleur. J'ai dû me casser quelque chose, peut être une hémorragie, et qui va me faire un garrot ?*

Les étincelles disparurent. Non, il n'avait rien, ou presque. Il s'était éraflé les deux mains et son pantalon tout neuf était déchiré au genou droit — le genou saignait un peu — mais ce n'était que des égratignures. Pas la peine d'en faire une histoire. Tout le monde se casse la gueule en moto, ça arrive tout le temps.

On ne va pas en faire une histoire, d'accord. Mais il aurait pu se cogner la tête, fracture du crâne. Il serait resté par terre sous le soleil brûlant, jusqu'à en crever. Ou il se serait étouffé dans son vomi, comme une certaine amie de sa connaissance, maintenant décédée.

D'un pas mal assuré, il s'avança vers la Harley et la remit debout. Elle ne semblait pas avoir souffert, mais elle lui paraissait différente maintenant. Auparavant, ce n'était qu'une machine, une machine assez excitante d'ailleurs qui, outre le fait d'être un moyen de locomotion, présentait l'avantage de lui faire croire qu'il était James Dean ou Jack Nicholson. Mais maintenant, ses chromes lui semblaient vaguement menaçants, semblaient l'inviter à remonter pour voir s'il était un homme, s'il était capable de maîtriser le monstre à deux roues.

La machine démarra au troisième essai. Larry sortit tout doucement de Bennington, les bras couverts de sueur. Tout à coup, il eut follement envie de voir quelqu'un, n'importe qui.

Mais il ne vit personne ce jour-là.

Dans l'après-midi, il se força à accélérer un peu, mais dès que l'aiguille du compteur frôlait les trente à l'heure, il ralentissait aussitôt, même si la route était vide. En entrant à Wilmington, il s'arrêta devant un magasin de cycles et d'articles de sport où il prit un sac de couchage, des gants épais et un casque. Même avec le casque, il n'arrivait pas à rouler à plus de quarante à l'heure. Dans les virages sans visibilité, il ralentissait tellement qu'il devait poser le pied par terre pour ne pas perdre l'équilibre. Et il continuait à se voir allongé au bord de la route, inconscient, baignant dans son sang.

À cinq heures, alors qu'il approchait de Brattleboro, un voyant rouge s'alluma. La Harley surchauffait. Larry s'arrêta, coupa le moteur, soulagé.

— T'aurais mieux fait de pousser un peu ta mécanique. Un engin comme ça, c'est fait pour rouler à cent au moins, espèce de con !

Il abandonna la moto et entra à pied dans la ville, sans savoir encore s'il allait revenir la chercher.

Dès qu'il commença à faire nuit, il alla se coucher sous le kiosque à musique du parc municipal de Brattleboro et s'endormit aussitôt. Un peu plus tard, un bruit le fit se réveiller en sursaut. Il regarda sa montre. Les deux fines aiguilles phosphorescentes indiquaient onze heures vingt. Il se redressa sur le coude et essaya de voir dans le noir. Sous ce kiosque ouvert à tous les vents, il regrettait la petite tente, si chaude, si douillette.

Il n'entendait plus rien. Même les grillons s'étaient tus. Était-ce normal ? Était-ce bien normal ?

— Il y a quelqu'un ?

Le son de sa propre voix lui fit peur. À tâtons, il chercha le 30-30. Il n'était plus là. Si, ici. Instinctivement, il appuya sur la détente, comme un homme qui se noie s'agrippe à la bouée qu'on vient de lui lancer. Si le cran de sûreté n'avait pas été mis, le coup serait parti. Il aurait pu se tuer.

Il y avait quelque chose dans ce silence, il en était sûr. Peut-être quelqu'un, peut-être un animal dangereux. Naturellement, un être humain pouvait fort bien être dangereux. Comme celui qui avait poignardé l'homme aux monstres, comme celui qui lui avait offert un million pour qu'il lui laisse sa femme un quart d'heure.

— Qui est là ?

Il avait une lampe électrique dans son sac. Mais pour

la trouver, il aurait dû lâcher son fusil. Et puis... avait-il vraiment envie de voir qui était là ?

Il resta donc assis, attendant que quelque chose bouge, que ce bruit qui l'avait réveillé (était-ce bien un bruit ? ou avait-il tout simplement rêvé ?) recommence. Un peu plus tard, il s'assoupit.

Tout à coup, il se réveilla, les yeux écarquillés, la peau moite. Il y avait du bruit et, si le ciel n'avait pas été si couvert, la lune, presque pleine, lui aurait permis de voir ce...

Mais il ne voulait pas voir. Non, il ne voulait absolument pas voir. Il s'assit pourtant, tendit l'oreille, écoutant le bruit de ces bottes poussiéreuses qui s'éloignaient sur le trottoir de la grand-rue de Brattleboro, Vermont, en direction de l'ouest, ces pas qui s'évanouissaient, qui se perdaient dans le bourdonnement des choses.

Larry eut soudain une folle envie de se lever, de laisser le sac de couchage tomber par terre, de crier : *Revenez ! Je m'en fous ! Revenez !* Mais voulait-il vraiment rappeler cet inconnu ? Le toit du kiosque allait amplifier son cri — son appel. Et si ces pas revenaient, s'ils se mettaient à grandir dans le silence de la nuit où même les grillons ne chantaient plus ?

Au lieu de se lever, il se recoucha, recroquevillé sur lui-même, les mains collées sur son fusil. *Je ne vais pas dormir ce soir,* pensa-t-il. Mais trois minutes plus tard, il dormait. Et le lendemain matin, il crut avoir rêvé.

42

Pendant que Larry Underwood tombait de sa moto, Stuart Redman était assis sur une grosse pierre, en train de déjeuner au bord de la route. Il entendit un bruit de moteur se rapprocher. Il avala d'un trait ce qui restait de sa bière et referma soigneusement la boîte de crackers. Son fusil était posé à côté de lui. Il le prit, enleva le cran de sûreté et reposa son arme. Des motos. Des petites cylindrées, à juger par le bruit. Sans doute des deux cent cinquante. Dans le profond silence, il était impossible de dire à quelle distance elles se trouvaient encore. Quinze kilomètres peut-être. Mais ce n'était pas sûr. En tout cas, amplement le temps de continuer à manger s'il en avait eu envie, mais ce n'était plus le cas. Le soleil était chaud et l'idée de rencontrer d'autres êtres humains plutôt agréable. Il n'avait vu personne depuis qu'il avait quitté Glen Bateman, à Woodsville. Il jeta un coup d'œil sur son fusil. S'il avait ôté le cran de sûreté, c'est que ces gens qui arrivaient pouvaient bien être du genre d'Elder. Mais s'il avait reposé son fusil, c'est qu'il espérait qu'ils ressembleraient plutôt à Bateman. En plus optimistes, si possible. *La société se reformera,* avait dit Bateman. *Je n'ai pas dit qu'elle se « réformera ». La race humaine n'a jamais su se réformer.*

Mais Bateman ne tenait pas du tout à assister à la renaissance de la société. Il semblait parfaitement heureux — pour le moment du moins — de se promener avec Kojak, de peindre ses aquarelles, de cultiver son jardin et de réfléchir aux conséquences sociologiques d'une extinction presque totale de la race humaine.

Si vous revenez par ici et si votre invitation tient toujours, j'accepterai sans doute de partir avec vous. Voilà le fléau de la race humaine. La sociabilité. Et le Christ aurait dû dire : « En vérité je vous le dis, lorsque deux ou trois d'entre vous se réunissent, un autre pauvre type va se faire casser la gueule dans pas longtemps. » Dois-je vous dire ce que la sociologie nous enseigne sur la race humaine ? En deux mots, ceci : Montrez-moi un homme seul, et je vous montrerai un saint. Donnez-moi un homme et une femme, et ils vont tomber amoureux. Donnez-moi trois êtres humains, et ils vont inventer cette chose charmante que nous appelons la « société ». Donnez-m'en quatre, et ils vont construire une pyramide. Donnez-m'en cinq, et ils vont décider que l'un d'entre eux est un paria. Donnez-m'en six, et ils vont réinventer les préjugés. Donnez-m'en sept, et dans sept ans ils vont réinventer la guerre. L'homme a peut-être été créé à l'image de Dieu, mais la société humaine a été créée à l'image de Son grand ennemi.

Était-ce vrai ? Si ce l'était, alors que Dieu nous protège. Ces derniers temps, Stu avait beaucoup pensé à ses anciens amis et connaissances. Et dans ses souvenirs, il avait fortement tendance à gommer ou à oublier totalement ce qu'ils avaient pu avoir de désagréable — Bill Hapscomb qui se mettait le doigt dans le nez et essuyait la morve sur ses semelles ; Norm Bruett qui avait la main plutôt leste avec ses enfants ; Billy Vereeker et sa façon à lui d'enrayer l'explosion démographique de la population féline des environs : il écrasait le crâne des chatons à coups de botte.

Les souvenirs qu'il voulait garder étaient tous agréables. Partir à la chasse à l'aube, emmitouflé dans une grosse veste. Jouer au poker chez Ralph Hodges ; Willy Craddock se plaignait toujours d'avoir perdu quatre dollars, même quand il venait d'en ramasser vingt. Six ou sept copains en train de pousser la jeep de Tony Leominster, ce jour où il était allé dans le fossé, ivre mort, et Tony

524

qui titubait sur la route et qui jurait ses grands dieux qu'il avait voulu éviter un camion plein de Mexicains, des illégaux bien sûr. Ce qu'ils avaient pu rire. Les blagues de Chris Ortega, toujours des histoires de Polonais et de juifs. Quand ils allaient à Huntsville voir les putes ; la fois où Joe Bob Brentwood avait attrapé des morpions — il soutenait mordicus que les bestioles venaient du canapé, pas de la fille qu'il s'était envoyée en haut. Ils s'amusaient bien. Pas des trucs de riches, avec leurs boîtes de nuit, leurs restaurants, leurs musées. Mais ils rigolaient bien quand même. Et il pensait à d'autres choses encore, les ressassait dans sa tête, comme un vieillard solitaire bat et rabat son jeu de cartes poisseuses pour faire une patience. Mais surtout, il voulait entendre d'autres voix, rencontrer quelqu'un, pouvoir lui dire, *t'as vu ça ?* quand il se passait quelque chose, comme cette pluie d'étoiles filantes, l'autre soir. Il n'était pas bavard, mais il n'appréciait pas la solitude.

Il se redressa un peu quand les motos sortirent finalement du virage, deux Honda 250. Un jeune type d'environ dix-huit ans et une fille, peut-être un peu plus âgée. La fille portait une chemise jaune clair et un jeans bleu ciel.

Les deux Honda firent un petit écart quand le garçon et la fille le virent assis sur son rocher. Le garçon resta bouche bée. Un moment, Stu pensa qu'ils allaient passer tout droit.

Stu leva la main.

— Salut ! dit-il d'une voix aimable.

Son cœur battait dans sa poitrine. Il voulait qu'ils s'arrêtent. Et c'est ce qu'ils firent.

Stu ne comprenait pas pourquoi ils avaient l'air si nerveux. Surtout le garçon. On aurait dit qu'on venait de lui vider cinq litres d'adrénaline dans le sang. Naturellement, Stu avait un fusil, mais il était posé à côté de lui, et ils étaient armés eux aussi ; le garçon avait un pistolet ; elle, une petite carabine.

— J'ai l'impression qu'il n'est pas dangereux, Harold, dit la fille.

Mais le garçon qu'elle avait appelé Harold continuait à regarder Stu, pas trop rassuré.

— Je te dis que...

— Comment peux-tu savoir ? répliqua Harold sans quitter Stu des yeux.

— Moi, je suis bien content de vous voir, si ça peut vous faire plaisir, dit Stu.

— Et je dois vous croire ? lança Harold.

Stu vit qu'il était mort de peur.

— Comme tu voudras.

Stu descendit de son rocher. Harold cherchait déjà son pistolet.

— Harold, laisse ça tranquille, dit la fille.

Puis ce fut le silence. Aucun d'eux ne semblait pouvoir faire le premier pas. Trois points qui, lorsqu'ils seraient reliés, formeraient un triangle dont on ne pouvait encore prévoir précisément la forme.

— Aïe, dit Frannie en se laissant tomber sur un tapis de mousse au pied d'un orme. J'ai le derrière en compote, Harold.

Harold poussa un grognement. Frannie se tourna vers Stu :

— Avez-vous déjà fait trois cents kilomètres sur une Honda, monsieur Redman ? Je ne vous le recommande pas.

— Où allez-vous ? répondit Stu en souriant.

— Et qu'est-ce que ça peut vous faire ? demanda Harold d'une voix brusque.

— Mais qu'est-ce qui te prend ? lui dit Fran. M. Redman est la première personne que nous voyons depuis que Gus Dinsmore est mort ! Nous sommes partis pour trouver des gens, non ?

— Il veut vous protéger, c'est tout, dit doucement Stu.

Il arracha un brin d'herbe et se mit à le mordiller.

— C'est ça, je la protège, répliqua Harold, toujours très nerveux.

— Je pensais que nous nous protégions tous les deux, dit-elle.

Harold rougit jusqu'aux oreilles.

Donnez-moi trois êtres humains, et ils formeront une société, pensa Stu. Mais est-ce que ces deux-là pouvaient faire équipe avec lui ? Il aimait la fille, mais le type lui faisait l'effet d'être un trouillard et une grande gueule. Et une grande gueule qui a peur peut devenir très dangereux.

— Comme tu veux, marmonna Harold.

Il lança à Stu un regard oblique et sortit un paquet de Marlboro de la poche de son blouson. Maladroitement, il en alluma une. Stu se dit qu'il n'y avait sûrement pas longtemps qu'il avait commencé à fumer. Peut-être avant-hier.

— Nous allons à Stovington, dans le Vermont, dit Frannie. Au Centre de recherches épidémiologiques. Nous... qu'est-ce qu'il y a, monsieur Redman ?

Stu était devenu très pâle. Le brin d'herbe qu'il mâchonnait était tombé sur ses genoux.

— Pourquoi là-bas ? demanda Stu.

— On vous l'a dit, à cause du Centre de recherches épidémiologiques, répondit Harold sur un ton prétentieux. Il m'a semblé que, s'il restait un semblant d'ordre dans ce pays ou que si quelqu'un avait survécu à cette épidémie, c'est à Stovington que nous allions le trouver, ou encore à Atlanta où il existe un autre centre de recherches.

— C'est vrai, dit Frannie.

— Vous perdez votre temps.

Frannie eut l'air surprise. Harold prit un air offusqué ; son cou devenait tout rouge.

— Je ne pense pas que vous soyez à même d'en juger, mon cher monsieur.

— Je crois que si. Je viens de là-bas.

Cette fois, ils étaient tous les deux sidérés.

— Vous connaissiez ce centre ? demanda Frannie. Vous avez été voir ?

— Non, ce n'est pas ça. Je...

— Vous êtes un menteur ! lança Harold d'une voix stridente.

Fran vit un éclair de colère briller dans les yeux de Redman. Mais il se calma aussitôt.

— Non. Je ne suis pas un menteur.

— Je dis que vous êtes un menteur ! Je dis que vous n'êtes qu'un...

— *Tais-toi, Harold !*

Harold se tourna vers elle, blessé dans son amour-propre.

— Mais Frannie, comment peux-tu croire...

— Comment peux-tu être aussi grossier, aussi agressif ? Est-ce que tu vas au moins écouter ce qu'il a à dire ?

— Je ne lui fais pas confiance.

Et moi, j'en dirais autant de toi, mon gars, pensa Stu.

— Comment est-ce que tu peux ne pas faire confiance à quelqu'un que tu viens de rencontrer ? Vraiment, Harold, tu te comportes comme un enfant !

— Je vais vous expliquer, dit Stu d'une voix tranquille.

Et il leur raconta une version abrégée de cette histoire qui commençait le jour où Campion avait démoli les pompes de Hap, puis son évasion de Stovington, une semaine plus tôt. Harold regardait ses mains d'un air maussade en déchiquetant des brins de mousse avec ses doigts. Mais la fille tirait une gueule terrible et Stu se sentit mal pour elle. Elle était partie avec ce type (qui avait eu une très bonne idée, il fallait quand même l'admettre), espérant contre tout espoir qu'il restait encore quelque chose du monde d'autrefois. Cet espoir venait de s'envoler. Et elle le prenait plutôt mal.

— Atlanta aussi ? Les deux centres ? demanda-t-elle.

— Oui.

Elle éclata en sanglots. Il aurait voulu la consoler, mais le type n'allait sûrement pas être de cet avis. Harold lança un regard gêné à Fran, puis se replongea dans la contemplation des brins de mousse qui couvraient les poignets de sa chemise. Stu tendit son mouchoir à Fran qui le remercia distraitement, sans lever les yeux. Harold lui lança un regard grognon, le regard d'un petit enfant gâté qui veut manger tout seul la boîte de biscuits. Il va avoir une drôle de surprise, pensa Stu, quand il va découvrir que la vie n'est pas une boîte de biscuits.

Fran se calmait un peu.

— Nous devrions vous remercier, dit-elle finalement. Vous nous avez évité de faire un long voyage qui n'aurait servi à rien.

— Tu veux dire que tu crois ce qu'il raconte ? Comme ça ? Il te raconte des histoires et... tu prends ça pour de l'argent comptant ?

— Harold, pourquoi veux-tu qu'il mente ? Qu'est-ce qu'il a à y gagner ?

— Comment veux-tu que je sache ce qu'il a derrière la tête ? Nous tuer peut-être. Ou te violer.

— Je ne suis pas très amateur de viol, répondit Stu d'une voix posée. Mais peut-être que toi... tous les goûts sont dans la nature.

— *Arrête !* dit Fran. Tu veux bien essayer d'être un peu moins désagréable, s'il te plaît ?

— *Désagréable ?* aboya Harold. J'essaye de m'occuper de toi — de nous deux — et tu me dis que je suis *désagréable* ?

— Regardez donc, dit Stu en relevant sa manche. Ils m'ont piqué avant tout un tas de cochonneries.

On voyait effectivement plusieurs traces d'aiguilles au creux de son coude et une grosse tache brunâtre.

— Ce qui peut vouloir dire que vous êtes drogué, répliqua Harold.

Stu baissa la manche de sa chemise sans répondre. C'était à cause de la fille, naturellement. Il s'était fait à l'idée qu'elle était à lui. Il y a des filles qui sont d'accord, d'autres pas. Et celle-là semblait appartenir à la seconde catégorie. Elle était grande, jolie, fraîche comme une rose. Et ses yeux remplis de larmes semblaient appeler au secours. Mais il aurait été facile de ne pas voir cette petite ride entre ses sourcils qui se faisait plus prononcée quand elle était fâchée, le mouvement énergique de ses mains lorsqu'elle ramenait ses cheveux en arrière.

— Alors, qu'est-ce qu'on fait ? demanda-t-elle, comme

si elle n'avait pas entendu la dernière remarque de Harold.

— On continue quand même, répondit Harold. Il faut bien aller quelque part. Il dit peut-être la vérité, mais rien ne nous empêche de vérifier. On verra ensuite, s'empressa-t-il d'ajouter lorsqu'elle le regarda avec cette petite ride entre les deux sourcils.

Fran lança un regard à Stu, comme pour s'excuser. Stu se contenta de hausser les épaules.

— D'accord, Fran ?

— Pourquoi pas ? répondit Frannie.

Elle cueillit un pissenlit et souffla sur le duvet.

— Vous n'avez vu personne en venant ? demanda Stu.

— Un chien. C'est tout.

— Moi aussi, j'ai vu un chien, dit Stu qui leur raconta sa rencontre avec Bateman et Kojak. J'allais vers la côte. Mais vous dites qu'il n'y a plus personne là-bas. Ça me coupe un peu les pattes.

— Désolé, dit Harold d'un ton qui ne l'était pas du tout. Tu es prête, Fran ? fit-il en se levant.

Elle regarda Stu, hésita un instant, puis se leva.

— Bon, c'est reparti pour le vibromassage. Merci de nous avoir dit ce que vous saviez, monsieur Redman, même si les nouvelles ne sont pas tellement bonnes.

— Attendez, dit Stu en se levant lui aussi.

Il hésitait. La fille était certainement pas mal. Par contre, le type avait tout l'air d'un petit connard qui se prend pour Einstein. Mais est-ce qu'il pouvait faire le difficile dans les circonstances ? Probablement pas.

— Il me semble que nous cherchons tous de la compagnie et j'aimerais partir avec vous, si vous êtes d'accord.

— Non, répondit aussitôt Harold.

Fran regarda Harold, puis Stu.

— Peut-être que...

— J'ai dit non.

— Et moi, je n'ai pas mon mot à dire ?

— Mais enfin ! Tu ne vois pas ce qu'il veut ? Réveille-toi, Fran !

— S'il y a des emmerdes, mieux vaut être trois, dit Stu.

— Non.

Et la main de Harold effleura la crosse de son pistolet.

— C'est d'accord, dit Fran. Nous serons très contents que vous veniez avec nous, monsieur Redman.

Harold se retourna, le visage déformé par la colère. Stu crut qu'il allait la frapper.

— Ah bon ! C'est comme ça ? Tu attendais simplement une excuse pour te débarrasser de moi. Je comprends maintenant. Si c'est ce que tu veux, d'accord. Tu pars avec lui. J'en ai marre de toi.

Ses yeux étaient remplis de larmes. Il courut vers sa Honda. Frannie ne comprit pas tout de suite. Elle regardait Stu.

— Une minute ! dit Stu. Attendez un peu.

— Soyez gentil avec lui, dit Fran. S'il vous plaît.

Stu s'avança vers Harold qui essayait déjà de faire démarrer sa moto. Dans sa rage, il avait ouvert les gaz à fond et noyé le carburateur. Heureusement pour lui, pensa Stu. Si la moto avait démarré avec les gaz ouverts à fond, elle se serait cabrée, aurait foncé dans le premier arbre et aurait écrasé ce pauvre vieux Harold en retombant.

— N'approchez pas ! hurla Harold qui cherchait son pistolet.

Stu posa une main sur celle de Harold, comme s'il jouait à la main chaude. Il posa l'autre sur le bras du jeune homme. Les yeux de Harold avaient quelque chose d'un peu fou et Stu crut qu'il était sur le point de devenir dangereux. Ce n'était pas simplement qu'il était jaloux de la fille. Stu s'était trompé. C'était sa dignité qui était en jeu, la nouvelle image qu'il se faisait de lui-même comme protecteur de cette fille. Jusque-là, il avait sans doute été le roi des cons, un petit gros en bottes pointues qui marchait en serrant les fesses. Mais, sous cette image, il savait bien qu'il était encore un con et qu'il le serait toujours. Qu'il ne s'en sortirait jamais. Il aurait réagi de la même manière s'il avait rencontré Bateman ou un enfant de douze ans. Dans n'importe quel triangle, il se verrait toujours comme le perdant.

— Harold, lui dit-il presque dans l'oreille.

— Laissez-moi !

Harold vibrait comme une corde de guitare.

— Harold, tu couches avec elle ?

Harold sursauta et Stu comprit que la réponse était non.

— Ça ne vous regarde pas !

— Non. Si j'en parle, c'est pour que tout soit bien clair. Elle n'est pas à moi, Harold. Elle n'est à personne. Je ne cherche pas à te la piquer. Désolé si je suis brutal, mais vaut mieux qu'on sache où on en est. Nous sommes deux plus un maintenant. Si tu fous le camp, nous sommes toujours deux plus un. Résultat nul.

Harold ne répondait pas, mais sa main crispée commençait à se desserrer.

— Je vais essayer d'être aussi clair que possible, reprit Stu qui lui parlait toujours dans le creux de l'oreille (où il voyait un magnifique bouchon brun de cérumen), en s'efforçant de rester très, très calme. Tu sais comme moi qu'un homme n'a pas besoin de violer les femmes. Quand il sait se servir de sa main.

Harold se passa la langue sur les lèvres puis il regarda du côté de Fran qui les observait bras croisés, inquiète.

— C'est... c'est vraiment dégoûtant.

— Oui et non. Mais quand un homme court après une femme qui ne veut pas de lui dans son lit, il lui reste toujours la veuve poignet. Moi, je m'en sers chaque fois. Et je pense que toi aussi. Je veux que tu comprennes bien. Je ne suis pas là pour te la piquer, je te l'ai déjà dit. Tu peux me faire confiance.

Harold lâcha son pistolet et regarda Stu.

— Vous êtes sérieux... je... vous promettez de ne pas lui dire ?

Stu fit signe que oui.

— Je l'aime, dit Harold d'une voix rauque. Elle ne m'aime pas, je le sais, mais je veux que tout soit bien clair, comme vous dites.

— Pas de problème. Je n'ai aucune intention de foutre

532

la merde entre vous deux, je veux simplement venir avec vous.

— Vous promettez ?

— Oui.

— Alors, c'est d'accord.

Harold descendit lentement de la Honda. Puis les deux hommes allèrent retrouver Fran.

— Il peut venir, dit Harold. Et je... je m'excuse d'avoir... d'avoir été complètement con.

— Hourra ! s'exclama Fran en battant des mains. Alors, où va-t-on ?

Ils décidèrent finalement de continuer dans la direction que Fran et Harold suivaient, vers l'ouest. Stu leur dit que Glen Bateman serait certainement très content de les héberger pour la nuit, s'ils arrivaient à Woodsville avant qu'il fasse noir — et qu'il accepterait peut-être de les accompagner lorsqu'ils repartiraient le lendemain (en entendant ces mots, le visage de Harold s'éclaira). Stu prit la Honda de Fran qui s'installa sur le siège arrière de celle de Harold. Ils s'arrêtèrent à Twin Mountain pour déjeuner dans un snack-bar abandonné. Stu se surprit à observer le visage de Fran — ses yeux vifs, son menton, petit mais volontaire, cette ride qui se creusait entre ses sourcils. Il aimait sa manière d'être, de parler ; il aimait la façon dont elle se coiffait, les cheveux tirés en arrière. Et il comprit qu'il avait envie d'elle, tout compte fait.

LA FRONTIÈRE

5 JUILLET-6 SEPTEMBRE 1990

Nous sommes sur le bateau qu'on appelle Mayflower
Nous sommes sur le bateau qui a conquis la lune
Nous sommes à l'heure des doutes et des incertitudes
Nous voudrions chanter nos chansons d'autrefois
Mais c'est ainsi, c'est comme ça
Le bonheur n'est jamais pour toujours

– Paul Simon

À la recherche d'un drive-in
À la poursuite d'un parking
D'un gril non-stop où les hamburgers grésillent
Valse des disques dans le juke-box U.S.A.
Yes ! la joie de vivre aux U.S.A.
Yes ! La foire d'empoigne aux U.S.A.

– Chuck Berry

LIVRE II

43

Un cadavre gisait en travers de la grand-rue de May, dans l'Oklahoma.

Nick n'en fut pas surpris. Il avait vu bien des cadavres depuis qu'il avait quitté Shoyo, mais sans doute pas le millième de ceux qui avaient dû jalonner sa route. Par moments, la riche odeur de mort qui flottait dans l'air était assez forte pour vous donner envie de tourner de l'œil. Un cadavre de plus, un cadavre de moins, quelle importance ?

Mais, quand le cadavre s'assit, Nick eut si peur qu'il lâcha son guidon et tomba brutalement sur l'asphalte, s'éraflant les mains et le front.

— Eh ben, pour un gadin, c'est un gadin, dit le cadavre qui s'avançait vers Nick d'une démarche plus que vacillante. Putain ! Quel gadin !

Nick ne l'entendait pas. Il regardait un endroit sur l'asphalte, entre ses mains, où il voyait tomber des gouttes de sang. Quand une main se posa sur son épaule, il se souvint du cadavre et voulut s'enfuir à quatre pattes, fou de terreur.

— T'énerve pas, dit le cadavre.

Et Nick vit que ce n'était pas du tout un cadavre, mais un jeune homme qui le regardait fort gentiment. Dans une main, le type tenait une bouteille de whisky. Nick comprit ce qui s'était passé. L'autre était tombé ivre mort en travers de la route.

Nick fit un cercle avec son pouce et son index pour lui

dire que tout allait bien. Juste à ce moment, une goutte de sang chaud tomba de l'œil que Ray Booth avait si bien travaillé. Il souleva son bandeau et s'essuya avec le dos de la main. Il voyait un peu mieux de ce côté-là aujourd'hui, mais lorsqu'il fermait son bon œil, le monde disparaissait encore dans une sorte de brouillard multicolore. Il remit en place le bandeau, s'approcha du trottoir et s'assit à côté d'une Plymouth immatriculée dans le Kansas dont les pneus étaient à moitié dégonflés. Dans le pare-chocs de la Plymouth, il vit l'entaille qu'il s'était faite au front. Une belle entaille, mais pas trop profonde. Un petit tour à la pharmacie du coin, pour désinfecter la plaie, un sparadrap, et on n'en parlerait plus. Il avait tellement pris de pénicilline qu'il devait lui en rester suffisamment pour combattre pratiquement n'importe quoi. Mais cette vilaine blessure à la jambe lui avait flanqué une frousse de tous les diables. Alors, inutile de prendre des risques. Minutieusement Nick enleva les gravillons qui s'étaient incrustés dans ses paumes.

L'homme à la bouteille de whisky le regardait faire, sans aucune expression. Si Nick avait levé les yeux, il l'aurait certainement trouvé très bizarre. Dès qu'il avait tourné la tête pour regarder sa blessure dans le pare-chocs, le visage de l'autre s'était aussitôt comme vidé. L'homme était vêtu d'une salopette usée mais propre. Il mesurait environ un mètre soixante-quinze et ses cheveux étaient si blonds qu'ils paraissaient presque blancs. Ses yeux bleus, très clairs, accusaient ses origines nordiques. Il ne semblait pas avoir plus de vingt-trois ans, mais Nick découvrit plus tard qu'il devait avoir pas loin de quarante-cinq ans puisqu'il se souvenait de la fin de la guerre de Corée et du retour de son père en uniforme, un mois plus tard. Il n'aurait jamais pu inventer cette histoire. L'invention n'était pas le fort de Tom Cullen.

Il était donc là, debout, le visage vide, comme un robot dont on a débranché la prise. Puis, petit à petit, son visage s'anima à nouveau. Ses yeux rougis par le whisky se mirent à papilloter. Il souriait. Il venait de se souvenir de ce qu'il devait faire.

— Nom de Dieu, vous avez pris un beau gadin !

Le sang sur le front de Nick parut l'impressionner.

Nick avait un bloc-notes et un Bic dans la poche de sa chemise. Il se mit à écrire :

— *Vous m'avez fait peur. J'ai cru que vous étiez mort. Ce n'est pas grave. Il y a une pharmacie par ici ?*

Il tendit le bloc-notes à l'homme qui le regarda, puis le lui rendit en souriant.

— Je m'appelle Tom Cullen. Je ne sais pas lire. J'ai été jusqu'en dixième, mais j'avais seize ans. Et mon papa a trouvé que ça suffisait comme ça. Que j'étais trop grand.

Un retardé, pensa Nick. Je ne peux pas parler et il ne sait pas lire. On est bien partis.

— Putain, quel gadin ! Mais putain, quel gadin !

Nick hocha la tête, remit le bloc-notes et le stylo Bic dans sa poche, colla la main sur sa bouche et secoua la tête, se boucha les deux oreilles et secoua encore la tête, fit le geste de se trancher la gorge et secoua la tête pour la troisième fois.

Cullen souriait, mais ne comprenait rien.

— Mal aux dents ? Moi aussi, j'ai eu mal aux dents une fois. Ouf, ça fait mal. Putain que ça fait mal !

Nick secoua la tête et recommença sa mimique. Cette fois, Cullen crut qu'il avait mal aux oreilles. Finalement, Nick renonça et s'avança vers sa bicyclette. À part la peinture, la machine ne semblait pas avoir souffert. Il l'enfourcha pour l'essayer. Oui, tout allait bien. Cullen courait à côté de lui, un large sourire sur les lèvres, sans le quitter des yeux. Il y avait près d'une semaine qu'il n'avait vu personne.

— T'as pas envie de parler ? demanda-t-il.

Mais Nick ne parut pas entendre. Tom le tira par sa manche et reposa sa question.

L'homme sur la bicyclette mit la main sur sa bouche et secoua la tête. Tom fronça les sourcils. Et maintenant, il posait sa bicyclette sur sa béquille et regardait les vitrines des magasins. Il a sans doute trouvé ce qu'il cherchait, car il monte sur le trottoir et s'arrête devant la pharmacie de M. Norton. S'il veut rentrer, pas de chance, parce que la pharmacie est fermée. M. Norton est parti. Presque tout le monde est parti, sauf maman et son amie, Mme Blakely. Mais elles sont mortes toutes les deux.

Maintenant, l'homme qui ne parle pas essaye d'ouvrir la porte. Tom aurait pu lui dire que ce n'était pas la peine, même si la pancarte dit OUVERT. La pancarte ment, c'est tout. Dommage, parce que Tom aurait bien voulu des pastilles au miel pour la gorge. Bien meilleures que le whisky. Au début, il avait aimé ça, puis il avait eu envie de dormir, et ensuite il avait eu vraiment mal à la tête. Il s'était endormi pour oublier son mal de tête, mais il avait fait des tas de rêves complètement dingues : un homme en costume noir, comme celui du révérend Deiffenbaker. L'homme en costume noir le poursuivait dans les rêves. Il avait l'air vraiment très méchant. Et s'il avait bu du whisky, c'était parce que son papa le lui avait défendu, et sa maman aussi, mais maintenant que tout le monde était parti, pourquoi pas ? Il pouvait faire ce qu'il voulait.

Mais qu'est-ce qu'il fabrique, l'homme qui ne parle pas ? Il prend la boîte à ordures sur le trottoir et il va... quoi ? Casser la vitrine de M. Norton ? Crac ! Merde alors ! Il vient de la casser ! Et maintenant, il passe la main à l'intérieur, il ouvre la porte...

— Hé, monsieur ! Vous avez pas le droit ! C'est pas permis ! Vous savez pas que...

Mais l'homme était déjà à l'intérieur. Il ne s'était même pas retourné.

— Est-ce que vous êtes sourd ? Ben merde ! Est-ce que...

Sa voix s'éteignit. Les traits de son visage retombèrent. Il était redevenu le robot dont on avait débranché la prise. Les habitants de May l'avaient souvent vu dans cet état. Tom marchait dans la rue, regardait les vitrines avec son expression perpétuellement hilare, puis s'arrêtait tout à coup, se figeait comme une statue. Quelqu'un criait : « *Voilà Tom !* » Et les gens se mettaient à rire. Si son papa était avec lui, il le grondait, lui donnait un coup de coude, ou même le tapait sur l'épaule, dans le dos, jusqu'à ce qu'il se réveille. Mais le papa de Tom n'était pas souvent là depuis 1988, parce qu'il sortait avec une serveuse rousse qui travaillait au Grill Boomer. La fille s'appelait DeeDee Packalotte (son nom faisait rigoler tout le monde). Son père avait fini par foutre le camp avec elle. On les avait vus une seule fois. Dans un petit motel, pas très loin, à Slapout, dans l'Oklahoma. Ensuite, plus de nouvelles.

Pour la plupart des habitants de May, Tom était complètement idiot. En réalité, il lui arrivait de penser presque normalement. La pensée humaine procède par déduction et induction (c'est du moins ce que nous disent les psychologues), et le retardé est incapable de faire ces sauts inductifs et déductifs. Quelque part dans sa tête, les plombs ont sauté, les fils se sont mélangés. Tom Cullen n'était pas trop gravement atteint et il était capable de faire des rapprochements simples. De temps en temps, pendant ses passages à vide, il parvenait même à réfléchir un peu. Quand cela lui arrivait, il se sentait comme quelqu'un qui a un mot « sur le bout de la langue ». Tom se coupait alors du monde réel, qui n'était pour lui qu'une succession d'images décousues, pour s'enfermer dans son monde intérieur. Comme un homme qui avance dans le noir, dans une pièce qu'il ne connaît pas, une lampe à la main, et qui cherche à tâtons la prise électrique en se cognant contre tout ce qui l'entoure. S'il trouve la prise — ce qui n'arrivait pas toujours à Tom — c'est alors l'illumination soudaine. Tom était une créature qui vivait de sensations. Certaines choses lui plaisaient tout particulièrement : sucer les pastilles au miel de M. Norton, regarder une jolie fille en jupe courte passer au coin de la rue, respirer l'odeur du lilas, toucher de la soie. Mais surtout, il aimait ce moment où tout s'éclairait, où pour quelque temps il ne faisait plus noir dans la pièce. Souvent, il ne trouvait pas la prise. Mais, cette fois-ci, elle ne lui échappa pas.

Il avait dit : *Vous êtes sourd peut-être ?*

Tout à l'heure, l'homme n'avait pas semblé l'entendre, sauf lorsqu'il le regardait. Et l'homme n'avait pas dit un mot, même pas bonjour. Certaines personnes ne répondaient pas quand Tom leur posait des questions, car quelque chose sur son visage leur disait qu'il avait une araignée au plafond. Mais ces gens-là qui refusaient de répondre avaient toujours l'air tristes, ou un peu fâchés, ou un peu gênés. Cet homme-là n'était pas comme eux — il avait fait un cercle avec son pouce et son index, et Tom savait que ça voulait dire O.K., tout va bien... Mais il n'avait pas dit un mot.

Les mains sur les oreilles, il secoue la tête.

Les mains sur la bouche, et il fait la même chose.

Les mains sur le cou, et il fait encore la même chose.

La lumière s'allume : compris.

— Putain ! fit Tom dont le visage s'anima à nouveau.

Ses yeux injectés de sang s'éclairèrent. Il se précipita dans le drugstore de M. Norton, oubliant que c'était interdit. L'homme qui ne parlait pas versait quelque chose qui ne sentait pas très bon sur un bout de coton. Puis il se frottait le front avec le bout de coton.

— Eh, monsieur !

L'homme qui ne parlait pas ne se retourna pas. Tom en fut un peu surpris. Puis il se souvint. Il donna une petite tape sur l'épaule de Nick et Nick se retourna.

— Vous êtes sourd-muet, c'est ça ? Vous entendez pas ! Vous parlez pas ! C'est ça ?

Nick lui fit signe que oui et, stupéfait, vit Tom sauter en l'air en battant des mains.

— J'ai trouvé ! Bravo ! J'ai trouvé tout seul ! Bravo, Tom Cullen !

Nick ne put s'empêcher de sourire. C'était la première fois que son infirmité causait tant de plaisir à quelqu'un.

Il y avait un petit square devant le tribunal et, dans ce square, une statue d'un soldat de la Deuxième Guerre mondiale. Une plaque rappelait que ce monument était érigé à la mémoire des fils du comté MORTS POUR LA PATRIE. Nick Andros et Tom Cullen étaient assis à l'ombre du soldat. Ils étaient en train de manger du jambon en boîte, du poulet en boîte et des chips. Deux sparadraps dessinaient une croix sur le front de Nick, au-dessus de son œil gauche. Il lisait sur les lèvres de Tom (ce qui n'était pas très facile, car Tom continuait à s'empiffrer en parlant) et se disait qu'il commençait à en avoir marre de ne manger que des conserves. En fait, ce dont il avait vraiment envie, c'était d'un gros steak bien juteux.

Tom n'avait pas cessé de parler depuis qu'ils s'étaient assis. Un discours plutôt répétitif, assaisonné de nombreux *bordel !* et *putain de putain !* Mais Nick ne s'en plaignait pas. Il n'avait pas vraiment compris à quel point la compagnie de ses semblables lui manquait jusqu'à ce qu'il rencontre Tom, à quel point il avait eu secrètement peur d'être le seul survivant sur terre. L'idée lui avait même traversé l'esprit que la maladie avait peut-être tué tout le monde, sauf les sourds-muets. Et maintenant, rien ne lui interdisait de penser que la grippe avait tué tout le monde, sauf les sourds-muets et les arriérés mentaux. Cette idée, qui lui parut amusante sous le beau soleil de ce début d'après-midi, allait revenir le hanter la nuit venue, et cette fois elle lui parut beaucoup moins drôle.

Il était curieux de savoir où Tom pensait que tout le monde était parti. Tom lui avait parlé de son père qui avait filé avec une serveuse quelques années plus tôt. Tom lui avait aussi expliqué qu'il faisait des petits travaux pour M. Norbutt, un fermier, et que deux ans plus tôt M. Norbutt avait décidé que Tom « s'en tirait assez bien » pour lui confier une hache. Et puis, un soir où des types lui avaient sauté dessus, Tom leur avait cassé la gueule. Ils étaient presque morts. Il y en a un qui a dû aller à l'hôpital avec des fractures, *putain !* Et puis Tom avait trouvé sa mère chez Mme Blakely. Elles étaient toutes les deux mortes dans le salon. Alors, Tom avait foutu le camp. Parce que Jésus ne peut pas venir chercher les morts quand quelqu'un regarde (et Nick s'était dit que le Jésus de Tom était une espèce de père Noël à l'envers, qui venait prendre les morts par la cheminée au lieu d'apporter des cadeaux). Mais Tom ne semblait pas avoir compris que la petite ville était déserte, qu'il n'y avait pas une voiture sur la route. Nick posa doucement la main sur la poitrine de Tom et le flot de paroles s'interrompit.

— Quoi ? demanda Tom.

Nick montra les maisons qui entouraient le petit square, fronça les sourcils, pencha la tête, se gratta le crâne. Puis il fit marcher ses doigts sur le gazon et regarda Tom d'un air interrogateur.

Ce qu'il vit l'inquiéta beaucoup. On aurait dit que Tom était mort tout d'un coup, assis sur la pelouse. Plus aucune expression sur son visage. Ses yeux, qui brillaient l'instant d'avant quand il avait tant de choses à dire, étaient maintenant perdus dans la vague. Deux billes bleues. Il avait la bouche ouverte et Nick pouvait voir des miettes de chips sur sa langue. Ses mains reposaient sur ses genoux, complètement inertes.

Inquiet, Nick tendit la main pour le toucher. Mais Tom eut un sursaut. Ses paupières battirent et la lumière revint peu à peu dans ses yeux, comme de l'eau qui remplit un seau. Il se mit à sourire. Nick n'aurait pas été autrement surpris s'il avait vu apparaître une bulle de bande dessinée au-dessus de la tête de Tom, avec ce mot : EURÊKA.

— Vous voulez savoir où sont partis les autres ?

Nick hocha vigoureusement la tête.

— Sans doute à Kansas City. Sûrement. Tout le monde dit que c'est une petite ville ici. On s'amuse pas. Rien à faire. Ils ont même fermé la salle de patins à roulettes. Il y a plus que le ciné et les films sont pas bons. Ma maman dit toujours que tout le monde s'en va et que personne ne revient. Comme mon papa, il a foutu le camp avec une serveuse, elle s'appelait DeeDee Packalotte. Alors, ils en ont eu marre et ils sont tous partis. À Kansas City, sûrement, putain de putain, non ? Sûrement là qu'ils sont partis. Sauf Mme Blakely et ma maman. Jésus va venir les emmener au ciel, il va bien s'occuper d'elles, toujours.

Tom avait repris son monologue.

Partis à Kansas City, pensa Nick. Après tout, peut-être bien. Tous ont quitté cette pauvre planète, emportés par la main de Dieu, ce bon Jésus qui s'occupera d'eux, toujours, toujours.

Il se coucha et sentit ses paupières s'alourdir, tandis que les mots s'alignaient sur les lèvres de Tom, équivalents visuels d'un poème surréaliste, sans majuscules, un peu confus :

maman m'a dit
pas le droit d'aller
mais je leur ai dit
se faire foutre

Il avait fait de mauvais rêves la nuit dernière, dans la grange où il avait dormi, et maintenant, le ventre plein, tout ce qu'il voulait...

putain
PUTAIN de bordel
sûr que

Et Nick s'endormit.

Quand il se réveilla, engourdi comme lorsqu'on fait une sieste en plein après-midi, il se demanda pourquoi il transpirait tant. Mais il ne tarda pas à comprendre lorsqu'il s'assit. Il était cinq heures moins le quart ; il avait dormi plus de deux heures et demie et le soleil n'était plus caché par le monument aux morts. Mais ce n'était pas tout. Tom Cullen, plein de sollicitude, l'avait couvert pour qu'il ne prenne pas froid. Deux couvertures et un édredon.

Il se leva et s'étira. Tom n'était pas dans les parages. Nick s'avança vers l'entrée du square, se demandant ce qu'il allait faire avec Tom... ou sans lui. Le pauvre type se nourrissait au supermarché, à l'autre bout du square. Il n'avait pas hésité à y entrer et à se servir sur les étagères en choisissant les boîtes de conserve qui lui plaisaient d'après les illustrations des étiquettes, parce que, lui avait expliqué Tom, la porte du supermarché n'était pas fermée.

Et Nick se demandait ce que Tom aurait fait si elle l'avait été. Sans doute aurait-il oublié ses scrupules lorsqu'il aurait eu suffisamment faim. Mais que serait-il devenu lorsque le supermarché aurait été vide ?

En fait, ce n'était pas vraiment ce qui le dérangeait à propos de Tom. Ce qui le dérangeait, c'était la joie pathétique avec laquelle le pauvre type l'avait accueilli. Attardé comme il l'était, pensa Nick, il ne l'était pas suffisamment pour ne pas souffrir de la solitude. Sa mère et la femme qu'il appelait sa tante étaient mortes. Son père était parti depuis longtemps. Son patron, M. Norbutt, et tous les autres habitants de May avaient fichu le camp un soir à Kansas City pendant que Tom dormait. Il était resté là à errer dans la grand-rue, comme un gentil fantôme. Et il prenait des initiatives qui n'étaient sans doute pas les meilleures — comme cette histoire de whisky. S'il se saoulait encore, il risquait de se faire du mal. Et s'il se faisait du mal sans personne pour s'occuper de lui, ce serait peut-être la fin de Tom.

Mais... un sourd-muet et un arriéré mental ? Qu'est-ce qu'ils pourraient bien fabriquer ensemble ? Un type qui ne peut pas parler, un autre qui ne peut pas penser. C'était injuste. Tom pouvait penser un peu cependant, mais il ne savait pas lire, et Nick ne se faisait pas d'illusions. Il se fatiguerait vite de jouer aux devinettes avec Tom Cullen. Le pauvre Tom ne s'en fatiguerait sûrement pas, lui. Putain, non.

Il s'arrêta sur le trottoir à l'entrée du jardin public, les mains dans les poches. Bon, décida-t-il, je peux passer la nuit ici avec lui. Une nuit de plus ou de moins, quelle importance ? Je vais pouvoir lui préparer quelque chose de convenable à manger.

Et Nick partit à la recherche de Tom.

Cette nuit-là, Nick dormit dans le square, sans avoir revu Tom. Quand il se réveilla le lendemain matin, trempé de rosée mais en pleine forme, la première chose qu'il vit lorsqu'il traversa le square, ce fut Tom en train de jouer avec des petites voitures, accroupi devant une énorme station-service Texaco en plastique.

Tom avait sans doute jugé que, si l'on pouvait entrer dans la pharmacie de Norton, rien n'empêchait d'entrer ailleurs. Il était assis sur le trottoir, devant le Prisunic, le dos tourné. Une quarantaine de petites voitures étaient alignées au bord du trottoir. À côté de lui se trouvait le tournevis dont il s'était servi pour forcer la vitrine des jouets. Son choix n'était pas si mauvais : des Jaguar, des Mercedes, des Rolls-Royce, une Bentley d'un vert criard, une Lamborghini, une Ford, une Pontiac Bonneville, une Corvette, une Maserati et le clou de la collection : une Moon 1933. Tom se donnait beaucoup de mal, faisait entrer et sortir ses petites voitures du garage, faisait le plein à la pompe. Le pont de graissage fonctionnait. Nick vit que Tom soulevait de temps en temps une voiture et faisait semblant de travailler dessous. S'il n'avait pas été sourd, il aurait pu entendre dans le silence presque total qui les entourait le bruit que faisait l'imagination de Tom Cullen lorsqu'elle se mettait en branle — *brrrr* avec les lèvres quand les voitures arrivaient à la station-service, *tchic-tchic-ding !* quand il faisait le plein d'essence, *ccchhhhhhhhh* quand le pont de graissage montait ou descendait. En fait, il parvenait à saisir des bribes de conversations échangées entre le propriétaire de la station-service et les petits bonshommes dans leurs petites voitures : *Le plein, monsieur ? Super ? C'est parti ! Je vais nettoyer le pare-brise, madame. Je crois que c'est le carburateur. On va regarder dessous pour voir ce que c'est. Les toilettes ? Juste à côté, à droite !*

Et au-dessus du crétin et de ses jouets, sur des kilomètres et des kilomètres, aux quatre coins de l'horizon, le ciel que Dieu avait donné à ce petit trou perdu de l'Oklahoma.

Nick se dit : *Je ne peux pas le laisser. Je ne peux pas*

faire ça. Et, tout à coup, une énorme vague de tristesse s'empara de lui, une tristesse si déchirante qu'il crut un instant qu'il allait pleurer.

Ils sont partis à Kansas City, pensait-il. *Ils sont tous partis à Kansas City.*

Nick traversa la rue et donna une tape sur le bras de Tom qui sursauta et se retourna. Rouge de confusion, il souriait d'un air coupable.

— Je sais que c'est pour les petits, pas pour les grands. Je sais ça, papa me l'a dit.

Nick haussa les épaules en souriant. Tom parut soulagé.

— C'est à moi maintenant. Si je veux. Parce que si vous pouvez entrer dans la pharmacie, moi je peux entrer dans le Prisunic. C'est vrai, non ? Je suis pas obligé de les remettre ?

Nick fit signe que non.

— Alors, les autos sont à moi, dit Tom, tout content.

Et il se remit aussitôt à jouer avec son garage. Mais Nick lui donna une petite tape sur l'épaule.

— Quoi ?

Nick le tira par la manche de sa chemise et Tom se releva sans se faire prier. Nick le conduisit à l'endroit où il avait laissé sa bicyclette. Il pointa l'index sur sa poitrine, puis montra la bicyclette. Tom fit signe qu'il avait compris.

— Je comprends. C'est votre bicyclette. Le garage est à moi. Je ne prends pas votre bicyclette et vous ne prenez pas mon garage. Compris !

Nick secoua la tête. Il se montra du doigt, puis montra la bicyclette, la grand-rue et fit un petit signe d'adieu.

Tom ne bougeait plus. Nick attendait.

— Vous vous en allez, monsieur ? demanda Tom d'une voix hésitante.

Nick acquiesça.

— Non, je ne veux pas !

Tom ouvrait de grand yeux, très bleus, remplis de larmes.

— Je vous aime bien ! Je veux pas que vous partiez à Kansas City !

Nick attira Tom contre lui et lui passa le bras autour du cou. Puis il reprit son manège : lui, Tom, la bicyclette, s'en aller.

— Je comprends pas.

Patiemment, Nick recommença. Mais cette fois, il saisit la main de Tom et l'agita comme pour dire au revoir.

— Vous voulez que je parte avec vous ? demanda Tom avec un sourire incrédule.

Nick fit signe que oui.

— Chouette ! Tom Cullen s'en va ! Tom...

Il s'arrêta tout à coup et lança un regard inquiet à Nick.

— Je peux emporter mon garage ?

Nick réfléchit un instant, puis hocha la tête.

— Alors c'est parti ! fit Tom dont le visage s'éclaira aussitôt. Tom Cullen s'en va !

Nick le fit s'approcher de la bicyclette, montra Tom, puis la bicyclette.

— Je suis jamais monté sur un vélo comme ça, dit Tom qui regardait la manette du dérailleur, la selle haute et étroite. Je crois que vaut mieux pas. Tom Cullen va tomber sur un vélo comme ça.

Nick se sentit soulagé. *Je suis jamais monté sur un vélo comme ça,* donc il savait faire de la bicyclette. Il suffisait d'en trouver un modèle plus simple. Tom allait le ralentir, c'était inévitable, mais peut-être pas tant que ça après tout. Et rien ne pressait de toute façon. Les rêves ne sont que des rêves. Pourtant, il sentait un besoin profond de se dépêcher, quelque chose de fort et d'indéfinissable, un ordre de son inconscient.

Ils revinrent à l'endroit où Tom avait laissé sa station-service. Nick la montra, sourit à Tom, puis lui fit un signe de tête. Sans se faire prier, Tom s'accroupit aussitôt mais, au moment où il allait prendre deux petites voitures, il s'arrêta et regarda Nick avec des yeux méfiants et inquiets.

— Vous n'allez pas partir sans Tom Cullen ?

Nick s'empressa de lui répondre que non.

— Alors tant mieux, dit Tom qui se mit aussitôt à jouer avec ses petites voitures.

Sans trop savoir ce qu'il faisait, Nick passa la main dans les cheveux de l'homme. Tom leva les yeux et lui fit un sourire timide. Nick lui rendit son sourire. Non, il ne pouvait pas le laisser là. Sûrement pas.

Il était près de midi lorsqu'il trouva une bicyclette qui lui parut convenir à Tom. Il n'aurait pas cru qu'il lui faudrait si longtemps pour en dénicher une, mais la plupart des gens avaient fermé à clé leur maison et leur garage avant de s'en aller. Il avait donc passé trois bonnes heures à chercher de rue en rue, trempé de sueur, car le soleil tapait déjà dur.

Finalement, il avait trouvé ce qu'il cherchait dans un petit garage à la sortie sud de la ville. Le garage était fermé, mais il y avait une fenêtre assez grande pour qu'il puisse se faufiler à l'intérieur. Nick cassa la vitre avec une pierre et détacha soigneusement les éclats de verre qui tenaient encore au vieux mastic. À l'intérieur, l'air étouffant sentait l'huile et la poussière. La bicyclette, un vieux vélo de garçon, était appuyée contre une station-wagon aux pneus complètement lisses.

Avec la chance que j'ai, elle sera sûrement fichue, pensa Nick. Pas de chaîne, les pneus à plat, quelque chose en tout cas. Mais cette fois, la chance était avec lui. Les pneus étaient bien gonflés et pas trop usés ; la chaîne semblait suffisamment tendue. Accrochée sur le mur, entre un râteau et une pelle, une trouvaille inespérée : une pompe presque neuve.

En cherchant un peu, Nick découvrit une petite burette d'huile. Il s'assit sur le sol de ciment craquelé et, sans se soucier de la chaleur, huila méticuleusement la chaîne et les deux pignons. Il ficela la pompe sur le cadre de la bicyclette, puis ouvrit la porte du garage. L'air frais n'avait jamais senti aussi bon. Il ferma les yeux, pris une profonde respiration, poussa la bicyclette jusqu'à la rue, l'enfourcha et se mit à pédaler lentement. La bicyclette roulait bien, exactement ce qu'il fallait à Tom... à condition qu'il sache vraiment faire de la bicyclette.

Il laissa la bicyclette près de la sienne pour refaire un tour au Prisunic. Au fond du magasin, dans un fouillis d'articles de sports qui traînaient un peu partout, il découvrit une splendide trompe chromée avec une grosse poire de caoutchouc rouge. Tom allait être content. Nick alla chercher un tournevis et une clef à molette au rayon des outils, puis il ressortit. Tom faisait la sieste dans le square, tranquillement installé à l'ombre du monument aux morts.

Nick installa la trompe sur le guidon de la bicyclette de Tom. Puis il alla chercher au Prisunic un grand fourretout et revint au supermarché remplir son sac de conserves. Il était arrêté devant des boîtes de haricots quand il aperçut une ombre filant devant la vitrine. S'il n'avait pas été sourd, il aurait déjà su que Tom avait découvert son vélo. Le *pouet pouet* asthmatique de la trompe résonnait dans la rue déserte, entre les éclats de rire de Tom Cullen.

Nick sortit du supermarché et le vit qui descendait à toute vitesse la grand-rue, ses cheveux blonds et sa chemise flottant au vent, écrasant de toutes ses forces la poire rouge de la trompe. Un peu plus loin, il fit demi-tour, un sourire triomphant sur les lèvres. Son garage Fisher-Price était installé sur le porte-bagages. Les poches de son pantalon et de sa chemise étaient bourrées à craquer de petites voitures. Le soleil jetait des éclats fugitifs sur les rayons des roues. Et Nick pensa qu'il aurait aimé entendre le son de la trompe, juste pour voir s'il lui plaisait autant qu'à Tom.

Tom lui fit un grand signe en passant devant lui, continua à fond de train, fit demi-tour un peu plus loin et revint vers lui en appuyant frénétiquement sur la poire de caoutchouc. Nick leva la main pour lui faire signe de stopper, comme un agent de police. Tom freina et s'arrêta en dérapant juste devant lui. Haletant, jubilant, il transpirait à grosses gouttes.

Nick tendit la main dans la direction de la sortie de la ville et fit un signe d'adieu.

— Je peux toujours emporter mon garage ?

Nick lui fit signe que oui.

— On s'en va tout de suite ?

Signe de tête.

— À Kansas City ?

Signe de tête.

— Où on veut ?

Oui. Où ils voulaient, pensa Nick, mais sans doute dans la direction du Nebraska.

— Chouette ! Chouette ! On y va !

Ils prirent la 283 en direction du nord. Ils ne roulaient que depuis deux heures et demie quand des nuages d'orage commencèrent à grossir à l'ouest. Presque tout de suite, il se mit à pleuvoir des cordes. Nick ne pouvait entendre les coups de tonnerre, mais il voyait les éclairs zébrer le ciel sous les nuages noirs. La lumière était si forte qu'elle lui faisait cligner les yeux. Alors qu'ils approchaient de Rosston, où Nick voulait prendre la 64 en direction de l'est, la pluie cessa tout à coup et le ciel prit une étrange couleur jaunâtre. Le vent, qui soufflait de plus en plus fort de la gauche, tomba d'un seul coup. Nick commençait à se sentir extrêmement nerveux, sans savoir pourquoi. Personne ne lui avait dit que l'un des rares instincts que l'homme partage encore avec les animaux inférieurs est précisément cette réaction à une chute brutale de la pression barométrique.

Tom le tirait frénétiquement par la manche. Nick regarda de son côté. Tom était livide. Il faisait des yeux gros comme des soucoupes.

— Une tornade ! hurla Tom. *La tornade arrive !*

Nick ne voyait rien. Il se retourna vers Tom, essayant de trouver un moyen de le rassurer. Mais Tom n'était plus là. Il pédalait à toute vitesse à travers champs, sur le côté droit de la route, fauchant les herbes hautes sur son passage.

Quelle andouille, pensa Nick. Il va bousiller sa bécane !

Tom fonçait vers une grange qui se trouvait au bout d'une route de terre longue d'environ cinq cents mètres. Nick, toujours nerveux, continua sur la route goudronnée, s'arrêta devant la barrière qui fermait la route de terre, fit passer sa bicyclette par-dessus, puis repartit en direction de la grange. Le vélo de Tom était couché par terre, devant l'entrée. Il n'avait pas pris la peine de la poser sur sa béquille. Nick n'y aurait pas prêté attention s'il n'avait pas vu Tom se servir plusieurs fois de la béquille. Il a peur, pensa Nick, tellement peur qu'il a perdu ce qu'il lui reste de cervelle.

Mais il se sentait inquiet lui aussi et il jeta un dernier coup d'œil derrière lui. Ce qu'il vit le figea sur place.

À l'ouest, tout l'horizon était bouché. Ce n'était pas un nuage, plutôt une absence totale de lumière, une sorte d'entonnoir qui s'élevait à trois cents mètres de hauteur, plus large au sommet qu'à la base ; la base ne touchait pas tout à fait le sol. Au sommet, l'entonnoir chassait les nuages qui s'enfuyaient à toute allure.

Nick vit l'entonnoir toucher la terre à un peu plus d'un kilomètre et un long hangar bleu couvert d'un toit de tôle ondulée explosa comme s'il avait été touché par une bombe. Il ne pouvait entendre le bruit, naturellement, mais les vibrations étaient si fortes qu'elles le firent basculer sur ses pieds. Et le hangar parut exploser *vers l'intérieur* comme si l'entonnoir avait aspiré tout l'air qu'il contenait. L'instant d'après, le toit de tôle se cassait en deux. Les deux morceaux montèrent en l'air en tournant comme deux toupies devenues folles. Fasciné, Nick les suivait des yeux.

Je suis en train de voir mon pire cauchemar, pensa Nick, *et ce n'est pas du tout un homme, même si on dirait parfois un homme. C'est en fait une tornade. Une énorme tornade noire qui vient de l'ouest, qui aspire tout sur son passage, tous ceux qui ont le malheur de se trouver sur son chemin. C'est...*

Deux mains l'empoignaient par les épaules, le soule-vaient littéralement, le projetaient dans la grange. C'était Tom Cullen. Fasciné par la tornade, Nick avait oublié Tom.

— En bas ! hurlait Tom. Vite ! Vite ! Oh ! Putain de bordel ! Une tornade ! *Une tornade !*

Nick sortit enfin de sa transe et comprit où il se trou-vait. Alors que Tom lui faisait descendre un escalier qui menait dans une sorte de cave, il sentit une étrange vibra-tion, presque un bourdonnement, presque un bruit. Comme un mal de tête lancinant en plein centre de son cerveau. Puis, alors qu'il descendait les marches derrière Tom, il vit quelque chose qu'il n'allait jamais oublier : les planches de la grange qui s'envolaient en pirouettant dans le ciel, comme des dents cariées arrachées par une pince invisible. Le foin répandu sur le sol s'éleva en l'air, formant une douzaine de petits entonnoirs qui avançaient, reculaient, vacillaient. Et la vibration, de plus en plus forte.

Tom ouvrait une lourde porte de bois, le poussait dans la cave. Nick sentit une odeur de moisi et de pourriture. Avant que l'obscurité ne devienne totale, il vit qu'ils par-tageaient l'abri avec une famille de cadavres rongés par les rats. Puis Tom referma d'un coup la porte et ils se retrouvèrent dans le noir. Les vibrations étaient moins fortes, mais il les sentait encore.

Une terreur panique s'empara de lui. Dans l'obscurité, les signaux que lui envoyaient ses sens du toucher et de l'odorat n'avaient rien de rassurant. Les planches conti-nuaient à vibrer sous ses pieds. Et l'odeur était celle de la mort.

Tom lui prit la main et Nick attira le pauvre idiot contre lui. Tom tremblait et Nick se demanda s'il pleurait ou s'il essayait peut-être de lui parler. Cette idée lui fit oublier sa peur et il prit Tom par les épaules. Tom l'enlaça de ses deux bras et ils restèrent ainsi tous les deux, debout dans le noir.

Les vibrations étaient de plus en plus fortes sous les pieds de Nick ; même l'air semblait trembler légèrement contre son visage. Tom le serrait de toutes ses forces. Aveugle et sourd, Nick attendait la suite des événements et se disait que, si Ray Booth lui avait crevé les deux yeux, toute sa vie aurait été ainsi. Non, il n'aurait pas pu le supporter. Il se serait certainement tiré une balle dans la tête.

Plus tard, quand il allait regarder sa montre, il allait avoir du mal à croire qu'ils n'étaient restés qu'un quart d'heure dans l'obscurité de cette cave, même si la logique lui disait qu'il devait bien en être ainsi puisque sa montre fonctionnait encore. Jamais auparavant il n'avait compris à quel point le temps est subjectif, plastique. Il croyait être là depuis au moins une heure, plus probablement deux ou trois. Et, à mesure que le temps passait, une certitude grandissait en lui : Tom et lui n'étaient pas seuls dans l'abri. Oh, il y avait les cadavres — un pauvre type était descendu là avec sa famille vers la fin, croyant peut-être que cet abri où ils avaient trouvé refuge tant de fois les protégerait une fois encore — mais ce n'était pas à ces cadavres qu'il pensait. Dans l'esprit de Nick, un cadavre n'était qu'une chose, pas différente d'une chaise, d'une machine à écrire ou d'un tapis. Un cadavre n'était qu'une chose inanimée qui occupait un certain espace. Ce qu'il ressentait, c'était la présence d'un autre être vivant, et il était de plus en plus sûr de savoir de qu'il s'agissait.

Il s'agissait de l'homme noir, de l'homme qui vivait dans ses rêves, de cette créature dont il avait senti l'esprit dans l'œil noir du cyclone.

Quelque part... dans un coin ou peut-être juste derrière eux... *il* les regardait. Et il attendait. Le moment venu, il allait les toucher et ils... quoi ? Ils deviendraient fous de terreur, naturellement. Tout simplement. Il pouvait les voir. Nick était sûr qu'il pouvait les voir. Il avait des yeux qui voyaient dans le noir comme les yeux d'un chat, comme les yeux de ces monstres au cinéma. Oui... c'était bien ça. L'homme noir voyait des choses invisibles pour les yeux humains. Pour lui, tout était lent et rouge, comme si le monde entier était plongé dans un bain de sang.

Au début, Nick comprit qu'il ne s'agissait que d'une

illusion mais, plus le temps passait, plus cette illusion devenait la réalité. Au point qu'il crut sentir l'haleine de l'homme noir sur sa nuque.

Il allait se précipiter vers la porte, l'ouvrir, sortir de cette cave. Mais tout à coup les bras qui lui tenaient les épaules disparurent. L'instant d'après, la porte de l'abri s'ouvrait, laissant entrer un flot de lumière éblouissante, une lumière si crue que Nick dut lever la main pour se protéger l'œil. Il ne vit qu'un fantôme, la silhouette chancelante de Tom Cullen qui montait l'escalier. Puis il remonta lui aussi, à tâtons dans ce halo de lumière. Quand il arriva en haut, il voyait déjà mieux.

La lumière n'était pas aussi vive quand ils étaient descendus, et il comprit aussitôt pourquoi. Le toit de la grange s'était envolé, nettoyé avec une précision chirurgicale ; pas de poutres cassées, à peine quelques débris sur le sol. Trois poutres pendaient sur les côtés du grenier. Presque toutes les planches des murs avaient disparu. Nick eut l'impression de se trouver debout à l'intérieur du squelette d'un monstre préhistorique.

Tom n'avait pas demandé son reste. Il s'enfuyait comme si le diable était à ses trousses. Il ne se retourna qu'une fois et Nick vit ses yeux agrandis par la peur, presque comiques. Il ne put s'empêcher de jeter un dernier coup d'œil dans la cave. Le vieil escalier aux marches branlantes, usées au centre, s'enfonçait dans l'ombre. Il vit de la paille par terre et deux mains qui sortaient du noir. Les rats avaient rongé les doigts jusqu'à l'os.

S'il y avait quelqu'un en bas, Nick ne le vit pas.

Mais il ne voulait pas le voir.

Il suivit Tom.

Tom grelottait à côté de sa bicyclette. Nick s'étonnait des caprices de la tornade qui avait pratiquement démoli la grange mais n'avait pas daigné toucher à leurs bicyclettes, quand il vit que Tom pleurait. Il s'approcha de lui et passa le bras autour de son cou. Les yeux vides, Tom regardait fixement la grange. Avec le pouce et l'index, Nick lui fit signe que tout allait bien. Tom regarda son geste, mais le sourire que Nick avait espéré n'apparut pas sur son visage. Tom regardait toujours la grange, avec un regard de bête traquée.

— Il y avait quelqu'un.

Nick voulut sourire, mais ses lèvres étaient comme glacées. Il montra Tom, se toucha la poitrine avec le doigt, puis fit un geste sec de la main, pour dire toi et moi, c'est tout.

— Non, pas simplement nous deux. Quelqu'un d'autre. Quelqu'un qui est venu avec la tornade.

Nick haussa les épaules.

— On s'en va ? S'il vous plaît.

En suivant le sentier que la tornade avait tracé sur son passage, ils revinrent jusqu'à la route. La tornade avait frôlé la sortie ouest de Rosston, avait traversé la route 283 en direction de l'est, arrachant les fils électriques comme des cordes à piano, avait évité la grange sur la gauche et avait frappé de plein fouet la maison de ferme qui se trouvait — qui s'était trouvée — devant la grange. Quatre cents mètres plus loin, le sillage qu'elle avait laissé dans le champ s'interrompait brusquement. Déjà les nuages se dispersaient et les oiseaux recommençaient à chanter paisiblement.

Tom faisait passer sa bicyclette par-dessus le garde-fou qui bordait la route. Ce type m'a sauvé la vie, se dit Nick. Je n'avais jamais vu de tornade. Si je l'avais laissé à May, je serais mort maintenant.

Il s'avança vers Tom et lui donna une bonne tape dans le dos en lui faisant un grand sourire.

Il faut trouver d'autres gens, pensa Nick. Il faut, pour que je puisse lui dire merci. Pour que je puisse lui dire mon nom. Il ne sait pas lire. Je ne peux même pas lui dire mon nom.

Ils campèrent cette nuit-là sur le terrain de base-ball de Rosston. Le ciel s'était complètement dégagé. Nick s'endormit très vite et passa une nuit paisible. Il se réveilla à l'aube le lendemain matin, heureux d'être à nouveau avec quelqu'un.

Il existait vraiment un comté de Polk dans le Nebraska. Il en fut d'abord très surpris, mais il avait beaucoup voyagé ces dernières années et sans doute quelqu'un lui avait-il parlé du comté de Polk sans qu'il en ait gardé le souvenir. Et il existait aussi une route 30. Mais il ne pouvait pas vraiment croire, au moins pas dans la lumière éclatante du petit matin, qu'ils allaient vraiment trouver une vieille femme noire assise sous sa véranda, au beau milieu d'un champ de maïs, en train de chanter des psaumes en s'accompagnant à la guitare. Il ne croyait pas aux rêves prémonitoires ni aux visions. Mais il fallait bien aller quelque part, trouver des gens. Et d'une certaine manière, Nick partageait le désir de Fran Goldsmith et de Stu Redman. Il fallait se regrouper, sinon tout était hostile, disloqué. Le danger rôdait partout, invisible mais bien réel, comme la présence de l'homme noir dans l'abri, hier. Oui, le danger était partout, dans les maisons, au prochain tournant de la route, peut-être caché sous les voitures et les camions qui encombraient les grandes routes. Et s'il n'était pas là, c'est qu'il se cachait quelque part dans le calendrier, deux ou trois feuillets plus loin. Son corps tout entier paraissait flairer le danger. PONT COUPÉ. SOIXANTE KILOMÈTRES DE MAUVAISES ROUTES. À VOS RISQUES ET PÉRILS.

Cette sensation lui venait en partie de l'incroyable vide de la campagne. Tant qu'il était resté à Shoyo, il en avait été partiellement protégé. Que Shoyo soit vide n'avait pas tellement d'importance, du moins pas trop, car Shoyo était si petite dans l'ordre des choses. Mais dès qu'il s'était mis en route, c'était comme si... oui, il se souvenait d'un film de Walt Disney qu'il avait vu quand il était enfant, un film sur la nature. Une tulipe en gros plan sur l'écran, si belle que vous aviez envie de retenir votre souffle. Puis la caméra reculait à une vitesse vertigineuse et vous découvriez tout un champ de tulipes. Le choc était incroyable. La surprise était trop forte. Comme si un disjoncteur sautait quelque part et vous empêchait de comprendre. Il sentait maintenant la même chose depuis qu'il s'était mis en route. Shoyo était complètement vide, mais il avait pu s'y faire. Puis McNab était vide elle aussi, et ensuite Texarkana, Spencerville ; Hardmore, rasée par l'incendie. Plus au nord, sur la route 81, une seule rencontre : un cerf. Deux fois, des traces qui indiquaient probablement la présence d'autres survivants : un feu de camp vieux de deux jours peut-être, un cerf que l'on avait abattu et dépecé. Mais pas un seul être humain. Et cette solitude pouvait vous rendre fou à mesure que vous commenciez à en saisir toute l'ampleur. Car il ne s'agissait pas simplement de Shoyo, de McNab ou de Texarkana ; c'était toute l'Amérique qui était ainsi abandonnée, comme une énorme boîte de conserve dans laquelle il ne resterait plus que quelques malheureux petits pois. Et au-delà de l'Amérique, c'était le monde entier. Nick était pris d'une sorte de vertige, d'une véritable nausée dès qu'il y pensait.

Il préféra se plonger dans son atlas routier. S'ils continuaient à rouler, peut-être feraient-ils comme une boule de neige qui grossit en dévalant une pente. Avec un peu de chance, ils rencontreraient quelques personnes avant d'arriver au Nebraska. Ensuite, ils s'en iraient tous ailleurs. Comme une longue quête sans but — pas de Saint-Graal, pas d'épée magique fichée dans un rocher.

Ils allaient remonter au nord-est, pensa-t-il, traverser le Kansas. L'autoroute 35 les conduirait jusqu'à Swedeholm, dans le Nebraska, où elle coupait la route 92, pratiquement à angle droit. Une troisième route, la 30, reliait les deux autres, comme l'hypoténuse d'un triangle droit. Et quelque part dans ce triangle se trouvait le pays de ses rêves.

Étrangement, rien que d'y penser, Nick avait hâte d'y être rendu.

Une ombre lui fit lever les yeux. Tom était assis, les

deux poings sur les yeux, bâillant à se décrocher la mâchoire. Nick lui sourit.

— On va encore faire du vélo aujourd'hui ?

Nick lui fit signe que oui.

— Chouette alors. J'aime bien mon vélo. Putain, ça oui ! J'espère qu'on va toujours faire du vélo !

Qui sait ? pensa Nick en refermant son atlas. Tu as peut-être raison.

Ce matin-là, ils partirent en direction de l'est et déjeunèrent à un carrefour, non loin de la frontière qui sépare l'Oklahoma du Kansas. C'était le 7 juillet, et il faisait chaud.

Un peu plus tôt, Tom s'était arrêté devant un panneau routier, en dérapant comme il aimait le faire. VOUS QUITTEZ LE COMTÉ DE HARPER, OKLAHOMA — VOUS ENTREZ DANS LE COMTÉ DE WOODS, OKLAHOMA.

— Je peux lire ça.

Si Nick n'avait pas été sourd, il aurait été touché et amusé par la voix stridente que Tom prit pour lire le panneau :

— *Vous quittez le comté de Harper. Vous entrez dans le comté de Woods,* dit Tom, comme s'il récitait une leçon.

Puis il se tourna vers Nick.

— Vous savez quoi, monsieur ?

Nick lui fit signe que non.

— Tom Cullen n'est jamais sorti du comté de Harper, jamais, jamais. Un jour, mon papa m'a emmené jusqu'ici et il m'a montré la pancarte. Il m'a dit que s'il me voyait de l'autre côté, il me donnerait une bonne raclée. J'espère bien qu'il va pas nous voir. Vous croyez qu'il va nous voir ?

Nick le rassura.

— Kansas City, c'est dans le comté de Woods ?

Nick secoua la tête.

562

— Mais nous allons dans le comté de Woods avant d'aller ailleurs, c'est ça ?

Nick acquiesça.

Les yeux de Tom brillaient de plaisir.

— Alors, c'est le monde ?

Nick ne comprit pas. Il fronça les sourcils... haussa les épaules.

— Je veux dire dans le monde. Est-ce qu'on vas dans le *monde,* monsieur ? Est-ce que Woods, ça veut dire le monde ? ajouta gravement Tom après un moment d'hésitation.

Lentement, Nick secouait la tête.

— Tant pis.

Tom regarda encore un moment le panneau, puis s'essuya l'œil droit où perlait une larme. Il remonta sur sa bicyclette.

— Tant pis, on y va.

Ils entrèrent au Kansas juste avant qu'il ne fasse trop noir pour continuer. Tom avait commencé à bouder après le dîner, sans doute fatigué par la route. Il voulait jouer avec son garage. Il voulait regarder la télé. Il ne voulait plus faire de vélo, parce que la selle lui faisait mal au derrière. Ils étaient passés devant un autre panneau : VOUS ENTREZ AU KANSAS. Il faisait déjà si noir que les lettres blanches semblaient flotter comme des fantômes.

Ils campèrent un kilomètre plus loin, sous un châteàu d'eau perché sur d'immenses jambes d'acier, comme un Martien de H.G. Wells. Tom se glissa dans son sac de couchage et s'endormit aussitôt. Nick resta assis quelque temps à regarder les étoiles percer la nuit. Tout était noir, tout était tranquille. Avant qu'il se couche, un corbeau se posa sur un piquet de clôture et Nick crut qu'il le regardait avec ses petits yeux noirs bordés d'un demi-cercle de sang — le reflet d'une énorme lune orange d'été qui s'était levée dans le silence. Le regard insistant du corbeau le mit mal à l'aise. Il ramassa une pierre et la lança dans la direction de l'oiseau. Le corbeau battit des ailes, le fixa d'un œil sinistre, puis disparut dans la nuit.

Cette nuit-là, il rêva de l'homme sans visage, debout sur la terrasse, les mains tendues vers l'est, puis du maïs — du maïs qui montait plus haut que sa tête — et du son de la musique. Mais cette fois, il savait que c'était de la musique ; cette fois, il *savait* que c'était une guitare. Quand une furieuse envie d'uriner le réveilla avant l'aube, les mots de la vieille femme résonnaient encore dans sa tête : *On m'appelle mère Abigaël... viens me voir quand tu veux.*

Dans l'après-midi, alors qu'ils roulaient vers l'est sur la 160, ils virent un petit troupeau de bisons — une douzaine peut-être — qui traversaient paisiblement la route, à la recherche d'un pâturage. Il y avait pourtant une clôture de fils de fer barbelés du côté nord de la route, mais les bisons l'avaient sans doute renversée.

— Qu'est-ce-que c'est ? demanda Tom, pas trop rassuré. Ce sont pas des vaches !

Et comme Nick ne pouvait pas parler, et que Tom ne savait pas lire, Nick ne put lui expliquer. C'était le 8 juillet 1990. Ils dormirent à la belle étoile, à soixante kilomètres à l'ouest de Deerhead.

Le 9 juillet, ils déjeunèrent à l'ombre d'un vieil orme, dans la cour d'une ferme qui avait en partie brûlé. D'une main, Tom prenait des saucisses dans un bocal ; de l'autre, il jouait avec ses petites voitures. Et il chantonnait sans se lasser le refrain d'une chanson à la mode. Nick connaissait par cœur les mouvements que faisaient les lèvres de Tom : *Baby, tu peux l'aimer ton mec — c'est un brave type tu sais — baby, tu peux l'aimer ton mec ?*

Nick se sentait un peu découragé par l'immensité du pays ; il ne s'était jamais rendu compte auparavant à quel point il était facile de faire de l'auto-stop, sachant que tôt ou tard la loi des grands nombres ne pouvait que vous être favorable. Une voiture finissait toujours par s'arrêter, généralement conduite par un homme, le plus souvent une canette de bière coincée entre les cuisses. Il vous demandait où vous alliez et vous n'aviez qu'à lui tendre le bout de papier que vous gardiez toujours dans la poche de votre chemise, un bout de papier où l'autre lisait : « Bonjour, je m'appelle Nick Andros. Je suis sourd-muet. Désolé. Je vais à... Merci beaucoup. Je sais lire sur les lèvres. » Et c'était tout. À moins que le type n'aime pas les sourds-muets (ce qui arrivait parfois, mais pas très souvent), vous sautiez dans la voiture et on vous emmenait où vous vouliez aller. Ou au moins, on vous faisait faire un petit bout de chemin. Les kilomètres défilaient. La voiture avalait les distances. Mais maintenant, il n'y avait plus de voitures. Dommage, car sur beaucoup de ces routes une voiture aurait été bien pratique pour aligner cent kilomètres d'un seul coup, en faisant attention. Et quand la route finissait par être bouchée, il aurait suffi d'abandonner la bagnole, de marcher un peu et d'en prendre une autre. Mais sans voiture, ils étaient comme des fourmis en train de trottiner sur la poitrine d'un géant endormi, des fourmis qui trottinaient inlassablement d'un mamelon à l'autre. Et quand Nick pensait au moment où ils finiraient par rencontrer quelqu'un (s'ils finissaient un jour par rencontrer quelqu'un), ce serait comme au temps où il faisait de l'auto-stop : l'éclat familier des chromes au sommet d'une colline, ce rayon de soleil qui éblouissait un peu, mais qui faisait tant plaisir. Et ce serait une voiture américaine comme toutes les autres, une Chevrolet Biscayne, une Pontiac Tempest, toutes ces bonnes vieilles bagnoles des usines de Detroit. Dans son rêve, ce n'était jamais une Honda ou une Mazda. Et la chignole s'arrêterait. Il verrait alors un homme au volant, un homme avec un coup de soleil sur le bras gauche. Et l'homme lui ferait un grand sourire : « Salut les gars ! Je suis drôlement content de vous voir ! Allez, grimpez ! Grimpez et voyons voir où qu'on s'en va ! »

Mais ils ne virent personne ce jour-là. Le 10, ils rencontrèrent Julie Lawry.

La journée avait été torride. Ils avaient pédalé presque tout l'après-midi, la chemise nouée à la taille, et tous les deux commençaient à devenir aussi bruns que des Indiens. Ils n'avaient pas fait beaucoup de route cependant, pas aujourd'hui, à cause des pommes. Des pommes vertes.

Des petites pommes vertes, aigrelettes, qui poussaient sur un vieux pommier dans une cour de ferme. Mais il y avait longtemps qu'ils n'avaient pas mangé de fruits frais, et les petites pommes leur parurent délicieuses. Nick n'en prit que deux, mais Tom en engloutit six, l'une après l'autre, jusqu'au trognon, malgré les gesticulations de Nick qui lui faisait signe d'arrêter. Quand il avait une idée en tête, Tom Cullen se comportait comme un sale gosse de quatre ans.

Si bien que, dès onze heures du matin et pour le reste de l'après-midi, Tom avait eu une solide courante. Il ruisselait de sueur. Il gémissait. À la moindre côte, il devait descendre de sa bicyclette et monter à pied. Bien sûr, ils n'avançaient pas très vite, mais Nick ne pouvait s'empêcher de trouver la situation plutôt comique.

Quand ils arrivèrent à Pratt, vers quatre heures, Nick décida de s'arrêter. Tom s'écrasa sur un banc et s'endormit aussitôt. Nick le laissa et partit à la recherche d'une pharmacie. Il trouverait bien quelque chose contre la diarrhée. Et qu'il le veuille ou non, Tom avalerait le médicament quand il se réveillerait, toute la bouteille s'il le fallait. Parce qu'il devait être en forme pour le lendemain. Nick voulait rattraper le temps perdu.

Il trouva finalement une pharmacie et se glissa par la porte entrouverte. La pharmacie sentait le renfermé. Mais il y avait d'autres odeurs aussi, douceâtres, écœurantes. Une odeur de parfum. Peut-être des flacons qui avaient éclaté à cause de la chaleur. Nick regarda autour de lui pour trouver le médicament qu'il cherchait. Il allait falloir lire l'étiquette pour savoir si le remède risquait de s'abîmer à la chaleur. Ses yeux glissèrent sur un mannequin et, deux rayons plus loin, sur la droite, il découvrit ce qu'il cherchait. Il avait fait deux pas dans cette direction quand il se rendit compte qu'il n'avait encore jamais vu de mannequin dans une pharmacie.

Il tourna la tête. Ce fut alors qu'il vit Julie Lawry.

Elle était parfaitement immobile, un flacon de parfum dans une main, un vaporisateur dans l'autre. Elle ouvrait de grands yeux bleus, médusés, incrédules. Ses cheveux châtains, ramenés en arrière, étaient retenus par un long foulard de soie qui retombait dans son dos. Elle était vêtue d'un mini-débardeur rose et d'un minuscule short en jeans, si court qu'on aurait presque pu le prendre pour une culotte. Elle avait de l'acné sur le front et un splendide bouton en plein milieu du menton.

Stupéfaits, elle et Nick se regardaient. Puis le flacon tomba par terre, explosa comme une bombe, et une odeur de serre tropicale se répandit dans la pharmacie.

— Vous... vous êtes réel ? demanda-t-elle d'une voix chevrotante.

Nick sentait son cœur battre la chamade. Ses tempes bourdonnaient. Des éclairs passaient devant ses yeux.

Il fit un signe de tête.

— Vous n'êtes pas un fantôme ?

Il secoua la tête.

— Alors dites quelque chose. Si vous n'êtes pas un fantôme, dites quelque chose.

Nick mit la main sur sa bouche, puis sur sa gorge.

— Et qu'est-ce que ça veut dire ?

La voix de la jeune fille était devenue légèrement hystérique. Nick ne pouvait l'entendre... mais il la devinait, la voyait sur son visage. Il craignait de s'avancer vers elle, car elle allait s'enfuir. Ce n'est pas qu'elle avait peur de voir une autre personne ; elle avait peur d'avoir une hallucination. Elle allait craquer. Si seulement il avait pu *parler...*

Il reprit donc sa mimique habituelle. Après tout, il n'avait pas le choix. Cette fois, elle parut comprendre.

— Vous ne pouvez pas *parler* ? Vous êtes *muet* ?

Nick hocha la tête.

La fille éclata de rire.

— C'est bien ma chance ! Je rencontre quelqu'un, et il est muet !

Nick haussa les épaules et lui sourit d'un air penaud.

— Tant pis, t'es pas mal foutu. C'est déjà quelque chose.

Elle posa la main sur son bras et ses seins frôlèrent sa peau. Nick sentait au moins trois parfums différents, plus, en sourdine, un arôme assez peu ragoûtant de transpiration.

— Je m'appelle Julie. Julie Lawry. Et toi ? demanda-t-elle en gloussant. C'est vrai, tu peux pas me répondre. Mon pauvre...

Elle s'approcha un peu plus près. Cette fois, il sentit ses seins se presser contre lui. Il avait très chaud. Elle est cinglée, pensa-t-il. C'est encore une gosse.

Il s'écarta d'elle, sortit son bloc-notes de sa poche et se mit à écrire. Il n'avait pas écrit deux lignes qu'elle se penchait par-dessus son épaule pour voir ce qu'il voulait lui dire. Pas de soutien-gorge. Eh bien, celle-là, elle a vite oublié. Son écriture commençait à devenir un peu tremblée.

— Mince alors ! dit-elle en le regardant écrire, comme s'il était un singe savant en train d'exécuter un tour particulièrement difficile.

Nick avait les yeux sur son bloc-notes et ne put « lire » ce qu'elle disait, mais il sentit son haleine lui chatouiller le cou.

— *Je m'appelle Nick Andros. Je suis sourd-muet. Je voyage avec un type qui s'appelle Tom Cullen. Il est un peu arriéré. Il ne sait pas lire et il ne comprend pas très bien ce que je fais. On s'en va au Nebraska. Je crois qu'il y a des gens là-bas. Viens avec nous, si tu veux.*

— D'accord, dit-elle aussitôt.

Puis elle se souvint qu'il était muet et fit un effort pour bien articuler :

— Tu sais lire sur les lèvres ?

Nick fit signe que oui.

— Tant mieux. Je suis drôlement contente de voir des gens, même un sourd-muet et un débile. C'est plutôt bizarre ici. Je n'arrive pas à dormir depuis qu'il n'y a plus d'électricité. Ma mère et mon père sont morts il y a quinze jours. Tout le monde est mort, sauf moi. Je suis si seule.

La fille jouait les héroïnes de romans-feuilletons. En étouffant un sanglot, elle se précipita dans les bras de Nick et se colla contre lui comme une sangsue. Quand elle s'écarta, elle avait les yeux parfaitement secs, mais très brillants.

— Allez, on fait l'amour. T'es plutôt mignon.

Nick la regardait, bouche bée. Non, il ne rêvait pas. Elle tripotait sa ceinture.

— Allez, je prends la pilule. Pas de problème. Tu peux, hein ? demanda-t-elle après un moment d'hésitation. Je veux dire, c'est pas parce que tu peux pas parler que tu peux pas faire le reste...

Il tendit les mains, voulant peut-être la prendre par les épaules, mais ses mains rencontrèrent ses seins. Ce qui lui ôta définitivement toute envie de résister qu'il aurait pu avoir. Ses idées n'étaient plus très claires. Il la coucha par terre et lui fit l'amour.

Plus tard, il s'avança jusqu'à la porte en rattachant sa ceinture pour voir ce que faisait Tom. Il était toujours sur son banc, oublié du monde. Julie le rejoignit, un flacon tout neuf de parfum à la main.

— C'est le débile ?

Nick hocha la tête. Il n'aimait pas beaucoup ce mot.

Et elle se mit à lui parler d'elle. Nick apprit ainsi, à son grand soulagement, qu'elle avait dix-sept ans, pas tellement moins que lui. Sa maman et ses amis l'avaient toujours appelée la madone, à cause de son visage angélique. Elle continua pendant une bonne heure à lui raconter sa vie, sans que Nick pût démêler le vrai du faux. Elle tombait à pic avec lui, lui qui était incapable d'interrompre son monologue. Nick en avait mal aux yeux de regarder le mouvement incessant de ses lèvres roses. Mais dès qu'il tournait la tête pour surveiller Tom ou pour regarder la vitrine fendue du magasin de vêtements, de l'autre côté de la rue, elle lui touchait la joue, le forçait à regarder sa bouche. Elle voulait qu'il « entende » tout, qu'il sache tout. D'abord elle l'agaça, puis elle l'ennuya mortellement. Au bout d'une heure, il se prit à regretter de l'avoir rencontrée et à espérer qu'elle déciderait finalement de ne pas venir avec eux.

Elle adorait le rock et la marijuana, avec une préférence marquée pour le colombien. Elle avait eu un petit ami, mais il en avait eu marre de la « vie pépère » et il avait abandonné ses études pour s'engager dans les Marines, en avril. Elle ne l'avait pas revu depuis, mais il lui écrivait toutes les semaines. Elle et ses deux copines, Ruth Honinger et Mary Beth Gooch, allaient à tous les concerts rock qu'on donnait à Wichita. En septembre, elles étaient même allées jusqu'à Kansas City en stop pour voir Van Halen et les Monsters of Heavy Metal. Et... oui, elle s'était envoyé le bassiste, « le pied le plus fantastique de ma vie ». Elle avait « pleuré comme un veau » quand sa mère et son père étaient morts tous les deux en moins de vingt-quatre heures, même si sa mère était une « sale bigote » et que son père n'avait pu avaler que Ronnie, son mec, s'engage dans les Marines. Elle avait pensé terminer ses études, et puis devenir esthéticienne à Wichita, ou bien « foutre le camp à Hollywood et me faire embaucher par une de ces compagnies qui décorent les maisons des stars, je suis sacrément bonne en décoration intérieure, et Mary Beth a dit qu'elle viendrait avec moi ».

C'est alors qu'elle se souvint tout à coup que Mary Beth Gooch était morte et que son rêve de devenir esthéticienne ou décoratrice d'intérieur pour les grandes stars du cinéma s'était envolé avec elle... avec elle et tous les autres. Ce qui parut lui causer un chagrin un peu plus sincère. Rien d'une tempête cependant, à peine une petite averse qui ne dura pas.

Lorsque ce déluge de paroles commença à se tarir un peu — du moins temporairement — elle voulut « remettre ça » (comme elle le disait si délicatement). Nick secoua la tête, ce qui n'eut pas l'heur de plaire à la demoiselle.

— Tout compte fait, j'ai peut-être pas envie d'aller avec vous.

Nick haussa les épaules.

— Sale muet ! lança-t-elle tout à coup en le regardant d'un air méchant.

L'instant d'après, elle souriait :

— T'en fais pas, je disais ça pour rire.

Nick la regardait, impassible. On lui avait dit des choses bien pires, mais il y avait quelque chose dans cette fille qu'il n'aimait pas du tout. Elle était dingue. Elle n'était pas du genre à gueuler ou à vous gifler si elle se mettait en rogne ; pas celle-là. Celle-là, elle était du genre à vous déchirer avec toutes ses griffes. Et il eut subitement la certitude qu'elle lui avait menti sur son âge. Elle n'avait pas dix-sept ans, ni quatorze, ni vingt et un. Elle avait l'âge que vous vouliez... à condition que vous la désiriez plus qu'elle vous désirait, que vous ayez besoin d'elle plus qu'elle de vous. C'était une dingue du sexe, mais Nick pensa que sa sexualité n'était que la manifestation d'autre chose dans sa personnalité... un symptôme. *Symptôme,* un mot qu'on utilise pour les malades, non ? Est-ce qu'elle était malade ? D'une certaine manière, assurément. Et, tout à coup, il eut peur qu'elle ne fasse du mal à Tom.

— Hé, ton copain se réveille !

Nick tourna la tête. Oui — assis sur son banc, Tom grattait sa tignasse, regardait autour de lui avec des yeux de chouette. Et Nick se souvint tout à coup de la diarrhée.

— Salut ! lança Julie.

Et elle courut vers Tom en faisant ballotter ses seins sous son minuscule débardeur rose. Tom la regardait arriver, mais plus du tout avec des yeux de chouette.

— Salut ? dit-il d'une voix hésitante en regardant Nick.

Nick haussa les épaules et lui fit signe que tout allait bien.

— Je m'appelle Julie. Comment ça va, mon gros canard ?

Pensif — et un peu malheureux — Nick retourna à la pharmacie chercher le médicament de Tom.

— Beurk, faisait Tom en secouant la tête. Beurk, je veux pas. Tom Cullen n'aime pas les remèdes, putain non, c'est pas bon.

Excédé, Nick le regardait, le flacon à la main. Il tourna les yeux vers Julie et vit dans son regard la même lueur moqueuse que tout à l'heure quand elle s'était moquée de lui — pas une lueur à vrai dire, mais un éclair dur, impitoyable, le regard qu'a une personne totalement dépourvue de sens de l'humour lorsqu'elle s'apprête à vous taquiner.

— T'as raison, Tom, dit-elle. Ne bois pas, c'est du poison.

Nick en resta bouche bée. Elle lui fit un grand sourire, les mains sur les hanches, comme si elle le mettait au défi de convaincre Tom. Sa revanche, peut-être, pour le punir de ne pas avoir voulu « remettre ça ».

Nick se retourna vers Tom et avala une gorgée de médicament. La colère lui faisait battre les tempes. Il tendit la bouteille à Tom, mais l'autre n'était toujours pas convaincu.

— Non, beurk, Tom Cullen ne boit pas de poison. Papa a dit de pas boire de poison. Papa a dit que c'est pour tuer les rats dans la grange ! Pas de poison !

Tout à coup, incapable de supporter davantage son sourire moqueur, Nick se tourna vers Julie et lui lança une gifle à toute volée. Tom les regardait, les yeux écarquillés.

Stupéfaite, Julie ne trouvait pas ses mots. Elle rougit

un peu et son visage prit une expression méchante d'enfant gâté.

— *Toi... toi, espèce de sale con de muet ! C'était pour rire, pauvre con ! T'as pas le droit de me frapper ! T'as pas le droit de me frapper, salaud !*

Elle bondit vers lui, mais il la repoussa. Elle tomba sur le derrière, son derrière moulé dans son short en jeans, la bouche déformée par la colère, comme un chien qui montre les dents.

— Je vais t'arracher les couilles. T'as pas le droit.

Nick avait l'impression que sa tête allait éclater. D'une main tremblante, il sortit son stylo-bille et griffonna quelque chose sur son bloc-notes. Il déchira la page et la lui tendit. Folle de colère, elle lui donna un coup sur la main et le papier tomba. Il le ramassa, la prit par le cou et lui fourra le papier devant les yeux. Tom pleurnichait, un peu à l'écart.

— D'accord ! Je vais lire ! Je vais lire tes conneries !

Le message n'était pas long : *On ne veut pas de toi.*

— Va te faire foutre ! hurla-t-elle en se dégageant.

Elle recula de quelques pas. Ses yeux étaient aussi bleus que dans la pharmacie, lorsqu'il avait failli tomber sur elle, mais ils crachaient de la haine maintenant. Nick se sentait fatigué. Pourquoi avait-il fallu qu'il rencontre cette fille ?

— Je ne veux pas rester seule. Je viens avec vous. Et tu ne peux pas m'en empêcher.

Si, il pouvait. Elle ne l'avait donc pas encore compris ? Non, pensa Nick, elle n'a pas compris. Pour elle, tout ça n'était qu'un mauvais film d'horreur, un film dans lequel elle était la vedette, elle, Julie Lawry, également connue sous le nom de Madone, elle qui obtenait toujours ce qu'elle voulait.

Il dégaina son revolver et visa les pieds de la fille. Elle se figea aussitôt. Son visage était devenu livide. Ses yeux n'étaient plus les mêmes. Pour la première fois, elle voyait la réalité en face. Pour la première fois, quelque chose était entré dans son monde qu'elle ne pouvait pas manipuler, du moins le croyait-elle. Un pistolet. Nick avait mal au cœur.

— C'était pour rire, dit-elle d'une voix hachée. Je vais faire ce que tu veux, je promets.

Avec son arme, il lui fit signe de s'éloigner.

Elle se retourna et se mit à marcher en regardant derrière son dos. Elle marchait de plus en plus vite. Bientôt, elle se mit à courir et elle disparut au coin de la rue. Nick remit son pistolet dans son étui. Il tremblait. Il se sentait souillé, comme si Julie Lawry avait eu quelque chose d'inhumain, comme s'il avait touché une de ces horribles bestioles qui grouillent sous les arbres morts.

Il regarda autour de lui. Tom n'était plus là.

Sous le soleil de plomb, Nick partit à sa recherche. Son œil lui faisait affreusement mal. Des élancements terribles lui traversaient la tête. Il lui fallut près de vingt minutes pour retrouver Tom. Il était accroupi derrière une maison, deux rues plus loin, serrant dans ses bras son garage Fisher-Price. Et quand il vit Nick, il se mit à pleurer.

— S'il vous plaît, je veux pas boire. S'il vous plaît, Tom Cullen veut pas boire du poison, putain non, papa a dit que c'était pour tuer les rats... *S'il vous plaît !*

Nick se rendit compte qu'il avait toujours à la main le flacon de Pepto-Bismol. Il le jeta et montra à Tom ses deux mains vides. Tant pis pour la diarrhée. Merci beaucoup, Julie, merci.

Tom sortit de sa cachette.

— Je demande pardon, bafouilla-t-il. Pardon, Tom Cullen demande pardon.

Ils revinrent à la grand-rue... et s'arrêtèrent net. Les deux bicyclettes étaient par terre. Les pneus avaient été tailladés à coups de couteau. Le contenu de leurs sacs était éparpillé sur toute la largeur de la rue.

Puis quelque chose frôla le visage de Nick, très vite — il sentit une sorte de souffle — et Tom détala en hurlant. Nick ne comprit pas tout de suite. Il regardait autour de lui quand il vit la flamme du deuxième coup de feu. Il venait d'une fenêtre du premier étage de l'Hôtel Pratt. Et

574

il sentit comme une aiguille qui piquait le tissu du col de sa chemise.

Nick fit volte-face et s'élança derrière Tom.

Il ne pouvait pas savoir si Julie avait encore tiré ; ce qui était sûr, lorsqu'il rattrapa Tom, c'est qu'ils étaient tous les deux indemnes. Au moins, nous sommes débarrassés de cette sorcière, se dit-il, ce qui n'était qu'à moitié vrai.

Ils passèrent la nuit dans une grange, à cinq kilomètres au nord de Pratt. Tom fit des cauchemars. Il se réveilla plusieurs fois et Nick dut le rassurer. Ils arrivèrent à Iuka le lendemain matin, vers onze heures, et trouvèrent deux bonnes bicyclettes dans un magasin d'articles de sports, Sport and Cycle World. Nick, qui commençait enfin à oublier cette rencontre avec Julie, pensa qu'ils finiraient de se rééquiper à Great Bend, où ils devraient arriver au plus tard le 14.

Mais vers trois heures moins le quart, dans l'après-midi du 12 juillet, il aperçut un éclair dans le rétroviseur monté sur la poignée gauche de son guidon. Il s'arrêta (Tom qui roulait à côté de lui en rêvassant lui passa sur le pied, mais Nick s'en rendit à peine compte) et regarda derrière lui. L'éclair venait du haut de la colline, juste derrière lui, comme une étoile en plein jour, comme du temps où il sillonnait le pays en auto-stop. C'était une vieille camionnette Chevrolet, une de ces bonnes vieilles boîtes à savon de Detroit. Elle avançait lentement, zigzaguant d'un côté à l'autre de la route pour éviter les véhicules qui encombraient la chaussée.

Elle approchait. Tom gesticulait comme un fou, mais Nick restait figé sur place, la barre de son vélo entre ses deux cuisses, les jambes écartées. La camionnette s'arrêta à côté d'eux. Nick pensa qu'il allait voir apparaître le visage de Julie Lawry, son méchant sourire de triomphe. Elle braquerait sur eux l'arme avec laquelle elle avait essayé de les tuer et, à cette distance, elle ne risquait plus de les manquer. Rien de pire qu'une femme qu'on envoie balader.

Mais le visage qui apparut fut celui d'un homme dans la quarantaine, coiffé d'un chapeau de paille. Une grande plume était coincée sous le ruban de velours bleu du chapeau. Lorsque l'homme leur sourit, de fines pattes d'oie plissèrent la peau bronzée de son visage.

— Nom d'une pipe de nom d'une pipe, je suis bien content de vous voir, les gars ! Ah oui, bien content. Grimpez là-dedans, et voyons un peu par où qu'on s'en va.

Et c'est ainsi que Nick et Tom firent la connaissance de Ralph Brentner.

44

Il était en train de craquer — *hé, baby, pas besoin d'un dessin.*

Tiens, c'était un bout d'une chanson de Huey Piano Smith. Un vieux truc. Un souvenir du passé. Huey Piano Smith, tu te souviens ? *Ah-ah-ah, eh-eh-oh... gouba-gouba-gouba-gouba... ha-ha-ha.* Et ainsi de suite. L'immense sagesse, la pénétrante critique sociale de Huey Piano Smith.

— On s'en fout de la critique sociale, dit-il. Et Huey Piano Smith était un vieux con.

Des années plus tard, Johnny Rivers avait enregistré une chanson de Huey, *Rockin Pneumonia and the Boogie-Woogie Flu.* Larry Underwood s'en souvenait très bien, et le titre convenait parfaitement à la situation — petite grippe et pneumonie, pourquoi pas ? Ce bon vieux Johnny Rivers. Ce bon vieux Huey Piano Smith.

— On s'en fout, dit-il pour la deuxième fois.

Il n'avait vraiment pas l'air en très grande forme — frêle silhouette qui avançait en titubant sur une route de Nouvelle-Angleterre.

Les années soixante, ça c'était la grande époque. Les hippies. Flower people. Andy Warhol avec ses lunettes roses et sa saloperie de brillantine. Norman Spinrad, Norman Mailer, Norman Thomas, Norman Rockwell, et ce bon vieux Norman Bates du motel Bates, ha ha ha. Dylan se casse le cou. Barry McGuire croasse *The Eve of Destruction.* Diana Ross donne la chair de poule à tous les petits Blancs. Et tous ces groupes formidables, pensait Larry dans son brouillard. Ceux de maintenant, vous pouvez bien vous les foutre au cul. Pour le rock, plus rien d'intéressant depuis les années soixante. Ça, c'était de la musique. Airplane avec Grace Slick pour la voix, Norman Mailer à la guitare, et ce bon vieux Norman Bates à la batterie. Les Beatles. Les Who. Morts...

Il tomba et se cogna la tête.

Le monde plongea dans le noir, puis revint en fragments éblouissants. Il se passa la main sur la tempe. Quand il la retira, elle était recouverte d'une petite mousse de sang. On s'en fout. Rien à foutre, comme on disait du temps des hippies. Qu'est-ce que ça pouvait bien foutre de tomber et de se cogner la tête, quand il n'arrivait pas à dormir depuis une semaine à cause de ses cauchemars, quand une bonne nuit pour lui, c'était celle où ses hurlements ne montaient pas plus haut que le milieu de sa gorge ? Parce que, quand il hurlait vraiment et que ses hurlements le réveillaient, ça c'était pas drôle, ça faisait vraiment peur.

Il rêvait qu'il se trouvait encore dans le tunnel Lincoln. Quelqu'un le suivait, mais ce n'était pas Rita. C'était le diable, et il épiait Larry avec un drôle de sourire glacé. L'homme noir n'était pas le mort vivant ; il était *pire* que le mort vivant. Larry courait avec cette lenteur panique des mauvais rêves, trébuchait sur des cadavres invisibles, savait qu'ils le regardaient avec leurs yeux vitreux de trophées empaillés dans les cryptes de leurs voitures immobilisées au milieu du flot gelé de la circulation, il courait, mais à quoi bon courir quand le mauvais homme noir, le sorcier noir, pouvait le voir dans l'obscurité, le voyait avec ses yeux comme des jumelles infrarouges ? Et, au bout d'un moment, l'homme noir lui susurrait à l'oreille : *Viens, Larry, viens, on a du travail à faire ensemble, Larry...*

Il sentait l'haleine de l'homme noir dans son dos et c'est alors qu'il se réveillait, qu'il échappait au sommeil, que son hurlement se coinçait dans sa gorge comme un gros bout de pain, ou s'échappait de ses lèvres, assez fort pour réveiller les morts.

Le jour, l'homme noir disparaissait. L'homme noir ne travaillait que la nuit. Le jour, c'était la grande solitude qui le tenaillait, qui grignotait son chemin dans son cerveau avec les dents pointues d'un rongeur inlassable — un rat, ou une belette peut-être. Le jour, il pensait à Rita. Chère Rita. Sans cesse il la voyait, ses yeux mi-clos comme les yeux d'un animal mort tout à coup dans la souffrance, cette bouche qu'il avait embrassée maintenant remplie de vomi vert ranci. Elle était morte si facilement, dans la nuit, *dans le même sac de couchage,* et maintenant il était...

Oui, il était en train de craquer. C'était ça, non ? C'était bien ça. Il craquait.

— Je craque, murmura-t-il. Nom de Dieu, je perds la boule.

La partie de son cerveau qui fonctionnait encore un peu lui dit que c'était probablement vrai, mais que ce dont il souffrait en ce moment même, c'était en fait d'une insolation. Après ce qui était arrivé à Rita, il n'avait pas pu remonter sur sa moto. Totalement incapable ; blocage mental. Il se voyait écrabouillé sur la route. Alors, il avait finalement balancé sa moto dans le fossé. Et depuis, il marchait — depuis combien de jours ? Quatre ? Huit ? Neuf ? Il n'en savait rien. Il faisait plus de trente degrés depuis dix heures ce matin. Et maintenant, il était près de quatre heures, le soleil tapait dans son dos, et il n'avait pas de chapeau.

Depuis combien de temps avait-il abandonné sa moto ? Ce n'était pas hier, et probablement pas avant-hier (peut-être, mais probablement pas). De toute manière, ça intéressait qui ? Il était descendu de la moto, avait enclenché la première, avait mis les gaz à fond, puis il avait lâché l'embrayage. La moto s'était arrachée à ses mains tremblantes et malades comme un derviche fou, s'était cabrée en montant sur l'accotement, puis avait plongé dans le fossé de la route 9, un peu à l'est de Concord. La petite ville où il avait assassiné sa moto s'appelait peut-être

Gossville. De toute façon, ça n'avait aucune importance. La moto ne lui servait plus à rien. Tout juste s'il arrivait à faire du vingt-cinq. Et même à vingt-cinq à l'heure, il se voyait catapulté par-dessus le guidon, le crâne ouvert en deux comme une coquille de noix quand il retombait sur la route, ou bien, à la sortie d'un virage, la collision de plein fouet avec un camion renversé, et ensuite une grosse boule de feu. Puis le voyant rouge de surchauffe s'était allumé, *évidemment* qu'il s'était allumé, et il pouvait presque lire le mot *trouillard* écrit en petites lettres au-dessus de l'ampoule rouge. Avait-il jamais aimé la moto, cette sensation de vitesse quand le vent lui frappait le visage, quand l'asphalte défilait à toute allure, quinze centimètres sous les repose-pieds ? Oui. Quand Rita était avec lui. Avant que Rita ne soit plus qu'une bouche pleine de déguelis vert, qu'une paire d'yeux mi-clos, il avait aimé la moto.

Il avait donc envoyé sa moto dans un ravin rempli de mauvaises herbes, et il l'avait regardée culbuter jusqu'au fond, méfiant, comme si elle avait pu remonter pour l'écraser. *Allez, tu vas t'arrêter, salope ?* Mais la moto refusait de caler. Longtemps, elle avait rugi au fond du ravin, sa roue arrière tournant à toute vitesse, la chaîne avalant les dernières feuilles de l'automne, projetant des nuages de poussière brune, âcre. L'échappement lâchait une épaisse fumée bleue. Et il avait même cru que la moto allait se redresser, sortir de sa tombe, l'écraser... Ou bien qu'un après-midi il entendrait le bruit d'un moteur, et en se retournant il verrait sa moto, cette sale moto qui refusait de caler et de mourir tranquillement, sa moto qui foncerait droit sur lui, à cent trente, et couché sur le guidon, l'homme noir, et derrière lui, sur le siège arrière, son pantalon de soie blanche flottant au vent, Rita Blakemoor, le visage blanc comme de la craie, les yeux mi-clos, les cheveux secs comme un champ de maïs en hiver. Et puis, enfin, la moto avait commencé à cracher, à hoqueter, à s'étouffer et, quand elle s'était finalement arrêtée, il l'avait regardée une dernière fois et il s'était senti triste, comme si une partie de lui-même venait de mourir. Sans la moto, il ne pouvait plus vraiment s'attaquer au silence et, d'une certaine manière, le silence était pire que sa peur de mourir, d'avoir un terrible accident. Depuis, il marchait. Il avait traversé plusieurs petites villes et il avait vu plusieurs magasins de motos, de splendides modèles en vitrine, la clé de contact sur le tableau de bord, mais s'il les regardait trop longtemps, il se voyait étalé sur la route au milieu d'une flaque de sang, il se voyait en technicolor comme dans un film d'horreur où d'énormes camions écrabouillent les gens, où d'énormes bestioles qui se nourrissent de vos entrailles finissent par crever la peau, éclaboussant l'écran de morceaux de chair, si bien qu'il continuait sa route, supportait le silence, pâle, grelottant. Il continuait sa route, un petit chapelet de sueur sur la lèvre supérieure et au creux des tempes.

Il avait maigri — normal, non ? Il marchait toute la journée, jour après jour, depuis le lever jusqu'au coucher du soleil. Il n'arrivait pas à dormir. Les cauchemars le réveillaient à quatre heures. Il allumait alors sa lampe de camping, s'accroupissait à côté d'elle, attendait que le soleil se lève pour reprendre sa marche. Et il marchait jusqu'à ce qu'il fasse presque trop noir pour qu'on voie quelque chose. Alors il dressait sa tente avec la hâte furtive d'un prisonnier évadé. Puis il s'allongeait, incapable de dormir, nerveux comme un type qui vient de s'envoyer deux grammes de cocaïne. Et il ne mangeait presque rien ; il n'avait jamais faim. La cocaïne coupe l'appétit ; la peur aussi. Larry n'avait pas pris de coke depuis ce jour lointain en Californie. Mais la peur ne le quittait plus. Les cris d'un oiseau dans les bois le faisaient sursauter. Les cris d'agonie d'un petit animal dévoré par un autre plus gros lui donnaient la chair de poule. Non, il n'était pas maigre. Squelettique plutôt. Et sa barbe avait poussé, une barbe fauve, rougeâtre, beaucoup plus claire que ses cheveux. Ses yeux s'enfonçaient dans leurs orbites, brillants comme ceux d'un petit animal qui se débat dans un collet.

— Je craque.

Le bruit que fit sa voix cassée l'horrifia. C'était donc

à ce point ? Lui, Larry Underwood, qui avait remporté un certain succès avec son premier disque, qui avait rêvé de devenir un jour le Elton John de son époque... Ce que Jerry Garcia pourrait rire s'il était là... et maintenant, ce type était devenu cette fourmi qui trottinait sur l'asphalte chaud de la route 9, quelque part dans le sud-est du New Hampshire, cette chose qui rampait comme une couleuvre, cette chose-là était lui. L'autre Larry Underwood n'avait plus aucun rapport avec cette chose qui rampait... ce...

Il essaya en vain de se relever.

— C'est quand même trop bête, dit-il, au bord des larmes.

De l'autre côté de la route, à deux cents mètres, scintillante comme un mirage, se dressait une ferme toute blanche — fenêtres vertes, toit de bardeaux verts, pelouse verte qui ondulait doucement, à peine un peu trop haute. En bas de la pelouse coulait un petit ruisseau ; il l'entendait chantonner, gazouiller. Un muret de pierre longeait le ruisseau, probablement la limite de la propriété, et de grands ormes s'appuyaient contre lui çà et là. Bon. Il allait faire son célèbre numéro de l'homme qui rampe, s'asseoir à l'ombre un moment, voilà ce qu'il allait faire. Et quand il se sentirait un peu mieux... il se lèverait, descendrait jusqu'au ruisseau pour boire un petit coup et se laver. Il devait sentir mauvais. Mais qui s'en préoccupait ? Il n'y avait plus personne pour sentir son odeur, maintenant que Rita était morte.

Était-elle toujours couchée sous la tente ? Le ventre gonflé ? Couverte de mouches ? De plus en plus semblable au type assis dans les toilettes de Central Park ? Où diable aurait-elle pu être ? En train de faire du golf à Palm Springs, avec Bob Hope ?

— C'est horrible.

Il traversa la route en rampant.

Une fois à l'ombre, il eut l'impression qu'il aurait pu se relever, mais l'effort lui parut trop grand. Il eut cependant la force de regarder timidement derrière lui, au cas où sa moto serait revenue l'écraser.

Il faisait beaucoup plus frais à l'ombre et Larry poussa un long soupir de soulagement. Il posa la main sur sa nuque où le soleil avait tapé presque toute la journée et la retira aussitôt, en poussant un petit cri de douleur. Coup de soleil ? Ambre solaire. Et toute la merde de la publicité. Ça brûle. Watts. L'incendie de Watts. Tu te souviens ? Encore un souvenir du passé. Toute la race humaine, un souvenir du passé, comme un grand souffle chaud venu du fond du désert.

— Mon vieux, tu es malade, dit-il en s'adossant au tronc rugueux d'un orme.

Il ferma les yeux. Le soleil qui filtrait à travers les feuilles faisait des taches rouges et noires derrière ses paupières. Le ruisseau gazouillait tranquillement. Dans une minute, il irait boire un peu d'eau et se laver. Dans une minute.

Il s'endormit.

Les minutes passèrent et, pour la première fois depuis des jours, il dormit sans faire de cauchemar, les mains à plat sur le ventre. Son menton maigre se soulevait chaque fois qu'il respirait et sa barbe faisait paraître son visage encore plus mince, le visage troublé d'un fugitif solitaire qui vient d'échapper à un effroyable massacre. Peu à peu, les profondes rides de son visage brûlé par le soleil commencèrent à s'estomper. Lentement, il descendit au plus profond de son inconscient et resta là, comme une petite bête sortie de la rivière qui vient prendre un bain de soleil dans la fraîcheur de la boue. Le soleil baissait à l'horizon.

Au bord du ruisseau, les buissons bougèrent doucement. Quelque chose s'avança un peu, s'arrêta, se mit en marche. Les buissons s'écartèrent finalement. Un petit garçon en sortit. Il avait peut-être treize ans, peut-être dix, mais grand pour son âge. Il n'était vêtu que d'un slip. Sa peau était si bronzée qu'on aurait dit de l'acajou, à part la ligne blanche qui se dessinait juste au-dessus de la ceinture de son slip. Il avait le corps couvert de piqûres de moustiques, certaines nouvelles, la plupart anciennes. Dans la main droite, il tenait un couteau de boucher. La lame, longue d'une trentaine de centimètres, brillait au soleil.

À pas feutrés, légèrement penché en avant, il s'approcha de l'orme et s'arrêta derrière Larry. Ses yeux, un peu bridés, étaient bleu-vert, couleur de mer. Des yeux vides, un peu sauvages. Il leva son couteau.

— Non, fit une voix de femme, douce mais ferme.

L'enfant se retourna, pencha la tête, le couteau toujours levé. Il avait l'air de ne pas comprendre et d'être un peu déçu.

— Attends, on va voir ce qu'il fait, dit la voix de femme.

Le garçon s'arrêta, regarda son couteau, regarda Larry, regarda encore son couteau, manifestement déçu. Puis il revint se cacher dans les buissons.

Larry dormait toujours.

Quand Larry se réveilla, la première chose à laquelle il pensa, c'est qu'il se sentait bien. La deuxième, c'est qu'il avait faim. La troisième, c'est que le soleil ne savait plus ce qu'il faisait — on aurait dit qu'il avait reculé dans le ciel. La quatrième, c'est qu'il avait envie — pardonnez l'expression — de pisser comme un cheval, et même comme un cheval de course.

Il se mit debout et s'étira en écoutant le délicieux craquement de ses tendons. C'est alors qu'il comprit qu'il n'avait pas simplement fait une petite sieste ; il avait dormi toute la nuit. Il regarda sa montre et comprit pourquoi le soleil n'était pas là où il aurait dû se trouver. Il était neuf heures du matin. Son estomac protestait. La faim. Il devait y avoir quelque chose à manger dans cette grosse maison blanche. Une boîte de soupe, peut-être du corned-beef.

Avant d'aller chercher quelque chose à manger, il se déshabilla, se mit à genoux au bord du ruisseau et s'aspergea d'eau. Il n'avait plus que la peau et les os. Il se leva, s'essuya avec sa chemise, enfila son pantalon. Quelques grosses pierres noires et luisantes sortaient à moitié du ruisseau. Il s'en servit pour traverser. De l'autre côté, il s'arrêta tout à coup, les yeux braqués sur les épais buissons. La peur qu'il avait oubliée depuis qu'il s'était réveillé s'embrasa en lui, comme une vieille planche de pin jetée dans le feu, puis mourut aussi vite qu'elle était venue. Il avait entendu quelque chose, mais c'était sans doute un écureuil ou une marmotte, peut-être un renard. Rien d'autre. Tranquillisé, il commença à remonter la pelouse, en direction de la grande maison blanche.

À mi-chemin, une idée lui vint comme une bulle monte à la surface de l'eau. Sans aucune raison, sans tambour ni trompette. Mais elle le fit s'arrêter net.

Pourquoi n'as-tu pas pris une bicyclette ?

Il s'arrêta au milieu de la pelouse, à mi-chemin entre le ruisseau et la maison. Quelle connerie ! Il n'avait cessé de marcher depuis qu'il avait flanqué la Harley dans le ravin. Marcher, marcher encore, jusqu'à l'épuisement, et finalement l'insolation ou quelque chose qui lui ressemblait fort. Alors qu'il aurait pu pédaler, pas trop vite s'il avait voulu, et il serait déjà sur la côte, installé dans sa villa, une villa pleine de bonnes choses à manger.

Il se mit à rire, doucement au début, un peu étonné par le bruit qu'il faisait dans ce silence. Rire quand il n'y a personne pour rire avec vous, c'était encore un autre signe qui vous disait bien clairement que vous étiez parti et bien parti pour le pays des schnocks. Mais son rire paraissait si vrai, si sincère, pétant de santé, le rire du Larry Underwood d'autrefois, qu'il décida de laisser faire. Et les mains sur les hanches, les yeux au ciel, il partit d'un formidable éclat de rire, étonné de sa propre stupidité.

Derrière lui, au plus épais des buissons qui bordaient le ruisseau, des yeux bleu-vert le regardaient, tandis que Larry se remettait en marche, secouant la tête, riant encore un peu. Ils le regardaient toujours quand il monta l'escalier, ouvrit la porte de derrière. Ils le regardaient quand il disparut à l'intérieur. Puis les buissons frissonnèrent et firent ce petit bruit que Larry avait entendu tout à l'heure. Le petit garçon en sortit, nu dans son slip, brandissant son couteau de boucher.

Une autre main apparut et lui caressa l'épaule. Le garçon s'arrêta aussitôt. La femme sortit à son tour — elle était grande, imposante, mais on aurait dit qu'elle ne faisait pas bouger les buissons. Elle avait une chevelure épaisse et luxuriante, noire avec de grosses mèches d'un blanc de neige, tressée en une grosse natte qui retombait sur son épaule et effleurait le bout de son sein. Quand vous regardiez cette femme, la première chose que vous remarquiez, c'était qu'elle était très grande. Puis vos yeux étaient attirés par ses cheveux, et vous sentiez presque avec vos yeux cette chevelure drue et pourtant onctueuse sous les doigts. Et si vous étiez un homme, vous vous demandiez de quoi elle aurait l'air, les cheveux dénoués, libérés, étalés sur un oreiller au clair de lune. Vous vous demandiez comment elle serait au lit. Mais elle n'avait jamais eu d'homme. Elle était pure. Elle attendait. Elle avait fait des rêves. Une fois, au collège, il y avait eu cette séance de spiritisme. Et elle se demandait une fois de plus si cet homme-là était le bon.

— Attends, dit-elle au garçon.

Elle lui prit la tête, le força à regarder son visage paisible.

— Ne t'en fais pas, Joe, il ne va pas faire de mal à la maison.

Il se retourna, regarda la maison, inquiet, déçu.

— On le suivra quand il s'en ira.

Il secoua la tête.

— Si, il faut. Je ne peux pas faire autrement.

Elle en était sûre. Il n'était peut-être pas l'homme qu'elle cherchait, mais même ainsi, il était un maillon dans cette chaîne qu'elle suivait depuis des années, une chaîne qui touchait maintenant à sa fin.

Joe — ce n'était pas son vrai prénom — brandit son couteau comme s'il voulait la poignarder. Elle ne fit aucun geste pour se protéger ni pour s'enfuir. Lentement, l'enfant laissa retomber son arme, se tourna vers la maison et fit un geste menaçant.

— Non, ne fais pas ça. C'est un être humain, et il va nous conduire...

Silence. *Vers d'autres êtres humains,* voilà ce qu'elle avait voulu dire. *C'est un être humain, et il va nous conduire vers d'autres êtres humains.* Mais elle n'était pas sûre que c'était ce qu'elle voulait dire, ou du moins que c'était *tout* ce qu'elle voulait dire. Elle se sentait déjà tiraillée entre deux choses et regrettait d'avoir vu cet homme. Elle essaya de caresser le garçon, mais il s'écarta aussitôt. Il regardait la grande maison blanche avec des yeux jaloux, pleins de colère. Au bout d'un moment, il se glissa dans les buissons en lui lançant un regard lourd de reproches. Elle le suivit pour s'assurer qu'il n'allait pas faire de bêtises. Il était couché, pelotonné en chien de fusil, le couteau serré contre sa poitrine. Il se mit à sucer son pouce et ferma les yeux.

Nadine revint au ruisseau, à l'endroit où il faisait une petite mare. Elle se mit à genoux. Elle prit un peu d'eau dans le creux de ses mains, but, puis s'installa pour observer la maison. Ses yeux étaient calmes, son visage était celui d'une madone de Raphaël.

Tard dans l'après-midi, alors que Larry pédalait sur la route 9, bordée d'arbres à cet endroit, il découvrit devant lui un panneau vert et s'arrêta pour le lire, un peu surpris. ÉTAT DU MAINE, PARADIS DE VOS VACANCES. Il avait peine à y croire ; il avait dû faire à pied une distance incroyable, sans s'en rendre compte. Ou bien il avait perdu le compte des jours. Il allait repartir quand quelque chose — un bruit dans la forêt, ou peut-être seulement dans sa tête — le fit se retourner. Rien. La route 9 était absolument déserte.

Depuis qu'il avait quitté la grande maison blanche où il avait mangé des céréales et des crackers Ritz comme petit déjeuner, il avait eu plusieurs fois l'impression qu'on l'observait, qu'on le suivait. Il *entendait* des choses. Il *voyait* même peut-être des choses du coin de l'œil. Son sens de l'observation, qui commençait à peine à s'éveiller dans cette étrange situation, lui envoyait des signaux presque imperceptibles qui taquinaient ses terminaisons nerveuses sans qu'il puisse en tirer autre chose que la bizarre sensation d'être observé. Cette sensation ne lui faisait pas peur cependant. Il n'avait pas l'impression d'halluciner ni de délirer. Si quelqu'un l'observait sans se faire voir, c'était sans doute qu'on avait peur de lui. Et si l'on avait peur du pauvre Larry Underwood, maigre comme un clou, trop trouillard pour rouler en moto à quarante kilomètres à l'heure, il n'y avait probablement pas de quoi s'inquiéter.

À califourchon sur la bicyclette qu'il s'était procurée dans un magasin d'articles de sport, quelques kilomètres à l'est de la grande maison blanche, il appela dans le silence :

— S'il y a quelqu'un, montrez-vous ! Je ne veux pas vous faire de mal.

Pas de réponse. Il était là, à côté du panneau qui indiquait la limite de l'État du Maine. Il attendit. Un oiseau poussa un cri puis passa devant lui comme une flèche. Rien ne bougeait. Il repartit.

À six heures, il arriva dans la petite ville de North Berwick, au carrefour des routes 9 et 4. Il décida d'y passer la nuit et de continuer en direction de la côte le lendemain matin.

Il y avait un petit magasin à North Berwick, au carrefour de la 9 et de la 4. Larry y trouva un réfrigérateur qui ne fonctionnait plus, et dans le réfrigérateur de la bière. Il prit six canettes de Black Label, une marque qu'il n'avait jamais essayée — une bière locale sans doute. Et, pour compléter ses provisions, il s'empara d'un grand sac de chips Humpty Dumpty et de deux boîtes de ragoût de bœuf.

Quand il sortit, il crut voir derrière le restaurant d'en face deux longues ombres qui disparurent aussitôt. Peut-être ses yeux lui jouaient-ils des tours, mais il n'en était pas convaincu. Il pensa traverser la route pour les surprendre dans leur cachette : coucou, me voilà, je vous ai trouvés. Mais il décida de rester tranquille. Il savait maintenant ce qu'était la peur.

Il accrocha son sac au guidon de sa bicyclette et continua à descendre la grand-route, à pied. Il vit une grande école de briques rouges derrière un rideau d'arbres. Il ramassa une quantité suffisante de bois mort pour faire un beau feu en plein milieu de la cour de récréation. Il y avait une rivière à côté qui passait devant une filature, puis sous la grand-route. Il mit la bière à rafraîchir dans l'eau et réchauffa une boîte de ragoût. Il ouvrit sa gamelle de boy-scout, versa le contenu de la boîte et se mit à manger, assis sur une balançoire. Son ombre s'étalait sur les lignes à moitié effacées du terrain de basket.

Il se demanda pourquoi il n'avait pas peur de ces gens qui le suivaient — car il était sûr maintenant qu'on le suivait, au moins deux personnes, peut-être plus. Corollaire de cette première proposition, il se demanda aussi pourquoi il s'était senti si bien toute la journée, comme si son organisme avait expulsé quelque noir venin pendant son long sommeil de la journée précédente. Était-ce tout simplement qu'il avait besoin de se reposer ? Trop simple sans doute.

Il savait, en bonne logique, que si ceux qui le suivaient avaient voulu lui faire du mal, ils auraient déjà essayé. Ils lui auraient tendu une embuscade, lui auraient tiré dessus. Ou au moins, ils l'auraient encerclé et l'auraient forcé à déposer son arme. Ils auraient pris tout ce qu'ils voulaient... mais à nouveau, en bonne logique (c'était si *bon* de penser logiquement, car ces derniers jours, les rouages de son cerveau avaient paru baigner dans un bain corrosif de terreur), qu'est-ce qu'il pouvait bien avoir qui puisse les intéresser ? Ce n'était pas les biens matériels qui manquaient en ce bas monde, puisqu'il ne restait presque plus personne pour en profiter. Pourquoi prendre la peine de voler, de tuer, de risquer sa vie, quand tout ce dont vous pouviez rêver en feuilletant un catalogue, assis dans les chiottes, était maintenant à portée de la main, derrière n'importe quelle vitrine, d'une côte à l'autre de l'Amérique ? Casse la vitrine, entre, et sers-toi.

Tout, sauf la compagnie de vos semblables. Elle était devenue une denrée de grand luxe. Larry était payé pour le savoir. Et la véritable raison pour laquelle il n'avait pas peur, c'est qu'il pensait que ces gens cherchaient probablement sa compagnie. Tôt ou tard, ils parviendraient à surmonter leur frayeur. Il n'avait qu'à attendre. Il n'allait pas les lever comme une bande de perdrix ; ça ne ferait qu'empirer les choses. Deux jours plus tôt, il se serait probablement caché dans son trou comme une souris s'il avait vu quelqu'un. Trop perdu pour faire autre chose. Alors, il n'avait qu'à attendre. Mais il avait vraiment envie de voir quelqu'un. Oui, vraiment.

Il revint à la rivière pour laver sa gamelle et repêcha le pack de bières. Puis il retourna s'installer sur sa balançoire. Il ouvrit une première canette et la leva dans la direction du restaurant où il avait vu les ombres.

— À votre santé !

Et il avala la moitié de la canette d'un seul coup. La vie est belle !

Quand il arriva au bout des six canettes, il était plus de sept heures et le soleil allait se coucher. Il éparpilla les dernières braises du feu et ramassa ses affaires. Puis, à moitié ivre, d'une ivresse tout à fait agréable, il remonta sur sa bicyclette et fit un bon kilomètre avant de trouver une maison devant laquelle s'étendait une grande véranda grillagée. Il laissa sa bicyclette sur la pelouse, prit son sac de couchage et força la porte de la véranda avec un tournevis.

Il regarda encore une fois autour de lui, espérant les voir, lui ou elle, eux — il sentait qu'on le suivait — mais la rue était calme, déserte. Il haussa les épaules et entra. Il était encore tôt et il ne pensait pas s'endormir tout de suite. Mais il avait apparemment du sommeil à rattraper. Un quart d'heure plus tard, il respirait paisiblement, profondément endormi, son fusil tout près de sa main droite.

Nadine était fatiguée. Elle avait l'impression de vivre le jour le plus long de sa vie. À deux reprises, elle avait eu la certitude que l'homme les avait vus, une fois près de Strafford, l'autre à la frontière du Maine, quand il s'était retourné et qu'il avait appelé. Elle n'avait pas peur de s'être fait voir. Ce type n'était pas fou, comme l'homme qui était passé devant la grande maison blanche, dix jours plus tôt. Un soldat chargé comme un âne — fusil, grenades, munitions. Il riait, il criait, il hurlait qu'il allait faire sauter les couilles d'un certain lieutenant Morton. Un certain lieutenant Morton qui n'était pas là, heureusement pour lui, s'il était encore vivant. Joe avait eu peur du soldat. Tant mieux.

— Joe ?

Elle regarda autour d'elle.

Joe s'était envolé.

Elle était sur le point de s'endormir. Elle écarta sa couverture et se leva. Ses courbatures lui rappelèrent qu'il y avait longtemps qu'elle n'était pas restée autant d'heures sur une selle de bicyclette. Longtemps ? Jamais peut-être. Et puis, ces problèmes qu'elle n'avait pas réussi à résoudre. S'ils se rapprochaient trop, il les aurait vus, et Joe aurait fait des bêtises. Mais s'ils le suivaient de trop loin, il risquait de prendre une autre route et ils perdraient sa trace. Problème. Pas un instant elle n'avait pensé que Larry puisse tourner en rond et se retrouver derrière eux. Heureusement (pour Joe, en tout cas), Larry n'avait pas eu cette idée non plus.

Elle se disait que Joe finirait par s'habituer à l'idée qu'ils avaient besoin de lui. Ils ne pouvaient pas rester seuls. S'ils restaient seuls, ils allaient mourir seuls. Joe finirait par s'y habituer ; jusque-là, il n'avait pas vécu dans le vide, pas plus qu'elle. On s'habitue aux gens.

— Joe ? appela-t-elle doucement.

Il savait être aussi silencieux qu'un Viêt-cong quand il se glissait dans les buissons, mais ses oreilles avaient appris à l'écouter depuis trois semaines. Et ce soir, en prime, c'était la pleine lune. Elle entendit des graviers crisser. Il venait. Tant pis pour les courbatures. Elle s'avança vers lui. Il était dix heures et quart.

Ils s'étaient installés (façon de parler : deux couvertures étendues sur l'herbe) derrière un restaurant, le North Berwick Grill, en face de l'épicerie, après avoir caché leurs bicyclettes dans un petit hangar. L'homme qu'ils suivaient avait mangé quelque chose dans la cour de récréation de l'école, de l'autre côté de la rue (« Si on allait le voir, je suis sûre qu'il nous donnerait quelque chose à manger, Joe. C'est chaud... et ça sent bon. Je suis sûre que c'est bien meilleur que ce saucisson. » Joe avait ouvert de grands yeux et il avait brandi son couteau dans la direction de Larry), puis il était allé s'installer un peu plus loin, dans une maison avec une grand véranda grillagée. À la manière dont il roulait sur sa bicyclette, elle s'était dit qu'il était peut-être un peu pompette. Et maintenant, il était endormi sous la véranda.

Elle pressa le pas, grimaçant lorsque des gravillons lui mordaient la plante des pieds. Il y avait des maisons sur la gauche et elle traversa pour marcher sur les pelouses qui s'étendaient devant, déjà presque des prairies. L'herbe, lourde de rosée, lui montait jusqu'aux chevilles. Elle lui fit penser qu'elle avait une fois couru avec un garçon dans une herbe comme celle-ci, une nuit de pleine lune. Elle avait senti quelque chose de chaud remplir son bas-ventre et elle avait parfaitement compris alors que ses seins étaient des objets sexuels, pleins et mûrs, débordants sous son chemisier. La lune lui avait fait tourner la tête, et cette herbe haute qui lui mouillait les jambes. Elle savait que, si le garçon la rattrapait, elle le laisserait la déflorer. Elle avait couru comme une Indienne à travers le champ de maïs. L'avait-il rattrapée ? Cela n'avait plus d'importance.

Elle se mit à courir, traversa d'un bond une allée de ciment qui brillait comme de la glace dans l'obscurité.

Et elle vit Joe, debout devant la véranda grillagée où l'homme dormait. Son slip blanc était d'une blancheur éclatante dans le noir ; en fait, le garçon avait la peau si noire qu'on aurait presque cru que son slip tenait tout seul dans le vide, ou qu'il était porté par l'homme invisible de H.G. Wells.

Joe venait d'Epsom, elle le savait, car c'était là qu'elle l'avait trouvé. Nadine, de South Barnstead, une bourgade à vingt-cinq kilomètres au nord-est d'Epsom. Elle s'était mise à chercher méthodiquement d'autres survivants, hésitant à laisser sa propre maison, dans la petite ville où elle était née. Elle était partie de chez elle, puis avait continué en cercles concentriques, de plus en plus grands. Elle n'avait trouvé que Joe. Une forte fièvre le faisait délirer... une morsure d'animal, un rat ou un écureuil à en juger par la dimension de la plaie. L'enfant était assis sur la pelouse d'une maison d'Epsom, nu comme un ver, à l'exception de son slip, un couteau de boucher à la main comme un vieux sauvage de l'âge de la pierre ou comme un pygmée moribond mais encore dangereux. Elle savait ce qu'était une infection. Elle avait transporté l'enfant dans la maison. Celle du garçon ? Sans doute, mais elle ne le saurait jamais si Joe ne le lui disait pas un jour. La maison était pleine de cadavres : le père, la mère, trois enfants dont le plus vieux avait sans doute quinze ans. Chez un médecin, elle avait trouvé un désinfectant, des antibiotiques et des pansements. Elle ne savait pas au juste quel antibiotique utiliser. Une erreur, et elle risquait de le tuer. Mais il mourrait de toute façon si elle ne faisait rien. Le garçon avait été mordu à la cheville qui était devenue aussi grosse qu'une chambre à air. Nadine avait eu de la chance. En trois jours, la cheville avait repris sa taille normale et la fièvre était tombée. Le garçon lui faisait confiance. À elle seule, apparemment. Elle se réveillait le matin et il la suivait comme un chien fidèle. Ils s'étaient installés dans la grande maison blanche. Elle l'avait appelé Joe. Ce n'était pas son nom, mais du temps qu'elle était institutrice, toutes les petites filles dont elle ne connaissait pas le nom s'étaient toujours appelées Jane, tous les petits garçons, Joe. Et le soldat était arrivé, le soldat qui riait, qui criait, qui maudissait le lieutenant Morton. Joe avait voulu sauter sur lui et le tuer avec son couteau. Et maintenant, cet homme. Elle avait peur de lui retirer son couteau, car c'était son talisman. Si elle essayait de le faire, peut-être se retournerait-il contre elle. Il dormait en le tenant dans sa main. Une nuit, elle avait essayé de l'enlever, davantage pour voir si elle y parviendrait que pour le retirer vraiment, et il s'était aussitôt réveillé, sans un geste. L'instant d'avant, il dormait à poings fermés. Une seconde plus tard, ses yeux bridés gris-bleu la regardaient avec une expression presque sauvage. Il avait aussitôt repris son couteau en grognant. Sans dire un mot.

Et maintenant, il levait son couteau, l'abaissait, le levait encore, comme s'il poignardait le grillage. Des grognements sourds sortaient de sa gorge. D'un instant à l'autre, il allait se décider à franchir la porte, peut-être.

Elle s'avança derrière lui, sans essayer d'étouffer le bruit de ses pas, mais il ne l'entendait pas ; Joe était seul dans son monde. En un éclair, sans comprendre ce qu'elle faisait, elle lui prit le poignet et le tordit violemment.

Joe poussa un petit cri de douleur et Larry Underwood se retourna dans son sommeil. Le couteau tomba sur l'herbe. Les dents de la lame réfléchissaient la lumière argentée de la lune, comme des flocons de neige.

L'enfant la regarda avec des yeux pleins de colère, de reproche, de méfiance. Nadine soutint son regard. Elle lui montra l'endroit d'où ils étaient venus. Joe secoua la tête. Il montra du doigt le grillage et, derrière, cette masse sombre dans le sac de couchage. Et il fit un geste qu'elle n'eut aucun mal à comprendre : il se passa le pouce en travers de la pomme d'Adam. Puis il lui fit un large sourire. Nadine ne l'avait encore jamais vu sourire et elle eut froid dans le dos. Le garçon n'aurait pas eu l'air plus sauvage si ses dents d'une blancheur éclatante avaient été limées comme des crocs.

— Non, dit-elle d'une voix douce. Ou bien je vais le réveiller.

Joe eut l'air inquiet. Il secoua la tête énergiquement.

— Alors reviens avec moi. On va dormir.

Il regarda le couteau, puis releva les yeux vers elle. La sauvagerie avait disparu de son regard, pour le moment du moins. Il n'était plus qu'un petit garçon abandonné qui voulait son ours en peluche, ou la couverture déchirée qu'il traînait avec lui depuis qu'il était sorti du berceau. Nadine comprit vaguement que c'était peut-être le moment de lui faire abandonner son couteau, de lui dire simplement « non ». Mais ensuite ? Allait-il se mettre à hurler ? Il avait hurlé lorsque le soldat fou s'en était allé. Il avait hurlé et hurlé, d'horribles cris de terreur et de rage. Voulait-elle que l'homme au sac de couchage, réveillé par les hurlements de l'enfant, la découvre ainsi en pleine nuit ?

— Tu veux venir avec moi ?

Joe hocha la tête.

— Très bien, dit-elle tout bas.

Il se baissa rapidement et ramassa son couteau.

Ils revinrent dans leur cachette et il se coucha contre elle, sans plus penser à l'intrus. Il l'enlaça dans ses bras. Elle sentit dans son bas-ventre cette douleur sourde et familière qui ne ressemblait à aucune autre. Une douleur de femme, une douleur à laquelle on ne pouvait rien. Et elle s'endormit.

Elle se réveilla aux petites heures du matin — elle n'avait pas de montre. Elle avait froid, elle avait peur, peur tout à coup que Joe ait attendu qu'elle s'endorme pour revenir à la maison et égorger l'homme endormi. Les bras de Joe ne l'enlaçaient plus. Elle se sentait responsable de ce garçon, elle s'était toujours sentie responsable des petits qui n'avaient pas demandé à venir au monde, mais s'il avait fait ça, elle allait l'abandonner. Donner la mort alors que tant de vies avaient été fauchées était le seul et unique péché impardonnable. Elle ne pouvait plus rester seule avec Joe beaucoup plus longtemps sans quelqu'un pour l'aider ; être avec lui, c'était comme être dans une cage avec un lion capricieux. Comme un lion, Joe ne pouvait pas (ou ne voulait pas) parler ; il ne faisait que rugir, avec sa petite voix d'enfant perdu.

Elle s'assit et vit que le garçon était toujours là. Il s'était écarté d'elle en dormant, voilà tout. Il était dans sa position habituelle, en chien de fusil, le pouce dans la bouche, la main sur le manche du couteau.

À moitié endormie, elle se leva, fit quelques pas sur la pelouse, urina dans un coin et revint se blottir sous sa couverture. Le lendemain matin, elle ne se souvenait pas si elle s'était vraiment réveillée au cours de la nuit, ou si elle avait seulement fait un rêve.

Si j'ai rêvé, pensa Larry, alors c'était des rêves agréables. Il ne s'en souvenait pas. Il se sentait comme autrefois. Et il se dit que la journée allait être belle. Il allait voir la mer aujourd'hui. Il roula son sac de couchage, l'attacha sur le porte-bagages de sa bicyclette revint chercher son sac à dos... et s'arrêta.

Une allée de ciment menait au petit escalier de la véranda. Des deux côtés, le gazon vert cru était haut. À droite, près de la véranda, l'herbe humide de rosée avait été foulée. Lorsque la rosée s'évaporerait, le gazon se redresserait sans doute. Mais, pour le moment, on y voyait clairement des traces de pas. Larry était un homme de la ville. Il n'avait rien d'un homme des bois, d'un James Fenimore Cooper. Mais il aurait fallu être aveugle, pensa-t-il, pour ne pas voir que deux personnes s'étaient trouvées là : une grande et une petite. Durant la nuit, elles s'étaient approchées du grillage pour le regarder. Il en eut froid dans le dos. Et il sentit que ses anciennes terreurs le reprenaient.

S'ils ne se montrent pas bientôt, je vais essayer de les faire sortir de leur trou, songea-t-il. Et cette seule idée lui redonna confiance en lui. Il prit son sac à dos et se remit en route.

À midi, il arriva au croisement de la nationale 1, à Wells. Il lança une pièce de monnaie ; elle retomba du côté pile. Il prit donc la 1 en direction du sud, laissant derrière lui la pièce qui brillait dans la poussière. Joe la trouva vingt minutes plus tard et la regarda longuement, comme hypnotisé par une boule de cristal. Puis il la mit dans sa bouche et Nadine la lui fit cracher.

Trois kilomètres plus loin, Larry le vit pour la première fois, l'énorme animal bleu, paresseux ce jour-là. Complètement différent du Pacifique ou de l'Atlantique au large de Long Island. Ici, l'océan avait l'air paisible, presque docile. L'eau était d'un bleu plus profond, presque un bleu cobalt, et elle venait lécher les rochers de la côte en longues vagues grondantes. L'écume aussi épaisse que des œufs battus en neige volait en l'air, puis retombait.

Larry laissa sa bicyclette et s'avança vers la mer, envahi par une sorte d'ivresse qu'il ne pouvait s'expliquer. Il était *là*, il était arrivé là où commençait le domaine de la mer, là où finissait la terre.

Il traversa un champ marécageux. Ses souliers s'enfonçaient dans la vase, entre les touffes de roseaux. Une riche odeur d'iode montait autour de lui. Un peu plus loin, la mince peau de terre laissait apparaître l'os nu du granit — l'imperturbable granit du Maine. Des mouettes s'envolèrent, toutes blanches dans le ciel bleu, piaillant à qui mieux mieux. Il n'avait jamais vu autant d'oiseaux. Et il se souvint que, malgré leur beauté et leur élégance, les mouettes mangeaient de la charogne. Une autre idée lui passa par l'esprit, une idée qu'il aurait préféré ignorer, mais elle était déjà là dans sa tête, trop tard pour qu'il puisse l'écarter : *La bouffe ne doit pas manquer ces temps-ci.*

Il reprit sa marche. Ses talons sonnaient sur le roc brûlé par le soleil, le roc dont la mer venait lécher les innombrables fissures. Des coquillages collaient à la pierre. Çà et là, comme des éclats d'obus, il voyait les débris des coquilles que les mouettes avaient laissées tomber pour les ouvrir et dévorer la chair tendre qu'elles renfermaient.

Il arriva finalement au bout du rocher, face à la mer. Le vent le frappa de plein fouet, soulevant l'épaisse mèche de cheveux qui lui tombait sur le front. Il prit une profonde respiration, se laissa envahir par l'odeur de sel et d'acide du grand animal bleu. Les grandes vagues vert émeraude s'avançaient lentement, se creusaient, se bordaient d'un ourlet d'écume, puis s'écrasaient sur les rochers comme elles l'avaient fait depuis le début des temps, suicidaires, arrachant chaque fois une infime parcelle de terre. Et l'on sentait un grand choc sourd quand l'eau se précipitait dans une faille entre deux rochers, creusée depuis des siècles et des siècles.

Il se tourna à gauche, puis à droite, et partout c'était la même chose, aussi loin qu'il pouvait voir... des vagues, d'immenses vagues, les embruns, une immensité de *couleurs* qui lui coupa le souffle.

Il était arrivé au bout de la terre.

Il s'assit, les pieds dans le vide, écrasé par le spectacle de l'océan. Il resta ainsi sans bouger au moins une demi-heure. Mais la brise de mer éveilla son appétit et il fouilla dans son sac pour manger quelque chose. Le bas de son jeans, mouillé par les embruns, était devenu tout noir. Larry se sentait propre, pur.

Il retraversa ensuite le marécage, tellement absorbé dans ses pensées qu'il crut d'abord entendre le cri des mouettes. Il avait même levé les yeux au ciel quand il comprit avec un soudain sursaut de frayeur qu'il s'agissait d'un cri humain. D'un cri de guerre.

Il baissa les yeux et découvrit un jeune garçon qui traversait la route en courant, un grand couteau de boucher à la main. Il était en slip et ses jambes musclées étaient zébrées de griffures de ronces. Derrière lui, sortant des buissons qui bordaient la route, une femme, pâle, les yeux cernés.

— *Joe !* cria-t-elle.

Puis elle se mit à courir gauchement, comme si ses pieds lui faisaient mal.

Joe s'approchait, soulevant de petites gerbes d'eau sous ses pieds nus. Son visage était déformé par un rictus meurtrier. Brandi très haut au-dessus de sa tête, le couteau de boucher brillait au soleil.

Il vient me tuer, pensa Larry. *Qu'est-ce que je lui ai fait ?*

— *Joe !* hurla la femme d'une voix aiguë, inquiète, désespérée.

Joe se rapprochait.

Larry eut le temps de se souvenir qu'il avait laissé son fusil à côté de sa bicyclette. Le garçon était déjà sur lui.

Quand il abattit son couteau de boucher en un long arc de cercle, Larry sortit enfin de sa stupeur. Il esquiva le coup et, instinctivement, leva le pied droit et envoya sa grosse chaussure mouillée dans l'estomac du garçon. Il le regretta presque aussitôt : ce n'était qu'un mioche — l'enfant bascula comme une quille. Malgré son air féroce, il ne faisait pas le poids.

— Joe !

Nadine trébucha sur un monticule de terre et tomba sur les genoux, éclaboussant de boue son chemisier blanc.

— Ne lui faites pas de mal ! C'est un petit garçon ! S'il vous plaît, ne lui faites pas de mal !

Elle se releva et reprit sa course maladroite.

Joe était tombé sur le dos, en croix, les bras en V, les jambes écartées en un deuxième *V,* à l'envers celui-ci. Larry fit un pas en avant et écrasa le poignet droit de l'enfant, immobilisant la main qui tenait le couteau.

— Lâche ça.

Le garçon grogna, puis fit un étrange glouglou, comme un dindon. Il montrait les dents. Ses yeux bridés fixaient Larry. Avec son pied sur le poignet du garçon, Larry avait l'impression d'écraser un serpent blessé, mais toujours dangereux. Le garçon se débattait furieusement pour libérer sa main, au risque de se casser le poignet. Il se redressa un peu et essaya de mordre la jambe de Larry, à travers la toile épaisse de son blue-jeans. Larry pesa de tout son poids sur le poignet de l'enfant et Joe poussa un cri — non pas de douleur, mais de défi.

— Laisse ça.

Joe continuait à se débattre.

Le combat aurait duré jusqu'à ce que Joe se libère ou que Larry lui casse le poignet si Nadine n'était finalement arrivée, couverte de boue, hors d'haleine, titubant de fatigue.

Sans regarder Larry, elle tomba sur les genoux.

— Laisse ça ! dit-elle d'une voix douce mais ferme.

Son visage était couvert de sueur mais serein. Elle s'approcha à quelques centimètres de la figure de Joe, convulsée par la rage. Il essaya de la mordre, comme un chien, et continua à se débattre. Larry avait du mal à garder son équilibre. Si le garçon se libérait maintenant, il allait probablement s'attaquer d'abord à la femme.

— Laisse ! dit Nadine.

Le garçon grogna. De la bave coulait entre ses dents serrées comme un étau. Sur sa joue droite, une tache de boue dessinait un point d'interrogation.

— On va te laisser, Joe. Je vais te laisser. Je vais partir avec lui. Sauf si tu es gentil.

Sous son pied, Larry sentit le bras de l'enfant se contracter une dernière fois. Le garçon lança un regard accusateur à la femme. Et, quand il regarda Larry dans les yeux, Larry vit un regard rempli d'une jalousie brûlante. Ruisselant de sueur, Larry sentit qu'il avait froid.

Elle continuait à lui parler tranquillement. Personne n'allait lui faire de mal. Personne n'allait l'abandonner. S'il laissait son couteau, tout le monde serait ami.

Larry sentit que la main de l'enfant se relâchait sous sa chaussure. Les yeux tournés vers le ciel, le garçon ne bougeait plus. Il avait abandonné. Larry retira son pied et se baissa rapidement pour ramasser le couteau. Il se retourna et le lança de toutes ses forces vers la mer. La lame tournoya, jetant des éclairs de lumière. Joe la suivit de ses yeux étranges et poussa un long gémissement de douleur. Le couteau rebondit sur un rocher avec un bruit sec et tomba dans l'eau.

Larry se retourna. La femme examinait l'avant-bras de Joe où la semelle de Larry avait laissé une profonde empreinte de gaufre, d'un rouge profond. Elle regarda Larry avec des yeux remplis de chagrin.

Larry se sentit repris par cette vieille culpabilité et les habituels mots d'excuses lui vinrent à la bouche — *Je devais le faire, ce n'était pas ma faute, écoutez, il voulait me tuer* — car il croyait lire un reproche dans ces yeux pleins de tristesse : *Tu es un sale type.*

Mais il ne dit rien, finalement. Ce qui était fait était fait, et tout était la faute de l'enfant. En regardant le garçon pelotonné sur lui-même, suçant son pouce, il se demanda pourtant si c'était bien lui qui était vraiment responsable. Mais les choses auraient pu tourner plus mal.

Il ne dit donc rien et soutint le doux regard de la femme : *Je crois que j'ai changé. Je ne sais pas comment. Je ne sais pas jusqu'à quel point.* Il se souvint de quelque chose que Barry Grieg lui avait dit un jour à propos d'un guitariste de Los Angeles, Jory Baker, un type qui était toujours à l'heure, qui ne ratait jamais une répétition, qui ne bousillait jamais une audition. Pas le genre de guitariste qui attire l'attention, pas une vedette comme Angus Young ou Eddie van Halen, mais un musicien compétent. À une époque, lui avait dit Barry, Jory Baker était le pivot d'un groupe qui s'appelait les Sparx, un groupe dont tout le monde pensait qu'il allait faire son chemin. Rien d'extraordinaire, mais du bon rock, solide. Jory Baker écrivait toutes les paroles et composait presque toute la musique. Et puis, un accident de voiture, fractures multiples, doses massives de calmants à l'hôpital. Il en était sorti avec une plaque d'acier dans la tête et pas mal de toiles d'araignée au plafond. Du Demerol, il était passé à l'héroïne. Il s'était fait pincer plusieurs fois par les flics. Au bout de quelque temps, il traînait dans les rues, complètement camé, les doigts tremblants, mendiant de la monnaie à la gare routière Greyhound. Puis, en dix-huit mois, il s'en était sorti, miraculeusement. Naturellement, il avait perdu des plumes. Il n'était plus capable de diriger un groupe, bon ou mauvais, mais il était toujours à l'heure, ne manquait jamais une répétition, ne bousillait jamais une audition. Il ne parlait pas beaucoup, mais le sillon rouge avait disparu sur son bras gauche. Et Barry Grieg avait dit : *Il s'en est sorti.* C'est tout. Personne ne peut dire ce qui se passe entre ce que vous étiez et ce que vous devenez. Personne ne peut dessiner la carte de cet enfer solitaire.

Ces cartes n'existent pas. Vous... vous vous en sortez. C'est tout.

Ou vous ne vous en sortez pas.

J'ai changé, pensait confusément Larry. Je m'en suis sorti, moi aussi.

— Je m'appelle Nadine Cross, dit la femme. Et voici Joe. Je suis ravie de faire votre connaissance.

— Larry Underwood.

Ils se serrèrent la main en souriant timidement, conscients de l'absurdité de la situation.

— Revenons à la route, dit Nadine.

Ils s'éloignèrent. Quelques pas plus loin, Larry regarda derrière lui. Joe était toujours à genoux, suçant son pouce, perdu dans son rêve.

— Il va venir, dit-elle d'une voix tranquille.

— Vous êtes sûre ?

— Oui.

Elle trébucha en montant sur l'accotement de gravier et Larry la retint par le bras. Elle le regarda, reconnaissante.

— On pourrait s'asseoir ? dit-elle.

— Bien sûr.

Ils s'assirent donc sur la chaussée, face à face. Quelque temps plus tard, Joe se leva et se traîna vers eux, les yeux fixés sur ses pieds nus. Il s'assit un peu à l'écart. Larry le regarda, inquiet.

— Vous me suiviez, tous les deux.

— Vous saviez ? Je m'en doutais.

— Depuis combien de temps ?

— Depuis deux jours maintenant. Nous étions dans cette grande maison, à Epsom.

Larry ne se souvenait pas.

— Près du ruisseau. Vous vous êtes endormi près du mur de pierre.

Cette fois, il se souvenait.

— Et hier soir, vous êtes venus me regarder pendant que je dormais sous la véranda. Peut-être pour voir si j'avais des cornes ou une grande queue rouge.

— C'était Joe. Je suis allée le chercher quand j'ai vu qu'il n'était plus là. Comment le savez-vous ?

— Vous avez laissé des traces sur l'herbe.

Elle le regardait fixement, l'examinait. Larry ne put détourner son regard.

— Je ne veux pas que vous soyez fâché contre nous, dit-elle. C'est sans doute un peu ridicule de vous dire ça, quand Joe vient juste d'essayer de vous tuer. Mais Joe n'est pas responsable.

— C'est son vrai nom ?

— Non, c'est comme ça que je l'appelle.

— On dirait un sauvage dans un film du *National Geographic.*

— Oui, c'est un peu ça. Je l'ai trouvé sur une pelouse, devant une maison — sa maison peut-être, à Rockway —, il s'était fait mordre. Par un rat sans doute. Il ne sait pas parler. Il grogne. Jusqu'à présent, j'avais réussi à l'empêcher de faire des bêtises. Mais je... je suis fatiguée, vous voyez... et...

Elle haussa les épaules. La boue séchait sur son chemisier, dessinant ce qui aurait pu passer pour des idéogrammes chinois.

— Au début, je l'habillais. Mais il enlevait tous ses vêtement, sauf son slip. Finalement, j'ai laissé tomber. Les moustiques ne semblent pas le déranger. Je voudrais que vous nous laissiez venir avec vous, dit-elle après un instant d'hésitation. Dans les circonstances, autant parler franchement.

Larry se demanda ce qu'elle penserait s'il lui parlait de la dernière femme qui avait voulu venir avec lui. Mais il ne lui en parlerait pas ; cet épisode de sa vie était enterré bien profondément maintenant, même si la femme en question ne l'était pas. Il n'avait pas plus envie de parler de Rita qu'un assassin ne souhaite prononcer le nom de sa victime devant la famille en deuil.

— Je ne sais pas où je vais, répondit-il. J'arrive de New York, par le chemin des écoliers. Mon idée était de trouver une jolie maison sur la côte et de rester là bien tranquille jusqu'au mois d'octobre à peu près. Mais plus le temps passe, plus j'ai envie de voir d'autres gens. Plus le temps passe, plus je me sens seul.

Il savait qu'il s'exprimait maladroitement, mais il avait l'impression d'être incapable de faire mieux sans parler de Rita ou de ses cauchemars à propos de l'homme noir.

— J'ai souvent eu très peur, reprit-il prudemment, à cause de la solitude. Un peu paranoïaque. Comme si des Indiens allaient me tomber sur le dos pour me scalper.

— Si j'ai bien compris, ce n'est plus tellement une maison que vous cherchez, mais des gens.

— Oui, peut-être.

— Vous nous avez trouvés. C'est un début.

— J'ai plutôt l'impression que c'est vous qui m'avez trouvé. Et ce garçon me fait peur, Nadine. Je ne vais pas tourner autour du pot. Il n'a plus son couteau, mais le monde est rempli de couteaux qui attendent qu'on les ramasse.

— Oui.

— Je ne voudrais pas vous donner l'impression d'être un salaud...

Il se tut, espérant qu'elle achèverait sa phrase. Mais elle ne dit rien. Elle le regardait de ses grands yeux noirs.

— Vous pourriez le laisser ?

Voilà, il avait craché le morceau, et il avait vraiment l'air d'un salaud maintenant... Mais était-ce bien juste, pour elle et pour lui, de se compliquer la vie en s'encombrant d'un psychopathe de dix ans ? Il lui avait dit qu'il ne voulait pas qu'elle le prenne pour un salaud. Mais le mal était fait, sans doute. Le monde était devenu bien cruel.

Joe le fixait de ses yeux perçants, couleur de mer.

— Non, je ne pourrais pas, répondit calmement Nadine. Je comprends le danger et je comprends qu'il est surtout dangereux pour vous. Il est jaloux. Il a peur que vous deveniez plus important pour moi que lui. Il pourrait essayer... essayer de recommencer, à moins que vous ne deveniez son ami, ou que vous réussissiez à le convaincre que vous n'avez pas l'intention de...

Elle n'acheva pas sa phrase.

— Mais si je le laisse, reprit-elle, c'est comme si on

le tuait. Et je ne veux pas être complice. Il y a eu trop de morts déjà.

— S'il me coupe la gorge en pleine nuit, vous serez complice.

Elle baissa la tête.

D'une voix si basse qu'elle seule pouvait l'entendre (il ne savait pas si Joe qui les observait comprenait ce qu'ils disaient), Larry lui dit :

— Il l'aurait sans doute fait hier soir si vous n'étiez pas venue le chercher. Je me trompe ?

— Ce sont des choses qui peuvent arriver, répondit-elle doucement.

Larry éclata de rire.

— Je veux venir avec vous, Larry, mais je ne peux pas laisser Joe. C'est à vous de décider.

— Vous ne me rendez pas la vie facile.

— La vie n'est pas facile ces temps-ci.

Il réfléchissait. Joe s'assit au bord de la route, les observant de ses yeux couleur de mer. Derrière eux, la vraie mer frappait sans relâche les rochers, grondait dans les couloirs secrets qu'elle avait creusés dans la pierre.

— D'accord, dit-il enfin. Je pense que vous prenez des risques, mais... c'est d'accord.

— Merci. Je serai responsable de ses actes.

— Ce qui ne m'aidera pas beaucoup s'il me tue.

— Je m'en voudrais toute ma vie...

Et Nadine eut tout à coup la certitude qu'elle se repentirait un jour pas trop lointain de toutes ses belles idées sur le caractère sacré de la vie humaine, une certitude qui la frappa comme une bourrasque glacée. Elle frissonna. Non, se dit-elle. Je ne tuerai pas. Pas ça. Jamais.

Ils campèrent sur le sable blanc de la plage publique de Wells. Larry fit un grand feu un peu plus haut que les varechs abandonnés par la dernière marée haute. Joe s'assit en face de lui et de Nadine, occupé à jeter de petits bâtons dans les flammes. De temps en temps, il prenait un bout de bois un peu plus gros et le laissait dans le feu jusqu'à ce qu'il s'enflamme comme une torche. Puis il courait à toute allure sur le sable, brandissant son bout de bois comme une bougie d'anniversaire. Ils le voyaient tant qu'il restait dans le cercle de lumière que jetait le feu, puis ils n'apercevaient plus que le mouvement de sa torche, la flamme rabattue par le vent de sa course folle. La brise s'était levée et il faisait plus frais que les jours précédents. Larry se souvint vaguement de l'averse qui était tombée l'après-midi où il avait trouvé sa mère en train de mourir, juste avant que l'épidémie ne frappe New York de plein fouet, comme un train emballé. Il se souvenait de l'orage, des rideaux blancs qui flottaient dans l'appartement. Il frissonna un peu et le vent souleva une gerbe d'étincelles qui montèrent dans le ciel noir constellé d'étoiles. Elles montaient en tournoyant, toujours plus haut, puis s'éteignaient. Il pensa à l'automne, encore lointain, mais pas autant que ce jour de juin, quand il avait découvert sa mère couchée par terre, en plein délire. Il frissonna encore. Très loin, la torche de Joe bondissait sur la plage. Et cette petite lumière vacillante dans l'immensité de la nuit silencieuse le fit se sentir seul. Il avait froid. Les vagues déferlaient sur les rochers.

— Vous savez jouer ?

Il sursauta en entendant sa voix et regarda l'étui de la guitare couché à côté d'eux sur le sable. Il l'avait trouvée dans la salle de musique de la grande maison où ils étaient entrés pour dîner, appuyée contre un piano Steinway. Il avait rempli son sac de boîtes de conserve et s'était emparé de la guitare sans réfléchir, sans même ouvrir l'étui pour la regarder — dans une maison comme celle-là, c'était probablement un bel instrument. Il n'avait plus joué depuis cette horrible nuit, à Malibu, six semaines plus tôt. Dans une autre vie.

— Oui, je joue.

Et il découvrit qu'il avait *envie* de jouer, pas pour elle, mais simplement pour se changer les idées. Et quand on fait un feu de camp sur une plage, il faut bien quelqu'un pour jouer de la guitare, non ?

606

— Voyons un peu ça, dit-il en ouvrant l'étui.

Il s'attendait à trouver un bel instrument, mais il eut une bonne surprise : c'était une Gibson à douze cordes, un magnifique instrument. Les incrustations de la touche, en vraie nacre, reflétaient les éclairs rougeâtres du feu, comme des prismes de lumière.

— Elle est belle, dit Nadine.

— Oui, vraiment belle.

Il fit sonner les cordes à vide et il aima aussitôt le son, même si l'instrument était légèrement désaccordé. C'était un son plus rond, plus riche que celui d'une guitare à six cordes. Un son rempli d'harmoniques, mais net et brillant. C'était ce qu'il y avait de bien avec les guitares à cordes d'acier, un son net et brillant. Et les cordes étaient des Black Diamonds, gainées de bronze. Elles donnaient un son franc, un peu raide quand on changeait de corde — *zing !* Il sourit en pensant à Barry Grieg qui se moquait tellement des cordes d'acier. Pauvre Barry, lui qui voulait devenir un Steve Miller.

— Qu'est-ce qui vous fait sourire ?

— Je pense au bon vieux temps, comme on dit.

Il s'accorda en passant à Barry, à Johnny McCall, à Wayne Stukey. Il était sur le point de terminer quand elle lui donna une tape sur l'épaule. Il leva les yeux.

Joe était debout à côté du feu, sa torche éteinte à la main. Et il le fixait de ses yeux étranges, fasciné, bouche bée.

Doucement, si doucement que Larry crut un instant l'avoir imaginé, Nadine commença à réciter :

— La musique a le don...

Larry commença à jouer un air facile, un vieux blues qu'il avait appris quand il était adolescent. Disque Elektra. Koerner, Ray et Glover dans la version originale, pensa-t-il. Quand il crut l'avoir retrouvé, il se mit à jouer plus librement, puis chanta... il serait toujours meilleur chanteur que guitariste.

Et tu me vois venir, baby, arriver de si loin
Je ferai de ta nuit, baby, un jour plein de soleil

Car je suis là, baby
Si loin, loin de chez moi.
Mais déjà tu m'entends venir, baby
Aux coups frappés sur mon échine de chat noir.

Le gosse souriait, médusé, comme s'il venait de découvrir un merveilleux secret. Larry se dit qu'il ressemblait à quelqu'un qui souffre d'une démangeaison insupportable entre les omoplates, depuis des jours et des jours, et qui trouve finalement quelqu'un qui sait le gratter au bon endroit. Il fouilla dans les archives poussiéreuses de sa mémoire, cherchant le deuxième couplet. Il le trouva.

Je sais des choses, baby, que les autres ne savent pas
Ils ne savent pas les chiffres, baby, ne savent pas les médecines
Mais moi je sais, baby, moi si loin de chez moi
Et tu sais que tu m'entendras, baby
Aux coups de fouet sur le chat noir

L'enfant souriait toujours et ses yeux s'étaient allumés d'une lueur étrange, une lueur, pensa Larry, tout à fait de nature à faire écarter les cuisses des adolescentes. Il chercha une transition et s'en tira finalement pas trop mal. Ses doigts faisaient bien sonner la guitare : un son franc, net, un peu clinquant, comme des bijoux de pacotille, probablement volés, ceux qu'on vous vend dans un pochon de papier au coin d'une rue. Une petite démonstration de virtuosité, puis il battit prudemment en retraite, avant de tout bousiller, retomba sur ce bon vieil accord de *mi* sur trois doigts. Il ne se souvenait pas du dernier couplet, quelque chose à propos d'une voie de chemin de fer, si bien qu'il reprit le premier couplet.

Quand le silence retomba, Nadine applaudit en éclatant de rire. Joe jeta son bâton et se mit à sauter sur le sable en hurlant de joie. Larry n'en revenait pas et jugea plus prudent de ne pas se faire trop d'illusions. À quoi bon courir après les déceptions ?

La musique a le don de charmer la bête sauvage.

Et il se demandait, sur la défensive malgré lui, s'il était possible que ce soit aussi simple. Joe lui faisait de grands gestes.

— Il veut que vous continuiez à jouer. Vous voulez bien ? C'était formidable. Je me sens mieux. Beaucoup mieux.

Il joua donc *Going Downtown,* de Geoff Muldaur, *Sally's Fresno Blues,* une de ses compositions ; puis *The Springhill Mine Disaster* et *That's All Right, Mamma* d'Arthur Crudup. Retour aux bons vieux classiques du rock — *Milk Blues, Jim Dandy, Twenty Flight Rock* (en jouant de son mieux le boogie-woogie du chorus, même s'il commençait à avoir vraiment mal aux doigts), et finalement un air qu'il avait toujours beaucoup aimé, *Endless Sleep,* de Jody Reynolds.

— Je n'ai plus envie de jouer, dit-il à Joe qui était resté immobile pendant tout le récital. J'ai trop mal aux doigts.

Il lui montra ses doigts, marqués par les cordes, et ses ongles écaillés.

L'enfant tendit alors les mains.

Larry hésita un instant, puis donna la guitare à l'enfant.

— Tu sais, il faut beaucoup de temps pour apprendre à jouer.

Mais ce fut le miracle, la chose la plus étonnante que Larry ait entendue de toute sa vie. Le garçon joua *Jim Dandy* pratiquement sans une seule faute, en poussant de curieux cris au lieu de chanter les paroles, comme si sa langue était collée à son palais. Pourtant, il était parfaitement clair qu'il n'avait jamais joué de la guitare ; il ne frappait pas suffisamment fort les cordes pour qu'elles sonnent bien et ses changements d'accords manquaient de netteté. Le son était étouffé, fantomatique, comme si Joe jouait avec une guitare remplie de coton — mais à part cela, c'était la copie conforme du jeu de Larry.

Quand il eut fini, Joe regarda ses doigts avec curiosité, comme s'il essayait de comprendre comment ils pouvaient jouer la musique de Larry, mais pas avec la même netteté.

Et Larry s'entendit dire, comme si sa voix venait de loin :

— Tu n'appuies pas assez fort, c'est tout. Il faut te durcir le bout des doigts. Et travailler les muscles de ta main gauche.

Joe le regardait attentivement, mais Larry ne savait pas s'il comprenait vraiment. Il se tourna vers Nadine.

— Vous saviez qu'il jouait ?

— Non. Je suis aussi surprise que vous. C'est un enfant prodige, non ?

Larry hocha la tête. Et l'enfant continua avec *That's All Right, Mamma,* à nouveau en reproduisant pratiquement toutes les nuances du jeu de Larry. Mais les cordes sonnaient parfois comme du bois, comme si les doigts de Joe les empêchaient de vibrer.

— Je vais te montrer, dit Larry en tendant la main pour prendre la guitare.

Aussitôt, Joe se recula, les yeux mi-clos, la guitare serrée contre lui. Larry eut l'impression qu'il pensait à son couteau, jeté dans la mer.

— D'accord, dit Larry. Elle est à toi. Quand tu voudras une leçon, tu me le diras.

Le garçon poussa un cri de chouette et s'enfuit à toutes jambes sur la plage, la guitare levée au-dessus de sa tête, comme une offrande.

— Il va sûrement la casser, dit Larry.

— Non, répondit Nadine, je ne crois pas.

Larry se réveilla en pleine nuit. Appuyé sur le coude, il aperçut Nadine, vague silhouette féminine emmitouflée dans trois couvertures, tout près du feu éteint. Joe était couché entre Larry et la femme, lui aussi chaudement couvert. Mais Larry pouvait voir sa tête. L'enfant suçait son pouce. Il était couché en chien de fusil, serrant entre ses cuisses la Gibson à douze cordes. De sa main libre, il tenait le manche de la guitare. Larry le regardait, fasciné. Il avait pris le couteau de l'enfant, l'avait lancé ; le gosse avait adopté la guitare. Très bien. Qu'il la garde. Difficile de poignarder quelqu'un avec une guitare. Quoiqu'une guitare puisse parfaitement servir d'instrument contondant. Et il se rendormit.

Quand il se réveilla le lendemain matin, Joe était assis sur un rocher, la guitare serrée contre lui, ses pieds nus dans l'écume. Et il jouait *Sally's Fresno Blues*. Il avait fait des progrès. Nadine se réveilla vingt minutes plus tard et lui lança un sourire radieux. Larry se rendit compte qu'elle était très séduisante. Et une chanson lui revint à l'esprit, un air de Chuck Berry : *Nadine, honey is that you ?*

— Voyons un peu ce que nous avons pour le petit déjeuner, dit-il à haute voix.

Il fit un feu et ils s'assirent autour tous les trois, encore engourdis par le froid du petit matin. Nadine prépara des flocons d'avoine avec du lait en poudre et ils se firent du thé très fort dans une boîte de conserve, comme des clochards. Joe mangea sans lâcher la Gibson. Et, par deux fois, Larry se surprit à sourire à l'enfant, à se dire qu'on ne pouvait pas ne pas aimer quelqu'un qui aimait tant la guitare.

Ils repartirent à bicyclette sur la nationale 1, en direction du sud. Joe roulait en plein sur la ligne blanche et les distançait parfois d'un bon kilomètre. Une fois, quand ils le rattrapèrent, il marchait tranquillement à côté de sa bicyclette, au bord de la route, et mangeait des mûres à sa façon — il lançait une mûre en l'air, puis la gobait au vol. Une heure plus tard, ils le trouvèrent assis sur une borne, en train de jouer *Jim Dandy*.

Un peu avant onze heures, ils tombèrent sur un curieux barrage à l'entrée d'une petite ville appelée Ogunquit. Trois bennes à ordures orange vif barraient la route. Le cadavre mangé par les corbeaux de ce qui avait été autrefois un homme était affalé dans l'une des bennes. Le soleil qui tapait très fort depuis dix jours avait fait son travail. Le cadavre grouillait d'asticots. Nadine se retourna, dégoûtée.

— Où est Joe ?

— Je ne sais pas. Un peu plus loin sans doute.

— J'espère qu'il n'a pas vu ça. Vous croyez qu'il l'a vu ?

— Probablement, répondit Larry.

Depuis quelque temps déjà, Larry pensait que la nationale 1, une route importante, était étrangement déserte depuis qu'ils étaient sortis de Wells. À peine s'ils avaient vu une vingtaine de voitures en cours de route. Maintenant, il en comprenait la raison : on avait barré la route. Il devait y avoir des centaines, peut-être des milliers de voitures pare-chocs contre pare-chocs de l'autre côté de la ville. Il comprenait ce que Nadine sentait pour Joe. Lui aussi aurait préféré lui épargner ce spectacle.

— Pourquoi ont-ils barré la route ? lui demanda-t-elle. Pourquoi faire ça ?

— Ils ont dû vouloir isoler leur ville. Je suppose que nous trouverons un autre barrage à la sortie.

— Est-ce qu'il y a d'autres cadavres ?

Larry posa sa bicyclette sur sa béquille et jeta un coup d'œil.

— Trois.

— Bon. Je préfère ne pas regarder.

Le barrage franchi, ils remontèrent sur leurs bicyclettes. La route s'était rapprochée de la mer et il faisait plus frais. Les villas se suivaient, collées les unes contre les autres en longues rangées sordides. Des gens venaient passer leurs vacances là-dedans ? se demanda Larry. Pourquoi ne pas s'installer à Harlem et dire aux enfants d'aller faire trempette sous la bouche d'incendie ?

— Pas très joli, dit Nadine.

De part et d'autre de la route, c'était maintenant la quintessence de la station balnéaire populaire et minable : stations-service, stands de frites, marchands de frites, marchands de glaces, motels peints dans des couleurs pastel à donner la nausée, golf miniature.

Larry se sentait étrangement partagé. D'un côté, il n'en

pouvait plus de cette tristesse et de cette laideur, de la laideur de ces esprits qui avaient transformé cette côte sauvage en un interminable parc d'attractions pour ces familles idiotes. Mais plus subtilement, plus profondément aussi, quelque chose dans ce qu'il voyait lui parlait de ces gens qui avaient sillonné cette route, qui s'étaient pressés dans ces endroits. Des dames en chapeaux de paille et en shorts trop serrés pour leurs grosses fesses. Des adolescents en polos. Des jeunes filles en robes de plage et en sandales de cuir. Des petits enfants qui hurlaient, le visage barbouillé de glace. C'était ça l'Amérique des masses, touchante et un peu sale — que vous la retrouviez dans un chalet de ski à Aspen ou dans ses rites prosaïques de l'été, le long de la nationale 1, dans le Maine. Mais, maintenant, l'Amérique n'existait plus. Une branche, arrachée par un orage, avait renversé l'énorme enseigne de plastique Dairy Queen qui se dressait au milieu de l'immense terrain de stationnement où les vacanciers se bousculaient autrefois pour prendre une glace. L'herbe du golf miniature commençait à être haute. Ce tronçon de route, entre Portland et Portsmouth, avait été autrefois un parc d'attractions de cent kilomètres de long. Et maintenant, on avait l'impression d'une immense fête foraine subitement désertée, comme par un coup de baguette magique.

— Pas très joli, non, répondit Larry, mais c'était notre vie, Nadine. Notre vie, même si nous n'y avions jamais été. Maintenant, tout ça est fini.

— Pas pour toujours, dit-elle doucement.

Il regarda son visage pur, serein.

— Je ne suis pas religieuse, mais si je l'étais, je dirais que ce qui est arrivé est le châtiment de Dieu. Dans cent ans, peut-être dans deux cents, la vie recommencera.

— Ces camions seront toujours là dans deux cents ans.

— Oui, mais pas la route. Les camions seront en pleine forêt. Il y aura de la mousse et du lierre à la place des pneus. Et les archéologues viendront fouiller ces étranges vestiges.

— Je crois que vous vous trompez.

613

— Comment ça ?

— Parce que nous cherchons d'autres gens, répondit Larry. Pourquoi pensez-vous que nous les cherchons ?

Elle le regarda, un peu troublée.

— Eh bien... parce que c'est ce qu'il faut faire. Les gens ont *besoin* des gens. Vous ne croyez pas ? Vous vous souvenez, quand vous étiez seul ?

— Oui. Quand nous sommes seuls, nous devenons fous de solitude et, quand nous sommes ensemble, nous construisons des kilomètres et des kilomètres de villas, et nous nous tuons les uns les autres le samedi soir dans les bars.

Il éclata de rire, un rire froid et triste qui resta longtemps suspendu dans l'air vide.

— Il n'y a pas de réponse, reprit-il. Pas de solution. Allez... Joe est sans doute très loin maintenant.

Larry repartit. Elle resta un moment, le pied à terre, le regardant s'éloigner. Puis elle le rattrapa. Non, il ne pouvait pas avoir raison. C'était *impossible*. Si cette monstruosité avait pu se produire sans aucune raison, alors rien n'avait plus aucun sens. Pourquoi vivaient-ils encore ?

Joe n'avait pas pris tellement d'avance. Il était assis sur le pare-chocs arrière d'une Ford bleue, devant l'entrée d'un garage. Il feuilletait une revue cochonne qu'il avait trouvée quelque part et Larry constata avec un peu de gêne que le môme avait une érection. Il lança un coup d'œil à Nadine, mais elle regardait ailleurs — exprès peut-être.

— Tu viens ! demanda Larry lorsqu'ils arrivèrent devant le garage.

Joe posa la revue et, au lieu de se lever, poussa un cri guttural en montrant quelque chose en l'air. Le cœur battant, Larry leva les yeux au ciel, croyant que l'enfant avait vu un avion. Mais Nadine avait compris et elle criait, la voix tremblante d'excitation :

— Pas le ciel, la grange ! Sur la grange ! Merci, Joe !
Sans toi, nous ne l'aurions pas vu !

Elle s'avança vers Joe, le prit dans ses bras, le serra
très fort. Larry se tourna vers la grange où des lettres
blanches se découpaient nettement sur le toit de vieux
bardeaux :

PARTIS À STOVINGTON, VERMONT
CENTRE MALADIES INFECTIEUSES

Puis un itinéraire, et la fin du message :

DÉPART D'OGUNQUIT 2 JUILLET 1990
HAROLD EMERY LAUDER
FRANCES GOLDSMITH

— Merde, il devait avoir le cul dans le vide quand il
a peint la dernière ligne ! lança Larry.

— Le centre de recherches épidémiologiques ! dit
Nadine comme si elle ne l'avait pas entendu. J'aurais dû y
penser ! J'avais justement lu un article dans le supplément
du dimanche, il n'y a pas trois mois ! Ils sont là-bas !

— S'ils sont toujours vivants.

— Toujours vivants ? Naturellement qu'ils sont
vivants. L'épidémie était terminée le 2 juillet. Et s'ils ont
pu grimper sur ce toit, ils n'étaient sûrement pas malades.

— Oui, le peintre est un drôle d'acrobate. Et dire que
je viens de traverser le Vermont.

— Stovington, c'est pas mal au nord de la route 9, dit
Nadine d'un air absent. Mais ils doivent être encore là-
bas. Le 2 juillet, ça fait deux semaines maintenant. Vous
croyez qu'il pourrait y en avoir d'autres dans ce centre,
Larry ? Moi, je pense que oui. Ces types-là savent tout
sur les quarantaines, les combinaisons stériles et tout le
reste. Ils cherchaient certainement un remède, vous ne
croyez pas ?

— Je n'en sais rien.

— Mais si, c'est évident, dit-elle d'une voix impatiente.

Larry ne l'avait jamais vue aussi excitée, pas même quand Joe avait fait son étonnante démonstration à la guitare.

— Je parierais que Harold et Frances ont trouvé des *dizaines* de gens, peut-être des *centaines*. On y va tout de suite. La route la plus rapide...

— Attendez une minute, dit Larry en la prenant par l'épaule.

— Mais qu'est-ce que vous voulez dire, attendre ? Enfin, est-ce que vous comprenez...

— Je comprends que ce message nous attend depuis quinze jours, et qu'il peut attendre encore un peu plus longtemps. Déjeunons d'abord. Et Joe le guitariste dort debout.

Elle jeta un coup d'œil derrière elle. Joe avait repris sa revue, mais il dodelinait de la tête et ses yeux cernés se fermaient à demi.

— Vous m'avez dit qu'il venait d'avoir une infection, dit Larry. Et vous avez fait un bon bout de chemin avec... avec un compagnon un peu difficile.

— Vous avez raison... je n'y pensais pas.

— Un bon repas, une bonne sieste, et il sera en pleine forme.

— Naturellement. Joe, je suis désolée, je n'avais pas réfléchi.

Joe poussa un grognement endormi.

Larry sentit une petite boule monter dans sa gorge. Ce qu'il devait dire n'était pas facile, mais il fallait le dire. Sinon, Nadine y penserait tôt ou tard... et puis, il était peut-être temps de savoir si lui avait changé autant qu'il le croyait.

— Nadine, vous savez conduire ?

— Conduire ? Si j'ai mon permis ? Oui, mais avec toutes ces voitures sur la route, ce n'est sans doute pas très pratique.

— Je ne pensais pas à une voiture.

Et l'image de Rita assise derrière le mystérieux homme noir (sans doute la représentation symbolique de la mort dans son esprit, pensa-t-il) surgit tout à coup devant ses yeux, tous les deux pâles, fonçant sur lui à califourchon sur une monstrueuse Harley, comme de furieux cavaliers de l'Apocalypse. Il sentit sa bouche devenir toute sèche et ses tempes se mirent à tambouriner mais, quand il reprit sa phrase, sa voix était calme. Si elle s'était cassée, Nadine ne s'en était pas aperçue. Étrangement, ce fut Joe qui lui lança un regard endormi, comme s'il avait senti quelque chose.

— Je pensais à la moto. Nous irions plus vite, ce serait moins fatigant, et on pourrait contourner... contourner les obstacles. Comme nous avons contourné le barrage tout à l'heure.

— Bonne idée. Je n'ai jamais conduit de moto, mais vous pourriez me montrer.

Larry n'était pas trop rassuré. *Je n'ai jamais conduit de moto.*

— Sans doute, répondit-il. Mais je ne vais pas pouvoir vous apprendre grand-chose, si ce n'est à conduire très doucement au début. *Très* doucement. La moto — même une petite cylindrée — ne pardonne pas les erreurs. Et on ne trouvera pas de médecin si vous vous cassez la figure.

— Alors, c'est ce qu'on va faire. On... Larry, vous aviez une moto ? Certainement, pour être venu si vite de New York.

— Je l'ai flanquée dans un fossé, répondit-il d'une voix neutre. J'avais peur de rouler tout seul.

— Vous n'êtes plus tout seul. Écoute, Joe ! On s'en va au Vermont ! On va voir d'autres gens ! Tu es content ?

Joe bâilla.

Nadine dit qu'elle était trop énervée pour dormir, mais qu'elle s'allongerait à côté de Joe jusqu'à ce qu'il s'endorme. Larry partit à Ogunquit à bicyclette, à la recherche d'un concessionnaire de motos. Il n'y en avait pas, mais il crut se rappeler qu'il en avait vu un à la sortie de Wells. Il revint pour prévenir Nadine et les trouva tous les deux endormis à l'ombre de la Ford bleue, là où Joe feuilletait sa revue tout à l'heure.

Il s'allongea un peu plus loin, mais ne put s'endormir. Finalement, il traversa la route et se dirigea vers la grange où était peint le message en se frayant un chemin à travers l'herbe qui lui montait jusqu'aux genoux. Des milliers de sauterelles bondissaient autour de lui. *Je suis leur fléau. Je suis leur homme noir,* pensa Larry.

Près de la porte de la grange, il découvrit deux canettes vides de Pepsi et un reste de sandwich. En temps normal, les mouettes auraient dévoré le pain depuis belle lurette, mais les temps avaient changé, et les mouettes s'étaient certainement habituées à une nourriture plus riche. De la pointe du pied, il toucha la croûte de pain, puis l'une des canettes.

Envoyez-moi ça au labo, sergent Briggs. Je pense que notre assassin a finalement commis une erreur.

À vos ordres, inspecteur Underwood. Scotland Yard a eu une sacrée bonne idée de vous envoyer par ici.

Allons, sergent, je ne fais que mon travail.

Larry entra dans la grange — un froufrou d'ailes d'hirondelles l'accueillit. Il faisait noir, il faisait chaud. Le foin sentait bon. Notez cela, je vous prie, sergent.

À vos ordres, inspecteur Underwood.

Par terre, un papier de bonbon. Il le ramassa. Non, le papier avait autrefois enveloppé une barre de chocolat Payday. Le peintre n'avait peut-être pas la trouille, mais il n'avait aucun goût. Quiconque pouvait aimer le chocolat Payday avait certainement pris un bon coup de soleil sur la tête.

Un escalier montait au grenier. Déjà trempé de sueur, sans savoir au juste ce qu'il faisait, Larry monta. Au centre du grenier (il marchait lentement, regardant autour de lui pour voir s'il y avait des rats), une échelle menait jusqu'au toit. Les barreaux étaient tachés de peinture blanche.

Il me semble que nous venons de trouver un autre indice, sergent.

Inspecteur, vous m'étonnez — votre puissance de déduction n'a d'égal que l'extraordinaire puissance de votre organe reproducteur.

Je vous en prie, sergent.

Il monta sur le toit. Il y faisait extrêmement chaud. Larry se dit que, si Frances et Harold y avaient laissé leur pot de peinture, la grange aurait fait un magnifique feu de joie une semaine plus tôt. La vue était magnifique. La campagne s'étendait tout autour de lui, à des kilomètres à la ronde.

Ce côté du toit était orienté à l'est et Larry se trouvait suffisamment haut pour que les stations-service et les snack-bars qui bordaient la route, si monstrueusement laids vus du plancher des vaches, paraissent maintenant insignifiants, comme quelques papiers gras au bord d'une route. Derrière la nationale, splendide, l'océan. Les longues vagues se cassaient en deux sur la jetée qui s'avançait très loin en mer, du côté nord du port. Un paysage de carte postale — été resplendissant, verts et ors, légère brume dans le lointain, odeur d'iode et de sel. Et en regardant à ses pieds, le message de Harold, à l'envers.

L'idée de ramper sur ce toit, si haut au-dessus du sol, lui donna mal au cœur. Et le type avait certainement dû laisser pendre ses jambes dans le vide pour écrire le nom de la fille.

Pourquoi a-t-il pris cette peine, sergent ? Voilà, me semble-t-il, l'une des questions que nous devons résoudre.

Vous avez certainement raison, inspecteur Underwood.

Larry redescendit lentement l'échelle. Ce n'était pas moment de se casser la jambe. En bas, quelque chose attira son regard, quelque chose que l'on avait gravé sur l'une des poutres, des lignes blanches qui se distinguaient nettement dans l'obscurité de la grange. Il s'approcha de la poutre, passa le doigt sur les lignes, étonné qu'un autre être humain ait pu faire ce dessin le jour où Rita et lui étaient partis en direction du nord. Une fois encore, il suivit les lettres avec son ongle.

Un cœur percé.

Je crois bien, sergent, que notre homme était amoureux.

— Tant mieux pour toi, Harold, dit Larry en sortant de la grange.

À la manière dont les motos étaient alignées chez le concessionnaire Honda de Wells, Larry comprit qu'il en manquait deux. Mais il fut encore plus fier de sa deuxième trouvaille — un papier froissé, par terre. Chocolat Payday. Quelqu'un — probablement Harold Lauder, l'homme au cœur percé — bouffait donc du chocolat en choisissant les motos qui allaient faire son bonheur et celui de sa bien-aimée. Il avait ensuite fait une boule avec le papier du chocolat, avait voulu la lancer dans une corbeille, avait manqué son coup.

Nadine ne semblait pas aussi emballée que lui par ces déductions. Elle contemplait les motos, impatiente de partir. Assis dehors, Joe jouait de la guitare en poussant ses petits cris de chouette.

— Écoutez, dit Larry, il est déjà cinq heures, Nadine. Impossible de partir avant demain.

— Mais il reste encore trois heures de jour ! On ne va pas rester là sans rien faire ! On risque de ne pas les retrouver.

— Harold Lauder nous a laissé son itinéraire. S'ils repartent, Harold fera sans doute la même chose.

— Mais...

— Je sais que vous avez envie de partir, dit-il en la prenant par les épaules, sentant son impatience d'autrefois le regagner. Mais vous n'avez jamais fait de moto.

— Je sais faire de la bicyclette et je sais me servir d'un embrayage. Je vous en prie. Si nous ne perdons pas de temps, nous serons ce soir dans le New Hampshire et nous aurons fait la moitié du chemin demain soir. Nous...

— Mais ce n'est pas une bicyclette, nom de Dieu ! explosa Larry.

La guitare s'arrêta net. Joe les regardait par-dessus son épaule, les yeux plissés.

Merde, pensa Larry, j'ai vraiment le don de me faire des amis. Et sa colère monta d'un cran.

— Vous me faites mal, dit tranquillement Nadine.

Il vit que ses doigts s'enfonçaient dans ses épaules. La honte.

— Je suis désolé.

Joe le regardait toujours et Larry comprit qu'il venait de perdre la moitié du terrain qu'il avait pu gagner avec l'enfant. Peut-être plus. Nadine venait de dire quelque chose.

— Quoi ?

— Je disais : expliquez-moi en quoi c'est différent d'une bicyclette.

Il eut envie de lui crier : *Si vous êtes si maligne, allez-y donc. On va bien voir si vous aimez regarder le paysage à l'envers.* Mais il se maîtrisa. Ce n'était pas simplement avec le môme qu'il venait de perdre du terrain. Avec lui aussi. Il s'en était peut-être sorti, mais le côté enfantin du vieux Larry le tiraillait encore, lui marchait sur les talons comme une ombre qui disparaît presque à midi, mais pas tout à fait.

— Une moto, c'est très lourd. Beaucoup plus difficile de se redresser qu'en bicyclette. Une 360, ça pèse cent soixante kilos. On s'habitue très vite, mais il faut quand même s'habituer. Dans une voiture, on change les vitesses avec la main et on accélère avec le pied. Sur une moto, c'est le contraire : on change les vitesses avec le pied, on met les gaz avec la main, et ça, c'est vraiment difficile de s'y habituer. Il y a deux freins au lieu d'un seul. Le pied droit pour la roue arrière, la main droite pour la roue avant. Si vous oubliez et si vous utilisez uniquement le frein avant, vous risquez de passer par-dessus le guidon. Et il faudra aussi vous habituer à votre passager.

— Joe ? Mais je croyais qu'il monterait derrière vous !

— Je voudrais bien. Mais, pour le moment, j'ai l'impression qu'il ne serait pas d'accord.

Inquiète, Nadine lança un long regard à Joe.

621

— Vous avez raison. Je ne suis même pas très sûre qu'il veuille venir avec moi. Il a sans doute peur.

— Vous allez être responsable de lui. Et je suis responsable de vous deux. Je ne veux pas que vous vous cassiez la figure.

— C'est ça qui vous est arrivé, Larry ? Vous étiez avec quelqu'un ?

— Oui. Je me suis cassé la gueule. Mais quand c'est arrivé, elle était déjà morte.

— Elle a eu un accident ?

— Non. Ou plutôt oui, soixante-dix pour cent accident, trente pour cent suicide. Ce qu'elle voulait de moi... amitié, compréhension, aide, je ne sais pas... en tout cas, je ne lui en donnais pas assez.

Il sentit sa gorge se serrer. Ses tempes battaient furieusement. Il n'allait pas tarder à pleurer.

— Elle s'appelait Rita, Rita Blakemoor. J'aimerais faire un peu mieux cette fois-ci, c'est tout. Pour vous et pour Joe.

— Larry, pourquoi ne pas en avoir parlé plus tôt ?

— Parce que ça fait mal. Ça fait très mal.

C'était la vérité, mais pas toute la vérité. Il y avait aussi les cauchemars. Il s'était déjà demandé si Nadine faisait des cauchemars — quand il s'était réveillé la nuit dernière, elle se retournait dans son sommeil en marmonnant quelque chose. Mais elle ne lui en avait pas parlé. Et Joe. Est-ce que Joe avait des cauchemars ? En tout cas, lui, l'intrépide inspecteur Underwood de Scotland Yard, il avait peur de ses rêves... Et si Nadine se cassait la figure, les mauvais rêves allaient sûrement revenir.

— Bon, on part demain, dit-elle. Ce soir, vous m'apprenez à faire rouler ce truc.

Mais d'abord, il fallait faire le plein des deux petites motos que Larry avait choisies. Il y avait bien une pompe chez le concessionnaire, mais c'était une pompe électrique. Et sans électricité... Il trouva un autre papier de chocolat à côté de la trappe qui donnait accès au réservoir souterrain. Il en déduisit qu'elle avait récemment été forcée par l'ingénieux Harold Lauder. Amoureux transi ou pas, amateur ou non de chocolat Payday, Larry commençait à éprouver beaucoup de respect pour ce Harold, commençait presque à l'aimer. Il s'en était fait une image. Probablement dans les trente-cinq ans, fermier peut-être, grand, mince, bronzé, pas trop fort sur les livres, mais plein de ressource. Il sourit. S'imaginer quelqu'un, c'était complètement idiot, il le savait bien. La réalité était toujours différente. Comme les disc-jockeys à la voix fluette qui pèsent toujours dans les cent trente kilos.

Tandis que Nadine préparait le dîner, Larry fit le tour du bâtiment pour voir ce qu'il y avait derrière. Une cour. Et dans la cour, une grande boîte à ordures. Appuyé contre la boîte, un levier de fer, et à côté, un tuyau de caoutchouc.

Nous y revoilà, Harold ! Regardez-moi ça, sergent Briggs. Notre homme a siphonné de l'essence dans le réservoir. Je m'étonne qu'il n'ait pas emporté ce tuyau avec lui.

Il a sans doute coupé un bout et c'est tout ce qui reste, inspecteur Underwood... je vous demande pardon, mais le reste du tuyau est là, dans la boîte à ordures.

Mon Dieu, sergent, vous avez raison. Si vous continuez, vous aurez droit à une promotion.

Larry prit le levier et le tuyau, puis revint à la trappe.

— Joe, tu peux me donner un coup de main ?

L'enfant était en train de manger des crackers et du fromage. Il lança un regard méfiant à Larry.

— Vas-y, tout va bien, lui dit Nadine d'une voix calme.

Joe s'approcha en traînant les pieds. Larry glissa le levier dans la fente de la trappe.

— Pèse dessus tant que tu peux pour voir si on peut l'ouvrir.

Un instant, il crut que le garçon ne l'avait pas compris, ou qu'il ne voulait pas le comprendre. Puis l'enfant prit l'extrémité du levier et pesa dessus. Ses bras étaient minces mais musclés, des muscles fins et nerveux. La trappe bougea un peu, mais pas suffisamment pour que Larry puisse glisser les doigts dessous.

— Vas-y encore.

Les yeux à moitié sauvages de l'enfant l'étudièrent un moment, puis Joe se percha en équilibre sur le levier, les pieds en l'air, pesant de tout son poids. La plaque se souleva un peu plus, et Larry réussit à y passer les doigts. Tandis qu'il cherchait une prise, l'idée lui traversa l'esprit que si ce garçon ne l'aimait toujours pas, le meilleur moyen pour le lui montrer serait maintenant. Si Joe lâchait le levier, la plaque retomberait d'un seul coup et il ne lui resterait plus que deux misérables pouces. Nadine l'avait compris, elle aussi. Elle s'était retournée, inquiète. Elle regardait Larry à genoux, et Joe qui regardait Larry en pesant sur la barre. Les yeux couleur de mer de l'enfant étaient insondables. Et Larry ne trouvait toujours pas de bonne prise.

— Besoin d'aide ? demanda Nadine.

Sa voix normalement calme avait grimpé d'un ton.

Larry cligna les yeux pour chasser une goutte de sueur qui avait coulé dans son œil. Toujours pas de prise. Il sentait l'odeur de l'essence.

— On va y arriver, répondit Larry en la regardant dans les yeux.

Un moment plus tard, ses doigts trouvèrent une petite gorge sous la plaque. Il poussa de toutes ses forces. La trappe bascula et retomba bruyamment sur l'asphalte. Il entendit Nadine soupirer et le levier tomber par terre. La sueur lui brouillait les yeux. Il se retourna vers l'enfant.

— Bien joué, Joe. Si tu avais laissé le truc retomber, j'aurais passé le reste de ma vie à me boutonner la braguette avec les dents. Merci !

Il n'attendait pas de réponse (sauf peut-être un grognement indistinct, tandis que Joe retournerait regarder les motos), mais Joe lui dit d'une voix rouillée, hésitante :

— Pas... problème.

Larry lança un coup d'œil à Nadine qui regardait Joe, surprise, heureuse. Et pourtant, on aurait cru — il n'aurait pu dire comment — qu'elle s'y attendait un peu. Une expression qu'il lui avait déjà vue, mais il ne savait plus quand.

— Joe, est-ce que tu as dit « pas de problème » ? demanda Larry.

Joe hocha vigoureusement la tête.

— Pas... problème. Pas... problème.

Nadine courait vers l'enfant, les bras tendus.

— C'est bien, Joe. Très, très bien.

Joe se précipita vers elle et se blottit un instant dans ses bras. Puis il se replongea dans la contemplation des motos, poussant ses petits cris de chouette.

— Il peut parler, dit Larry.

— Je savais bien qu'il n'était pas muet. C'est formidable. Je crois qu'il avait besoin de nous deux. Nous deux. Il... oh, je ne sais plus.

Il vit qu'elle rougissait et crut comprendre pourquoi. Il glissa le tuyau de caoutchouc dans le trou de la trappe et, tout à coup, comprit que son geste pouvait prêter à diverses interprétations (ou plutôt, à une seule, si vous aviez l'esprit mal tourné). Il releva les yeux. Elle détourna aussitôt la tête, mais il eut le temps de voir qu'elle le regardait faire attentivement. Il eut le temps de voir que ses joues étaient toutes rouges.

Cette vieille peur le reprenait.

— Nom de Dieu, *attention,* Nadine !

Elle ne pensait qu'aux poignées et ne regardait pas où elle allait. La Honda filait droit sur un pin, à moins de dix kilomètres à l'heure. En fait, pas tout droit, mais en zigzaguant follement.

Elle leva la tête.

— *Oh !* dit-elle, très étonnée.

Puis elle fit une embardée et tomba par terre. La Honda cala.

Il courut vers elle, bouleversé.

— Ça va ? Tu t'es...

Elle se relevait déjà, regardait ses mains égratignées.

— Oui, ça va. Je suis idiote. Je ne regardais pas où j'allais. J'ai abîmé la moto ?

— On s'en fout de la moto, montre-moi tes mains.

Elle tendit les mains et il sortit un petit flacon de mercurochrome qu'il gardait dans la poche de son pantalon.

— On dirait que vous tremblez, dit-elle.

— On s'en fout. Écoute, on ferait peut-être mieux de continuer en bécane. C'est dangereux...

— Mais respirer aussi. Et je crois que Joe devrait monter avec vous, au moins au début.

— Il ne va pas...

— Je pense que si. Et vous aussi.

— Alors, c'est assez pour ce soir. Il fait trop noir maintenant.

— Encore un essai. J'ai lu quelque part que, si vous tombez de votre cheval, il faut remonter aussitôt.

Joe s'approchait en mangeant des mûres qu'il prenait dans un casque de moto. Il avait trouvé une haie de mûriers sauvages derrière le garage et s'était occupé à cueillir un plein casque de mûres pendant que Nadine prenait sa première leçon.

— C'est ce qu'on dit, répondit Larry. Mais regarde où tu vas, d'accord ?

— À vos ordres.

Elle lui fit le salut militaire, puis un large sourire illumina tout son visage. Larry lui rendit son sourire ; pas le choix. Quand Nadine souriait, même Joe devait l'imiter.

Elle fit deux fois le tour du terrain de stationnement du concessionnaire, puis sortit en prenant son virage trop court. Larry crut qu'elle allait tomber. Mais elle posa le pied par terre, comme il le lui avait montré, et quelques secondes plus tard elle disparaissait derrière la colline. Il la vit passer la seconde, puis l'entendit passer la troisième. Et le ronron de la moto s'éteignit peu à peu. Inquiet, il attendait dans la pénombre, chassant distraitement les moustiques qui venaient le taquiner.

Joe revenait, la bouche toute bleue.

— Pas... problème, dit-il avec un grand sourire.

Larry se força à sourire lui aussi. Si elle ne revenait pas bientôt, il allait partir à sa recherche. Il l'imaginait dans le fossé, la colonne vertébrale en miettes.

Il était sur le point de prendre l'autre moto, se demandant encore si Joe devait l'accompagner, quand il entendit un bourdonnement qui bientôt devint le bruit d'un moteur de Honda, un moteur qui tournait parfaitement rond en quatrième. Il se détendit... un peu. Car il venait de comprendre qu'il serait toujours un peu nerveux tant qu'elle serait à cheval sur cette chose.

Elle revenait, phares allumés, et s'arrêta à côté de lui.

— Pas trop mal, hein ?

— J'allais te chercher. J'ai cru que tu avais eu un accident.

— Presque. J'ai pris un virage trop lentement et j'ai oublié de débrayer. Le moteur a calé.

— C'est assez pour ce soir, non ?

— D'accord. J'ai mal au coccyx.

Couché sous ses couvertures, il se demandait si elle allait venir quand Joe serait endormi, ou s'il devait aller la rejoindre. Il avait envie d'elle et, à la manière dont elle avait regardé cette absurde petite pantomime avec le tuyau de caoutchouc, un peu plus tôt, il croyait qu'elle avait envie de lui. Finalement, il réussit à s'endormir.

Il rêva qu'il était perdu au milieu d'un champ de maïs. Mais il y avait de la musique, de la musique de guitare. Joe jouait de la guitare. S'il retrouvait Joe, tout irait bien. Il suivait donc le son, traversant un rang de maïs après l'autre, et il débouchait finalement dans une clairière à moitié en friche. Il y avait une petite maison au milieu de la clairière, une cabane plutôt, avec une véranda perchée sur de vieux vérins rouillés. Ce n'était pas Joe qui jouait de la guitare, comment aurait-ce pu être lui ? Joe lui tenait la main gauche, et Nadine la droite. Ils étaient avec lui. C'était une vieille femme qui jouait de la guitare, une sorte de spiritual qui faisait sourire Joe. La vieille femme

627

était noire et elle était assise sous la véranda. Larry se disait qu'elle était sans doute la plus vieille femme qu'il eût jamais vue. Mais il y avait quelque chose en elle qui le faisait se sentir bien... bien comme il s'était senti un jour, quand sa mère l'avait soudain pris dans ses bras, et lui avait dit : *Le gentil petit garçon, le gentil, gentil petit garçon d'Alice Underwood.*

Ensuite, la vieille femme s'arrêtait de jouer pour les regarder.

Eh ben, voilà que j'ai de la compagnie. Sortez d'où vous êtes, que je vous voie un peu. Je ne vois plus très clair avec mes pauvres mirettes.

Ils s'approchaient en se tenant par la main et Joe poussait une balançoire en passant, en fait un vieux pneu suspendu au bout d'une corde. L'ombre du pneu basculait lentement d'avant en arrière sur l'herbe de la petite clairière, îlot perdu au milieu d'une mer de maïs. Au nord, une route de terre disparaissait à l'horizon.

Tu aimerais jouer avec ma vieille guitare ? demandait-elle à Joe. Et Joe se précipitait aussitôt pour prendre la vieille guitare qu'elle tenait dans ses mains noueuses. Il se mettait à jouer l'air qui les avait guidés à travers le champ de maïs, mais mieux et plus vite que la vieille femme.

Mon Dieu, il joue bien. Moi, je suis trop vieille. Mes doigts ne veulent plus aller assez vite. C'est le rhumatisme. Mais en 1902, j'ai joué à la salle des fêtes. Première négresse à jouer là-bas, la toute première.

Nadine lui demandait qui elle était. Ils se trouvaient dans une sorte de lieu perdu où le soleil semblait immobile, une heure avant la tombée de la nuit, un endroit où l'ombre de la balançoire que Joe avait poussée continuerait à tout jamais de glisser sur l'herbe de la clairière. Larry aurait voulu y rester toujours, lui et sa famille. C'était un endroit où on se sentait bien. L'homme sans visage ne l'y trouverait jamais, ni Joe, ni Nadine.

On m'appelle Mère Abigaël. Je suis la plus vieille femme de l'est du Nebraska, je crois bien, et je fais encore moi-même mes crêpes. Revenez me voir bien vite. Il faut partir avant qu'il entende parler de nous.

Un nuage passait devant le soleil. La balançoire ne bougeait presque plus. Joe s'arrêtait de jouer en faisant claquer les cordes de la guitare et Larry sentait les poils de sa nuque se hérisser. La vieille femme ne paraissait pas s'en apercevoir.

Avant qu'il entende parler de nous ? demandait Nadine, et Larry aurait voulu pouvoir parler, lui crier de ravaler sa question avant qu'elle ne puisse s'échapper, lui faire du mal.

L'homme noir. Le serviteur du démon. Il est derrière les montagnes Rocheuses, grâce à Dieu. Mais elles ne vont pas l'arrêter. C'est pourquoi nous devons nous serrer les coudes. Au Colorado. Dieu est venu me visiter en songe et m'a montré où. Mais il faut faire vite, aussi vite que nous pouvons. Revenez me voir. D'autres viendront aussi.

Non, disait Nadine d'une voix glacée, craintive. *Nous allons dans le Vermont, c'est tout. Seulement dans le Vermont — un tout petit voyage.*

Votre voyage sera plus long que le nôtre, si vous ne combattez pas sa puissance, répondait la vieille femme dans le rêve de Larry. Elle regardait Nadine avec une profonde tristesse. *Et toi, ma fille, c'est un brave homme que tu as là avec toi. Il veut devenir quelqu'un. Pourquoi ne pas te coller à lui, au lieu de l'utiliser ?*

Non ! Nous allons dans le Vermont, dans le VER-MONT !

La vieille femme regardait Nadine, remplie de pitié. *Tu iras tout droit en enfer si tu ne fais pas attention, fille d'Ève. Et quand tu vas te trouver là-bas, tu vas voir que l'enfer est bien froid.*

Et le rêve se perdit dans quelque profonde fissure obscure. Mais quelque chose dans cette obscurité épiait Larry. Quelque chose de froid, d'impitoyable, quelque chose dont il verrait bientôt les dents acérées.

Mais, avant qu'il ne puisse les voir, il était réveillé. Le soleil s'était levé depuis une demi-heure et le monde était enveloppé dans un épais brouillard blanc qui se dissiperait lorsque le soleil serait un peu plus haut dans le ciel. Le garage Honda émergeait de ce brouillard comme la proue d'un étrange navire de béton.

Quelqu'un était couché à côté de lui, et Larry vit que ce n'était pas Nadine, venue le rejoindre pendant la nuit, mais Joe. L'enfant était allongé à côté de lui, le pouce enfoncé dans la bouche, frissonnant dans son sommeil, comme si le cauchemar de Larry s'était emparé de lui. Et Larry se demanda si le rêve de Joe était si différent du sien... Il se recoucha, les yeux perdus dans le brouillard blanc, attendant que les autres se réveillent une heure plus tard.

Ils prirent leur petit déjeuner et firent leurs bagages. Le brouillard s'était suffisamment dissipé pour qu'ils puissent reprendre leur route. Comme Nadine l'avait dit, Joe ne fit pas d'histoires pour monter derrière Larry ; en fait, il s'installa sur la moto de Larry sans même qu'on le lui demande.

— Doucement, disait Larry pour la quatrième fois. Nous ne sommes pas pressés. Pas la peine d'avoir un accident.

— D'accord, répondit Nadine. J'ai l'impression de partir à la recherche d'un trésor !

Elle lui sourit, mais Larry fut incapable de lui répondre. Rita Blakemoor lui avait dit quelque chose de très semblable lorsqu'ils avaient quitté New York. Deux jours avant sa mort.

Ils s'arrêtèrent pour déjeuner à Epsom. Au menu, jambon en boîte et jus d'orange. Ils s'étaient installés sous l'arbre où Larry s'était endormi, quand Joe s'était approché avec son couteau. Larry fut soulagé de constater que la route n'était pas aussi difficile qu'il l'aurait cru ;

la plupart du temps, ils avançaient bon train. Dans les villages, il suffisait de longer le trottoir à basse vitesse. Nadine faisait bien attention à ralentir dans les virages et, même en ligne droite, elle n'insista pas pour qu'ils dépassent cinquante kilomètres à l'heure. S'il continuait à faire beau, ils devraient arriver à Stovington le 19.

Ils s'arrêtèrent pour dîner à l'ouest de Concord. En consultant la carte, Nadine vit qu'ils pourraient gagner du temps en prenant directement au nord-ouest, par l'autoroute 89.

— Mais il risque d'y avoir beaucoup de voitures sur l'autoroute, dit Larry.

— On pourra sûrement les éviter et utiliser la voie d'urgence si c'est nécessaire. Le pire qui puisse nous arriver, c'est de devoir faire demi-tour pour prendre une route secondaire.

Et c'est ce qu'ils firent pendant deux heures ce soir-là. Mais juste après Warner, l'autoroute était complètement obstruée en direction du nord. Une caravane s'était mise en travers de la route ; le conducteur et sa femme, morts depuis des semaines, gisaient comme des sacs de pommes de terre sur la banquette avant de leur Electra.

En s'y mettant tous les trois, ils réussirent à faire passer les motos par-dessus la barre d'attelage de la caravane. Mais ils étaient trop fatigués pour continuer. Cette nuit-là, Larry ne se demanda pas s'il devait aller rejoindre Nadine qui avait installé ses couvertures à trois mètres de lui (l'enfant était couché entre eux deux). Terrassé par la fatigue, il s'endormit aussitôt.

Dans l'après-midi du lendemain, ils tombèrent sur un autre barrage qu'ils ne purent contourner cette fois. Une semi-remorque s'était retournée et une demi-douzaine de voitures étaient venues s'entasser les unes sur les autres derrière elle. Heureusement, ils n'avaient dépassé la sortie d'Enfield que depuis trois kilomètres. Ils rebroussèrent donc chemin, prirent la sortie puis, fatigués et un peu découragés, s'arrêtèrent dans la parc municipal d'Enfield pour se reposer une vingtaine de minutes.

— Qu'est-ce que tu faisais avant, Nadine ? demanda Larry.

Il n'avait cessé de penser à l'expression qu'il avait vue dans ses yeux lorsque Joe s'était enfin mis à parler (le garçon avait depuis ajouté à son vocabulaire courant « Larry, Nadine, merci » et « Aller pipi »).

— Tu n'étais pas institutrice, par hasard ?

Elle le regarda, très surprise.

— Si, tu as deviné.

— Les petites classes ?

— Exactement. Douzième et onzième.

Ce qui expliquait pourquoi elle n'aurait jamais voulu abandonner Joe. Dans son esprit, ce garçon avait l'âge mental d'un enfant de sept ans.

— Comment as-tu deviné ?

— J'ai connu une orthophoniste, il y a longtemps, à Long Island. Ça peut sembler bizarre, mais c'est vrai. Elle s'occupait d'enfants qui avaient des difficultés à parler, becs-de-lièvre, malformations du palais, les sourds aussi. Elle m'avait expliqué qu'il s'agissait en fait de montrer aux enfants un autre moyen de prononcer les sons comme il faut. Leur montrer, prononcer le mot. Leur montrer, prononcer le mot. Encore et encore, jusqu'à ce que le déclic se fasse. Et, quand elle parlait de ce déclic, elle avait cette expression que tu as eue lorsque Joe a dit : « Pas problème. »

— Ah bon ? J'aimais beaucoup m'occuper des petits. Certains étaient bien esquintés, mais rien n'est définitivement perdu à cet âge. Les petits sont les seuls qui valent la peine.

— Un peu romantique, tu ne trouves pas ?

Elle haussa les épaules.

— Les enfants sont tous bons. Et, quand on s'occupe d'eux, il faut bien être romantique. Ce n'est pas si terrible après tout. Ton amie aimait son travail ?

— Oui, beaucoup. Tu étais mariée ? Avant ?

Et il était là de nouveau, ce petit mot omniprésent :

avant. Deux syllabes seulement, mais deux syllabes qui voulaient tout dire maintenant.

— Mariée ? Non. Je ne me suis jamais mariée, répondit-elle d'une voix nerveuse. Je suis le type même de l'institutrice, vieille fille, plus jeune que j'en ai l'air, mais plus vieille que je voudrais. Trente-sept ans.

Les yeux de Larry s'étaient involontairement posés sur les cheveux de Nadine. Elle hocha la tête, comme s'il avait parlé à haute voix.

— Je sais. J'ai déjà des cheveux blancs. Ma grand-mère avait les cheveux complètement blancs à quarante ans. Je pense en avoir pour encore cinq ans à peu près.

— Où enseignais-tu ?

— Dans une école privée, à Pittsfield. Des marmots de bonne famille. Lierre sur les murs, terrain de jeux superbe. La récession ? Connais pas. Les autres ? Connais pas. Les voitures n'étaient pas mal non plus : deux Thunderbird, trois Mercedes, deux Lincoln, une Chrysler Imperial.

— Tu devais être très bonne dans ton travail.

— Je pense que oui. Mais ça n'a plus d'importance.

Il lui passa un bras autour des épaules. Elle sursauta et il la sentit se raidir. Son épaule était chaude.

— Ne fais pas ça.

Tu ne veux pas ?

— Non.

Il retira son bras, étonné. Elle avait envie de lui, c'était ça. Il sentait son désir, discret mais parfaitement perceptible. Elle était très rouge maintenant et regardait fixement ses mains qui s'agitaient sur ses genoux, comme deux araignées blessées. Elle avait les yeux brillants, comme si elle était au bord des larmes.

— Nadine...

(chérie, c'est toi ?)

Elle leva les yeux et il vit qu'elle s'était reprise. Elle allait parler quand Joe s'approcha d'eux, l'étui de la guitare à la main. Ils le regardèrent d'un air coupable, comme s'il les avait surpris dans une position passablement plus embarrassante.

— Dame, dit Joe d'un ton détaché.

— Quoi ? demanda Larry qui n'avait pas compris.

— Dame ! répéta Joe en montrant quelque chose derrière lui.

Larry et Nadine se regardaient.

Tout à coup, ils entendirent une quatrième voix, aiguë, tremblante d'émotion.

— Dieu soit loué ! criait la voix. Oh, Dieu soit loué !

Ils se levèrent et virent une femme qui s'approchait d'eux en courant.

— Comme je suis contente de vous voir ! Comme je suis contente de vous voir ! Dieu soit loué !

Elle vacilla sur ses jambes, prise d'un étourdissement, et elle serait peut-être tombée si Larry ne l'avait pas rattrapée par le bras. Elle devait avoir dans les vingt-cinq ans. Elle était habillée d'un blue-jeans et d'un chemisier de coton blanc. Son visage était pâle, ses yeux fixes. Elle regardait Larry comme si elle essayait de se convaincre que ce n'était pas une hallucination qu'elle avait devant elle, mais trois personnes, trois êtres vivants.

— Je m'appelle Larry Underwood. Voici Nadine Cross. Le garçon s'appelle Joe. Nous sommes très contents de vous voir.

La femme continua à le regarder sans dire un mot, puis s'avança lentement vers Nadine.

— Je suis si heureuse... si heureuse, dit-elle en bégayant un peu. Oh, mon Dieu, je ne rêve pas ?

— Non, répondit Nadine.

La femme prit Nadine dans ses bras et éclata en sanglots. Joe était debout dans la rue, à côté d'un camion, l'étui de la guitare dans une main, le pouce dans la bouche. Puis il s'avança vers Larry et le regarda dans les yeux. Larry lui prit la main. Et ils restèrent tous les deux à contempler les deux femmes. C'est ainsi qu'ils firent la connaissance de Lucy Swann.

Dès qu'elle sut où ils allaient, qu'ils pensaient retrouver au moins deux autres personnes, peut-être plus, elle voulut absolument partir avec eux. Larry lui dénicha un petit sac à dos et Nadine l'accompagna chez elle, à la sortie de la ville, pour l'aider à faire ses bagages... quelques vêtements de rechange, des sous-vêtements, une paire de chaussures, un imper. Et des photos de son mari et de sa fille.

Ils passèrent la nuit à Quechee, dans le Vermont. Lucy Swann leur raconta son histoire, courte et simple, pas tellement différente de celles qu'ils allaient entendre plus tard. Une histoire poignante et tragique, qui l'avait poussée au bord de la folie.

Son mari était tombé malade le 25 juin et sa fille le lendemain. Elle s'était occupée d'eux de son mieux, persuadée que son tour ne tarderait pas à venir. Le 27, quand son mari était tombé dans le coma, Enfield était pratiquement coupé du monde. Les émissions de télévision étaient devenues sporadiques et très bizarres. Les gens mouraient comme des mouches. La semaine précédente, il y avait eu des mouvements de troupes tout à fait extraordinaires sur l'autoroute, mais personne ne s'était occupé du petit village d'Enfield. Le 28 juin au matin, son mari était mort. Sa fille semblait aller un peu mieux le 29, mais le soir son état s'était aggravé. Elle était morte vers onze heures. Le 3 juillet, tous les habitants d'Enfield étaient morts, sauf elle et un vieil homme du nom de Bill Dadds. Bill avait été malade, mais on aurait dit qu'il s'en était tiré tout seul. Puis, le matin du 4, elle l'avait trouvé mort sur la grand-rue, affreusement gonflé, tout noir, comme les autres.

— Alors, j'ai enterré ma famille, et puis Bill, dit-elle en s'asseyant devant le feu qui crépitait. Il m'a fallu toute la journée, mais ils reposent en paix. Ensuite, j'ai pensé m'en aller à Concord, où mon père et ma mère habitent. Mais... finalement je suis restée ici. Est-ce que j'ai eu tort ? Est-ce que vous croyez qu'ils pourraient être vivants ?

— Non, répondit Larry. L'immunité n'est certainement pas héréditaire, en tout cas pas directement. Ma mère...

Il s'arrêta et regarda les flammes.

— Wess et moi, nous avons dû nous marier, dit Lucy. Je venais de terminer mes études. C'était l'été, en 1984. Mon père et ma mère ne voulaient pas que je me marie avec lui. Ils voulaient que je parte pour avoir mon bébé, et puis que je l'abandonne. Mais je n'ai pas voulu. Ma mère disait que tout ça finirait par un divorce. Mon père disait que Wess était un minable et qu'il ne ferait jamais rien de bon. Alors, je lui ai dit : « Peut-être, mais on verra. » Je voulais tenter ma chance. Vous comprenez ?

— Oui, répondit Nadine.

Assise à côté de Lucy, elle la regardait avec une immense compassion.

— Nous avions une jolie petite maison, et je n'aurais jamais pensé que tout finirait comme ça, dit Lucy en étouffant un sanglot. Nous étions bien tous les trois. En fait, c'est Marcy qui a fait du bien à Wess, plus que moi. Il ne pensait qu'au bébé. Il croyait...

— Il ne faut plus y penser, dit Nadine. Tout ça, c'était avant.

Ce mot encore, pensa Larry. Ce petit mot de deux syllabes.

— Oui. C'est fini maintenant. Et je pense que j'aurais pu m'en tirer. Je m'en tirais en tout cas, jusqu'à ce que je commence à avoir ces cauchemars.

Larry releva brusquement la tête.

— Des cauchemars ?

Nadine regardait Joe. Un moment plus tôt, le garçon somnolait devant le feu. Mais, maintenant, il regardait Lucy avec des yeux brillants.

— Oui, des cauchemars, reprit Lucy. Pas toujours les mêmes. La plupart du temps, un homme qui me poursuit, et je ne parviens jamais à voir exactement à quoi il ressemble, parce qu'il est emmitouflé dans... comment appelle-t-on ça... dans une cape, dans un grand manteau. Et il reste toujours dans l'ombre, ajouta-t-elle en frissonnant. J'ai tellement peur de m'endormir maintenant. Mais peut-être que...

— Homme noir ! cria tout à coup Joe, d'une voix telle-

636

ment stridente que les autres sursautèrent. Homme noir !
Rêve pas bon ! Rêve mauvais ! Après moi ! Après moi !
Fais peur !

Il avait bondi sur ses pieds et tendait les bras devant
lui, les doigts recourbés comme des griffes. Puis il se
colla contre Nadine, regardant avec méfiance dans la nuit,
autour de lui.

Il y eut un instant de silence.

— C'est complètement dingue, dit Larry.

Ils le regardaient tous. Subitement, l'obscurité parut
s'épaissir. Lucy avait l'air effrayée.

Larry fit un effort pour continuer.

— Lucy, est-ce que vous rêvez à... un endroit, dans le
Nebraska ?

— J'ai rêvé une fois à une vieille Noire, mais mon
rêve n'a pas duré très longtemps. Elle disait quelque
chose comme « Revenez me voir », je crois. Et puis je
me suis retrouvée à Enfield et ce... ce type épouvantable
me poursuivait. Ensuite, je me suis réveillée.

Larry la regarda si longtemps qu'elle rougit et baissa
les yeux. Puis il se tourna vers Joe.

— Joe, est-ce que tu rêves à... du maïs ? À une vieille
dame ? Une guitare ?

Blotti contre Nadine, Joe le regardait sans répondre.

— Laisse-le tranquille. Tu vas lui faire peur, dit
Nadine, mais c'était elle qui avait l'air d'avoir peur.

— Une maison, Joe ? Une petite maison avec une
véranda ?

Il crut voir un éclair dans les yeux de Joe.

— Arrête, Larry ! lança Nadine.

— Une balançoire ? Une balançoire avec un vieux
pneu ?

Joe s'échappa des bras de Nadine. Il sortit son pouce de
sa bouche. Nadine voulut le retenir, mais Joe lui échappa.

— La balançoire ! criait Joe. La balançoire ! La balançoire ! Elle ! Vous ! Beaucoup de monde !

— Beaucoup ? demanda Larry, mais Joe ne l'écoutait
plus.

Lucy Swann était stupéfaite.

— La balançoire, dit-elle. Je m'en souviens, moi aussi. Est-ce que nous faisons tous le même rêve ? demanda-t-elle en regardant Larry. Quelqu'un joue avec nous ?

— Je ne sais pas. Est-ce que tu rêves, toi aussi ? demanda Larry en regardant Nadine.

— Je ne rêve pas, répondit-elle sèchement en détournant les yeux.

Tu mens. Mais pourquoi ?

— Nadine, si tu...

— Je t'ai dit que *je ne rêve pas* ! hurla Nadine, presque hystérique. Tu ne peux pas me laisser tranquille ? Tu ne peux pas me ficher la paix ?

Elle se leva et s'éloigna précipitamment.

Lucy hésita un moment, puis se leva elle aussi.

— Je vais aller la chercher.

— Oui, c'est une bonne idée. Joe, tu restes avec moi, d'accord ?

— D'accord, répondit Joe en ouvrant l'étui de la guitare.

Dix minutes plus tard, Nadine était de retour avec Lucy. Larry vit qu'elles avaient toutes les deux pleuré.

— Je suis désolée, dit Nadine à Larry. Je suis encore très nerveuse. Il ne faut pas m'en vouloir.

— Ne t'en fais pas.

Ils parlèrent d'autre chose. Puis ils s'assirent et écoutèrent Joe dans son répertoire. Il faisait d'immenses progrès et des fragments de paroles commençaient à sortir, entre deux grognements.

Finalement, ils s'endormirent, Larry d'un côté, Nadine de l'autre, Joe et Lucy entre les deux.

Larry rêva d'abord de l'homme noir sur son promontoire, puis de la vieille femme sous sa véranda. Mais, cette fois-ci, il eut la certitude que l'homme noir venait, qu'il traversait le maïs, qu'il fauchait les hautes tiges sur son passage, une horrible grimace comme soudée sur le visage, et il se rapprochait, de plus en plus près.

Larry se réveilla en pleine nuit, hors d'haleine, une horrible angoisse au creux de la poitrine. Les autres dormaient à poings fermés. Cette fois, il savait. Dans son rêve, l'homme noir n'arrivait pas les mains vides. Dans ses bras, comme une offrande tandis qu'il traversait le maïs, il tenait le cadavre en décomposition de Rita Blakemoor, raide, gonflé, dévoré par les marmottes et les belettes. Accusation muette qu'il allait jeter à ses pieds, pour proclamer sa culpabilité devant les autres, pour leur dire qu'il n'était qu'un sale type, perdant, un profiteur.

Il se rendormit finalement et, jusqu'à ce qu'il se réveille le lendemain matin, à sept heures, engourdi, transi de froid, affamé, tenaillé par une forte envie d'uriner, il dormit d'un sommeil sans rêves.

— Mon Dieu, dit Nadine d'une voix blanche.

Larry la regarda et vit en elle une déception trop profonde pour lui arracher des larmes. Son visage était pâle, ses yeux comme à moitié cachés derrière une sorte de voile. Il était sept heures et quart, le 19 juillet, et leurs ombres commençaient à s'allonger derrière eux. Ils avaient roulé toute la journée en ne faisant que de courtes haltes de cinq minutes, sauf pour le déjeuner qu'ils avaient pris à Randolph, en une demi-heure. Personne ne s'était plaint. Mais, après six heures de moto, Larry avait mal partout, comme si des aiguilles le transperçaient de part en part.

Ils étaient alignés maintenant devant une grille de fer forgé. Plus bas, derrière eux, s'étendait la petite ville de Stovington, pas tellement différente de celle qu'avait connue Stu Redman. Derrière la grille et la pelouse, autrefois parfaitement tenue, mais maintenant un peu hirsute, jonchée de brindilles et de feuilles emportées par le vent des orages, se trouvaient les bâtiments du centre, deux étages en surface, beaucoup d'autres en sous-sol, pensa Larry.

L'endroit était désert, silencieux, vide. Au centre de la pelouse se dressait un panneau :

CENTRE FÉDÉRAL DE RECHERCHES ÉPIDÉMIOLOGIQUES
LES VISITEURS DOIVENT SE PRÉSENTER À L'ENTRÉE PRINCIPALE

À côté, une deuxième pancarte, et c'était celle-là qu'ils lisaient.

ROUTE 7 VERS RUTLAND	PAS DE SURVIVANTS ICI
ROUTE 4 VERS SCHUYLERVILLE	PARTONS VERS L'OUEST
ROUTE 29 VERS A-87	NEBRASKA
A-87 SUD VERS A-90	SUIVEZ NOTRE ROUTE
A-90 OUEST	LAISSERONS INDICATIONS
	HAROLD EMERY LAUDER
	FRANCES GOLDSMITH
	STUART REDMAN
	GLENDON PEQUOD BATEMAN
	8 JUILLET 1990

— Mon vieux Harold, murmura Larry, j'ai drôlement envie de te serrer la main et de te payer une bière... ou une barre de chocolat Payday.

— Larry ! cria Lucy.

Nadine s'était évanouie.

45

À onze heures moins vingt, le matin du 20 juillet, elle sortit en trottinant sur sa véranda avec sa tasse de café et sa tartine de pain grillé, comme elle le faisait chaque fois que le thermomètre Coca-Cola posé sur l'appui de la fenêtre marquait plus de dix degrés. C'était un bel été, le plus bel été dont mère Abigaël pouvait se souvenir depuis 1955, l'année où sa mère était morte au bel âge de quatre-vingt-treize ans. Dommage qu'il n'y ait personne avec elle pour en profiter, pensa-t-elle en s'asseyant avec précaution dans son fauteuil à bascule. Mais les autres auraient-ils vraiment apprécié une si belle journée ? Certains, sans doute ; les amoureux et les vieillards dont les os se souviennent si bien de la morsure mortelle de l'hiver. Mais la plupart des jeunes et des vieux avaient disparu. Et la plupart des autres aussi. Dieu avait durement châtié la race humaine.

D'autres auraient sûrement contesté ce terrible jugement, mais pas mère Abigaël. Il l'avait fait une fois par l'eau, et Il le ferait un jour par le feu. Elle n'avait pas à juger des actes de Dieu, bien qu'elle eût préféré qu'Il ne place pas la coupe devant ses lèvres. Mais quand il s'agissait du *jugement,* elle se contentait de la réponse que Dieu avait donnée à Moïse devant le buisson ardent quand Moïse avait cru bon de lui poser la question. Qui êtes-*vous* ? demande Moïse, et Dieu lui répond tout tranquillement du buisson : Je *suis* qui *JE SUIS.* Autrement dit,

Moïse, arrête de tourner autour de ce buisson et remue un peu ton vieux derrière.

Elle poussa un petit rire chevrotant, pencha la tête et trempa sa tartine dans son café pour bien la ramollir. Il y avait seize ans qu'elle avait dit adieu à sa dernière dent. Elle était sortie sans une dent du sein de sa mère et c'est sans une dent qu'elle irait dans sa tombe. Molly, son arrière-petite-fille, et son mari lui avaient donné un dentier à la fête des mères, un an plus tard, l'année de ses quatre-vingt-treize ans. Mais il lui faisait mal aux gencives et elle ne le mettait plus que lorsqu'elle savait que Molly et Jim allaient venir la voir. Elle le sortait alors de sa boîte, dans le tiroir de la commode, le rinçait soigneusement et le mettait dans sa bouche. Et si elle avait le temps, avant que Molly et Jim n'arrivent, elle se faisait des grimaces dans le miroir constellé de chiures de mouches de la cuisine, grognait en montrant toutes ses grosses fausses dents blanches, éclatait de rire en se voyant. Elle avait l'impression de ressembler à un gros alligator tout noir.

Elle était vieille, elle n'avait plus beaucoup de force, mais elle avait conservé toute sa tête. Abigaël Freemantle, c'était son nom, était née en 1882. L'acte de naissance était là pour le prouver. Ah oui, elle en avait vu des choses depuis qu'elle était sur terre, mais rien de pareil à ce qui s'était passé depuis un mois à peu près. Non, elle n'avait jamais vu rien de pareil. Et son heure était venue maintenant, l'heure de faire quelque chose. L'idée ne lui plaisait pas du tout. Elle était vieille. Elle voulait se reposer, jouir du passage des saisons jusqu'à ce que Dieu se fatigue de la voir trottiner toute la sainte journée et décide de la rappeler dans sa maison de gloire. Mais à quoi bon discuter avec Dieu ? Il vous répondait simplement *Je suis qui JE SUIS,* point final. Quand Son propre Fils l'avait supplié d'écarter cette coupe de Ses lèvres, Dieu n'avait même pas répondu... alors, elle... une pécheresse comme les autres, voilà ce qu'elle était, et la nuit, quand le vent se levait et soufflait à travers le maïs, elle avait peur de penser que Dieu avait regardé ce petit bébé qui sortait d'entre les cuisses de sa mère au début de 1882 et qu'Il S'était dit : *Je vais la laisser là un bon petit bout de temps. Elle a du travail à faire en 1990, un joli petit tas de feuilles de calendrier que ça va faire.*

Son temps ici, à Hemingford Home, touchait à sa fin et sa dernière saison de travail l'attendait à l'ouest, près des montagnes Rocheuses. Il avait dit à Moïse de monter sur la montagne et à Noé de construire son arche ; Il avait envoyé Son propre Fils se faire crucifier sur l'Arbre de douleur. Alors, qu'est-ce que ça pouvait bien Lui faire si Abby Freemantle avait affreusement peur de l'homme sans visage, de celui qui hantait ses rêves ?

Elle ne l'avait jamais vu ; mais elle n'avait pas besoin de le voir. C'était une ombre qui traversait le maïs à l'heure de midi, une poche d'air froid, un corbeau perché sur le fil du téléphone. Sa voix l'appelait dans tous les sons qui l'avaient toujours terrifiée — tout bas, c'était le tic d'une vrillette (la petite bestiole qu'on appelait aussi l'horloge de la mort) sous l'escalier, qui lui disait qu'un être cher allait bientôt mourir ; très fort, c'était le tonnerre dans l'après-midi, le tonnerre venu de l'ouest qui grondait parmi les nuages comme une marmite infernale. Parfois, il n'y avait pas de bruit du tout, seulement le vent de nuit qui froissait les feuilles de maïs, mais elle savait qu'*il* était là, et c'était ça le pire, car alors l'homme sans visage lui paraissait à peine moins fort que Dieu Lui-même ; et elle avait l'impression qu'elle aurait pu toucher l'ange noir qui avait survolé silencieusement l'Égypte, tuant les premiers-nés de chaque maison dont la porte n'avait pas été marquée de sang. C'était surtout cela qui lui faisait peur. Elle redevenait toute petite dans sa terreur et savait que, si d'autres le connaissaient et avaient peur de lui, elle seule connaissait la véritable mesure de son terrible pouvoir.

— Belle journée, dit-elle en enfournant ce qui restait de sa tartine.

Puis elle se balança dans son fauteuil en sirotant son café. Aucune partie de son corps ne lui faisait particulièrement mal et elle fit une brève prière pour remercier

Dieu de ce qu'il lui avait donné. Dieu est grand, Dieu est bon ; même un petit enfant pouvait apprendre ces mots qui renfermaient la totalité du monde, tout ce que le monde avait de bon et de mauvais.

— Dieu est grand, dit mère Abigaël, Dieu est bon. Merci pour le soleil. Pour le café. Pour m'avoir permis d'aller à la selle hier soir, Vous aviez raison, une poignée de dattes, et le tour était joué, mais mon Dieu, comme je n'aime pas les dattes ! Est-ce que je vous aime ? Dieu est grand...

Elle avait presque terminé son café. Elle posa la tasse et continua à se balancer, le visage tourné vers le ciel comme un étrange rocher vivant, sillonné de veines de charbon. Elle s'assoupit, puis s'endormit. Son cœur, dont les parois étaient maintenant presque aussi fines que du papier de soie, battait sans se presser, comme il le faisait chaque minute depuis 39 630 jours. Comme un bébé dans son berceau, vous auriez dû poser la main sur sa poitrine pour être sûr qu'elle respirait vraiment.

Mais son sourire n'avait pas quitté ses lèvres.

Les choses avaient bien changé depuis le temps où elle était petite fille. Les Freemantle, des esclaves affranchis, s'étaient installés au Nebraska, et l'arrière-petite-fille d'Abigaël, Molly, ricanait cyniquement quand elle disait que l'argent avec lequel le père d'Abby avait acheté la maison — l'argent que lui avait donné Sam Freemantle, de Lewis, en Caroline du Sud, pour les huit années que son père et ses frères étaient restés à travailler pour lui après la guerre de Sécession, était « l'argent du remords ». Abigaël retenait sa langue — Molly, Jim et les autres étaient jeunes, ils ne comprenaient rien à rien, sauf le bien tout blanc et le mal tout noir — mais en elle-même, elle avait roulé de grands yeux et s'était dit : *l'argent du remords ? Eh bien, est-ce qu'il y a de l'argent plus propre que l'argent du remords ?*

Ainsi, les Freemantle s'étaient installés à Hemingford

Home et Abby, la dernière, était née ici même. Son père avait joué un bon tour aux Blancs qui ne voulaient pas acheter aux Nègres, aux Blancs qui ne voulaient pas leur vendre non plus ; il avait acheté de la terre, un petit bout par-ci, un petit bout par-là, pour ne pas inquiéter ceux qui avaient peur de ces « cochons de Nègres venus de là-bas » ; il avait été le premier, dans tout le comté de Polk, à pratiquer la rotation des cultures, le premier à utiliser les engrais chimiques ; et, en mars 1902, Gary Sites était venu à la maison annoncer à John Freemantle qu'il avait été élu membre de l'Association des agriculteurs. Premier Noir élu dans tout l'État du Nebraska. Une bien belle année.

Tout le monde avait sans doute une de ces années-là dans sa vie, « une bien belle année ». Pour tout le monde, pendant quelques saisons, tout semble aller tout seul, à merveille. Et ce n'est que plus tard qu'on se demande pourquoi. Comme quand vous mettez dix choses différentes dans le garde-manger, dix choses qui sentent très bon, et chacune prend un peu le goût de l'autre ; les champignons ont un goût de jambon, et le jambon un goût de champignons ; la venaison prend un léger goût de perdrix et la perdrix sent un tout petit peu le concombre. Plus tard dans la vie, vous souhaitiez que toutes ces bonnes choses qui vous arrivèrent toutes ensemble cette année-là se soient étalées un peu mieux dans le temps, que vous puissiez peut-être prendre une de ces bonnes choses et comme la transplanter en plein milieu de cette si mauvaise période de trois ans qui ne vous a plus laissé que de mauvais souvenirs, ou même pas de souvenirs du tout, mais vous saviez alors que les choses s'étaient déroulées comme elles devaient le faire dans le monde que Dieu avait créé, dans le monde à moitié défait par Adam et Ève — la lessive mise à sécher, le plancher encaustiqué, les bébés lavés et langés, les chaussettes reprisées ; trois années sans rien qui vienne rompre le flot gris du temps, à part Pâques, la fête des Morts et Noël. Mais les voies de Dieu étaient insondables et, pour

Abby Freemantle comme pour son père, 1902 avait été une bien bonne année.

Abby pensait qu'elle était seule de sa famille — à part son père, bien entendu — qui avait compris quelle grande chose, quelle chose extraordinaire c'était d'avoir été invité à faire partie de l'Association des agriculteurs. Premier Noir à faire partie de l'Association des agriculteurs au Nebraska, et peut-être le premier aux États-Unis. Son père ne s'était pas fait d'illusions sur le prix que lui et sa famille devraient payer pour cet honneur, les plaisanteries grossières, les insinuations racistes — surtout celles de Ben Conveigh — de ceux qui étaient contre. Mais il avait compris aussi que Gary Sites lui donnait plus qu'une chance de survie : Gary lui donnait la chance de prospérer comme les autres.

Membre de l'association, il n'aurait plus de mal à se procurer de belles semences. Il n'aurait plus à transporter sa récolte jusqu'à Omaha pour trouver un acheteur. Peut-être serait-ce aussi la fin de cette histoire de canal d'irrigation, de cette dispute avec Ben Conveigh qui ne pouvait pas blairer les Nègres comme John Freemantle, pas plus qu'il ne supportait les Blancs qui aimaient les Nègres, comme Gary Sites. Peut-être même que le percepteur cesserait enfin de le prendre à la gorge. Si bien que John Freemantle avait accepté l'invitation et le résultat du vote lui avait été favorable (par une confortable majorité) ; oui, il y avait eu de méchantes blagues, de vilaines histoires, par exemple celle du rat qui s'était fait piéger dans le grenier de l'Association des agriculteurs, ou l'histoire de ce petit bébé noir qui était allé au ciel, qui avait reçu ses petites ailes noires, des ailes de chauve-souris, et Ben Conveigh qui racontait à tout le monde que la seule raison de l'élection de John Freemantle, c'était que le temps de la foire approchait et qu'on avait besoin d'un Nègre pour faire l'orang-outan. John Freemantle faisait semblant de ne pas entendre ces choses et, rendu chez lui, il citait la Bible — « Heureux les humbles de cœur » et « Tu récolteras ce que tu as semé ». Et sa citation favorite, prononcée non pas dans l'humilité du cœur, mais dans la folle espérance de celui qui attend : « Les petits hériteront de la terre. »

Peu à peu, il avait su apaiser ses voisins. Pas tous, pas les féroces comme Ben Conveigh et son demi-frère George, pas les Arnold et les Deacon, mais tous les autres. En 1903, ils avaient dîné avec Gary Sites et sa famille, dans la salle à manger, exactement comme un Blanc.

En 1902, Abigaël avait joué de la guitare à l'Association, pour le concours des Blancs, à la fin de l'année. Sa mère ne voulait pas du tout ; c'était une des rares fois où elle s'était opposée à son mari devant les enfants (mais les garçons étaient déjà bien grands, et John avait les cheveux plus sel que poivre).

— Je sais bien comment ça s'est passé, avait dit sa mère en pleurant. Toi et Sites, et puis Frank Fenner, vous avez tout arrangé entre vous. Eux, je comprends, John Freemantle, mais toi, qu'est-ce qui t'est passé par la tête ? Ce sont des *Blancs* ! Tu sors avec eux dans la cour, et tu parles de ton maïs ! Tu peux même aller en ville et prendre un coup avec eux, si Nate Jackson te laisse entrer dans son saloon. Parfait ! Je sais bien ce qu'on t'a fait subir ces dernières années — je sais parfaitement. Je sais que tu continuais à sourire, quand ton cœur devait brûler comme un feu de broussailles. Mais cette fois, *c'est différent* ! C'est *ta fille* ! Qu'est-ce que tu vas dire si elle monte sur l'estrade avec sa jolie robe blanche, et qu'ils se mettent à rire d'elle ? Qu'est-ce que tu vas faire s'ils lui lancent des tomates pourries, comme quand Brick Sullivan a voulu chanter avec les Nègres ? Qu'est-ce que tu vas dire si elle vient te voir avec sa robe pleine de tomates écrabouillées, et qu'elle te demande : « Pourquoi, papa ? Pourquoi est-ce qu'ils ont fait ça, pourquoi est-ce que tu les a laissés faire ? »

— Eh bien, Rebecca, avait répondu John, je crois que le mieux, c'est que elle et David prennent la décision.

David était devenu son premier mari quand, en 1902, Abigaël Freemantle était devenue Abigaël Trotts. David Trotts était un Noir qui travaillait comme valet de ferme du côté de Valparaiso, une trotte de près de cinquante kilomètres chaque fois qu'il venait lui faire sa cour. John Freemantle avait dit un jour à Rebecca que ce bon vieux David s'était bien fait prendre au piège et que pour trotter David Trotts avait appris à trotter. Beaucoup s'étaient moqués de son premier mari, tous ceux qui disaient : « Pas difficile de voir qui porte la culotte dans cette famille. »

Mais David n'était pas une lavette. C'était tout simplement un homme calme, réfléchi. Et lorsqu'il avait dit à John et Rebecca Freemantle : « Quand Abigaël croit qu'il faut faire quelque chose, eh bien, moi, je pense qu'elle a raison », elle aurait voulu l'embrasser, et c'est alors qu'elle avait dit à sa mère et à son père qu'elle allait devenir sa femme.

C'est ainsi que le 27 décembre 1902, enceinte de trois mois, elle était montée sur l'estrade de l'Association des agriculteurs dans le silence de mort qui avait suivi l'appel de son nom. Tout de suite avant, Gretchen Tilyons avait dansé le french cancan, montrant ses chevilles et son jupon aux hommes qui hurlaient, sifflaient, tapaient des pieds.

Debout dans l'épais silence, le visage et le cou tellement noirs dans sa robe blanche toute neuve, le cœur battant à tout rompre, elle se disait : *J'ai tout oublié, je ne me souviens plus d'un seul mot, j'ai promis à papa de ne pas pleurer, quoi qu'il arrive, mais Ben Conveigh est là, et quand Ben Conveigh va crier NÉGRESSE, alors je vais sûrement pleurer, je n'aurais jamais dû venir ici, pourquoi, pourquoi ? Maman avait raison, j'aurais dû rester à ma place, maintenant je vais payer...*

La salle était remplie de visages blancs qui la regardaient. Toutes les chaises étaient occupées. Il y avait même des gens debout au fond de la salle. Les lampes à pétrole crachotaient. Les rideaux de velours rouge étaient ouverts et retombaient en grosses vagues retenues par des cordons dorés.

Elle pensait : *Je suis Abigaël Freemantle Trotts, je joue*

bien de la guitare et je sais chanter ; pourtant, personne ne m'a jamais appris.

Et elle se mit à chanter *The Old Rugged Cross* dans le silence étouffant, ses doigts courant sur les cordes de la guitare. Puis, un peu plus fort, *How I Love My Jesus,* et plus fort encore, *Camp Meeting in Georgia.* Et les gens se balançaient maintenant, presque malgré eux. Certains souriaient, d'autres se tapaient les genoux en cadence.

Ensuite, un pot-pourri de chansons de la guerre de Sécession : *When Johnny Comes Marching Home, Marching Through Georgia,* et *Goober Peas* (encore plus de sourires pour le dernier morceau ; combien de ces hommes, vétérans de la Grande Armée de la République, avaient dévoré leur ration de fayots au bivouac). Puis elle avait terminé avec *Tenting Tonight on the Old Campground* et, comme le dernier accord s'évanouissait dans le silence, elle s'était dit : *Et maintenant, si vous voulez lancer vos tomates, allez-y, ne vous gênez pas. J'ai joué et j'ai chanté de mon mieux, j'ai bien joué, j'ai bien chanté.*

Le dernier accord s'éteignit dans le silence, un silence si long qu'on aurait cru que tous ces spectateurs, assis sur leurs chaises, et les autres debout au fond, avaient été emportés au loin, si loin qu'ils ne pouvaient plus retrouver leur chemin. Et c'est alors que les applaudissements avaient crépité dans la salle, l'avaient emportée dans une longue vague chaude qui la fit rougir, elle qui ne savait plus quoi faire, les joues en feu, tremblant de tout son corps. Elle avait vu sa mère qui pleurait à chaudes larmes, son père et David, leurs immenses sourires.

Elle avait voulu descendre de la scène, mais on criait partout *bis ! bis !* Alors, elle avait joué *Digging My Potatoes.* Une chanson un peu osée, mais Abby s'était dit que, si Gretchen Tilyons pouvait montrer ses chevilles, rien ne l'empêchait de chanter une chanson un tout petit peu paillarde. Après tout, elle était mariée.

Il est venu dans mon jardin
Tripoter mes p'tites patates
Et maintenant qu'il est parti

Il y avait six couplets (certains bien pires) et elle les avait tous chantés. Le public rugissait de plaisir. Elle s'était dit ensuite que, si elle avait fait quelque chose de mal ce soir-là, c'était de chanter cette chanson, justement ce que les Blancs attendaient de la bouche d'une Négresse.

Encore une ovation tonitruante, encore des *bis ! bis !* Elle était remontée sur la scène et le public s'était tu aussitôt : « Merci beaucoup. J'espère que vous me pardonnerez si je vous chante une autre chanson. Je ne pensais pas la chanter ici. Mais c'est la plus belle chanson que je connaisse, elle parle du président Lincoln et de ce qu'il a fait pour ce pays, pour moi et les miens, avant que je sois née. »

La salle était très silencieuse maintenant. Ils écoutaient tous. Sa famille était là, près de l'allée gauche, comme une tache de confiture de mûres sur un mouchoir blanc. « Grâce à lui, avait-elle continué d'une voix tranquille, ma famille a pu venir habiter ici à côté de tous nos bons voisins. »

Puis elle avait chanté l'hymne national, *The Star-Spangled Banner,* et tout le monde s'était levé. Plusieurs avaient sorti leur mouchoir et, quand elle avait eu fini, ils l'avaient applaudie si fort qu'on aurait cru que la salle allait s'écrouler.

Le plus beau jour de sa vie.

Elle se réveilla un peu après midi, cligna les yeux car le soleil était fort, vieille femme de cent huit ans. Mais elle s'était mal assise et son dos lui faisait très mal maintenant. Il allait lui faire mal toute la journée, elle le savait, elle le savait bien.

— Belle journée, dit-elle en se relevant lentement.

Puis elle descendit l'escalier de la véranda en se tenant bien à la rampe branlante, grimaçant à cause de son dos qui lui faisait si mal, des fourmis qui lui couraient dans les jambes. Sa circulation n'était plus aussi bonne qu'autrefois... mais n'était-ce pas normal ? Bien des fois, elle s'était dit qu'elle ne devait pas s'endormir dans ce fauteuil à bascule, trop dur pour son dos. Mais chaque fois elle s'endormait, et le bon vieux temps défilait devant ses yeux, ah, quel plaisir, oui, quel plaisir, mieux que regarder une émission à la télé, mais ensuite, quand elle se réveillait, c'était l'enfer pour son dos. Elle avait beau se faire la leçon, rien n'y faisait, elle était comme un vieux chien qui refuse de se coucher ailleurs que devant la cheminée. Dès qu'elle s'asseyait au soleil, elle s'endormait, il n'y avait rien à y faire. C'était comme ça.

Elle s'arrêta au bas de l'escalier, pour que « ses jambes aient le temps de la rattraper », renifla un bon coup et cracha par terre. Quand elle se sentit à peu près comme d'habitude (à part son dos qui lui faisait si mal), elle se dirigea lentement vers le cabinet que son petit-fils Victor avait construit derrière la maison en 1931. Elle entra, ferma bien la porte, mit le crochet comme s'il y avait eu dehors toute une foule à l'attendre au lieu de quelques corneilles, et s'assit. Un moment plus tard, elle se mit à uriner et soupira de contentement. ·Encore une de ces choses de la vieillesse dont personne n'avait songé à lui parler (ou est-ce qu'elle avait oublié d'écouter ?) — on ne sait plus quand on a envie de faire pipi. Comme si on ne sentait plus rien dans la vessie. Et, si on ne fait pas attention, on fait pipi dans sa culotte sans même s'en rendre compte. Elle n'aimait pas du tout se salir. Alors, elle venait s'asseoir au cabinet six ou sept fois par jour. Et la nuit, elle posait le pot de chambre à côté de son lit. Jim, le mari de Molly, lui avait dit un jour qu'elle était comme un chien qui ne peut pas passer devant une bouche d'incendie sans au moins lever la patte pour la saluer. Elle avait tellement ri qu'elle en avait eu les larmes aux yeux. Jim travaillait dans la publicité, à Chicago, et il s'en tirait bien... *avant,* en tout cas. Il était sans doute mort, comme les autres. Et Molly aussi. Bénis soient-ils, ils étaient avec Jésus maintenant.

Depuis un an, elle ne voyait pratiquement plus que Molly et Jim. Les autres semblaient avoir oublié qu'elle était toujours vivante, mais c'était bien compréhensible. Elle avait fait son temps, et plus encore. Comme un dinosaure qui se promènerait encore à travers champs. Un dinosaure, sa place est au musée (ou au cimetière). Elle comprenait bien qu'ils n'aient pas envie de venir la voir, *elle,* mais ce qu'elle ne pouvait pas comprendre, c'est pourquoi ils n'avaient pas envie de revenir voir la *terre.* Il n'en restait plus beaucoup, c'est vrai ; quelques hectares à peine. Mais elle était toujours à eux, pourtant, *leur terre.* À vrai dire, les Nègres ne semblaient plus s'intéresser beaucoup à la terre. On aurait même dit qu'elle leur faisait honte. Ils étaient partis faire leur petit bout de chemin à la ville, et la plupart, comme Jim, s'en tiraient vraiment bien... mais comme cela lui faisait mal de penser à tous ces Nègres qui ne voulaient plus voir la terre !

Molly et Jim avaient décidé de lui installer un cabinet à chasse d'eau dans la maison, deux ans plus tôt, et ils avaient été un peu blessés quand elle avait refusé. Elle avait essayé de leur expliquer, mais Molly n'avait rien compris. Elle répétait sans cesse : « Mère Abigaël, vous avez cent six ans. Qu'est-ce que vous pensez que ça me fait de savoir que vous allez sortir un jour pour faire pipi, un jour qu'il fera moins vingt-cinq ? Vous savez ce que le froid peut faire à votre cœur ?

— Quand le Seigneur me voudra, le Seigneur viendra me chercher », avait répondu Abigaël. Elle était en train de tricoter. Naturellement, ils avaient cru qu'elle ne les voyait pas et ils s'étaient regardés en roulant des yeux.

Il y avait des choses qu'on ne pouvait pas abandonner. Les jeunes ne comprenaient pas. En 1982, quand elle avait eu cent ans, Cathy et David lui avaient offert une télé. Cette fois, elle avait accepté. La télé était une merveilleuse machine pour passer le temps lorsque vous étiez toute seule. Mais quand Christopher et Susy étaient venus lui dire qu'ils voulaient installer le service d'eau, elle leur avait dit non, comme elle avait dit non à Molly et à Jim quand ils avaient gentiment offert un w.-c. à chasse d'eau.

652

Ils prétendaient que son puits n'était pas très profond, qu'il risquait d'être à sec s'il y avait un autre été comme celui de 1988, l'été de la sécheresse. Ils avaient raison, mais elle avait refusé malgré tout. Ils croyaient qu'elle avait perdu la boule, naturellement, qu'elle devenait sénile, couche après couche, comme un plancher noirci sous les couches de vernis, mais elle, elle savait bien qu'elle avait encore la tête sur les épaules, comme avant.

Elle se souleva péniblement, versa un peu de chaux dans le trou, sortit lentement dans la lumière. Le cabinet était très propre, mais ces endroits sont quand même toujours humides, même s'ils ne sentent pas mauvais.

C'était comme si la voix de Dieu lui avait murmuré à l'oreille quand Chris et Susy lui avaient proposé d'installer le service d'eau... la voix de Dieu quand Molly et Jim avaient voulu lui installer un trône de porcelaine, avec un petit levier sur le côté du réservoir. Oui, Dieu parlait aux gens ! Est-ce qu'Il n'avait pas parlé de l'arche à Noé, est-ce qu'Il ne lui avait pas dit combien de coudées elle devait avoir, en longueur, en profondeur, en largeur ? Si. Et elle pensait qu'Il lui avait parlé à elle aussi, pas du buisson ardent, pas de la colonne de feu, mais avec une petite voix tranquille qui disait : *Abby, tu vas avoir besoin de la pompe à main. Profite de ton électricité tant que tu veux, Abby, mais veille à garder remplies tes lampes à pétrole, veille à moucher tes lampes. Et tiens ton garde-manger comme ta mère tenait le sien. Ne laisse pas tous ces jeunes gens te faire des choses que tu sais être contre Ma volonté, Abby. Ils sont de ta famille, mais je suis ton Père.*

Elle s'arrêta au milieu de la cour, regarda la mer de maïs, coupée au loin par la route de terre qui filait au nord vers Duncan et Columbus. Cinq kilomètres plus loin, elle était goudronnée. Le maïs allait être beau cette année, quelle pitié qu'il n'y ait plus personne pour le manger, à part les corneilles. Quelle pitié de penser que les grosses moissonneuses rouges allaient rester dans les granges en septembre. Quelle pitié de penser que, pour la première fois depuis cent huit ans, elle ne serait pas ici, à

Hemingford Home, pour voir l'été céder la place à l'automne joyeux, païen. Elle allait aimer cet été plus que tous les autres, car c'était son dernier — elle le savait. Et ce n'est pas ici qu'on la mettrait en terre, mais plus loin à l'ouest, en pays étranger. C'était dur.

En traînant les pieds, elle s'approcha de la balançoire, poussa le pneu. C'était un vieux pneu de tracteur que son frère Lucas avait accroché là en 1922. Depuis, on avait changé bien des fois la corde, mais jamais le pneu. Par endroits, il était usé jusqu'à la corde. Et, à l'intérieur, il était tout écrasé, là où des générations de jeunes fesses s'étaient assises. Sous le pneu, d'innombrables jambes avaient fait un grand creux dans la terre, un creux que l'herbe avait depuis longtemps renoncé à vouloir combler, et sur la branche où était attachée la corde, l'écorce était usée jusqu'à l'os blanc de l'aubier. La corde craqua. Cette fois, elle parla à haute voix.

— Seigneur, mon Dieu, s'il te plaît, écarte cette coupe de mes lèvres si Tu le peux. Je suis vieille et j'ai peur. Et surtout, je voudrais rester là, chez moi. Je veux bien partir tout de suite si telle est Ta volonté. Il en sera fait selon Ta volonté, Seigneur, mais Abby est une pauvre vieille Négresse bien fatiguée. Que Ta volonté soit faite.

Le silence, sauf le craquement de la corde sur la branche, le croassement des corbeaux dans le maïs. Elle appuya son vieux front ridé contre la vieille écorce du pommier que son père avait planté il y avait si longtemps. Et elle versa des larmes amères.

Cette nuit-là, elle rêva qu'elle remontait sur l'estrade de la salle des fêtes de l'Association des agriculteurs, la jeune et jolie Abigaël, enceinte de trois mois, une grosse broche éthiopienne agrafée sur sa robe blanche, tenant sa guitare par le manche, elle qui montait, montait dans ce silence, un tourbillon d'idées dans la tête, mais parmi toutes ces idées, une en particulier à laquelle elle s'accrochait : *Je suis Abigaël Freemantle Trotts, je joue bien de*

la guitare et je sais chanter ; pourtant, personne ne m'a
jamais appris.

Dans son rêve, elle se retournait lentement, faisait face
à ces visages blancs levés vers elle comme des pleines
lunes, faisait face à la grande salle des fêtes brillant de
toutes ses lumières, baignée dans cette lueur orangée que
renvoyaient les fenêtres légèrement embuées et les
rideaux de velours rouge aux cordons dorés.

Elle se cramponnait à cette idée et se mit à jouer *Rock
of Ages*. Elle jouait, et sa voix sortait de sa bouche, non
pas nerveuse, non pas retenue, mais exactement comme
elle était sortie lorsqu'elle répétait toute seule, riche et
douce, comme la clarté orange de la lampe, et elle pensait : *Ils vont m'aimer. Avec l'aide de Dieu, ils vont m'aimer. Ô mon peuple, si tu as soif, ne vais-je pas t'apporter
l'eau du rocher ? Ils vont m'aimer, et David sera fier de
moi, papa et maman seront fiers de moi, je serai fière de
moi-même, je ferai jaillir la musique de l'eau, de l'air et
du rocher...*

Et c'est alors qu'elle le vit pour la première fois. Il
était debout dans un coin, derrière toutes les chaises, les
bras croisés sur la poitrine. Il était vêtu d'un blue-jeans
et d'un blouson avec des macarons sur les poches de
devant. Aux pieds, il avait des bottes noires poussiéreuses
aux talons usés, des bottes qui avaient parcouru bien des
kilomètres dans l'ombre et la poussière. Son front était
blanc comme la flamme d'un bec de gaz, ses joues rouges
d'un bon sang clair. Ses yeux étincelaient comme le diamant bleu, brillaient d'une bonne humeur infernale. Un
sourire brûlant et moqueur lui faisait desserrer les lèvres,
comme un chien qui montre les dents. Et ses dents étaient
blanches, aiguës, comme les dents d'une belette.

Il levait les mains, ses deux poings serrés aussi durs
que les nœuds d'un pommier. Et son sourire restait là,
joyeux, atroce, hideux. Des gouttes de sang commencèrent à tomber de ses poings.

Et les mots se desséchaient dans la tête d'Abigaël. Ses
doigts ne savaient plus jouer ; un dernier accord, discor-
dant, puis le silence.

Mon Dieu ! Mon Dieu ! criait-elle, mais Dieu avait détourné Son visage.

Puis Ben Conveigh se leva, le visage rouge, enflammé, ses petits yeux de porc tout brillants. *Salope de Négresse !* hurlait-il. *Qu'est-ce qu'elle fait sur la scène, cette salope de Négresse ? Une salope de Négresse n'a jamais fait jaillir la musique de l'air ! Une salope de Négresse n'a jamais fait jaillir l'eau du rocher !*

Et des cris sauvages lui répondaient. Les gens se précipitaient vers elle. Elle vit son mari se lever et essayer de monter sur la scène. Un poing le frappa sur la bouche, et il tomba à la renverse.

Foutez tous ces sales ratons laveurs au fond de la salle ! gueulait Bill Arnold, et quelqu'un poussa Rebecca Freemantle contre le mur. Un autre — Chet Deacon, sans doute — enveloppa Rebecca dans le rideau de velours rouge d'une fenêtre, puis l'attacha avec un cordon doré. Il hurlait : *Regardez-moi ça ! Un raton laveur tout habillé ! Une Négresse déguisée !*

Et d'autres accouraient, et tous se mettaient à bourrer de coups de poing la femme qui se débattait dans le rideau de velours.

— *Maman !* cria Abby. ·

On arrachait la guitare de ses doigts sans force, on l'écrasait contre le bord de la scène, éclats de bois, cordes cassées.

Affolée, elle cherchait des yeux l'homme noir au fond de la salle, mais sa locomotive s'était mise en marche, et elle courait, courait, de toutes ses bielles bien huilées ; il n'était plus là, il était parti.

— *Maman !* hurla-t-elle encore.

Des mains calleuses l'entraînaient, fouillaient sous sa robe, la griffaient, la tiraillaient, lui pinçaient le derrière. Quelqu'un la tira violemment par la main et son bras se détacha de son épaule. Il reposait maintenant contre quelque chose de dur et de chaud.

Et la voix de Ben Conveigh dans son oreille : *Tu l'aimes, ma chanson à moi ? Espèce de putasse de Négresse !*

La salle tournoyait autour d'elle. Elle vit son père qui essayait de s'approcher du tas de chiffons qu'était devenue sa mère, et elle vit une main blanche brandissant une bouteille qui s'abattait sur le dossier d'une chaise pliante. Puis un bruit de verre, puis la bouteille aux dents acérées qui brillait dans la lueur chaude de toutes ces lampes s'écrasait sur le visage de son père. Et ses yeux, fixes, exorbités, éclatèrent comme des raisins mûrs.

Elle hurla et la force de son cri sembla faire voler la salle en éclats, dans les ténèbres, et elle redevenait mère Abigaël, âgée de cent huit ans, trop vieille, mon Dieu, trop vieille (mais que Ta volonté soit faite), et elle marchait au milieu du maïs, le maïs mystique dont les racines étreignaient à peine la terre mais s'étendaient à perte de vue, perdue dans le maïs argenté au clair de lune, noire comme du charbon dans l'ombre ; et elle entendait le vent de cette nuit d'été agiter doucement les feuilles, elle entendait le maïs pousser, cette odeur vivante qu'elle avait sentie toute sa longue, longue vie (et bien des fois elle avait pensé que cette plante était la plante de vie, le maïs, et que son odeur était l'odeur de la vie, le début de la vie, oh ! elle s'était mariée, elle avait enterré trois maris, David Trotts, Henry Hardesty et Nate Brooks, elle avait eu trois hommes dans son lit, les avait accueillis comme une femme doit accueillir un homme, ouvrant ses portes devant lui, et toujours ce plaisir brûlant, *oh, mon Dieu, comme j'aime l'amour de mon homme, comme j'aime quand il me prend, quand il me donne tout ce qu'il a en lui,* et parfois, au moment de l'orgasme, elle pensait au maïs, au maïs tendre dont les racines étreignent à peine la terre, mais s'étendent à perte de vue, elle pensait aux tiges juteuses du maïs, et puis quand tout était fini, quand son mari reposait à côté d'elle, l'odeur du sexe remplissait la chambre, l'odeur de la semence que l'homme avait répandue en elle, l'odeur du miel que son ventre avait distillé pour le laisser entrer, et c'était comme l'odeur du maïs que l'on épluche, douce et sucrée, une odeur qui montait à la tête).

Et pourtant, elle avait peur, elle avait honte de cette

intimité avec la terre, avec l'été et les choses qui poussent, car elle n'était pas seule. *Il* était là, avec elle, deux rangs sur la droite ou sur la gauche, juste derrière elle, un peu devant peut-être. L'homme noir était là, ses bottes poussiéreuses talonnant le gras de la terre, soulevant des nuages de poussière, et toujours son sourire dans la nuit, comme la flamme d'une lampe tempête.

Puis il parla, pour la première fois il parla à voix haute, et elle put voir son ombre au clair de lune, grande, bossue, grotesque, dans le rang où elle marchait. La voix de l'homme était comme le vent de nuit qui commence à gémir entre les vieilles tiges sèches en octobre, comme le claquement sec de ces vieilles tiges blanches infertiles qui semblent parler de mort. Une voix douce. Une voix de terreur.

Elle disait : *Je tiens ton sang dans mes poings, vieille mère. Si tu pries Dieu, prie-Le qu'il t'emporte avant que tu entendes jamais le bruit de mes pas. Ce n'est pas toi qui as fait jaillir la musique de l'air, pas toi qui as fait jaillir l'eau du rocher, et ton sang, je le tiens dans mes poings.*

Puis elle s'était réveillée, une heure avant l'aube, et elle crut tout d'abord qu'elle avait fait pipi au lit, mais ce n'était que la sueur du rêve, lourde comme une rosée de mai. Et son corps frêle frissonnait sans relâche, lui faisait mal partout, réclamait son repos.

Seigneur, mon Dieu, écarte cette coupe de mes lèvres.

Le Seigneur ne lui répondit pas. On n'entendait que le vent du petit matin frapper doucement aux carreaux, les carreaux qui ne tenaient plus bien sous le vieux mastic craquelé. Elle se leva finalement, tisonna la braise dans son vieux poêle à bois, mit le café à chauffer.

Elle allait avoir du pain sur la planche ces jours-ci, car elle allait recevoir de la visite. Rêves ou pas, fatiguée ou non, elle avait toujours bien reçu les visiteurs et ce n'est pas maintenant qu'elle allait changer. Mais elle allait devoir prendre son temps, sinon elle oublierait des choses — elle oubliait bien des choses ces temps-ci — et perdrait ses affaires, jusqu'à ne plus trouver son ombre.

D'abord, il fallait faire un tour au poulailler d'Addie Richardson, et c'était loin, une dizaine de kilomètres peut-être. Elle se demanda un instant si le Seigneur n'allait pas lui envoyer un aigle pour faire ces dix kilomètres, ou bien encore le prophète Élie dans son chariot de feu pour qu'il lui fasse faire un petit bout de chemin.

— Blasphème, se dit-elle d'une voix sévère, le Seigneur envoie la force, pas de taxis.

Elle fit sa vaisselle, mit ses gros souliers et prit sa canne. Elle se servait rarement de sa canne, mais elle allait en avoir besoin aujourd'hui. Dix kilomètres pour l'aller, dix kilomètres pour le retour. À seize ans, elle aurait couru d'une traite jusque là-bas et serait revenue au petit trot. Mais le temps de ses seize ans était bien loin.

Elle partit dès huit heures du matin, espérant arriver à la ferme des Richardson à midi pour y faire la sieste en attendant que l'air fraîchisse un peu. Ensuite, elle tuerait les poulets, puis elle rentrerait à la brune. Elle n'arriverait qu'à la nuit tombée, ce qui lui fit penser à son rêve de la veille, mais l'homme était encore loin. La visite qu'elle attendait était beaucoup plus proche.

Elle marchait très lentement, encore plus lentement qu'elle ne croyait devoir le faire, car même à huit heures et demie, le soleil était gros et lourd dans le ciel. Elle ne transpirait pas beaucoup — il n'y avait plus assez de chair sur ses os pour qu'elle puisse beaucoup suer — mais quand elle arriva devant la boîte à lettres des Goodell, elle dut se reposer un peu. Elle s'assit à l'ombre de leur poivrier et mangea quelques biscuits aux figues. Pas un aigle en vue, pas un taxi non plus. Elle gloussa à cette pensée, se leva, fit tomber les miettes de sa robe, puis se remit en route. Non, pas de taxi. Aide-toi, le ciel t'aidera.

Tout de même, elle sentait que ses articulations commençaient à donner de la voix ; ce soir, elle aurait droit à un récital.

Elle se courbait de plus en plus sur sa canne, même si ses poignets la faisaient souffrir toujours plus. Ses souliers aux lacets de cuir jaune traînaient dans la poussière. Le soleil frappait dur et, à mesure que l'heure passait, son ombre se faisait de plus en plus courte. Elle vit plus d'animaux sauvages ce matin-là qu'elle n'en avait vue depuis les années vingt : un renard, un raton laveur, un porc-épic, une loutre. D'immenses bandes de corneilles croassaient en tournant dans le ciel. Si elle avait entendu Stu Redman et Glen Bateman discuter de la manière capricieuse — elle leur avait paru capricieuse en tout cas — dont la super-grippe avait emporté certains animaux tout en laissant les autres tranquilles, elle aurait bien ri. La maladie avait emporté les animaux domestiques et épargné les bêtes sauvages, c'était aussi simple que ça. Quelques espèces domestiques avaient survécu, mais en règle générale, le fléau avait emporté l'homme et ses meilleurs amis. Il avait emporté les chiens, mais laissé les loups, car les loups étaient sauvages et les chiens ne l'étaient pas.

Elle sentait des vrilles chauffées à blanc s'enfoncer dans ses hanches, derrière ses genoux, dans ses chevilles, dans ses poignets qui s'appuyaient sur la canne. Elle marchait en parlant à son Dieu, tantôt en silence, tantôt à haute voix, sans qu'elle puisse faire la différence entre les deux. Et elle se remit à penser à sa vie. 1902, la plus belle année, c'était vrai. Après cela, le temps était allé plus vite, comme si les pages d'un énorme calendrier s'étaient effeuillées à toute vitesse, sans un instant d'arrêt. La vie du corps s'en allait si vite... comment se faisait-il qu'un corps puisse être aussi fatigué de vivre ?

Davy Trotts lui avait donné cinq enfants ; l'un d'eux, Maybelle, s'était étranglée en mangeant une pomme dans la cour de l'ancienne maison. Abby étendait le linge et, quand elle s'était retournée, la petite était sur le dos, violette, griffant sa gorge de ses petites mains. Abby avait réussi à faire sortir le morceau de pomme, mais la petite Maybelle était déjà froide et elle ne bougeait plus, seule fille qu'elle avait jamais portée, seule de ses nombreux enfants à mourir d'une mort accidentelle.

Et maintenant, elle était assise à l'ombre d'un orme, derrière la clôture des Naugler. Deux cents mètres plus loin, elle voyait l'endroit où la route de terre se transformait en route goudronnée — l'endroit où la route des Freemantle devenait la route du comté de Polk. La chaleur faisait vibrer l'air au-dessus du goudron et, plus loin, à l'horizon, on aurait cru du vif-argent, brillant comme de l'eau dans un rêve. Quand il faisait chaud, on voyait toujours ce vif-argent à l'horizon, où que vous tourniez les yeux, mais ce n'était qu'une impression fugitive, on ne pouvait jamais bien voir. Du moins, pas elle.

David était mort en 1913 d'une méchante grippe, pas tellement différente de celle-ci. En 1916 — elle avait trente-quatre ans — elle s'était remariée à Henry Hardesty, un fermier noir du comté de Wheeler, plus au nord. Henry lui avait fait une cour empressée. Sa femme était morte, lui laissant sept enfants dont deux seulement étaient assez grands pour se tirer d'affaire tout seuls. Il avait sept ans de plus qu'Abigaël. Il lui avait donné deux garçons avant que son tracteur ne se retourne sur lui à la fin de l'été 1925.

Un an plus tard, elle s'était remariée avec Nate Brooks, et les gens avaient jasé — oh oui, les gens jasent, comme les gens aiment jaser, parfois on croirait qu'ils n'ont rien d'autre à faire. Nate était l'ancien homme de peine de Henry Hardesty. Il avait été un bon mari pour elle. Pas aussi doux que David, peut-être, et certainement pas aussi tenace que Henry, mais un brave homme qui avait fait à peu près ce qu'elle lui disait de faire. Quand une femme commence à prendre de la bouteille, il est bon de savoir qui porte la culotte à la maison.

Ses six garçons lui avaient donné une fournée de trente-deux petits-enfants. Ses trente-deux petits-enfants avaient engendré quatre-vingt-un arrière-petits-enfants, autant qu'elle sache, et au moment de la super-grippe elle avait trois arrière-arrière-petits-enfants. Elle en aurait eu davantage si les filles ne prenaient pas la pilule ces temps-ci pour ne plus avoir de bébés. On aurait dit que pour elles l'amour de leur homme était un jeu comme un autre. Abigaël avait de la peine pour elles, mais elle n'en parlait jamais. À Dieu de juger si elles péchaient en prenant ces pilules (et pas à ce vieux crétin chauve qui pontifiait à Rome — mère Abigaël avait été méthodiste toute sa vie, et elle était fichtrement fière de ne pas être du même bord que ces grenouilles de bénitier de catholiques), mais Abigaël savait bien ce qui leur manquait : l'extase qui vous vient au bord de la vallée des ombres, l'extase qui vous vient quand vous vous abandonnez à votre homme et à votre Dieu, quand vous dites : que *Ta volonté* soit faite ; l'extase finale de l'amour à la face du Seigneur, quand l'homme et la femme rachètent l'ancien péché d'Adam et d'Ève, lavés et sanctifiés dans le Sang de l'Agneau.

Ah, quelle belle journée...

Elle aurait voulu boire un verre d'eau, elle aurait voulu être chez elle, dans son fauteuil à bascule, elle aurait voulu qu'on la laisse tranquille. Et, maintenant, le soleil brillait sur le toit du poulailler, devant elle, sur sa gauche. Deux kilomètres encore, pas davantage. Il était dix heures et quart ; elle marchait encore bien pour son âge. Elle allait se reposer tout à l'heure, dormir jusqu'à la fraîche. Ce n'était pas un péché. Pas à son âge. Et elle avançait pas à pas au bord de la route, ses gros souliers recouverts de poussière.

Oui, elle en avait eu de la parenté pour la bénir dans son grand âge, une bien belle chose. Certains, comme Linda et ce bon à rien de vendeur qu'elle avait épousé, ne venaient pas la voir, mais les autres étaient bien gentils, comme Molly et Jim, David et Cathy, et ils remplaçaient bien mille Linda avec leurs bons à rien de vendeurs qui font du porte-à-porte pour fourguer leurs méchantes batteries de cuisine. Le dernier de ses frères, Luke, était mort en 1949, à quatre-vingts ans et quelques, et le dernier de ses enfants, Samuel, en 1974, à cinquante-quatre ans. Elle avait vécu plus longtemps que tous ses enfants, et ce n'était pas dans l'ordre des choses, mais il semblait bien que le Seigneur avait des vues sur elle.

En 1982, lorsqu'elle avait fêté ses cent ans, le journal d'Omaha avait fait paraître sa photo et un journaliste de la télé était venu l'interroger. « À quoi attribuez-vous votre grand âge ? » avait demandé le jeune homme, il avait paru déçu de sa réponse si brève : « À Dieu. » Ils auraient voulu qu'elle leur dise qu'elle prenait de la gelée royale, ou qu'elle ne mangeait jamais de porc rôti, ou qu'elle dormait les pattes en l'air. Mais elle ne faisait rien de tout ça. Pourquoi mentir ? Dieu donne la vie et Il l'enlève quand Il veut.

Cathy et David lui avaient donné une télé pour qu'elle puisse se voir sur l'écran, et elle avait reçu une lettre du président Reagan (pas de la dernière jeunesse lui non plus) qui la félicitait de son « âge avancé » et du fait qu'elle avait voté pour le parti républicain depuis qu'elle avait le droit de voter. Oui, mais pour qui d'autre voter ? Roosevelt et ses copains étaient tous communistes. Quand elle était devenue centenaire, la municipalité l'avait exonérée des taxes foncières « à perpétuité », du fait de cet âge avancé dont Ronald Reagan l'avait félicitée. Elle avait reçu un papier attestant qu'elle était la doyenne du Nebraska, comme si elle avait gagné un concours. Tant mieux pour les taxes cependant, même si le reste avait été bien bête : si on ne lui avait pas fait cadeau des taxes, elle aurait perdu ce qui lui restait encore de terre. Le plus gros était parti depuis bien longtemps ; les Freemantle et l'Association des agriculteurs avaient connu leur meilleure année en 1902. Ensuite... un hectare, c'est tout ce qui restait. Le reste, vendu pour payer les taxes et les impôts, vendu pour trouver un peu d'argent quand il n'y en avait plus... et elle avait bien honte de le dire, mais c'étaient ses propres fils qui avaient vendu le plus gros de la terre.

L'année dernière, elle avait reçu une lettre de New York, une lettre de la Société américaine de gérontologie. On lui annonçait qu'elle était la sixième plus vieille personne vivante aux États-Unis, et la troisième pour les femmes. Le plus vieux de tous était un monsieur de Santa Rosa, en Californie. Ce monsieur de Santa Rosa avait cent vingt-deux ans. Elle avait demandé à Jim de faire encadrer cette lettre pour l'accrocher à côté de celle du président. Jim n'avait pas eu le temps de s'en occuper avant le mois de février. Et maintenant qu'elle y pensait, c'était la dernière fois qu'elle avait vu Molly et Jim.

Elle arrivait à présent à la ferme des Richardson. Épuisée, elle s'appuya un moment contre la clôture et regarda la maison. Il devait faire frais à l'intérieur, bien frais. Elle avait l'impression qu'elle aurait pu dormir des siècles et des siècles. Mais elle avait encore du travail à faire. Beaucoup d'animaux étaient morts de cette maladie — les chevaux, les chiens, les rats. Et il fallait qu'elle sache si les poulets aussi. Une bien mauvaise plaisanterie si elle avait fait toute cette route pour ne trouver que des poulets crevés.

Elle se traîna jusqu'au poulailler, collé contre la grange, et s'arrêta quand elle entendit des caquètements à l'intérieur. Un instant plus tard, un coq se mit à chanter d'une voix enrouée.

— Tout va bien, murmura-t-elle. Tout va très bien.

Elle s'en retournait quand, près du tas de bois, elle vit un corps, la main sur les yeux. C'était Bill Richardson, le beau-frère d'Addie. Les bêtes l'avaient à moitié mangé.

— Pauvre homme, dit Abigaël. Pauvre, pauvre homme. J'espère que les anges chantent dans ton sommeil, Billy Richardson.

Et elle repartit vers cette maison toute fraîche qui l'attendait. Elle semblait si loin encore, alors qu'en réalité elle n'était qu'au bout de la cour. Elle crut ne jamais y arriver. Elle était à bout.

— Que Ta volonté soit faite, dit-elle en reprenant sa marche.

Le soleil entrait à flots par la fenêtre de la chambre d'amis où elle s'était allongée et endormie dès qu'elle avait retiré ses chaussures. Au début, elle ne comprit pas pourquoi la lumière était si vive ; comme lorsque Larry Underwood s'était réveillé à côté du mur de pierre, dans le New Hampshire.

Elle s'assit. Ses os fragiles lui faisaient mal.

— Dieu tout-puissant j'ai dormi tout l'après-midi, et toute la nuit par-dessus le marché !

Si c'était vrai, c'est qu'elle devait être bien fatiguée, vraiment. Il lui fallut près de dix minutes pour sortir du lit et se rendre jusqu'à la salle de bain ; et dix minutes encore pour mettre ses chaussures. Marcher était une véritable torture, mais elle savait qu'elle devait marcher. Si elle restait immobile, ses articulations allaient se coincer comme du fer rouillé.

Boitillant, sautillant, elle se rendit jusqu'au poulailler, poussa la porte, grimaça quand la chaleur étouffante lui monta au visage, avec l'odeur des poules, avec l'odeur inévitable de la chair putréfiée. Le puits artésien des Richardson alimentait automatiquement l'abreuvoir ; mais la réserve de nourriture était presque épuisée et la chaleur avait tué un grand nombre des poules. Les plus faibles étaient depuis longtemps mortes de faim, ou sous les coups de bec de leurs compagnes, et elles gisaient là sur le sol jonché de graines et de crottes, comme de petits îlots de neige fondante, triste.

La plupart des poules encore en vie s'enfuirent à son approche, à grands coups d'ailes maladroits, mais les mélancoliques restèrent sur leurs perchoirs, clignant les yeux tandis qu'elle approchait lentement, en traînant les pieds, la regardant de leurs yeux stupides. Tant de maladies faisaient crever les poulets qu'elle avait eu peur que cette grippe ne les emporte aussi. Mais ils avaient l'air en pleine forme. Dieu y avait veillé.

Elle prit les trois plus gros et leur fourra la tête sous l'aile. Ils s'endormirent aussitôt. Elle les jeta dans un sac, mais elle avait si mal qu'elle ne put le soulever. Il fallut donc qu'elle le traîne par terre.

Du haut de leurs perchoirs, les autres poulets regardèrent la vieille femme s'en aller, puis reprirent leur féroce bataille, à qui s'arracherait les derniers restes de nourriture.

Il était maintenant près de neuf heures du matin. Elle s'assit sur le banc qui faisait le tour du chêne des Richardson, dans la cour, pour réfléchir. Sa première idée, rentrer chez elle dans la fraîcheur du crépuscule, lui paraissait encore la meilleure. Elle avait perdu une journée, mais la visite n'arriverait que plus tard. Elle pouvait utiliser cette journée pour s'occuper des poulets et se reposer un peu.

Ses muscles commençaient déjà à jouer un peu mieux sur ses os, et il y avait aussi cette étrange sensation, plutôt agréable, au-dessus de son estomac. Il lui fallut quelque temps pour comprendre qu'elle avait... qu'elle avait faim ! Elle avait *faim*, loué soit Dieu, et depuis combien de temps ne mangeait-elle plus que par habitude ? Comme un chauffeur de locomotive qui enfourne du charbon sans penser à ce qu'il fait. Une fois qu'elle aurait décapité ses trois poulets, elle irait voir ce qu'Addie avait laissé dans son garde-manger et, béni soit Dieu, elle allait sûrement *adorer* ce qu'elle trouverait. Tu vois ? se dit-elle. Dieu pourvoit à tout. Béni soit-il. Abigaël, béni soit-il.

Soufflant, crachant, elle tira son sac jusqu'au billot qui se trouvait entre la grange et le bûcher. Dans le bûcher, elle trouva le grand couperet de Billy Richardson. Elle le prit et ressortit.

Et maintenant, Seigneur, dit-elle en regardant le ciel limpide, Tu m'as donné la force de marcher jusqu'ici, et je crois que Tu vas me donner la force de rentrer chez moi. Ton prophète Isaïe dit qu'à l'homme ou à la femme qui croit le Seigneur Dieu des Puissances lui donnera des ailes d'aigles. Je ne connais pas grand-chose aux aigles, Seigneur, sauf que ce sont des bestioles pas commodes qui voient très loin, mais j'ai trois poulets dans mon sac, et je voudrais bien leur couper la tête sans me couper la main. Que Ta volonté soit faite. Amen.

Elle prit le sac, l'ouvrit, regarda dedans. L'un des poulets était encore endormi, la tête sous l'aile. Les deux autres se pressaient l'un contre l'autre et ne bougeaient pas beaucoup. Il faisait noir dans le sac, et les poulets croyaient que c'était la nuit. Rien de plus bête qu'un poulet, sauf peut-être un démocrate de New York.

Abigaël prit un poulet et le posa sur le billot avant qu'il ne comprenne ce qui lui arrivait. Elle abattit le couperet en grimaçant, comme elle le faisait toujours lorsque le tranchant de sa hache mordait le bois. La tête tomba par terre, à côté du billot. Le poulet décapité s'enfuit à toutes jambes dans la cour des Richardson, crachant du sang à gros jets par le cou, les ailes battantes. Un moment plus tard, il comprit qu'il était mort et préféra se coucher tranquillement. Sales poulets, sales démocrates, mon Dieu, mon Dieu.

Le travail fut bientôt terminé. Elle avait eu tort de croire qu'elle allait rater les bestioles ou se faire du mal. Dieu avait entendu sa prière. Trois beaux poulets. Elle n'avait plus qu'à les rapporter chez elle.

Elle remit les volailles dans son sac, rangea le couperet de Billy Richardson dans le bûcher. Puis elle alla voir ce qu'il pouvait y avoir à manger dans la maison.

Elle fit une sieste au début de l'après-midi et rêva que ses visiteurs se rapprochaient maintenant... ils étaient juste au sud de York, dans une vieille camionnette. Six, dont un jeune sourd-muet. Mais c'était un garçon courageux, un de ceux à qui il fallait qu'elle parle.

Elle se réveilla vers trois heures et demie, un peu engourdie, mais bien reposée. Pendant les deux heures et demie qui suivirent, elle pluma les poulets, s'arrêtant quand son ouvrage faisait trop souffrir ses vieux doigts arthritiques. Elle chantait des cantiques en travaillant — *Seven Gates to the City, Trust and Obey,* et celui qu'elle préférait, *In the Garden.*

Quand elle eut terminé de plumer le dernier poulet, ses doigts lui faisaient atrocement mal et la lumière du jour avait commencé à prendre une teinte dorée qui annonçait l'arrivée du crépuscule. Fin juillet. Les jours commençaient à raccourcir.

Elle rentra pour manger encore un peu. Le pain était rassis, mais il n'avait pas moisi — aucune moisissure n'aurait osé pointer son nez vert dans la cuisine d'Addie Richardson — et elle trouva un pot entamé de beurre d'arachide. Elle se fit deux sandwichs au beurre d'arachides. Elle en mangea un, puis glissa l'autre dans la poche de son tablier, au cas où elle aurait faim plus tard.

Il était maintenant sept heures moins vingt. Elle ressortit, ramassa son sac et descendit avec précaution l'escalier de la véranda. Elle avait pris soin de jeter les plumes dans un autre sac, mais quelques-unes s'étaient échappées et flottaient sur la haie des Richardson, toute sèche depuis qu'elle n'était pas arrosée.

— Je repars, Seigneur, dit Abigaël en poussant un profond soupir. Je rentre chez moi. Je n'irai pas vite et je n'arriverai sans doute pas avant minuit, mais le Livre dit : Ne crains ni la terreur de la nuit ni celle de l'heure de midi. J'accomplis Ta volonté de mon mieux. Prends-moi par la main, s'il Te plaît, pour l'amour de Jésus. Amen.

Quand elle arriva à l'endroit où la route goudronnée devenait une route de terre, il faisait complètement noir. Des grillons chantaient, des grenouilles coassaient dans un creux humide, probablement la mare où s'abreuvaient les vaches de Cal Goodell. La lune allait bientôt apparaître, une grosse lune rouge qui allait garder cette couleur de sang tant qu'elle n'aurait pas monté davantage dans le ciel.

Elle s'assit pour se reposer et mangea la moitié de son sandwich (que n'aurait-elle pas donné pour un peu de gelée de cassis, afin d'ôter ce goût collant dans sa bouche, mais Addie gardait ses confitures à la cave et l'escalier était bien raide). Le sac était à côté d'elle. Elle avait mal partout et ses forces semblaient l'avoir abandonnée, alors qu'il lui restait encore quatre bons kilomètres... mais elle se sentait remplie d'une étrange allégresse. Depuis combien de temps ne marchait-elle plus la nuit, sous la voûte des étoiles ? Elles brillaient toujours aussi fort et, avec un peu de chance, elle allait peut-être voir une étoile filante et faire un vœu. Une belle nuit douce, les étoiles, la lune d'été qui commençait à montrer son disque rouge à l'horizon, tout cela la faisait se souvenir de son enfance avec ses étranges inquiétudes, ses chaleurs, cette merveilleuse vulnérabilité quand elle était encore au bord du Mystère. Oh oui, elle se souvenait d'avoir été jeune fille. Certains ne voudraient pas le croire sans doute, comme ils ne pouvaient croire que le séquoia géant a jamais été une petite pousse verte. Mais elle avait pourtant été une jeune fille, et en ce temps-là les terreurs nocturnes de l'enfance s'étaient un peu dissipées, remplacées par les terreurs de l'adulte qui venaient vous assaillir en pleine nuit quand tout était silence, et vous entendiez alors la voix de votre âme éternelle. Dans le bref intervalle qui avait séparé l'enfance de l'âge adulte, la nuit avait été un puzzle d'odeurs enivrantes, l'époque où, quand vous regardiez le ciel semé d'étoiles, quand vous écoutiez la brise qui vous apportait ses odeurs enivrantes, vous vous sentiez tout près du cœur de l'univers, de l'amour, de la vie. Et vous pensiez rester jeune à tout jamais, vous pensiez....

Je tiens ton sang dans mes poings.

Un tiraillement sur son sac la fit tressaillir. Elle poussa un petit cri de sa voix cassée de vieille femme et tira vers elle le sac qui se déchira un peu au fond.

Elle entendit alors un grognement sourd. Tapie au bord de la route, entre l'accotement de gravier et le maïs, une grosse belette brune roulait des yeux où se reflétaient des éclairs rouges de lune. Une autre vint la rejoindre. Et une autre. Et une autre encore.

Elle regarda de l'autre côté de la route et vit qu'elle était bordée de belettes aux yeux interrogateurs. Elles avaient senti les poulets dans le sac. Combien pouvaient-elles être ? se demanda-t-elle. Elle s'était fait mordre une fois par une belette, un jour qu'elle s'était glissée sous la véranda de la grande maison pour chercher sa balle rouge, et quelque chose qui l'avait fait penser à une pleine bouche d'aiguilles avait agrippé son avant-bras. La surprise de l'attaque qui avait bouleversé si brutalement la monotonie des choses, comme un fer rouge plongé dans l'eau, l'avait fait hurler, autant que la douleur. Elle avait retiré son bras, mais la belette y était restée accrochée, son pelage lisse et brun taché de son sang, son corps fouettant l'air comme la queue d'un serpent. Et elle hurlait, secouait le bras, mais la belette refusait de lâcher, comme si elle était devenue une partie de son corps à elle.

Ses frères, Micah et Matthew, se trouvaient dans la cour ; son père était sous la véranda, en train de feuilleter un catalogue. Ils étaient arrivés en courant, puis ils étaient restés figés sur place à la vue d'Abigaël, âgée de douze ans à l'époque, qui courait à toutes jambes dans la clairière, à l'endroit où la grange n'allait pas tarder à se dresser, la belette brune pendue à son bras comme une étole, griffant l'air de ses pattes de derrière comme si elle cherchait une prise. Le sang avait giclé sur sa robe, ses jambes, ses chaussures.

Son père avait réagi le premier. John Freemantle avait ramassé une bûche à côté du billot : *Ne bouge pas, Abby !* avait-il hurlé. Sa voix, la voix du commandement et de l'obéissance depuis qu'elle était enfant, avait traversé son esprit envahi par la panique quand rien d'autre n'aurait sans doute pu le faire. Elle s'était arrêtée et la bûche s'était abattue en sifflant. Une douleur atroce dans son bras, jusqu'à l'épaule (elle avait cru que son bras était cassé), puis la chose brune qui avait été la cause d'une telle souffrance et d'une telle surprise — dans l'horrible chaleur de ces quelques instants, les deux sensations se mêlaient inextricablement — gisait par terre, le pelage taché de son sang. Micah avait bondi en l'air et était retombé sur la bête à pieds joints, un horrible craquement, comme le bruit que fait dans votre tête le sucre candi quand vous l'écrasez sous vos dents, et si la bête n'était pas déjà morte, elle l'était sûrement maintenant. Abigaël ne s'était pas évanouie, mais elle avait éclaté en sanglots, s'était mise à pousser des hurlements hystériques.

Richard, le fils aîné, arrivait en courant, pâle, effrayé. Lui et son père avaient échangé un regard.

— Je n'ai jamais vu de toute ma vie une belette faire ça, avait dit John Freemantle en prenant sa fille dans ses bras. Heureusement que ta mère était là-bas, à cueillir les haricots.

— Peut-être qu'elle avait la r..., avait commencé Richard.

— Tais-toi ! avait aussitôt répondu son père.

Et sa voix glacée était celle de la colère et de la peur. Et Richard s'était tu — avait fermé la bouche si vite et si dur qu'Abby avait entendu ses dents claquer. Puis son père lui avait dit :

— On va aller à la pompe, Abigaël, ma petite, on va laver toute cette saleté.

Un an plus tard, Luke lui avait expliqué ce que son père n'avait pas voulu que Richard dise : que la belette avait presque certainement la rage pour faire ça, et que, si elle l'avait, Abigaël allait mourir de l'une des morts les plus atroces, à part les plus cruelles tortures, que l'homme connaisse. Mais la belette n'avait pas la rage. La blessure avait guéri. Depuis ce jour cependant, elle avait la terreur de ces bêtes, comme certaines personnes sont terrorisées par les rats ou les araignées. Si seulement le fléau avait pu les exterminer, au lieu de tuer les chiens ! Mais les belettes n'étaient pas mortes, et elle...

Je tiens ton sang dans mes poings.

Une belette fonça vers elle et mordit le gros ourlet du sac de jute.

— *Aïe !* hurla la vieille femme.

La belette s'enfuit en montrant les dents comme si elle souriait, un long fil entre les griffes.

C'était *lui* qui les envoyait — l'homme noir.

Elle sentit la terreur s'emparer d'elle. Elles étaient des centaines maintenant, grises, brunes, noires, toutes flairant les poulets. Elles étaient alignées des deux côtés de la route, se bousculant les unes les autres pour mieux sentir ce qu'elles sentaient.

Il va falloir que je leur donne les poulets. Tout ce tra-

vail pour rien. Si je ne leur donne pas les poulets, elles
vont me mettre en pièces. Tout ce travail pour rien.

Dans les ténèbres qui obscurcissaient son esprit, elle
voyait l'homme noir sourire, elle voyait ses poings serrés,
dégoulinants de sang.

Un autre coup de dents. Un autre encore.

De l'autre côté de la route, les belettes se précipitaient
maintenant vers elle en rangs serrés, à ras de terre, le
ventre dans la poussière. Leurs petits yeux cruels scintillaient comme des poignards au clair de lune.

*Mais celui qui croit en Moi ne périra point... car Je
l'ai oint de ma main et rien ne saurait le toucher... il est
Mien, dit le Seigneur...*

Elle se redressa, terrifiée, mais sûre maintenant de ce
qu'elle devait faire.

— Allez-vous-en ! hurla-t-elle. Oui, ce sont des poulets, mais je les garde pour mes invités ! Allez-vous-en !

Les bêtes reculèrent. Leurs petits yeux semblèrent se
remplir d'inquiétude. Et, tout à coup, elles disparurent,
comme un panache de fumée dans le ciel. *Un miracle,*
pensa-t-elle, et elle se sentit remplie de joie, d'amour pour
le Seigneur. Puis, tout à coup, elle eut très froid.

Quelque part, loin à l'ouest, derrière les montagnes
Rocheuses que l'on ne voyait même pas à l'horizon, elle
sentit qu'un œil — un œil brillant — s'ouvrait tout à
coup et regardait dans sa direction, la cherchait. Aussi
clairement que si les mots avaient été prononcés à haute
voix, elle l'entendit dire : *Qui est là ? Est-ce toi, vieille
femme ?*

— Il sait que je suis là, murmura-t-elle dans la nuit.
Oh, mon Dieu, aide-moi. Aide-moi maintenant, aide-nous
tous.

Traînant son sac derrière elle, elle se remit en route.

Ils arrivèrent deux jours plus tard, le 24 juillet. Elle
n'avait pu préparer tout ce qu'elle voulait ; ses vieilles
jambes n'en pouvaient plus ; elle boitillait péniblement,

incapable de marcher sans sa canne, et c'est à peine si elle pouvait pomper de l'eau au puits. Le lendemain du jour où elle avait tué les poulets et chassé les belettes, elle avait dormi presque tout l'après-midi, épuisée. Elle avait rêvé qu'elle franchissait un col, très haut dans les montagnes Rocheuses, à l'ouest de la ligne de partage des eaux. La route 6 serpentait entre de hautes murailles rocheuses, plongée dans l'ombre toute la journée, sauf une demi-heure vers midi. Dans son rêve, il faisait nuit, une nuit sans lune. Quelque part, des loups hurlaient. Et, tout à coup, un œil s'était ouvert dans le noir, un œil qui roulait horriblement de part et d'autre tandis que le vent sifflait lugubrement dans les pins bleus. C'était lui, et il la cherchait.

Après cette longue sieste agitée, elle s'était réveillée un peu reposée. Une fois encore, elle avait prié Dieu de la laisser en paix, ou du moins de la laisser prendre un autre chemin que celui qu'Il voulait qu'elle suive.

Au nord, au sud ou à l'est, Seigneur, et je quitterai Hemingford Home en chantant Tes louanges. Mais pas à l'ouest, pas vers l'homme noir. Les Rocheuses ne suffisent pas entre lui et nous. Les Andes ne suffiraient pas.

Mais tout cela n'avait plus d'importance. Tôt ou tard, quand l'homme jugerait qu'il était assez fort, il se mettrait à la recherche de ceux qui s'opposaient à lui. Sinon cette année, alors la suivante. Les chiens avaient disparu, emportés par le fléau, mais les loups continuaient à hanter les montagnes, prêts à se mettre au service de la créature de Satan.

Et les loups ne seraient pas seuls à se mettre à son service.

Le jour où la visite arriva enfin, elle avait commencé sa journée à sept heures du matin. Elle alla chercher du bois, deux bûches à la fois, jusqu'à ce que le poêle soit bien chaud et le coffre à bois plein. Dieu lui avait fait la grâce d'une journée fraîche, nuageuse, la première depuis des semaines. Peut-être pleuvrait-il à la tombée de la nuit. En tout cas, c'est ce que lui disait le fémur qu'elle s'était cassé en 1958.

Elle fit cuire ses tartes, garnies de la rhubarbe et des fraises qu'elle était allée cueillir au jardin. Les fraises venaient de mûrir, loué soit Dieu, il était bon de savoir qu'elles n'allaient pas se perdre. Elle se sentit mieux à faire ainsi la cuisine, car la cuisine, c'était la vie. Deux tartes aux fraises et à la rhubarbe. Une autre aux myrtilles, une autre aux pommes. Il lui restait encore des myrtilles et des pommes en boîtes sur les étagères de sa cuisine. Et l'odeur de la pâtisserie remplit l'air du matin. Elle mit les tartes à refroidir sur l'appui de la fenêtre, comme elle l'avait fait toute sa vie.

Puis elle prépara de son mieux la pâte à frire, mais ce n'était pas facile sans œufs frais — elle aurait dû y penser quand elle était au poulailler, qu'elle était donc sotte. Œufs ou pas, au début de l'après-midi, la petite cuisine au plancher inégal et au linoléum usé sentait bon le poulet frit. Il commençait à faire chaud à l'intérieur. Elle sortit donc en boitillant sur la véranda pour faire sa lecture quotidienne en s'éventant avec une vieille revue aux pages cornées.

Le poulet était cuit à la perfection, croustillant, tendre et juteux. Et l'un des visiteurs qui viendraient tout à l'heure n'aurait qu'à aller cueillir deux douzaines d'épis de maïs. Puis ils mangeraient tous dehors.

Elle enveloppa les morceaux de poulet dans des serviettes de papier, revint s'installer sur la véranda avec sa guitare, s'assit et se mit à jouer. Elle chanta tous ses cantiques favoris de sa voix haute et chevrotante qui flottait dans l'air immobile.

Quand l'épreuve et la tentation nous assaillent
Quand le chagrin nous accable
Ne perdons point courage
Car Dieu nous tend Sa main.

Elle trouvait cette musique si jolie (mais son oreille n'était plus assez bonne pour qu'elle soit tout à fait sûre que sa vieille guitare était bien accordée) qu'elle joua un autre cantique, et un autre encore.

Elle commençait *We Are Marching to Zion* lorsqu'elle entendit un bruit de moteur au nord, un bruit qui venait dans sa direction. Elle cessa de chanter, mais ses doigts continuèrent à gratter distraitement les cordes tandis qu'elle penchait la tête pour mieux écouter. Ils arrivent, oui, Seigneur, ils ont trouvé le chemin. Et elle voyait maintenant le panache de poussière que soulevait le camion en s'engageant sur la route de terre qui s'arrêtait dans sa cour. Elle était si contente d'avoir de la visite. Heureusement, elle avait mis ses habits du dimanche. Elle cala sa guitare entre ses genoux et mit sa main en visière, quoiqu'il n'y eût toujours pas de soleil.

Le bruit du moteur grandissait. Dans un instant, là où le maïs s'ouvrait et faisait de la place pour la mare où les vaches de Cal Goodell...

Oui, elle le voyait, un vieux camion Chevrolet qui avançait lentement. La cabine était pleine ; quatre personnes entassées là-dedans (elle avait toujours bon œil, à cent huit ans), et trois autres à l'arrière, debout sur le plateau. Un homme blond, plutôt mince, une jeune fille aux cheveux roux, au milieu... oui, c'était lui, un garçon qui venait tout juste d'apprendre à être un homme. Cheveux foncés, visage étroit, front haut. Il la vit assise sous sa véranda et se mit à lui faire de grands gestes. Un instant plus tard, l'homme blond l'imitait. La fille aux cheveux roux se contentait de regarder. Mère Abigaël leva la main et leur rendit leur salut.

Loué sois-Tu, mon Dieu, pour les avoir amenés jusqu'ici, murmura-t-elle d'une voix rauque, et des larmes brûlantes ruisselèrent sur ses joues. Merci, mon Dieu.

Le camion entra dans la cour en cahotant. L'homme qui était au volant portait un chapeau de paille orné d'une grande plume coincée sous un ruban de velours bleu.

— Hou-hou ! hurla-t-il en faisant un grand geste. Bonjour, madame ! Nick pensait bien vous trouver là ! Houhou !

Il klaxonnait comme un fou. Assis à côté de lui, dans

la cabine, il y avait un homme dans la cinquantaine, une femme du même âge et une petite fille en salopette de velours côtelé rouge. La petite fille suçait son pouce en agitant timidement l'autre main.

Le jeune homme au bandeau et aux cheveux noirs — Nick — sauta du camion qui roulait encore. Il reprit son équilibre, puis s'avança lentement vers elle, grave, solennel, mais les yeux brillants de joie. Il s'arrêta devant l'escalier de la véranda, puis regarda autour de lui, étonné... la cour, la maison, le vieil arbre avec la balançoire, Et surtout, elle.

— Bonjour, Nick, dit-elle. Je suis contente de te voir. Dieu te bénisse.

Il lui fit un large sourire, puis se mit à pleurer. Il monta l'escalier, prit ses mains entre les siennes. Elle lui tendit sa joue ridée et il l'embrassa doucement. Derrière lui, le camion s'était arrêté et tout le monde était descendu. L'homme qui conduisait tenait dans ses bras la petite fille en salopette rouge dont la jambe droite était prise dans un plâtre. La petite se cramponnait au cou bronzé de l'homme. À côté de lui, la femme dans la cinquantaine, puis la rousse, puis le garçon blond avec la barbe. Non, ce n'est pas un garçon ordinaire, pensa mère Abigaël, c'est un simple d'esprit. En dernier, l'autre homme qui se trouvait dans la cabine. Il essuyait les verres de ses lunettes cerclées de fer.

Nick la regardait avec insistance, et elle lui fit un signe de tête.

— Tu as bien fait, dit-elle. Le Seigneur t'a conduit et mère Abigaël va te donner à manger. Vous êtes *tous* les bienvenus ! continua-t-elle d'une voix plus forte. Nous ne pourrons pas rester longtemps, mais avant de partir, nous allons nous reposer, nous allons rompre le pain ensemble, nous allons apprendre à nous connaître.

Perchée dans les bras de l'homme qui conduisait le camion, la petite fille demanda d'une voix fluette :

— Est-ce que vous êtes la plus vieille dame du monde ?

— Chut, Gina ! souffla la femme dans la cinquantaine.

Mais mère Abigaël éclata de rire, la main sur la hanche.

— Peut-être bien, mon enfant, peut-être bien.

Elle demanda aux deux femmes, Olivia et June, d'étendre sa nappe à carreaux rouges sous le pommier, tandis que les hommes allaient cueillir du maïs. Il ne fallut pas longtemps pour le faire cuire. Bien sûr, il n'y avait pas de beurre, mais la margarine et le sel ne manquaient pas.

Ils parlèrent peu durant le repas — on entendait surtout des bruits de mâchoires et parfois de petits grognements de plaisir. Elle eut chaud au cœur de voir ses invités faire honneur au repas qu'elle leur avait préparé. Sa longue course chez les Richardson n'avait pas été vaine, ni sa lutte contre les belettes. Ce n'était pas vraiment qu'ils avaient faim, mais quand vous ne mangez pratiquement que des conserves depuis un mois, l'envie vous prend de choses fraîches, mijotées sur un fourneau. Abigaël engloutit trois morceaux de poulet, un épi de maïs et une petite part de tarte aux fraises et à la rhubarbe. Quand elle eut fini, elle se sentit aussi pleine qu'une grosse punaise gonflée de sang.

Au café, le conducteur, un homme à la physionomie plaisante qui s'appelait Ralph Brentner, lui dit :

— C'était bien bon, madame. Il y a longtemps que je n'avais pas aussi bien mangé. Nous devons tous vous remercier.

Et ce fut un concert de murmures approbateurs. Nick sourit et hocha la tête.

— Je peux m'asseoir sur tes genoux, madame grand-mère ? demanda la petite fille.

— Tu es trop lourde, ma chérie, dit la plus âgée des deux femmes, Olivia Walker.

— Pas du tout, répondit Abigaël. Le jour où je ne pourrai plus prendre un petit enfant sur mes genoux, ce jour-là, il faudra me mettre dans mon linceul. Viens, Gina.

Ralph prit la petite et l'installa sur les genoux de la vieille dame.

— Quand vous trouverez qu'elle est trop lourde, dites-le-moi.

Il chatouilla le nez de Gina avec la plume de son chapeau. Elle leva les mains en riant aux éclats.

— Ne me chatouille pas, Ralph ! Arrête !

— J'ai trop mangé pour te chatouiller longtemps, dit Ralph en se rasseyant.

— Qu'est-ce que tu t'es fait à la jambe, Gina ? demanda Abigaël.

— Je l'ai cassée en tombant de la grange. Dick l'a réparée. Ralph dit que Dick m'a sauvé la vie.

Elle envoya un baiser à l'homme aux lunettes cerclées de fer, qui rougit un peu, toussa et sourit.

Nick, Tom Cullen et Ralph étaient tombés sur Dick Ellis en plein milieu du Kansas. Il marchait le long de la route, un sac sur le dos, un bâton à la main. Dick était vétérinaire. Le lendemain, alors qu'ils traversaient la petite ville de Lindsborg, ils s'étaient arrêtés pour déjeuner. C'est alors qu'ils avaient entendu de faibles cris du côté sud de la ville. Si le vent avait soufflé de l'autre côté, ils seraient repartis sans rien entendre.

— Béni soit Dieu, dit Abby d'une voix solennelle en caressant les cheveux de la petite fille.

Gina était seule depuis trois semaines. La veille ou l'avant-veille, elle était en train de jouer dans le grenier à foin de la grange de son oncle quand une planche pourrie avait cédé. Elle avait fait une chute de plus de dix mètres. Heureusement, le foin répandu par terre avait amorti sa chute, mais elle s'était cassé la jambe. Au début, Dick Ellis avait cru qu'elle ne s'en tirerait pas. Il lui avait fait une anesthésie locale avant de remettre sa jambe ; elle avait tellement maigri et son état général était si mauvais qu'il craignait qu'une anesthésie générale ne la tue (et, pendant qu'on racontait son histoire, Gina McCone jouait paisiblement avec les boutons de la robe de mère Abigaël).

Mais Gina s'était rétablie avec une rapidité étonnante.

Aussitôt, elle s'était prise d'affection pour Ralph et son joli chapeau. À voix basse, Ellis expliqua qu'à son avis la petite avait surtout souffert de la solitude.

— Naturellement, dit Abigaël. Si vous ne l'aviez pas trouvée, elle se serait éteinte toute seule.

Gina bâilla. Ses yeux étaient perdus dans le vague.

— Je vais la coucher, dit Olivia Walker.

— Installez-la dans la petite chambre, au bout du couloir, répondit Abby. Vous pouvez dormir avec elle si vous voulez. Et vous, ma fille... comment vous appelez-vous déjà ? J'ai oublié.

— June Brinkmeyer, dit la rouquine.

— Eh bien, vous pouvez dormir dans ma chambre, June, si le cœur vous en dit. Le lit n'est pas assez grand pour deux personnes, et je ne pense pas que vous ayez envie de dormir avec un vieux sac d'os comme moi. Mais il y a un matelas au grenier — si les souris ne l'ont pas mangé. Les hommes ne demanderont pas mieux que de le descendre pour vous.

— Bien sûr, dit Ralph.

Olivia alla coucher Gina qui s'était endormie. Il faisait déjà noir dans la cuisine, plus animée qu'elle ne l'avait été depuis des années. Mère Abigaël se leva en poussant un petit gémissement et alluma les trois lampes à pétrole, une pour la table, une autre qu'elle posa sur le poêle (le Blackwood de fonte se refroidissait en craquant de plaisir), la dernière sur l'appui de la fenêtre. La nuit recula un peu.

— Après tout, la manière d'autrefois est peut-être la meilleure.

C'était Dick qui venanit de parler. Ils le regardèrent tous. Il rougit et toussota. Abigaël étouffa un petit rire.

— Je veux dire, reprit Dick, très intimidé, que c'est le premier vrai repas que je fais depuis... depuis le 13 juin, je crois. Le jour où l'électricité a été coupée. Je l'avais préparé moi-même. C'est tout dire. Ma femme... elle faisait vraiment très bien la cuisine. Elle...

Olivia revenait.

— La petite dort à poings fermés. Elle était vraiment fatiguée.

— Est-ce que vous faites vous-même votre pain ? demanda Dick à mère Abigaël.

— Naturellement. Depuis toujours. Mais je n'ai plus de levure. Ce n'est pas très grave, parce qu'il y a d'autres recettes.

— J'ai très envie de pain. Helen... ma femme... elle faisait du pain deux fois par semaine. Ces derniers temps, on dirait que je n'ai envie que de ça. Donnez-moi trois tartines de pain, un peu de confiture de fraises, et je crois que je pourrais mourir heureux.

— Tom Cullen est fatigué, dit Tom tout à coup. Oh là là, fatigué, fatigué.

Et il bâilla à se décrocher la mâchoire.

— Allez vous coucher dans la remise, lui proposa Abigaël. Elle sent un peu le moisi, mais vous serez au sec.

Ils écoutèrent un moment le bruissement paisible de la pluie dans les feuilles. Il pleuvait depuis près d'une heure. Dans la solitude, ce bruit aurait été lugubre. Mais avec tous ces gens, c'était un murmure agréable, secret, intime. La pluie gargouillait dans les gouttières de zinc, coulait dans la grosse barrique qui était installée derrière la maison. Le tonnerre gronda dans le lointain, très loin, au-dessus de l'Iowa.

— Vous avez des sacs de couchage ? demanda Abigaël.

— Nous avons tout ce qu'il faut, répondit Ralph. Nous serons très bien. Allez viens, Tom.

— Je me demandais, dit Abigaël, si vous et Nick ne pourriez pas rester un peu, Ralph.

Nick était assis derrière la table, en face du fauteuil à bascule où la vieille femme se balançait. J'aurais cru, se dit-elle, qu'un homme qui ne peut pas parler se serait senti perdu au milieu de tous ces gens, qu'il aurait voulu disparaître dans son coin. Mais ce n'était pas ce qui s'était passé avec Nick. Il était assis, parfaitement immobile, et suivait attentivement la conversation comme le montrait l'expression de son visage. Un visage ouvert et intelligent, mais déjà rongé par les soucis. Plusieurs fois au cours de la soirée, elle avait remarqué que les autres l'observaient, comme pour lui demander son approbation. Plusieurs fois aussi, elle l'avait vu regarder par la fenêtre, d'un air inquiet.

— Vous pourriez me descendre le matelas ? demanda June.

— Je vais m'en charger avec Nick, répondit Ralph en se levant.

— Je veux pas aller tout seul dans la remise, dit Tom. Oh là là, mais alors sûrement pas...

— Ne t'en fais pas, je vais t'accompagner, mon bonhomme, répondit Dick. On va allumer la lampe Coleman, et puis on va se coucher. Merci beaucoup, madame. Grâce à vous, nous avons passé une soirée très agréable.

Les autres lui firent écho. Nick et Ralph descendirent le matelas — intact, fort heureusement. Tom et Dick s'installèrent dans la remise où la lampe Coleman s'alluma bientôt. Peu après, Nick, Ralph et mère Abigaël se retrouvèrent seuls dans la cuisine.

— Vous me permettez de fumer, madame ? demanda Ralph.

— Si vous ne jetez pas vos cendres par terre. Il y a un cendrier dans l'armoire, juste derrière vous.

Ralph se leva pour aller le chercher. Abby dévisageait Nick. Il était vêtu d'une chemise kaki, d'un blue-jeans et d'un vieux coupe-vent de coton. Quelque chose lui faisait penser qu'elle le connaissait déjà, ou qu'il était écrit qu'elle devait un jour le connaître. En le regardant, elle éprouvait une sensation paisible d'achèvement, de certitude, comme si ce moment avait depuis toujours été décidé par le destin. Comme si, à une extrémité de sa vie, il y avait eu son père, John Freemantle, grand, noir et fier, et à l'autre, cet homme, jeune et muet, avec ses yeux brillants et expressifs qui l'observaient, avec ce visage déjà usé par l'inquiétude.

Elle jeta un coup d'œil dehors et vit la lampe Coleman qui éclairait un petit bout de sa cour par la fenêtre de la remise. Elle se demanda si elle sentait encore la vache ;

il y avait bien trois ans qu'elle n'y était pas entrée. Pour quoi faire ? Elle avait vendu sa dernière bête, Daisy, en 1975. Pourtant, en 1987, la remise sentait encore la vache. Et probablement encore aujourd'hui. Tant pis. Après tout, il y avait des choses qui sentaient plus mauvais.

— Madame ?

Elle se retourna. Ralph s'était assis à côté de Nick, un bloc-notes à la main. Il clignait les yeux, ébloui par la lampe. Sur ses genoux, Nick tenait un bloc de papier à lettres et un crayon-bille.

— Nick dit..., commença Ralph, puis il s'arrêta pour s'éclaircir la voix, gêné.

— Continuez.

— Nick dit qu'il a du mal à lire sur vos lèvres, parce que...

— Je crois savoir pourquoi. Ne vous inquiétez pas.

Elle se leva et s'avança d'un pas traînant vers le vaisselier. Sur la deuxième étagère se trouvait un bol de plastique, et dans le bol un dentier qui flottait dans un liquide laiteux.

Elle pêcha l'objet et le rinça à l'eau du robinet.

— Seigneur Jésus, que je n'aime pas ça, dit mère Abigaël en mettant son dentier. Il faut que nous parlions. Vous êtes les deux chefs. Nous devons décider certaines choses.

— Je ne suis pas un chef, dit Ralph. J'ai toujours travaillé en usine, et un peu sur la ferme. J'ai les mains plus solides que la tête. C'est Nick qui est le chef.

— C'est vrai ? demanda Abigaël en regardant Nick.

Nick écrivit quelque chose et Ralph lut son message.

— *C'est moi qui ai eu l'idée de venir ici, oui. Mais je ne sais pas si je suis le chef.*

— Nous avons rencontré June et Olivia à cent cinquante kilomètres d'ici, ajouta Ralph. Avant-hier, c'est bien ça, Nick ?

Nick hocha la tête.

— On allait tous vous voir, mère Abigaël. Les femmes allaient au nord, elles aussi. Comme Dick. On a décidé de faire la route ensemble.

— Avez-vous rencontré d'autres gens ?

— *Non*, écrivit Nick. *Mais j'ai l'impression — Ralph aussi — que d'autres gens se cachent, qu'ils nous surveillent. Ils ont peur, peut-être. Ils sont encore sous le choc.*

Abigaël approuva d'un signe de tête.

— *Dick nous a dit qu'il avait entendu une moto la veille du jour où il nous a rencontrés. Il doit y avoir d'autres gens par ici. Je crois que ce qui leur fait peur, c'est que nous sommes un groupe déjà assez important.*

— Pourquoi êtes-vous venus ici ? questionna la vieille femme en plissant les yeux.

— *J'ai rêvé de vous. Dick Ellis aussi, une fois. Et la petite fille, Gina, vous appelait « Maman grand-mère » bien avant qu'on arrive ici. Elle a décrit votre maison, la balançoire avec le pneu.*

— Bénie soit la petite enfant, dit mère Abigaël d'un air absent. Et vous ? demanda-t-elle en se tournant vers Ralph.

— Une ou deux fois, madame, répondit Ralph en se passant la langue sur les lèvres. Moi, je rêvais surtout à... à l'autre type.

— Quel autre ?

Nick écrivit quelque chose, entoura d'un cercle ce qu'il avait écrit, puis lui tendit son bloc. Mère Abigaël avait du mal à lire sans ses lunettes, ou sans la grosse loupe qu'elle avait achetée à Hemingford Center l'année dernière. Mais ce message, elle pouvait le lire. Il était écrit en grosses lettres, comme l'écriture de Dieu sur le mur du palais du roi Balthasar. Et le cercle qui l'entourait la fit frissonner. Elle pensa aux belettes qui fourmillaient sur la route, qui tiraillaient son sac avec leurs petites dents pointues comme des aiguilles. Elle pensa à un œil rouge qui s'ouvrait dans le noir, qui regardait, cherchait, non pas seulement une vieille femme, mais tout un groupe d'hommes et de femmes... et une petite fille.

Et les mots encerclés étaient ceux-ci : *l'homme noir.*

Elle plia la feuille de papier, la déplia, la replia encore, oubliant que ses doigts arthritiques lui faisaient si mal.

— Je sais que nous devons aller à l'ouest, dit-elle. Le Seigneur Dieu me l'a dit en rêve. Je ne voulais pas l'écouter. Je suis une vieille femme, et tout ce que je veux, c'est mourir sur ce petit bout de terre. La terre de ma famille depuis cent douze ans. Mais il est dit que ce n'est pas là que je mourrai, pas plus que Moïse n'est allé en Canaan avec les enfants d'Israël.

Elle s'arrêta. Les deux hommes la regardaient dans la lumière de la lampe à pétrole. Dehors, la pluie continuait à tomber, fine, tenace. Le tonnerre ne grondait plus. Seigneur, pensa-t-elle, ce dentier me fait un mal de chien. Je voudrais bien l'enlever et aller me coucher.

— J'ai commencé à faire ces rêves il y a deux ans. J'ai toujours rêvé, et parfois mes rêves se réalisent. La prophétie est un don de Dieu et tout le monde est un peu prophète. Dans mes rêves, je m'en allais vers l'ouest. D'abord avec quelques personnes, puis avec d'autres, et d'autres encore. À l'ouest, toujours à l'ouest, et je voyais un jour les montagnes Rocheuses. Nous formions une véritable caravane, deux cents personnes, plus peut-être. Et il y avait des signes... non, pas des signes de Dieu, des panneaux indicateurs : BOULDER, COLORADO, 965 KILOMÈTRES ou encore DIRECTION BOULDER.

Elle s'arrêta.

— Ces rêves me faisaient peur, tellement peur que je n'en ai jamais parlé à personne. Je me sentais comme Job devait se sentir quand Dieu lui parla dans la tempête. J'ai même voulu croire qu'il ne s'agissait que de rêves, pauvre vieille femme qui fuit son Dieu comme Jonas. Mais le gros poisson nous a avalés quand même, vous voyez ! Et si Dieu dit à Abby, *tu dois leur dire,* alors je dois leur dire. J'ai toujours cru que quelqu'un allait venir à moi, quelqu'un de spécial. Et qu'alors je saurais que le moment était arrivé.

Elle regarda Nick, assis derrière la table, et Nick la regardait lui aussi, à travers la fumée de la cigarette de Ralph Brentner.

684

— J'ai su que c'était toi quand je t'ai vu, Nick. Dieu a touché ton cœur de Son doigt. Mais Il a plusieurs doigts, et d'autres encore s'en viennent, loué soit Dieu, car Il a posé Son doigt sur eux aussi. Je rêve de *lui,* lui qui nous cherche en ce moment et, Dieu me pardonne, je le maudis dans mon cœur.

La vieille femme pleurait. Elle se leva pour boire un verre d'eau et se rafraîchir le visage. Ses larmes étaient ce qu'il y avait d'humain en elle, de faible, d'hésitant.

Quand elle se retourna, Nick était en train d'écrire. Quand il eut terminé, il arracha la page de son bloc et la tendit à Ralph.

— *Je ne sais pas s'il faut y voir l'œuvre de Dieu, mais je sais que quelque chose se prépare. Tous ceux que nous avons rencontrés faisaient route au nord. Comme si vous aviez la réponse. Avez-vous rêvé aux autres ? À Dick ? À June ou à Olivia ? Peut-être à la petite fille ?*

— Non, à aucun de ceux-là. À un homme qui ne parle pas beaucoup. À une femme qui attend un enfant. À un homme à peu près de ton âge qui vient à moi avec sa guitare. Et à toi, Nick.

— *Et vous croyez que c'est une bonne idée d'aller à Boulder ?*

— C'est ce que nous *devons* faire, répondit mère Abigaël.

Nick resta un moment songeur devant son bloc-notes, puis il se remit à écrire.

— *Qu'est-ce que vous savez de l'homme noir ? Savez-vous qui il est ?*

— Je sais ce qu'il faut faire, mais je ne sais pas qui il est. C'est le diable en personne. Les autres méchants ne sont que des diablotins. Des petits voleurs, des petits violeurs, des petits voyous. Mais il va les appeler. Il a déjà commencé. Et il les rassemble beaucoup plus vite que nous nous rassemblons. Quand il sera prêt, je crois qu'ils seront beaucoup plus nombreux que nous. Pas simplement les méchants, comme lui, mais les faibles... les solitaires... ceux qui ont chassé Dieu de leurs cœurs.

— *Ils n'existent peut-être pas,* écrivit Nick. *Peut-être...*

Il s'arrêta, réfléchit en suçant le bout de son stylo. Puis il se remit à écrire :

— *... peut-être qu'il nous fait peur simplement, qu'il nous force à nous débarrasser de ce que nous avons de mauvais. Peut-être que nous rêvons à des choses que nous avons peur de faire.*

Ralph fronçait les sourcils en lisant, mais Abby comprit aussitôt ce que Nick voulait dire. Et ce qu'il disait n'était pas tellement différent de la parole des prédicateurs qui sillonnaient le pays depuis vingt ans. Satan n'existait pas vraiment, voilà ce qu'ils disaient. Le mal existait, et il venait sans doute du péché originel, mais il était enraciné en chacun d'entre nous, et l'extirper était aussi impossible que de faire sortir l'œuf de sa coquille sans le casser. Selon ces nouveaux prédicateurs, Satan était comme un puzzle — et chaque homme, chaque femme, chaque enfant sur terre ajoutait sa petite pièce qui constituait l'ensemble. Oui, toutes ces idées modernes paraissaient bien jolies ; le problème, c'est qu'elles n'étaient pas vraies. Et si Nick continuait à penser ainsi, l'homme noir n'en ferait qu'une bouchée.

— Tu as rêvé de moi. Est-ce que j'existe ? demanda-t-elle.

Nick hocha la tête.

— Et j'ai rêvé de toi. Est-ce que tu existes ? Loué soit Dieu, tu es assis juste devant moi, avec ton bloc-notes sur les genoux. Eh bien, cet autre homme, Nick, il est aussi réel que toi.

Oui, il existait bel et bien. Elle pensait aux belettes, à l'œil rouge ouvert tout grand dans le noir. Et lorsqu'elle se remit à parler, sa voix était rauque.

— Il n'est pas Satan, dit-elle, mais lui et Satan se connaissent et ils tiennent conseil ensemble depuis longtemps. La Bible ne dit pas ce qui est arrivé à Noé et à sa famille après le déluge. Mais je ne serais pas surprise qu'il y ait eu une terrible bataille pour les âmes de ces quelques personnes — pour leurs âmes, leurs corps, leurs pensées. Et je ne serais pas surprise si c'est exactement ce qui nous attend. L'homme noir est à l'ouest des Rocheuses pour le moment. Tôt ou tard, il passera à l'est. Peut-être pas cette année, non, mais quand il sera prêt. Et notre mission est de lui faire face.

Nick secouait la tête, troublé.

— Oui, dit-elle d'une voix douce. Tu verras. Des jours terribles nous attendent, des jours de mort et de terreur, de trahison et de larmes. Et nous ne serons pas tous là pour en voir la fin.

— Je n'aime pas trop toutes ces histoires, grommela Ralph. Est-ce que la vie n'est déjà pas suffisamment compliquée sans ce type dont vous parlez, Nick et vous ? Est-ce que nous n'avons pas assez de problèmes, sans médecins, sans électricité, sans rien du tout ? Pourquoi cette histoire par-dessus le marché ?

— Je ne sais pas. Les voies de Dieu sont impénétrables. Il ne les explique pas aux petites gens, comme Abby Freemantle.

— Si c'est ce qu'Il veut, dit Ralph, alors j'aimerais bien qu'Il prenne sa retraite et qu'un jeune vienne prendre sa succession.

— *Si l'homme noir est à l'ouest,* écrivit Nick, *peut-être faudrait-il fuir vers l'est.*

Abby secoua la tête.

— Nick, répondit-elle patiemment, toute chose obéit au Seigneur. Ne crois-tu pas que l'homme noir Lui obéit aussi ? Il Lui obéit, même si nous ne comprenons pas Ses desseins. L'homme noir te suivra, où que tu ailles, car il obéit aux desseins de Dieu, et Dieu veut que tu le rencontres. Il ne sert à rien de fuir la volonté du Dieu Tout-Puissant. L'homme ou la femme qui essaie de fuir la volonté de Dieu finira dans le ventre de la bête.

Nick griffonna quelques mots. Ralph lut le message, se gratta le nez, se dit qu'il aurait préféré ne pas savoir lire. Les vieilles dames n'aimaient pas du tout ces trucs-là, ce que Nick venait d'écrire. Mère Abigaël allait sûrement crier au blasphème, réveiller tout le monde.

— Qu'est-ce qu'il dit ? demanda Abigaël.

— Il dit...

Ralph s'arrêta pour s'éclaircir la gorge. La grande plume de son chapeau frétillait.

— Il dit, reprit-il, il dit qu'il ne croit pas en Dieu.

Le message transmis, il regarda ses chaussures d'un air malheureux, attendant l'explosion.

Mais la vieille femme se contenta de toussoter. Puis elle se leva, s'approcha de Nick, lui prit la main, la caressa.

— Béni sois-tu, Nick. Ça n'a pas d'importance. *Il* croit en *toi*.

Ils passèrent toute la journée du lendemain chez Abby Freemantle. Et ce fut pour eux le jour le plus beau depuis que la super-grippe s'en était allée, comme les eaux s'en étaient allées du mont Ararat. La pluie avait cessé de tomber à l'aube et, à neuf heures, le ciel était ensoleillé, parsemé çà et là de nuages. Le maïs luisait à perte de vue, comme un tapis d'émeraudes. L'air était frais, plus frais qu'il ne l'avait été depuis des semaines.

Tom Cullen passa la matinée à courir dans les rangs de maïs, les bras en croix, chassant devant lui des nuées de corneilles. Gina McCone, assise par terre à côté de la balançoire, jouait avec des poupées de carton qu'Abigaël avait retrouvées au fond d'une malle, dans le placard de sa chambre. Un peu plus tôt, Tom et la petite fille s'étaient bien amusés avec le garage Fisher-Price que Tom avait déniché dans le Prisunic de May, dans l'Oklahoma. Et Tom s'était fait un plaisir de se plier aux moindres caprices de Gina.

Dick Ellis, le vétérinaire, s'était approché de mère Abigaël et lui avait demandé sur le ton de la confidence si des voisins avaient eu des cochons, autrefois.

— Bien sûr, les Stoner ont toujours eu des cochons.

Elle était assise sur la véranda, dans son fauteuil à bascule. Elle accordait sa guitare en regardant Gina jouer dans la cour, sa jambe dans le plâtre allongée toute raide devant elle.

— Vous croyez qu'il en reste ?

— Il faudrait aller voir. Peut-être. Mais peut-être aussi qu'ils ont défoncé les portes et qu'ils sont en train de courir dans la nature, dit-elle avec des yeux pétillants de malice. Peut-être *aussi* que je connais quelqu'un qui a rêvé d'une bonne côtelette de porc la nuit dernière.

— Si vous le dites...

— Vous avez déjà tué un cochon ?

— Non, madame, répondit-il avec un large sourire. J'en ai purgé plus d'un, mais jamais tué. Comme on dit, j'ai toujours été non violent.

— Est-ce que vous croyez que vous et Ralph accepteriez de travailler sous les ordres d'une femme ?

— Peut-être bien.

Vingt minutes plus tard, ils partaient tous les trois, Abigaël coincée entre les deux hommes dans la cabine du pick-up Chevrolet, sa canne royalement plantée entre les genoux. Arrivés chez les Stoner, ils trouvèrent deux petits cochons pétant de santé dans la porcherie. Ils avaient si bonne mine qu'ils avaient sans doute mangé leurs petits camarades quand la nourriture avait commencé à manquer.

Ralph installa la chèvre de Red Stoner dans la grange et, sous la direction d'Abigaël, Dick réussit finalement à passer une corde autour de la patte arrière de l'un des petits cochons qui se mit à couiner et à se débattre comme un démon. Les deux hommes l'amenèrent dans la grange où ils le soulevèrent avec la chèvre, tête en bas.

Ralph alla chercher dans la maison un couteau de boucher qui faisait bien un mètre — mon Dieu, ce n'est pas un couteau, c'est un sabre, pensa Abby.

— Vous savez, je ne sais pas si je vais pouvoir, dit-il.

— Alors, donnez-moi ça, répondit Abigaël en tendant la main.

Ralph lança un regard perplexe à Dick qui haussa les épaules, si bien qu'il tendit son couteau à la vieille femme.

— Seigneur, dit Abigaël, nous Te remercions du don que Tu vas bientôt nous faire, dans Ta munificence. Béni soit ce cochon qui va nous nourrir tous. Amen. Écartez-vous les gars, ça va gicler.

Elle trancha la gorge du porc d'un seul coup de couteau — il est de ces choses qu'on n'oublie jamais, même avec l'âge — puis recula aussi vite que ses jambes le lui permettaient.

— Le feu est allumé sous la marmite ? demanda-t-elle à Dick. Un beau grand feu, dans la cour ?

— Oui, madame, répondit respectueusement Dick, incapable de détourner les yeux du cochon.

— Et les brosses ? demanda-t-elle à Ralph.

Ralph lui montra deux grosses brosses de chiendent.

— Parfait. Alors emportez-le là-bas et flanquez-le dans l'eau. Quand il aura bouilli un petit coup, les soies s'en iront toutes seules avec les brosses. Après, il suffira de peler M. Cochon comme une banane.

Perspective qui apparemment ne les emballait pas.

— Du cœur, reprit la vieille femme. On ne peut quand même pas le manger tout habillé. Il faut lui enlever sa pelure.

Ralph et Dick Ellis se regardèrent, avalèrent leur salive, puis décrochèrent le porc de la chèvre. À trois heures de l'après-midi, tout était fini. Ils étaient de retour chez Abigaël à quatre heures, avec leur plein de viande. Ce soir-là, il y eut des côtelettes de porc à dîner. Les deux hommes ne mangèrent pas de grand appétit, mais Abigaël en avala deux à elle seule, en faisant craquer la graisse croustillante sous son dentier. Rien de tel que la chair fraîche, quand vous êtes le boucher.

Il était un peu plus de neuf heures. Gina dormait et Tom Cullen somnolait sur le fauteuil à bascule de mère Abigaël, sur la véranda. Des éclairs de chaleur zébraient le ciel, loin à l'ouest. Les autres étaient tous dans la cuisine, à l'exception de Nick qui était parti se promener.

Abigaël comprenait son désarroi et son cœur était avec lui.

— Dites, vous n'avez pas vraiment cent huit ans ? demanda Ralph.

— Attendez un peu, répondit Abigaël, je vais vous montrer quelque chose.

Elle alla chercher dans sa chambre la lettre encadrée du président Reagan, dans le premier tiroir de sa commode. Puis elle revint et tendit le petit cadre à Ralph :

— Lisez donc *ça,* mon petit.

— ... à l'occasion de votre centième anniversaire... êtes au nombre des soixante-douze centenaires des États-Unis d'Amérique... vœux et félicitations du président Ronald Reagan, 14 janvier 1982.

Il leva de grands yeux quand il eut terminé sa lecture.

— Eh bien, je veux bien qu'on me pende par les c... — il s'arrêta, rouge de confusion — Excusez-moi, madame.

— Vous avez dû en voir, des choses ! s'exclama Olivia.

— Rien à côté de ce que j'ai vu depuis un mois, soupira Abigaël, ou à côté de ce que je vais bientôt voir.

La porte s'ouvrit et Nick entra. La conversation s'arrêta aussitôt, comme s'ils attendaient tous son arrivée. À son expression, elle vit qu'il avait pris sa décision et elle crut savoir laquelle. Nick lui donna le billet qu'il avait écrit sur la véranda, à côté de Tom. La vieille femme le tendit à bout de bras pour le lire.

— *Nous devrions partir demain pour Boulder.*

Elle leva les yeux, regarda Nick et hocha lentement la tête. Puis elle donna le billet à June Brinkmeyer, qui le donna à son tour à Olivia.

— Je pense que c'est ce qu'il faut faire, dit Abigaël. Je n'en ai pas plus envie que vous, mais je crois que c'est ce qu'il faut faire. Qu'est-ce qui t'a décidé, mon fils ?

Il haussa les épaules, le visage fermé, et la montra du doigt.

— Qu'il en soit ainsi, dit Abigaël. Je fais confiance au Seigneur.

Et Nick pensa : *J'aimerais bien pouvoir lui faire confiance.*

Le lendemain matin, 26 juillet, Dick et Ralph partirent pour Columbus dans la camionnette de Ralph, après une brève discussion.

— J'aime bien mon vieux camion, soupira Ralph, mais si tu dis qu'il faut en changer, Nick, ce sera comme tu veux.

— *Ne traînez pas en route,* répondit Nick.

Ralph se mit à rire et regarda autour de lui dans la cour. June et Olivia faisaient la lessive dans un grand baquet. Tom était dans le champ de maïs, en train d'épouvanter les corneilles — occupation dont il ne semblait pas se lasser. Gina jouait avec le garage et les petites voitures. La vieille femme ronflait dans son fauteuil à bascule.

— Tu es drôlement pressé de te jeter dans la gueule du lion, Nicky.

— *Tu connais un meilleur endroit où aller ?*

— C'est vrai. Ça ne sert à rien de tourner en rond. On se sent inutile. Pour se sentir bien, il faut se donner un but. Tu as déjà remarqué ?

Nick fit un signe de tête.

Ralph lui donna une grande tape sur l'épaule et s'éloigna.

— On y va, Dick ?

Tom Cullen sortait à toutes jambes de son champ de maïs, la chemise et le pantalon couverts de longs cheveux blonds.

— Moi aussi ! Tom Cullen veut faire un tour ! Oui, oui, oui !

— Alors viens, dit Ralph. Mais regarde-toi ! Couvert de barbes de maïs, de la tête aux pieds. Et tu n'as même pas attrapé une seule corneille ! Je vais te nettoyer un peu.

Avec un large sourire, Tom laissa Ralph brosser sa chemise et son pantalon. Pour Tom, pensa Nick, ces deux dernières semaines avaient sans doute été les plus heureuses de sa vie. Il était entouré de gens qui l'acceptaient et qui l'aimaient. Et pourquoi pas ? Oui, il était simple d'esprit, mais il était quand même un être humain, chose relativement rare dans ce monde nouveau.

— À tout à l'heure, Nicky, dit Ralph en s'installant au volant de la Chevrolet.

— À tout à l'heure, Nicky, répéta Tom Cullen, toujours souriant.

Nick les regarda s'éloigner, puis se dirigea vers la remise où il trouva une vieille caisse et une boîte de peinture. Il défit l'un des côtés de la caisse et le cloua sur un long piquet. Puis il sortit avec sa pancarte et le pot de peinture dans la cour où il se mit à peindre, tandis que Gina le regardait faire par-dessus son épaule.

— Qu'est-ce qu'il écrit ?

Olivia lui lut le message :

— Nous partons à Boulder, au Colorado. Nous prendrons uniquement des routes secondaires pour éviter les embouteillages. Communiquez sur C.B., canal 14.

— Qu'est-ce que ça veut dire ? demanda June qui arrivait.

Elle prit Gina dans ses bras et regarda Nick installer sa pancarte à l'endroit où la route de terre se perdait dans la cour de mère Abigaël. Il enfonça profondément le piquet dans la terre, pour que le vent ne renverse pas la pancarte. Il y avait souvent des tornades dans la région ; et il pensa à celle qui avait failli les emporter, lui et Tom, à cette horrible peur qu'ils avaient eue dans l'abri.

Il écrivit un message et le tendit à June.

— *Dick et Ralph vont revenir de Columbus avec une radio. Il faudra garder l'écoute sur le canal 14.*

— Pas bête, dit Olivia.

Nick se tapa le front d'un air très sérieux, puis sourit.

Les deux femmes repartirent étendre le linge. Gina retourna à ses petites voitures, à cloche-pied. Nick traversa la cour, monta l'escalier et s'assit à côté de la vieille femme qui dormait encore. Il regarda le maïs et se demanda ce qu'ils allaient devenir.

Nick, ce sera comme tu veux.

Ils avaient fait de lui leur chef, sans qu'il sache pourquoi. Un sourd-muet ne peut pas donner d'ordres ; on aurait presque dit une mauvaise plaisanterie. Dick aurait dû être leur chef. Tout avait commencé dès qu'ils avaient rencontré Ralph Brentner dans sa camionnette, sur la route : Ralph disait quelque chose, puis jetait un coup d'œil à Nick, comme s'il attendait une confirmation. Et Nick regrettait déjà ces quelques jours, entre Shoyo et May, avant Tom, avant les responsabilités. Il était facile d'oublier à quel point il s'était senti seul, la peur qu'il avait eue de devenir fou, à cause de ses cauchemars. Et trop facile de se souvenir qu'il n'avait alors qu'à s'occuper de lui, petit pion dans ce jeu terrible.

J'ai su que c'était toi quand je t'ai vu, Nick. Dieu a touché ton cœur de son doigt...

Non, je n'accepte pas ça. Et je n'accepte pas Dieu non plus. Que la vieille femme rêve de son Dieu. Les vieilles femmes ont besoin de Dieu comme elles ont besoin de lavements et de sachets de thé. Une chose à la fois, un pied devant l'autre, et on verra ensuite. D'abord, les emmener à Boulder. La vieille femme avait dit que l'homme noir existait vraiment, que ce n'était pas seulement un symbole psychologique. Il refusait de le croire... mais, au fond de son cœur, il le savait. Au fond de son cœur, il croyait tout ce qu'elle avait dit. Et il avait peur. Il ne voulait pas être leur chef.

C'est toi, Nick.

Une main lui serrait l'épaule. Il sursauta et se retourna. La vieille femme ne dormait plus. Assise dans son fauteuil à bascule, elle le regardait en souriant.

— Je pensais à la crise de 1929, dit-elle. Tu sais qu'à une époque toutes ces terres appartenaient à mon père, des hectares et des hectares. C'est pourtant vrai. Pas facile pour un Noir. Et puis, en 1902, j'ai joué de la guitare et j'ai chanté à l'Association des agriculteurs. Il y a longtemps, Nick. Longtemps, longtemps.

Nick lui fit signe de continuer.

— C'était le bon temps, Nick — presque toujours en

694

tout cas. Mais il faut croire que rien n'est éternel. Sauf l'amour du Seigneur. Mon père est mort. On a divisé la terre entre ses fils, avec un petit bout pour mon premier mari, quinze hectares, pas beaucoup. Et cette maison se trouve sur ce qui reste des quinze hectares. En fait, il n'en reste plus qu'un seul. Évidemment, je pourrais tout reprendre maintenant, mais ce ne serait plus pareil.

Nick tapotait la main décharnée de la vieille femme. Elle poussa un profond soupir.

— Les frères ne s'entendent pas toujours très bien pour travailler ensemble. En fait, ils se disputent presque toujours. Regarde Caïn et Abel ! Tout le monde voulait commander, et personne ne voulait travailler ! Et puis, en 1931, la banque demande ses sous. Alors, ils comprennent. Ils en mettent un coup, mais c'est trop tard. En 1945, il ne reste plus que mes quinze hectares, là où se trouve maintenant la ferme des Goodell.

Pensive, elle chercha un mouchoir dans sa poche et s'essuya lentement les yeux.

— Finalement, il ne restait plus que moi. Et je n'avais plus d'argent. Tous les ans, quand il fallait payer les impôts, ils en prenaient un peu plus pour payer ce que je devais. Moi, je regardais le bout de terre qui n'allait plus m'appartenir, et je me mettais à pleurer, comme je pleure maintenant. Un petit peu plus tous les ans, pour les impôts, voilà comment ça s'est passé. Un petit bout par-ci, un petit bout par-là. J'ai bien loué ce qui restait, mais ce n'était jamais assez pour leurs sales impôts. Ensuite, quand j'ai eu cent ans, ils m'ont dit que je n'aurais plus jamais à payer d'impôt. Oui, c'est comme ça, ils te font un cadeau quand ils t'ont tout pris, sauf ce petit bout de terrain qui nous reste. Tu parles d'un cadeau !

Nick lui serra doucement la main en la regardant dans les yeux.

— Oh, Nick, j'ai connu la haine de Dieu dans mon cœur. Celui qui aime Dieu Le déteste aussi, car c'est un Dieu jaloux, un Dieu dur. Il est ce qu'Il veut et, dans ce bas monde, on dirait bien qu'Il préfère récompenser les bons en les faisant souffrir, alors que ceux qui font le mal roulent en Cadillac. Et même la joie de Le servir est une joie amère. Je fais Sa volonté, mais il m'est arrivé de Le maudire dans mon cœur. « Abby, dit le Seigneur, tu as du travail à faire. Alors, je vais te laisser vivre, et vivre encore, jusqu'à ce que ta peau colle sur tes os. Tu vas voir tous tes enfants mourir devant toi, et tu continueras ta route. Je vais te laisser voir partir la terre de ton père, petit bout par petit bout. Et finalement, ta récompense sera de t'en aller avec des étrangers, de quitter tout ce que tu aimes pour mourir en terre étrangère, sans même terminer ton travail. Telle est Ma volonté, Abby », dit le Seigneur. Et moi, je réponds : « Oui, mon Dieu. Que Ta volonté soit faite. » Et, dans le fond de mon cœur, je Le maudis et je demande : « Pourquoi, pourquoi, pourquoi ? » Et la seule réponse que je reçois, c'est celle-ci : « Où étais-tu quand J'ai fait le monde ? »

Les larmes coulaient à flots sur ses joues, mouillaient son corsage. Et Nick s'étonna qu'il puisse encore y avoir tant de larmes dans le corps d'une si vieille femme, aussi sèche qu'une branche morte.

— Aide-moi, Nick. Je veux seulement faire ce qu'il faut faire.

Il lui serra la main. Derrière eux, Gina riait, fascinée par les reflets du soleil sur les petites voitures.

Dick et Ralph revinrent à midi. Dick était au volant d'une camionnette Dodge flambant neuve. Ralph conduisait une dépanneuse rouge équipée d'une pelle mécanique à l'avant. Debout à l'arrière, Tom faisait de grands gestes. Ils s'arrêtèrent devant la véranda et Dick descendit de sa camionnette.

— Il y a une C.B. du tonnerre dans la dépanneuse, dit-il à Nick. Quarante canaux. J'ai l'impression que Ralph est plutôt content.

Nick lui sourit. Les femmes s'étaient avancées pour admirer les deux camions. Du coin de l'œil, Abigaël vit que Ralph s'était approché tout près de June pour lui montrer la radio. Elle en fut heureuse. Cette femme était une belle pouliche. Elle avait sûrement un beau petit nid douillet entre les cuisses. Et elle ferait autant de petits qu'elle en voudrait.

— Alors, quand est-ce qu'on part ? demanda Ralph.

— *Dès qu'on aura mangé. Tu as essayé la radio ?* écrivit Nick.

— Oui. Pendant tout le trajet. Beaucoup de parasites ; il y a bien un squelch, mais j'ai l'impression qu'il ne fonctionne pas très bien. Tu sais, je jurerais que j'ai entendu quelque chose, malgré les parasites. Très loin. Peut-être que ce n'était pas des voix. Mais je vais te dire la vérité, Nicky. Je n'ai pas tellement aimé ça. Comme ces rêves.

Un long silence tomba.

— Bon, dit finalement Olivia. Je vais faire un peu de cuisine. J'espère que ça ne vous dérange pas de manger du porc deux jours de suite ?

Personne ne protesta. À une heure, le matériel de camping — plus le fauteuil à bascule et la guitare d'Abigaël — était chargé dans la camionnette et le petit convoi s'ébranla, la dépanneuse en tête pour déplacer avec sa pelle les obstacles éventuels. Ils prirent la route 30, en direction de l'ouest. Abigaël était assise à l'avant. Elle ne pleura pas. Sa canne était solidement plantée entre ses deux jambes. Fini de pleurer. Elle obéissait à la volonté de Dieu, que Sa volonté soit faite. Mais elle pensait à cet œil rouge qui s'ouvrait dans les profondeurs de la nuit. Et elle avait peur.

woulaire la craie. Elle en fit la bouchée. Sous femme, dit-
une vieille politique. Elle avait surement du bien peut aid
dessiter scrus les ouisage. Et elle, à ses semane de bouis
qu'elle en l'inidorait.

Alors quand ce fut en or pur et dosagule

46

Tard dans l'après-midi du 27 juillet, ils avaient monté leurs tentes sur ce qui avait été, d'après la pancarte à moitié démolie par les orages, le champ de foire de Kunkle. La petite ville de Kunkle, dans l'Ohio, se trouvait un peu plus au sud. Un gigantesque incendie l'avait pratiquement détruite. Sans doute la foudre, avait dit Stu. Naturellement, Harold n'avait pas été de cet avis. Car il suffisait que Stu Redman dise que les voitures de pompiers étaient rouges pour que Harold Lauder produise faits et chiffres démontrant que la plupart étaient vertes.

Frannie soupira et se retourna. Elle ne parvenait pas à dormir. Elle avait peur de son rêve.

Sur sa gauche, les cinq motos étaient sagement alignées, appuyées sur leurs béquilles. Le clair de lune faisait briller leurs pots d'échappement chromés. Comme si une bande des Hell's Angels avait choisi cet endroit pour y passer la nuit. Mais des Hell's Angels n'auraient certainement pas choisi de mignonnes petites motos comme ces Honda et Yamaha, pensa-t-elle. Plutôt des Harley... comme à la télé. *The Wild Angels. The Devil's Angels. Hell's Angels on Wheels.* Il y avait des photos de motos dans tous les drive-in quand elle était au lycée, appuyez sur le bouton, donnez votre commande, payez à la caisse. Kaput, tous les drive-in étaient kaput maintenant, sans parler des Hell's Angels.

Note ça dans ton journal, Frannie, se dit-elle en se

retournant encore. Pas ce soir. Ce soir, tu dois dormir, rêve ou pas.

Un peu plus loin, elle pouvait voir les autres, allongés dans leurs sacs de couchage comme des Hell's Angels le ventre rempli de bière. Harold, Stu, Glen Bateman, Mark Braddock, Perion McCarthy. Prends un Sominex ce soir et *dors*...

En fait, ce n'était pas du Sominex qu'ils prenaient, mais un bon vieux comprimé de Véronal. Stu en avait eu l'idée, quand les cauchemars avaient vraiment commencé à leur faire la vie dure à tous. Il avait pris Harold à part pour lui en parler d'abord. Pour flatter Harold, il n'y avait qu'à lui demander son avis. Et puis, Harold *savait* quand même des tas de choses. Tant mieux, car il était très difficile à vivre, comme une sorte de dieu de cinquième classe — plus ou moins omniscient, mais émotivement instable, prêt à craquer à tout moment. Harold s'était trouvé un deuxième pistolet à Albany, là où ils avaient rencontré Mark et Perion. Il les portait maintenant tous les deux, très bas sur ses hanches, à la Johnny Ringo. Elle avait de la peine pour lui, mais Harold commençait à lui faire peur. Elle s'était demandé s'il n'allait pas craquer une de ces nuits et se mettre à tirer au petit bonheur la chance avec ses deux pistolets. Elle se souvenait fréquemment du jour où elle avait trouvé Harold dans son jardin, absolument sans défense, en train de pleurer et de tondre la pelouse en slip de bain.

Elle savait exactement ce que Stu lui avait dit tout bas, comme un conspirateur : *Harold, ces rêves nous emmerdent. J'ai une idée, mais je ne sais pas exactement comment faire... un léger sědatif... il faut trouver la bonne dose. Trop, et personne ne se réveillera s'il y a un problème. Qu'est-ce que tu proposes ?*

Harold avait proposé de prendre deux comprimés de Véronal, disponible dans toutes les pharmacies, et si la dose suffisait à interrompre les rêves, de réduire à un comprimé et demi, et si ça marchait toujours, à un seul. Stu avait consulté Glen qui s'était dit d'accord. Si bien que l'expérience avait commencé. À un demi-comprimé, les rêves étaient revenus. Ils en étaient donc restés à un comprimé.

Au moins les autres.

Car Frannie prenait son médicament tous les soirs, mais ne l'avalait pas. Elle avait peur que le Véronal ne fasse du mal à son bébé. Même l'aspirine pouvait être dangereuse, d'après ce qu'on disait. Alors, elle supportait ses rêves — *supportait,* c'était bien le mot. Il y en avait un qui revenait plus souvent que les autres ; d'ailleurs, les autres finissaient tôt ou tard par se confondre avec lui. Elle se trouvait chez elle, à Ogunquit, et l'homme noir la poursuivait. Dans les couloirs obscurs, dans le salon de sa mère où l'horloge continuait à égrener des saisons mortes... Elle pouvait lui échapper, elle le savait, à condition de laisser le cadavre. Le cadavre de son père, enveloppé dans un drap. Mais si elle l'abandonnait, l'homme noir lui ferait quelque chose, le profanerait horriblement. Alors, elle courait, sachant qu'il se rapprochait, de plus en plus près, que bientôt sa main s'abattrait sur son épaule, sa main chaude, répugnante. Et alors, toutes ses forces l'abandonneraient, elle laisserait glisser de ses bras le corps de son père enveloppé dans son linceul, elle se tournerait vers lui, prête à dire : *Emportez-le, faites ce que vous voulez, je m'en fous, mais laissez-moi tranquille.*

Et il serait là, vêtu d'un habit sombre, un peu comme une bure de moine avec sa capuche, ses traits totalement invisibles à l'exception de son sourire grimaçant. Et dans la main il tenait le cintre de fil de fer. C'était alors que l'horreur la frappait comme un gant de boxe, qu'elle se débattait, se réveillait, la peau moite, le cœur battant, décidée à ne jamais plus dormir.

Car ce n'était pas le cadavre de son père qu'il voulait, mais l'enfant qui vivait dans son ventre.

Elle se retourna encore. Si elle ne s'endormait pas bientôt, autant prendre son journal et écrire. Elle le tenait depuis le 5 juillet. D'une certaine manière, elle le faisait pour le bébé. C'était un acte de foi — la certitude que le bébé vivrait. Elle voulait qu'il sache ce qui s'était passé. Comment le fléau s'était abattu sur un endroit qui s'appelait Ogunquit, comment elle et Harold s'étaient échappés, ce qu'ils étaient devenus. Elle voulait que l'enfant sache ce qu'avait été le monde.

La lune l'éclairait assez pour qu'elle puisse écrire et il suffisait de deux ou trois pages pour qu'invariablement elle sente ses paupières s'alourdir. Ce qui ne devrait pas trop l'encourager à faire une carrière d'écrivain, songeait-elle. Mais d'abord, elle allait essayer de dormir quand même.

Elle ferma les yeux.

Et elle se mit aussitôt à penser à Harold.

L'atmosphère aurait pu se détendre avec l'arrivée de Mark et de Perion, mais les deux étaient déjà ensemble. Perion avait trente-trois ans, onze de plus que Mark, mais ces choses n'avaient plus tellement d'importance. Ils s'étaient trouvés, ils se cherchaient sans doute, et ils étaient contents d'être ensemble. Perion avait confié à Frannie qu'ils essayaient de faire un enfant. Heureusement que je prenais la pilule et que je n'avais pas de stérilet, lui avait dit Perion. Autrement, comment est-ce que j'aurais pu l'enlever ?

Frannie avait failli lui parler du bébé qu'elle portait (elle en était au tiers de sa grossesse maintenant), mais elle s'était retenue. Pourquoi compliquer une situation déjà difficile ?

Ils étaient donc six maintenant au lieu de quatre (Glen refusait obstinément de conduire une moto et montait toujours derrière Stu ou Harold), mais la situation n'avait pas changé avec l'arrivée d'une autre femme.

— Et *toi*, Frannie ? Qu'est-ce que *tu* veux ?

Si elle *devait* vivre dans un monde comme celui-ci, pensait-elle, avec une horloge biologique qui allait sonner son heure dans six mois, elle voulait un homme comme Stu Redman pour être à ses côtés — non, pas quelqu'un comme Stu. Elle le voulait, *lui*. Voilà, c'était clair.

Avec la fin de la civilisation, le moteur de la société

humaine avait perdu tous ses chromes et ses gadgets. Glen Bateman revenait souvent sur ce thème et Harold semblait y trouver un plaisir un peu étrange.

La libération des femmes, s'était dit Frannie, n'était ni plus ni moins qu'une excroissance de la société technologique. Les femmes étaient à la merci de leurs corps. Elles étaient plus petites. Elles étaient généralement plus faibles. Un homme ne pouvait faire un enfant, une femme si — un gosse de quatre ans savait ça. Et une femme enceinte est bien vulnérable. La civilisation avait inventé un cadre qui protégeait les deux sexes. *Libération* — le mot disait tout. Avant la civilisation, avec son système élaboré de protections et de contraintes, les femmes étaient des esclaves. Pas la peine de tourner autour du pot ; nous étions des esclaves, pensa Fran. Et puis la grande noirceur avait pris fin. Et l'on avait vu apparaître le credo des femmes qu'il aurait sans doute fallu broder au petit point pour l'accrocher ensuite dans les bureaux de toutes les revues féministes : *Merci, messieurs, pour le chemin de fer. Merci, messieurs, d'avoir inventé l'automobile et d'avoir exterminé les Indiens qui auraient bien voulu rester chez eux encore un petit bout de temps en Amérique. Merci, messieurs, pour les hôpitaux, la police et les écoles. Maintenant, je voudrais bien voter, s'il vous plaît, je voudrais bien avoir le droit de décider moi-même de ma vie. Autrefois, j'étais du bétail, mais maintenant c'est fini. Mon esclavage doit prendre fin ; je n'ai pas plus besoin d'être esclave que de traverser l'Atlantique dans un petit voilier. Les avions sont plus sûrs et plus rapides que les petits voiliers, et la liberté a quand même bien meilleur goût que l'esclavage. Je n'ai plus peur de voler. Merci, messieurs.*

Que dire de plus ? Rien. Les mâles pouvaient bien grogner quand les femmes flanquaient leurs soutiens-gorge au feu, les réactionnaires pouvaient bien jouer à leurs petits jeux intellectuels, la vérité était là. Mais tout avait changé, en quelques semaines tout avait changé. À quel point ? On le saurait plus tard. Couchée toute seule dans la nuit, elle savait qu'elle avait besoin d'un homme. Mon Dieu, comme elle avait besoin d'un homme.

Et pas simplement pour s'occuper d'elle et de l'enfant. Stu lui plaisait, particulièrement après Jess Rider. Stu était calme, capable. Et surtout, il n'était pas ce que son père aurait appelé « un gros tas de merde dans un petit sac ».

Elle savait parfaitement qu'elle lui plaisait aussi. Elle le savait depuis ce jour où ils avaient déjeuné ensemble, le 15 juillet, dans ce restaurant désert. Un instant — juste un instant — leurs yeux s'étaient croisés et elle avait senti monter une bouffée de chaleur, comme une onde de surtension dans une centrale électrique, quand les aiguilles de tous les cadrans basculent vers le rouge. Elle avait l'impression que Stu avait compris lui aussi, mais il attendait, la laissait prendre sa décision. Elle avait d'abord été avec Harold, donc elle lui appartenait. Une idée affreusement macho, mais elle avait bien l'impression que ce monde allait être macho, au moins pendant quelque temps.

Si au moins il y avait eu quelqu'un d'autre, quelqu'un pour Harold. Mais il n'y avait personne, et elle avait peur de ne plus pouvoir attendre bien longtemps. Elle pensait à ce jour où Harold, à sa façon si maladroite, avait essayé de lui faire l'amour, de revendiquer sa possession. Il y avait combien de temps de cela ? Deux semaines ? Plus sans doute. Le passé semblait reculer de plus en plus. Qu'allait-elle faire avec Harold ? Que ferait-il, *lui,* si elle se mettait avec Stuart ? Et cette peur de faire encore un mauvais rêve. Non, elle n'allait jamais pouvoir s'endormir.

Et pourtant, elle s'endormit.

Quand elle se réveilla, il faisait encore noir. Quelqu'un la secouait.

Elle marmonna une protestation confuse — elle dormait profondément, sans rêver, pour la première fois depuis une semaine — puis se réveilla finalement, à regret, pensant que ce devait être le matin, l'heure de partir. Mais pourquoi partir dans le noir ? Quand elle s'assit, elle vit que la lune était très basse sur l'horizon.

C'était Harold qui la secouait. Et Harold avait l'air d'avoir peur.

— Harold ? Qu'est-ce qui ne va pas ?

Stu était réveillé lui aussi. Et Glen Bateman. Perion était à genoux de l'autre côté du petit feu qu'ils avaient fait la veille.

— C'est Mark, dit Harold. Il est malade.

— Malade ?

Elle entendit alors un faible gémissement, de l'autre côté du feu, là où Perion était à genoux, les deux hommes debout à côté d'elle. Frannie sentit la terreur monter en elle, comme une colonne de fumée noire. La maladie, rien n'aurait pu leur faire plus peur.

— Ce n'est pas... la grippe, Harold ?

Car si Mark avait attrapé maintenant cette saloperie, aucun d'eux n'était à l'abri. Le microbe traînait peut-être encore quelque part. Peut-être une nouvelle mutation. Pour mieux te manger, mon enfant.

— Non, ce n'est pas la grippe. Pas du tout. Fran, est-ce que tu as mangé des huîtres fumées hier soir ? Ou peut-être quand on s'est arrêté pour déjeuner ?

Encore à moitié endormie, il lui fallut quelque temps pour répondre.

— Oui, j'en ai pris les deux fois. Elles étaient bonnes. J'aime beaucoup les huîtres. Intoxication ? C'est ça ?

— Fran, je pose simplement une question. On n'en sait rien. Il n'y a pas de médecin par ici. Comment te sens-tu ? Bien ?

— Très bien. J'ai simplement envie de dormir.

Mais ce n'était pas vrai. Ce n'était plus vrai. Un autre gémissement monta de l'autre côté du feu, comme si Mark l'accusait de se sentir bien alors que lui était malade.

— Glen pense que c'est peut-être l'appendicite, dit Harold.

— *Quoi ?*

Harold se contenta de lui répondre par une grimace.

Fran se leva pour aller rejoindre les autres. Harold la suivait, comme une ombre pitoyable.

— Il faut l'aider, dit Perion.

Elle parlait d'une voix mécanique, comme si elle répétait la même chose depuis longtemps déjà. Elle les interrogeait tour à tour du regard, les yeux remplis de terreur, et Frannie eut l'impression que ses yeux l'accusaient. Elle pensa au bébé qu'elle portait, mais elle voulut aussitôt chasser cette pensée égoïste. Égoïste ou pas, l'idée revenait. *Ne t'approche pas de lui,* lui disait une petite voix. *Ne t'approche pas de lui, c'est peut-être contagieux.* Elle regarda Glen, extrêmement pâle dans la lumière de la lampe Coleman.

— Harold dit que vous pensez que c'est l'appendicite ? demanda-t-elle.

— Je ne sais pas, répondit Glen. Ce sont les symptômes, sans aucun doute ; il a de la fièvre, son ventre est dur et enflé, douloureux au toucher...

— Il faut l'aider, dit encore Perion, et elle éclata en sanglots.

Glen toucha le ventre du malade et les yeux de Mark, mi-clos et vitreux, s'ouvrirent tout grands. Il poussa un hurlement. Glen retira aussitôt la main, comme s'il avait touché un poêle brûlant, regarda Stu, regarda Harold, puis encore Stu, affolé.

— Qu'est-ce que vous proposez, vous deux ?

Harold avalait convulsivement sa salive, comme si quelque chose s'était coincé dans sa gorge.

— Donnez-lui de l'aspirine, finit-il par répondre.

Perion fit volte-face.

— Quoi ? De l'aspirine ? *De l'aspirine ?* C'est tout ce que ce con peut trouver ? *De l'aspirine ?*

Harold enfonça ses mains dans ses poches et la regarda d'un air malheureux.

— Mais Harold a raison, Perion, dit Stu d'une voix calme. Pour le moment, on ne peut pas faire grand-chose d'autre. Quelle heure est-il ?

— Vous ne savez tout simplement pas quoi faire ! Et vous ne voulez pas l'admettre !

— Il est trois heures moins le quart, répondit Frannie.

— Et s'il meurt ? dit Perion en écartant une mèche auburn qui tombait sur ses yeux gonflés par les larmes.

— Laisse-les tranquilles, Perion, dit Mark d'une voix lasse qui les surprit tous. Ils font ce qu'ils peuvent. Si je continue à avoir aussi mal, je préfère mourir. Donnez-moi de l'aspirine. N'importe quoi.

— Je vais aller en chercher, dit Harold, trop heureux de trouver un prétexte pour s'éloigner. J'en ai dans mon sac. Excedrin, extra-forte, ajouta-t-il, espérant un mot d'approbation.

Puis il s'en alla, presque au pas de course.

— Il faut l'aider, répétait encore Perion.

Stu prit Glen et Frannie à part.

— Vous avez une idée ? Moi pas. Elle a engueulé Harold, mais son idée n'était pas plus mauvaise qu'une autre.

— Elle a peur, c'est tout, répondit Fran.

— C'est peut-être simplement un peu de constipation, soupira Glen. Pas assez de fibres. Peut-être que tout va s'arranger quand il ira aux toilettes.

Frannie secoua la tête.

— Je ne crois pas. Il n'aurait pas de fièvre si c'était simplement de la constipation. Et son ventre ne serait pas aussi gonflé.

On aurait presque dit qu'une tumeur avait grossi dans son ventre pendant la nuit. Elle avait mal au cœur rien que d'y penser. Elle ne se souvenait pas d'avoir jamais eu aussi peur (sauf dans ses rêves). Qu'est-ce que Harold avait dit, déjà ? Il n'y a pas de médecin par ici. C'était vrai. Terriblement vrai. Tout arrivait en même temps, tout s'effondrait autour d'elle. Comme ils étaient seuls ! En équilibre sur un fil, et quelqu'un avait oublié le filet de sécurité. Elle regarda Glen, puis Stu. Fatigués tous les deux. Inquiets. Mais pas de réponse sur leurs visages.

Derrière eux, Mark hurlait à nouveau, et Perion cria

elle aussi, comme si elle souffrait avec lui. Ce qui était sans doute le cas, d'une certaine manière, songea Frannie.

— Qu'est-ce qu'on va faire ? demanda-t-elle.

Elle pensait au bébé. Une question toute simple revenait dans sa tête, lancinante : *Et s'il faut faire une césarienne ? S'il faut faire un césarienne ?*

Derrière elle, Mark poussa un hurlement, comme un horrible prophète, et elle le détesta.

Ils se regardaient dans le noir de la nuit.

Journal de Fran Goldsmith

6 juillet 1990

M. Bateman a finalement accepté de venir avec nous. Il a expliqué qu'après tous ses articles (« J'emploie des mots savants, pour que personne ne se rende compte que je n'ai rien à dire ») et les vingt ans de merde qu'il a passés à enseigner la socio, sans parler de ses papiers sur la sociologie des comportements déviants et la sociologie rurale, il décidait qu'il ne pouvait pas laisser passer une occasion pareille.

Stu lui a demandé de quelle occasion il voulait parler.

— C'est pourtant clair, a dit Harold, EXÉCRABLEMENT PUANT comme d'habitude (Harold peut être charmant, mais il sait aussi être un enquiquineur de première classe ; et ce soir, il jouait le rôle du parfait emmerdeur). Monsieur Bateman...

— Appelez-moi Glen, a dit très gentiment M. Bateman.

Mais à la manière dont Harold le regardait, on aurait cru qu'il venait de l'accuser d'être un inadapté social.

— *Glen* voit les choses en sociologue. Je crois que c'est pour lui l'occasion d'étudier sur le tas la formation d'une société. Il veut voir si la réalité correspond bien à la théorie.

Bon, pour ne pas faire trop long, Glen (c'est comme ça que je vais l'appeler maintenant, puisque c'est ce qu'il veut) a dit qu'il était à peu près d'accord, mais il a ajouté :

— J'ai quelques théories en tête et je voudrais bien voir si elles tiennent. Je ne crois pas que l'homme qui est en train de naître des cendres de la super-grippe ressemblera le moins du monde à l'homme qui est sorti du Croissant fertile avec un os dans le nez et une femme à côté de lui. Première de mes théories.

Stu s'est mis à parler, très calme comme toujours.

— Parce que tout est encore là et qu'il suffit de ramasser les morceaux.

Il avait l'air si bizarre lorsqu'il a dit ça que j'ai été très surprise. Même Harold l'a regardé d'un drôle d'air. Mais Glen a simplement hoché la tête avant de continuer.

— Exact. La société technologique a quitté le terrain, pour ainsi dire, mais elle a laissé le ballon derrière elle. Quelqu'un va venir qui se souviendra du jeu et qui l'enseignera aux autres. Très simple, non ? Je devrais noter tout ça.

[En fait, je l'ai noté moi-même, au cas où il oublierait. Qui sait ?]

Harold a ouvert sa grande gueule :

— On dirait que vous croyez que tout va recommencer comme avant — la course aux armements, la pollution, tout le reste. Est-ce là une autre de vos théories ? Ou un corollaire de la première ?

— Pas précisément.

Avant que Glen ait eu le temps de lui dire ce qu'il avait en tête, Harold s'est mis à déballer sa marchandise. Je ne peux pas reproduire mot à mot ce qu'il a dit, parce que Harold parle vite quand il est énervé. En gros, ça revenait à dire que, même s'il n'avait vraiment pas très bonne opinion des gens en général, il ne les croyait quand même pas aussi stupides. Cette fois, on ferait des lois. On ne jouerait pas avec des saloperies comme la fission nucléaire ou le fleurocarbone (sans doute une faute d'orthographe, tant pis) dans les aérosols, tous ces trucs. Je me souviens bien d'une chose qu'il a dite, parce que c'est une image qui m'a frappée.

— Ce n'est pas parce qu'on a tranché le nœud gordien pour nous qu'il faut le refaire maintenant.

Je voyais bien qu'il voulait simplement discuter pour le plaisir de discuter — une des choses qui rendent Harold vraiment difficile à supporter, c'est qu'il veut toujours montrer qu'il sait tout (bien sûr, il sait beaucoup de choses, je ne peux pas lui enlever ça, Harold est super-intelligent) — mais Glen lui a simplement répondu :

— Le temps nous le dira.

On en est resté là, il y a à peu près une heure. Et maintenant, je suis en haut, dans une chambre. Kojak est couché par terre à côté de moi. Brave chien ! Il me rappelle la maison. Mais j'essaye de ne pas trop y penser, parce que j'ai envie de pleurer. Je sais que je ne devrais pas le dire, mais j'aurais vraiment envie que quelqu'un vienne me réchauffer dans mon lit. J'ai même un candidat pour ça.

Pense à autre chose, Frannie !

Demain, nous partons pour Stovington. Je sais que Stu n'est pas tellement d'accord. Il a peur de cet endroit. J'aime beaucoup Stu et j'aimerais bien que Harold l'aime un peu plus. Harold complique tout, mais je suppose que c'est dans son caractère.

Glen a décidé de laisser Kojak. Ça lui fait de la peine, mais Kojak n'aura pas de mal à trouver à manger. Naturellement, on ne pouvait pas faire autrement, à moins de trouver une moto avec un side-car. Et même comme ça, le pauvre Kojak aurait pu avoir peur et sauter. Se faire mal, ou même se tuer.

De toute façon, on s'en va demain.

Choses dont je veux me souvenir : Les Texas Rangers (équipe de base-ball) avaient un lanceur, Nolan Ryan, absolument incroyable. À la télévision, on passait des émissions comiques avec des rires enregistrés. Au moment où l'histoire était censée être drôle, on mettait la bande en marche. Il paraît que c'était mieux pour les téléspectateurs. Au supermarché, vous pouviez trouver des gâteaux et des tartes surgelés. Il suffisait de les faire dégeler, et puis on les mangeait. Ma marque préférée : gâteau Sara Lee au fromage blanc et aux fraises.

Quelques lignes seulement. Fait de la moto toute la journée. J'ai le derrière en compote. Mal au dos, vachement. J'ai encore fait le même cauchemar la nuit dernière. Harold a rêvé lui aussi à cet homme (?). Ça lui donne une frousse de tous les diables, car il ne comprend pas comment nous pouvons tous les deux rêver pratiquement à la même chose.

Stu dit qu'il fait encore ce rêve à propos du Nebraska et de la vieille dame, une Noire. Elle lui dit tout le temps qu'il devrait venir, quand il veut. Stu pense qu'elle habite dans une ville qui s'appelle Holland Home, Hometown, ou quelque chose du genre. Il croit qu'il pourrait la retrouver. Harold s'est moqué de lui et a commencé à lui débiter des salades, que les rêves sont des manifestations psycho-freudiennes de choses auxquelles nous n'osons pas penser quand nous sommes éveillés. Stu était en colère, je crois, mais il ne le montrait pas. J'ai tellement peur qu'ils finissent par s'engueuler tous les deux, J'AIMERAIS TELLEMENT QU'ILS S'ENTENDENT !

Alors, Stu a dit :

— Comment expliques-tu que vous faites le même rêve, Frannie et toi ?

Harold a bafouillé quelque chose sur les coïncidences, mais il ne savait pas trop quoi dire et il est parti.

Stu nous a dit, à Glen et à moi, qu'il voudrait bien que nous allions au Nebraska, après Stovington. Glen a haussé les épaules.

— Pourquoi pas ? Là ou ailleurs...

Naturellement, Harold n'est pas d'accord, par principe. Tu nous emmerdes, Harold ! Essaye de grandir un peu !

Choses dont je veux me souvenir : Il y a eu des pénuries de carburant au début des années quatre-vingt, parce que tous les Américains avaient des voitures. Nous avions utilisé la majeure partie de nos réserves de pétrole et les Arabes nous tenaient par les c... Les Arabes avaient tellement d'argent qu'ils n'arrivaient pas à le dépenser, littéralement. Il y avait un groupe de rock qui s'appelait The Who. Ils terminaient parfois leurs concerts en cassant

leurs guitares et leurs amplis. C'était ce qu'on appelait la
« société de consommation ».

Il est tard et je suis fatiguée, comme hier soir. Mais je
vais essayer d'écrire autant que je peux avant que mes
paupières se ferment TOUTES SEULES. Harold a terminé sa
pancarte il y a à peu près une heure (je dois ajouter qu'il
s'est drôlement fait prier). Il l'a installée sur la pelouse
du Centre de Stovington. Stu l'a aidé, très gentiment,
même si Harold n'arrête pas de l'enquiquiner.

Quelle déception ! J'avais essayé de m'y préparer. Je
n'ai jamais cru que Stu mentait, et je pense bien que
Harold ne le croyait pas lui non plus. J'étais donc sûre
que tout le monde était mort. Mais quand même, j'ai été
déçue. Et j'ai pleuré. Je n'ai pas pu m'en empêcher.

Je n'étais pas la seule à me sentir mal. Quand Stu a vu
le Centre, il est devenu blanc comme un linge. Il avait
une chemise à manches courtes et j'ai vu qu'il avait la
chair de poule. Normalement, ses yeux sont bleus. Mais
ils étaient devenus couleur ardoise, comme l'océan quand
il fait mauvais.

Il a montré le deuxième étage.

— C'était ma chambre.

Harold s'est tourné vers lui et j'ai vu qu'il était prêt à
lancer une de ses conneries brevetées Harold Lauder,
mais il a vu la tête que faisait Stu et il a décidé de fermer
sa gueule. Je me suis dit que c'était ce qu'il avait de
mieux à faire.

Un peu plus tard, Harold a proposé d'aller faire un tour
là-bas, pour voir.

— Pourquoi ?

La voix de Stu était presque hystérique, mais il essayait
de se maîtriser. J'ai eu très peur, d'autant plus qu'il est
généralement aussi froid qu'un glaçon. Harold n'arrive
vraiment pas à se mettre dans sa peau.

— Stuart...

Glen voulait dire quelque chose, mais Stu l'a inter-
rompu.

— *Pourquoi ?* Vous ne voyez pas que tout est mort là-dedans ? Pas de fanfares, pas de comité d'accueil, rien. Croyez-moi, s'ils étaient là, ils nous seraient déjà tombés dessus. Et on serait dans une de ces petites chambres blanches, comme un tas de cochons d'Inde de merde. Je suis désolé, Fran — il me regardait —, je n'ai pas voulu être grossier. Je suis un peu nerveux.

— *Moi,* j'y vais, a dit Harold. Quelqu'un m'accompagne ?

Mais j'ai vu que même si Harold jouait au DUR COURAGEUX, il avait la trouille lui aussi.

Glen a répondu qu'il allait y aller. Alors Stu m'a dit :

— Vas-y toi aussi, Fran. Va voir. Tu en as envie.

J'aurais voulu lui répondre que j'allais rester dehors avec lui, il avait l'air si nerveux (en fait, je n'avais pas vraiment envie d'y aller), mais ça n'aurait pas arrangé les choses avec Harold. Alors j'ai dit que j'étais d'accord.

Si nous — Glen et moi — nous avions eu des doutes à propos de l'histoire de Stu, ils se seraient envolés dès que nous avons ouvert la porte. À cause de l'odeur. On sent la même odeur dans toutes les petites villes que nous avons traversées, comme une odeur de tomates pourries, mon Dieu, je pleure *encore,* mais est-ce que c'est juste que les gens non seulement crèvent comme des mouches, mais ensuite qu'ils puent comme

Une minute

(plus tard)

Voilà, j'ai eu ma deuxième CRISE DE LARMES de la journée, qu'est-ce qui peut bien arriver à la petite Fran Goldsmith, celle qui crachait le feu autrefois, ha-ha. Bon. Plus de larmes ce soir, c'est promis.

Nous sommes quand même entrés, curiosité morbide je suppose. Je ne peux pas dire pour les autres, mais je voulais voir la chambre où Stu avait été emprisonné. Ce n'était pas simplement l'odeur, vous savez, mais aussi comme il faisait *frais* dans cet endroit quand on venait de l'extérieur. Beaucoup de granit et de marbre, sans doute une isolation fantastique. Il faisait plus chaud tout en haut, mais en bas, cette odeur... la fraîcheur... comme dans une tombe. BEURK !

C'était vraiment bizarre, comme une maison hantée — on se serrait tous les trois, pareils à des moutons, et j'étais bien contente d'avoir mon fusil. Même si ce n'est qu'une 22. Nos pas résonnaient, comme si quelqu'un nous suivait. Et j'ai repensé à ce rêve, celui où l'homme me regarde dans sa robe noire. Pas étonnant que Stu n'ait pas voulu venir avec nous.

Nous avons finalement trouvé les ascenseurs et nous sommes montés au premier étage. Seulement des bureaux... et plusieurs cadavres. Le deuxième étage était aménagé comme un hôpital, mais toutes les chambres étaient équipées de sas (Harold et Glen ont dit que ça s'appelait comme ça) et de vitres spéciales pour regarder à l'intérieur. Il y avait *plein* de cadavres, dans les chambres et dans les couloirs. Très peu de femmes. Est-ce qu'ils ont essayé de les évacuer à la fin ? Je me demande. On ne saura sans doute jamais. De toute façon, qu'est-ce que ça changerait ?

Au bout du couloir qui partait des ascenseurs, nous avons trouvé une chambre dont le sas était ouvert. Il y avait un mort dedans, mais ce n'était pas un malade (les malades avaient tous des pyjamas blancs) et il n'était sûrement pas mort de la grippe. Il était couché dans une grande flaque de sang séché. On aurait dit qu'il essayait de sortir de la chambre en rampant quand il était mort. Il y avait une chaise cassée. Tout était à l'envers, comme si on s'était battu.

Glen a regardé longtemps autour de lui. Ensuite, il a dit :

— Je pense qu'il vaudrait mieux ne pas parler de cette chambre à Stu. J'ai l'impression qu'il a bien failli y mourir.

J'ai regardé le cadavre, et j'en ai eu la chair de poule.

— Qu'est-ce que vous voulez dire ?

C'est Harold qui a posé la question. Même *lui* semblait impressionné. Une des rares fois que j'ai entendu Harold parler comme s'il ne s'adressait pas à une foule.

— Je crois que cet homme était venu pour tuer Stuart, a répondu Glen, et que Stu a réussi à se débarrasser de lui.

Alors, j'ai demandé :

— Mais pourquoi ? Pourquoi vouloir tuer Stu s'il était *immunisé* ? Ça n'a pas de sens !

Il m'a regardée avec des yeux qui m'ont fait peur. Des yeux morts, comme des yeux de maquereau.

— À ce que je vois, la logique n'avait pas grand-chose à faire par ici. Certaines personnes croient qu'il faut tout cacher. Avec la même sincérité et le même fanatisme que les membres de certains groupes religieux croient à la divinité de Jésus. Parce que, pour certaines personnes, lorsque le mal est fait, il faut continuer à cacher les choses, à tout prix. Je me demande combien d'immunisés ils ont pu tuer à Atlanta, à San Francisco et au centre de virologie de Topeka avant que l'épidémie ne finisse par les tuer, *eux,* et que la boucherie s'arrête. Ce salaud ? je suis content qu'il soit mort. Je ne regrette qu'une seule chose, c'est que Stu va probablement rêver de lui tout le reste de sa vie.

Et vous savez ce que Glen Bateman a fait ? Cet homme si gentil qui fait des tableaux si dégueulasses ? Il s'est approché et il a donné un coup de pied dans la figure du cadavre. Harold a poussé une sorte de gémissement étouffé, comme si c'était lui qu'on avait frappé. Glen a encore donné un coup de pied.

— Non !

C'était Harold qui hurlait. Mais Glen continuait à frapper le cadavre. Puis il s'est retourné. Il s'est essuyé la bouche avec la main. Au moins, ses yeux ne ressemblaient plus à des yeux de merlan frit.

— Allons-y, sortons d'ici. Stu avait raison. Il n'y a plus rien par ici.

Nous sommes sortis. Stu était assis devant la grille de fer, la seule ouverture dans ce grand mur qui entoure tout le centre. Je voulais... oh, vas-y, Frannie, si tu ne peux pas dire ça à ton journal, à qui pourras-tu le dire ? Je voulais courir vers lui et l'embrasser, lui dire que j'avais honte de nous, honte que nous ne l'ayons pas cru. Honte d'avoir parlé de nos petites misères pendant l'épidémie, alors que lui ne disait presque rien et que cet homme avait failli le tuer.

Mon Dieu, je crois bien que je suis amoureuse de lui. Si Harold n'était pas là, je crois que je tenterais le coup !

Et puis (il y a toujours un « et puis », même si mes doigts sont maintenant tellement engourdis que j'ai l'impression qu'ils vont tomber), c'est à ce moment que Stu nous a dit pour la première fois qu'il voulait aller au Nebraska, qu'il voulait voir si son rêve voulait dire quelque chose. Il avait un drôle d'air, à la fois têtu et embarrassé, comme s'il savait que Harold allait encore se foutre de sa gueule, mais Harold était trop énervé après notre « excursion » au Centre de Stovington pour discuter vraiment. D'ailleurs, il a aussitôt arrêté quand Glen a dit, avec beaucoup de réticence, que lui aussi avait rêvé à la vieille dame la nuit précédente.

— Naturellement, c'est peut-être seulement parce que Stu nous a parlé de *son* rêve, mais le mien était étonnamment semblable.

Glen était tout rouge.

Harold a dit que c'était naturellement l'explication, mais Stu ne s'est pas laissé faire.

— Une minute, Harold — j'ai une idée.

Son idée, c'était que nous prenions tous une feuille de papier et que nous écrivions tout ce dont nous pouvions nous souvenir de nos rêves depuis une semaine. Ensuite, on comparerait. Tellement scientifique que même Harold n'a pas pu protester.

Bon. Le seul rêve que j'ai fait, c'est celui dont j'ai déjà parlé, et je ne vais pas le répéter. J'ai tout noté sur mon papier, même l'épisode avec mon père, sauf l'histoire du bébé et du cintre en fil de fer.

Quand nous avons comparé nos notes, les résultats ont été vraiment étonnants.

Harold, Stu et moi avions tous rêvé de « l'homme noir », comme je l'appelle. Stu et moi, on le voyait comme un homme habillé d'une robe de moine, sans traits visibles — son visage est toujours dans l'ombre. Pour Harold, il était toujours debout dans une entrée sombre et il lui faisait signe de venir. Parfois, il ne voyait que ses pieds et ses yeux brillants — « comme des yeux de belette », c'est comme ça qu'il les a décrits.

Stu et Glen avaient fait à peu près les mêmes rêves à propos de la vieille femme. Les ressemblances sont trop nombreuses pour que j'en parle (manière « littéraire » de dire que mes doigts sont complètement engourdis). De toute façon, ils sont tous les deux d'accord pour affirmer qu'elle habite dans le comté de Polk, au Nebraska, même s'ils n'ont pas pu s'entendre sur le nom de l'endroit — Stu dit qu'il s'agit de Hollingford Home, Glen que c'est plutôt Hemingway Home. Assez proche en tout cas. Ils ont tous les deux l'impression qu'ils pourraient le retrouver. (Journal, souviens-toi : moi, je pense que c'est « Hemingford Home ».)

Glen était convaincu :

— C'est tout à fait étonnant. On dirait bien que nous vivons tous une expérience psychique commune.

Harold n'était pas d'accord, naturellement, mais on voyait bien que tout ça le secouait un peu. Il a cependant accepté d'aller là-bas, puisqu'il faut « bien aller quelque part », comme il disait. Nous partons demain matin. J'ai peur, je suis énervée, et je suis heureuse de quitter Stovington. Stovington pue la mort. Et je préfère la vieille dame à l'homme noir, sans aucun doute.

Choses dont je veux me souvenir : « Coincé » voulait dire : quelqu'un qui n'est pas décontracté. « Ça baigne » voulait dire que tout allait bien. « Rien à cirer » voulait dire qu'on se foutait de quelque chose. Un type « canon », c'était un type pas mal foutu du tout. « Crasher », c'était se trouver un endroit pour pioncer, tout ça avant la super-grippe. Un peu con, non ? « J'assure. » Mais c'était la vie.

Il était un peu plus de midi.

Épuisée, Perion s'était endormie à côté de Mark qu'ils avaient transporté à l'ombre deux heures plus tôt. Il perdait connaissance de temps en temps, moments de répit pour tous les autres. Il avait tenu longtemps, presque toute la nuit. Mais, au lever du jour, il avait finalement craqué et, lorsqu'il était conscient, ses hurlements leur glaçaient le sang. Il se regardaient les uns les autres, impuissants. Personne n'avait pu manger.

— C'est l'appendicite, dit Glen, J'en suis sûr.

— On devrait peut-être essayer... essayer de l'opérer, murmura Harold en regardant Glen. Vous ne...

— Nous allons le tuer, répondit sèchement Glen. Et vous le savez, Harold. Si nous réussissions à lui ouvrir le ventre sans le saigner à mort, ce qui est impossible, nous ne saurions pas distinguer son appendice de son pancréas. Il n'y a pas d'étiquette dessus, vous savez.

— Mais il va mourir si nous n'essayons pas.

— Vous voulez essayer, *vous* ? demanda Glen, furieux cette fois. Parfois, je me pose des questions sur votre compte, Harold.

— Et *vous,* vous ne nous êtes pas d'un grand secours pour le moment, répondit Harold, rouge comme une tomate.

— Allez, arrêtez, intervint Stu. Ça ne sert à rien. Il n'est pas question de l'opérer, à moins que l'un de vous ne soit prêt à l'ouvrir avec son canif.

— *Stu !* s'exclama Frannie.

— Quoi ? L'hôpital le plus proche est à Maumee. On n'y arrivera jamais. On ne pourra même pas l'emmener jusqu'à l'autoroute.

— Vous avez raison, dit Glen en se passant la main sur sa joue râpeuse. Harold, je suis désolé. Je suis très nerveux. Je savais que ce genre de chose pouvait arriver — pardon, *arriverait* certainement — mais je suppose que ce n'était qu'une conviction théorique. Je ne suis plus dans mon bureau de prof, en train de rêver à des élucubrations de sociologue.

Harold marmonna quelque chose et s'éloigna, les

mains enfoncées dans les poches. Il avait l'air d'un petit garçon de dix ans qui s'en va bouder dans son coin.

— Et pourquoi ne peut-on pas le déplacer ? demanda Fran.

— Parce que son appendice a probablement beaucoup enflé, répondit Glen. S'il éclate, il va empoisonner tout son organisme, assez de poison pour tuer dix hommes.

— Péritonite, confirma Stu.

Frannie avait le vertige. Une appendicite ? Mais ce n'était rien, *rien du tout*. On vous opère pour la vésicule biliaire et, tant qu'à y être, on vous enlève aussi l'appendice. Elle se souvenait qu'un de ses camarades d'école, Charley Biggers, s'était fait enlever l'appendice un été. Elle allait entrer en septième. Il n'était resté à l'hôpital que deux ou trois jours. Médicalement, une appendicite, ce n'était rien, rien du tout.

Médicalement, avoir un enfant, ce n'était rien, rien du tout non plus.

— Mais si on ne fait rien, demanda-t-elle, est-ce que l'appendice va éclater quand même ?

Stu et Glen échangèrent un regard et ne lui répondirent pas.

— Alors, Harold avait raison ! Vous restez là les bras croisés. Vous *devez* faire quelque chose. Même avec un canif !

— Pourquoi *nous* ? questionna Glen d'une voix hargneuse. Pourquoi pas *vous* ? Nous n'avons même pas de manuel de médecine, nom de Dieu !

— Mais vous... il... ce n'est pas possible ! *Une appendicite, ce n'est rien du tout !*

— Peut-être autrefois. Aujourd'hui, c'est grave, croyez-moi, lui répondit Glen.

Mais elle était déjà partie, en pleurs.

Elle revint vers trois heures, honteuse, prête à s'excuser. Mais Glen et Stu n'étaient plus là. Harold était assis sur un tronc d'arbre. Perion était toujours à côté de Mark.

Elle lui essuyait la figure avec une serviette. Elle était pâle, mais elle semblait avoir retrouvé son calme.

— Frannie ! lança Harold, manifestement heureux de la revoir.

— Salut, Harold. Comment va-t-il ? demanda Fran à Perion.

— Il dort.

Mais ce n'était pas vrai. Fran le voyait bien. Il était inconscient.

— Où sont les autres, Perion ? Tu sais ?

Ce fut Harold qui lui répondit. Il s'était approché d'elle par-derrière et Fran sentit qu'il voulait lui toucher les cheveux ou lui poser la main sur l'épaule. Mais elle n'en avait pas envie. Depuis quelque temps, elle se sentait mal à l'aise dès que Harold l'approchait.

— Ils sont partis à Kunkle. Il y avait sans doute un médecin là-bas, autrefois.

— Ils vont essayer de trouver des livres, ajouta Perion. Et des... des instruments.

Frannie l'entendit avaler sa salive. Elle continuait à rafraîchir le visage de Mark avec la serviette qu'elle mouillait de temps en temps en prenant de l'eau dans une gourde.

— Nous sommes vraiment désolés, dit Harold, très mal à l'aise. Ce n'est pas très malin de dire ça, mais c'est la vérité.

Perion le regarda avec un sourire fatigué.

— Je sais. Merci. Ce n'est la faute de personne. Sauf de Dieu, s'il existe.

Si Dieu existe, alors oui, c'est *Sa* faute. Et quand je Le verrai, j'ai bien l'intention de Lui flanquer un coup de pied dans les couilles.

Elle avait un visage un peu chevalin, un corps épais de paysanne. Fran, qui commençait toujours par voir les bons côtés des gens (Harold, par exemple, avait vraiment de très belles mains pour un garçon), remarqua que les cheveux de Perion, auburn, étaient splendides et que ses yeux indigo étaient beaux et intelligents. La jeune femme enseignait l'anthropologie à New York, leur avait-elle raconté. Elle avait aussi milité dans un certain nombre de mouvements — les droits des femmes, les droits des victimes du sida. Elle ne s'était jamais mariée. Mark, avait-elle dit un jour à Frannie, lui avait fait un bien énorme, plus qu'elle n'en avait jamais attendu d'un homme. Ceux qui l'avaient précédé ne s'étaient pas occupés d'elle, ou l'avaient mise dans le même panier que toutes les autres femmes, avec les « truies » ou les « paillassons ». Sans doute Mark aurait-il fait la même chose si la situation avait été normale, mais elle ne l'était pas. Ils s'étaient rencontrés à Albany où Perion passait l'été avec ses parents, le dernier jour du mois de juin. Ils avaient finalement décidé de quitter la ville avant que les microbes qui proliféraient dans tous ces cadavres en décomposition ne leur fassent ce que la super-grippe n'avait pas réussi à faire.

Ils étaient donc partis. Le lendemain, ils étaient amants, plus par désespoir qu'en raison d'une attirance réelle (c'est ainsi que parlaient les femmes, et Frannie l'avait noté dans son journal). Il était gentil avec elle, avait expliqué Perion, un peu étonnée comme le sont les femmes envers qui la nature n'a pas été très généreuse lorsqu'elles rencontrent un brave type dans un monde cruel. Et elle avait commencé à l'aimer, un peu plus chaque jour.

Et maintenant, ça.

— C'est drôle, dit-elle. Tout le monde ici, à part Stu et Harold, a fait des études universitaires. Et vous auriez certainement pu en faire vous aussi si les choses s'étaient passées normalement, Harold.

— Oui, sans doute.

Perion se retourna vers Mark pour lui éponger le front, doucement, amoureusement. Frannie se souvint d'une planche en couleurs dans la bible familiale, une image où l'on voyait trois femmes en train d'embaumer le corps de Jésus avec des huiles et des aromates.

— Frannie faisait des études d'anglais, Glen enseignait la sociologie, Mark préparait un doctorat en histoire. Harold, vous auriez fait lettres vous aussi, puisque vous vouliez écrire. Nous aurions pu avoir des discussions formidables. Nous en avons eu d'ailleurs.

— Oui...

La voix de Harold, habituellement stridente, était maintenant presque inaudible.

— Les études littéraires vous apprennent à penser — j'ai lu ça quelque part. Les faits sont secondaires. Ce qu'on vous apprend en réalité, c'est à raisonner — induction et déduction — d'une façon constructive.

— Très juste, répondit Harold. Je suis tout à fait d'accord.

Cette fois, sa main se posa sur l'épaule de Fran. Elle ne s'écarta pas, mais cette présence la gênait.

— Et ça ne sert à *rien* ! s'exclama Perion.

Surpris, Harold retira sa main. Fran se sentit aussitôt soulagée.

— À rien ? demanda-t-il timidement.

— Il est en train de *mourir* ! Il est en train de mourir, parce que nous avons tous perdu notre temps à apprendre des conneries parfaitement inutiles. Oh, je pourrais vous parler des indigènes de Nouvelle-Guinée. Harold pourrait vous expliquer en détail les techniques littéraires des derniers poètes anglais. Mais Mark ? À quoi ça peut bien lui servir ?

— Si l'un de nous avait fait sa médecine...

Fran ne termina pas sa phrase.

— Oui, *si*. Mais ce n'est pas le cas. Nous n'avons même pas un mécanicien avec nous, même pas un pauvre plouc qui aurait au moins *vu* un vétérinaire opérer une vache ou un cheval. Je vous aime bien, mais je préférerais un bon bricoleur. Nous avons tellement peur de le toucher, même si nous savons ce qui va arriver si nous ne faisons rien. Je dis *nous,* parce que je fais partie du lot.

— Au moins les deux...

Fran s'arrêta. Elle allait dire *au moins les deux hommes,* mais elle se rendit compte que la formule aurait été maladroite en présence de Harold.

— Au moins Stu et Glen sont partis à Kunkle.

— Oui, soupira Perion, c'est déjà quelque chose. Mais

c'est Stu qui a pris la décision, n'est-ce pas ? Le seul qui a finalement compris qu'il valait mieux essayer n'importe quoi que de rester là sans rien faire. Est-ce qu'il t'a dit ce qu'il faisait autrefois ? demanda-t-elle en regardant Frannie.

— Il travaillait dans une usine, répondit aussitôt Fran, sans remarquer que Harold paraissait surpris qu'elle le sache. Une usine de calculatrices électroniques. Il était quelque chose comme technicien en informatique.

— Ah bon ? fit Harold avec un sourire amer.

— C'est le seul qui ait un peu de sens pratique, reprit Perion. Je suis presque sûre que lui et M. Bateman vont tuer Mark, mais je préfère ça quand même, plutôt que de rester là à le regarder... à le regarder crever comme un chien écrasé dans la rue.

Harold et Fran ne trouvèrent rien à lui répondre. Debout derrière elle, ils regardaient le visage de Mark, pâle, rigide. Au bout d'un moment, Harold posa sa main moite sur l'épaule de Fran. Elle aurait voulu hurler.

Stu et Glen revinrent à quatre heures moins le quart avec un grand sac noir rempli d'instruments et de gros livres.

— On va essayer, dit simplement Stu.

Perion leva les yeux. Sa voix était calme.

— Vous aller essayer ? Merci. Merci pour nous deux.

— Stu ? dit Perion.

Il était quatre heures dix. Stu était à genoux sur une alaise de caoutchouc qu'ils avaient étendue sous l'arbre. La sueur coulait à flots sur son visage. Frannie tenait un livre devant lui, passant d'une planche en couleurs à la suivante, puis revenant à la première quand Stu relevait ses yeux brillants et lui faisait signe. À côté de lui, affreusement blanc, Glen Bateman tenait une bobine de fil blanc. Entre les deux hommes, il y avait une boîte pleine d'instruments en acier inoxydable. La boîte était tachée de sang.

— Ici ! cria Stu d'une voix perçante, les pupilles soudain pas plus grosses que deux aiguilles. La voilà, cette saloperie ! Ici ! Juste ici !

— Stu ? dit Perion.

— Fran, montre-moi l'autre image ! Vite ! Vite !

— Vous pouvez l'enlever ? demanda Glen. Nom de Dieu, vous croyez vraiment que vous allez pouvoir l'enlever ?

Harold n'était plus là. Il était parti presque tout de suite, une main plaquée sur la bouche. Et, depuis un quart d'heure, il était caché dans un petit bois, un peu plus à l'est, leur tournant le dos. Mais il revenait maintenant, son gros visage rond rayonnant d'espoir.

— Je ne sais pas, dit Stu. Peut-être. Peut-être bien.

Il regardait la planche que Fran lui montrait. Il avait du sang jusqu'au coude.

— Stu ? dit Perion.

— Voilà, murmura Stu, les yeux extraordinairement brillants. L'appendice, ce petit machin. Il... essuie-moi le front, Frannie, merde, je sue comme un porc... merci... il va falloir couper juste ce qu'il faut, pas plus... et voilà les intestins... nom de Dieu, il faut que...

— Stu ? dit Perion.

— Passez-moi les ciseaux, Glen. Non, pas ceux-là. Les petits.

— *Stu !*

Il leva enfin les yeux vers elle.

— Ce n'est plus la peine, dit Perion d'une voix douce. Il est mort.

Stu la regarda. Ses pupilles s'élargirent lentement.

— Il y a près de deux minutes. Merci quand même. Merci beaucoup.

Stu l'observa longtemps.

— Tu es sûre ?

Elle fit un signe de tête. Elle pleurait silencieusement. Stu leur tourna le dos, laissa tomber le petit scalpel

724

qu'il tenait, se cacha la figure entre ses mains. Glen s'était déjà levé et s'éloignait sans regarder derrière lui, le dos voûté, comme s'il venait de recevoir un coup.

Frannie prit Stu par les épaules et le serra contre elle.

— Et voilà, dit-il d'une voix blanche qui fit peur à Frannie. Et voilà. C'est fini. Et voilà. Et voilà.

— Tu as fait de ton mieux, dit-elle en le serrant encore plus fort, comme s'il allait s'enfuir.

— Et voilà.

Frannie le serrait toujours. Malgré toutes ces idées qui lui passaient par la tête depuis plus de trois semaines, elle n'avait pas fait un geste jusque-là, cachant de son mieux ses sentiments. Harold était trop imprévisible. Et même maintenant, elle ne montrait pas ses véritables sentiments. Elle ne le serrait pas dans ses bras comme une femme étreint l'homme qu'elle aime. Plutôt comme un survivant s'accroche à un autre. Stu parut le comprendre. Il posa les mains sur ses épaules, laissant des marques de sang sur sa chemise kaki, comme pour faire d'elle sa complice dans un crime raté. Quelque part, un geai lança son cri rauque. Plus près, Perion s'était mise à pleurer.

Harold Lauder, qui ne savait pas faire la différence entre l'étreinte de deux amants et l'étreinte de deux survivants, regardait Frannie et Stu avec méfiance, déjà rempli de crainte. Au bout d'un long moment, il s'enfonça furieusement dans les buissons en faisant craquer les branches et ne revint que longtemps après le dîner.

Elle se réveilla tôt le lendemain matin. Quelqu'un la secouait. Je vais ouvrir les yeux et je vais voir Glen ou Harold, pensa-t-elle dans son demi-sommeil. Nous allons recommencer, recommencer encore jusqu'à ce que nous finissions par apprendre. Ceux qui ne peuvent apprendre les leçons de l'histoire... mais c'était Stu. Il faisait déjà presque jour, la douce lumière dorée du petit matin, comme tamisée à travers une gaze. Les autres dormaient.

— Qu'est-ce qu'il y a ? demanda-t-elle en s'asseyant. Quelque chose ne va pas ?

— J'ai encore rêvé, répondit Stu. Pas à la vieille femme, à... à l'autre. À l'homme noir. J'avais peur, alors...

— Arrête, dit-elle, effrayée par l'expression de son visage. Dis ce que tu as à dire, *s'il te plaît*.

— Perion... Le Véronal... Elle a pris le Véronal dans le sac de Glen.

Frannie entendit ses poumons siffler.

— Elle..., reprenait Stu d'une voix cassée, elle est morte, Frannie. Quelle saloperie, tout ça...

Elle voulut lui répondre, mais les mots refusèrent de sortir de sa bouche.

— Il faut sans doute réveiller les deux autres, dit Stu d'un air absent.

Il se frotta la joue que sa barbe naissante rendait rugueuse comme du papier de verre. Fran se souvenait encore d'avoir senti cette barbe contre sa joue, hier, quand elle l'avait pris dans ses bras. Il se retourna vers elle.

— Ça ne finira donc jamais ?

— Non, je ne crois pas, répondit-elle tout bas.

Ils se regardèrent, les yeux dans les yeux, dans la lumière du petit matin.

Journal de Fran Goldsmith

12 juillet 1990

Nous avons campé juste à l'ouest de Guilderland (État de New York) ce soir. Finalement arrivés sur la grande route, 80/90. La joie d'avoir rencontré Mark et Perion (un joli nom, je trouve) hier après-midi est déjà presque oubliée. Ils ont accepté de venir avec nous... en fait, ils nous l'ont proposé avant que nous ayons eu le temps de le faire.

À vrai dire, je ne suis pas sûre que Harold aurait proposé quoi que ce soit. Vous le connaissez. Et il était un peu jaloux (Glen aussi, peut-être) de tout leur matériel, fusils semi-automatiques compris (deux). Mais surtout, Harold devait faire son petit numéro... il faut qu'il se fasse remarquer.

J'ai l'impression d'avoir écrit des pages et des pages SUR LA PSYCHOLOGIE DE HAROLD et, si vous ne le connaissez pas encore, vous ne le connaîtrez jamais. Sous ses apparences pontifiantes, c'est un petit garçon qui n'a pas confiance en lui. Il n'arrive pas à croire que les choses ont changé. On dirait qu'il pense que tous ceux qui l'emmerdaient au lycée vont sortir de leurs tombes un beau jour pour lui lancer des boulettes de papier et l'appeler Lauder la Branlette (Amy m'a dit un jour qu'ils l'appelaient comme ça). Je pense parfois qu'il aurait été préférable pour lui (et peut-être pour moi) de ne pas nous mettre ensemble à Ogunquit. Je fais partie de son ancienne vie, j'étais l'amie de sa sœur à une époque, etc., etc. Ma relation avec Harold peut se résumer ainsi : pour étrange que ça puisse paraître, sachant ce que je sais maintenant, je choisirais probablement Harold comme ami, plutôt que sa sœur, Amy, une fille qui ne pensait qu'à trouver des garçons avec de belles bagnoles, qu'à s'habiller chez Sweetie's, une fille qui n'était qu'une sale snob d'Ogunquit (pardonnez-moi mon Dieu de dire des méchancetés sur les morts, mais c'est la vérité). À sa manière, assez étrange c'est vrai, Harold est un type plutôt bien. Je veux dire, quand il ne mobilise pas toute son énergie mentale pour jouer au con. Mais Harold n'a jamais cru que quelqu'un pouvait le trouver bien. Il ne peut s'empêcher de faire du cinéma, de jouer un rôle. Il est incapable de laisser derrière lui tous ses problèmes. Il les traîne avec lui, comme s'il les avait mis dans son sac, avec son chocolat Payday qu'il aime tellement.

Oh, Harold, je ne sais pas, vraiment.

Choses dont je veux me souvenir : Gillette à lames pivotantes. Crème épilatoire, jambes plus douces. Mini-tampons, maxi-protection... créés par des femmes, pour des femmes. La soirée du cinéma. *La Nuit des morts vivants.* Brrrr ! C'est pas vraiment le moment. J'abandonne.

Nous avons beaucoup parlé de nos rêves aujourd'hui, pendant le déjeuner. Si bien que nous nous sommes arrêtés plus longtemps que nous n'aurions dû, sans doute. Entre parenthèses, nous sommes juste au nord de Batavia, État de New York.

Hier, Harold a proposé avec beaucoup de discrétion (pour lui) de prendre un peu de Véronal pour voir si nous ne pourrions pas « perturber le cycle onirique », selon son expression. J'ai dit que j'étais d'accord, pour que personne ne se pose de questions, mais j'ai bien l'intention de ne pas avaler ce sale truc, car je ne sais pas trop si ça ferait du bien à mon cow-boy solitaire (j'espère bien qu'il est solitaire ; je ne suis pas sûre que je pourrais avoir des jumeaux).

Proposition Véronal adoptée. Mark avait quelque chose à dire :

— Vous savez, c'est pas trop bon de penser à ces trucs-là. Bientôt, on va se prendre pour Moïse ou Joseph, on va croire que Dieu nous appelle au téléphone.

— L'homme noir n'appelle pas du ciel, a dit Stu. Si c'est l'interurbain, je pense bien que ça vient de quelque part nettement plus bas.

— Ce qui veut dire que Stu pense que le grand méchant loup est après nous (c'est moi qui ai dit ça).

— Une explication qui en vaut une autre, a dit Glen, et nous l'avons tous regardé. Si vous regardez les choses d'un point de vue théologique, on dirait bien que nous sommes pris entre l'arbre et l'écorce dans une lutte à finir entre le ciel et l'enfer, vous ne croyez pas ? S'il reste encore des jésuites après la super-grippe, ils s'arrachent sûrement les cheveux.

Mark a éclaté de rire. Je n'ai pas bien compris, mais je n'ai rien dit.

— Eh bien, *moi* je pense que tout cela est parfaitement ridicule, a dit Harold. Bientôt, vous allez vous prendre pour Edgar Cayce et croire à la transmigration des âmes.

Il avait prononcé *caisse,* au lieu de *ké-ci.* Quand je l'ai corrigé, il m'a regardée avec un SALE AIR. Ce n'est pas le genre de type qui vous inonde de sa gratitude quand vous lui faites remarquer ses petites erreurs, cher journal !

— En présence d'un phénomène manifestement paranormal, a continué Glen, la seule explication possible, la seule qui ait sa logique interne, est l'explication théologique. C'est pourquoi la métapsychique et la religion se sont toujours très bien entendues, jusqu'aux guérisseurs de notre époque.

Harold grognait, ce qui n'a pas empêché Glen de poursuivre.

— J'ai bien l'impression, sans en avoir la preuve, que nous sommes tous des médiums... mais ce don est si profondément enraciné en nous que nous ne le remarquons que rarement. Un don qui est essentiellement préventif, ce qui nous empêche aussi de l'observer.

— Pourquoi ? (C'est moi qui ai posé la question.)

— Parce qu'il s'agit d'un facteur négatif, Fran. Avez-vous lu l'étude publiée en 1958 par James D.L. Staunton sur les accidents d'avions et de chemins de fer ? Elle a d'abord paru dans une revue de sociologie, mais la presse à sensation en reparle de temps en temps quand les journalistes ont du mal à pisser de la copie.

Nous avons tous secoué la tête.

— Vous devriez la lire. James Staunton avait ce que mes étudiants d'il y a vingt ans auraient appelé « une tête bien faite » — un sociologue tout à fait bien, très tranquille, qui s'intéressait à l'occulte, son violon d'Ingres si on veut. Il a d'abord écrit une série d'articles, puis il a sauté la barrière pour étudier le sujet par lui-même.

Harold gloussait. Stu et Mark rigolaient. Moi aussi, j'en ai bien peur.

— Alors, parlez-nous de ces accidents, a dit Perion.

— Bien. Staunton a recueilli des statistiques sur plus de cinquante accidents d'avions depuis 1925 et sur plus de deux cents accidents ferroviaires depuis 1900. Il a fourré tout ça dans un ordinateur. En résumé, il cherchait une corrélation entre trois facteurs : ceux qui étaient présents à bord du véhicule accidenté, ceux qui ont été tués, et la *capacité* du véhicule.

— Je ne vois pas ce qu'il cherchait, dit Stu.

— Attendez un peu. Il avait également donné une deuxième série de statistiques à son ordinateur — cette fois un nombre équivalent d'avions et de trains qui n'avaient *pas* eu d'accident.

Mark avait compris.

— Un groupe expérimental et un groupe témoin. Ça paraît logique.

— Et ce qu'il a découvert est extrêmement simple, mais plutôt gênant sur le plan des conséquences. Dommage qu'il faille se taper seize tableaux de statistiques pour arriver à la conclusion.

— Quelle conclusion ? (Ma question.)

— Les avions et les trains pleins ont rarement des accidents.

— Merde, quelle CONNERIE !

Harold se tordait de rire.

— Ce n'est pas tout, a continué Glen, très calme. C'était la théorie de Staunton, et l'ordinateur lui donnait raison. Quand il y a accident d'avion ou de train, les véhicules sont remplis à soixante et un pour cent. Lorsqu'il n'y a pas d'accident, ils sont remplis à soixante-seize pour cent. Une différence de quinze pour cent sur un échantillon représentatif, on peut donc parler d'un écart *significatif*. Staunton fait observer que, du point de vue statistique, un écart de trois pour cent donnerait déjà à réfléchir, et il a raison. L'anomalie est énorme. Staunton en déduit que les gens *savent* quand un avion ou un train va avoir un accident... qu'ils prévoient l'avenir, inconsciemment.

Nous l'écoutions très attentivement.

— À l'aéroport de Chicago, juste avant le départ du vol 61 à destination de San Diego, tante Sally a tout à coup très mal au ventre et décide de ne pas partir. Et quand l'avion s'écrase dans le désert du Nevada, tout le monde dit : « Oh, tante Sally, ce mal de ventre, un vrai miracle. » Avant que James Staunton ne nous produise ses chiffres, personne n'avait jamais compris qu'en fait *trente* personnes avaient eu mal au ventre... ou à la tête... ou qu'ils avaient tout simplement ressenti cette étrange impression, quand votre corps essaye de dire à votre tête que quelque chose ne va pas, que quelque chose va tourner mal.

— Je n'en crois pas un mot. (Harold, aussi connu sous le nom de saint Thomas d'Ogunquit.)

— Je viens de lire pour la première fois l'article de Staunton. Une semaine plus tard à peu près, un avion des Majestic Airlines s'écrase à Boston. Pas de survivants. Bien. J'appelle Majestic Airlines, un peu plus tard, quand les choses se sont tassées. Je leur raconte que je travaille pour un journal de Manchester — un petit mensonge, mais pour la cause de la science. Je leur dis que nous faisons des statistiques sur les accidents d'avions et je leur demande s'ils peuvent me dire combien de passagers qui avaient des réservations ne se sont pas présentés à l'enregistrement. Le type a paru un peu surpris. Et il m'a expliqué que le personnel de la compagnie parlait justement de ça. Seize passagers. Seize ne s'étaient pas présentés. Je lui demande alors quelle était la moyenne sur un vol 747, entre Denver et Boston. Réponse : trois.

— Trois ? (C'est Perion qui a posé la question.)

— Exact. Mais le type continue et me dit qu'il y avait eu aussi quinze *annulations,* alors que la moyenne est de huit. Les journaux ont titré 94 VICTIMES À BOSTON, mais ils auraient pu dire tout aussi bien 31 PASSAGERS ÉCHAPPENT À LA MORT À BOSTON.

Bon... On a encore beaucoup parlé de paranormal, mais la conversation s'est pas mal écartée du sujet : *nos* rêves, à savoir, s'ils venaient ou non du Tout-Puissant, là-haut dans le ciel. Harold a foutu le camp, complètement dégoûté. Puis Stu a posé une question à Glen.

— Si nous sommes tous des médiums, comment ça se fait que nous ne savons pas quand quelqu'un que nous aimons vient de mourir, ou quand notre maison vient d'être emportée par un ouragan, ou des trucs du genre ?

— Des trucs du genre, ça arrive pourtant. Mais je reconnais que ce n'est pas aussi fréquent, loin de là... ou du moins, plus difficile à démontrer avec un ordinateur. La question est intéressante. J'ai une théorie...

(N'a-t-il pas toujours une théorie, cher journal ?)

— ... une théorie qui est liée à l'évolution. Vous savez, les hommes — ou leurs ancêtres — avaient à une époque une queue et du poil sur tout le corps. Et leurs sens étaient beaucoup plus aiguisés qu'ils ne le sont aujourd'hui. Pourquoi ça ? Vite, Stu ! Une occasion unique d'avoir une bonne note, d'être le premier de la classe.

— Pour la même raison qu'on ne met plus de grosses lunettes et une pelisse de fourrure quand on conduit une voiture, je suppose. Parce que ce n'est plus nécessaire. On n'en a plus besoin.

— Exactement. À quoi bon avoir un don métapsychique qui ne sert plus à rien ? À quoi bon, quand vous êtes en train de travailler dans votre bureau, de savoir tout à coup que votre femme vient de se tuer dans un accident de voiture en rentrant du supermarché ? Quelqu'un va vous téléphoner pour vous l'apprendre, n'est-ce pas ? Ce sens a donc pu s'atrophier il y a bien longtemps, si nous l'avons jamais eu. Comme nos queues et nos poils.

Mais il n'avait pas terminé ses explications. Mon Dieu, comme il parle !

— Ce qui m'intéresse dans ces rêves, c'est qu'ils paraissent annoncer une lutte. Nous semblons nous faire une image brumeuse d'un protagoniste... et d'un antagoniste. D'un adversaire, si vous préférez. Et s'il en est ainsi, peut-être sommes-nous comme ces gens qui vont prendre l'avion... et qui tout à coup ont mal au ventre. Peut-être nous donne-t-on le moyen d'orienter notre avenir. Une sorte de libre arbitre dans la quatrième dimension : la possibilité de choisir, avant les événements.

— Mais nous ne savons pas ce que ces rêves *signifient*. (Mon intervention.)

— Non, mais nous allons peut-être le découvrir. J'ignore si posséder une parcelle de dons psychiques signifie que nous sommes divins ; biens des gens acceptent le miracle de la vue sans croire que la vue prouve l'existence de Dieu, et je suis de ceux-là ; mais je crois que ces rêves sont une force constructive, même s'ils peuvent nous faire peur. Et par conséquent, je commence à regretter que nous prenions du Véronal. C'est un peu comme si nous avalions du Pepto-Bismol pour faire disparaître ce mal de ventre, et que nous montions dans l'avion.

Choses dont je veux me souvenir : Récession, crise du pétrole, un prototype Ford qui faisait moins de quatre litres aux cent sur route. Une voiture formidable. C'est tout. J'arrête. Si je continue à écrire autant, ce journal sera aussi long qu'*Autant en emporte le vent* le jour où le cow-boy solitaire sortira de son ranch (de préférence, pas sur son cheval blanc). Oh oui, encore une chose dont je veux me souvenir. Edgar Cayce. Mais je ne l'oublierai pas. On dit qu'il voyait l'avenir dans ses rêves.

16 juillet 1990

Deux mots, à propos des rêves (voir ce que j'ai écrit le 14). Premièrement, Glen Bateman est très pâle et très silencieux depuis deux jours. Ce soir, j'ai vu qu'il prenait une dose supplémentaire de Véronal. Je soupçonne qu'il n'en prenait pas depuis deux jours et qu'il a fait des rêves HORRIBLES. Ça m'inquiète. J'aimerais lui en parler, mais je ne sais pas comment.

Deuxièmement, mes rêves à moi. Rien la nuit d'avanthier (la nuit qui a suivi notre discussion) ; dormi comme un bébé ; me souviens de rien. La nuit dernière, j'ai rêvé de la vieille femme, pour la première fois. Rien à dire qui n'ait déjà été dit, si ce n'est qu'elle semble respirer la GENTILLESSE, la BONTÉ. Je crois comprendre pourquoi Stu voulait tellement aller au Nebraska, malgré les sarcasmes de Harold. Je me sentais très bien en me réveillant ce matin. Et je pensais que, si nous pouvions simplement trouver cette vieille dame, mère Abigaël, tout irait bien. J'espère qu'elle est vraiment là. (Entre parenthèses, je suis tout à fait sûre que le nom du bled est Hemingford Home.)

Choses dont je veux me souvenir : mère Abigaël !

47

Tout arriva très vite.

Il était environ dix heures moins le quart, le 30 juillet. Ils roulaient depuis une heure à peine. Ils n'avançaient pas vite, car il avait beaucoup neigé la nuit précédente et la route était encore glissante. Ils ne s'étaient pas beaucoup parlé depuis la veille, quand Stu avait réveillé Frannie, puis Harold et Glen, pour leur annoncer le suicide de Perion. Il se culpabilisait, pensa Fran, il se culpabilisait de quelque chose dont il n'était pas plus responsable que de la pluie ou du beau temps.

Elle aurait aimé le lui dire, en partie parce qu'il fallait le secouer un peu, en partie parce qu'elle l'aimait. Oui, elle l'aimait. Elle en était sûre maintenant. Elle aurait sans doute pu le convaincre qu'il n'était pas responsable de la mort de Perion... mais il lui aurait fallu révéler ses véritables sentiments. Et Harold comprendrait lui aussi, malheureusement. Il ne pouvait donc en être question... pour le moment. Mais elle n'allait plus attendre bien longtemps, Harold ou pas. Elle ne pouvait quand même pas le protéger éternellement. Il fallait qu'il sache... et qu'il accepte, ou pas. Elle avait peur que Harold n'opte pour la deuxième solution, ce qui risquait de finir très mal. Après tout, ils étaient tous armés jusqu'aux dents.

Elle était perdue dans ses pensées lorsqu'ils sortirent d'un virage. Une grande caravane rose était renversée en travers de la route. L'accident était un peu bizarre. Mais ce n'était pas tout. Il y avait encore trois voitures, toutes des stations-wagons, plus une grosse dépanneuse stationnée au bord de la route. Et des gens debout à côté, au moins une douzaine.

Fran fut si surprise qu'elle freina trop brutalement. Sa Honda dérapa sur la chaussée mouillée et elle faillit tomber. Finalement, ils s'arrêtèrent tous les quatre, à peu près alignés en travers de la route, étonnés de voir autant de gens vivants.

— Descendez, dit l'un des hommes, un grand barbu.

On ne voyait pas ses yeux derrière ses lunettes de soleil. Fran se souvint tout à coup d'un policier qui l'avait arrêtée sur l'autoroute du Maine pour excès de vitesse.

Et maintenant, il va nous demander nos permis de conduire, pensa-t-elle. Mais l'homme n'avait rien d'un policier en mal de contravention. Ils étaient quatre hommes en fait, le barbu et trois autres. Et puis des femmes. Au moins huit. Groupées autour des stations-wagons, pâles, elles avaient l'air d'avoir peur.

Le barbu avait un pistolet. Les trois autres, des fusils. Deux étaient en tenue plus ou moins militaires.

— *Descendez !* Vous êtes sourds ? reprit le barbu.

Derrière lui, l'un des hommes enfonça un chargeur dans son arme. Un bruit sec, impérieux, dans la brume du matin.

Glen et Harold ne semblaient pas comprendre. Ils vont nous tirer comme des canards, pensa Frannie, affolée. Elle ne comprenait pas très bien elle-même, mais elle savait que quelque chose ne collait pas dans l'équation. *Quatre hommes, huit femmes,* lui disait son cerveau, de plus en plus fort : *Quatre hommes ! Huit femmes !*

— Harold, dit Stu d'une voix calme. Harold, ne...

Il avait compris. C'est alors que tout commença.

Stu portait son fusil en bandoulière. Il abaissa brusquement l'épaule et le fusil était déjà entre ses mains.

— Ne faites pas ça ! hurlait le barbu. Garvey ! Virge ! Ronnie ! Tirez-leur dedans ! Ne touchez pas aux femmes !

Harold voulut prendre ses pistolets, oubliant qu'ils

étaient encore dans leurs étuis. Glen Bateman était toujours assis derrière Harold, médusé.

— *Harold !* cria Stu.

Frannie voulut prendre son fusil. On aurait dit que l'air qui l'entourait s'était tout à coup coagulé en une sorte de mélasse invisible, une glu épaisse qui ralentissait tous ses gestes. Elle comprit qu'ils allaient probablement mourir.

— *Maintenant !* hurla une des femmes.

Frannie, qui n'avait pas encore réussi à prendre son fusil, se retourna vers la jeune fille. Non, c'était une femme d'au moins vingt-cinq ans. Ses cheveux, blond cendré, retombaient autour de sa tête comme un casque, à croire qu'elle venait de les couper avec des ciseaux de jardinier.

Certaines femmes restèrent immobiles, paralysées par la peur. Mais la blonde et trois autres se précipitèrent en avant.

Tout cela s'était déroulé dans l'espace de sept secondes.

Le barbu pointait son pistolet vers Stu. Quand la blonde avait hurlé, le canon de son arme avait frémi, s'était légèrement tourné dans la direction de la jeune femme, comme la baguette d'un sourcier. Le coup partit. Une détonation sourde, comme si l'on défonçait une boîte de carton avec une tige de fer. Stu tomba de sa moto. Frannie hurla son nom.

Mais Stu, appuyé sur les deux coudes (tous les deux éraflés lorsqu'il était tombé par terre, et la Honda écrasait une de ses jambes sous son poids), Stu tirait. Le barbu esquissa un petit pas de danse en arrière, comme un artiste de vaudeville qui quitte la scène après son bis. La grosse chemise de laine qu'il portait fit une bosse. Son pistolet automatique sauta en l'air et l'on entendit quatre détonations. Puis l'homme tomba à la renverse.

Deux des trois hommes qui se trouvaient derrière lui avaient fait volte-face lorsque la blonde avait crié. L'un d'eux appuya sur les deux détentes de son arme, un vieux Remington. Il n'avait pas épaulé son arme — il tenait son fusil appuyé contre sa jambe droite — et lorsque le coup

736

partit, comme un coup de tonnerre dans une petite pièce, le Remington lui échappa des mains, arrachant la peau de ses doigts, avant de retomber par terre. Le visage de l'une des femmes qui n'avait pas réagi lorsque la blonde avait crié disparut dans une incroyable fureur de sang. Frannie entendit le sang claquer sur la route, comme une giboulée de printemps. Un œil regardait fixement, derrière le masque sanglant qui couvrait ce visage, un œil étonné, incrédule. Puis la femme s'écrasa sur la route. La station-wagon qui se trouvait derrière elle était constellée d'impacts de chevrotines. Une des glaces n'étaient plus qu'une cataracte laiteuse de minuscules fissures.

La blonde se battait avec le deuxième homme qui s'était tourné vers elle. L'arme de l'homme était coincée entre leurs deux corps. Une autre détonation. Puis l'une des filles se précipita pour ramasser le fusil de chasse qui était tombé par terre.

Le troisième homme, celui qui ne s'était pas retourné vers les femmes, commença à tirer dans la direction de Fran. Assise sur sa moto, son fusil dans les mains, Frannie le regardait stupidement. Il avait le teint olivâtre, les traits d'un Italien. Elle entendit une balle siffler tout près de sa tempe gauche.

Harold avait finalement dégainé un de ses pistolets. Il le leva et tira sur l'homme au teint mat. Il n'était pas à quinze pas de lui, mais il rata son coup. Un trou apparut sur la carrosserie rose de la caravane, juste à gauche de la tête de l'homme au teint olivâtre qui regarda Harold droit dans les yeux :

— À mon tour, sale petit con.

— *Ne faites pas ça !* hurla Harold.

Il laissa tomber son pistolet et leva les mains en l'air. L'homme au teint olivâtre tira à trois reprises. Sans toucher Harold. La troisième balle ricocha sur le tuyau d'échappement de sa Yamaha. La machine tomba par terre.

Vingt secondes s'étaient écoulées. Harold et Stu étaient couchés sur la route. Glen étais assis en tailleur sur la chaussée, comme s'il ne comprenait toujours pas très bien ce qui se passait.

Frannie tentait désespérément d'abattre l'homme au teint olivâtre avant qu'il ne tire encore sur Harold ou sur Stu, mais la détente refusait de bouger. Elle avait oublié d'enlever le cran de sûreté. La blonde continuait à se battre avec le deuxième homme, et la femme qui était allée ramasser le fusil de chasse se bagarrait avec une deuxième femme qui cherchait à lui arracher l'arme.

Lançant des jurons dans une langue qui ne pouvait être que de l'italien, l'homme au teint olivâtre visa Harold. Mais Stu tira plus vite que lui et le front de l'homme au teint olivâtre vola en éclats. Son propriétaire s'écrasa comme un sac de pommes de terre.

Une autre femme s'était jetée dans la mêlée pour s'emparer du fusil de chasse. L'homme qui l'avait perdu voulut l'écarter. La femme se baissa, saisit à deux mains l'entrejambe du jeans de l'homme et serra très fort. Fran vit ses muscles se gonfler, de l'avant-bras jusqu'au coude. L'homme hurla et parut ne plus s'intéresser du tout à son fusil de chasse. Il se prit les parties et s'éloigna en titubant, plié en deux.

En rampant, Harold s'approcha de son pistolet qui était tombé sur la route, le prit et tira sur l'homme qui se tenait les parties. Il tira trois fois et manqua sa cible.

On dirait Bonnie et Clyde, pensa Frannie. *Du sang partout !*

La blonde aux cheveux coupés à la serpe ne parvint pas à s'emparer du fusil du deuxième homme qui lui donna un coup de pied. Il visait peut-être le ventre, mais il la toucha à la cuisse avec une de ses grosses bottes. La femme esquissa plusieurs petits pas en arrière en faisant des moulinets avec les bras pour retrouver son équilibre. Puis elle tomba sur le derrière avec un petit bruit mouillé.

Il va la tuer, pensa Frannie. Mais le deuxième homme fit demi-tour comme un soldat ivre et commença à tirer sur les trois femmes qui étaient restées à côté de la station-wagon.

— Bande de salopes ! hurlait ce charmant monsieur. Bande de salopes !

Une des femmes tomba entre la station-wagon et la caravane renversée et commença à gigoter sur le bitume, comme un poisson sorti de l'eau. Les deux autres femmes couraient. Stu visa l'homme, tira et le manqua. L'autre tira sur l'une des femmes qui couraient, et lui ne manqua pas son coup. La femme leva les mains en l'air, puis tomba. La deuxième femme fit un crochet à gauche et se cacha derrière la caravane rose.

Le troisième homme, celui qui avait perdu son fusil de chasse et qui n'avait pas pu le récupérer, tournait toujours en rond en se tenant le bas-ventre. L'une des femmes braqua le fusil de chasse sur lui et appuya sur les deux détentes, les yeux fermés, la bouche déformée par un affreux rictus, attendant le coup de tonnerre. Mais le coup de tonnerre ne vint pas. Le fusil était vide. Elle le prit alors par le canon, le leva très haut et l'abattit de toutes ses forces. Elle manqua la tête de l'homme, mais le toucha au creux de l'épaule gauche. L'homme tomba à genoux. À quatre pattes, il voulut s'enfuir. La femme, vêtue d'un blue-jeans déchiré et d'un sweat-shirt bleu où était écrit en grosses lettres KENT STATE UNIVERSITY, se lança à ses trousses, le matraquant sauvagement avec son arme. Inondé de sang, l'homme rampait encore, tandis que la femme au sweat-shirt continuait à cogner à tour de bras.

— Bande de *salopes* ! hurla le deuxième homme.

Il tira sur une femme entre deux âges qui le regardait en marmonnant quelque chose. Le canon de son fusil n'était pas à plus d'un mètre de la femme ; elle aurait presque pu tendre la main et le boucher avec son petit doigt rose. L'homme manqua sa cible. Il appuya de nouveau sur la détente, mais cette fois l'arme était vide.

Harold tenait son pistolet à deux mains, comme il avait vu faire les flics au cinéma. Il tira et la balle défonça le coude du deuxième homme qui laissa tomber son fusil et se mit à danser en bredouillant « *S-S'-il-vous-plaît !* ». Frannie pensa qu'il ressemblait un peu à Roger Rabbit.

— Je l'ai eu ! cria Harold, fou de joie. Nom de Dieu ! Je l'ai eu !

Frannie se souvint enfin du cran de sûreté de sa carabine. Elle l'enleva au moment où Stu tirait à nouveau. Le deuxième homme lâcha son coude et tomba par terre en se tenant le ventre. Il hurlait toujours.

— Mon Dieu, mon Dieu, dit doucement Glen en se cachant le visage dans les mains pour pleurer.

Harold tira encore. Le corps du deuxième homme fit un bond. Et les hurlements cessèrent.

La femme au sweat-shirt de la Kent State University abattit une fois de plus la crosse du fusil de chasse. Cette fois, elle obtint un bon contact avec le crâne de l'homme qui rampait par terre. Un contact parfait, sans bavures. La crosse en noyer et le crâne de l'homme se cassèrent tous les deux.

Pendant un instant, ce fut le silence. Un oiseau chantait : *Cui-cui... cui-cui... cui-cui*.

Puis la fille en T-shirt s'assit à califourchon sur le corps du troisième homme et lança un cri sauvage de triomphe qui allait hanter Fran Goldsmith pour le restant de sa vie.

La blonde s'appelait Dayna Jurgens. Elle venait de Xenia, dans l'Ohio. La fille au sweat-shirt de la Kent State University s'appelait Susan Stern. Celle qui avait écrasé les parties génitales de l'homme au fusil de chasse était Patty Kroger. Les deux autres étaient nettement plus âgées. La plus vieille, dit Dayna, s'appelait Shirley Hammet. Elle ignorait le nom de l'autre femme qui avait l'air d'avoir à peu près trente-cinq ans ; elle errait, en état de choc, quand Al, Garvey, Virge et Ronnie l'avaient trouvée à Archbold, deux jours plus tôt.

Ils campèrent tous les neuf dans une ferme, un peu à l'ouest de Columbia. Ils avaient l'air de somnambules et, plus tard, Fran se dit que, si quelqu'un les avait vus traverser le champ qui séparait la caravane rose de la ferme, il aurait sans doute cru que l'asile local organisait une petite promenade de santé. L'herbe qui leur montait jusqu'aux cuisses, encore humide de la pluie de la nuit, trempait leurs pantalons. Des papillons blancs voletaient lourdement autour d'eux, comme drogués, les ailes alourdies par l'humidité, décrivant des cercles et des huit. Le soleil essayait de percer à travers une épaisse couche de nuages blancs qui s'étendaient d'un bout à l'autre de l'horizon. Pourtant, il faisait déjà très chaud. L'humidité collait à la peau. Des nuées de corbeaux tournaient dans le ciel en poussant leurs horribles cris rauques. Les corbeaux étaient maintenant plus nombreux que les êtres humains, pensa Fran dans une sorte de brouillard. Si nous ne faisons pas attention, ils vont nous picorer jusqu'au dernier. La revanche des corbeaux. Est-ce que les corbeaux mangent de la viande ? Elle craignait fort que ce ne soit effectivement le cas.

Et derrière ce brouillard d'idées confuses, comme le soleil derrière la couche de nuages (un soleil qui tapait déjà dur dans l'affreuse humidité de ce matin du 30 juillet 1990), le combat de tout à l'heure reprenait inlassablement dans sa tête. Le visage de la femme emporté par les chevrotines du fusil de chasse. Stu qui tombait. Cette terreur qui s'était emparée d'elle lorsqu'elle l'avait cru mort. Le type qui criait *bande de salopes !* et puis ses petits piaillements à la Roger Rabbit quand Harold lui avait flanqué une balle dans la peau. Le bruit du pistolet du barbu, comme une caisse de carton qu'on défonce. Le cri sauvage de victoire de Susan, à califourchon sur le corps de son ennemi dont la cervelle, encore chaude, sortait du crâne fendu en deux.

Glen marchait à côté d'elle. Il avait perdu cette expression ironique qu'on lui voyait habituellement. Il était hagard. Ses cheveux gris voletaient autour de sa tête, comme pour imiter les papillons. Il tenait la main de Frannie, la serrait convulsivement.

— Il faut essayer d'oublier, disait-il. Ces horreurs... sont inévitables. Le nombre est notre meilleure protection. La société. Clé de voûte de ce que nous appelons la civilisation, seul véritable antidote contre la barbarie. Il faut accepter ces... choses... ces choses-là... comme des choses naturelles. Un incident isolé. Des monstres. Oui ! Des aberrations de la société. Je veux le croire. En vertu des pouvoirs socio-constitutionnels qui me sont conférés, pour ainsi dire. Ah ! Ah !

Son rire ressemblait plutôt à un gémissement. Fran ponctuait chacune de ses phrases elliptiques d'un « oui, Glen » qu'il ne semblait pas entendre. Le professeur sentait un peu le vomi. Les papillons se cognaient contre eux, rebondissaient et repartaient vaquer à leurs affaires. Ils étaient presque arrivés à la ferme. La bataille avait duré moins d'une minute. Moins d'une minute, mais Frannie soupçonnait fort que le spectacle allait rester longtemps à l'affiche dans sa tête. Glen lui tapotait la main. Elle aurait voulu lui dire d'arrêter, mais elle avait peur qu'il ne se mette à pleurer. Elle ne pouvait plus supporter sa main. Et elle n'était pas sûre de pouvoir supporter Glen Bateman s'il se mettait à pleurer.

Stu marchait entre Harold et la blonde, Dayna Jurgens. Susan Stern et Patty Kroger entouraient la femme catatonique qui n'avait pas de nom, celle qu'ils avaient ramassée à Archbold. Shirley Hammet, la femme que Roger Rabbit avait manquée en tirant à bout portant, juste avant de mourir, marchait toute seule, un peu sur la gauche, marmonnant des mots incompréhensibles, lançant parfois la main en l'air pour attraper des papillons. Le groupe avançait lentement. Pourtant Shirley Hammet traînait la jambe. Ses cheveux gris retombaient sur son front et ses yeux vides regardaient le monde, comme une souris terrorisée regarde autour d'elle, du fond de la cachette où elle vient de se réfugier.

Harold lança un coup d'œil à Stu.

— On les a bien eus, hein ? On les a bien bousillés. En petits morceaux !

— C'est vrai, Harold.

— Il fallait bien, reprit Harold, comme si Stu lui avait reproché quelque chose. C'était eux ou nous !

— Ils vous auraient abattus comme des chiens, dit Dayna Jurgens d'une voix tranquille. J'étais avec deux types quand ils nous ont trouvés. Ils étaient cachés. Ils ont tué Rich et Damon. Et, quand tout a été fini, ils leur ont encore tiré une balle dans la tête, au cas où. Vous n'aviez pas le choix. Vous seriez morts maintenant.

— Nous serions morts maintenant ! s'exclama Harold en regardant Stu.

— Mais oui, répondit Stu. Ne te fais pas de bile, Harold.

— Sûrement pas ! Pas mon genre !

D'une main tremblante, il fouilla dans son sac, sortit une barre de chocolat Payday, faillit la faire tomber en enlevant le papier. Il lança un juron puis commença à dévorer sa barre de chocolat en la tenant à deux mains, comme une sucette.

Ils étaient arrivés à la ferme. Tout en mangeant son chocolat, Harold se touchait de temps en temps, en cachette — pour s'assurer qu'il n'était pas blessé. Il se sentait très mal. Il avait peur de regarder son pantalon. Car il pensait bien s'être mouillé peu après que les festivités eurent commencé à battre leur plein là-bas, près de la caravane rose.

Ils grignotèrent quelque chose, sans grand appétit. Dayna et Susan firent les frais de la conversation. Patty Kroger, une très jolie fille de dix-sept ans, ajoutait un mot de temps en temps. La femme qui n'avait pas de nom s'était réfugiée dans un coin de la cuisine poussiéreuse. Assise à la table, Shirley Hammet mangeait des biscuits au miel en marmonnant des mots sans suite.

Dayna était partie de Xenia avec Richard Darliss et Damon Bracknell. Y avait-il d'autres survivants à Xenia après l'épidémie ? Trois seulement, croyait-elle, un homme, très âgé, une femme et une petite fille. Dayna et ses amis leur avaient demandé de se joindre à leur trio, mais le vieil homme avait refusé. Il avait « quelque chose à faire dans le désert », leur avait-il dit.

Le 8 juillet, Dayna, Richard et Damon avaient

commencé à avoir des cauchemars. Des cauchemars terribles. Ils rêvaient d'une espèce de croque-mitaine, mais absolument terrifiant. Rich s'était mis en tête que le croque-mitaine existait vraiment, dit Dayna, qu'il habitait en Californie. Il prétendait que cet homme, si c'était vraiment un homme, était celui que les trois autres attendaient, les trois autres qu'ils avaient rencontrés dans le désert. Damon et elle commençaient à se demander si Rich ne devenait pas fou. Selon lui, l'homme du rêve réunissait autour de lui une armée, une armée de monstres qui allaient balayer tout l'ouest du pays, réduire en esclavage tous les survivants, d'abord en Amérique, puis dans le reste du monde. Dayna et Damon avaient décidé de fausser compagnie à Rich en pleine nuit, quand l'occasion se présenterait. Rich Darliss était devenu fou, et c'était à cause de lui qu'ils rêvaient eux aussi.

À Williamstown, à la sortie d'un virage, ils étaient tombés sur un gros camion renversé en plein milieu de la route. Une station-wagon et une dépanneuse étaient garées juste à côté.

— Nous avons pensé que c'était encore un accident, dit Dayna en écrasant nerveusement un biscuit entre ses doigts. Et naturellement, c'était ce qu'on voulait nous faire croire.

Ils étaient descendus de leurs motos pour contourner le camion, et c'est alors que les quatre cinglés qui étaient cachés dans le fossé avaient ouvert le feu. Ils avaient tué Rich et Damon. Elle, ils l'avaient faite prisonnière. Elle était la quatrième dans ce qu'ils appelaient tantôt « le zoo », tantôt « le harem ». L'une des autres femmes était Shirley Hammet, celle qui marmonnait sans cesse. Elle était presque normale à l'époque, même si les quatre hommes l'avaient plusieurs fois violée.

Du barbu aux lunettes de soleil, elle ne connaissait que le surnom : Doc. Virge et lui faisaient partie d'un détachement de l'armée qui avait été envoyé à Akron lorsque l'épidémie avait éclaté. Ils étaient chargés des « relations avec les médias », un euphémisme des militaires qui signifiait en fait « répression des médias ». Leur travail à peu près terminé, ils s'étaient occupés ensuite du « contrôle des foules », encore un euphémisme de l'armée qui signifiait tirer sans sommation sur les pillards qui prenaient la fuite, et pendre ceux qui se laissaient arrêter. Le 27 juin, leur avait dit Doc, tout s'était écroulé. La plupart de ses hommes étaient trop malades pour patrouiller dans la ville, ce qui n'avait aucune importance d'ailleurs puisque les habitants d'Akron n'avaient plus la force de lire les journaux, encore moins de piller les banques et les bijouteries.

Le 30 juin, l'unité avait disparu — ses membres étaient tous morts ou moribonds. En fait, Doc et Virge étaient les seuls survivants. C'est alors qu'ils avaient commencé leur nouvelle vie de gardiens de zoo. Garvey était venu les rejoindre le 1er juillet et Ronnie le 3, jour où ils avaient décidé que leur club privé n'admettrait plus de nouveaux membres.

— Mais vous avez dû finir par être plus nombreuses qu'eux, dit Glen.

Ce fut Shirley Hammet qui sortit de son silence pour lui répondre.

— Pilules, dit-elle en les regardant avec ses yeux de souris terrorisée sous les mèches grises qui retombaient sur son front. Pilules le matin pour se lever, pilules le soir pour dormir...

Elle laissa la fin de sa phrase se perdre en l'air, comme si elle était à bout de forces. Elle s'arrêta, puis recommença à marmonner.

Susan Stern reprit le fil de son histoire. C'est le 17 juillet qu'elle et l'une des femmes mortes durant la bataille, Rachel Carmody, étaient tombées entre les mains du groupe, à la sortie de Columbus. La caravane du zoo se déplaçait lentement — deux stations-wagons et la dépanneuse. Les hommes se servaient de la dépanneuse pour déplacer les véhicules accidentés ou pour barrer la route, selon les circonstances. Doc gardait sa pharmacie dans un sac qui pendait à sa ceinture. Puissants somnifères à l'heure du coucher ; tranquillisants pour la route ; anxiolitiques aux haltes.

— Je me levais le matin, je me faisais violer deux ou trois fois, puis j'attendais que Doc me donne mes comprimés, expliquait Susan d'une voix détachée. Le troisième jour, j'avais le... le, vous savez, le vagin tout irrité, et la moindre pénétration me faisait très mal. Je préférais Ronnie, car tout ce que Ronnie voulait, c'était un pompier. Mais avec les comprimés, j'étais très calme. Je n'avais pas envie de dormir, j'étais simplement très calme. Avec deux ou trois de ces pilules, plus rien n'avait d'importance. Vous aviez simplement envie de vous asseoir, les mains sur les genoux, et de regarder le paysage défiler, ou la dépanneuse quand ils enlevaient un obstacle. Un jour, Garvey s'est mis très en colère, parce que cette petite fille, elle n'avait pas plus de douze ans, ne voulait pas... non, je ne vais pas vous le dire. C'était vraiment terrible. Garvey lui a fait sauter la tête. Et moi, ça ne m'a rien fait. J'étais... calme. Au bout d'un moment, vous ne pensiez presque plus à vous enfuir. Je pensais plutôt à ces petites pilules bleues que Doc allait bientôt me donner.

Dayna et Patty Kroger approuvèrent d'un signe de tête.

Ils avaient apparemment compris qu'ils ne pourraient pas garder plus de huit femmes, expliqua Patty. Lorsqu'ils l'avaient prise, le 22 juillet, après avoir assassiné l'homme qui l'accompagnait, ils avaient tué une très vieille femme qui faisait partie du « zoo » depuis à peu près une semaine. Et, quand ils avaient ramassé près de Archbold la femme sans nom qui était maintenant assise dans son coin, ils avaient abattu une jeune fille de seize ans qui louchait terriblement pour lui faire de la place. Ils avaient abandonné son cadavre dans un fossé.

Doc faisait des blagues là-dessus, expliqua Patty. Il disait : Je ne marche pas sous les échelles, je ne traverse pas la rue devant un chat noir, treize dans le groupe, et c'est une de trop.

C'est le 29 qu'ils avaient aperçu pour la première fois Stu et les autres. Le zoo campait un peu à l'écart de la route quand ils étaient passés.

— Garvey avait très envie de toi, dit Susan en se tournant vers Frannie qui frissonna.

Dayna se rapprocha d'eux et commença à parler tout bas.

— Et ils avaient même dit qui tu allais remplacer.

Elle inclina le tête presque imperceptiblement dans la direction de Shirley Hammet qui continuait à marmonner en mangeant des biscuits.

— Cette pauvre femme..., dit Frannie.

— C'est Dayna qui a compris que vous pourriez peut-être nous tirer de là, expliqua Patty. Il y avait trois hommes dans votre groupe — Dayna et Helen Roget les avaient vus. Trois hommes *armés*. Et Doc commençait à avoir un peu trop confiance en lui quand il faisait son truc de la caravane renversée. Il se contentait de faire signe aux gens de s'arrêter. C'était aussi simple que ça. Quand il y avait des hommes, ils se laissaient faire sans protester. Jamais un problème.

— Dayna nous a dit de ne pas prendre nos pilules ce matin-là, reprit Susan. Ils ne regardaient plus vraiment si nous prenions nos médicaments et nous savions qu'ils allaient être occupés à remorquer la grosse caravane en travers de la route. Nous n'avons rien dit aux autres. Les seules dans le coup étaient Dayna, Patty et Helen Roget... une des femmes que Ronnie a tuées là-bas. Et moi, naturellement. Helen avait peur : « S'ils voient que nous crachons les comprimés, ils vont nous tuer. » Dayna lui a répondu qu'ils allaient nous tuer de toute manière, tôt ou tard, et nous savions que c'était vrai. Alors nous avons fait ce qu'elle nous disait.

— J'ai dû garder mon comprimé dans ma bouche pendant un bon bout de temps, dit Patty. Il commençait à fondre quand j'ai pu le cracher. Je crois que Helen a dû avaler le sien. C'est sans doute pour ça qu'elle était si lente.

— Mais ils auraient réussi leur coup si vous n'aviez pas compris tout de suite, dit Dayna en lançant à Stu un regard qui mit Frannie mal à l'aise.

— J'ai bien l'impression que je n'ai quand même pas

compris assez vite. La prochaine fois, je me méfierai, répondit Stu qui se leva et s'approcha de la fenêtre. Vous savez, ça me fait un peu peur de voir que nous apprenons si vite.

Décidément, Fran n'aimait pas du tout la manière dont Dayna regardait Stu. *Après tout ce qui lui est arrivé, elle pourrait quand même penser à autre chose*, se dit-elle. *Elle est beaucoup plus jolie que moi et elle n'est probablement pas enceinte.*

— Dans ce monde, il faut apprendre vite, répondit Dayna. Apprends ou crève. C'est la loi.

Stu se retourna vers elle et regarda pour la première fois la jeune femme. Fran sentit aussitôt la morsure cuisante de la jalousie. *J'ai trop attendu,* pensa-t-elle. *Mon Dieu, j'ai trop attendu.*

Du coin de l'œil, elle vit que Harold souriait en se cachant la bouche avec la main. Un sourire de soulagement. Et elle eut tout à coup envie de se lever, de s'approcher d'un air nonchalant de Harold et de lui arracher les yeux avec les ongles.

Jamais, Harold ! Jamais !

Jamais ?

Journal de Fran Goldsmith

19 juillet 1990

Mon Dieu. La catastrophe. Au moins, quand ça arrive dans les livres, quelque chose *change* ensuite. Mais dans la vie réelle, on dirait que tout continue comme avant, comme dans ces interminables séries télévisées. Je devrais faire quelque chose, mais j'ai peur de ce qui arriverait ensuite entre eux et. On ne peut pas terminer une phrase avec un *et,* mais j'ai peur d'écrire ce qui devrait venir après la conjonction.

Je vais te dire tout, cher journal, même si ce n'est pas très drôle. Le simple fait d'y penser me fait déjà horreur.

Glen et Stu sont allés en ville (Girard, dans l'Ohio) pour chercher quelque chose à manger. Ils espéraient trouver des trucs déshydratés. Pas lourd à porter, et certaines marques sont très bonnes, à ce qu'on dit. Moi, je trouve que tous ces machins ont le même goût, à savoir qu'on dirait de la crotte de bique séchée. Et quand as-tu mangé de la crotte de bique séchée ? Un peu de discrétion, cher journal, certaines choses ne doivent pas être dites, ha-ha.

Ils nous avaient demandé si nous voulions venir, à Harold et à moi, mais j'ai répondu que j'avais assez fait de moto pour la journée. Harold leur a dit qu'il allait chercher de l'eau pour la faire bouillir. Il avait sans doute son idée derrière la tête. Désolée de lui prêter des intentions machiavéliques, mais c'est pourtant la réalité.

[Remarque en passant : nous en avons tous marre, absolument marre, de l'eau bouillie qui n'a aucun goût et qui est TOTALEMENT DÉPOURVUE d'oxygène. Mais Mark et Glen pensent que les usines ne sont pas arrêtées depuis assez longtemps pour que les cours d'eau & rivières aient retrouvé leur pureté d'antan, particulièrement dans le nord-est industriel. Alors, de l'eau bouillie. Nous espérons tous trouver une bonne provision d'eau minérale un de ces jours. Ça devrait déjà être fait — selon Harold — mais on dirait que l'eau minérale a mystérieusement disparu. Stu pense que les gens ont dû croire que l'eau du robinet les rendait malades et qu'ils sont passés à l'eau minérale avant de mourir.]

Bon. Mark et Perion n'étaient pas là. En principe, ils étaient partis cueillir des mûres. En tout cas, c'est ce qu'ils ont dit. Mais ils faisaient probablement autre chose — ils sont très discrets, et tant mieux pour eux. Moi, je ramassais du bois et j'allais faire du feu pour l'eau de Harold. Il est revenu presque tout de suite (il avait quand même pris le temps de se laver la figure et de se mouiller les cheveux). Il arrive donc avec sa flotte et s'assied à côté de moi.

Nous étions installés sur une grosse bûche. Nous parlions de tout et de rien quand tout à coup il me passe le bras autour du cou et essaye de m'embrasser. Je dis qu'il a essayé. En réalité, il a parfaitement réussi, au moins au début, à cause de l'effet de surprise. Mais je me suis écartée aussitôt et je suis tombée à la renverse — quand j'y pense, c'était trop drôle, même si j'ai encore mal. Je me suis fait une belle éraflure dans le dos. J'ai poussé un grand cri. L'histoire se répète, comme on dit. Ça ressemble tellement au jour où je me promenais avec Jess sur la jetée, quand je me suis mordu la langue...

Une seconde plus tard, Harold est agenouillé à côté de moi et me demande si tout va bien. Il est rouge, jusqu'à la racine des cheveux, propres pour une fois. Harold s'efforce souvent de paraître blasé, glacé — comme un jeune écrivain qui chercherait ce petit bistrot sur la rive gauche où il pourrait passer la journée à parler de Jean-Paul Sartre et à boire un infect tord-boyaux — mais sous la surface, bien caché, Harold est un adolescent qui n'est vraiment pas très mûr. C'est ce que je crois, en tout cas. Il se prend pour Humphrey Bogart, ou Steve McQueen peut-être. Quand quelque chose le dérange, c'est ce côté-là de lui qui ressort, sans doute parce qu'il a voulu le cacher si longtemps quand il était enfant. Je ne sais pas trop. En tout cas, quand il joue les Humphrey Bogart, il me fait plutôt penser à Woody Allen.

Donc, il s'agenouille à côté de moi et commence : « Ça va, rien de cassé ? » Sa voix est tellement artificielle que j'éclate de rire. L'histoire se répète, comme je disais. Mais ce n'était pas simplement que je trouvais la situation plutôt amusante. J'aurais sans doute pu me retenir. Non, une véritable crise d'hystérie, les cauchemars, ce bébé qui grandit dans mon ventre, ce que je devrais faire avec Stu, voyager tous les jours, mal partout, la mort de mes parents, le monde chamboulé... bref, j'ai commencé par avoir le fou rire, puis un rire hystérique qui ne voulait tout simplement pas s'arrêter.

— Qu'est-ce qu'il y a de drôle ? a demandé Harold en se levant.

Je suppose qu'il a pris sa voix outragée que je lui connais si bien, mais à vrai dire, je ne pensais plus à Harold du tout. Dans ma tête, je ne voyais plus qu'une image idiote de Donald le canard. Donald le canard qui pataugeait dans les ruines de la civilisation occidentale en

caquetant, furieux : *Qu'est-ce qu'il y a de drôle, hein ?*
Qu'est-ce qu'il y a de drôle ? Qu'est-ce qu'il y a de si
drôle ? Je me suis pris la figure entre les mains & j'ai ri
& j'ai sangloté & j'ai ri encore, tellement que Harold a
dû penser que j'étais devenue absolument cinglée.

J'ai quand même réussi à m'arrêter au bout d'un
moment. J'ai essuyé mes larmes et j'ai voulu demander à
Harold de regarder ce que je m'étais fait dans le dos, pour
voir si c'était profond. Mais j'ai changé d'avis, de peur
qu'il ne prenne des LIBERTÉS. La vie, la liberté, la poursuite de Frannie, oh-oh, ce n'est pas si drôle.

— Fran, je voudrais te dire quelque chose, mais c'est
assez difficile.

— Alors, tu as peut-être intérêt à ne rien dire du tout.

— Si.

J'ai bien vu qu'il n'allait pas se contenter d'un non et
que j'allais avoir du travail pour le convaincre. Et il s'est
lancé dans sa déclaration :

— Frannie, je t'aime.

Naturellement, je m'en doutais bien. Tout aurait été
plus simple s'il avait simplement voulu coucher avec moi.
L'amour est bien plus dangereux qu'une petite coucherie
en passant. Comment dire non à Harold ? J'ai bien l'impression qu'il n'y a pas trente-six solutions. Alors, voilà
ce que je lui ai répondu :

— Mais moi, je ne t'aime pas, Harold.

Son visage s'est décomposé. Il faisait une vilaine
grimace.

— C'est parce que tu l'aimes, lui ? Tu aimes Stu
Redman, c'est ça ?

— Je ne sais pas.

Je sentais la moutarde me monter au nez. Et il est de
notoriété publique que je ne me maîtrise pas toujours —
cadeau de ma mère, sans doute. J'ai quand même fait de
mon mieux pour me retenir devant Harold. Mais je sentais
la colère pointer le bout du nez.

— Moi, je sais. Je sais parfaitement. Depuis le jour où
on l'a rencontré, je le sais. Je ne voulais pas qu'il vienne
avec nous, parce que *je savais*. Et il a dit...

751

— Qu'est-ce qu'il a dit ?

— Qu'il ne voulait pas de toi ! Que tu pouvais être à moi !

— Comme si on te donnait une paire de chaussures neuves, c'est bien ça, Harold ?

Il n'a pas répondu. Peut-être s'est-il rendu compte qu'il était allé trop loin. Avec un peu d'effort, je me suis souvenue de ce jour-là, à Fabyan. La réaction de Harold quand il avait vu Stu avait été celle d'un chien qui voit un chien étranger entrer dans sa cour, dans son domaine. Je pouvais presque voir les poils se hérisser sur la nuque de Harold. Et j'avais compris ce que Stu avait dit. Il nous avait dit de ne pas rester avec les chiens, mais de revenir avec les hommes. Ce n'est pas de cela qu'il s'agit, au fond ? Ce combat infernal dans lequel nous nous trouvons ? Si ce n'est pas ça, alors pourquoi essayer de nous comporter à peu près bien ?

— Je n'appartiens à personne, Harold.

Il a marmonné quelque chose.

— Quoi ?

— Je disais que tu seras peut-être bien obligée de changer d'idée.

J'ai eu envie de lui répondre quelque chose de pas très gentil, mais j'ai préféré me taire. Harold avait des yeux très bizarres. Et il a continué :

— Tu sais, je connais ce genre de type. Tu peux me croire, Frannie. C'est le genre de mec fort en gym qui ne fout absolument rien en classe. Il passe son temps à lancer des boulettes de papier et à se moquer des autres, parce qu'il sait que le prof devra quand même lui donner des notes au moins passables pour qu'il continue à jouer dans l'équipe de foot. C'est le mec qui sort avec la plus belle fille de la classe et qui se prend pour Jésus-Christ. Le mec qui pète quand le prof te demande de lire ta dissertation, parce que c'est la meilleure de toute la classe. Oui, je connais ce genre de connard. Bonne chance, Fran.

Et puis il est parti, comme ça. Pas la grande sortie majestueuse qu'il avait prévue, j'en suis sûre. Plutôt comme s'il avait eu un rêve dans sa tête et que je venais de tout défoncer — le rêve que les choses avaient changé, alors qu'en fait rien n'a vraiment bougé. Je me sentais très mal pour lui, sincèrement. Mais lorsqu'il est parti, il ne jouait pas les cyniques, il était VRAIMENT cynique. Il avait pris un sale coup. Ce que Harold n'arrive pas à croire, c'est que quelque chose doit changer dans sa *tête*. Il faut qu'il comprenne que le monde restera le même tant que *lui* ne changera pas. On dirait qu'il court après les coups sur la gueule, comme les pirates courent après leurs trésors...

Bon. Tout le monde est de retour. Nous avons dîné. Nous avons fumé. Distribution de Véronal (j'ai gardé mon comprimé dans ma poche au lieu de le faire fondre dans mon estomac). Harold et moi, nous nous sommes trouvés en tête à tête, plutôt désagréable, et j'ai eu l'impression que rien n'était vraiment résolu, à part qu'il nous observe, Stu et moi, pour voir ce qui va se passer. Ça me met en colère, rien que d'écrire ça. Est-ce qu'il a le droit de nous observer ? Est-ce qu'il a le droit de compliquer cette terrible situation qui est la nôtre ?

Choses dont je veux me souvenir : Je suis désolée, cher journal. Sans doute mon état d'esprit. Je ne me souviens de rien aujourd'hui.

Quand Frannie vint le rejoindre, Stu était assis sur une pierre, en train de fumer un cigare. Il avait creusé un petit trou dans la terre avec le talon de sa botte et s'en servait comme cendrier. Il était tourné vers l'ouest. Le soleil était sur le point de disparaître à l'horizon, derrière la couche de nuages qui s'était un peu éclaircie. Les quatre femmes avaient rejoint leur groupe la veille seulement, et pourtant la rencontre semblait déjà lointaine. Ils avaient sorti du fossé, sans trop de difficulté, une des stations-wagons, puis ils étaient repartis en direction de l'ouest, avec les motos.

L'odeur du cigare de Stu lui fit penser à son père quand il fumait sa pipe. Et la tristesse l'envahit, une tristesse qui n'était presque plus que de la nostalgie. *Je commence à reprendre le dessus, papa, pensa-t-elle. Je suis sûre que tu ne m'en voudras pas.*

Stu la vit arriver.

— Frannie ! dit-il sans chercher à dissimuler qu'il était heureux de la voir. Comment ça va ?

— Couci-couça, répondit-elle en haussant les épaules.

— Tu veux t'asseoir avec moi pour regarder le coucher du soleil ?

Elle s'assit à côté de lui, le cœur battant. Mais après tout, c'était bien cela qu'elle voulait. Elle l'avait vu s'éloigner du camp, comme elle avait vu Harold, Glen et deux des femmes s'en aller à Brighton pour chercher une C.B. (idée de Glen et non de Harold, pour une fois). Patty Kroger s'occupait des deux autres femmes. Shirley Hammet semblait sortir petit à petit de son brouillard, mais elle les avait tous réveillés en pleine nuit. La pauvre hurlait dans son sommeil en repoussant des agresseurs imaginaires. L'autre femme, celle qui n'avait pas de nom, semblait avoir pris un autre chemin. Elle restait assise. Elle mangeait ce qu'on lui donnait. Elle allait faire ses besoins. Mais elle ne répondait à aucune question. En fait, elle ne revivait vraiment que dans son sommeil. Même avec une forte dose de Véronal, elle gémissait souvent, hurlait parfois. Et Frannie croyait savoir à quoi elle rêvait.

— On a encore pas mal de route à faire, dit Frannie.

Stu attendit un instant avant de répondre.

— Oui, c'est plus loin que nous ne pensions. La vieille femme n'est plus au Nebraska.

— Je sais...

Frannie s'en voulut d'avoir parlé trop vite.

Il la regarda avec un léger sourire.

— Tu n'as pas pris tes médicaments, à ce que je vois.

— Tu connais mon secret.

— Nous ne sommes pas seuls. J'ai parlé à Dayna cet après-midi. Elle m'a dit que Susan et elle ne voulaient plus rien prendre.

Frannie sentit un pincement de jalousie — et de peur

754

— quand elle l'entendit prononcer le nom de Dayna. Mais elle fit de son mieux pour n'en rien montrer.

— Pourquoi as-tu arrêté ? demanda-t-elle. Est-ce qu'ils t'avaient drogué... dans ce centre ?

Il fit tomber sa cendre dans le petit trou qu'il avait creusé entre ses pieds.

— Des sédatifs pour la nuit, c'est tout. Ce n'était pas la peine de me droguer. J'étais enfermé. Non, j'ai arrêté d'en prendre il y a trois jours, parce que j'avais l'impression... de perdre le contact.

Il s'arrêta un instant, puis expliqua ce qu'il voulait dire.

— Glen et Harold sont partis chercher une C.B. C'est une très bonne idée. À quoi ça sert une radio ? À garder le contact. J'avais un copain, à Arnette, Tony Leominster. Il avait une radio dans sa camionnette. Un truc formidable. Il pouvait appeler chez lui, ou bien demander de l'aide s'il avait un problème sur la route. Ces rêves, c'est comme une C.B. dans la tête, avec une différence : on dirait que la radio n'émet plus et que nous recevons seulement.

— Nous émettons peut-être sans le savoir, dit doucement Fran.

Il la regarda, étonné.

Ils restèrent assis en silence quelque temps. Le soleil lançait ses derniers rayons au travers des nuages comme pour dire au revoir avant de disparaître au-dessous de l'horizon. Fran comprenait pourquoi les peuplades primitives adoraient le soleil. Depuis que la paix écrasante de ce pays presque vide devenait de plus en plus présente pour elle, jour après jour, s'imposant avec toujours plus de force, le soleil — et la lune aussi d'ailleurs — avait commencé à lui paraître plus gros, plus important. Plus personnel. Comme lorsqu'elle était enfant.

— En tout cas, j'ai arrêté, reprit Stu. La nuit dernière, j'ai encore rêvé de l'homme noir. Le pire de tous mes cauchemars. Il était assis quelque part dans le désert. Du côté de Las Vegas, je crois. Et Frannie... je crois bien qu'il crucifiait des gens. Ceux qui lui causaient des problèmes.

— *Quoi ?*

— C'est ce que j'ai vu dans mon rêve. Des croix alignées le long de la route 15, des croix faites avec des poutres et des poteaux de téléphone. Et des gens sur les croix.

— Ce n'est qu'un rêve.

— Peut-être, répondit-il en regardant les nuages rougeâtres. Mais il y a deux jours, juste avant de rencontrer ces cinglés qui avaient capturé les femmes, j'ai rêvé d'elle — de la femme qui s'appelle mère Abigaël. Elle était assise dans la cabine d'une vieille camionnette stationnée sur l'accotement de la route 76. J'étais debout, appuyé contre la portière, et je lui parlais comme je suis en train de te parler maintenant. Elle m'a dit : « Il faut aller encore plus vite, Stuart ; si une vieille dame comme moi peut le faire, un costaud comme toi devrait y arriver lui aussi. »

Stu se mit à rire, jeta son cigare, l'écrasa sur son talon. Distraitement, comme s'il ne se rendait pas compte de ce qu'il faisait, il prit Frannie par les épaules.

— Ils vont au Colorado, dit-elle.

— Oui, je crois bien qu'ils vont là-bas.

— Est-ce que... est-ce que Dayna ou Susan ont rêvé d'elle ?

— Toutes les deux. Et, la nuit dernière, Susan a rêvé des croix. Exactement comme moi.

— Il y a beaucoup de gens avec cette vieille femme maintenant.

— Oui, une vingtaine, peut-être plus. Nous croisons des gens presque tous les jours tu sais. Ils se cachent, ils attendent que nous nous en allions. Ils ont peur de nous, mais... je crois qu'ils vont la retrouver. Quand le moment sera venu.

— Ou qu'ils vont retrouver l'autre.

— Oui, tu as raison, Fran. Dis-moi, pourquoi as-tu arrêté de prendre du Véronal ?

Elle soupira. Elle avait envie de lui dire la vérité, mais elle avait peur de sa réaction.

— Tu sais, les femmes..., répondit-elle enfin.

— Peut-être. Mais il y a quand même des moyens pour savoir ce qu'elles pensent vraiment.

— Qu'est-ce que...

Il l'arrêta en l'embrassant sur la bouche.

Ils étaient couchés sur l'herbe, dans les dernières lueurs du crépuscule. Dans le ciel, un mauve pâle avait succédé au rouge flamboyant tandis qu'ils faisaient l'amour. Et maintenant, Frannie voyait des étoiles briller parmi les derniers nuages. Il allait faire beau demain. Avec de la chance, ils arriveraient sans doute à traverser presque tout l'Indiana.

Stu écrasa d'un geste paresseux un moustique qui voulait se poser sur sa poitrine. Sa chemise était étendue sur un buisson voisin. Fran avait gardé la sienne, mais elle était déboutonnée. Ses seins écartaient la toile et elle pensait : *Je commence à grossir, juste un peu, mais c'est visible... au moins pour moi.*

— J'avais envie de toi depuis longtemps, dit Stu sans la regarder. Je suppose que tu l'avais deviné.

— Je ne voulais pas d'histoires avec Harold. Et puis, il y a autre chose...

— Harold a encore du chemin à faire, mais il a ce qu'il faut pour devenir un type bien, s'il se prend par la main. Tu l'aimes bien, c'est ça ?

— Non, pas exactement. Je ne connais pas de mot pour décrire ce que je sens à propos de Harold.

— Et à propos de moi ?

Elle le regarda et se rendit compte qu'elle ne pouvait dire qu'elle l'aimait, qu'elle ne pouvait le dire ainsi, alors qu'elle aurait voulu le faire.

— Non, reprit-il, comme si Frannie l'avait contredit. J'aime que les choses soient claires. J'ai l'impression que tu n'as pas tellement envie que Harold soit au courant pour le moment. C'est bien ça ?

— Oui.

— Je pense que tu as raison. Si nous sommes discrets,

tout s'arrangera peut-être tout seul. Je l'ai vu regarder Patty. Elle a à peu près son âge.

— Je ne sais pas...

— Tu sens que tu lui dois quelque chose, c'est ça ?

— Je crois. Il ne restait que nous deux à Ogunquit, et...

— C'est le hasard, Frannie, c'est tout. Tu ne peux pas laisser quelqu'un te coincer pour un simple hasard.

— Sans doute.

— J'ai l'impression que je t'aime. Ce n'est pas facile pour moi de le dire.

— J'ai l'impression de t'aimer moi aussi. Mais il y a autre chose...

— Je le savais.

— Tu m'as demandé pourquoi j'avais arrêté de prendre les comprimés, dit-elle en tiraillant sa chemise, sans oser le regarder. J'ai pensé que les médicaments pourraient faire du mal au bébé, murmura-t-elle, les lèvres sèches.

— Faire du mal au... tu es *enceinte* ?

Elle inclina la tête.

— Et personne ne le sait ?

— Non.

— Harold, il est au courant ?

— Personne, sauf toi.

— Bon Dieu !

Il la regardait avec une telle intensité qu'elle eut un peu peur. Elle s'était imaginé deux choses : qu'il la quitterait immédiatement (comme Jess l'aurait fait sans aucun doute s'il avait découvert qu'elle était enceinte d'un autre homme) ou qu'il la prendrait dans ses bras, lui dirait de ne pas s'inquiéter, qu'il allait s'occuper de tout. Elle ne s'était pas attendue à ce regard étonné, interrogateur, et elle se souvint tout à coup de la nuit où elle avait annoncé la nouvelle à son père dans le jardin. Il l'avait regardée avec ce même regard. Elle aurait sans doute dû tout dire à Stu avant de faire l'amour. Peut-être n'auraient-ils pas fait l'amour, mais au moins Stu n'aurait pas eu l'impression d'être tombé dans un piège. Était-ce cela qu'il pensait ? Elle ne le savait pas.

— Stu ? fit-elle d'une voix timide.

— Tu n'as rien dit à personne.

— Je ne savais pas comment, répondit-elle, au bord des larmes.

— C'est pour quand ?

— Janvier.

C'est alors qu'elle se mit à pleurer. Il la prit dans ses bras et lui fit comprendre que tout irait bien, sans rien dire. Il ne lui dit pas de ne pas s'inquiéter, qu'il s'occuperait de tout, mais il lui fit encore l'amour et elle pensa qu'elle n'avait jamais été aussi heureuse.

Ils ne virent pas Harold, aussi furtif et silencieux que l'homme noir, debout dans les buissons, qui les regardait. Ils ne virent pas ses yeux se fermer en deux petits triangles mortels quand Fran cria de plaisir.

Quand ils eurent fini, il faisait complètement nuit.

Harold s'était éloigné en silence.

Journal de Fran Goldsmith

1er août 1990

Rien écrit hier soir. Trop nerveuse. Trop heureuse. Nous sommes ensemble maintenant. Stu et moi.

Il est d'accord pour que je garde le secret de mon cowboy solitaire aussi longtemps que possible, jusqu'à ce que nous soyons installés peut-être. S'il faut que ce soit au Colorado, ça m'est égal. Je me sens si bien ce soir que je m'installerais même sur la lune. Je parle comme une petite adolescente un peu bébête ? Eh bien, si une jeune femme ne peut pas avoir l'air un peu bébête dans son journal intime, où peut-elle le faire ?

Mais je dois ajouter quelque chose avant d'abandonner le sujet du cow-boy solitaire. À propos de mon « instinct maternel ». Est-ce que cet instinct existe ? Je pense que oui. Probablement une question d'hormones. Je me sens différente depuis quelques semaines déjà, mais il est très difficile de savoir si ce changement est dû à ma grossesse

759

ou au terrible désastre qui a ravagé le monde. Je me sens comme si j'étais jalouse (« jalouse » n'est pas le bon mot, mais je ne trouve rien de mieux pour le moment), j'ai l'impression que je me suis rapprochée du centre de l'univers et que je dois protéger cette position. C'est pour cette raison que le Véronal me paraît plus dangereux que les cauchemars, même si mon esprit rationnel me dit que le Véronal ne ferait aucun mal au bébé — du moins, pas aux doses que les autres prennent. Et je suppose que cette jalousie fait aussi partie de l'amour que je ressens pour Stu Redman. J'ai l'impression d'aimer et de manger pour deux.

Il ne faut pas que j'écrive trop longtemps. J'ai besoin de dormir. Et tant pis pour les cauchemars. Nous n'avons pas traversé l'Indiana aussi rapidement que nous l'espérions — un terrible embouteillage près de l'échangeur d'Elkhart nous a ralentis. Beaucoup de véhicules militaires. Des cadavres de soldats. Glen, Susan Stern, Dayna et Stu ont pris tout ce qu'ils pouvaient trouver comme armes — environ deux douzaines de fusils, des grenades et — mais oui mes amis, c'est la vérité — un bazooka. Au moment où j'écris, Harold et Stu sont en train d'essayer de voir comment fonctionne le bazooka. J'espère qu'ils ne vont pas se faire de mal.

À propos de Harold, je dois te dire, cher journal, qu'il ne SE DOUTE DE RIEN DU TOUT (on dirait une phrase d'un vieux film de Bette Davis). Il faudra sans doute le mettre au courant quand nous retrouverons le groupe de mère Abigaël ; ce ne serait pas juste de tout lui cacher plus longtemps ; tant pis pour les conséquences.

Mais, aujourd'hui, il était d'excellente humeur. Je ne l'avais jamais vu comme ça. Il souriait tellement que j'ai cru qu'il allait se décrocher la mâchoire ! C'est lui qui a proposé à Stu de l'aider avec ce bazooka, et

Les voilà qui reviennent. Je terminerai plus tard.

Frannie dormit d'un sommeil lourd, sans faire de rêves. Les autres aussi, à l'exception de Harold Lauder. Un peu après minuit, il se leva, s'approcha doucement de Frannie endormie et resta debout à la regarder. Il ne souriait plus maintenant. Toute la journée, il n'avait cessé de sourire, au point qu'il avait eu l'impression que sa boîte crânienne allait se fendre en deux, laissant se répandre sa cervelle. Ce qui l'aurait peut-être soulagé.

Il la regardait donc, tandis que les grillons chantaient dans la nuit. *Nous entrons dans la canicule,* pensa-t-il. *La canicule, du 25 juillet au 28 août, disent les vieux dictionnaires.* La canicule, ainsi nommée car les chiens enragés étaient particulièrement nombreux à cette période de l'année, dit la légende. Il regardait Fran qui dormait si tranquillement, la tête posée sur son sweater. Son sac était à côté d'elle.

Jours de canicule, jours des chiens, Frannie.

Il s'agenouilla et se figea quand il entendit ses genoux craquer. Mais personne ne bougea. Il ouvrit le sac de Frannie et fouilla dedans en s'éclairant avec une minuscule lampe électrique. Frannie murmura dans son sommeil, se retourna. Harold retenait sa respiration. Il trouva finalement ce qu'il cherchait tout au fond, sous trois chemises propres et un atlas routier aux pages cornées. Un petit carnet de notes. Il le prit, l'ouvrit à la première page et commença à lire l'écriture serrée et extrêmement lisible de Frannie.

6 juillet 1990 — M. Bateman a finalement accepté de venir avec nous...

Harold referma le carnet et se glissa dans son sac de couchage. Il était redevenu le garçon qu'il avait été autrefois, celui qui avait peu d'amis (il avait été un beau bébé jusque vers l'âge de trois ans, avant de devenir ce petit gros qui faisait rire tout le monde) et tant d'ennemis, le garçon dont ses parents ne s'occupaient pas beaucoup — ils ne pensaient qu'à Amy, la petite Amy qui s'avançait rayonnante sur le chemin de la vie —, le garçon qui avait cherché sa consolation dans les livres, le garçon qui s'était réfugié dans ses rêves parce qu'on ne voulait jamais de lui pour jouer au base-ball... qui devenait Tarzan, tard la nuit, sous ses couvertures, la lampe braquée sur la page imprimée, les yeux agrandis, insensible à l'odeur de ses pets ; et ce garçon se blottissait maintenant au fond de son sac de couchage pour lire le journal de Frannie à la lumière de sa lampe électrique.

Quand le faisceau lumineux éclaira la couverture du carnet, il eut un moment d'hésitation. Un instant, une voix lui cria *Harold ! Arrête !* Si fort qu'il en fut ébranlé. Et il s'arrêta presque. Un instant, il aurait été *possible* d'arrêter, de remettre le journal là où il l'avait trouvé, de renoncer à Frannie, de les laisser, Stu et elle, suivre leur chemin avant que quelque chose de terrible et d'irrévocable n'arrive. Un instant, il aurait pu écarter la coupe amère, la vider de son contenu, la remplir de ce qui pouvait l'attendre, lui, dans le monde. *Remets le carnet, Harold,* lui disait cette petite voix suppliante, mais peut-être était-il déjà trop tard.

À seize ans, il avait abandonné Stevenson pour d'autres rêves, des rêves qu'il aimait et qu'il haïssait à la fois — non plus de pirates, mais de jolies filles en pyjamas de soie transparents qui s'agenouillaient devant lui sur des coussins de satin, tandis que Harold le Grand se prélassait tout nu sur son trône, prêt à les châtier avec un petit fouet de cuir à pommeau d'argent. Amertume de ces rêves dont les actrices avaient été tour à tour toutes les jolies filles du lycée d'Ogunquit. Rêves qui se terminaient toujours par cette douleur lancinante qui montait dans son bas-ventre, par cette explosion de liqueur séminale qui était plus pour lui un châtiment qu'un plaisir. Puis il s'endormait et le sperme séchait, formant une croûte sur son ventre. Les petits chiens ont bien le droit de s'amuser. Jours de canicule, jours des petits chiens.

Et, maintenant, ces mêmes rêves amers l'enveloppaient de toutes parts comme des draps jaunis, les mêmes vieilles blessures se rouvraient, ces vieilles amies qui refusaient de mourir, dont les dents ne s'émousseraient jamais, dont l'affection mortelle ne vacillerait jamais.

Il ouvrit le carnet à la première page et commença à lire.

Un peu avant l'aube, il remit le journal dans le sac de Fran, sans chercher à ne pas faire de bruit. Si elle se réveillait, pensa-t-il froidement, il la tuerait puis prendrait la fuite. Où ? Vers l'ouest. Mais il ne s'arrêterait pas au Nebraska, ni même au Colorado. Oh non.

Elle ne se réveilla pas.

Il revint se glisser dans son sac de couchage. Il se masturba furieusement. Et quand le sommeil vint enfin, ce fut un sommeil léger. Il rêva qu'il était en train de mourir sur une pente abrupte, jonchée de gros rochers. Au-dessus de lui, planant dans les courants ascendants, des vautours attendaient leur heure. Il n'y avait pas de lune, pas d'étoiles...

Puis un effroyable œil rouge s'ouvrit dans le noir : un étrange œil de renard. Et l'œil le terrifiait. Et l'œil l'attirait. Et l'œil lui faisait signe de venir.

Vers l'ouest, là où les ombres étaient encore épaisses et dansaient encore leur danse de mort dans les premières lueurs de l'aube.

Ils s'arrêtèrent au coucher du soleil à l'ouest de Joliet, dans l'Illinois. On but, on parla, on rit beaucoup. La pluie était restée derrière eux, en Indiana. Harold n'avait jamais été de meilleure humeur. Tout le monde s'en rendit compte.

— Tu sais, Harold, lui dit Frannie alors que la petite fête touchait à sa fin, je ne t'ai jamais vu aussi en forme. Qu'est-ce qui t'arrive ?

Il lui fit un clin d'œil.

— Frannie, nous sommes entrés dans la canicule, les chiens sont lâchés.

Elle le regarda, perplexe. Harold jouait encore les sphinx, pensa-t-elle. Aucune importance. Ce qui importait, c'est que tout s'arrangeait finalement.

Cette nuit-là, Harold commença son journal.

Le Livre de Poche s'engage pour
l'environnement en réduisant
l'empreinte carbone de ses livres.
Celle de cet exemplaire est de :

850 g éq. CO$_2$

Rendez-vous sur
www.livredepoche-durable.fr

PAPIER À BASE DE
FIBRES CERTIFIÉES

Composition réalisée par NORD COMPO

Achevé d'imprimer en mars 2014, en France sur Presse Offset par
Maury Imprimeur – 45330 Malesherbes
N° d'imprimeur : 188297
Dépôt légal 1re publication : juin 2003
Édition 09 – mars 2014
LIBRAIRIE GÉNÉRALE FRANÇAISE – 31, rue de Fleurus – 75278 Paris Cedex 06